# VALENTINE
# OU
# LE TEMPS DES ADIEUX

DU MÊME AUTEUR

*L'ombre d'une femme*, édition de la Table Ronde, 1988
*L'Ouragane*, Tsuru Éditions, 1990

THERESA RÉVAY

# VALENTINE
# OU
# LE TEMPS DES ADIEUX

belfond
12, avenue d'Italie
75013 Paris

Si vous souhaitez recevoir notre catalogue
et être tenu au courant de nos publications,
envoyez vos nom et adresse, en citant ce livre,
aux Éditions Belfond,
12, avenue d'Italie, 75013 Paris.
Et, pour le Canada,
à Vivendi Universal Publishing Services,
1050, bd René-Lévesque-Est,
Bureau 100,
Montréal, Québec, H2L 2L6.

ISBN 2-7144-3826-1

*À mon père.*

# PREMIÈRE PARTIE

*Je ne suis pas douée pour le bonheur.*

La pensée, incisive, s'imposa à elle. Elle eut le cœur serré. Un étourdissement. Dans la vie, suffisait-il d'un instant, d'une intuition, pour que le bonheur n'aille plus de soi ? Que faire alors pour retrouver l'insouciance de l'enfance ?

Valentine pensa à son frère, le complice des longues journées d'été, des parties de pêche, des citrons pressés de la pâtisserie de Chalon. Édouard avait eu la patience de lui apprendre à grimper aux arbres et à jouer aux échecs, ces jeux de garçons dont elle avait été si fière. De dix ans son aîné, il avait été son refuge, sa forteresse, le dépositaire de ses secrets. Elle l'avait vénéré, d'autant qu'il la taquinait peu, juste ce qu'il faut, comme s'il avait deviné sa fragilité sous ses airs fanfarons de petite fille solitaire.

Soudain, le brouhaha des voix et des rires l'assaillit telle une vague. Un court instant, elle avait été loin, si loin de ce salon parisien bruissant de monde, avec ses pyramides de fleurs jaunes et blanches. D'une main nerveuse, elle lissa sa jupe en brocart perlé, recula d'un pas comme pour fuir, et écrasa le voile en dentelle.

André lui décocha un regard soucieux. Il se tenait droit, presque au garde-à-vous, sanglé dans sa jaquette de jeune marié. Chaque fois qu'il l'observait, le visage doux perdait son air sérieux et une joie tranquille avivait ses yeux bruns. Elle eut un mouvement d'humeur, lui envia ce contentement qu'elle ne ressentait pas.

*Qu'est-ce que j'ai fait ?* songea-t-elle effrayée, avec l'impression que cet homme lui était parfaitement inconnu. Il avait été un ami de son frère, c'était là sa seule certitude.

Les Fonteroy possédaient eux aussi une propriété en Bourgogne, non loin de Chalon-sur-Saône. Avant la guerre, certains soirs d'été, son père et Édouard y avaient été conviés à dîner. Comme il n'y avait pas d'enfant de son âge à Montvallon, Valentine ne les avait jamais accompagnés. Dans son imaginaire de petite fille, la maison des Fonteroy était devenue un lieu enchanté où l'on se rendait au coucher du soleil dans des robes lumineuses. Édouard avait promis de l'y emmener lorsqu'elle serait grande ; ils danseraient au clair de lune et elle boirait du champagne qui picotait le nez. Il avait failli à sa promesse. Il n'était pas revenu de la guerre.

Elle esquissa un sourire pour apaiser André. Un rire nerveux s'étrangla dans sa gorge. Tout allait pour le mieux, n'est-ce pas ? Comment pouvait-il en être autrement, puisqu'elle venait de prononcer ses vœux de mariage et qu'une centaine d'invités, en robes du soir et cols cassés, patientait pour la féliciter ? Pourtant, elle n'avait qu'une envie : lâcher le bouquet de fleurs d'oranger, arracher son voile et s'enfuir dans les rues de Paris, où une pluie fine mais insidieuse noyait les réverbères et détrempait les voitures alignées en file indienne devant l'hôtel particulier.

André voulut lui prendre la main. Elle murmura une parole d'excuse, promit de revenir dans un instant.

Elle s'enfuit du grand salon, s'aventura dans un couloir, puis un autre. Depuis ses fiançailles, elle était venue plusieurs fois chez son beau-père, mais elle s'y sentait soudain perdue, telle une intruse. Sur la droite, une porte-fenêtre donnait sur un jardin. L'air froid lui fit du bien. Elle appuya ses deux mains sur la balustrade de la terrasse. Le dessin de la pierre granuleuse s'imprima sur ses paumes.

C'était absurde ! Pourquoi ce trouble ? Quelques années plus tôt, elle avait éprouvé le même vertige lorsque son père lui avait demandé de venir le retrouver au salon. Debout à la fenêtre, il tenait un télégramme à la main. Il le lui avait tendu sans un mot. Elle avait parcouru les quelques lignes qui annonçaient la mort de son frère et un étau lui avait lentement enserré les tempes. Elle avait alors consciencieusement déchiré la feuille de papier et éparpillé les morceaux sur le tapis. Elle n'avait pas versé une larme, même lorsqu'on leur avait rendu les effets personnels d'Édouard : trois photos tachées de sang, un couteau, une chevalière aux armes de la famille. Depuis, la lourde bague, elle la portait autour du cou, au bout d'un cordonnet.

Perdue dans ses pensées, Valentine effleura la bague qui formait une bosse sous sa robe de mariée. Lors des essayages, la couturière avait protesté : « Mademoiselle, le drapé du tissu… Voyez comme la ligne est brisée… » Elle s'était tournée vers elle, son regard clair transperçant la petite femme agitée. « Au Chemin des Dames aussi, les lignes étaient brisées, madame. » La bague était restée, suspendue au fil de coton que Valentine changeait quand il s'effilochait.

Désormais, elle en portait aussi une autre. Une alliance en or fin sur laquelle le bijoutier avait gravé *« André, 1921 »*. Ainsi qu'une émeraude, profonde telle une blessure.

— Elle est ouverte, vous savez.

Elle sursauta. Adossé au mur dans la pénombre, les bras croisés, un homme l'observait.

— Pardonnez-moi ?

— Cette porte au fond du jardin que vous fixez, elle est ouverte. J'ai vu des maîtres d'hôtel l'emprunter à l'instant.

— Je ne comprends pas…

— Je vous observe depuis tout à l'heure. Vous ressemblez à un animal pris au piège. Pourtant, la liberté est à deux pas. Si tant est que la liberté existe. Et si vous avez le courage.

Il s'avança vers elle et la lumière du corridor révéla un visage en lame de couteau, un nez vif, des yeux gris, translucides, d'un magnétisme étrange, soulignés par des cheveux sombres un peu longs dans la nuque. Il portait un habit de couleur violine à revers de soie, la chaîne en or d'une montre à gousset miroitait sur le gilet blanc croisé. Elle ne l'avait jamais vu ; elle ne se souvenait même pas de lui avoir serré la main en accueillant les invités. Son sourire teinté d'arrogance la hérissa. Elle n'aimait pas qu'on cherche à la deviner. Elle durcit le regard.

— Veuillez m'excuser, monsieur, mais je ne saisis pas un traître mot de ce que vous me dites.

Puis, le cœur battant, elle tourna les talons.

Dans un couloir, elle passa devant un miroir et vérifia que son visage ne trahissait pas son désarroi. La glace lui renvoya l'image d'une jeune femme mince et diaphane, les cheveux noirs roulés sur la nuque, les yeux étirés vers les tempes, dans lesquels perçait un regard distant, presque froid, aux reflets verts. Un nez droit, une bouche dessinée au pinceau, des lèvres roses. « Tu es le portrait de ta mère », lui avait dit son père, ému, quelques heures plus tôt. Comment aurait-elle pu le savoir ? Sa mère était morte à sa naissance, et tout au long de l'enfance elle avait vécu cette absence comme une injustice.

— Mademoiselle Valentine Despresle... Madame André Fonteroy..., murmura-t-elle à mi-voix.

Une seule et même personne, et pourtant elle se sentait étrangère à elle-même.

Les bougies avaient fondu, semant des stalactites de cire blanche sur les bougeoirs qui ornaient les tables. Les couverts en argent luisaient sur les nappes damassées. Au cours du dîner, la raideur des invités s'était estompée, les épaules des hommes s'affaissaient sous leurs habits, les femmes levaient leurs éventails d'un poignet paresseux. L'effervescence du début de soirée avait cédé la place à une connivence indolente née des vins de Bourgogne, des champagnes frappés et de la perfection des mets.

Valentine avait à peine goûté aux différents plats. Elle croisait parfois le regard attentif de son père, qui semblait deviner son malaise. Se sentait-il fautif ? C'était lui qui avait eu l'idée de ce mariage, et pourtant elle n'arrivait même pas à lui en vouloir.

Lorsqu'il avait évoqué André Fonteroy, elle s'était étonnée de ne rien ressentir, hormis une étrange lassitude. « Une famille qui prospère depuis le XVIIIe siècle, ce n'est pas rien », avait-il précisé, avec cet air préoccupé qu'il prenait depuis que sa fille n'était plus une enfant docile mais une jeune femme au regard insondable. « Les hommes sont devenus une denrée rare », avait-il ajouté, comme si des cohortes de jeunes filles esseulées se disputaient les rescapés des champs de bataille.

Pourquoi lutter ? s'était demandé Valentine. À la fin de la guerre, elle avait délaissé les collines et les forêts, les pierres blondes des villages et les souvenirs douloureux. Elle était venue habiter Paris. La capitale lui avait donné le sentiment que tout était possible, si seulement elle avait su par où commencer. Elle s'était inscrite à des cours en histoire de l'art, mais les études l'avaient vite lassée.

Un jour qu'elle était de passage en Bourgogne, son père lui avait parlé de son avenir. Il s'inquiétait d'un tel désœuvrement. Valentine avait passé la journée dans les vignobles de leurs voisins, un vieux pantalon rentré dans les bottes, un foulard sur les cheveux. Son dos la tiraillait, ses mains étaient griffées, ses ongles cassés. Son père avait vanté les qualités d'André, sa guerre valeureuse, ses citations, son destin prometteur à la tête de l'affaire familiale, une prestigieuse maison de fourrure parisienne. Aucune femme élégante n'en ignorait l'adresse boulevard des Capucines, à deux pas de l'Opéra et de l'église de la Madeleine. Elle avait écouté d'une oreille distraite. Était-ce les courbatures ? À vingt ans, elle se sentait vieille.

Elle s'était levée, brisant net une phrase de son père. « Je veux bien, papa », avait-elle murmuré. Il lui était arrivé de croiser André Fonteroy, aussi bien en Bourgogne qu'à Paris. C'était un homme discret, non dénué de charme. Parmi les prétendants qui lui faisaient une cour agressive, aucun n'avait trouvé grâce à ses yeux. Et Édouard n'aurait-il pas approuvé cette union ?

Elle sourit à son père, qui sembla soulagé. Au même moment, son beau-père repoussa sa chaise. L'un après l'autre, les convives se tournèrent pour le regarder.

— Mes chers amis, rassurez-vous, je serai bref ! lança Augustin Fonteroy d'une voix de ténor, et les derniers murmures s'évanouirent. Je tenais à vous dire, ma chère Valentine, combien nous étions fiers et heureux de vous accueillir dans notre famille. Je tiens aussi à saluer ce soir mon cher ami René Despresle. Qui aurait imaginé, lorsque nous nous sommes connus, que nous aurions un jour les mêmes petits-enfants ! (Le père de Valentine sourit en levant son verre.) L'autre fois, René, nous parlions de cette partie si importante de la vie que nous avons consacrée, vous à la finance, et moi à la fourrure. Mais être fourreur, ce n'est pas un métier, c'est une passion, m'avez-vous dit. Ceux de mes confrères qui m'ont fait l'honneur de venir ce soir ne vous démentiront pas. (Il y eut quelques applaudissements amusés.) La fourrure est une passion, c'est vrai, mais nous avons aussi une mission, l'une des plus belles qui soient, puisque nous consacrons notre vie à rendre hommage à la beauté des femmes. (Il marqua une pause et sourit à Valentine.) Ma chère enfant, la Maison Fonteroy ne pouvait qu'être inspirée par votre éclat et votre grâce. Aussi, permettez-moi de vous offrir pour votre corbeille de mariage ce manteau que j'ai imaginé pour vous : la Valentine !

Deux maîtres d'hôtel ouvrirent la porte à double battant. Une jeune femme s'avança dans un long manteau souple en velours noir piqué de pierreries. Un grand col en renard blanc immaculé encadrait son visage et des parements de renard soulignaient les poignets. Enthousiastes, les invités saluèrent la coupe subtile et moderne, l'alliance de l'éclatante blancheur et du noir chatoyant.

Augustin prit la main de sa belle-fille et la baisa. Touchée qu'il se fût donné autant de mal, Valentine le remercia de ce sourire lumineux qui frappait toujours ses interlocuteurs, tant il offrait un contraste saisissant avec son regard distant et son air souvent grave.

André se leva à son tour pour remercier son père. Il semblait surpris, un rien ému. Visiblement, le manteau avait été un secret bien gardé. Quoiqu'il eût la même taille que son père et qu'il fût beaucoup plus jeune, il semblait presque fragile à côté de l'homme au torse bombé, avec ses cheveux blancs et ses sourcils broussailleux. Tandis qu'André lui glissait quelques mots à voix basse, Augustin lui posa une main paternelle sur l'épaule. Valentine se dit qu'il ne devait pas être facile de vivre et de travailler dans l'ombre d'un personnage qui prenait autant de place.

Le dîner s'achevait, les invités se levèrent de table. Valentine ne connaissait pas grand monde, c'étaient surtout les amis des Fonteroy qui avaient été conviés à la réception. Elle chercha sa meilleure amie des yeux et, en entendant son rire, elle se retourna.

Après de longues hésitations, Odile avait osé une robe du soir en crêpe rouge brodée de perles, et elle avait eu raison. Au lieu de jurer avec sa chevelure rousse, la couleur ardente lui donnait l'éclat d'un feu follet. La jeune femme exubérante laissa tomber son éventail. Aussitôt, son voisin se pencha pour le ramasser. En se redressant, il croisa le regard de Valentine. L'inconnu de la terrasse avait toujours le même sourire hautain, mais une lueur de connivence brillait dans ses prunelles grises. Il rendit l'éventail à Odile sans quitter Valentine des yeux. Elle frissonna.

Selon la coutume, les jeunes mariés devaient partir les premiers. Odile la serra dans ses bras avec effusion comme si elle s'en allait au bout du monde. Un peu agacée, Valentine se détourna. L'homme était là, immobile. Il inclina légèrement le buste, moqueur. Une matrone se poussa en avant avec des jappements de joie. Valentine se laissa embrasser sur la joue. Lorsqu'elle le chercha à nouveau des yeux, il avait disparu.

André lui prit la main. Dehors, la pluie avait cessé. Des étoiles brillaient dans le ciel dégagé. Sur les marches du perron, on leur jeta des poignées de riz et des pétales de roses. Valentine baissa la tête en riant. Ils s'engouffrèrent dans l'Hispano. Elle eut à peine le temps de s'asseoir que le chauffeur démarrait sur les chapeaux de roue. Les amis agitaient le bras, ils danseraient jusqu'à l'aube.

André avait gardé sa main dans la sienne. Respectant son silence, elle observa un homme à cheval sur le sable de l'allée cavalière et se demanda quelle solitude l'incitait à rechercher la compagnie de sa monture en pleine nuit.

Alors que le chauffeur accélérait, elle descendit la vitre et respira l'air humide, presque salé, de Paris. Le vent lui picotait le front et les joues. Quand ils débouchèrent place de l'Étoile, elle ressentit une brusque bouffée d'allégresse.

Pierre Venailles resta seul, adossé à une colonne de pierre près de la porte d'entrée de l'hôtel particulier. La voiture avait disparu depuis de longues minutes.

*Je les déteste*, pensa-t-il. Et la rancœur qu'il avait toujours éprouvée envers les Fonteroy le submergea.

Avec les années, il avait appris à dominer son amertume. Il s'était fait une promesse et il savait que son heure viendrait. Or, même lui, qui se laissait rarement surprendre, avait été étonné par la beauté de la nouvelle Mme Fonteroy. Qui aurait cru André capable de décrocher une femme pareille ? À son ressentiment se mêla une pointe de jalousie.

À l'église, il avait scruté la jeune femme agenouillée sur le prie-Dieu de velours rouge devant l'autel, les mains jointes, les paupières pieusement baissées. Priait-elle ? Est-ce que l'on prie, à cet âge-là, avec une nuque aussi fine, des oreilles aussi délicates, des lèvres pulpeuses nées pour sucer et mordiller les fruits défendus ?

Avant le repas de noce, il avait été amusé de la voir se réfugier sur la terrasse telle une biche aux abois. Elle avait les nerfs à fleur de peau. Il aimait flairer ces instants d'extrême fragilité où tout peut basculer. Il suffisait alors d'un mot, d'un regard, pour inciter l'autre à commettre le geste irréparable. Ainsi, des années auparavant, il avait voulu éprouver la jouissance du pouvoir absolu. Il avait prononcé une parole qu'il savait fatidique pour le jeune homme désorienté dont il se prétendait l'ami et qui professait un amour niais pour une fille sans intérêt. La réaction de la victime l'avait néanmoins surpris : une balle de pistolet lui avait fait éclater le crâne, éclaboussant de cervelle le mur de la chambre. En apprenant la nouvelle, Pierre avait compris qu'il fallait être prudent quand on jouait avec les êtres, mais il n'avait pas éprouvé de remords : la mort ne le troublait plus depuis longtemps.

Valentine Fonteroy avait eu le même regard éperdu. Il l'avait devinée vulnérable, prête à tout pour échapper au nœud coulant qui lui serrait le cou, mais, en dépit de son désarroi, elle avait réagi. Elle l'avait toisé avec cette insolence qui sauve toujours dans les moments périlleux de l'existence. Une insolence qu'il connaissait bien puisqu'il la possédait lui aussi.

Pendant le discours prétentieux du vieux Fonteroy, il n'avait pas quitté les mariés des yeux. La satisfaction d'André l'avait irrité, la distinction altière de son épouse captivé. *Un jour, tu seras à moi*, avait-il pensé, un peu plus tard, en croisant le regard de la jeune mariée avant qu'elle ne s'en aille. Et le visage sculptural avait blêmi.

— Pourquoi restez-vous tout seul dans le noir ? s'enquit une voix joyeuse derrière lui. Il fait un froid de canard.

Il tira une dernière bouffée de son cigare, l'écrasa sous son talon.

— Je vous attendais.

— Venez danser ! ordonna Odile.

— Je ne danse pas.

— Quel ennui ! Je déteste les hommes qui se donnent des airs en refusant de s'amuser.

— Il y a d'autres façons de s'amuser.

Désemparée, Odile sentit son cœur s'emballer. Elle n'osait pas le taquiner comme elle l'aurait fait avec l'un ou l'autre des jeunes gens qui la courtisaient. Elle n'avait jamais rencontré quelqu'un d'aussi singulier, d'une retenue glaciale mais d'une rare séduction. Pendant le dîner, alors qu'elle mettait un point d'honneur à ne pas se laisser impressionner par les hommes, elle avait affronté les yeux pâles de Pierre Venailles avec l'impression d'être nue.

— Je connais un endroit sympathique où prendre un dernier verre.

— Je... je ne sais pas...

— Allons, ne faites pas l'enfant. J'ai déjà eu ma ration de chair fraîche pour la journée, mais amenez un chaperon si cela peut vous rassurer.

— Je suis assez grande pour savoir ce que je veux, rétorqua-t-elle, piquée au vif. Attendez-moi, je vais demander mon manteau.

Dans la salle de bains, assise devant la coiffeuse en bois laqué, Valentine se brossait les cheveux. Les lumières rebondissaient entre les miroirs.

Elle ne redoutait pas la nuit à venir, mais elle regrettait de ne pas avoir eu la volonté de se débarrasser de sa virginité plus tôt, comme Odile qui avait fêté l'armistice en enterrant son ignorance. À cause de son éducation, mais aussi par paresse, elle avait renoncé à ce choix délicat du premier amant, celui dont on se souvient toujours, parfois malgré soi. Elle avait craint une déception. Valentine n'aimait pas les déceptions. Elle en avait déjà eu sa part.

La première, la plus douloureuse, avait été de ne pas connaître sa mère. Petite fille, elle avait jalousé ses camarades dont les mamans, telles des fées parfumées, se penchaient pour l'embrasser. Un jour, au retour d'une promenade où elle avait été la seule à être accompagnée par sa gouvernante, elle était entrée dans le salon de son père et s'était avancée vers le portrait de la dame en bleu placé au-dessus de la cheminée. C'était la première fois qu'elle prêtait vraiment attention à ce grand tableau.

L'étrangère fixait un point invisible dans le lointain avec un sourire mélancolique. La petite fille avait pris son temps pour l'étudier : les mains gantées sagement croisées, la taille fine, le cou souligné d'un collier de perles, les cheveux noirs piqués de fleurs.

Impressionnée par l'immobilité gracieuse de l'inconnue, elle avait retenu son souffle. Il lui avait semblé qu'elle n'avait jamais rien vu d'aussi parfait. Honteuse de sa jupe tachée d'herbe, de ses bottines maculées de boue, elle avait caché ses mains aux ongles rongés.

Cette pureté qu'elle avait tant admirée à six ans, elle apprendrait plus tard à la redouter, en tant qu'exemple impossible à égaler. Aujourd'hui, Valentine ne se reconnaissait pas dans cette féminité éthérée, et lorsqu'il lui arriverait, à elle aussi, de poser pour un portrait, elle montrerait son corps nu, par provocation, par défi, puisque la perfection lui était interdite.

Ce jour-là, la petite fille avait soudain senti l'eau de Cologne de son frère. « Elle est montée au ciel, mais elle veille sur toi. Comme un ange gardien, tu comprends ? » avait murmuré Édouard.

Il l'avait prise sur ses genoux et il lui avait raconté des souvenirs de leur mère. Au fil des ans, sans se lasser, il avait souvent répété les mêmes histoires, devenues autant de fables que la petite Valentine se récitait la nuit quand il faisait un peu trop noir.

Elle avait évité d'en parler à son père. Cet homme à l'embonpoint rassurant lui adressait des sourires distraits, lui tapotait la tête, s'inquiétait de ses devoirs. Toujours tiré à quatre épingles avec ses complets en serge noire boutonnés haut, ses bottines à empeigne vernie et à tige en daim gris, il l'intimidait.

Un soir d'orage, elle s'était réveillée en pleine nuit. Elle avait glissé de son lit, dévalé l'escalier. Ses pieds avaient frémi sur le dallage froid du vestibule. Elle avait traversé la haute pièce sombre vers le rectangle de lumière qui se découpait sur le sol et elle s'était faufilée par la porte entrebâillée du salon. Venue voir son ange, elle avait trouvé son père, affalé dans un fauteuil, le col dégrafé, qui sanglotait. Ce soir-là, il lui avait semblé qu'un monde s'écroulait. Le cœur battant, la petite fille avait regagné sa chambre sur la pointe des pieds. À l'avenir, et sans bien comprendre pourquoi, Valentine se méfierait toujours des orages, des portes entrebâillées et des hommes qui pleurent.

Heureusement, Édouard avait su balayer ses incertitudes. Elle l'avait cru indestructible. Même lorsqu'il était parti pour la guerre dans son uniforme bleu avec son beau pantalon rouge, elle n'avait pas eu peur. Le héros de son enfance allait devenir le héros de la France tout entière. Il n'y avait là rien que de très normal. Elle avait lu et relu ses lettres envoyées du front, amusée par les dessins qu'il griffonnait dans les marges.

Son absence lui avait pesé. Les journées étaient longues, les distractions rares. Il était revenu deux fois en permission et elle l'avait trouvé changé, mais elle n'avait pas pris le temps de se demander pourquoi, trop occupée à lui montrer comme elle était devenue grande, une vraie jeune fille, et elle n'avait pas remarqué son sourire navré alors qu'il la regardait jouer à la maîtresse de maison, cheveux relevés et gestes affectés.

Lasse d'être désœuvrée, elle s'était rendue à un hôpital militaire non loin de chez eux afin de proposer son aide. Une religieuse, la mine pénétrée sous sa coiffe blanche, lui avait fait visiter les dortoirs. Valentine s'était lentement avancée entre les lits des blessés. L'odeur d'éther et de souffrance l'avait prise à la gorge. Mais alors, les lettres d'Édouard n'étaient donc qu'un tissu de mensonges ? La guerre n'avait rien d'une mésaventure plaisante ? Elle avait compris qu'il mentait pour la protéger, et elle avait été à la fois émue par sa bonté et furieuse qu'il la prît encore pour une enfant.

Elle avait passé des après-midi entiers à lire des romans à de jeunes soldats devenus aveugles, à rédiger leurs lettres, à changer leurs pansements. Étouffant ses impatiences, souvent sa répulsion, elle avait tenu la main de gazés au visage couvert de cloques, à la respiration sifflante, qui parfois ne se souvenaient même pas de leur nom, et elle avait serré les dents en imaginant son frère, dans un hôpital similaire, seul avec sa détresse.

La brosse à cheveux lui glissa des mains et tomba par terre. Valentine se leva et tourna le robinet en col de cygne pour arrêter l'eau du bain. Puis elle ferma les yeux un court instant. Passerait-elle un jour, cette douleur ?

André enfila son veston d'intérieur et le ceintura avec la cordelière. Il se versa un cognac et s'assit dans une bergère. Dieu soit loué, l'épreuve était passée ! Comme il avait redouté la cérémonie de mariage, les félicitations, les discours... Toute cette émotion qu'on vous imposait, ficelée comme un paquet cadeau. Il aurait préféré une messe discrète, entouré de quelques amis proches, dans une chapelle romane où la pureté de la pierre reflétait la seule spiritualité qu'il reconnût encore, celle de la beauté.

André était un homme de silences, un homme simple qui n'aimait pas les détours ni les chemins de traverse. Enfant, on le disait têtu, parfois même borné. Cette opiniâtreté s'était affirmée avec les années. Ainsi, il lui avait suffi de croiser une seule fois celle qui devait devenir sa femme pour décider, en quelques secondes, que ce serait elle et personne d'autre.

C'était lors d'une permission ; Édouard Despresle l'avait convié à déjeuner. « J'espère que ça ne t'embête pas, mais il y aura aussi ma petite sœur. » Or la fillette brune dont il avait eu vaguement conscience était devenue une jeune fille grave et sérieuse. Il l'avait trouvée si belle qu'il avait à peine ouvert la bouche pendant le déjeuner, laissant Édouard raconter des anecdotes du front, du moins celles qu'on pouvait évoquer devant Valentine. De ce jour-là, elle n'avait pas cessé de le hanter.

André se leva pour aller ouvrir la fenêtre. L'appartement de l'avenue de Messine, avec ses hautes pièces aériennes, sentait le neuf. Dans le salon, les meubles étaient disposés un peu au hasard. Des toiles alignées contre le mur attendaient d'être accrochées. Un paravent laqué aux incrustations d'ivoire se dressait dans un coin tel un éventail fermé.

Il s'accouda au balcon. De l'autre côté de l'avenue, quelques lumières brillaient encore aux fenêtres. En ce mois de janvier, les branches des arbres étaient nues. Une voiture remonta la rue en pétaradant.

Maintenant que Valentine était devenue son épouse et que personne ne pouvait plus la lui prendre, il se sentait vidé de ses forces. Lorsqu'il l'avait demandée en mariage et qu'elle avait acquiescé sans hésiter, il avait été surpris par un assentiment aussi rapide. Il avait su René

Despresle acquis à sa cause, mais les jeunes filles n'obéissaient plus comme autrefois à leur père.

Dès sa démobilisation, il avait pris de ses nouvelles. Puis il avait patienté pendant deux longues années, veillant à la croiser lors de réceptions parisiennes ou de courts séjours à Montvallon, courant ce risque de la perdre parce qu'il avait eu l'intuition qu'en étant trop empressé il essuierait un refus. Il avait mené un espionnage de bon aloi, grâce à des amis communs, de manière si discrète que personne n'avait deviné l'intérêt qu'il lui portait. Mais un soir, il n'avait pas trouvé le sommeil. Les yeux ouverts dans le noir, son cœur s'était mis à battre un peu plus vite. Le moment était venu de l'approcher et tout son avenir dépendait de sa réponse : à la vérité, cet homme réservé, aux gestes mesurés, était tombé fou amoureux de Valentine Despresle.

André n'avait jamais encore connu de passion dans sa vie. Il aimait son métier, mais l'affaire de famille lui procurait une satisfaction trouble car elle était indissociable de la présence de son père Augustin, de son grand-père et de ses ancêtres qu'on pouvait citer en remontant jusqu'à un certain Émile Fonteroy qui, en 1765, avait été le premier de la lignée à entrer dans la confrérie des marchands-pelletiers-haubaniers-fourreurs et à porter l'habit de velours bleu doublé de loup-cervier.

Au lieu de ressentir un sentiment réconfortant de continuité parce qu'il s'inscrivait dans une filiation d'hommes inventifs, talentueux et habiles, il avait parfois l'impression d'être écrasé par les regards fixes des portraits accrochés dans le corridor qui menait au bureau de son père.

Du plus loin que remontaient ses souvenirs, il avait été impressionné par cette galerie de portraits. Il se rappelait une marche interminable le long de ce couloir, ses pas et ceux de sa gouvernante étouffés par l'épais tapis à ramages rouges. Il devait avoir six ou sept ans. Le sentiment oppressant avait été renforcé par la certitude qu'il allait être puni. Une bagarre au cours de laquelle il avait rossé son frère cadet avait entraîné une convocation chez son père. Non pas à la maison, mais au bureau. C'était la première fois qu'il avait le droit de venir dans l'imposant immeuble du boulevard des Capucines. Le privilège s'était transformé en cauchemar. Sous les regards réprobateurs de ses ancêtres, les uns à perruque, les autres au cou étranglé par des cols durs, le condamné s'était approché de la haute porte en bois sombre. Il avait si peur qu'il craignait de s'oublier dans sa culotte, ce qui aurait été l'humiliation suprême. La main gantée de sa nurse allemande lui broyait les doigts. Il aimait bien sa *Nana*, mais ce jour-là elle avait sa tête des mauvais jours : lèvres pincées, poitrine gonflée d'indignation.

Lorsque sa nurse lui avait lâché la main devant le bureau de son père, le petit garçon avait eu le sentiment de dériver vers la haute mer. Dans un silence assourdissant, les yeux rivés sur la pointe de ses souliers, il s'était récité une fable de La Fontaine comme si la magie du bestiaire pouvait le sauver de cet enfer.

Il ne se rappelait plus les paroles de son père, ni même la punition qui n'avait pas dû être bien sévère, mais la hantise de ce tribunal d'ancêtres ne l'avait jamais quitté. Alors qu'il croupissait dans la boue nauséabonde des tranchées, il s'était parfois réveillé, le corps baigné de sueurs froides, à cause d'une sottise d'enfant commise vingt ans auparavant.

Une porte s'ouvrit sur la droite. Valentine avait retiré sa robe de mariée, elle portait un pyjama en satin vert et noir, avec des manches en pagode et des broderies chinoises. Elle s'assit sous le halo de la lampe. Elle lui sembla si sereine, si parfaite, qu'il n'osa pas troubler cet instant de grâce par des paroles futiles.

Il lui versa un cognac. Elle encercla le verre de ses deux mains, comme une tasse de chocolat chaud.

— Vous semblez triste, s'inquiéta-t-il.

— Un peu de vague à l'âme, ce n'est rien. (Elle quitta ses mules brodées pour replier ses longues jambes.) Et si vous me parliez un peu de vous, André ? Maintenant que nous avons la vie devant nous…

Il devina qu'elle crânait. Il aurait voulu la rassurer, mais il redoutait qu'elle ne prît sa sympathie pour de la condescendance. Il avait l'impression de se trouver en face d'un animal sauvage qu'il fallait apprivoiser. Jusqu'à maintenant, il s'était senti sûr de lui, mais, soumis au regard limpide, il perdait contenance.

— Asseyez-vous, André. Vous me donnez le tournis à marcher de long en large.

Elle se pencha pour prendre son fume-cigarette sur la table. Quand il approcha la flamme du briquet, elle lui effleura la main. Il tressaillit. Elle lâcha une bouffée vers le plafond d'un air préoccupé.

— Il faut chasser ces odeurs de peinture au plus vite. Nous passerons plusieurs soirées dans chaque pièce avec des cigares et de l'encens, qu'en pensez-vous ?

— Vous fumez le cigare ?

— Il m'arrive d'en allumer un pour choquer les amis de mon père, mais j'avoue que je n'y ai pas pris goût, s'amusa-t-elle.

Il sourit. L'espièglerie de Valentine lui était étrangère. Il avait toujours été un garçon sérieux. Raisonnable. Pourtant, même enfant, il n'avait jamais recherché la compagnie de ses semblables. Secrètement, il n'aimait que les rebelles, ceux qui se brûlent les ailes. Comme Léon.

Agacé, il songea que c'était toujours dans les moments les plus inattendus que le souvenir de son frère venait le transpercer.

Il se rappelait, comme si c'était hier, les discours enflammés, les phrases incisives, les femmes subjuguées par le sourire éclatant. Léon méprisait les nuances et l'incertitude. Il affirmait ; il avait toujours raison. Il n'avait aucune patience pour ceux qui hésitent, qui doutent. *Comme je l'ai détesté parfois !* se dit André, le cœur serré. *Et comme j'aurais aimé lui ressembler...*

C'était Léon qui l'avait emmené au bordel voir les filles en socquettes blanches dans leurs croquenots noirs. Léon qui lui avait tenu la tête lorsqu'il vomissait après sa première cuite. Léon qui avait inventé les mensonges pour masquer les frasques de la jeunesse. Son cadet d'un an, il l'avait dépassé en imagination, en énergie, en volonté.

N'avait-il pas convaincu leur père de le laisser partir au Canada pour y acheter les peaux directement auprès des trappeurs ? Il avait passé un long hiver dans les immensités polaires et à son retour, André l'avait trouvé changé. Ce garçon expansif, un vrai moulin à paroles, avait découvert quelque chose qu'il refusait de partager. Et André avait été heurté par cet étrange mutisme.

Puis, après deux voyages à Moscou, Léon avait voulu tenter en Sibérie la même expérience qu'au Canada. Il avait appris le russe pendant des mois, travaillant d'arrache-pied avec un professeur privé. Mais au printemps 1914, la situation politique en Europe s'était envenimée. Personne ne croyait vraiment à la guerre, mais Augustin, en vieux renard, avait eu un mauvais pressentiment et ordonné à son fils de rester en France jusqu'à nouvel ordre.

« Je ne vais pas me tourner les pouces pendant que d'autres jouent aux petits soldats. De toute façon, les uniformes, les ordres, marcher au pas... Je ne suis pas fait pour ça », avait protesté Léon avant de claquer la porte. On ne l'avait plus revu.

Le 3 août, jour de la déclaration de guerre de l'Allemagne à la France, Augustin se trouvait à Montvallon. Il était monté au premier où il avait fermé à clé la chambre de son fils cadet. Désormais, le nom de Léon ne passerait plus ses lèvres.

Les mois avaient passé. On avait oublié les chants patriotiques, les fleurs aux fusils s'étaient fanées. Alors que la pluie crépitait sur sa capote militaire, embourbé dans la glaise, André avait souvent pensé à Léon. Une nouvelle fois, le rebelle n'en avait fait qu'à sa tête. Et André avait éprouvé une pointe de jalousie.

Valentine et lui se taisaient depuis de longues minutes. Elle semblait s'être perdue en elle-même. Il aurait voulu sonder ses pensées. Comment aller vers elle ? Il espérait ce moment depuis si longtemps et voilà qu'il craignait d'être maladroit, de la faire fuir.

Elle leva la tête, déplia ses jambes.

— Venez, dit-elle, et elle lui tendit la main.

*Elle n'a donc peur de rien*, songea-t-il.

Valentine s'examinait d'un œil averti dans la psyché de la chambre, vérifiant le tombé de sa robe.

*Nous sommes mariés depuis trois mois et je ne la connais toujours pas*, songea André, un rien attristé. Elle le traitait avec la bienveillance amicale mais distante qu'on porte à un étranger de passage. Parfois, la nuit, écoutant son souffle régulier, il étudiait son visage à la recherche d'une imperfection, comme pour la rendre plus humaine. Il la désirait avec une vigueur dont il s'étonnait lui-même, éprouvant une envie insatiable du grain de sa peau et du parfum de son corps.

Elle se pencha pour ajouter une touche de vermillon à ses lèvres, s'accrocha deux pendants d'oreilles en diamants et émeraudes. La jupe drapée de sa robe en velours de soie était retenue à la taille par un clip de cristal. En homme de métier, André reconnut une robe de Jean Patou.

Il jeta un coup d'œil à sa montre. Il leur faudrait vingt minutes pour rejoindre le théâtre. Devait-il laisser tomber la discussion qui menaçait de s'envenimer ou essayer de la convaincre ?

— Je pensais te faire plaisir en te proposant de m'accompagner. Nous n'avons pas eu de voyage de noces et je suis obligé de me rendre à cette foire de printemps. Leipzig est une ville intéressante, je t'assure. Je voudrais aussi te présenter mon ami Karl Krüger. C'est un garçon qui te plaira. Je ne l'ai pas revu depuis la guerre…

— C'est hors de question, répliqua-t-elle d'un ton sec. Je ne mettrai jamais les pieds en Allemagne. Non, Lucie, il fait trop chaud pour porter le manteau de mon beau-père, ajouta-t-elle en s'adressant à la femme de chambre qui venait d'entrer. Rangez-le jusqu'à l'hiver prochain. Apportez-moi plutôt l'étole bordeaux, celle avec les parements de renard.

— J'avoue que je ne te comprends pas, Valentine. La guerre est finie. On ne peut pas continuer à ignorer l'Allemagne.

Elle pivota vers lui. Le visage crispé, elle le fusilla du regard.

— Je les hais, ces Boches, tu m'entends ? Je les hais ! Et si jamais tu t'avises d'en faire venir chez moi, je leur cracherai au visage !

Elle arracha l'étole des mains de Lucie, qui la regardait, les yeux écarquillés. André n'avait jamais vu sa femme dans une rage pareille. La bouche déformée, les narines pincées, elle en était devenue presque laide.

— Écoute, je suis désolé... Je ne voulais pas...

Elle prit une profonde inspiration. D'une main nerveuse, elle effleura la bague sous sa robe.

— Ils ont tué mon frère, fit-elle d'une voix rauque. Je ne le leur pardonnerai jamais. Si tu n'arrives pas à le comprendre...

Elle passa devant lui. Dans le couloir, il l'entendit dire à Lucie de ne pas attendre leur retour, ils iraient souper après la pièce. Brusquement, André ressentit une bouffée de chaleur. Il lutta contre les images saccadées qui lui revenaient en mémoire.

Il ne l'imaginait que trop bien, cette haine dont elle avait parlé. Transmise de génération en génération, de père en fils, sans oublier les femmes et les mères, qui n'étaient pas toujours les plus tendres. Une haine cultivée avec soin qui fermente avant d'éclater à nouveau. Mais alors, ce carnage aurait été vain ? Ces millions de morts dont il ne restait que de sages petites croix blanches, des noms déclinés à l'infini comme autant de numéros, alors que chacun avait appartenu à un homme de chair et de sang, une somme d'amours, de désirs, de lamentables petites traîtrises, d'angoisses et d'espoirs lumineux, toutes ces morts-là auraient été dérisoires ?

Elle l'accusait de ne pas comprendre. Comment osait-elle ? Elle n'avait pas respiré la puanteur des cadavres qui vous colle à la peau et à l'âme. Elle n'avait pas entendu la stridulation des obus, le fracas des mortiers, le sifflement des balles. Elle n'avait pas déterré les morceaux de chairs noircies, chassé les rats repus, écrasé le corps flasque d'un camarade englué dans la vase. Elle n'avait pas connu la panique abjecte qui vous noue la gorge et les tripes. Elle n'avait pas vu ces Allemands et ces Français, pouilleux, hagards, délaisser leurs armes, émerger de leurs trous pour échanger des cigarettes ou un journal, alors qu'à une centaine de mètres leurs compagnons d'armes se massacraient. Elle n'avait pas senti le poing terrible de la guerre serré au-dessus de soldats qui n'étaient que des hommes.

Il avait espéré qu'avec le temps les souvenirs s'estomperaient, mais ils restaient gravés dans sa mémoire. Cette terre lunaire où les arbres, les ruisseaux, les champs, les haies, les routes, les fermes n'étaient plus qu'une vaste étendue gris et ocre, avec ses cratères creusés par les obus où croupissait une eau fétide, et ses cadavres qui n'avaient plus ni forme ni couleur humaine. L'homme était condamné à redevenir poussière, mais pas comme ça, pas comme un vulgaire animal, sans dignité, sans honneur.

Ce qui d'emblée avait frappé André à son arrivée en première ligne, c'était que l'ennemi était invisible. Autour de lui, ses premiers camarades avaient été tués sans avoir vu le moindre casque à pointe. Une colère froide l'avait saisi devant une pareille impuissance. Plus tard, bien sûr, il l'avait trouvé, l'ennemi. Il l'avait même regardé dans les yeux : lors d'un corps à corps, sa baïonnette s'était enfoncée dans le ventre d'un garçon d'à peine vingt ans et, ainsi qu'on le lui avait enseigné, en élève consciencieux, il avait appuyé son pied sur le corps encore palpitant pour retirer son arme et attaquer à nouveau. À chaque pas, il s'était senti mourir. Ce n'était pas à la France qu'il avait pensé, ni à la gloire de la patrie, ni au sang impur de ses ennemis, mais à sa propre peau, et à celle des hommes qu'on lui avait confiés. Il s'était senti prêt à tout pour sauver une vie, une seule, car chacune lui était précieuse et il refusait l'anonymat de la mort qui fauchait sans compter.

André passa lentement les mains sur son visage, creusant des sillons dans ses joues. Était-il donc condamné à mourir un jour dans son lit, vénérable vieillard entouré de ses proches, avec dans les narines l'odeur pestilentielle des tranchées et sur les lèvres le goût métallique de la terre de Verdun ?

À l'entracte, alors que Valentine se trouvait séparée d'André, on lui effleura l'épaule. Surprise, elle se retourna. Une femme la dévisageait. Elle avait l'un de ces visages dramatiques que l'on n'oublie pas, un front bombé, un nez saillant, des lèvres écarlates, un dessin de traits qui manquait d'harmonie mais non pas de vigueur.

— Madame, je m'appelle Ludmila Tikonov. Je suis peintre. Une toile m'obsède depuis des semaines. Je ne sais pas comment vous faire comprendre… J'étais à la recherche de quelque chose… Accepteriez-vous de poser pour moi ? Mais je dois vous prévenir… il s'agit d'un nu.

Tant d'impudence laissa Valentine interdite. Elle se raidit de colère, une réplique cinglante sur le bout des lèvres. Mais le visage de l'artiste la fit hésiter. Ludmila Tikonov était devenue très pâle, ses yeux noirs la détaillaient avec une avidité déconcertante, et elle serrait si fort son sac perlé que les jointures de ses doigts avaient blanchi. Il lui avait fallu du cran pour aborder ainsi une inconnue et lui faire une proposition aussi audacieuse, et Valentine ne put s'empêcher de se sentir flattée d'être ainsi désirée. C'est alors qu'elle vit André, deux coupes de champagne à la main, se frayer un chemin en revenant vers elle.

— Qui est cette femme à qui tu parlais ? Elle a une drôle d'allure.

— Je ne sais pas. Elle m'a prise pour quelqu'un d'autre. Tiens, voilà Odile, allons la saluer.

Valentine n'écouta pas un mot du dernier acte de la pièce. Dans la pénombre de la salle de théâtre, enfoncée dans son fauteuil, elle songeait à Ludmila Tikonov. Il y avait quelque chose de sauvage, d'incontrôlé, chez cette femme à la bouche agressive et aux yeux fardés. Une désespérance qui l'attirait comme une flamme.

Le bras de son mari frôlait le sien sur l'accoudoir. Elle avait accepté d'épouser André Fonteroy comme on ment par omission, avec l'espoir que cet homme encore jeune, mais qui lui semblait déjà si vieux, apaiserait ses inquiétudes secrètes. Or, depuis son mariage, il lui semblait qu'André était toujours là, ombre fidèle et attentive, et, par moments, Valentine éprouvait des impatiences qui couraient dans ses veines telles des langues de feu.

Le lendemain, à onze heures précises, elle frappa à la porte de l'atelier, rue Campagne-Première, une voie étroite mais animée du quartier de Montparnasse. L'artiste portait un turban, une blouse tachée et tenait une palette à la main. Elle sembla étonnée de la voir, comme si elle avait été certaine que Valentine se déroberait à la dernière minute.

Elle la pria d'entrer. L'odeur entêtante d'huiles et de solvants prit la jeune femme à la gorge. Un pan de mur était recouvert d'une mosaïque. De photos et d'esquisses. Des dizaines de toiles de formats différents s'entassaient dans les coins. Sur une étagère, une assiette avec un quartier de pomme et un morceau de fromage. Une petite table en bois était barbouillée de peintures qui formaient des couches épaisses et irrégulières.

Ludmila lui demanda de se déshabiller derrière un paravent. Accroché à une patère, Valentine trouva un peignoir. Elle le porta à son visage, respira un parfum bon marché. Celui de Ludmila ou d'un autre modèle ? Il y avait quelque chose d'impudique à enfiler le vêtement aussi intime d'une autre femme.

Puis Ludmila lui donna la main pour l'aider à grimper sur une étroite estrade où se trouvait une chaise en paille. La lumière tombait de la verrière, lourde comme une cascade d'eau. Le peignoir fut jeté dans un coin. Ludmila lui fit signe de s'asseoir. La paille était inconfortable.

Concentrée, l'artiste se mit à déplacer les bras et les jambes de son modèle. Chaque fois, elle reculait de quelques pas pour vérifier la pose. Un bras sur le dossier, l'autre le long du corps. Les jambes croisées ou un genou écarté. Elle agissait sans pudeur, avec une certaine brusquerie. Valentine la laissait faire, à la merci de cette inconnue qui étudiait son corps avec le même regard détaché qu'elle portait sur elle-même. Enfin satisfaite, Ludmila commença à travailler.

Elle dessina quelques esquisses sur un carnet à spirale, jetant de temps à autre un regard sur son modèle. Son visage dépourvu de maquillage avait un teint grisâtre. Elle mordillait parfois ses lèvres blêmes, arrachait une page du carnet, la froissait et la lançait en direction d'une corbeille à papier.

Puis elle fixa une toile sur un chevalet et commença à y tracer de grands traits au fusain. Fascinée, Valentine ne la quittait pas des yeux. Ludmila faisait des grimaces, lâchait un coup rageur, puis s'arrêtait soudain, se triturait la joue, et reprenait le travail avec une étrange délicatesse.

Le silence était parfois interrompu par les rumeurs de la rue ou des pas précipités dans le corridor. Immobile, Valentine avait l'impression que le temps s'était arrêté. Elle n'était plus une femme mariée, digne et respectée, mais un corps fragile, du sang qui s'écoule dans les veines, un cœur, des nerfs, des muscles endoloris par une longue crispation.

Trois quarts d'heure plus tard, Ludmila posa son pinceau.

— C'est fini pour aujourd'hui, dit-elle, avant de se détourner pour allumer une cigarette.

Valentine descendit seule de l'estrade et marcha nue jusqu'au paravent où elle se rhabilla. Puis elle s'approcha de la porte.

— Demain, même heure ? demanda-t-elle.

Assise sur un tabouret, Ludmila semblait épuisée. Elle se contenta de hocher la tête, le regard absent. Valentine referma doucement la porte derrière elle et descendit l'escalier.

Dehors, elle s'éloigna d'un pas rapide, effarée par son audace. Comment expliquer ce coup de tête ? Elle avait accepté la proposition de Ludmila Tikonov parce qu'il lui avait semblé évident qu'elle devait poser pour cette femme dont elle ne savait rien, dont elle ne voulait rien savoir. *Je suis folle*, songea-t-elle. Et elle sourit.

Pendant trois semaines, tous les jours excepté le dimanche, Valentine se rendit à l'atelier. Après chaque séance de pose, elle lui demandait : « Demain ? » et Ludmila acquiesçait d'un air furieux comme si elle luttait contre un démon.

Valentine se sentait à la fois humble et orgueilleuse. Elle était indispensable à la réussite de la peinture, mais les tourments qui hantaient le regard de l'artiste l'impressionnaient. Cette femme brûlait la chandelle par les deux bouts. Souvent, elle avait les traits tirés, une étincelle sombre éclairait ses prunelles. Valentine devinait des nuits blanches, des liaisons incertaines, des combats contre les ombres. Elle se demandait si elle aurait la curiosité de franchir des barrières interdites, si Ludmila l'y incitait, mais celle-ci se contentait de peindre, et de peindre encore. Son intensité, sa façon d'être absorbée par son art au point qu'elle était parfois plus nue que son modèle, troublait Valentine, la renvoyait à la vacuité de sa propre existence.

Leurs séances étaient devenues un moment de communion, même si elles n'échangeaient pas une parole. Il semblait à Valentine que ces heures volées à André, à ses amis, à sa vie conventionnelle étaient plus incandescentes que ne l'eût été une liaison avec un amant.

Pendant près d'une heure chaque jour, elle se dévêtait devant une inconnue, se dépouillait de sa personnalité pour mieux la découvrir. Sa respiration se faisait plus lente. Son corps se gorgeait de sensations : un courant d'air froid qui lui frôlait les reins, un rayon de soleil plus vigoureux, une goutte de sueur qui perlait entre ses seins un matin d'orage…

Un jour, Ludmila posa son couteau.

— C'est fini, soupira-t-elle.

Valentine tressaillit. Elle éprouva un sentiment de tristesse, d'étrange abandon. En trois semaines, elle avait eu l'impression de grandir, de se libérer d'un certain nombre d'incertitudes. Lors de ces séances de pose silencieuses, elle avait eu le temps de réfléchir. En admirant l'énergie de Ludmila, cette bataille quotidienne de l'artiste avec elle-même, un nouvel appétit de vie s'était insinué en elle. La vulnérabilité de son corps exposé avait affermi son caractère.

Elle se releva lentement, le genou droit ankylosé comme d'habitude. Elle se rhabilla pour la dernière fois. Lorsqu'elle fut prête, elle enfila ses gants, ajusta son chapeau à longue plume.

— Merci de m'avoir consacré votre temps, madame, dit l'artiste au regard intense. J'aimerais vous offrir quelque chose, un livre, des fleurs ?

— C'est inutile. C'est moi qui vous remercie.

— Je suppose que vous désirez voir la toile…

Ludmila semblait agacée, mais Valentine devinait qu'elle était simplement nerveuse. Tandis que l'artiste faisait pivoter le chevalet vers son modèle, Valentine repensa soudain au portrait de sa mère et elle comprit la vraie raison qui l'avait poussée à relever ce défi. Elle eut alors l'impression, telle une enfant fautive, d'avoir commis une bêtise.

En découvrant le portrait, elle porta une main à sa gorge. *Je ne lui ressemble pas*, songea-t-elle, désemparée, et les larmes lui montèrent aux yeux. Il n'y avait rien de doux ni de gracieux, de serein ni de tendre, rien de l'ange ni de la fée, chez cette femme lascive, assise sur une vulgaire chaise en paille, dont la clarté du corps éclatait devant une tenture vermeille. Et Valentine resta interdite, blessée par cette nudité offerte, trop jeune encore pour comprendre la magie du tableau, le contraste captivant entre la fragilité du regard et l'insolence de la chair.

Elle recula d'un pas, tourna la poignée de la porte et se précipita dans l'escalier.

Restée seule, Ludmila retira sa blouse, se frotta les mains avec un chiffon imbibé d'essence de térébenthine. Elle s'apprêtait à sortir lorsqu'une inspiration subite la fit revenir vers le portrait. D'ordinaire, elle n'aimait pas intituler ses tableaux, mais cette fois ce fut plus fort qu'elle. De son écriture puissante et déliée, elle inscrivit en bas, à droite : « La Mal-Aimée ».

Pierre Venailles n'en croyait pas ses yeux. Un bock à la main, il sortit de La Rotonde pour s'en assurer. C'était bien Valentine Fonteroy qui traversait le boulevard Raspail, sa jupe à mi-mollet dévoilant ses chevilles fines. *Que diable vient-elle faire dans ce quartier ?* s'étonna-t-il. Les yeux baissés, elle marchait droit sur lui.

— Bonjour, fit-il.

Elle releva la tête d'un air surpris. En le reconnaissant, son visage s'empourpra comme celui d'une jeune fille.

— Venez donc prendre un verre avec moi.

— Vous buvez toujours sur le trottoir ? rétorqua-t-elle.

— Seulement quand je suis seul. Maintenant que nous sommes deux, je peux rejoindre le commun des mortels.

Il lui tint la porte. Elle hésita, avant de se laisser convaincre. Il demanda au garçon de leur trouver une table, l'installa sur la banquette et se glissa en face d'elle.

— Un bock, n'est-ce pas ? demanda-t-il.

— Pourquoi pas ?

Elle regarda les tableaux qui se chevauchaient sur les murs.

— Les artistes n'ont souvent pas un sou, expliqua-t-il. Le patron les laisse payer avec des toiles. Il prétend que ça égaye les murs.

Valentine se demanda si les formes éclatées de ces peintures pouvaient être considérées comme décoratives.

— Vous venez souvent ici ? s'enquit-elle, alors que le garçon drapé d'un long tablier blanc posait le verre devant elle.

— J'y retrouve des amis peintres, ceux qui ont abandonné Montmartre aux touristes.

— C'est curieux. Vous ne semblez pas être du genre à fréquenter des artistes.

— Vous non plus. Et pourtant, vous êtes là.

Elle baissa la tête, but une gorgée.

— Ce ne serait tout de même pas un amant que vous cachez dans ce quartier si éloigné du vôtre ? plaisanta-t-il, amusé de la voir mal à l'aise.

— On ne vous a jamais dit que vous étiez impertinent et mal élevé ?

— Souvent. Mais j'ai remarqué que les femmes aiment ça.

— Et prétentieux, pour couronner le tout.

— Parlez-moi de votre amie Odile.

— Elle au moins, elle saurait se défendre contre vos remarques odieuses. Elle peut se mettre dans des colères redoutables.

— C'est sûrement à cause des cheveux roux, dit-il avec un sourire. Ces gens-là sont connus pour avoir un caractère impossible.

Amusée, Valentine songea qu'elle tolérait d'Odile des reproches qu'elle n'aurait acceptés de personne d'autre.

L'amitié avait longtemps été un mystère pour Valentine. Elle avait grandi à la campagne, avec une gouvernante et un précepteur. Si les fillettes des environs avaient été des compagnes de jeux, aucune n'était devenue une sœur d'élection. La guerre avait figé sa jeunesse dans leur maison de Bourgogne. À l'hôpital militaire, veillant les blessés, elle n'avait pas trouvé les mots pour sympathiser avec les infirmières. On l'avait jugée hautaine. Par dépit, par goût aussi, elle s'était dévouée aux hommes. Elle préférait leur compagnie à celle des femmes, mais il y avait en elle cette tendance à toujours vouloir les régenter, comme lorsqu'ils étaient allongés sur leurs lits étroits à barreaux, à sa merci.

À vrai dire, elle n'avait jamais appris à faire confiance. Pour qu'une amitié pût grandir, encore fallait-il accepter le risque de la perfidie. Valentine n'aimait pas prendre de risques. Du moins, pas ceux qui engagent le cœur.

Odile était entrée dans sa vie alors qu'elle venait de poser ses bagages à Paris, dans l'appartement de son père, quelques jours après l'armistice. Sur le palier, elle avait entendu quelqu'un pleurer. Elle avait tendu l'oreille.

« Merde, merde et remerde ! » avait pesté une voix féminine.

Intriguée, elle avait grimpé jusqu'au troisième. Assise sur les marches, une jeune fille sanglotait. Valentine s'était approchée. Pouvait-elle l'aider ? L'inconnue avait levé vers elle un visage strié de larmes, des mèches rousses collées à un front en sueur. « J'ai perdu ma clé, on m'a volé mon sac et... je l'aime ! » Valentine s'était assise à côté d'elle, abasourdie par les confidences de cette parfaite inconnue qui s'était jetée dans ses bras et pleurait sur son épaule. Avec gaucherie, elle lui avait tapoté le dos. « C'est pourtant bien d'être amoureuse », avait-elle murmuré, sottement, allant d'emblée à l'essentiel avec la prescience d'une fille de son âge. « Il m'a juré qu'il m'aimait, je me suis donnée à lui, et voilà que ce goujat m'annonce que c'est fini entre nous. » La jeune fille s'était redressée d'un seul coup. « Le monstre, il me le payera ! » Valentine avait été fascinée.

Elle dévisagea Venailles en prenant une autre gorgée de bière. Odile, elle le savait, le voyait de temps à autre. Elle se disait sous son charme, sans pouvoir se l'expliquer. Ne serait-ce que quelques mois auparavant, Valentine n'aurait pas supporté ce face à face avec quelqu'un d'aussi sibyllin. Elle avait l'habitude d'en imposer aux hommes, alors que Pierre Venailles semblait se moquer d'elle.

— Pourquoi vous intéressez-vous à Odile ?

— Je l'ai rencontrée à votre mariage. C'est une jeune femme attachante. Et puisque, hélas, vous êtes mariée…

Il y eut un soupçon de regret dans son regard, ce qui la troubla, mais surtout de la moquerie. Agacée, elle le jugea trop sûr de lui. Et puis, cela ne se faisait pas de courtiser une jeune mariée.

— Je suis désolée, mais je dois rentrer, lâcha-t-elle d'un ton sec. Mon mari m'attend pour déjeuner.

— Ah, ce cher André… Il est toujours aussi ponctuel, n'est-ce pas ? ironisa-t-il.

— Vous vous connaissez depuis longtemps ?

— Non, répondit Venailles, en pensant « depuis toujours ». Je suis l'un des banquiers de l'illustre Maison. Je m'occupe de certaines de ses affaires, c'est tout.

Valentine avait envie de s'en aller. La bière avait un goût écœurant. L'agitation de la salle enfumée lui donnait mal à la tête. Elle se pencha légèrement en avant, le visage tendu.

— Odile est ma meilleure amie. Gare à vous si vous la faites souffrir !

Une lueur amusée filtra dans les yeux clairs de Venailles. D'un doigt, il essuya la traînée de mousse sur la lèvre supérieure de la jeune femme, la porta à sa bouche et la lécha.

— À bientôt, alors ?

Elle se retint de le gifler pour ne pas se donner en spectacle. Quand elle repoussa la table d'un geste furieux, il dut rattraper le bock à peine entamé qui se renversait. Puis elle quitta La Rotonde, la nuque raide, sans se retourner.

André sortit de son bureau pour monter au quatrième étage. Le chef d'atelier avait demandé à le voir.

L'immeuble du boulevard des Capucines avait tout d'une ruche bourdonnante. Il en connaissait le moindre recoin : les chambres froides au sous-sol qui servaient à entreposer les fourrures, le rez-de-chaussée avec le rayon des pelleteries et les vastes salons d'essayage, les deux étages de bureaux, et enfin les différents ateliers de coupe et de création qui se nichaient jusque sous les toits.

André mettait un point d'honneur à reconnaître les cent cinquante personnes qui travaillaient pour la Maison Fonteroy à Paris. Un jour, alors qu'il descendait saluer une jeune vendeuse qui venait d'être embauchée, son père s'était moqué de lui. « Tu perds ton temps avec ces singeries », avait grommelé Augustin. Mais les tranchées avaient trop fortement marqué André pour qu'il ne se sentît pas concerné par chacun de ses employés. Il avait fait ouvrir une cantine et organisait chaque Noël une réception dans les salons où les employés et les ouvriers étaient conviés à prendre un verre. Augustin s'y rendait de mauvaise grâce et Valentine avait toujours refusé d'y faire une apparition.

Il emprunta l'un des étroits escaliers qui menaient aux ateliers.

— Bonjour, Worms.

L'homme aux cheveux grisonnants se releva avec une grimace.

— C'est encore votre dos qui vous joue des tours ?

— Hélas, monsieur André, je ne me suis pas remis de ce tour de reins. Quelle idée, aussi, de soulever trois paquets d'un coup !

— C'est votre femme qui doit être contente.

— Ne m'en parlez pas, plaisanta le chef d'atelier. Dimanche, j'ai dû rester allongé toute la journée.

— Vous avez demandé à me voir ?

— Oui, monsieur. Je voulais vous montrer les quelques zibelines qui viennent d'arriver.

— Je sais ce que vous allez me dire, soupira André en examinant le poil étonnamment terne. Elles sont moins belles que d'habitude, mais que voulez-vous, certains de nos intermédiaires ont disparu, les contacts avec les Russes sont difficiles et le choix était limité. J'ai pris ce qu'il y avait de mieux.

— Heureusement, nos pelleteries canadiennes, elles, sont magnifiques, reprit Worms d'un air enjoué. Monsieur Léon avait eu raison d'établir nos propres postes là-bas. Comme il disait toujours, un bon achat au départ et le plus gros du travail est fait. Oh, pardon, monsieur, je ne voulais pas…

Il bafouilla, craignant d'avoir commis un faux pas. Il travaillait pour les Fonteroy depuis vingt-cinq ans. Il les avait vus grandir, monsieur André et monsieur Léon, leur avait expliqué les ficelles du métier. Quand monsieur Léon avait disparu, il avait eu l'impression de perdre un fils.

— Ne vous en faites pas, mon cher Worms. Contrairement à mon père, je ne vois pas pourquoi le nom de mon frère devrait être tabou.

— S'il n'y avait pas eu cette maudite guerre, on aurait pu faire des recherches pour le retrouver.

— La Russie bolchevique est un pays coupé du monde. Le magasin de Moscou a été pillé et tous les manteaux volés. Et désormais, même la Sibérie est tombée aux mains des Rouges. Comment voulez-vous mener une enquête dans un pays en pleine révolution ? Toutes les démarches que j'ai pu entreprendre sont restées vaines. Monsieur Léon n'a plus donné signe de vie depuis sa dispute avec mon père, mais, comme vous le savez, c'est une forte tête. Je ne désespère pas qu'il soit encore vivant.

Le chef d'atelier hocha la tête. Le chagrin évident de monsieur André lui faisait de la peine. C'était quelqu'un de bien, de trop bien, se disait-il parfois, quand son patron hésitait à congédier un ouvrier. On ne pouvait pas être trop gentil dans une vie où seuls les plus forts survivent.

André finit d'examiner les peaux.

— Dites au modéliste de venir me trouver. Nous allons voir ce que nous pouvons faire de ces malheureuses zibelines. Elles m'ont tout de même coûté assez cher.

L'air soucieux, il quitta le bureau de Worms. Alors qu'il s'engageait dans l'escalier, il faillit renverser un homme qui montait.

— Pardonnez-moi, fit André.

Le jeune homme aux cheveux noirs se plaqua contre le mur pour le laisser descendre. André le dépassa, toujours plongé dans ses pensées.

Worms était sorti dans le couloir. Il jaugea l'inconnu qui retournait une casquette entre ses mains. Ses vêtements usés étaient rapiécés par endroits et sa chemise blanche avait connu des jours meilleurs, mais son visage était propre. *Encore un qui cherche du boulot*, songea-t-il. *Mais il ne m'a pas l'air français, celui-là.*

— Vous désirez ? demanda-t-il d'un ton bourru.

— Bonjour, monsieur. Je cherche du travail, monsieur.

Il avait effectivement un accent, mais Worms apprécia la politesse, qui semblait sincère. L'inconnu avait un regard franc et d'étonnants yeux bleu foncé.

Le chef d'atelier poussa la porte de son bureau, retira un paquet d'astrakans qui encombrait une chaise, et fit signe au jeune homme de s'asseoir. Celui-ci hésita, puis se tint sur le bord du siège comme s'il allait se relever d'une seconde à l'autre.

— Tu as du métier ?

— Oui, monsieur. Je viens de Kastoriá.

Worms eut l'air étonné.

— Qu'est-ce que tu viens faire chez nous ? Je croyais que les Grecs ne travaillaient qu'entre eux.

Le jeune homme rougit, mais sans baisser les yeux.

— Je préfère chercher une place ailleurs, monsieur.

Le chef d'atelier se frotta la moustache d'un air songeur. La réputation des artisans grecs n'était pas à faire. À Kastoriá, dans les montagnes de Macédoine, on travaillait la fourrure depuis le xe siècle. Il ne doutait pas que ce jeune homme connût le métier, mais il n'aimait pas l'idée qu'il pût avoir des problèmes. L'exil, ce n'était jamais facile. Si l'on était aussi brouillé avec les siens, c'était qu'on avait sale caractère ou commis de grosses bêtises.

— Nous n'avons besoin de personne…, commença-t-il.

Le jeune homme se raidit.

— Pardon, monsieur, mais ce n'est pas vrai. Beaucoup d'ouvriers sont morts. Les affaires reprennent. Vous avez besoin d'une main-d'œuvre qualifiée.

— Les affaires reprennent, comme tu y vas ! Les cours du lapin et de la sauvagine s'effondrent. J'ai l'un de mes pelletiers préférés qui vient de me claquer entre les doigts, grommela Worms.

— Ce n'est qu'un mauvais moment à passer. Les femmes ne vont pas tarder à reprendre leurs achats, maintenant que la guerre est finie.

— Tu lis dans les boules de cristal ou tu te prends pour un homme d'affaires ? ironisa le chef d'atelier. Et pourquoi parles-tu si bien le français ?

— J'ai eu un professeur français à l'école, et puis j'ai travaillé six mois à Marseille. Sur le port.

Le regard s'était voilé. *Il a dû se trouver une petite là-bas qui l'a envoyé promener*, songea Worms.

— Ce n'est pas le même métier.

— Non, monsieur. C'est pourquoi je suis monté à Paris.

— Tu n'as pas de lettre de recommandation, évidemment ?

— Non, monsieur, mais mes papiers sont en règle.

— Il manquerait plus que ça ! bougonna Worms.

Il était agacé car ce jeune homme lui plaisait. Il pouvait le prendre à l'essai. Rien que pour titiller le syndicat ouvrier qui lui échauffait les oreilles avec ses revendications de salaires et d'horaires. Pourquoi ne pas nationaliser la Maison pendant qu'on y était ? Les méthodes des soviets, c'était bon pour les Russes.

— Écoute, je veux bien te donner une chance. Tu t'y connais avec la surjeteuse, je présume ?

— Comme personne, monsieur, lança-t-il fièrement.

— Mais tu sais que, chez nous, les mécaniciennes sont toutes des femmes ?

— Ce n'est pas grave, monsieur.

— Alors, je te prends un mois à l'essai. Après, on verra.

— Merci, monsieur. Vous ne le regretterez pas.

— J'espère bien. Tu commences demain. Huit heures. Et ne sois pas en retard.

Le jeune homme bondit sur ses pieds comme s'il avait été assis sur des ressorts.

— Non, monsieur. Merci, monsieur.

— Au fait, comment tu t'appelles ? demanda Worms en prenant un crayon et un papier dans la poche de sa blouse blanche.

— Alexandre Manokis, monsieur.

Et le sourire qui éclaira le visage du jeune Grec fit tressaillir le vieux Daniel Worms. *Bon sang, mais il est beau comme un dieu !* songea-t-il.

Dans la rue, Alexandre poussa un cri de joie et sauta en l'air en donnant un coup de poing. On se retourna sur lui mais il se moquait de passer pour un fou : un travail, il avait enfin un travail ! Il devait seulement convaincre sa logeuse de lui faire encore crédit jusqu'à ce qu'il touche sa première paie.

Pour économiser un ticket de métro, il marcha jusqu'à la place Vendôme, traversa les Tuileries et le pont Royal où un coup de vent faillit emporter sa casquette. Arrivé rue Saint-André-des-Arts, il grimpa les six étages jusqu'à sa chambre mansardée. Il avait le choix entre se jeter sur le lit et s'asseoir sur la chaise. Il choisit le lit, croisa les mains derrière la nuque et contempla le ciel à travers la lucarne.

Dès qu'il avait débarqué à Paris sur le quai de la gare de Lyon, il avait été attiré comme par un aimant vers ce quartier où plusieurs familles de Kastoriá s'étaient installées depuis une quinzaine d'années. Par orgueil, parce qu'il s'était juré de réussir seul, sans l'aide de personne, il ne voulait ni les voir ni leur parler, mais il était rassuré de savoir ses compatriotes dans les immeubles avoisinants. Après la bonhomie et l'accent chantant des Marseillais, la vivacité des Parisiens et leur langage pointu continuaient à le surprendre.

— Bientôt, bientôt..., fredonna-t-il à voix haute.

Il s'y voyait déjà, descendant d'une limousine devant le Waldorf, salué bien bas par le portier, parcourant les rues de Manhattan, les cheveux au vent, aveuglé par les rayons de lumière qui rebondissaient entre les gratte-ciel. Alexandre Manokis n'avait qu'un seul but dans la vie : New York. La gentille petite ville de Paris n'était qu'une étape. Il comptait y demeurer le moins longtemps possible, mais, pour le moment, toutes ses demandes de visa pour l'Amérique restaient lettre morte.

Son estomac gargouilla. S'il offrait de faire la plonge, il obtiendrait peut-être un repas gratuit dans le restaurant de la rue Mazarine où la patronne lui faisait les yeux doux. Bah, lorsqu'il serait riche, il ne laverait plus jamais une assiette de sa vie !

Son père se serait arraché les cheveux s'il avait connu les petits métiers exercés par son fils depuis son départ de Kastoriá. Ou peut-être même pas. Son père ne devait plus se faire beaucoup d'illusions au sujet de son troisième garçon, qu'il avait mis à la porte, lui intimant l'ordre de ne pas revenir avant d'être prêt à lui obéir. C'était la dernière fois qu'Alexandre avait vu la demeure patricienne avec ses plafonds de bois sculpté, ses tapis soyeux et ses lourds canapés en tissu. Il ne regrettait rien de l'opulence de son enfance. Mais dès qu'il pensait aux eaux vertes du lac, à l'air sec et parfumé des montagnes du Pinde, il éprouvait un pincement au cœur. Parfois, lorsque les cloches le réveillaient le dimanche matin, il croyait entendre résonner les carillons des dizaines d'églises byzantines de sa ville natale et, le temps de reprendre ses esprits, il se sentait un peu perdu.

Maudite destinée, qui l'avait amené à se rebeller contre son père et à choisir l'exil. Il les maudissait tous : les Turcs, qui avaient emmené de force son frère aîné pour l'enrôler dans l'armée ottomane – un frère aîné qu'il avait à peine connu et dont la famille n'avait plus jamais eu de nouvelles ; les Grecs, qui avaient convaincu son deuxième frère de se battre pour la libération de la Macédoine : il en était mort, les armes à la main, avant même de voir la Macédoine rattachée à la Grèce en 1913 ; son père enfin, un tyran qui avait voulu lui faire épouser la fille des Kozáni. Maintenant qu'Alexandre était devenu l'héritier, le vieil homme entendait lui imposer cette alliance prévue depuis deux générations avec une famille de négociants aussi éminente que la leur. Mais Alexandre ne voulait pas d'un mariage arrangé. Et puis, la fille Kozáni louchait et ricanait sottement avec ses amies quand elles le croisaient dans les ruelles. Il avait protesté, mais faire entendre raison à son père était une gageure. Lors de leurs disputes, sa mère s'était tordu les mains, le visage blême. Honteux de lui infliger ces souffrances après tout ce qu'elle avait déjà enduré, il avait néanmoins refusé de se sacrifier. Son cœur resterait toujours attaché à la presqu'île qui s'avançait dans le lac Orestias, aux forêts de chênes et de sapins, aux hauts plateaux balayés par la bise en hiver et chauffés à blanc sous le soleil du plein été ; cependant, il n'avait que dix-huit ans et le monde lui ouvrait les bras.

Le jour où il avait été chassé de chez lui, il était allé trouver son ami Basile pour lui annoncer qu'il devait rejoindre Thessalonique. Avec sa peau grêlée et son sourire édenté, Basile n'avait pas posé de questions. C'était ce qu'il y avait de bien avec lui : le muletier était un homme de parole mais de peu de mots.

Trois jours durant, ils avaient marché sur les sentiers tortueux. Ils avaient franchi des ravins, escaladé des pentes raides, dévalé des torrents asséchés, les cailloux roulant sous leurs pieds et les sabots des mulets. Le soir, après un lapin rôti au feu de bois, arrosé de quelques rasades d'un vin aigre qui râpait l'arrière-gorge, Alexandre s'allongeait, rompu de fatigue, et écoutait Basile raconter ses souvenirs.

Jeune garçon, il avait commencé par travailler dans les tanneries où les peaux, après avoir été séchées et salées en Sibérie pour empêcher les vers de s'y nicher, étaient ensuite préparées pour affronter la chaleur. Mais très vite, écœuré par les odeurs nauséabondes, il était devenu muletier. Ces chemins, ceux qui traversaient l'Épire, descendaient vers Le Pirée ou menaient aux ports du golfe de Salonique, Basile les connaissait par cœur. Il en avait transporté, de ces chutes de confection dont la plupart des fourreurs ne savaient que faire, les gorges, têtes, queues, croupes et autres pattes, que les Kastoriens assemblaient en rectangles, et dont les fourreurs se servaient ensuite pour façonner des vêtements. Voilà des siècles que les marchands kastoriens partaient telles des nuées de moineaux vers l'Europe centrale, les rives de la mer Noire, l'Allemagne, la France, et même l'Amérique depuis le siècle dernier. Mais les exilés ne rompaient jamais les liens avec la mère patrie et la ville de leurs racines, et les familles restées à la maison vivaient de ces relations tissées à travers le monde. Seul Alexandre avait choisi la solitude.

Un grondement d'estomac le propulsa hors du lit. Il ferma la porte à clé.

Lorsqu'il poussa la porte du bistrot, la patronne sortit de la cuisine en essuyant ses mains avec un torchon et lui sourit :

— Assieds-toi et mange, petit. Il y aura du monde ce soir et tu travailleras tard.

En passant, elle lui caressa la nuque. Alexandre ferma les yeux, le cœur lourd, se rappelant une autre main, un autre parfum, celui d'une jeune veuve de Kastoriá qui lui avait fait découvrir l'amour et qui avait pleuré quand il était venu lui dire adieu.

Valentine s'allongea à même la moquette de la salle de bains. La peau moite, les jambes tremblantes, elle avait envie de mourir. Pourquoi avait-elle mangé ces huîtres la veille alors qu'elle n'aimait pas les fruits de mer ? Elle fit un effort pour se relever et s'observer dans le miroir. L'horreur ! Le visage livide, des cernes noirs, le cheveu terne et plat. Et c'était quoi, cette drôle de tache sur le front ? Elle passerait la journée au lit. Même si elle en avait eu la force, elle aurait eu honte de sortir dans un état pareil.

Elle se recoucha, sonna la femme de chambre et lui demanda d'appeler le médecin. Par ailleurs, on ne devait la déranger sous aucun prétexte. Le plateau du petit déjeuner fut renvoyé sans ménagement.

— À mon avis, elle va nous faire un petit, dit Lucie en posant le plateau à l'office.

Jean, le maître d'hôtel, cessa d'astiquer l'argenterie.

— Qu'est-ce qui te fait dire ça ? demanda-t-il, les sourcils en bataille.

— Elle est malade, mais elle n'a pas encore deviné pourquoi. Elle croit que c'est une indigestion.

— C'est Monsieur qui va être content, dit-il avec un sourire en examinant le plat à la lumière.

— Lui peut-être, mais elle ?

— Qu'est-ce que tu nous chantes là ? gronda la cuisinière qui avait tout entendu par la porte ouverte.

— Croyez-en mon expérience, Madame fait partie de ces femmes qui ont les grossesses difficiles. Elle n'aimera pas prendre du ventre et avoir les chevilles enflées. Sans parler des autres inconvénients. De plus, comme c'est parti, elle va passer des mois pénibles.

— Tu exagères, riposta la cuisinière. Madame a bon cœur. Elle rêve sûrement d'un bébé à dorloter. De toute façon, elle n'a pas le choix. Faut bien qu'elle lui donne un héritier, à m'sieur André.

— On verra bien qui a raison, persista Lucie en rangeant les pots de confiture dans l'armoire. Toi, tu la connais depuis toujours, la famille à Monsieur, et tu as un faible pour Madame parce qu'elle ne vient jamais te chercher des poux dans la tête. Mais elle est pas toujours commode, je peux te le dire. Quand elle est pas contente, elle se prive pas pour le faire savoir. Même à Monsieur, je l'ai entendue faire des reproches salés. C'est pas vrai, Jean ?

— Madame a son caractère, j'en conviens.

— En tout cas, c'est une femme de goût, conclut la cuisinière d'un air pincé avant de tourner les talons.

— Vous verrez bien. Dans les semaines à venir, ça va tanguer. Et c'est une Bretonne qui vous le dit ! fit Lucie, décidée à avoir le dernier mot.

Le médecin referma sa vieille sacoche avec un claquement sec.

— Vous n'avez rien de grave, madame. Quelques mois de patience, sans surmenage, et vous serez parfaitement guérie.

Son air guilleret exaspéra la jeune femme.

— Je suppose que vous voulez dire que je suis enceinte.

— Absolument, chère madame ! N'est-ce pas une excellente nouvelle ? Tout se passera bien, ne vous inquiétez pas. Je vais vous donner quelque chose pour vos malaises, mais le mieux, c'est encore de laisser faire la nature.

Valentine le remercia sèchement et sonna Lucie pour qu'elle le raccompagne. Puis elle se tourna dans le lit et ferma les yeux.

Un enfant… Déjà ! Alors qu'hier encore elle n'était qu'une petite fille. La gorge desséchée, le sang battant contre ses tempes, elle pensa à sa mère. Les bras de la dame en bleu ne lui avaient jamais autant manqué. Elle aurait voulu s'y blottir, entendre une voix douce, rieuse, lui assurer que tout irait bien, la naissance de son enfant, mais aussi sa vie à venir. Elle aurait voulu croire à cette idée qu'elle se faisait de la tendresse.

« De toute façon, tu n'as rien à dire ! Tu as tué ta mère… » C'était au détour d'un jeu de chat perché, parce qu'elle courait trop vite et que son rire victorieux avait fini par irriter ses camarades. La phrase, lancée par une fillette dépitée, l'avait atteinte en plein cœur. Aussitôt, un silence chargé de tempête s'était abattu sur le groupe d'enfants. L'ennemie se dressait, les poings sur les hanches, les bottines noires plantées dans la poussière, et derrière elle, sa garde prétorienne, les petites filles accusatrices. Montrée du doigt, Valentine était brusquement devenue différente, le plus odieux des crimes. Elle avait protesté dans un murmure. Le sourire, d'une cruauté sans nom : « Si, c'est vrai ! Il paraît qu'elle est morte parce que tu es née ! » Le ciel qui bascule. Une lumière fulgurante qui lui déchire la tête. L'enfant de huit ans hésite. L'accusation est terrible. Surtout lorsqu'on ne sait rien. Et que l'on se met à douter. Un choix s'impose : fuir ou se battre.

Elle avait choisi la fuite. Les yeux brouillés de larmes, elle s'était mise à courir et elle avait découvert la honte. Elle n'avait jamais osé demander la vérité à son frère. Confusément, elle avait craint qu'Édouard ne l'accuse à son tour. Comment aurait-elle pu supporter sa colère ou son chagrin ? Ainsi, le secret chevillé à l'âme, elle avait décidé de se taire.

Valentine porta une main timide à son ventre, sentit son cœur se soulever. Elle eut à peine le temps de se précipiter dans la salle de bains et de rejeter sa tasse de thé. Effondrée, humiliée, elle passa des doigts tremblants sur ses lèvres gercées. Jamais elle ne supporterait sept mois de ce calvaire !

Il vida le fond de la carafe de whisky dans la timbale en argent, y ajouta des glaçons et revint s'asseoir dans le fauteuil. Le silence était si profond qu'il s'entendait respirer. Voilà deux heures qu'il était assis chez lui à contempler le tableau qu'il venait d'acheter. Un coup de chance inespéré, cette chance qui ne sourit qu'aux persévérants, à ceux qui sont prêts à se lever aux aurores pour trouver la pièce manquant à leur collection, qui visitent régulièrement les ateliers les plus obscurs, discutent avec les artistes les moins engageants. À ceux qui ont une passion, une vraie. Et celle de Pierre Venailles était sans aucun doute la peinture contemporaine.

Il y était venu par hasard, par solitude, un soir de mars avant la guerre, alors qu'il n'y avait pas un fiacre ni un taxi de libre. Il avait été contraint de marcher sous la bruine mêlée de neige fondue, protégeant sa sacoche sous son manteau. Claquant des dents, il s'était réfugié dans un bistrot. Sous l'œil agacé du patron, il avait bu un ballon de rouge en dégoulinant sur le carrelage. Il était en colère contre la pluie, le regard suffisant du patron moustachu et la vie en général. À vrai dire, il était en colère depuis toujours. Dans sa poche reposait sa première paie. On lui prédisait un bel avenir à la banque Fourcroy. Tout autre jeune homme de vingt-deux ans qui aurait réussi à s'imposer à force de volonté et d'abnégation aurait fêté l'occasion avec des filles et du champagne. Pierre buvait son coup de rouge seul, au comptoir d'un bar crasseux.

Des éclats de voix lui firent lever la tête. Un homme aussi trempé que lui fouillait ses poches. Ses cheveux foncés plaqués sur le crâne, il portait un costume au velours épais et des chaussures éculées. Le patron, de plus en plus furieux, exigeait d'être payé. Visiblement, l'addition remontait à plusieurs semaines. « Non, je ne veux pas de tes gribouillages ! » s'époumona-t-il. L'homme avait un visage rond, des yeux sombres enfoncés dans leurs orbites. « Monsieur est mon invité », lança soudain Pierre en lâchant une poignée de billets froissés sur le comptoir. Quelques pièces roulèrent par terre dans la sciure. Le patron n'en demandait pas tant. La paie disparut dans le tiroir-caisse.

Pierre se retrouva dehors avec son nouvel ami qui lui tapait dans le dos dans un éclat de rire fulgurant et lui promettait une toile en remerciement. « Mais avant, il faut dîner ! » Et c'est ainsi que Pierre se retrouva attablé devant des *lasagne al forno* dans une crémerie de la rue Campagne-Première. Des années plus tard, quand un biographe lui demanderait de raconter ses souvenirs de Modigliani, il repenserait à leur rencontre fortuite, à ce dîner arrosé de valpolicella, et il montrerait son portrait, celui que l'artiste avait peint pour le remercier d'avoir sacrifié à l'art sa première paie de jeune banquier.

Il était devenu un habitué de Chez Rosalie. Il ne l'aurait jamais reconnu, mais il s'y réfugiait par nostalgie d'une tendresse maternelle. La vieille Italienne perspicace accueillait le jeune homme taciturne et veillait à ce qu'il termine son assiette. Elle le houspillait et lui pinçait la joue. Il y croisait de jeunes artistes, les suivait dans les ateliers, achetait leurs œuvres avec ses économies et les entassait dans sa chambre où il ne pouvait les accrocher qu'à tour de rôle.

Il avait fait la carrière qu'on attendait de lui. Son intelligence acérée, son sens des affaires, son intuition des rapports humains lui avaient permis de gravir les échelons plus vite qu'un autre. Le vieux Fourcroy, banquier tenace de la troisième génération, l'avait surveillé de près. Après que les Allemands lui eurent pris ses deux fils, il avait fait de Pierre Venailles son protégé, puis son héritier. À la mort de Fourcroy, Pierre avait emménagé dans un vaste appartement près du Champ-de-Mars, où les toiles de ses amis avaient trouvé chacune leur place sur les murs clairs.

Un an auparavant, séduit par les traits de pinceau agressifs de l'artiste, il avait acheté un petit format à Ludmila Tikonov, une panthère dans la jungle. Émergeant du feuillage, l'animal sauvage se préparait à bondir. Il y avait un tel appétit dans le regard jaune, une telle puissance dans les muscles des épaules, que Pierre avait été conquis d'emblée par cette force retenue.

La veille, comme chaque mois, il s'était rendu dans l'atelier de la Russe. Une toile recouverte d'un tissu avait attiré son attention. Ludmila lui avait déclaré qu'elle la destinait au Salon d'Automne. Il lui avait fallu faire preuve de beaucoup de persuasion pour qu'elle acceptât, de mauvaise grâce, de la lui montrer.

Il avait tressailli en découvrant la femme nue assise sur une chaise de paille, dont la jambe gauche écartée dévoilait les lèvres secrètes. Sous le vernis, le corps triomphait, d'une violence inouïe, d'une passion redoutable, intimant l'ordre de caresser les formes exquises, de mordre la bouche rouge, afin de s'emparer de cette perfection qui réduisait l'autre à sa nature trop humaine. Et ce regard, tranchant, sans coquetterie, serein dans la certitude du pouvoir de la chair, mais aussi vulnérable, comme si un doute subsistait, comme si une grâce pareille ne pouvait attirer que le malheur, la maladie et la mort.

Pierre leva son verre pour saluer la toile posée devant lui. Décidément, la Mal-Aimée ne cessait pas de le surprendre.

— Je vais l'épouser.

Odile savourait les profiteroles au chocolat sans bouder son plaisir. André et Valentine échangèrent un regard amusé. Odile s'en tenait à un régime sévère pendant la semaine, mais cédait à la gourmandise le dimanche.

— Tu ne trouves pas que c'est un peu précipité ? dit Valentine en grignotant un biscuit sec aux graines de sésame.

La cuisinière en préparait des fournées entières. Certains jours, à la consternation d'André, sa femme ne mangeait que cela.

Ils terminaient de déjeuner dans la salle à manger de l'avenue de Messine. La lumière froide de février n'arrivait pas à réchauffer l'ébène de la table ovale. Valentine tournait le dos au buffet pour éviter de se voir dans le miroir qui le surplombait. Elle vivait mal sa grossesse. Au fur et à mesure que son ventre s'arrondissait, elle ne se reconnaissait plus. De vilaines lignes brunâtres striaient sa peau qui se distendait. Ses seins engorgés lui faisaient honte. Elle détestait cette féminité agressive qui occultait les angles, s'épanouissait dans des courbes et des rondeurs flasques. Elle se privait parfois de nourriture pour avoir le sentiment de dominer à nouveau son corps, mais il se dilatait avec d'autant plus de jouissance, comme si l'intrus prenait un malin plaisir à commander à un organisme qu'il avait accaparé. Des douleurs diffuses lui donnaient constamment la nausée. À contrecœur, elle s'était pliée aux remèdes de grand-mère, aux décoctions bizarres réputées pour apaiser cette chair en révolte. En vain. Elle qui ne s'était jamais beaucoup aimée en était venue à se détester.

— C'est un homme intéressant, ajouta André en repoussant légèrement sa chaise. Plutôt secret. Je le connais depuis quelques années maintenant. Il m'a toujours fait une bonne impression. Quelqu'un de sérieux.

Valentine glissa un regard en coin vers son mari. Sérieux, Pierre Venailles ? Dangereux plutôt. Elle se méfiait de ce genre d'homme comme de la peste.

— Il est trop vieux pour toi, déclara-t-elle, péremptoire, alors qu'on lui présentait une corbeille de fruits qu'elle refusa d'un geste de la main.

— Tu plaisantes ? se récria Odile. Il n'a que trente-cinq ans ! Quatre ans de plus qu'André.

— Ça n'a rien à voir.

André éclata de rire.

— Je vous reconnais bien là, les femmes, avec votre logique impénétrable.

— C'est une question de caractère. Odile a besoin d'un homme jeune, quelqu'un plein d'énergie, de vitalité… Elle ne supportera pas les longues soirées en tête à tête avec ce Venailles qui la regardera de travers.

Odile termina sa dernière cuillerée de dessert, puis essuya délicatement les coins de ses lèvres avec sa serviette.

— Puisque nous sommes entre nous, je peux t'assurer que les soirées avec Pierre ne sont pas « longues ».

André s'amusa de la franchise de la jeune femme. Valentine haussa les épaules. Comme elle avait l'impression d'être une baleine échouée sur la grève, l'idée que d'autres puissent avoir des vies sensuelles accomplies l'irritait.

Ils passèrent au salon pour prendre le café. Valentine s'installa aussi confortablement que possible sur le sofa. André lui apporta quelques coussins brodés qui jonchaient la pièce en un fouillis étudié pour lui caler le dos, puis il les laissa seules.

— Sois sérieuse, maintenant, Odile. Tu envisages vraiment de l'épouser ?

— Il me fascine. Je n'avais jamais rencontré quelqu'un comme lui. Il est si décidé, si sûr de lui, sans être autoritaire.

— Mais tu finis tout de même par toujours faire ce qu'il veut, ironisa Valentine.

— Moi, ça ne me déplaît pas. J'ai été élevée dans une famille de fantasques. Mon père s'est ruiné en jouant aux courses, ma mère passait son temps à chercher un homme qui se serait intéressé à elle plutôt qu'à des bêtes à quatre pattes. Nous déménagions sans cesse. Ils m'ont laissée pousser comme une plante sauvage. J'ai fait fuir un nombre incalculable de gouvernantes. C'est un miracle que je ne sois pas devenue complètement asociale.

— C'est pour ça qu'on t'aime, Odile. Parce que tu es différente. J'ai peur qu'un homme comme Venailles ne t'étouffe. Il va t'enfermer dans un carcan, t'obliger à te plier à toutes sortes de règles stupides...

— Comment peux-tu prétendre le connaître ? Je croyais que vous ne vous étiez vus qu'une seule fois, à ton mariage.

— On s'est croisés un jour par hasard et on a pris un verre. De toute façon, on n'a pas besoin de bien connaître les gens pour les deviner. La première impression est souvent la bonne, tu ne trouves pas ?

Odile ajusta d'une main nerveuse la ceinture tressée de son tailleur, puis elle se mit à arpenter la pièce. La couleur vive des rideaux pourpres tranchait avec le papier peint à motifs et les meubles en bois clair. Valentine ne jurait que par l'espace. Elle détestait les pièces confinées, surchargées d'objets inutiles, comme ces reliques de l'enfance qu'on garde envers et contre tout. « Je n'attends rien du passé », avait-elle dit un jour, quand son amie lui avait demandé pourquoi elle n'avait rien apporté de chez elle après son mariage.

Odile admira la dernière acquisition, un élégant bureau de dame en ébène et ivoire.

— On dirait du satin, dit-elle en passant la main sur le bois.

— C'est un Ruhlmann. J'en suis tombée amoureuse au premier coup d'œil.

— Tu n'es pas si mal ici, murmura Odile avec une pointe d'envie. Un mari, un bel appartement, bientôt un enfant... J'en ai besoin, moi aussi, Valentine. Je ne veux pas batailler avec un garçon de mon âge. Je veux connaître la stabilité. J'ai envie d'être tranquille...

Valentine s'étonna de voir que son amie avait les larmes aux yeux. Elle n'avait pas deviné sous l'exubérance d'Odile une inquiétude aussi profonde.

— Dans ce cas, tu as ma bénédiction, dit-elle en lui souriant. Mais je t'en prie, avant de fixer la date du mariage, attends que je puisse enfiler une robe décente !

Odile frappa dans ses mains et vint l'embrasser.

— Alors, tu pars demain pour Montvallon ? lui demanda-t-elle en servant le café.

— Hélas, oui, soupira Valentine. Il y a un congrès à Chalon et mon beau-père donne un dîner pour les représentants de la chambre syndicale. Il veut que je sois présente. Passe-moi un sucre, s'il te plaît, demanda-t-elle avec une grimace, car le café lui semblait trop amer. Un certain mécontentement agiterait ces messieurs et il espère que ma présence empêchera les conversations de dégénérer. J'ai dit à André que je trouvais cette raison absurde, mais il a prétendu que, dans leur métier, tout était une question d'amitié et de confiance. En recevant au sein de sa famille, mon beau-père entretiendrait des liens essentiels.

— S'il te le demande, c'est qu'il juge que c'est important.

Valentine ne répondit pas. Elle n'appréciait pas qu'on entende disposer d'elle comme d'une potiche, mais on racontait que le vieil Augustin Fonteroy pouvait vous clouer sur place d'un regard, et elle préférait ne pas en faire l'expérience. Cependant, pour rien au monde elle ne l'aurait avoué à Odile !

— Tu ne veux pas m'accompagner ? lui demanda-t-elle soudain. Tu ne connais pas Montvallon. C'est un joli coin. Ça te fera du bien de passer quelques jours à la campagne.

Odile frissonna.

— En plein hiver ! Merci bien. Et puis, Pierre a prévu d'aller à l'Opéra après-demain. (Elle regarda sa montre.) Mon Dieu, déjà trois heures ! Je file. À bientôt, ma chérie, dit-elle en se penchant pour embrasser Valentine sur la joue. Fais-moi signe dès ton retour.

Et elle quitta le salon comme si elle avait le diable à ses trousses.

Quelques jours plus tard, Valentine abandonna le livre qu'elle essayait vainement de parcourir. Le salon de Montvallon s'était assombri. Dehors, il pleuvait. L'eau ruisselait sur les carreaux. Les gouttes rebondissaient sur la brouette du jardinier abandonnée devant la fenêtre. Ce n'était que le milieu de l'après-midi, mais la journée lui semblait interminable.

Un léger élancement dans les reins l'incita à se lever. La maison était silencieuse. Son beau-père et André étaient partis pour Chalon dans la matinée et ne reviendraient qu'à l'heure du dîner.

Elle décida de s'allonger. Autant dormir puisqu'elle ne pouvait pas sortir se promener. Elle gravit péniblement l'escalier qui menait au premier. Avant d'entrer dans sa chambre, elle sentit un courant d'air froid. Au fond du corridor, une fenêtre avait été laissée ouverte. Elle s'approcha pour la fermer et constata que la pluie avait dégouliné sur le parquet.

Elle ne s'était jamais donné la peine d'avancer jusqu'au bout de ce couloir. Elle étudia au mur une petite huile qui représentait des paysans aux champs, puis s'attarda devant une porte. Probablement une chambre d'invités dont on se servait rarement, pensa-t-elle. La poignée, étrangement, lui résista. Aucune autre pièce n'était fermée à clé dans la maison.

Par curiosité, et parce qu'elle s'ennuyait ferme, elle retourna dans sa chambre et appuya sur la sonnette pour appeler la femme de chambre.

— Oui, madame ? demanda la jeune fille aux joues rondes, essoufflée d'avoir gravi l'escalier au pas de course.

— Il faudra éponger sous la fenêtre du corridor. La pluie risque d'abîmer le parquet.

— Bien sûr, madame, je m'en occupe tout de suite.

— Dites-moi, Manon, auriez-vous la clé de la porte au bout du couloir ? C'est curieux, mais elle est verrouillée.

— Ah non, madame. Y a que Monsieur qui a la clé de la chambre de monsieur Léon. Nous, on n'y entre jamais.

— C'est bien, merci, Manon.

Valentine referma la porte derrière elle et alluma les lampes dans sa chambre. Les abat-jour trop foncés distillaient une lumière morne. Songeuse, elle repensa à sa première visite à Montvallon, en pleine guerre.

Depuis Chalon, le chauffeur de son père avait suivi les calèches et les quelques rares voitures qui revenaient en procession de la cathédrale Saint-Vincent où l'on venait de célébrer la messe d'enterrement de Mme Fontcroy.

Lorsqu'elle était descendue de voiture, la demeure de ses rêveries enfantines avait ses volets clos, des voiles sombres sur la porte, mais la pierre ocre veinée de rose restait élégante. Autour d'elle, quelques personnes évoquaient un passé révolu : « Ce pauvre Augustin... André au front et sa femme adorée qui s'en va... Elle ne s'est jamais remise du drame de Léon... On n'a jamais su, n'est-ce pas ? C'était juste avant la guerre. Disparu sans donner de nouvelles... Il aurait pu au moins revenir se battre pour la patrie... C'est plutôt lâche, vous ne trouvez pas ? Pour ne pas dire honteux... »

Valentine s'était retournée. Une pimbêche, le sourire en coin, distillait ses médisances derrière sa voilette noire. « Il est peut-être mort, lui aussi ! avait-elle lancé, le cœur battant. Et s'il est encore en vie, c'est tant mieux pour lui. Au moins, il aura survécu à cette boucherie ! »

Autour d'elle, on avait retenu son souffle, estomaqué. Son père lui avait serré le bras à lui faire mal. « Tu as perdu la tête, Valentine ? Veux-tu t'excuser tout de suite ! »

Elle avait baissé les yeux, marmonné des excuses. La nouvelle de la mort d'Édouard venait de leur parvenir et elle se sentait déchirée. Léon avait été l'un des amis d'Édouard. Dire du mal de lui, c'était comme dire du mal de son frère.

Le dernier été avant la guerre, Édouard avait invité des amis à la maison. En fin d'après-midi, ils avaient joué au tennis. Perchée sur une branche de son arbre fétiche, à l'abri du feuillage épais, Valentine avait observé les manigances. Ils avaient apporté des gougères et du vin blanc frais dans des paniers à pique-nique. Allongé sur l'herbe, les mains derrière la nuque, Édouard laissait une jeune fille dessiner des arabesques sur son visage avec une plume. De temps à autre, il éternuait quand elle lui chatouillait les narines.

Un peu sur la droite, à l'écart, une fille était adossée à un arbre. Soudain, un garçon lui déroba son chapeau de paille. Elle protesta en riant : « Arrête, Léon ! » mais il posa fermement les mains sur le tronc, de chaque côté de ses épaules, l'emprisonnant entre ses bras. Quand elle se baissa pour s'échapper, il l'attrapa par la taille, la tourna vers lui et l'embrassa sur les lèvres. À la grande surprise de Valentine, la jeune fille se tint tranquille et silencieuse, domptée.

Valentine avait été fascinée par l'audace du jeune homme insolent, avec sa chemise blanche qui dépassait du pantalon, les manches retroussées jusqu'aux coudes, le col largement ouvert. Elle n'avait jamais vu quelqu'un d'aussi dépenaillé. Son père et Édouard étaient toujours sanglés dans leurs gilets et leurs cols empesés. Une guêpe obstinée était venue bourdonner autour de sa tête. Comme elle avait horreur des bestioles qui piquent, elle avait délaissé son perchoir. Dans sa précipitation, elle avait glissé et s'était retrouvée sur son derrière. « Ça t'apprendra à nous espionner », avait plaisanté Édouard. Un court instant, les joues en feu, elle l'avait détesté. Puis Léon Fonteroy s'était dressé devant elle, les cheveux ébouriffés. Elle avait cligné des yeux. Tout était doré et lumineux chez lui, sa peau, ses mèches blondes, son sourire moqueur. *On dirait un soleil*, avait-elle pensé, médusée. « J'adore quand les jolies filles se jettent à mes pieds ! » avait-il déclaré en riant. Elle s'était relevée d'un bond, ignorant sa main tendue, et elle avait détalé.

Une rafale de vent fit gicler la pluie contre la fenêtre. Valentine sursauta. Avec un frisson, elle prit un châle dans l'armoire.

Quand Léon avait disparu, il y avait eu des commérages déplaisants, mais elle trouvait absurde de condamner sa chambre comme s'il eût été un pestiféré. André l'avait pourtant mise en garde : son père ne tolérait pas qu'on prononçât devant lui le nom de son fils cadet. Elle repensa au jeune homme qui s'était campé devant elle par un après-midi d'été. À l'époque, il lui avait semblé impertinent et malicieux, mais désormais, prisonnière d'un mariage qui la laissait indifférente, enceinte d'un enfant qu'elle redoutait de mettre au monde, elle comprenait qu'avant tout Léon avait été un homme libre.

Elle devait entrer dans cette chambre ! Fébrile, elle redescendit au rez-de-chaussée. Le vestibule était désert. Son beau-père gardait les clés dans un tiroir de son secrétaire. Un jour, il lui avait demandé d'y prendre celles de la cave. Elle se dépêcha d'entrer dans la bibliothèque et ouvrit le tiroir. Flûte, trois trousseaux ! Il lui faudrait des heures pour trouver ce qu'elle cherchait. C'est alors qu'elle remarqua une clé solitaire, attachée à un ruban.

Le vent hurlait dans la cheminée et l'humidité essayait de pénétrer à travers les murs de la maison. Comme une voleuse, elle remonta à l'étage.

La porte s'ouvrit sans grincer. Le cœur battant, elle la referma et s'y adossa un instant. L'obscurité était totale. À tâtons, le long du mur, elle chercha une fenêtre et tira les rideaux. La lumière noyée de l'après-midi éclaira la pièce spacieuse : un lit, une armoire, une commode, un bureau plat. Les meubles patientaient, silencieux.

Elle alluma la lampe posée sur la table de chevet. Dans leurs cadres en argent terni, des photos ornaient la commode. Elle les examina l'une après l'autre. Ses beaux-parents endimanchés. Deux petits garçons en costume de marin, le franc sourire de l'un qui dévoilait sans gêne des dents manquantes, l'autre fixant l'objectif d'un air inquiet comme s'il se retenait de fuir. Les mêmes, devenus grands, nonchalamment appuyés au capot d'une voiture de sport.

Léon avait un visage long, des traits réguliers, une mâchoire déterminée. Des poignets qui semblaient curieusement fragiles, des mains fines, expressives. Plus élancé qu'André, ses cheveux étaient aussi plus clairs. Sur la dernière photo posaient des jeunes gens rieurs. Assis sur des marches, ils portaient des costumes d'été, tenaient leurs canotiers à la main. Léon se trouvait sur le côté droit, le coude sur l'épaule de son voisin. Saisie, Valentine reconnut Édouard.

Elle retourna le cadre, retira la photo. Au dos, une main avait noté au crayon : « Rome, 1914 ». Elle la regarda longuement avant de la remettre à sa place.

Dans le tiroir du bureau, elle trouva un stylo à plume, une bouteille d'encre, un carnet à dessins. Avec un trait de crayon très sûr, Léon avait dessiné des femmes et des enfants aux yeux bridés, aux pommettes plates, leurs visages ronds serrés dans des capuchons de fourrure. Un ours se dressait sur ses pattes arrière, un homme pêchait dans un trou au milieu de la banquise. Le dernier croquis était celui d'un homme barbu de type européen, des rides telles des étoiles au coin des yeux. « McBride, mon sauveur ! » avait-il inscrit en légende.

Dans un autre tiroir s'entassaient des lettres en vrac. Valentine sentit ses joues s'enflammer. De quel droit fouillait-elle l'intimité de son beau-frère ? Mais elle eut soudain la certitude que, si la situation avait été inversée, Léon Fonteroy aurait agi de même.

Elle trouva des feuilles à l'encre violette qui avaient dû être imprégnées de parfum avant d'être cachetées, des mots expéditifs d'amis, un télégramme d'André envoyé de Londres. Puis elle tomba sur ce qu'elle avait confusément cherché, une longue lettre de son frère Édouard, datée de mai 1914.

*Mon vieux,*

*Je voulais te remercier pour cette escapade romaine. Quelle ville étonnante ! Tu as raison, les Italiennes sont charmantes, mais tu aurais pu aussi apprécier les musées. On y fait parfois des rencontres intéressantes.*

*Non, je ne pense pas que Marguerite soit la femme de ta vie, quoi qu'elle en dise. Je m'étonne que tu aies songé même un instant à l'épouser. Avec ton caractère, il est beaucoup trop tôt pour te passer la corde au cou. Elle dépérirait pendant tes voyages au bout du monde. Non, tu ne peux pas avoir une femme dans chaque port !*

*Je te souhaite beaucoup de succès pour ton expédition en Sibérie. Ne pouvant pas juger de la qualité de ton russe, et malgré toutes tes leçons, j'espère que tu trouveras un interprète, sinon tu risques de retrouver de drôles de choses dans ton assiette et de recruter Dieu sait quels trappeurs ivrognes pour tes postes. Méfie-toi du charme slave et vide ton verre de vodka cul sec à ma santé lorsque tu seras arrivé dans ce trou perdu dont tu m'as parlé.*

*Dommage qu'avec toi les voyages durent toujours des mois. Sans vouloir faire du sentiment, il arrive que tu nous manques à tous, à André et à moi en particulier. J'attends avec impatience ton retour. Tes histoires nous feront encore passer quelques nuits blanches.*

*Salut, vieux, et bon vent !*

*Ton ami, Édouard.*

Édouard était mort trois ans après avoir rédigé cette lettre. Sa dernière pensée avait-elle été pour ce voyage à Rome ? Pour les jolies filles, les vieilles pierres ensommeillées, ses amis qui attendaient tout de la vie, des jeunes gens désormais figés à jamais sur une photo oubliée ?

Et Léon, était-il vivant ou mort ? La Russie l'avait englouti comme s'il n'avait jamais existé. Elle savait par André que la Sibérie était six fois plus grande que l'Europe, une immensité au bout du monde.

L'armoire et la commode ne livrèrent que quelques costumes, des chemises, des mouchoirs en soie. Presque honteuse, elle porta un foulard à son visage, mais s'il y avait jamais eu un soupçon d'eau de toilette dans les plis soigneusement repassés, il s'était évaporé depuis longtemps.

Dans le dernier tiroir, elle découvrit du tabac desséché, une montre de gousset au cadran cassé, des gants de cuir striés de taches sombres. Elle en enfila un. Il était trop grand, bien sûr. Lentement, elle serra le poing.

Puis elle entendit les roues d'une voiture crisser sur le gravier de l'allée. Elle se dépêcha de tirer les rideaux, éteignit la lampe et referma la porte sur la poussière de la chambre abandonnée. Dans la poche de sa jupe, elle emportait la lettre de son frère et la paire de gants en cuir craquelé.

André frictionna ses joues râpeuses. Il ne s'était pas rasé depuis vingt-quatre heures, depuis que Valentine avait ressenti les premières contractions. La chambre lui était interdite. De toute façon, pour rien au monde il n'aurait voulu y pénétrer. La sage-femme, le médecin, Lucie entraient et sortaient de la pièce, le visage grave. Parfois, ils venaient le rassurer. Lucie avait posé une main apaisante sur son épaule.

Il devait être quatre heures du matin, cette heure périlleuse de la nuit où les âmes tendent vers un dieu auquel André ne croyait plus.

Sa dernière prière, il l'avait récitée sous un ciel lacéré de batteries lourdes. Il l'avait dite pour ces gamins blêmes, terrifiés mais résignés, qui allaient s'élancer derrière lui à l'assaut des lignes ennemies. Pour le mystique qui baisait sa croix avant l'attaque, le superstitieux qui crachait deux fois dans sa main gauche, le condamné qui portait déjà la mort au fond de ses prunelles. Il l'avait dite pour les lambeaux de chair mêlés à la terre glaise. Pour l'apprenti pâtissier, comment s'appelait-il déjà ? Celui qui récitait les recettes de baba au rhum, de génoise, qui parlait de sucre et de cannelle... Il venait de fêter ses dix-huit ans... Perrin, le petit Perrin... Méconnaissable, des bulles jaunâtres à la commissure des lèvres, les poumons dévorés par les gaz...

Sa prière, il l'avait récitée quelques secondes avant l'assaut, assourdi par le tonnerre de l'artillerie. Une prière nourrie des messes parfumées à l'encens de son enfance, des crèches et du petit Jésus, des enfants de chœur aux cheveux peignés et aux souliers astiqués, des cierges épais comme le bras, des accents de l'orgue, des carillons de Noël, de la dévotion des femmes, celle de sa mère, de ses tantes. Une prière vigoureuse, désespérée, mais encore pleine d'espérance. Ardente. Une prière pour justifier un monde devenu fou. La prière d'un homme sincère, d'un homme bon. Elle avait été parfaite, inspirée. Elle avait été son ultime requête.

Désormais, il se demandait si sa femme survivrait à l'accouchement. L'angoisse l'enserrait dans un étau. Il avait du mal à respirer. Était-il écrit que Valentine devait sacrifier sa vie à son enfant, telle sa propre mère ? Y avait-il une malédiction chez les Despresle ? À moins qu'ils ne meurent tous les deux, l'enfant et la mère. Sa vue se brouilla.

« Qui dois-je sauver, le cas échéant, monsieur ? » avait demandé le médecin. « Mon épouse », avait répondu André sans hésiter. La réponse avait semblé déplaire au vieux médecin. D'ordinaire, on privilégiait toujours la vie de l'enfant à naître. « Ma femme », avait martelé André, inflexible. *Celle que j'ai choisie, celle que j'aime, même si, elle, elle ne m'aime pas.*

En ces premiers jours d'avril, il faisait encore un froid d'hiver. Au petit matin, des plaques de verglas prenaient les passants en traître. En dépit de la température, la fenêtre était entrouverte. André restait prostré dans son fauteuil. Une odeur pernicieuse s'infiltrait sous les portes. Une odeur de sang, de sueur, de désinfectant. La rêvait-il, cette odeur ? Son corps engourdi ne lui avait jamais semblé aussi lourd. Il se sentait inutile, incongru. Il se sentait coupable.

Dehors, pas un bruit. La lumière des lampadaires noyée dans la brume. Quelques craquements de parquet. Le bois qui soupire. Au silence de son âme répondait le silence de la nuit. Et c'est au cœur de ce silence que Camille vint au monde.

André vit que son père avait vieilli. Depuis quelque temps, Augustin se déplaçait plus lentement et restait parfois de longues minutes à regarder dans le vague.

— Je suis fatigué, dit-il à mi-voix.

André se sentit soudain glacé. Jamais il n'avait entendu son père avouer une faiblesse.

— J'ai dépensé mes dernières forces pour éviter la scission du syndicat et j'ai échoué. Dorénavant, poursuivit Augustin d'un ton sarcastique, nous aurons droit non seulement à la Chambre syndicale des fourreurs et pelletiers français, qu'on avait pourtant jugée digne de donner un avis sur la rédaction du traité de Versailles, mais aussi à la toute nouvelle Union syndicale. Ils ont d'autres façons d'envisager le métier. Ils parlent même de fonder une École professionnelle de la fourrure, comme si les cours déjà dispensés n'étaient pas assez bons.

*Ils n'ont pas toujours tort*, songea André. Contrairement à son père, il souscrivait à certaines des revendications des « dissidents », comme les appelait Augustin d'un air méprisant, approuvant leur volonté de moderniser les méthodes d'apprentissage ou de faciliter l'embauche des anciens combattants.

Augustin était tout autant agacé par les manifestations organisées dans Paris, qui réclamaient des droits pour les ouvriers. Cet homme de devoir considérait comme superflu et dangereux de perdre son temps à établir les droits des uns et des autres. « On se croirait à Leipzig », grommelait-il en voyant les drapeaux rouges. Lors d'un voyage en Allemagne après l'armistice, il avait été choqué par la violence des combats de rue qui opposaient les spartakistes aux corps francs. Depuis, Augustin déclarait à qui voulait l'entendre que la gangrène rouge de ces abominables soviétiques gagnait les pays occidentaux.

Il alluma un cigare. Des poches marquaient ses yeux au regard acéré.

— Je vais avoir quatre-vingts ans, André. La demande de la clientèle ne fait que croître. Tiens, j'ai là les derniers chiffres de notre magasin à New York, ajouta-t-il en montrant une feuille de papier. Très satisfaisants, je dois dire, mais je n'ai plus envie de me soucier de tous ces problèmes d'importation de pelleteries, de droits de douane et d'inflation du franc. Maintenant que tu es marié et que tu auras bientôt une descendance, il est temps pour moi de me retirer.

— J'ai déjà une descendance.

— Camille, bien sûr, mais c'est une fille. Valentine te fera sûrement bientôt un garçon. D'ailleurs, tu devrais te dépêcher. C'est important pour une maison comme la nôtre d'avoir des héritiers. Cela rassure tout le monde.

André se leva et s'approcha de la fenêtre. Subrepticement, il passa un doigt sous son col. Il avait toujours trouvé ce bureau oppressant. C'était la pièce du boulevard des Capucines où il se sentait le moins à l'aise. Il écarta un voilage et regarda le chauffeur lustrer le capot de la voiture dans la cour intérieure de l'immeuble. Comme toujours en présence de son père, il éprouvait un sentiment d'exaspération, mâtiné de colère et d'affection.

— Vous êtes vraiment sûr de vous ?

— Oui. Tu sais bien que je ne parle jamais à la légère. Le moment est venu pour moi de te passer les rênes. Tu sauras te débrouiller. C'est moi qui t'ai formé.

André sentit un poids lui raidir la nuque. Il se demanda pourquoi il n'éprouvait aucune joie. N'importe quel héritier à sa place aurait été heureux d'être débarrassé du patriarche autoritaire.

Il se retourna. Les épaules voûtées, les avant-bras posés sur la table encombrée de paperasseries, Augustin était tassé sur son fauteuil. Dans ce bureau au mobilier massif avec son acajou à cuivres, ses lampes à aigles, les rideaux d'un vert indéfinissable et la bibliothèque de notaire qui occupait un pan de mur, il ressemblait à un vieil ours fatigué. La pièce était vaste et pourtant André avait l'impression d'y étouffer. *Valentine la détesterait*, pensa-t-il. *Elle dirait qu'elle n'a pas changé depuis un siècle.*

— Vous allez l'annoncer au prochain conseil d'administration ?

— Bien sûr. Je dois aussi en aviser nos bureaux de Londres et de New York. Mais je ne veux pas de grandes déclarations, tu m'entends ? Je me retire, c'est tout. Vous n'avez qu'à me nommer président honoraire ou quelque chose de ce genre.

*Je me disais bien*, songea André, esquissant un sourire. *Comme ça, il gardera un œil sur ce qui se passe. Les avantages sans les inconvénients.*

— Voilà, tu peux partir maintenant, conclut Augustin en remettant son pince-nez. C'est tout ce que j'avais à te dire.

André referma la porte derrière lui. Il parcourut lentement le long couloir sous le regard des ancêtres. Son père lui avait proposé de reprendre son bureau, mais il avait courtoisement décliné. Au moins, en gardant le sien, il aurait un peu moins le sentiment de suivre un destin inéluctable qui avait été choisi pour lui à la naissance.

*Mais si tu avais eu le choix, aurais-tu fait autrement ?* se demanda-t-il. Ce qu'il aimait par-dessus tout dans son métier, c'était la sensualité de la matière. Depuis près d'un demi-siècle, on travaillait la fourrure comme une étoffe. On osait des parures au goût du jour. Hiver comme été, les couturiers garnissaient robes, tailleurs et manteaux de cols ou de poignets. Les femmes réclamaient des étoles soyeuses, des manchons, des broderies de fourrure. Lorsqu'une cliente choisissait une veste en breitschwanz ou un mantelet d'hermine et qu'il voyait briller ses yeux, André éprouvait un moment de pur bonheur. *Décidément, il faut croire que j'étais fait pour ça*, conclut-il avec un soupir.

— Monsieur ? demanda sa secrétaire en passant la tête par l'embrasure de la porte alors qu'il venait de retrouver son bureau. Une dame demande si vous pouvez la recevoir deux minutes.

Le visage fin de Madeleine ne trahissait rien, comme d'habitude. Depuis trois ans qu'elle travaillait pour lui, André s'étonnait qu'une femme aussi jeune fît preuve de ces qualités que l'on attribuait d'ordinaire à des personnes plus âgées : la discrétion, le dévouement et une certaine dose de stoïcisme.

— Qui est-ce ?

— Mme Pierre Venailles.

— Ah, Odile ! Dites-lui de monter.

Madeleine disparut. Quelques instants plus tard Odile fit son entrée, auréolée de parfum, vêtue d'une tunique en soie havane nouée par une écharpe sous les hanches, une cape assortie sur les épaules.

— Je ne vous dérange pas, j'espère ? Mais il fallait absolument que je vous dise quelque chose : vos vitrines sont une catastrophe, mon pauvre ami. C'est surprenant que les gens aient encore envie d'entrer dans le magasin en les voyant.

— Bonjour, Odile, la salua André, habitué au tourbillon que créait toujours la meilleure amie de sa femme. Prenez place, je vous en prie. Est-ce que je peux vous offrir quelque chose à boire ?

— Non, merci. Je ne faisais que passer, mais quand j'ai vu ces manteaux plantés là sur des mannequins grotesques... Vraiment, André, ce n'est pas digne de vous. Il faut évoluer avec son temps. Les vitrines d'un magasin sont essentielles. Vous vous contentez de placer une sorte de paravent en arrière-plan et les malheureux manteaux accrochés à ces piquets en bois. C'est ridicule ! Il faut imaginer un vrai décor, comme au théâtre, l'adapter aux saisons et aux événements mondains, raconter une histoire, créer un mouvement... que sais-je ?

Elle s'interrompit, à bout de souffle.

Bien qu'André fût parfois critiqué par son père pour une apparente indolence, c'était un homme qui réfléchissait vite. Il savait reconnaître une bonne idée et il était suffisament humble pour ne pas en prendre ombrage.

— Descendez avec moi, je vais vous montrer, proposa Odile en se dirigeant vers la porte.

— C'est inutile, je sais exactement ce qu'il y a dans mes vitrines, mais je reconnais que vous avez raison. Nous n'y avons pas prêté attention ces derniers temps. J'ignore même qui en est responsable.

— C'est un tort, mon cher. Vos concurrents sont beaucoup plus alléchants que vous. Vous devriez faire un tour en ville. Bon, je vous laisse. Vous êtes sûrement débordé.

— Et si vous vous en chargiez, Odile ? offrit-il soudain. Valentine m'a raconté que vous aviez envie de vous distraire. Je vous confie la mise en scène des décors de Noël. Qu'est-ce que vous en dites ?

Odile réfléchit un moment, avant de le regarder par en dessous d'un air moqueur :

— Combien offrez-vous pour mes éminents services ?

— Ne vous inquiétez pas, dit-il d'un air amusé. Je suis un patron équitable.

— Alors, tope là ! Je vais réfléchir et je reviendrai dans quelques jours. Mais je veux carte blanche, c'est compris ?

— N'oubliez pas de demander la permission à Pierre, rappela André alors qu'elle avait déjà tourné les talons.

— Vous plaisantez ! Les femmes ne sont plus aux ordres de leurs maris depuis un bon bout de temps, n'est-ce pas, mademoiselle ? lança-t-elle à Madeleine avec un sourire éclatant.

— C'est possible, madame, répondit la secrétaire médusée, mais Odile avait déjà disparu.

— Il paraît que tu as engagé Odile, dit Valentine le soir même, alors qu'André venait de s'asseoir pour dîner.

Il déplia sa serviette et la posa sur ses genoux.

— Pas exactement. Je lui ai proposé d'arranger les vitrines de Noël. Cette idée a semblé l'amuser.

Valentine se servit du potage au cresson.

— Elle n'a jamais rien fait de semblable.

— Et alors ? Vous passez votre temps à courir les expositions d'art décoratif. Elle devrait avoir des idées. Si elle réussit, je lui confierai peut-être notre stand lors d'une prochaine exposition internationale.

Il lui semblait que Valentine se renfrognait.

— Ça ne va pas ?

Elle ne répondit pas, le nez plongé dans son assiette. Il se retint de la taquiner en lui demandant si elle était jalouse. Il avait eu une journée éprouvante et il ne voulait pas subir une nouvelle colère de sa femme.

Depuis la naissance de Camille, six mois auparavant, il semblait à André que Valentine devenait de plus en plus distante. Elle avait mis des semaines à se remettre de l'accouchement, certes difficile, mais que le médecin n'avait pas jugé alarmant pour sa santé. Elle traînait parfois des journées entières dans l'appartement. Puis elle était prise d'une frénésie d'achats, dévalisait les couturiers et exigeait de sortir tous les soirs, au théâtre, à l'Opéra, ou souper au restaurant. André ne savait pas comment lui faire plaisir : il la trouvait pâle, maigre, fébrile.

Elle lui avait demandé de partir une semaine pour Rome puisqu'ils n'avaient pas eu de voyage de noces, et il avait été heureux de retrouver l'Italie. Elle avait tenu à passer tous les jours à la Trinité-des-Monts prendre un café à une terrasse au pied des marches, où elle était restée silencieuse et songeuse, le regard absent. Il avait fini par trouver le rituel fastidieux.

— Et comment allait Camille aujourd'hui ? demanda-t-il.

Elle le regarda d'un air étonné.

— Bien, j'imagine. Pourquoi ?

— Je pensais à elle, c'est tout.

À la naissance de l'enfant, certain que Valentine n'accepterait jamais une gouvernante allemande sous son toit, André l'avait convaincue d'engager une nurse alsacienne, lui expliquant qu'elles avaient la réputation d'être d'excellentes éducatrices. Chez les Fonteroy, c'était une tradition que les fils parlent allemand dès le plus jeune âge, en prévision des voyages d'affaires qu'ils auraient à effectuer en Europe de l'Est, et André ne voyait pas pourquoi il en priverait sa fille.

Il savait que Jeanne Liesbach, du haut de ses quarante-cinq ans et de son mètre soixante, avec son regard lucide et ses cheveux gris resserrés en chignon, avait tout saisi en un clin d'œil : Madame était l'une de ces femmes qu'il fallait manier comme les explosifs de l'entreprise de feux d'artifice des Liesbach, avec patience, précaution et doigté.

— Mon père a choisi de se retirer, lança-t-il soudain.

— Tant mieux pour toi.

— Pourquoi dis-tu cela ? s'offusqua-t-il.

— J'aime bien mon beau-père, mais il a une fâcheuse tendance à tout régenter. Tu seras plus tranquille sans lui.

Elle lui jeta un regard en biais, avant de baisser les yeux. Il devina le fond de sa pensée. Quelques semaines auparavant, elle lui avait déjà reproché de ne pas se montrer assez volontaire et énergique. *Me trouve-t-elle tellement insignifiant ?* songea-t-il, attristé.

Il resta silencieux, regrettant qu'elle ne le comprenne pas à demimot. Il se sentait incapable de lui dévoiler ses inquiétudes les plus secrètes, le sentiment d'être pris au piège, les angoisses qui le réveillaient de temps à autre au milieu de la nuit, le cœur affolé, le visage en sueur. Il redoutait de l'ennuyer avec ses appréhensions, trop impressionné par sa vitalité de jeune femme, ses humeurs capricieuses, et surtout par les gestes de tendresse qu'elle esquissait parfois dans l'intimité de leur chambre, alors que leurs corps s'abandonnaient à une complicité rare et d'autant plus précieuse, et que leurs deux solitudes, un instant, s'apaisaient.

Alexandre achevait de coudre deux peaux de castor à la surjeteuse. Sa dextérité forçait l'admiration de l'atelier. Autour de lui, le ronronnement des Excelsior emplissait la pièce.

Pendant les semaines précédant Noël, l'atelier travaillait sans relâche. « J'aurais mieux fait de devenir libraire ou patron de café, tempêtait Worms. Au moins ce n'est pas un travail de saisonnier ! » Et les ouvriers souriaient, car chez les Worms on était fourreur de père en fils depuis quatre générations et le chef d'atelier aimait son métier avec passion.

Alexandre travaillait depuis plusieurs années pour la Maison Fonteroy. Au fil des mois, il s'était vu confier différentes tâches. Tout avait commencé peu de temps après son arrivée, quand le responsable du tri des peaux était tombé malade en pleine livraison des pelleteries de Leipzig et du Canada. Worms avait cru devenir fou. Il tenait absolument à une vérification précise de la longueur et de la densité des poils. Il s'agissait de veiller à l'harmonie des différentes peaux qui serviraient ensuite à confectionner le vêtement. Alexandre s'était proposé pour dépanner. Son coup d'œil avait ravi le chef d'atelier, qui continuait depuis à lui confier les zibelines et les hermines. Un regard avisé pour les subtils reflets de couleur, une caresse de la main afin de vérifier la texture du poil, et Alexandre les classait pour les coupeurs.

Son efficacité à la surjeteuse le rendait indispensable en cette période la plus active de l'année. Chaque mois de décembre, les clients dévalisaient le magasin et il y avait toujours une commande de dernière minute.

Alexandre éternua et retira ses pieds des pédales. Le duvet de castor lui chatouillait les narines, irritait ses yeux et les poils teintés lui collaient aux doigts. Il se tourna vers l'horloge accrochée au mur. Il lui restait dix minutes pour descendre avec les trois manteaux et la couverture que lui avait réclamés Mme Venailles pour sa vitrine. Cette année, elle avait composé un décor avec des formes géométriques découpées dans du carton et des marionnettes animées. Depuis qu'elle veillait sur les vitrines saisonnières de la Maison Fonteroy, elle avait acquis une certaine notoriété. Les passants s'arrêtaient pour les admirer et d'aucuns venaient même les voir lors d'une excursion dominicale. Dans un article, *Vogue* avait vanté leur originalité : de la neige artificielle soufflée par un ventilateur, des poissons rouges, des perroquets, une cascade d'eau, une transposition de la savane africaine… Les idées de Mme Venailles avaient parfois si peu de rapport avec la fourrure qu'Alexandre se demandait pourquoi l'on se fatiguait à y disposer les vêtements.

Il passa un peigne dans ses cheveux rebelles, noua sa cravate et boutonna sa blouse blanche. Il avait monté les pièces de la chambre froide en début d'après-midi et les avait entreposées dans un bureau situé près de l'escalier. Étonné de trouver la porte entrouverte, il alluma la lumière. Une petite fille dormait, le pouce près des lèvres, ses longs cils noirs ombrant ses joues, recroquevillée sur la couverture et serrant la manche d'une zibeline sous son bras comme elle aurait tenu une poupée.

Alexandre s'approcha sur la pointe des pieds. Elle avait une peau très pâle et des pommettes roses. Un petit nez, une bouche ravissante. Son bonnet avait glissé, dévoilant d'épais cheveux bruns aux reflets acajou. Il s'accroupit, lui effleura la joue d'un doigt.

— Bonjour, princesse, murmura-t-il, pensant à sa petite sœur qu'il n'avait pas revue depuis des années.

L'enfant se réveilla et Alexandre fut épinglé par un regard limpide. Il s'était attendu à des prunelles sombres comme ses cheveux, mais elle avait des yeux d'un vert diapré. Elle ramena le manteau vers elle comme pour se protéger.

— N'aie pas peur, souffla-t-il. Je m'appelle Alexandre. Et toi ?

— Camille.

— Et qu'est-ce que tu fais ici ?

— Je suis venue voir la nouvelle vitrine de marraine.

— Mais les vitrines sont au rez-de-chaussée. Ici, tu es au cinquième étage. Comment as-tu fait pour monter toute seule ?

— Je cherchais papa. Mais je ne l'ai pas trouvé.

— Et c'est qui, ton papa ?

— C'est mon papa.

— J'ai bien compris, mais comment s'appelle-t-il ?

— Papa, insista-t-elle en fronçant les sourcils, visiblement irritée que cet inconnu fût aussi borné.

Alexandre sourit.

— Et ta maman alors, tu connais son nom ?

— Valentine.

— Je vois, dit-il, sans être plus avancé. Je pense qu'on ferait mieux de descendre, parce qu'on te cherche sûrement. Tu veux bien venir avec moi ? Je dois justement emporter ces manteaux.

La petite fille se leva d'un bond. Alexandre prit les trois manteaux sur le bras. Heureusement, la zibeline était légère comme un souffle. Il s'apprêtait à saisir la couverture quand la petite fille glissa sa main dans la sienne et lui décocha un large sourire auquel il manquait une dent.

— Allons-y, princesse, lui dit-il, amusé.

Dès qu'ils pénétrèrent dans la grande salle du rez-de-chaussée, une petite femme rondouillarde se précipita vers eux.

— Mademoiselle Camille ! Où étiez-vous passée ? Vous allez finir par me donner des cheveux blancs !

— Tes cheveux, ils sont déjà tout blancs, *Nana*, rétorqua l'enfant, tandis que la gouvernante époussetait d'une main énergique son court manteau de velours rouge.

— Te voilà donc, Camille ! Cela fait une heure qu'on te cherche partout. Je t'avais pourtant demandé de rester avec Jeanne. Pourquoi est-ce que tu n'obéis jamais ?

Une femme mince, vêtue d'un tailleur gris foncé avec un col châle et des poignets d'hermine, regarda la petite fille d'un air agacé. Puis elle se tourna vers Alexandre qui avait toujours les bras encombrés de manteaux.

Sous le chapeau cloche en feutre enfoncé jusqu'aux sourcils, il croisa un regard lumineux. Un nez fin, des lèvres rouges, un teint diaphane : elle était sans aucun doute la mère de l'enfant. Il resta saisi par sa beauté. D'un coup d'œil, il nota l'élégance parfaite, les chevilles fines dans leurs bas de soie, les mains gantées, la peau délicate qu'il devinait sous le collier de perles. Elle était élancée, presque aussi grande que lui.

— Est-ce vous qui l'avez trouvée, monsieur ? demanda-t-elle.

— Papa ! s'écria la petite Camille, et elle courut se jeter dans les bras d'André Fonteroy qui la souleva dans les airs.

— Voyons, ma chérie, tu nous as fait une de ces peurs ! Il ne faut pas disparaître comme ça. Où étais-tu passée ?

— Je te cherchais, mais il y avait beaucoup d'escaliers, et puis après, j'étais fatiguée, alors j'ai dormi. C'est Alexandre qui m'a réveillée.

Gêné, Alexandre sentit tous les regards se tourner vers lui.

— La petite fille... Elle était au cinquième, avec les manteaux, fit-il comme pour s'excuser.

— Bon, dépêchons-nous, s'impatienta Odile Venailles, qui venait d'émerger de la vitrine à gauche de la porte d'entrée. Je savais bien que ma filleule était trop intelligente pour s'aventurer seule hors du magasin. Venez ici, jeune homme, j'ai besoin de votre aide.

Soulagé de ne plus être le centre d'intérêt, Alexandre s'empressa d'obéir aux ordres. Mme Venailles lui indiqua comment draper l'un des manteaux autour d'un mannequin de cire habillé de foulards multicolores, puis elle changea d'avis, fit retirer le mannequin et suspendre la zibeline à un cintre transparent accroché par un fil invisible à une tringle. Ainsi, le manteau semblait flotter miraculeusement dans les airs parmi des cubes en carton.

Alors qu'il ramassait les épingles qui jonchaient le sol, il entendit une petite voix.

— Au revoir.

Il pivota sur ses talons et se trouva nez à nez avec Camille.

— Au revoir, mademoiselle. J'ai été heureux de faire votre connaissance.

Dans un geste spontané, l'enfant lui jeta les bras autour du cou et l'embrassa sur la joue.

— Tu peux continuer à m'appeler princesse, si tu veux, dit-elle d'un air malicieux.

Et elle fila telle une flèche rejoindre sa gouvernante qui l'attendait à la porte.

Valentine Fonteroy s'approcha à son tour. Alexandre se releva lentement.

— Merci d'avoir ramené ma fille, monsieur, dit-elle d'une voix sérieuse.

— Ce n'était rien, madame... Elle est très jolie.

*Mais pas aussi belle que sa mère*, pensa-t-il.

— Jolie mais capricieuse. Comme toutes les enfants de son âge.

— Ma mère disait qu'à cet âge-là ma petite sœur faisait encore plus de bêtises que nous autres garçons réunis.

— Vous voyez, pauvres mères que nous sommes...

Elle le considéra un instant, qui lui sembla durer une éternité, avant de se détourner avec un dernier sourire.

À travers la vitrine, il la regarda monter dans une longue voiture carrossée de noir. Le chauffeur en uniforme gris referma la portière et grimpa sur le siège avant. Quand la voiture déboîta, il se sentit curieusement abandonné, comme si un navire venait d'appareiller, l'oubliant sur le quai.

Dans la voiture, Camille ne tenait pas en place.

— Je serai grande quand ma tête touchera le plafond, déclara-t-elle.

— Assieds-toi, dit Valentine.

La petite fille obéit. Calée entre les deux femmes, elle voulut glisser sa main dans celle de sa mère, mais Valentine croisa les doigts sur ses genoux et regarda par la fenêtre. En silence, elles roulèrent vers l'avenue de Messine.

Valentine était sous le choc. Quand le jeune homme s'était lentement relevé sans la quitter des yeux, elle s'était sentie pétrifiée. *Seigneur, ce qu'il est beau !* avait-elle pensé. Quelle absurdité ! Elle ne croyait pas au coup de foudre ni à toutes ces sottises. Mais la pureté de ses traits, l'arête précise de son nez, le bleu intense de ses yeux...

Elle repassa dans sa tête chaque instant qui s'était écoulé depuis leur rencontre. Alors qu'il avait les bras chargés de manteaux, elle ne lui avait rien trouvé de particulier. Dans sa blouse blanche, il n'était qu'un autre employé de son mari. Elle avait écouté Odile lui donner des ordres, mais, là encore, elle avait pensé à autre chose et puis, soudain, comme le soleil déchire les nuages, elle avait senti son cœur s'emballer. En lui parlant, elle avait eu une envie irraisonnée de lui caresser la joue, de sentir sa peau sous ses doigts et d'embrasser ses lèvres. Elle frémit : elle perdait la tête.

— Arrête de fredonner, Camille ! ordonna-t-elle. C'est agaçant.

La petite fille se tut, le visage sombre.

Pierre Venailles gravit les marches de l'Opéra, sa femme à son bras. Il avait accepté à contrecœur d'accompagner Odile au Bal de la fourrure, une fête de bienfaisance organisée au palais Garnier afin de récolter des fonds pour soutenir l'apprentissage. Pierre n'aimait pas les grandes fêtes. Il redoutait les foules et restait insensible à la mise en scène des fastueuses soirées qui rythmaient la vie parisienne. Dieu merci, celle-ci n'était pas déguisée ! Il avait toutefois enfilé son habit de fort mauvaise grâce.

Il avait d'autres soucis en tête en cet automne 1928. Il revenait d'un voyage à New York. Les cours de la Bourse flambaient, ses clients demandaient des crédits pour acheter des actions et les regards de ses collaborateurs reflétaient l'appât du gain. Cette frénésie ne lui disait rien qui vaille. Lorsque le vieux banquier Fourcroy avait fait de lui son héritier, il lui avait donné un dernier conseil : « Prenez toujours les avis des banquiers avec une pincée de sel, mon cher Venailles, et vous avez une chance de vous en tirer. » Sa boutade n'était pas tombée dans l'oreille d'un sourd. D'un naturel déjà méfiant, Pierre n'avait jamais pris une décision importante sans écouter sa petite voix intérieure. Et celle-ci lui soufflait que le colosse de Wall Street avait des pieds d'argile.

— C'est magnifique, tu ne trouves pas ? lui souffla Odile à l'oreille.

Il observa les dos dénudés des femmes dans leurs fourreaux perlés, les drapés de crêpe qui dévoilaient leurs jambes lorsqu'elles marchaient.

— Je parle du décor, précisa-t-elle. Et si tu persistes à regarder mes rivales avec autant d'appétit, j'en ferai autant avec les gardes républicains sur l'escalier !

— Décidément, on n'aura jamais trouvé mieux que l'uniforme pour séduire une femme, plaisanta-t-il en portant la main d'Odile à ses lèvres.

À la dernière seconde, il la retourna pour déposer un baiser sur l'intérieur de son poignet. Elle baissa les yeux. Même après plusieurs années de mariage, Pierre avait encore le pouvoir de la troubler comme si elle n'eût été qu'une ingénue. Elle ne regrettait pas de l'avoir épousé, bien qu'elle se demandât parfois ce qui chez elle avait bien pu l'attirer.

— Mais je t'aime, chérie, murmura-t-il comme s'il avait lu dans ses pensées.

— Je ne crois pas que tu saches aimer, répliqua-t-elle, soudain sérieuse, avant d'ajouter d'un ton plus gai : Viens, le défilé ne va pas tarder à commencer. Nous devons retrouver André et Valentine.

La perspicacité de sa femme ne cessait de l'amuser. Pierre avait épousé Odile pour son éclat, parce qu'elle parlait beaucoup, ce qui lui permettait de se taire, et qu'il s'était lassé de rentrer le soir dans un appartement vide. Elle était joyeuse, ardente, piquait des colères passagères, elle aimait rire, papillonner et boire du champagne. Elle faisait l'amour comme elle dansait le charleston, sans retenue. *Et si je l'aimais tout de même ?* se surprit-il à se demander alors qu'elle le précédait vers la loge réservée par les Fonteroy.

Valentine se leva de son fauteuil avec un mouvement fluide, se tourna pour embrasser Odile, avant de le dévisager, comme d'habitude, avec méfiance. Elle portait une robe en moire rouge ornée d'un soleil en strass. Un bandeau semé de paillettes lui enserrait le front et soulignait l'éclat unique de ses yeux. Pierre comprit alors qu'il suffirait à la Mal-Aimée de lui faire un signe, un seul, et qu'il lâcherait tout pour suivre cette femme exaspérante.

Pendant le défilé, il ne quitta pas des yeux la nuque de Valentine, étudiant la ligne de ses épaules. Dans la semi-pénombre, sa peau nacrée renvoyait des lueurs vagabondes. Quand elle inclinait la tête pour murmurer à l'oreille d'Odile, le châle frangé de soie glissait sur son bras nu, des ombres se dessinaient dans son cou, et, lorsqu'elle levait la main pour lisser une mèche sombre derrière son oreille, il se retenait à grand-peine de saisir le poignet gracile et de lui embrasser la saignée du coude.

Une voix doucereuse annonçait le numéro et le nom de chaque fourrure qui défilait. Il était beaucoup question des réminiscences d'une Russie impériale disparue. À ses côtés, André s'agitait sur son siège.

— Voulez-vous que nous sortions un moment ? proposa Pierre à voix basse. Je vous sens impatient.

André esquissa un sourire.

— Ce sera mal vu par mes confrères, mais tant pis.

Ils se levèrent et quittèrent la loge aussi discrètement que possible. Dans le couloir, André sortit son étui à cigarettes, en offrit une à Venailles qui lui proposa la flamme de son briquet. André aspira une longue bouffée.

— Quelque chose ne va pas ? demanda Pierre. Je ne veux pas être indiscret, mais vous semblez contrarié.

— Ce n'est rien de grave. Un immeuble adjacent à la Maison est à vendre boulevard des Capucines. J'ai besoin d'espace pour créer de nouveaux ateliers d'allonge, et le propriétaire demande un prix exorbitant parce qu'il sait que je suis intéressé.

— Qu'appelez-vous l'allonge ?

— Une technique pour transformer des peaux courtes et larges, comme le vison ou la martre, en de longues bandes étroites qui donnent ensuite de beaux effets de chevron sur le vêtement. C'est un travail délicat de découpe au rasoir. Les ouvriers doivent avoir un coup de main très sûr. Mais je vous ennuie, tout cela est fastidieux.

— Pas du tout. Je suis ignare quant aux mystères de votre travail, mais je sais admirer le résultat. Revenons-en à votre souci de financement. La Maison Fonteroy est une société anonyme. Si vous vous introduisiez en Bourse, vous pourriez lever du capital en émettant des actions.

— La Bourse ? se méfia André en arquant les sourcils. C'est plutôt le domaine des industriels, non ?

— Détrompez-vous. On y trouve toutes sortes d'entreprises. Cela vaudrait la peine d'être étudié, je vous assure. Vous pourriez passer à mon bureau en discuter.

Ils entendirent des applaudissements dans la salle.

— Le dîner approche, dit Pierre. J'ai une faim de loup. Il faudra que je prenne des forces car Odile voudra sûrement danser toute la nuit. Elle est infatigable dès qu'elle a le malheur d'approcher un orchestre de trop près.

Les portes des loges s'ouvrirent les unes après les autres pour laisser passer l'assistance enjouée. André sourit en voyant s'approcher l'un de ses meilleurs amis. Max Goldmann, décoré de la croix de guerre, fin gourmet et noceur à ses heures, avait hérité de l'une des plus importantes maisons de pelleteries françaises.

Avec ses cheveux blonds, ses yeux clairs et sa silhouette bien charpentée, Max était apprécié de ces dames. Même Valentine avait avoué à André qu'elle le trouvait séduisant, mais Max n'avait d'yeux que pour Judith, sa jeune épouse de dix-neuf ans dont le regard mélancolique trahissait une certaine timidité. Max la dominait d'une tête et l'on sentait qu'elle le considérait comme son roc dans la tempête.

— Je suis fou amoureux, mon vieux, murmura-t-il à son ami. C'est incroyable comme le mariage vous change un homme. Tu aurais dû me convaincre plus tôt de sauter le pas. Cela dit, je remercie le Ciel d'avoir attendu Judith. Tu ne la trouves pas divine ? conclut-il, couvant des yeux sa femme qui bavardait avec Valentine, alors qu'ils se dirigeaient vers les salons où se dressaient les tables du souper.

— Elle est charmante, acquiesça André. Et je suis heureux pour toi, tu mérites ce bonheur.

— Est-ce qu'on mérite jamais ce qui vous arrive sur terre, le bon comme le mauvais ? soupira Max. Mais nous, je crois que nous avons connu le pire, tu ne penses pas ? Que pourrait-il y avoir de plus diabolique que cette guerre monstrueuse qu'on nous a infligée ? (Un voile sombre obscurcit un bref instant son visage rieur.) Heureusement, c'est du passé, tout ça ! Figure-toi que je suis en train de faire fortune à la Bourse. C'est bien la première fois de ma vie que je gagne de l'argent sans lever le petit doigt.

— Décidément, toi aussi ! Tu es la deuxième personne à m'en parler ce soir. Il faut croire que j'ai raté le coche.

— Rien n'est perdu. Je peux te donner l'adresse de mon agent de change. C'est un homme remarquable, un flair inouï… Ah, vous voilà, exquise Valentine ! s'exclama-t-il en lui baisant la main. Étourdissante, comme toujours.

— Cessez vos flatteries, mon cher. Je sais que votre cœur est pris. Il n'y a qu'une femme au monde pour vous, n'est-ce pas ? dit-elle avec un sourire pour Judith, qui rougit sous son turban orné de plumes.

Max prit la main délicate de sa femme et la glissa d'un geste protecteur sous son bras.

— J'appartiens corps et âme à Judith, mais, comme le soleil, vous ne cesserez jamais de m'éblouir.

Valentine avisa la moue moqueuse de Pierre Venailles, qu'elle fusilla du regard, avant de demander à Judith si elle avait apprécié son voyage de noces à Capri. La jeune femme murmura une réponse et Valentine dut se pencher légèrement vers elle pour l'entendre.

Après le dîner, on tira une tombola. La petite Judith Goldmann crut mourir de honte lorsqu'elle remporta un châle peint à la main et qu'elle fut obligée d'aller le chercher devant tout le monde.

— À vous, cela ne ferait pas peur, murmura Pierre Venailles en se tournant vers Valentine. Je me demande si vous avez jamais eu peur de quoi que ce soit dans votre vie.

— Seuls les imbéciles n'ont jamais peur ; me prendriez-vous pour une sotte ? répliqua-t-elle. Non ? Alors sachez que je réserve mes peurs pour les choses d'importance et non pour les broutilles de la vie. C'est d'ailleurs pourquoi je n'ai pas peur de vous, très cher.

Elle repoussa sa chaise, saisit sa pochette du soir brodée et se leva. La tête haute, la démarche souple, elle traversa la salle vers son mari sans prêter attention aux regards admiratifs qui la suivaient.

Un peu plus tard, alors qu'ils dansaient, Valentine demanda soudain à André :

— Quand a lieu la réunion de Noël pour les employés ?

— La semaine prochaine, pourquoi ?

— Comme ton père sera absent cette année, j'ai pensé que je pourrais t'accompagner.

Surpris, André se demanda pourquoi Valentine cherchait soudain à lui faire plaisir. Par le passé, quand il lui avait demandé d'assister à la réception annuelle, elle avait toujours trouvé un prétexte pour refuser. Trop heureux, il préféra ne pas poser de questions.

— Tu seras la bienvenue. C'est mardi soir, à sept heures.

Valentine se contenta de hocher la tête. Elle avait mauvaise conscience : c'était la seule manière de revoir Alexandre Manokis et elle s'en voulait de ce subterfuge.

Le souvenir du jeune homme la hantait. Jour et nuit, elle luttait pour effacer l'image de son visage. Comment pouvait-elle être ainsi possédée par un inconnu qui n'était même pas de son monde ? Des rêves troublants la réveillaient au milieu de la nuit et la respiration paisible de son mari l'empêchait de se rendormir. Elle était moins mortifiée par le sentiment de trahir André en pensée que par son incapacité à se dominer. Quelques jours auparavant, pendant qu'elle attendait une nouvelle fois le petit matin, les yeux ouverts dans le noir, elle avait décidé qu'elle devait revoir Manokis. Alors seulement, elle serait convaincue que cette obsession n'était qu'une lubie passagère.

Un verre de champagne à la main, Alexandre bavardait avec Madeleine, la secrétaire du patron. Il appréciait la jeune femme blonde et menue qui élevait seule ses frères et sœur depuis la mort de leurs parents. Il l'avait invitée un dimanche au cinéma, mais Madeleine s'était montrée si réservée qu'il s'était senti mal à l'aise.

Le grand hall du boulevard des Capucines était bondé. Les lustres à pampilles se reflétaient dans les miroirs aux cadres dorés. Sur les comptoirs recouverts de nappes blanches reposaient des plateaux de petits fours, du champagne et des jus de fruits.

La première fois qu'il avait assisté à cette réception, Alexandre avait été étonné de voir que le patron ne lésinait pas sur les moyens. Il n'avait jamais entendu dire qu'on offrait du champagne à des employés, à la rigueur du mousseux. Worms lui avait expliqué que, ayant décidé d'honorer ses ouvriers et ses employés, le patron tenait à les fêter tels des invités de marque. Enchanté, Alexandre avait bu du champagne pour la première fois de sa vie et croqué des bouchées au fromage qui fondaient sous la langue.

Les employés s'étaient mis sur leur trente et un. Il n'y avait pas une blouse blanche en vue. Quelques mannequins promenaient leurs longs visages d'aristocrates russes aux sourcils épilés et aux lèvres rouge foncé.

— Bonsoir, Madeleine, dit une voix légèrement voilée derrière lui.

Il se retourna. Mme Fonteroy leur sourit à tous les deux.

— Voilà le sauveur de ma fille, ajouta-t-elle d'un air amusé. Comment allez-vous ?

— Bien, très bien, dit-il, ne sachant pas s'il devait s'incliner, claquer des talons ou lui serrer la main.

Madeleine s'excusa car Worms l'appelait d'un signe à l'autre bout de la pièce. Resté seul avec Valentine Fonteroy, Alexandre eut l'impression qu'il faisait soudain diablement chaud.

— Vous n'avez rien à boire, madame. Puis-je vous chercher quelque chose ?

— Ne vous dérangez pas. Un plateau passera sûrement tôt ou tard. On m'a dit que vous étiez grec. Depuis quand travaillez-vous pour mon mari ?

Il commença par bafouiller, puis, en évoquant sa jeunesse, un peu de gaieté et de douceur vinrent le rasséréner. Il s'étonnait de la trouver aussi attentive. En quoi un jeune ouvrier pouvait-il intéresser une femme du monde ? D'une main, elle jouait avec ses colliers en sautoir qui cliquetaient entre ses doigts. Elle semblait avoir oublié l'agitation autour d'elle, le regardait dans les yeux et l'écoutait décrire Kastoriá, les demeures juchées sur les celliers et les ateliers des rez-de-chaussée aveugles, les balcons qui s'ouvraient sur le ciel, les toits de tuiles byzantines, le port de pêche aux barques colorées et au loin les montagnes rouges, les profondes vallées, le parfum de bruyère qu'il eut soudain l'impression, de façon parfaitement incongrue, de respirer à nouveau.

De temps à autre, elle posait une question pertinente. Au fur et à mesure qu'il évoquait sa ville natale, ses épaules se redressaient. Il n'était plus un petit ouvrier grec exilé qui habitait un minuscule deux pièces dans une rue bruyante de Paris, mais le descendant d'une ancienne famille patricienne de Macédoine. Non sans fierté, il songea que dans une autre ville, à une autre époque, il aurait pu faire la cour à cette sylphide, dans sa robe rouge de mousseline brochée, et qu'elle aurait peut-être même daigné le trouver séduisant.

Il ne s'était pas rendu compte que le silence s'était établi dans le grand hall. Elle posa la main sur son avant-bras et chuchota :

— Je crois que mon mari va faire un discours.

André Fonteroy prit la parole et commença par les remercier tous pour leur fidélité au cours de l'année écoulée. Valentine leva légèrement la tête, se pencha vers Alexandre. La lumière accrocha ses longs pendants d'oreilles, ses lèvres lui frôlèrent la joue. Elle murmura quelque chose qu'il ne comprit pas. Il respirait son parfum audacieux relevé de rose et d'épices, percevait sa poitrine à quelques centimètres de son bras, et son corps se raidissait tandis qu'un bourdonnement lui emplissait la tête.

Elle sembla deviner son trouble et lui décocha un coup d'œil espiègle. D'un seul coup, elle fut transformée. Alexandre ne put s'empêcher de répondre à ce sourire taquin, pris par l'envie folle de saisir la main de cette gamine effrontée et de partir en courant, laissant derrière eux la Parisienne intense et grave qui l'avait scruté avec tant de sérieux.

*Je le veux*, songea Valentine, le souffle court. *Je veux faire l'amour avec lui, là, maintenant, tout de suite !*

Jamais elle n'avait éprouvé cet élan dévastateur pour un homme. Elle ne dominait plus rien, ni son impatience, ni sa rage, ni la lourdeur exquise et douloureuse entre ses cuisses, et elle se répétait, telle une litanie : *Tu es folle... Tu es ridicule... Tu n'as pas honte...*

Elle se traitait de tous les noms car il n'était pas si beau avec cette légère bosse sur le nez, ces sourcils noirs et touffus, cette lèvre supérieure trop fine. Désespérée, elle cherchait ce qui pourrait la repousser chez cet inconnu, or c'était justement là qu'elle se trompait, car Alexandre n'était pas pour elle un inconnu. Il répondait à l'alliage mystérieux de résonances et de songes désordonnés, à l'obscure alchimie de langueur et de colère, d'ardeur et de redoutable faiblesse que l'on nommait, à défaut de mieux, le désir.

Brusquement, des applaudissements crépitèrent autour d'eux. Valentine tressaillit. Elle jeta un regard égaré en direction d'André qui avait fini son discours, mais revint aussitôt au visage tendu d'Alexandre. Et elle comprit qu'elle était prise au piège, parce qu'elle avait besoin de son mari pour survivre, mais que cet homme-là, debout à ses côtés, il le lui fallait absolument, tout simplement pour exister.

*Leipzig, 1930*

— *Sehr gut !* dit Eva Krüger avec un sourire satisfait.

Le petit garçon leva sur elle des yeux amoureux, glissa de la banquette et saisit les livres de classe empilés sur une chaise.

— À la semaine prochaine, Frau Krüger ! lança-t-il, sa casquette serrée sur le cœur, avant de s'échapper par la porte, impatient de retrouver l'après-midi ensoleillé.

Eva referma la partition. L'application des enfants et leur joie quand elle les félicitait ne cessaient de l'étonner. Habituée à son fils Peter qui avait toujours été réfractaire à la musique, il lui avait paru impensable que des garçons de son âge prennent plaisir à batailler avec une fugue de Bach ou un jeu en *rubato* chez Chopin. Et pourtant, dès la parution de l'annonce dans le journal, des parents avaient téléphoné pour inscrire leur enfant. « Eva Krüger, concertiste, donnera des leçons de piano à des enfants de six à douze ans. » Elle se permettait même le luxe de choisir ses élèves, refusant ceux qui menaçaient de lui taper sur les nerfs.

La bonne lui apporta son thé. Eva s'installa dans son fauteuil préféré, à droite de la cheminée. Offenbach, le chat cendré, vint frôler ses chevilles. Elle huma le parfum délicat qui s'échappait de la tasse en porcelaine.

À cause de la crise économique, Karl avait dû se résoudre à ce qu'elle devienne professeur. Il s'en voulait parce qu'il avait le sentiment de faillir à son devoir de chef de famille. Il aurait préféré que sa femme continue à se consacrer à son art, sans avoir à perdre du temps avec des élèves. Eva avait aussi été obligée de demander un poste au conservatoire, bien qu'elle ne s'entendît pas avec le directeur. Trois fois par semaine elle errait, un peu perdue, à travers les salles de la plus ancienne académie de musique d'Allemagne.

Elle secoua la tête d'un air agacé : les soucis ne devaient pas troubler sa demi-heure de sérénité. Avant ses concerts, elle s'accordait aussi un moment de répit pendant lequel personne n'avait le droit de la déranger. Seule dans sa loge ou sa chambre d'hôtel, elle fermait les yeux, laissait la musique l'envahir, et s'abandonnait à un monde intérieur qu'elle avait appris à pénétrer dès sa plus tendre enfance. Dans cet univers feutré, elle imaginait une couleur, un son qui variaient selon ses humeurs et la partition qu'elle devait interpréter. Lorsqu'elle était petite fille, ses parents avaient été intrigués par ces transes curieuses. Sa mère l'avait emmenée chez le médecin. Il avait prescrit du bon air et de l'exercice, mais Eva pouvait aussi bien se retirer en elle-même en pleine cour de récréation si l'envie l'en prenait. À l'âge adulte, elle avait découvert que son refuge intérieur lui permettait d'atténuer les moments douloureux de l'existence.

Les yeux clos, les mains détendues, elle se concentra sur une couleur chaude. Un jaune chaleureux. Elle imagina la lumière du soleil inondant son front, son cou, ses épaules. Elle y associait un son cristallin, des clochettes harmonieuses. Le parfum piquant du thé rendait la sensation d'autant plus agréable.

Pour une raison étrange, ce bien-être lui rappela sa rencontre avec Karl.

Il était venu la féliciter avec quelques-uns de ses amis après un concert. Ce soir-là, elle était irritable. Pleine de fougue et de passion, elle avait martelé les touches ivoire comme pour les punir. Plus tard, fébrile, le regard encore enflammé, elle avait reçu les dignitaires de la ville et balayé leurs compliments d'un geste de la main. Un jeune homme blond en uniforme gris était venu s'incliner devant elle. Lorsqu'il lui avait pris la main, une onde de chaleur l'avait parcourue. Saisie, elle l'avait retirée d'un mouvement brusque. Il était resté interdit, vaguement inquiet. Elle avait esquissé un sourire d'excuse. Il lui avait expliqué qu'il était en permission, qu'il repartait bientôt pour la Somme. En France, avait-il précisé. « Je sais où se trouve la Somme », s'était-elle agacée, avant d'ajouter, confuse d'avoir été aussi revêche : « Ce n'est pas trop terrible ? » Un sourire crispé avait passé sur les lèvres du jeune officier : « C'est pire encore. » Elle avait compris à son visage fermé qu'il ne voulait pas parler de la guerre.

N'ayant pas envie de rester seule, elle avait accepté de dîner avec lui et ses camarades dans un restaurant aux boiseries sombres, au plafond décoré de fresques et d'inscriptions en lettres gothiques tirées de *Faust*. La nourriture y avait été innommable à cause des restrictions imposées par le blocus des Alliés. Karl avait exigé qu'ils ne parlent que de choses joyeuses et, quelques heures durant, les jeunes gens avaient trinqué et plaisanté comme si les lendemains leur appartenaient encore. Même cette odeur si particulière qui imprégnait les villes depuis le début du conflit, mélange de mauvaise graisse, de combustible et de parfums bon marché, à moins qu'elle ne fût tout simplement l'odeur de la peur, s'était estompée.

Ils s'étaient écrit pendant plus d'un an. Lorsqu'il avait été blessé, elle s'était rendue à l'hôpital. Elle avait signé des autographes, joué pour les infirmes et les religieuses sur un vieux piano désaccordé. À la fin de la guerre, une fois libéré du camp de prisonniers, Karl lui avait demandé sa main. La virtuose n'avait pas hésité. Ce jour-là, les couleurs avaient été infiniment tendres.

— *Mutti !* appela une voix impérieuse.

Eva sursauta. Elle leva les yeux en même temps que la porte s'ouvrait avec fracas. Son fils se précipita dans le salon.

— *Mutti !* s'écria-t-il une nouvelle fois, et Eva s'émerveilla de ce cri, de cette certitude que sa mère était bien là où il l'avait imaginée, de cette conviction insolente qui était l'apanage de l'enfance.

Campé dans un rayon de soleil, les poings sur les hanches, les cheveux en bataille, son regard bleu la clouant d'un éclat lumineux, son fils lui serrait le cœur. Parfois, elle le regardait comme si elle le découvrait pour la première fois. Comment cet enfant éclatant de santé, d'une énergie sans faille, pouvait-il être le sien ? Elle qui avait désespéré d'avoir un bébé. Qui en avait perdu deux avant lui, et encore trois pendant la décennie qui avait suivi sa naissance. Elle qui avait tant souhaité une famille nombreuse. Un seul devait donc survivre à ce ventre impitoyable qui avait expulsé tous les autres. Un enfant de lumière, plus robuste, plus vigoureux, pour oublier la détresse qui l'avait déchirée chaque fois que son corps l'avait trahie. En dépit de l'amour de Karl qui la suppliait d'arrêter ces tentatives dangereuses et désespérées. Alors qu'elle aurait tout donné, même son art et son talent, pour mettre des enfants au monde. Parce que, aux yeux d'Eva, la seule grâce authentique était de tenir son enfant endormi dans ses bras.

— *Mutti !* s'exclama une dernière fois son fils avant de repartir en courant.

Eva entrelaça ses doigts aux ongles courts, les porta jusqu'à ses lèvres et se mordit le poing.

C'était sa faute. Si elle s'était mariée plus jeune, son corps aurait-il été plus fertile ? Mais elle n'avait pas pu se résigner à une union qui n'aurait pas été un mariage d'amour. La musique lui avait appris à toujours rechercher l'idéal, et l'amour qui unissait un homme à une femme devait être l'une des rares perfections que l'on pouvait atteindre sur terre.

Bercée d'illusions, entêtée et rigoureuse, elle avait laissé filer les années. Elle avait pris des amants afin de connaître le plaisir, mais elle n'avait jamais été satisfaite. La gestuelle des corps était vidée de sa substance, comme un mouvement exécuté sans le souffle de l'âme. Le succès venant, l'image qu'elle se faisait du père de ses enfants s'était émoussée. Elle avait compris qu'elle était trop idéaliste ; elle avait essayé de ne pas devenir amère. Jusqu'au jour où elle avait rencontré Karl, ce jeune militaire de cinq ans son cadet.

Quand ils avaient fait l'amour la première fois, elle avait eu honte. Elle avait exigé d'éteindre la lampe. Son corps dénudé lui semblait impudique, d'une rare pesanteur, alors que les membres de son amant étaient durs et sans merci. Les os des hanches, les coudes, les genoux, tout était ciselé chez lui, jusqu'au sexe dressé. Un corps affûté par les années de combats, les blessures et la maladie, une grippe espagnole qui l'avait finalement épargné. Peut-être parce que, ayant échappé aux tranchées, il avait interdit à la mort de le faucher par l'intermédiaire d'un misérable microbe. Et ce corps sec, nerveux, avait impressionné Eva, qui n'y avait trouvé aucune douceur, aucune faiblesse. Quand il l'avait pénétrée, elle avait retenu son souffle. Désemparée, elle s'était sentie étrangère à leur étreinte. Elle avait maîtrisé une envie folle de le frapper, furieuse de cette armure qui ne lui offrait aucune prise. Elle avait laissé Karl atteindre sa jouissance, songeant que rien ne la forçait à le revoir. Déjà son esprit était ailleurs, dans une autre ville, elle qui n'avait aucune attache, qui préférait les chambres anonymes des hôtels aux maisons où sa solitude aurait été trop tapageuse. Elle avait tressailli quand elle avait senti les premières larmes couler dans son cou, effleuré la joue de son amant pour s'assurer que ce n'était pas des gouttes de sueur. Elle n'avait jamais vu quelqu'un pleurer sans hoqueter, sans reprendre son souffle, presque sans respirer, la bouche entrouverte, un rideau de larmes tièdes et salées. Timide, elle avait entouré l'homme de ses bras et il avait posé la tête sur sa poitrine. Elle avait roulé sur lui, ses seins, son ventre, ses cuisses écrasant le corps âpre comme pour l'arrimer à la terre. Cette douleur de l'esprit, il fallait l'étouffer sous le poids de la chair.

De longues minutes s'étaient écoulées. Eva avait hésité à le consoler, mais elle n'avait pas trouvé les mots. Les paroles, ce n'était pas son fort. Ses émotions les plus profondes, elle les exprimait en musique. Choisissant le silence, elle avait tenu Karl longtemps enlacé. Il n'avait pas cherché à s'excuser ni à s'expliquer. Il s'était endormi. À son réveil, il avait caressé le corps de sa maîtresse et Eva s'était découvert, sous ses mains tendres et fragiles, une beauté qu'elle n'avait jamais soupçonnée.

Quelques semaines plus tard, ils s'étaient mariés à Leipzig. Eva avait emménagé dans la maison patricienne de la Katharinenstrasse qu'il avait héritée de ses parents. Elle avait apporté son piano, ses malles et son chat. Les premiers jours, avec le sentiment d'être une intruse, elle s'était promenée entre le poêle, le divan capitonné et les tables ovales aux pieds en colonne. Elle avait effleuré la tapisserie murale, les plantes vertes, les figurines en porcelaine, écouté l'horloge égrener les heures. Elle avait craint de s'enraciner dans cette Saxe qu'elle connaissait mal, elle dont la mère hongroise et le père viennois s'étaient rencontrés sur les bords de l'Adriatique, à Trieste, une cité battue par les rafales d'un vent sans merci, éclaboussée de soleil et d'embruns, mais où, par les matins de brume, les cornes des navires sonnent le départ. C'était peut-être cela qui lui avait plu à Leipzig, l'idée que cette ville fût, elle aussi, le carrefour de tous les passages.

Petite fille triestine, elle avait grandi non loin de la gare où les trains lâchaient des bouffées de vapeur avant de s'ébranler vers Budapest ou Moscou. Sa carrière de pianiste l'avait menée à Vienne, puis dans l'Europe entière, du Portugal à l'Angleterre, de la France à la Russie, au gré des récitals. Mais au fond du cœur, elle avait porté la blessure, secrète, vivace, de Trieste et de ses enchantements. C'était par amour qu'elle avait accepté, pour la première fois de sa vie, de poser enfin ses bagages.

Au début, elle s'était méfiée de Leipzig, privée de la mer et d'un fleuve qui emporte les états d'âme. La ville lui avait paru grise, malgré des nuances de tilleul et de bistre. Aucune légèreté ni insouciance dans ces immeubles profonds comme des puits, aux cours qui s'ouvraient les unes sur les autres telles des poupées gigognes. Les trams sillonnaient les rues, oscillant sur leurs rails, mais contrairement à Lisbonne, où les wagonnets jaunes montaient et descendaient les ruelles au fil d'une inspiration capricieuse, ceux de Leipzig, sévères, semblaient filer droit devant eux.

Le cœur serré, elle avait marché dans les rues d'un pas vif, ne sachant pas si elle parviendrait à apprivoiser sa nouvelle ville. Des flocons de neige s'étaient mis à tomber. Elle s'était réfugiée dans un *Gasthaus*. Autour d'une table, des ouvriers discutaient. Tracts et journaux étaient éparpillés sur les banquettes. La mousse des bières débordait des chopes. Ils appelaient à la manifestation, à la grève. Les poings s'abattaient sur la table. Dans un coin, on avait roulé les drapeaux rouges. À côté d'eux, des imprimeurs aux blouses tachées d'encre finissaient de tirer sur leurs pipes avant de repartir au travail. Un courant d'air avait fait voler le rideau qui séparait la salle de la porte d'entrée. Deux hommes en complet sombre et col dur s'étaient attablés, posant leurs vieilles sacoches, frottant leurs mains froides l'une contre l'autre. Ils avaient poursuivi leur conversation dans une langue gutturale qu'Eva n'avait pas reconnue.

Elle avait fermé les yeux, épuisée. La guerre était perdue. La révolution en marche. Mais dans la salle enfumée, bourdonnante, elle avait compris d'où son mari tirait son enthousiasme et sa détermination. C'était comme une force vitale, une énergie qui animait ces hommes et ces femmes depuis toujours, qui attirait et fascinait les étrangers. Elle se sentait presque indolente dans cette cité qui avait enterré Jean-Sébastien Bach et vu naître Wagner. Il lui faudrait s'habituer à ce nouvel esprit, à cette ville qui n'était pas un creuset d'émotions comme Trieste, mais un lieu de détonations et d'étincelles où, si l'on fermait les yeux, on entendait battre le cœur du monde.

Eva finit d'ajuster son chignon. Elle piqua la dernière épingle, entortilla ses longs colliers de perles et se déclara satisfaite.

Elle était nerveuse. Karl lui avait souvent parlé de son ami français, qui venait passer quelques jours chez eux afin d'assister à l'Exposition internationale de la chasse et de la fourrure. Karl le connaissait depuis longtemps. Ils s'étaient rencontrés lors d'une réception au nouvel Hôtel de Ville ; le maire recevait des notables et des visiteurs éminents de la foire qui se déroulait deux fois par an, au printemps et à l'automne. En discutant, les jeunes gens s'étaient aperçus que, à vingt ans, ils débutaient ensemble, Karl dans la maison d'édition de son père et André Fonteroy « sur le Brühl », comme disaient les fourreurs.

Eva passait tous les jours rue Brühl, située à l'angle de leur rue. Elle s'amusait de l'animation de l'avenue des fourreurs où l'on déchargeait des ballots de peaux dans les caves, avant de les trier. Des centaines d'ateliers, plus ou moins petits, se regroupaient dans les maisons alentour. C'était l'un des nerfs de la ville, une longue rue colorée et pleine de vie où les langues d'Europe centrale se mélangeaient en une cacophonie heureuse. Elle s'y sentait un peu chez elle. À son passage, un vieux Juif d'origine hongroise vêtu d'un caftan la saluait toujours très bas, lui lançant un compliment auquel elle répondait par une boutade. Elle s'était liée d'amitié avec l'épouse d'un négociant et donnait des cours de piano à leur fils. Karl s'était étonné de la facilité d'Eva à sympathiser avec des gens d'origines aussi diverses. Parfois, lorsqu'elle lui présentait des amis qu'elle avait invités à déjeuner, il songeait que ses parents se retourneraient dans leurs tombes s'ils voyaient les personnes éclectiques rassemblées dans leur salle à manger.

Pendant les mois de l'après-guerre, alors que les conseils d'ouvriers et de soldats hissaient le drapeau rouge, que la ville était déchirée entre conservateurs, spartakistes et commissaires du peuple, que les grèves entraînaient des répressions sanglantes, Eva et Karl s'étaient souvent disputés sur le bien-fondé de la révolution. Elle souscrivait à l'idée de la liberté et de la justice pour tous, se méfiait des corps francs, qui lui faisaient l'effet d'être des soudards sans scrupules. Karl avait essayé de lui démontrer qu'elle raisonnait de manière trop simpliste. Il l'avait qualifiée de romantique, de naïve. « La révolution ne se fait pas en gants blancs, répétait-il. N'oublie pas que tu seras l'une des premières à avoir la gorge tranchée. » Elle avait défilé pour défendre la cause féministe, salué la loi qui leur accordait le droit de vote. Il avait haussé les épaules dans un mouvement d'impuissance.

Ce soir-là, elle avait prévu un dîner léger. La qualité de la cuisine française lui donnait des complexes. Elle regrettait qu'André Fonteroy ne fût pas venu avec son épouse, elle aurait aimé parler des dernières modes parisiennes. La France affichait-elle encore cet air de désinvolture qui lui avait tant plu avant la guerre ? Elle eut soudain envie de revoir Paris, de se promener sur les berges de la Seine. Il lui sembla respirer le parfum des croissants frais et du café au lait, voir passer les filles à la taille souple et leurs compagnons fringants.

Dans le salon, elle tapota deux ou trois coussins. Parce qu'elle s'ennuyait, elle s'assit au piano et joua quelques airs enlevés. La bonne s'attarda un instant, une carafe de vin à la main. Eva attaqua l'une des chansons préférées de la jeune fille où il était question d'un fiancé infidèle. Gerda ne se fit pas prier : sa jolie voix souligna les mésaventures du couple amoureux. Se prenant au jeu, les deux femmes finirent sur une envolée lyrique, Gerda tenant une note limpide et Eva ajoutant à la composition des accords de son invention.

— Bravo !

Debout dans l'embrasure de la porte qui donnait sur le vestibule, un homme applaudissait. Gerda rougit jusqu'aux oreilles et fit une révérence avant de s'enfuir avec la carafe. Eva se leva en souriant.

— Pardonnez-moi, monsieur, je ne vous ai pas entendu entrer, dit-elle en s'avançant vers l'invité.

— Je vous en prie, appelez-moi André. Et quel merveilleux accueil ! Vous avez là une jeune chanteuse remarquable. Sans parler de votre propre talent, madame, mais votre renommée a franchi les frontières depuis longtemps.

Il parlait l'allemand avec une légère intonation française. Il s'inclina pour lui baiser la main.

— Vous aimez la musique... André ?

— Oui, mais, malheureusement, je ne pourrais pas vous accompagner. Je chante comme une casserole.

— Je vais vous avouer un secret... moi aussi, s'amusa-t-elle. Karl n'est pas avec vous ?

— Il avait une dernière affaire à régler au bureau. Il m'a déposé et m'a chargé de vous dire qu'il serait à l'heure pour le dîner.

Eva soupira.

— Ce n'est pas facile en ce moment. Il a beaucoup de soucis. Je m'inquiète pour lui.

— C'est une époque de troubles. Nous subissons tous cette terrible crise. Quand je pense que tout cela a débuté par la faillite d'une banque viennoise. Qui aurait pu prévoir un enchaînement aussi désastreux ?

— L'Allemagne est en crise depuis la fin de la guerre, mais je croyais la France moins affectée que nous.

— La situation a beau être différente, je ne suis guère optimiste.

— Je manque à tous mes devoirs ! s'écria-t-elle soudain. Je vous en prie, asseyez-vous. Vous prendrez bien un verre ? À moins que vous ne vouliez qu'on vous montre votre chambre ?

André posa son feutre et ses gants sur une console.

— Je ne résiste pas au plaisir de goûter votre vin rhénan. Karl a-t-il toujours sa splendide cave ?

— Bien sûr, et il vous en fera sûrement les honneurs. À chaque fois qu'il ouvre un bon bourgogne, il me parle de vous, si bien que j'ai l'impression de vous connaître depuis toujours.

André sourit. Il prit le verre qu'elle lui tendait.

— Karl est un ami, un vrai. C'est toujours une joie de le revoir.

Ils s'assirent l'un en face de l'autre. Offenbach sauta sur les genoux de sa maîtresse.

Eva étudia le visage rond, les joues généreuses, le menton un peu trop fuyant pour son goût. Il avait des cheveux magnifiques, d'une teinte caramel parcourue de reflets bronze. Des yeux bruns derrière des lunettes rondes à monture d'écaille. Un regard intelligent. Il portait un complet croisé en flanelle grise au pantalon large, d'une élégance discrète. Il n'était pas très grand, se déplaçait avec une maladresse touchante, comme s'il luttait contre une forme de timidité. Entre ses doigts, le verre en cristal semblait fragile.

— Ainsi, vous restez quelques jours avec nous.

— J'espère que je ne vous dérange pas. J'aurais pu descendre à l'hôtel, mais Karl a insisté. J'avoue que j'étais impatient de vous connaître. Lors de mes précédents voyages, nous nous sommes toujours ratés.

— Karl a voulu que je reprenne mes tournées il y a quelques années. Peut-être craignait-il que je ne devienne une femme d'intérieur ennuyeuse, une véritable *Hausfrau* allemande ? plaisanta-t-elle.

Elle mentait. Karl avait craint qu'elle ne s'enlise dans une mélancolie dangereuse. Un soir, alors qu'elle n'avait pas quitté l'appartement depuis des semaines, qu'elle ne mangeait presque plus depuis sa fausse couche et refusait même de voir Peter qui, à trois ans, réclamait sa mère en pleurant, il l'avait saisie par les épaules et secouée sans ménagement. Elle n'avait pas le droit de se laisser aller ! C'était un gâchis, une honte ! Elle était vivante. Ils avaient un fils, un enfant merveilleux. C'était un crime de vouloir l'impossible alors que Dieu lui avait donné un tel talent. La voix rauque, furieux, il lui avait crié au visage, vibrant de colère et de peur. Lorsqu'il l'avait lâchée, Eva s'était affaissée, ses jambes ne la soutenant plus. Recroquevillée, le visage caché entre les mains, ses longs cheveux répandus sur le tapis, elle avait respiré l'odeur âcre de sa propre sueur. Karl s'était agenouillé auprès d'elle et l'avait prise dans ses bras, lui demandant pardon. « Si tu ne recommences pas à jouer, Eva, tu vas mourir...

Peter perdra sa mère, et moi la femme que j'aime. » Le lendemain, elle avait écrit à son agent dont elle n'avait pas eu de nouvelles depuis des années. Il lui avait aussitôt répondu. Lui qui désespérait de jamais la revoir... Elle était justement la personne dont il avait besoin. Pouvait-elle venir à Berlin enregistrer un disque ?

— Karl est un ami fidèle, en effet, murmura-t-elle. Il m'a sauvé la vie, vous savez.

André s'étonna de cet air si grave. Était-elle sérieuse ou n'était-ce qu'une façon de parler ? Cette femme le surprenait. Engoncée dans une robe disgracieuse, elle n'était pas particulièrement belle. Elle avait un visage banal, des yeux bleus comme il se doit, des cheveux blonds ramenés sur la nuque et retenus par des peignes. Ses traits n'étaient ni fins ni empâtés. Près de la lèvre supérieure, un grain de beauté. Ce n'était pas une femme sur qui l'on se retourne. Et pourtant, en la regardant jouer, il avait décelé chez elle une force qui l'avait intrigué. Elle caressait à présent son chat d'un air absent. L'animal ronronnait en étirant puis relâchant ses griffes.

Il réalisa qu'il la dévisageait de manière impolie. Gêné, il détourna les yeux.

— Votre épouse ne vous a pas accompagné ? demanda-t-elle soudain, s'arrachant à sa rêverie.

— Hélas non, elle a été retenue à Paris.

— Je serais heureuse de la connaître. Peut-être si Karl et moi nous rendons un jour en France ?

— Bien entendu. Vous viendrez dîner à la maison. Valentine est... comment dire ? Elle sera ravie de vous recevoir.

Eva remarqua son malaise.

— Vous avez des enfants ?

— Une petite fille, Camille... Elle a huit ans.

Son visage s'était éclairé comme un ciel après l'orage. Eva s'en émut. D'ordinaire, les hommes n'attachaient guère d'importance à leurs enfants, surtout lorsqu'il s'agissait d'une fille.

La bonne vint frapper à la porte. Eva la pria d'accompagner l'invité jusqu'à sa chambre. Le dîner serait servi à sept heures et demie. Si Karl daignait faire son apparition, ajouta-t-elle avec un air de reproche affectueux.

Pendant trois jours, en compagnie du représentant permanent de la Maison Fonteroy à Leipzig, André arpenta les cinq bâtiments consacrés à l'exposition. Parmi les milliers de variétés de peaux venues d'une vingtaine de pays, André en découvrit certaines qu'il n'avait jamais vues de sa vie. Il choisit soigneusement des lots, soucieux de ne prendre que le meilleur et en petite quantité, car les ventes avaient chuté depuis le fameux Jeudi noir de Wall Street.

Un tiers du commerce mondial des pelleteries transitait par Leipzig. Lors de ces grandes foires, grisé par l'effervescence de la foule cosmopolite, André avait l'impression d'appartenir à une vaste famille, celle des pelletiers et des fourreurs, qui transcendait les nationalités et les religions, et dont les traditions et les secrets, transmis de père en fils, remontaient le fil des siècles. À tel vénérable pelletier juif, son grand-père avait acheté les peaux de lapin blanc destinées aux aumusses des chanoines. Auprès de tel lustreur de Leipzig, son père Augustin avait découvert un travail d'une si grande finesse qu'il l'avait inspiré pour fabriquer des étoles que les clientes s'étaient arrachées.

Devant lui, deux vieillards discutaient à voix basse en examinant les pelages gris-roux aux jarres argentés de quelques marmottes. André devina qu'ils étaient les descendants de familles chassées par les pogroms de leurs villages de Pologne, de Galicie ou de Lituanie, que leurs ancêtres avaient emporté sur les routes le savoir-faire de ce métier intemporel, à la fois rude et plein de fantaisie, celui de l'artisan et de l'artiste.

Il remarqua aussi quelques représentants russes, mais les relations commerciales avec l'Union soviétique s'étaient distendues depuis la révolution. La libre entreprise ayant été interdite, c'était un organisme d'État qui gérait désormais l'exportation des peaux. Une vente aux enchères se préparait pour l'année suivante à Leningrad. Faudra-t-il s'y rendre ? se demanda-t-il, avant de s'écarter pour laisser passer un homme à turban.

En début de soirée, André quitta les Krüger et marcha jusqu'à la Marktplatz, où se dressait l'ancien Hôtel de Ville surplombé par son clocher baroque. La lumière dorée du crépuscule réchauffait l'ocre de la longue façade Renaissance et faisait flamber le porphyre des corniches. Sous les arcades de la galerie, il se joignit à des confrères français qui devisaient avec bonne humeur à l'idée du festin à venir. Leipzig avait la réputation d'offrir des repas inoubliables à ses hôtes.

André leur décrivit son premier banquet, alors qu'il n'avait que dix-sept ans et qu'il découvrait la ville pour la première fois avec son père.

Fidèle à la coutume du Moyen Âge, le premier échevin, représentant des maîtres fourreurs de la corporation, avait reçu ses confrères pour le dîner de clôture, à la fin de la foire. Gêné par le col dur qui lui sciait le cou, André avait été impressionné par les murs tapissés de peaux de tigres, de loups et d'ours blancs. À la table du banquet, décorée de fleurs importées de la Riviera et de coupes en argent regorgeant de fruits confits, il avait été placé entre Lelianoff, le fournisseur de la cour impériale de Russie, et le Japonais Yamamoto.

Huîtres, sterlets au tartare et caviar de la Volga s'étaient succédé jusqu'à l'entrée triomphale du potage. Pour mieux en conserver la saveur, la purée de queues d'écrevisses à l'armagnac avait été présentée dans sa marmite. L'assistance s'était exclamée de bonheur. Impassibles, les maîtres d'hôtel avaient ensuite proposé le jambon de Prague au madère, les salmis de bécasse flambés au genièvre, le foie gras de Strasbourg en croûte, les timbales aux truffes du Périgord, les poussins de Hambourg sur rôtis. Les rouges puissants des haut-brion et des château-lafite avaient miroité dans les verres en cristal taillé. Le cou de plus en plus à l'étroit, ses boutons menaçant de céder, André s'était vu offrir, sans merci, oisons de Courlande, gigues de chevreuil avec leur gelée de myrtilles et autres cuissots de marcassin aux pruneaux. Les mains sagement posées sur ses genoux, Yamamoto méditait ou somnolait depuis un bon moment. Sur les visages des quarante convives se lisaient la béatitude ou la souffrance.

À quatre heures du matin, le *signor* Forconi, le Milanais, avait piqué du nez dans son sorbet. Aussitôt, André et son père en avaient profité pour le ramener à l'hôtel. À leur arrivée, le concierge s'était empressé de faire descendre deux garçons d'étage pour transporter l'Italien, toujours endormi, dans sa chambre. Il s'était ensuite enquis de la qualité du dîner. « Le potage d'écrevisses... une vraie merveille... on en parlera longtemps sur le Brühl... », avait marmonné Augustin, alors qu'André étouffait un bâillement.

— Et le lendemain de cette épreuve épique, je me retrouvais dans le train pour Paris, retournant à mes chères études en me demandant si je n'avais pas rêvé, conclut André en riant.

— Espérons que nous serons aussi gâtés ce soir, dit Max Goldmann, qui venait d'arriver.

En entrant dans la salle ornée de drapeaux et de portraits en pied, André remarqua que son ami semblait soucieux.

— Tu as des problèmes ? s'enquit-il.

Max haussa les épaules, l'air dépité.

— J'ai perdu une fortune, mon vieux. Au moins, je n'avais pas emprunté pour spéculer, sinon j'aurais pu me tirer une balle dans la tête. Mais le reste... envolé... J'ai dû appeler mon beau-père à la rescousse. Tu parles d'une humiliation !

Il semblait si abattu qu'André lui donna une tape amicale sur l'épaule.

— Moi, j'ai eu une veine de pendu. Pierre Venailles m'avait convaincu de coter la Maison en Bourse pour lever du capital, mais quand j'en ai parlé à mon père, il m'a déclaré que, de son vivant, le nom Fonteroy n'y figurerait pas. « La Bourse, c'est bon pour les spéculateurs et les affairistes... Nous, nous sommes d'honnêtes gens, notre argent est le fruit de notre travail... », fit-il en parodiant son père. Tu le connais, il adore les grandes phrases. Eh bien, pour une fois, je lui en sais gré. L'argent que j'avais investi de mon côté, en revanche, est parti en fumée comme le tien, mais je m'estime heureux quand je regarde autour de moi.

L'air grave, tous deux songèrent aux faillites de certains de leurs amis. Depuis le début de la crise, les clientes se faisaient rares et des artisans mettaient la clé sous la porte. La Maison Fonteroy n'était pas épargnée : le conseil d'administration réclamait des suppressions d'emplois.

André examina d'un œil détaché le magnifique banquet qui s'offrait aux invités. Il se fit servir une demi-douzaine d'huîtres et s'assit à côté de Max.

— Serais-tu à la diète ? lui demanda celui-ci.

— J'ai un rapport à présenter demain matin devant la commission d'étude. Je ne tiens pas à me ridiculiser plus que nécessaire.

— Je viendrai t'écouter.

— Merci bien ! Je te connais. Tu veux seulement me poser des questions d'une fâcheuse pertinence à la fin de mon exposé. Tu m'as déjà fait le coup il y a deux ans, tu t'en souviens ?

— Je serai d'une sagesse exemplaire, promis juré, lança Max en coinçant sa serviette entre les boutons de son gilet. À la vôtre, les amis, et longue vie à nos hôtes saxons ! s'exclama-t-il en levant son verre.

Il avait plu toute la journée. André ne se souvenait pas d'un printemps aussi maussade. Heureusement, en fin d'après-midi, une belle éclaircie ranima les verts tendres des frondaisons et les pelouses immaculées des parcs.

La petite silhouette trottinait à ses côtés, léchant avec sérieux une glace au chocolat. La visite au zoo avait comblé toutes les espérances. Peter lui avait présenté les lions, les chimpanzés, la montagne aux ours, et par deux fois la maison des serpents, où Eva refusait, paraît-il, de mettre les pieds. Le planétarium avait aussi eu droit aux honneurs du petit garçon.

Lorsqu'il était rentré de ses rendez-vous, André avait trouvé Peter à la maison, jouant avec ses soldats de plomb. Il lui avait proposé une promenade et le petit garçon avait sauté de joie en lui vantant les mérites du zoo. La gouvernante lui avait expliqué comment s'y rendre, enchantée de profiter d'un après-midi tranquille.

L'enfant était charmant. Ses manières impeccables ne gâchaient pas sa spontanéité et André s'était surpris à rire plusieurs fois. Ils marchaient désormais tels deux vieux complices par les rues fraîches. André venait de terminer son cornet à la pistache et s'essuyait les doigts avec un mouchoir. Il se demandait quel cadeau rapporter à Camille de son voyage. Le jeune Peter pourrait peut-être l'éclairer.

Quand ils débouchèrent sur l'esplanade où se dressait l'église Saint-Mathias, André eut un haut-le-corps. Aussitôt, il retint Peter par l'épaule. Des policiers armés de mitraillettes barraient une partie de la place. De part et d'autre, des hommes s'injuriaient en vociférant. Les uns agitaient des drapeaux rouges, les autres portaient la chemise brune des nationaux-socialistes. La haine était presque tangible. Les passants rasaient les murs pour s'éloigner au plus vite. Au loin, André entendit résonner un air familier : un cortège s'approchait en chantant *La Marseillaise*.

Une petite main poisseuse de sucre se glissa dans la sienne.

— Je crois qu'il vaudrait mieux rentrer, Peter, dit-il à mi-voix.

— C'est quoi, monsieur ? demanda le petit garçon, essayant vainement de cacher le tremblement de sa voix.

— L'avenir, petit, grogna-t-il, la gorge nouée, en entraînant Peter, qui lâcha sa glace sur les pavés.

— Je l'ai senti cet après-midi, Karl. Je l'ai reniflé. Et crois-moi, ça puait ! Comme dans les tranchées. Tu dois me comprendre, puisque tu y étais aussi.

Karl regardait son ami arpenter le salon de long en large, trop agité pour rester assis. Il se rappela leur première rencontre, plus de vingt ans auparavant. Déjà à l'époque, André dissimulait son ardeur derrière une façade de politesse. Pour casser l'enveloppe sérieuse du jeune homme, il avait fallu une longue nuit de veille et de nombreuses bières. Le lendemain matin, une amitié était née, l'une de ces amitiés spontanées qui ne s'expliquent pas, où un mot, une inflexion de voix suffisent pour établir une complicité qui ne se démentira pas.

Toujours à l'affût des lézardes qui fissurent les vérités monolithiques, Karl avait deviné d'emblée chez le jeune André Fonteroy, qui se tenait si droit dans son complet de bon élève, des subtilités et des nuances. Il s'était toujours méfié des premières impressions, des proverbes ancestraux et des évidences. Sa famille bourgeoise protestante avait cherché à lui inculquer ce sens austère du devoir et cette rectitude morale qui découlaient d'un dieu rigoriste, taillé d'un seul bloc, mais du jour où, petit garçon, il avait surpris son père batifolant avec une servante dans la lingerie, il avait compris que les choses n'étaient pas toujours ce qu'on vous en montrait. Dès lors, il n'avait jamais accepté les phrases toutes faites.

C'était l'une des raisons pour lesquelles il s'était disputé avec Eva après la guerre au sujet de la révolution russe. Elle croyait, à l'époque, à la beauté utopiste des sentences. En bon éditeur, il connaissait le pouvoir des mots et n'acceptait pas qu'on entraîne des hommes derrière des phrases d'une simplicité envoûtante, tout comme l'on avait jeté des millions de soldats allemands sur les fronts au cri de « Vive le Kaiser ! » sans jamais leur expliquer que sous les incantations coulait le sang.

— Alors, qu'est-ce que tu en dis, Karl ? s'impatienta André.

— Je ne m'étonne pas de ce que tu as vu aujourd'hui. Au mois d'avril, la jeunesse communiste allemande s'est réunie ici. Il y a eu des affrontements et des morts. Nous avons encore des élections en septembre. D'ailleurs, nous passons notre temps à déposer des bulletins dans les urnes ! La situation est très tendue.

Karl prit son temps pour bourrer sa pipe.

— J'étais à Munich il y a quelques années, au printemps 1921. À un dîner chez l'un des notables de la ville, on m'a présenté un certain Adolf Hitler. À l'époque, ces groupuscules *völkisch* pullulaient. Ils prônaient tous un peu la même chose. On avait perdu la guerre, l'argent manquait et l'épée de Damoclès des réparations nous pendait au-dessus de la tête. L'homme parlait beaucoup. Il avait un fort accent autrichien et le sens de la formule. J'ai pensé qu'il était un autre de ces petits activistes qui s'agitent quelque temps avant de sombrer dans l'anonymat. Et puis, j'ai lu les deux volumes de son livre.

— Quel livre ?

— *Mein Kampf*. Parmi mes proches, je suis l'un des seuls à l'avoir ouvert. Son style laisse à désirer mais il y fait preuve d'une franchise déconcertante.

— Et redoutable, l'interrompit Eva, qui venait de les rejoindre au salon. Peter s'est enfin endormi. Votre mésaventure de cet après-midi l'a mis dans tous ses états.

— Qu'est-ce que tu es en train de me dire au juste, Karl ? reprit André.

Son ami se leva brusquement, le visage tendu.

— Le Parti national-socialiste ouvrier revendique désormais deux cent mille membres. L'année dernière, le plan Young a entraîné vingt mille demandes d'adhésion. Vouloir échelonner le paiement des réparations sur cinquante ans... C'est absurde ! Depuis la crise boursière, nous avons plus de vingt pour cent de chômeurs dans le pays. Les gens ont faim et ils ont peur. Hitler accuse le diktat de Versailles d'être responsable de tous nos malheurs, ce en quoi je ne peux pas lui donner entièrement tort. Il est aux portes du pouvoir et je redoute qu'il n'ait l'habileté, et bientôt les moyens, de s'en emparer.

Karl se tut et le silence se fit dans la pièce. Un éclat de rire fusa de la cuisine. André regarda ses deux amis.

— Et alors ?

Karl poussa un soupir.

— Je bénis le Ciel que Peter n'ait que dix ans. Et que nous ne soyons pas juifs.

— Mais quel est le rapport ?

Karl leva les mains dans un geste d'exaspération.

— Ces Chemises Brunes me font penser à des fanatiques religieux. Ils s'adressent à cette part d'irrationnel qu'il y a en nous et ils maîtrisent parfaitement l'arme de la propagande. Leur fer de lance, c'est la dénonciation des Juifs, coupables des maux qui frappent l'Allemagne. Je vois les ravages de ces théories dans les rangs de l'université. Nous publions beaucoup de thèses et l'année dernière, lors des élections universitaires, le *Studentenbund* nazi a remporté la majorité absolue dans plusieurs villes. Certains des manuscrits que je reçois sont effarants. Or toutes les couches de la population sont perméables à leurs idées.

Gerda vint annoncer que le repas était servi.

— Vous avez une communauté juive importante à Leipzig, reprit André. Elle devrait protester.

— Cette ville est un carrefour de grandes routes commerçantes depuis le Moyen Âge. Les marchands y sont venus de toute l'Europe. Les Juifs ont supporté les interdictions de séjour, les taxes sur leurs marchandises et leur propre personne. À une époque, ils devaient payer pour obtenir le droit de se marier… Tu le sais mieux que moi : le commerce de la fourrure a incité beaucoup d'entre eux à s'établir ici. Or ce n'est que depuis une soixantaine d'années que les dernières restrictions les concernant sont tombées en Saxe. La situation n'est pas si simple pour eux.

— Mais cet Adolf Hitler est un personnage grotesque ! s'exclama André. Personne ne peut lui accorder le moindre crédit.

— Détrompe-toi, cet homme est doué d'une grande intelligence intuitive. Quand il parle au nom des plus humbles, il a quelque chose du sacristain. Depuis l'année dernière, nous avons trois représentants du parti national-socialiste au conseil municipal, et crois-moi, je n'en inviterais aucun à ma table.

D'un commun accord, ils discutèrent de choses plus plaisantes pendant le repas.

Plus tard, quand André repenserait à la salle à manger éclairée aux chandelles, aux rideaux de velours rouge et aux murs tendus de tissu, à la jolie Gerda présentant le saumon à l'oseille, ses cheveux blonds tressés en une sage couronne, aux sautoirs de perles d'Eva, au rire de Karl servant le chablis, il se souviendrait d'avoir éprouvé ce soir-là un délicieux sentiment de langueur qu'il avait laissé, par paresse et confort, étouffer ses sombres pressentiments.

Valentine se versa un cognac et l'avala d'un trait. La brûlure dans sa gorge lui donna le sentiment de revivre. Depuis son rendez-vous à la banque Fourcroy, en début d'après-midi, elle se sentait tétanisée.

Quelques jours plus tôt, son père avait été foudroyé par une crise cardiaque. En apprenant la nouvelle, prise de frissons, elle lui en avait voulu d'être parti d'un seul coup, sans lui donner le temps de se préparer, tranchant le dernier lien qui la rattachait à son enfance.

Le notaire lui avait appris que René Despresle était mort ruiné à la suite d'investissements hasardeux. La maison en Bourgogne était hypothéquée. Les mains serrées, Valentine avait écouté sans broncher, alors que son cœur battait si fort qu'elle devait tendre l'oreille pour comprendre ce que marmonnait le petit homme voûté. Dieu soit loué, André était en voyage à New York ! Elle aurait détesté l'avoir auprès d'elle dans ce bureau qui respirait l'ordre et le travail appliqué. L'idée que son mari propose de rembourser les dettes de son père l'horrifiait.

Quand le notaire lui avait donné le nom de la personne qui pourrait l'éclairer sur les démarches à suivre, un certain M. Pierre Venailles de la banque Fourcroy, Valentine avait eu un haut-le-cœur : Pierre ne lui avait jamais dit qu'il était en relation d'affaires avec son père. À la pensée de devoir traiter avec lui, son malaise avait empiré, mais elle l'avait appelé aussitôt et Pierre lui avait demandé de passer le voir au bureau.

Les yeux cernés, elle se fit déposer par le chauffeur devant l'entrée.

Dans les couloirs de la banque, des appliques diffusaient une lumière tamisée et la moquette étouffait les pas.

Pierre l'embrassa sur la joue en murmurant ses condoléances et lui avança un fauteuil. La pièce dépouillée, avec ses deux toiles grises représentant les toits de Paris, lui sembla glaciale. Une lampe en forme de cobra était posée sur le bureau dépourvu de tout papier, comme pour mieux déconcerter l'interlocuteur. Elle lui en fit la remarque.

— J'aime surprendre, dit-il avec un sourire. Il m'a toujours semblé qu'une banque offre un aperçu du Purgatoire et du Paradis.

— À voir le décor rouge et or de vos corridors, la vôtre tient aussi de la maison de passe, rétorqua-t-elle, et il éclata de rire.

Il lui exposa la situation financière désastreuse de son père. Il fallait vendre pour rembourser les dettes, mais elle pouvait aussi refuser l'héritage. Consternée, Valentine pensa aussitôt au portrait de la dame en bleu. Comment pouvait-elle y renoncer ? À moins de le racheter en salle des ventes… Elle imagina le secrétaire de son père, les commodes, l'argenterie… adjugé, vendu ! Un bref instant, submergée de honte, elle ferma les yeux.

— C'est vous qui avez mené mon père à la ruine ! accusa-t-elle. Je pourrais vous traîner en justice…

— Voyons, Valentine, votre père était banquier comme moi. Il n'a jamais accepté d'écouter mes conseils.

Elle pressa ses doigts sur ses tempes.

— J'ai besoin d'un peu de temps, je dois réfléchir.

— André saura certainement vous conseiller, vous auriez dû venir avec lui.

Elle releva la tête, furieuse de ce ton condescendant.

— C'est étrange, vous avez épousé ma meilleure amie, mais, chaque fois que je vous vois, je ne peux m'empêcher de vous trouver odieux.

— Et moi, toujours plus désirable…, murmura Pierre.

Elle se dressa d'un bond et le toisa avec mépris :

— À vous entendre, on se demande quel genre d'éducation vous avez reçu de vos parents.

Venailles blêmit, sachant qu'il avait commis un faux pas.

Elle avait quitté la banque et regagné l'avenue de Messine où, depuis, elle tournait en rond.

*Je n'en peux plus !* se dit-elle soudain. Elle sortit dans le vestibule et attrapa son manteau.

— Maman ? fit une petite voix.

Camille approchait, un dessin à la main.

— Je dois sortir, Camille. À demain.

Et Valentine tira la porte derrière elle.

Quelques minutes plus tard, Jeanne Liesbach vint s'assurer que la petite fille avait bien trouvé sa mère. Elle la découvrit assise dans un recoin sombre du vestibule, son dessin froissé sur les genoux. La gouvernante la prit par la main et la ramena dans sa chambre :

— Votre maman n'a pas dû vous voir, *Liebling*... Vous lui donnerez votre beau dessin tout à l'heure... Elle est très soucieuse en ce moment...

Dans le bistrot à l'angle de la rue Mazarine, Valentine était assise près de la vitre, emmitouflée dans son manteau à col de renard. On la laissait tranquille, son verre vide posé devant elle. Les regards des clients glissaient sur les épaules courbées et le turban de velours noir qui dégageait un front lisse. De temps à autre, elle essuyait un coin de la vitre embuée du tranchant de la main. À huit heures, elle vit Alexandre pousser la porte de son immeuble. Elle paya et traversa la rue. Une rafale de vent la gifla. Elle songea que le mois de décembre serait à jamais celui de la mort de son père et que les fêtes de Noël, qu'elle avait toujours redoutées, n'en paraîtraient désormais que plus pénibles.

Elle monta au premier et frappa à la porte en bois. Elle savait qu'elle avait la mine défaite. Son rimmel avait dû couler, elle avait mangé son rouge à lèvres, mais, pour la première fois de sa vie, elle se fichait de son apparence, obsédée par l'image de son père dans son cercueil et la pensée absurde qu'il devait avoir froid dans le caveau de famille où il reposait auprès de sa femme, sous une plaque de marbre rappelant que leur fils était tombé pour la France. Un bref instant, elle les envia parce qu'ils étaient réunis alors qu'elle n'avait plus personne.

Alexandre lui ouvrit. Le col de sa chemise blanche était déboutonné, il venait de passer son visage à l'eau fraîche et des gouttelettes restaient accrochées dans ses cheveux. En la voyant, son visage s'éclaira, puis il s'aperçut qu'elle chancelait. Effrayé, il la saisit par le bras et referma la porte d'un coup de pied. Elle claquait des dents. Sans un mot, il lui retira son chapeau, son manteau, ses gants. Elle restait inerte. Il frotta les mains glacées entre les siennes, embrassa les joues blanches, les lèvres translucides. Elle ne protesta pas lorsqu'il la déshabilla, l'allongea sur le lit et la couvrit de baisers.

Elle écouta son corps répondre peu à peu à la bouche et aux mains intuitives de son amant, et elle s'émut de la douceur avec laquelle il la rappelait à elle-même, comme s'il la remerciait d'être venue vers lui alors qu'elle était si visiblement perdue.

Elle pensa à son mari, aux cicatrices de la guerre, ces légères boursouflures sur son flanc droit qu'elle aurait aimé estomper comme on efface les traces de craie sur un tableau noir. Lorsqu'elle faisait l'amour avec Alexandre, il lui arrivait de penser à André, de même que, dans les bras de son mari, elle songeait toujours à Alexandre. Elle s'étonnait de sa duplicité, de cette impudeur de l'esprit, persuadée que les femmes infidèles devaient au moins avoir la décence de ne jamais mêler en des instants aussi intimes le souvenir de leurs époux aux ébats de leurs amants.

Elle respira le parfum de sa peau, planta ses ongles dans ses épaules, les lèvres ouvertes sur un cri silencieux, abandonnée à ce désir dont l'intensité l'effrayait. La jouissance les emporta au même instant. Puis il roula à côté d'elle. Parcourus de temps à autre d'un frémissement, tel un écho du plaisir, ils restèrent serrés l'un contre l'autre, leurs jambes mêlées, reprenant leur souffle.

Alexandre ouvrit les yeux. Il éprouva une certaine fierté à voir que Valentine semblait apaisée. Il voulut parler, mais elle lui posa un doigt sur les lèvres, avant de disparaître derrière le paravent qui dissimulait le lavabo.

Quelques minutes plus tard, elle était habillée, le visage poudré, les lèvres rouges. D'un mouvement gracieux, le visage grave, elle ajusta son bas et Alexandre songea qu'il n'y avait jamais rien eu de plus doux ni de plus troublant que cette bande de peau prisonnière des jarretelles et de la soie.

Elle revint vers le lit où il fumait une cigarette, adossé au mur, le drap ceignant ses reins.

— Mon père est mort. Il était criblé de dettes. Je vais devoir vendre tout ce qui lui appartenait pour rembourser.

Elle se versa un verre d'eau et but lentement, la tête renversée en arrière. Il ne sut que répondre. Était-elle davantage affectée par la mort de son père ou par la disparition de son héritage ? Il lui avait semblé déceler un reproche dans sa voix, mais il comprit qu'elle était surtout en colère.

Il eut un pincement au cœur. C'était épuisant de toujours guetter derrière le masque de la femme hautaine la jeune fille qu'il croyait deviner au détour d'un rire ou d'un regard.

Il se rappela avec quelle assurance elle était venue vers lui, un soir d'hiver, deux ans auparavant, alors qu'il quittait le boulevard des Capucines pour rentrer chez lui. La voiture s'était arrêtée le long du trottoir. Elle conduisait. « Venez, je vous raccompagne », avait-elle décrété. Il n'avait pas hésité. Dès leur rencontre, à la réception de Noël, il avait accepté l'inévitable. Ils avaient traversé la Seine en silence.

Elle s'était garée non loin de chez lui. Ils s'étaient dévisagés, scrutant le moindre détail de leurs visages. Elle lui avait caressé la joue. Dans un sursaut de fierté, il lui avait saisi le poignet : « Et si je refusais ? Si je vous renvoyais chez vous, dans votre famille, auprès de votre mari et de votre fille ? Vous ne craignez donc pas de vous ridiculiser ? » « Vous avez envie de moi, j'ai envie de vous. Pourquoi tout compliquer ? » Exaspéré par ce sang-froid, il avait saisi ses lèvres en un baiser féroce.

Ils avaient fait l'amour, bataillant tels des ennemis, avant de se quitter en se jurant d'oublier cet acte insensé, mais elle était revenue quelques semaines plus tard, ainsi qu'il en avait secrètement rêvé, et depuis ils continuaient à se voir de temps à autre, feignant d'être maîtres d'une liaison qui leur laissait un goût amer d'inachevé.

— Je vais quitter la Maison Fonteroy, lâcha-t-il soudain, et la voyant relever brusquement la tête, il fut content d'avoir réussi à la surprendre.

— Tu es fou ! Pourquoi ?

Il haussa les épaules. Il ne s'expliquait pas lui-même cette décision inattendue, mais maintenant qu'il l'avait énoncée, elle lui semblait évidente.

— J'ai déjà perdu trop de temps. Quand j'ai quitté Kastoriá, ce n'était pas pour devenir un employé. J'ai toujours eu l'intention de m'installer à mon compte. Il faut croire que mon père avait raison : je suis paresseux.

— Tu prends une décision aussi importante sur un coup de tête, en pleine crise économique ! Alors que les journaux ne parlent que de faillites et de suicides…

— Une crise économique, c'est comme une révolution, il faut savoir la prévoir et s'en servir, déclara-t-il, péremptoire.

Valentine esquissa un sourire.

— Elles entraînent toutes deux la misère et la famine, dit-elle en enfilant ses gants. Je te conseille vivement de conserver ton travail et ton salaire. Tu es en sécurité à la Maison Fonteroy.

Il réprima un mouvement de colère. Décidément, il la préférait silencieuse !

— Bon, je m'en vais, ajouta-t-elle d'un air vague. À bientôt.

Au moment où elle posait la main sur la poignée de porte, il sauta du lit et attrapa son pantalon.

— C'est ça ! Tu as passé un bon moment avec ton amant et, maintenant que tu te sens requinquée, tu repars, jusqu'à la prochaine fois. J'en ai assez, Valentine ! Je ne veux plus être à ta disposition, un pauvre malheureux qui attend que Madame daigne se souvenir de son existence !

Elle pivota lentement, un sourcil arqué, manifestement étonnée par cette amertume qu'il avait laissée transparaître.

— Je ne t'ai jamais rien promis, dit-elle prudemment. Nous étions d'accord pour nous voir quand nous en avions envie.

— Mais moi, combien de fois t'ai-je sollicitée en deux ans ? Pas une seule ! Comment aurais-je dû m'y prendre ? En croisant ton mari dans l'escalier, en appelant chez vous ? « Bonjour, monsieur, puis-je parler à votre épouse, j'ai envie de la voir ce soir, vers neuf heures, si vous n'y voyez pas d'inconvénient » ? Tu disposes des autres à ta guise, Valentine. Tu crois que nous serons toujours là à t'attendre. Mais pour qui te prends-tu ?

— Qu'est-ce que tu espères ? le coupa-t-elle sèchement. Tu veux que je quitte mon mari ? Tu veux que je vienne vivre ici, avec toi ?

Et le regard arrogant qu'elle eut pour le papier peint déchiré, le rideau effiloché et la table griffée des coups de canif d'un précédent locataire, transperça Alexandre plus sûrement que les remontrances acerbes de son père.

— Sors d'ici ! ordonna-t-il, les poings serrés, avant de lui tourner le dos.

Glacée, Valentine frissonna. C'était la première fois qu'Alexandre lui faisait une scène et elle se demanda s'il avait choisi ce moment parce qu'il la devinait vulnérable. Elle avait toujours eu la haute main sur leur liaison, non pas tellement parce qu'ils appartenaient à deux mondes différents, que le sien était celui du pouvoir et de l'argent, mais parce qu'elle n'accepterait jamais de se donner à un homme qu'elle ne dominait pas. Pourtant, elle avait besoin d'Alexandre, c'était inexplicable mais c'était ainsi, et elle ne s'abaisserait pas à se chercher des excuses.

Parfois, lors d'un dîner en ville, Valentine regardait certaines des relations de son mari telles des bêtes curieuses. Il lui semblait que ces dames si parfaitement bourgeoises et leurs maris honnêtes témoignaient d'une France scrupuleuse qui avait disparu depuis longtemps, avec les corsets d'avant Poiret et les politiciens intègres. Ils se déclaraient ulcérés par le trucage des bilans de la Banque de France, orchestré par un Édouard Herriot paniqué par l'inflation, et dont la révélation avait choqué André et entraîné la chute du gouvernement. Valentine ne ressentait aucune affinité avec ces gens-là. Elle leur préférait le panache d'un Max Goldmann, l'éclat d'une Odile Venailles, ou l'originalité d'une Ludmila Tikonov, bien qu'elle n'eût jamais osé revoir l'artiste peintre dont on parlait désormais dans les journaux. Valentine n'admirait que ceux qui suivaient leurs impulsions. Les notions de devoir et de rigueur l'ennuyaient à périr, et quand elle écoutait pérorer son beau-père, elle se retenait de bâiller.

Sa liaison avec Alexandre répondait à un besoin instinctif de flirter avec le danger. Au fil des ans, elle s'était aperçue qu'elle aimait le risque, mais elle était assez intelligente pour savoir que ses transgressions demeuraient bien timides. Pour Valentine, cela se résumait à la robe du soir la plus osée d'une collection, à parier aux courses, à prendre un amant qui travaillait pour son mari... Elle aimait trop son confort pour divorcer et vivre comme ses héroïnes préférées, celles de Victor Margueritte qui s'adonnaient aux paradis artificiels et élevaient des enfants de l'amour.

Elle s'était inventé un personnage, une femme d'une élégance irréprochable qui imposait aux autres ses décisions et ses caprices. La seule personne à qui elle se dévoilât un tant soit peu était Odile, mais même avec sa meilleure amie, Valentine restait sur ses gardes, devinant qu'une épouse amoureuse ne cache rien à son mari.

La pensée de Pierre Venailles lui traversa l'esprit. D'un seul coup, cette dispute avec Alexandre lui sembla infantile. Ils étaient amants, et alors ? Pourquoi tout gâcher ? Les quelques fois où il avait murmuré « je t'aime », grisé par une euphorie passagère où il esquissait des projets d'avenir, elle avait fait semblant de ne pas entendre.

— Je crains qu'il n'y ait eu un malentendu entre nous, dit-elle à mi-voix. Je ne peux pas te donner davantage, Alexandre. Si cela ne te convient plus, il vaut mieux ne pas nous revoir.

En ouvrant la porte, son cœur se mit à battre plus vite. Elle n'arrivait pas à croire qu'ils étaient en train de se séparer sans véritable raison. Pourquoi remettait-il en cause les règles du jeu ? Elle repensa à ces journées où la pensée d'Alexandre l'avait possédée tout entière, où chaque instant lui avait été consacré jusqu'à ce qu'elle se retrouve dans ses bras, et elle s'aperçut qu'elle tremblait de la tête aux pieds.

Il regardait fixement par la fenêtre. Elle contempla les longues jambes, la taille mince, le dos rigide, réprima l'envie de venir poser la joue contre son épaule. C'était inutile. Ils trouveraient d'autres occasions pour se déchirer. Alexandre était encore plein d'illusions. Cet amour dont il parlait n'aurait pas résisté à l'épreuve du temps, il se serait fissuré, racorni, jusqu'à ne laisser que des éclats de regrets, coupants comme du verre.

Elle voulut trouver les mots pour lui dire qu'elle était désolée, qu'elle n'avait pas eu l'intention de le faire souffrir. Brusquement, elle fut au bord des larmes et, comme pour rien au monde elle ne lui aurait dévoilé sa faiblesse, elle tira la porte, qui lui échappa et se referma d'un claquement sec.

*Ivanovo, 1930*

Sergueï essayait en vain de retenir les dernières lueurs de son rêve, mais le sommeil le fuyait inexorablement. Il écouta le tintement des assiettes que sa mère disposait sur la table avec la viande froide, les œufs et les oignons. Bientôt, il sentirait son souffle sur la joue et l'esquisse de la croix qu'elle lui dessinait sur le front les dimanches matin. C'était un geste contre-révolutionnaire, mais Anna Feodorovna refusait d'y renoncer. Comme d'habitude, il ferait semblant de dormir. Ce rituel dominical lui apportait un réconfort qu'il aurait eu honte d'avouer.

Ce matin-là pourtant, il faillit se trahir à la pensée que ce n'était pas un dimanche ordinaire, mais le jour de son anniversaire : il fêtait ses douze ans et il allait devenir le fier propriétaire d'une carabine de chasse.

Le pouce de sa mère l'effleura.

— Debout, Sergueï, murmura-t-elle.

Il leva les bras pour lui enlacer le cou, un peu gêné d'avoir retrouvé instinctivement un geste de sa petite enfance. *C'est la dernière fois*, se promit-il. *Désormais, tu es un homme !*

Quelques minutes plus tard, vêtu d'un pantalon épais et d'une chemise de fête gansée de broderies, il s'attabla à sa place habituelle sur la banquette en bois, et s'étonna que son père fût déjà sorti. Sa mère posa devant lui un bol de lait chaud avec des flocons d'avoine, puis elle s'assit, dos au poêle, et se versa une tasse de thé noir. Avant d'entamer son petit déjeuner, elle ferma brièvement les yeux. Sergueï savait qu'elle récitait une prière.

Quelques années auparavant, réveillé en pleine nuit, il avait entendu ses parents se disputer à voix basse. Un peu inquiet, il avait tendu l'oreille. C'étaient des personnes d'humeur égale et plutôt joyeuse, bien qu'il valût mieux éviter son père lorsqu'il souffrait de l'une de ses migraines. Ses amis l'enviaient parce que son père n'était jamais ivre. Sergueï, en effet, s'estimait chanceux. Il aurait pu avoir la déveine de ce malheureux Volodia Nikolaïevitch, que son père alcoolique battait comme plâtre.

Cette nuit-là, il avait entendu son père, d'une voix empressée qu'il ne lui connaissait pas, la mettre en garde : les temps avaient changé, les Rouges avaient pris le pouvoir dans tout le pays, même en Sibérie, et qu'elle le veuille ou non, officiellement, Dieu n'existait plus. Elle devait oublier les rituels de l'ancien régime ; il y allait de sa vie et de celle de sa famille. Effrayé, l'enfant avait perçu la gravité et le désarroi de son père, mais convaincre Anna Feodorovna n'était pas une tâche facile. Elle était furieuse qu'ils aient fait fuir le pope du village le plus proche.

« Des barbares… Des impies aux mains couvertes de sang… », avait-elle marmonné en parlant des inconnus qui venaient prôner la bonne nouvelle, des étoiles rouges cousues sur leurs casquettes. « Je suis fille d'officier cosaque, mon père a été condamné sous le tsar à dix ans de travaux forcés, puis à l'exil, pour avoir défendu une Sibérie autonome. Je ne vais pas me laisser impressionner par des rustres dont la plupart ne sont même pas nés chez nous ! »

À demi redressé, Sergueï avait légèrement écarté la tenture qui l'isolait de la pièce. Les yeux bouffis de sommeil, il avait vu son père saisir les mains de sa mère en l'implorant de ne pas se croire invincible. Il n'avait pas entendu la fin de la conversation, mais le lendemain matin, dans le *joli coin* de l'isba, les saintes icônes et la petite veilleuse qui ne s'éteignait jamais avaient disparu.

Anna Feodorovna continuait à prier en cachette et Sergueï s'amusait de ses marottes. Après tout, des superstitions, les habitants des alentours en avaient à revendre et sa mère ne faisait de mal à personne. Quelque chose pourtant l'empêchait d'en parler. De même qu'il taisait les étranges manies de son père qui baisait parfois la main de sa mère, se levait pour lui tenir une chaise ou inculquait à son fils les bonnes manières à table. Dans la pièce spacieuse et chaleureuse, une fois les rideaux blancs tirés, le jeune garçon avait parfois l'impression de découvrir un monde différent.

Le samovar de cuivre ronronnait. Il tartina son pain noir de confiture de myrtilles. Un sourire aux lèvres, il imagina la journée qui l'attendait. Son père avait promis de l'emmener relever quelques collets, puis ils se réuniraient pour dîner chez l'Ancien. Le repas serait digne de l'événement : soupe au lard, saumon, oie rôtie et gâteau à la crème. On chanterait, on danserait et la jolie Maroussia, la petite-fille de l'Ancien, lui remettrait son cadeau. Voilà des semaines qu'il essayait en vain de lui tirer les vers du nez. D'excitation, son cœur se mit à battre plus vite.

Il y eut un raclement derrière la porte. Sa mère et lui levèrent la tête d'un même mouvement. Depuis que les gardes rouges, brassard au bras et bandes de cartouches croisées sur la poitrine, avaient essaimé dans les villages, tout bruit imprévu était devenu suspect. Mais il est vrai que les *Sibiriaki* avaient une longue tradition de vigilance. Au fil des siècles, ils avaient appris à se méfier des détenus évadés, des ours et des loups, de la traîtrise des marais, des forêts impénétrables, de la nuit hivernale qui durait six mois de l'année, de la foudre qui déclenchait en été des incendies ravageurs, de la folie des âmes broyées par une nature impitoyable, des esprits, des caprices du tsar et des colères de Dieu. Aussi se méfieraient-ils des bolcheviques.

En reconnaissant la haute silhouette emmitouflée dans sa *bourka*, ils se détendirent. Sergueï regarda son père poser un paquet sur la banquette et se déshabiller lentement, presque religieusement, accrochant la pèlerine doublée de fourrure à une patère, ainsi que le bonnet, les deux paires de gants et la veste fourrée. Il retira ses hautes bottes en feutre, les rangea côte à côte à leur emplacement réservé. Il était méticuleux, mais dans ces régions extrêmes où le thermomètre descendait à moins cinquante en hiver, le moindre geste prenait un sens particulier. C'est aux côtés de son père que Sergueï avait appris les qualités indispensables à tout trappeur : la précision et la patience. C'est pourquoi il attendit tranquillement qu'il eût fini de ranger ses affaires et, quand il s'approcha de la table, traînant un peu la jambe droite, Sergueï se leva poliment.

— Joyeux anniversaire, mon garçon ! s'exclama Ivan Mikhaïlovitch, des glaçons incrustés dans son épaisse barbe blonde.

Et il lui tendit le long paquet enveloppé dans une toile brune. Le feu aux joues, Sergueï s'empressa de dérouler la toile et contempla, muet d'admiration, le canon luisant et la crosse avec ses initiales gravées dans le bois.

— Sois digne de cette arme, Sérioja. Respecte la nature, l'homme et l'animal, comme je te l'ai appris.

Le jeune garçon leva les yeux vers son père et, tel l'enfant qu'il était encore, il se jeta dans ses bras.

Ivan Mikhaïlovitch s'assit sur la banquette et étendit sa jambe douloureuse tandis qu'Anna lui servait du thé. Douze ans déjà depuis la naissance de Sergueï..., songea-t-il. Comme le temps filait vite, mais en Sibérie, ni le temps ni l'espace n'avaient la même valeur qu'ailleurs. Dans ces contrées solitaires, on pouvait parcourir des centaines de kilomètres pour dire bonjour à un ami et passer des semaines à relever quelques pièges. Les distances se mesuraient en heures de traîneau. Le calendrier n'avait guère d'importance, seule comptait l'intensité du moment vécu.

La vie était exigeante, souvent ingrate, et, la plupart du temps, Ivan Mikhaïlovitch vivait du soir au matin et du matin jusqu'au soir.

Il lui arrivait de partir longtemps pour relever ses pièges les plus éloignés. Seul dans la taïga, veillé par les mélèzes figés dans leur enveloppe de givre, il était parfois saisi par un sentiment de vertige, une ivresse foudroyante, qui le laissait à bout de souffle, le cœur battant, les mains tremblantes. Courbé en deux, écrasé par la solitude et la monotonie du paysage, infiniment petit et misérable, il luttait alors avec lui-même pour dominer son angoisse. Il lui fallait surtout éviter de transpirer, parce qu'un corps qui s'échauffe trop lors de températures aussi basses se transforme en piège mortel. Il s'efforçait de respirer calmement, les frissons s'atténuaient peu à peu, puis il pouvait enfin se redresser.

Revenait alors en lui, goutte à goutte tel un alcool pur, l'émerveillement que lui inspiraient le bleu incisif du ciel, le scintillement des cristaux, le froid tranchant comme une lame qu'il avait appris à ne plus redouter. Jamais il ne se sentait plus vivant, plus parfaitement humain, que dans ce monde de lumière et de glace.

Dans la petite cabane en rondins de trappeur, il préparait ses peaux avec attention, en mettant soigneusement de côté les parties comestibles de l'animal. La survie de sa famille et des habitants du hameau dépendait de son habileté et de celle de ses amis éparpillés à des dizaines de kilomètres à la ronde, sur les aires attribuées par le chef du centre gouvernemental.

Parfois, sa pensée vagabonde faisait naître des bribes de souvenirs d'une autre vie, ces souvenirs dont il avait été privé pendant des mois, plus de quinze ans auparavant, lorsqu'il était resté entre la vie et la mort. À l'époque, Anna l'avait soigné sans rien savoir de lui. « C'était la chose chrétienne à faire », lui avait-elle avoué quand il lui avait demandé la raison de son dévouement.

Pendant la terrible période où il ne s'était souvenu de rien, même pas de son nom, il était resté muré dans le silence. La jeune inconnue portait à ses lèvres, cuillerée après cuillerée, une soupe aux choux, une bouillie de pommes de terre, des myrtilles sucrées.

Il ouvrait parfois les yeux, affolé d'avoir perdu tous ses repères, et elle était toujours là, à filer de la laine, à feuilleter un livre, à plaisanter avec un voisin venu aux nouvelles. Le soir, elle se pelotonnait sur la banquette le long du mur, mais s'il se mettait à gémir, elle se dressait aussitôt à ses côtés.

Au début, les douleurs physiques avaient été si violentes qu'il n'avait eu de cesse de perdre conscience. Elle lui avait préparé une décoction de plantes amères qui lui avait permis de sombrer dans un sommeil béni, dépourvu de rêves, d'où il n'aurait jamais voulu revenir.

La jambe droite brisée en plusieurs endroits, des côtes cassées, des ecchymoses sur le visage, le torse et les bras, une plaie profonde au cuir chevelu... Anna lui avait décrit le corps sanguinolent que ses voisins lui avaient apporté. « Tu étais plus mort que vif ! Je les ai même réprimandés en leur demandant pourquoi ils s'étaient donné le mal de te transporter. Tu as été si bien secoué dans le *tarantass* qu'ils ont failli t'achever ! Ils m'ont dit que si tu avais rendu l'âme, ils t'auraient enterré au bord du chemin, mais que si par miracle tu survivais, c'est que la main de Dieu veillait sur toi. » Et elle avait ri, de ce rire spontané, irrésistible, qui roulait dans sa gorge et forçait les autres à sourire à leur tour. Il avait survécu, mais sa convalescence avait été lente, minée par une amnésie terrifiante. Et quand il avait enfin pu se lever, l'hiver était déjà bien installé. Anna lui avait alors raconté sa mésaventure.

On l'avait découvert à la fin d'août dans un train qui avait été attaqué par des bagnards évadés. Les trappeurs d'Ivanovo revenaient de leur périple annuel à la foire de Nijni-Novgorod, plaisantant haut et fort car ils avaient vendu leurs pelleteries à bon prix. Ils laissaient trotter leurs poneys robustes qui tiraient les carrioles chargées de poêles, de casseroles et de verreries, de caisses de poudre et de plomb, sans oublier les étoffes chamarrées et les bijoux en argent martelé destinés à leurs épouses.

Soudain, les fidèles *laïki*, ces puissants chiens d'arrêt au sang de loup, si habiles à repérer les petits-gris et les zibelines, s'étaient mis à hurler à la mort. Redoutant une meute de loups, les hommes avaient armé leurs fusils.

Derrière un bois de cèdres, ils avaient découvert un train à l'arrêt, des cadavres éparpillés sur les bas-côtés, des valises éventrées. L'arme au poing, ils avaient parcouru les wagons dans l'espoir de trouver des survivants. Pris à la gorge par les relents de sang et de pourriture, l'intense chaleur estivale ayant accéléré la décomposition des cadavres, ils avaient plaqué des mouchoirs sur leurs bouches, effarés par la brutalité du massacre, rebutés par le bourdonnement des mouches luisantes, repues de sang et de glaire, qui ne s'envolaient même pas à leur approche.

Ils avaient eu des haut-le-cœur devant les corps à demi nus des quelques passagères aux corsages déchirés, leurs jupes retroussées sur des cuisses ensanglantées d'une blancheur indécente. En marmonnant des prières, l'Ancien avait été le seul à oser s'approcher pour leur fermer les paupières. Alors que les autres insistaient pour repartir au plus vite, il avait remarqué le souffle ténu qui soulevait la poitrine d'une des victimes.

L'homme gisait dans le corridor d'un wagon de première classe. On lui avait volé ses affaires de valeur, papiers, portefeuille, montre et boutons de manchette. Une entaille rouge au cou semblait prouver qu'on lui avait arraché une médaille.

L'Ancien avait aboyé des ordres. Ils avaient emporté le corps ensanglanté et l'avait allongé sur le foin d'une carriole. Puis, avec des claquements de langue, ils avaient rappelé leurs chiens et ils étaient repartis en silence, pressés de quitter ce lieu funeste empuanti par la mort. Les autorités viendraient bientôt à la recherche du train égaré et les trappeurs voulaient éviter des questions délicates. Ils connaissaient l'administration, ses tracasseries et son incompétence, et se méfiaient des fonctionnaires, qu'ils trouvaient tatillons, arrogants et profiteurs. Mais ce *barine*, comment le laisser mourir ? Ils devaient lui donner sa chance. Comme il était hors de question de s'attarder – ils n'osaient même pas creuser des tombes pour les victimes, de peur que quelqu'un ne surgisse et ne les accuse, eux, d'être les égorgeurs et les pillards –, ils l'avaient emmené avec eux.

Et c'était ainsi qu'Anna Feodorovna, dix jours plus tard, avait reçu le cadeau empoisonné d'un homme mourant qui n'avait survécu que par miracle au voyage. La jeune veuve avait levé les bras au ciel, mais elle s'était aussitôt attelée à la tâche. Elle avait nettoyé et pansé les plaies infectées, utilisant son savoir de guérisseuse pour ramener cet inconnu à la vie.

En écoutant Anna relater l'histoire, Ivan avait eu l'impression de retrouver l'odeur de la poudre et du sang, les cris des femmes violées, les râles des mourants. Il s'était vaguement souvenu d'une horde de pillards sauvages, affublés d'informes vêtements gris-brun, des bonnets ronds de forçat sur leurs crânes rasés, mais s'agissait-il d'un cauchemar, né des scènes qu'elle lui décrivait, ou de la réalité ?

Au fil des semaines, il avait repris des forces et participé à la vie d'Ivanovo. Il avait surpris les habitants du hameau en leur montrant qu'il était accoutumé aux gestes des trappeurs. Il savait écorcher une peau, la racler pour la débarrasser de la graisse, la clouer sur une planche de séchage. Ravis de son aide, les hommes lui avaient même confié les précieux castors au pelage si foncé qu'il en était presque noir.

Anna, elle, s'était habituée à sa présence tout en demeurant intriguée par cet homme taciturne, à l'allure de *barine*, qui exécutait volontiers les tâches les plus rudimentaires du trappeur. Sa barbe avait poussé. Comme par un étrange mimétisme, revêtu des habits de ses nouveaux compagnons, il avait commencé à leur ressembler. Il continuait à se taire, mais chacun savait qu'il comprenait le russe puisqu'il réagissait à leurs paroles.

Une nuit, six mois après son arrivée, elle s'était réveillée en sursaut, se demandant ce qui l'avait tirée d'un profond sommeil. L'homme geignait, en proie à un cauchemar. Elle s'était enveloppée dans une pelisse d'intérieur avant d'allumer la lampe à pétrole. Une douce chaleur émanait du poêle. Dans le *joli coin*, la veilleuse éclairait la figure sereine de la Vierge à l'Enfant.

En sueur, le visage blême, les poings serrés, il s'agitait sur son lit, marmonnant des paroles incompréhensibles. Elle avait posé la main sur son épaule pour le réveiller. Aussitôt, il s'était débattu comme pour se défendre et il l'avait frappée au visage. Elle était tombée à la renverse et s'était cognée contre la table. Furieuse, elle s'était relevée en pestant : elle aurait un beau bleu le lendemain !

« Ça suffit ! » avait-elle crié en vain, ne voulant pas l'abandonner à son cauchemar. Elle s'était alors jetée sur lui pour éviter de recevoir un autre coup de poing involontaire. Il avait continué à se débattre, mais ses forces faiblissaient. « Réveillez-vous ! » avait-elle ordonné, alors qu'il agitait la tête sur l'oreiller. Elle lui avait caressé le visage. Peu à peu, il s'était apaisé, mais il avait continué à gémir. « Je suis là, n'ayez crainte », avait-elle murmuré. Quelle idiote ! Que pouvait-elle bien lui apporter, maintenant qu'il était presque guéri ? Il avait une vie ailleurs, probablement une femme et des enfants qui devaient s'inquiéter de son absence. Il irait les rejoindre dès que les routes seraient dégagées.

À l'idée de le voir partir, elle s'était sentie attristée. Son mari était mort deux ans auparavant, attaqué au printemps par un ours affamé : pour les Sibériens, une fin digne, presque sainte. Anna, elle, avait perdu l'homme qu'elle aimait. Depuis, elle habitait seule l'isba bâtie pour leur mariage. Elle soignait les gens du hameau et ceux qui venaient la voir des villages plus éloignés, car sa réputation s'étendait sur des kilomètres à la ronde. On la payait en nourriture, en peaux, en étoffes. Elle connaissait les vertus des racines et des plantes, prescrivait des infusions d'ortie, de rhubarbe ou de tanaisie, mais elle disposait aussi de médicaments qu'elle se procurait deux fois par an en ville.

À la mort de son mari, l'Ancien lui avait demandé si elle ne préférait pas partir s'installer en ville. La vie en pleine taïga lui semblait trop rude pour une femme seule. Mais elle avait refusé de quitter les quelques isbas isolées où elle avait été heureuse pendant cinq ans avec Pavel Alexeieff. Il fallait deux semaines de marche pour rejoindre Ivdiel où se terminait la ligne de chemin de fer, puis encore deux jours de train jusqu'à Perm. Elle aimait y flâner dans les rues et fureter dans les magasins, mais elle ne s'y sentait pas chez elle.

Pour leur voyage de noces, Pavel Alexeieff l'avait emmenée jusqu'à Saint-Pétersbourg. À la lumière blanche des nuits d'été, ils s'étaient promenés le long des quais de la Neva. Elle avait admiré les femmes élégantes, vêtues de soie et de dentelle, les immeubles à l'occidentale avec leurs balcons en fer forgé et leurs hautes fenêtres, les larges avenues où tintinnabulaient les tramways électriques. Elle s'était amusée de l'agitation des citadins, mais au bout d'une semaine, lassée de cette effervescence, elle avait été heureuse de rentrer à la maison.

Son père, un officier cosaque, l'un des descendants de ces

paysans-guerriers qui n'avaient jamais connu la servitude car ils avaient eu pour mission de défendre les marches de l'Empire, avait été condamné aux travaux forcés puis assigné à résidence. Sa femme l'avait suivi. Après sa libération du camp, ils s'étaient installés dans un village où cet homme cultivé avait veillé à l'éducation de ses trois enfants. Le soir, il faisait revivre la conquête de la Sibérie sous le règne d'Ivan le Terrible, les armées du cosaque Iermak qui écrasaient les hordes tatares, ouvrant le passage aux marchands russes emmenés par l'impétueux Stroganov, à la recherche des réserves de sel, d'or, d'argent, de fer et de fourrures de ce continent inépuisable.

Ce soir-là, perdue dans ses pensées, Anna n'avait pas réalisé que l'inconnu s'était réveillé de son cauchemar. Elle avait sursauté en découvrant le regard bleu fixé sur elle. Troublée d'être allongée sur lui, elle s'était excusée : « Je suis désolée, mais vous faisiez un mauvais rêve. » Il avait effleuré sa joue tuméfiée, l'air interrogateur. « Ce n'est rien, avait-elle bafouillé. Vous n'avez pas fait exprès. » Horrifié, il avait murmuré d'une voix éraillée : « Je... suis désolé... » « Vous parlez ! Je pensais que vous étiez muet. Qui êtes-vous ? Comment vous appelez-vous ? » « Je... ne sais pas... », avait-il murmuré. « Ne vous inquiétez pas, vous vous souviendrez plus tard, j'en suis sûre », avait-elle affirmé, émue par sa détresse.

Il avait scruté les yeux sombres étirés en amande, les pommettes saillantes, le front bombé où se dessinait une fine cicatrice d'enfance, laissée par une branche de bouleau qui avait fouetté la petite Anna alors qu'elle courait dans la forêt. Il avait caressé les cheveux indisciplinés qui s'échappaient de leur natte et, quand elle avait voulu se redresser, il l'avait retenue d'une main.

Ils étaient devenus amants cette nuit-là. Le lendemain, il l'avait demandée en mariage. Elle l'avait pris pour un fou, mais il avait insisté : elle lui avait sauvé la vie, il refusait de la déshonorer. Elle avait tergiversé pendant des semaines, prétextant que c'était impossible, qu'il était probablement déjà marié – comment pouvait-il le savoir ? –, qu'elle n'était pas certaine de vouloir se remarier. « Et si tu es enceinte ? – Impossible, j'ai été mariée cinq ans et nous n'avons pas eu d'enfant. »

La petite Tania était venue au monde le 3 novembre. Son père l'avait tenue dans ses bras à sa naissance, le cœur gonflé de reconnaissance et d'amour, comme il l'avait tenue contre lui alors qu'elle luttait pour son dernier souffle, trois ans et demi plus tard, son petit corps secoué de fièvre.

Ni les remèdes de sa mère ni les bains avec son père dans la rivière glacée pour faire baisser sa température n'avaient pu la sauver. Ses yeux noirs avaient perdu leur innocence. « Papa, laisse-moi partir… », avait-elle supplié.

Par une chaleur accablante, alors que les taons et les moustiques grondaient dans l'air lourd, sa petite fille morte dans les bras, fou de douleur et de colère, Léon Fonteroy avait compris qu'il ne quitterait jamais cette terre de Sibérie où reposait son enfant.

Anna avait eu raison : la mémoire lui était revenue, par fulgurances, sa tête lacérée par d'atroces migraines. Un son, une odeur, un événement déclenchaient un kaléidoscope où des pans entiers de sa vie surgissaient comme par miracle.

Il avait partagé ces précieux souvenirs avec Anna et l'Ancien, et la jeune femme avait été soulagée d'apprendre qu'il n'était pas marié. Il avait retrouvé un peu de sa gaieté d'autrefois, mais découvert de nouvelles inquiétudes. Qu'advenait-il de ses parents, d'André ? Ils pensaient sûrement qu'il était mort. Une guerre terrible déchirait l'Europe et il avait honte de ne pas y participer. « Tu n'es pas en état de lutter », avait décrété l'Ancien. « Ton devoir, c'est de rester auprès de ta femme et de ta fille. Nous avons besoin de toi ici, maintenant que tu chasses comme nous autres. »

Traînant la jambe, accablé par des étourdissements qui le saisissaient aux moments les plus inattendus, Léon savait qu'il était inapte au combat. Il s'était résigné. L'Ancien lui avait conseillé de prendre le nom d'un trappeur solitaire qui venait de mourir ; ils avaient environ le même âge. Les quatre familles du hameau savaient que le rescapé avait pris l'identité d'un autre, mais personne, hormis Anna, l'Ancien et le robuste Grigori Ilitch, devenu un ami et un confident, ne devinait qu'il avait retrouvé la mémoire. Et son secret s'était dissipé comme tant d'autres parmi les brumes de la taïga.

Au fil des années, Ivan Mikhaïlovitch Volkov avait apprivoisé Léon Fonteroy, qui s'était éclipsé jusqu'à se faire oublier. À la mort de sa fille, après avoir tant lutté pour ranimer ses souvenirs, il avait préféré s'en défaire peu à peu, les enfermer en lui-même, devenir un autre homme, le mari d'Anna et le père de Sergueï, dont la naissance en décembre 1918 l'avait enraciné encore davantage dans ces terres lointaines. Avec le temps, on n'avait plus vu de lui que ce qu'il voulait bien montrer, la silhouette d'un trappeur sibérien de haute taille aux yeux bleus et à l'épaisse barbe blonde.

Un jour, il avait accompagné ses amis jusqu'au village le plus proche, à quatre jours de marche, pour y acheter quelques marchandises. Sur la place de l'église, ils avaient croisé un commissaire du peuple, envoyé par le nouveau gouvernement bolchevique.

Chaussé de lunettes rondes, vêtu d'une vareuse militaire déchirée, l'homme en avait eu assez des nuages de moustiques et de ces maudits paysans ignares. Tenaillé par des douleurs d'estomac, il n'avait pas eu envie d'organiser une énième élection d'un représentant local. Il était obsédé par l'idée de retourner en ville au plus vite, de se procurer une fille et une bouteille de vodka, en un mot, de revenir à la civilisation. Il s'était fié à son instinct. Comme Ivan Mikhaïlovitch dominait d'une tête ses compagnons bourrus et qu'il avait le regard un peu perdu d'un innocent soumis, le commissaire l'avait nommé délégué principal à la cellule que constitueraient désormais les cinq hameaux dispersés dans les bois où il n'avait nulle intention de se rendre. Il lui avait fourré dans la main une étoile rouge à coudre sur sa casquette, administré une claque sur l'épaule, et ordonné de se présenter à la réunion qui aurait lieu deux semaines plus tard, dans la ville la plus proche, si l'on pouvait appeler ça une ville, voyons, comment s'appelait-elle déjà, cette misérable bourgade ? Puis, sous les regards impassibles des villageois hostiles, le commissaire avait rangé ses papiers et aboyé quelques ordres avant de repartir au volant de sa voiture militaire dans un nuage de poussière.

Les habitants de la taïga professaient la plus grande méfiance pour la révolution qui mettait le pays à feu et à sang. Avant que la ligne ne fût interrompue, le télégraphe Morse avait cliqueté pendant des heures, annonçant des massacres de paysans, de déserteurs, d'ouvriers en grève. On parlait de villages rasés, de cosaques passés par les armes, de femmes et d'enfants déportés. À Perm, des ouvriers contre-révolutionnaires avaient été fusillés pour avoir protesté contre les abus de la Tcheka locale, la police politique impitoyable. Des paysans étaient réduits à la famine parce qu'ils devaient livrer à l'État des quotas de nourriture irréalistes. Quand les trappeurs venaient aux nouvelles, ils repartaient toujours chez eux le visage grave.

Un soir, l'Ancien avait réuni les siens. L'avenir était sombre. Il fallait prendre les devants. Et c'est ainsi que des cabanes cachées par des arbustes épineux avaient été construites au détour de sentiers invisibles à l'œil nu, en pleine forêt ou sur des îles au milieu des lacs. Ils y avaient entreposé des réserves de nourriture, d'armes et de poudre, car la nouvelle Russie des bolcheviques, avec leurs réquisitions absurdes et leur morgue autoritaire, leur avait semblé encore plus redoutable que celle des tsars.

Un peu plus tard dans la journée, Ivan Mikhaïlovitch s'arrêta devant le cimetière. La neige avait entièrement recouvert les tombes. Personne ne pouvait deviner que se trouvait là une petite stèle qu'il avait gravée de ses propres mains plus de dix ans auparavant :

*Tania Ivanovna Volkova*
*3 novembre 1915-22 juin 1919*

Il était trois heures de l'après-midi, mais il faisait déjà nuit. Les étoiles irradiaient dans le ciel. Une lumière cristalline éclairait la barrière sombre des arbres et les cheminées des isbas blotties dans la neige d'où s'échappaient des filets de fumée. On l'attendait chez l'Ancien. Avec un soupir, il ajusta son fusil accroché à l'épaule et se frotta d'un geste machinal le nez et les joues pour faire circuler le sang. Il ne devait plus s'attarder. Sergueï devait être impatient d'ouvrir ses cadeaux. Tournant les talons, il se dirigea vers l'isba de l'Ancien. On avait dégagé la porte et l'une des fenêtres. Les lumières incertaines dansaient derrière la vitre dentelée de givre. Il frappa avant d'entrer.

L'Ancien se leva pour le saluer. C'était un homme robuste d'une soixantaine d'années au regard perçant. Il attendit qu'Ivan Mikhaïlovitch se fût débarrassé de sa touloupe et de son bonnet en peau d'ours avant de l'empoigner amicalement.

— Tu peux être fier de ton fils, petit frère !

Ivan eut un regard amusé pour Sergueï qui bavardait avec Maroussia, sa meilleure amie, dans un coin de la pièce. Il salua le fils de l'Ancien, un gaillard solide qui n'avait pas son pareil aux cartes, son épouse timide et leurs deux fils adolescents. Puis il se tourna vers Grigori Ilitch, le trappeur qui lui avait fait découvrir le pays lorsqu'il s'était remis de ses blessures.

Pendant des semaines, les deux hommes avaient campé parmi les cèdres et les bouleaux, réchauffé leur infusion à base d'écorce sur un feu de bois avant de partir chasser l'élan ou le coq de bruyère. Grigori lui avait confectionné sa première *rogatina*, cette lance prisée des Sibériens. Ils avaient chassé le gibier d'eau sur le lac aux eaux claires, allongés dans la barque effilée, bercés par le vent qui susurrait dans les branches des saules, au son des claquements d'ailes des pigeons sauvages, des grives ou des bouvreuils. L'hiver venu, quand les repères habituels, un arbre fourchu, un bosquet ou des rochers, disparaissaient sous une épaisse couche de neige, il avait appris à Ivan à lire les étoiles pour reconnaître son chemin.

Le visage mangé par une barbe drue, avec ses larges mains labourées de cicatrices aux doigts puissants capables de tailler la plus délicate des sculptures dans une écorce de bouleau, Grigori s'était pris d'affection pour cet étranger qui, comme lui, parlait peu. Et puis, Ivan Mikhaïlovitch connaissait déjà le métier. Il avait le don d'observation, la patience et le savoir-faire qui viennent de l'expérience.

Grigori l'embrassa avec effusion. Il revenait d'une longue tournée de trois semaines, et il était passé par Ivdiel pour y déposer des peaux et prendre des nouvelles. Ivan s'assit sur la banquette, les mains sur les genoux. On lui apporta de la vodka. Grigori, lui, préférait s'en tenir au *wapak*, un alcool de champignons qu'Ivan trouvait imbuvable.

L'Ancien coinça sa courte pipe entre ses dents.

— D'après Grigori, les nouvelles ne sont pas bonnes, grommela-t-il. Ils s'en prennent à nouveau aux paysans, comme il y a dix ans. Il paraît que des trains remplis de femmes, d'enfants et de vieillards sont arrêtés dans les gares.

— Pourquoi ? s'étonna Ivan.

— Ils ont été déportés, expliqua Grigori de sa voix rocailleuse. On les accuse d'être des paysans riches qui empêchent la collectivisation des terres, mais moi, je te dis qu'ils ont pas grand-chose, ces koulaks. C'est indigne... On les amène chez nous, sans avoir rien prévu. Ils ont pas de nourriture, pas d'outils. Ils meurent de faim et de froid. Il paraît, continua-t-il en baissant la voix d'une octave pour que les femmes et les enfants ne l'entendent pas, que certains en sont réduits à manger les morts.

L'Ancien tirait sur sa pipe d'un air sombre en fourrageant dans sa barbe avec les doigts.

— Nous, les Sibériens, on ne ressemble pas à ces gens de Moscou ou Petrograd. (Ivan esquissa un sourire, car l'Ancien refusait d'appeler la ville Leningrad, considérant que le camarade Lénine avait été un suppôt de Satan et que moins on parlait du diable, moins on attirait son attention.) Ici, il ne s'agit pas de redistribuer la terre – on en a plus qu'il n'en faut – ni de prendre des palais aux *barine*, puisqu'il n'y en a pas. Ce qu'on veut, c'est qu'on nous laisse vivre en paix, à notre manière. Regarde le père d'Anna. Il a été exilé pour avoir réclamé un gouvernement indépendant, une meilleure administration, des universités pour nos enfants. Même nos paysans n'étaient pas comme les autres, la plupart possédaient une quinzaine de dessiatines, quelques chevaux et deux ou trois malheureuses vaches. Nous avons toujours pensé par nous-mêmes. Mon fils aîné est parti se battre dans l'armée sibérienne. C'est ma femme qui lui a cousu les rubans vert et blanc à la place des épaulettes. Et les Rouges l'ont tué. Mais les Blancs ne valaient guère mieux : les hommes de Koltchak ont aussi massacré des innocents, tu peux me croire. Et aujourd'hui, ça continue de plus belle.

Les trois hommes se turent, observant les jeunes garçons qui plaisantaient entre eux. Sergueï tenait fièrement sa carabine sur ses genoux.

L'Ancien fit sauter le bouchon en donnant un coup sec avec sa paume sur le fond de la bouteille. Ivan vida son verre d'un trait et ne refusa pas quand il le lui remplit une nouvelle fois.

Ils avaient fini le repas de fête. Sergueï et Maroussia tournoyaient au son joyeux de la balalaïka de Grigori et de l'accordéon de l'Ancien. À peine retenus par un foulard, les cheveux de la jeune fille volaient, ses joues avaient la même teinte que son tablier rouge. Son agilité poussait Sergueï dans ses derniers retranchements. Anna tapait des mains en riant.

Le passé d'Ivan lui semblait infiniment loin, comme s'il avait vécu deux existences, scindées par l'attaque du train qui aurait pu lui être fatale.

Enfant, il ne tenait pas en place, ce qui avait au moins le mérite d'exaspérer son père. Il étouffait dans le carcan familial. André, lui, s'était coulé dans le moule. Une famille avait besoin d'hommes comme André, respectueux des convenances, capables de maintenir le cap dans les tempêtes et de transmettre l'héritage aux descendants. Il s'était souvent moqué de son aîné mais, secrètement, il lui avait envié son caractère placide. Dissimulant sa fébrilité sous une apparente désinvolture, il savait qu'on le jugeait souvent irresponsable et inconscient. Plus tard, il avait compris que l'insouciance peut aussi blesser les autres.

La première fois qu'il avait ressenti une forme de sérénité, c'était dans le Grand Nord canadien où un guide tanné par le soleil et le vent, amateur de cigares et de Baudelaire, lui avait appris les ficelles du métier.

McBride lui avait sauvé la vie alors qu'il se comportait comme un chien fou, commettant des imprudences qui pouvaient entraîner la mort. Il lui avait enseigné la patience, une prouesse que n'avait réussie aucun de ses maîtres d'école. Poser un piège requérait du doigté, de la concentration et de l'humilité. Aux côtés de McBride, avare de compliments mais non pas de remontrances, le jeune Léon Fonteroy s'était peu à peu débarrassé de ses oripeaux de citadin prétentieux. Pour comprendre la leçon, il lui avait suffi de se coincer la main dans un piège, de laisser s'éteindre un feu alors que les allumettes étaient humides, de découvrir avec effroi ses orteils blancs et insensibles parce qu'il avait trop serré les courroies de ses raquettes. La leçon avait été rude mais, une fois apprise, elle l'avait transformé.

Revenu à Paris, il avait trouvé la capitale étriquée. Ses complets sur mesure et les minauderies des jeunes filles l'avaient irrité. Dans son imagination, la Sibérie s'était parée de toutes les qualités. Il avait eu envie de découvrir ce pays méconnu, moins par souci de faire prospérer la Maison Fonteroy que pour repartir à la découverte de lui-même, car cette nouvelle image de lui ne pouvait exister que loin de ceux qui l'avaient vu grandir. Quand son père lui avait interdit de partir, il avait désobéi : l'appel du Nord avait été trop fort. Puis le sort avait voulu qu'il restât prisonnier de son corps, cloué sur un lit pendant des mois, et son destin avait basculé.

Une heure plus tard, ils retournèrent à la maison. Les silhouettes des arbres dessinaient des apparences trompeuses. Sous l'effet du gel, une branche éclata tel un coup de fusil. Sergueï marchait devant, serrant sous son bras sa carabine et le cadeau de Maroussia, une chemise de fête qu'elle avait brodée pour lui. Grigori lui avait fièrement offert un télescope qu'il avait déniché en ville.

*Quel avenir attend mon fils ?* songea soudain Ivan. *Sera-t-il trappeur, comme moi ? Dois-je lui dire d'où je viens, qu'il existe un monde au-delà du nôtre où il pourrait mener une vie différente ? Puis-je lui refuser cette chance ?*

Comme si elle avait lu dans ses pensées, Anna Feodorovna lui prit le bras. Elle était une femme de la taïga, coriace, volontaire, sûre de ses gestes et de ses connaissances. Une femme épanouie. S'il la forçait à le suivre jusqu'à Paris, elle y mourrait à petit feu. Et jamais il ne pourrait lui enlever Sergueï.

La Providence lui avait donné une femme et un fils, des amis, une nouvelle identité. Pourquoi désirer autre chose ? C'était ainsi, et c'était bien.

Il pleuvait. Un casque plombé pesait sur la ville. Un parfum de terre mouillée montait des pelouses détrempées du parc Monceau. Des bourgeons timides et des feuilles vert tendre annonçaient un printemps improbable.

Sur le banc à la peinture écaillée, Alexandre se tenait la tête entre les mains, insensible au manège des gouvernantes qui poussaient des landaus et s'écartaient en le voyant, comme si son malaise pouvait être contagieux.

D'un bond, il se leva et s'éloigna d'un pas décidé. Voilà trois mois que Valentine n'avait pas donné signe de vie. Il devait la voir, lui parler, s'assurer qu'elle existait bien, que tout cela n'avait pas été un rêve, qu'il ne souffrait pas à cause d'une illusion.

Il sortit par la haute grille dorée du parc, descendit l'avenue de Messine. Des passants se hâtaient en maugréant contre le mauvais temps. Il s'arrêta devant l'immeuble cossu, leva la tête. La bruine le fit cligner des yeux. À chaque étage, des balcons de pierre ou de fer forgé. Des lumières. Elle était là, quelque part. Seule. Il savait que le patron était absent.

Il s'approcha de la porte cochère, sonna.

— Qu'est-ce que c'est ? demanda la concierge, une petite femme maigre qui disparaissait sous des châles de laine.

— M. Fonteroy.

— Deuxième droite.

Alexandre pénétra sous la voûte, poussa une porte vitrée et gravit l'escalier d'un pas étouffé par le tapis. Une lumière filasse pénetrait par des vitraux à fleurs stylisées. Arrivé au deuxième, il sonna à la porte.

— Monsieur ? s'enquit le maître d'hôtel en lui ouvrant.

— Madame est chez elle ?

— C'est à quel sujet, monsieur ?

— Alexandre Manokis. Elle m'attend, mentit-il.

— Veuillez entrer, monsieur. Je vais voir si Madame peut vous recevoir.

Dans le vestibule, Alexandre retira sa casquette. Des gouttes de pluie glissèrent sur les carreaux de marbre blanc et noir. Trois orchidées blanches étaient posées sur un guéridon. Il songea qu'il avait toujours détesté leur sensualité lisse et venimeuse.

— Veuillez entrer au salon, monsieur, susurra le maître d'hôtel, avant de le précéder dans une vaste pièce qui donnait sur les arbres aux branches luisantes de l'avenue.

En dépit des deux lampes allumées, le salon était plongé dans une semi-obscurité. Sur les panneaux d'un paravent laqué, des oiseaux exotiques reflétaient les lueurs hésitantes. Nerveux, Alexandre frissonna. Le soleil et la chaleur lui manquaient tant qu'il se demandait s'il se réchaufferait jamais.

Une porte s'ouvrit sur la droite. Valentine entra, la referma soigneusement, et s'y appuya comme si elle redoutait de pénétrer dans la pièce.

— Qu'est-ce que tu veux ? lança-t-elle.

Il discernait mal son visage, mais il la devinait sur ses gardes. Elle portait une chemise en mousseline de soie rouge et une étroite jupe grise à godets qui soulignait ses longues jambes. Il resta silencieux. Avec un soupir, elle s'arracha à la porte d'un mouvement de reins et s'avança vers lui. Des bracelets cliquetaient à son poignet.

— Qu'est-ce que tu veux ? répéta-t-elle, le menton levé. Pourquoi es-tu venu chez moi ?

Le visage n'avait pas changé, et pourtant, elle n'était pas la même. La jeune fille espiègle, presque fragile, qui lui avait semblé aussi perdue que lui, avait été chassée par cette femme antipathique. Et l'amante ? Celle qui s'était donnée à lui, impudique et résolue ? Il comprit soudain, non sans chagrin, qu'ils avaient fait l'amour sans véritable tendresse. Il comprit aussi qu'il n'était pas un homme qui pouvait se satisfaire du seul désir.

— Je voulais te voir. Tu n'as pas donné signe de vie depuis trois mois.

— Je pensais que nous n'avions plus rien à nous dire.

Elle s'approcha de la fenêtre. La pluie avait redoublé d'intensité. En cette fin d'après-midi, une légère brume se levait.

Elle sursauta quand il posa les mains sur ses épaules, puis l'esquiva. Le visage tendu, on aurait dit qu'elle allait mordre.

— Arrête, Alexandre. Tu dois savoir que mon mari est absent. Je n'aime pas ce petit jeu. Dis-moi ce que tu veux et puis va-t'en.

Un sourire crispé lui étira les lèvres.

— Tu es impitoyable.

— Toujours les grands mots ! lança-t-elle en levant les mains d'un air exaspéré. C'est trop facile. On colle une étiquette sur des moments de plaisir et c'est le drame. Je ne t'ai pas forcé, je ne t'ai rien pris, rien volé. Pourquoi m'accuses-tu ?

— Pourquoi te sens-tu coupable ? répliqua-t-il.

Elle ouvrit les deux battants d'un cabinet à liqueurs, regarda d'un air vague les verres et les carafes, puis se détourna. Sur la table basse, une timbale en argent proposait des cigarettes. Elle se pencha pour en saisir une. La flamme du briquet souligna l'arête de son nez. Elle aspira une bouffée comme une délivrance.

— Je ne pouvais pas deviner que tu prendrais tout ça au tragique.

— Deux ans, Valentine. Nous nous sommes aimés pendant deux ans... à moins que... Pour toi, ce n'était pas de l'amour, n'est-ce pas ? Tu n'as jamais rien ressenti pour moi.

Elle ne répondit pas. Comment lui avouer la vérité ? Elle avait été subjuguée par son corps et son énergie. Il y avait eu un moment, au début de leur liaison, où elle avait perdu le sommeil à cause de lui. La violence de ses sentiments pour cet homme lui avait fait peur. Elle s'était juré de ne plus jamais s'exposer à pareille faiblesse et elle ne lui pardonnait pas d'avoir eu ce pouvoir sur elle.

Elle s'assit dans le canapé, croisa les jambes. Depuis qu'elle savait qu'elle attendait son enfant, la situation était devenue périlleuse. Il ne devait jamais l'apprendre. Elle craignait sa réaction : il était trop idéaliste pour ne pas être perturbé. Comment savoir s'il battrait en retraite ou si, au contraire, il se sentirait investi d'une mission ? Comme elle refusait de mettre en péril son existence avec André, elle devait rompre les liens de façon définitive. Dans sa voix se glissa une note désespérée.

— C'était une parenthèse dans nos vies, Alexandre. Il faut que tu l'admettes. Tu es jeune, tu vas te marier et fonder une famille. Et New York, tu y penses encore ? Pourquoi ne demanderais-tu pas à mon mari s'il peut te trouver une place là-bas ?

Pourquoi n'y avait-elle pas songé plus tôt ? Puis elle eut honte. À l'évidence, Alexandre souffrait, mais elle ne pouvait pas prendre le risque de se laisser amadouer. Son regard s'attarda sur le beau visage. Elle sentit son pouls s'accélérer. Flûte ! pensa-t-elle, furieuse qu'il ne lui soit pas indifférent.

— N'as-tu jamais eu besoin de personne, Valentine ? demanda-t-il brusquement. Vraiment besoin ?

Elle savait qu'il ne parlait pas de désir physique, mais de cet attachement entier que vous inflige l'amour, qui vous paralyse, vous asservit et vous apporte, paraît-il, la félicité. Aimer ainsi, jusqu'à se perdre ?

— Il faut croire que, d'une certaine façon, je suis infirme, murmura-t-elle.

L'aveu le surprit. C'était ce qu'il y avait de plus exaspérant chez Valentine. Elle vous laissait parfois entrevoir des fêlures mais ne vous invitait jamais à les explorer. Chaque fois qu'on croyait saisir une facette de sa personnalité, elle se dérobait, brouillait les pistes et vous laissait décontenancé.

— Si tu n'avais pas été mariée, si j'avais été plus riche… est-ce que tu crois que nous aurions pu… ?

Il se mordit la lèvre, fâché de s'être humilié. Brusquement, il la détesta. Il pressentait qu'elle avait irrémédiablement gâché quelque chose dans sa vie parce que, à l'avenir, toute femme serait mesurée à l'aune de Valentine Fonteroy et aucune ne trouverait jamais grâce à ses yeux.

Pourquoi ne l'avait-on pas prévenu qu'il existait des femmes comme elle ? Il faudrait l'enseigner aux jeunes garçons à l'école, leur dire de se méfier, que le poison d'une femme pouvait s'insinuer en vous et vous détruire. À côté de celui-ci, les dangers de la vie étaient dérisoires.

Il lui en voulait aussi parce qu'elle révélait chez lui une lâcheté qu'il n'avait pas soupçonnée. De quoi avait-il peur ? Ne devait-il pas la convaincre, la forcer à reconnaître leur amour ? Il ressentit une bouffée d'enthousiasme qui le souleva telle une vague, avant de retomber aussitôt. À quoi bon ? Il suffisait de regarder le visage impassible de Valentine, ses lèvres muettes, son corps raidi, comme enroulé sur lui-même, posé sur le bord du sofa. Il était désarmé, vaincu, parce qu'il avait eu le tort de l'aimer et qu'il l'aimerait toujours, jusqu'à son dernier souffle.

— Je regrette, souffla-t-elle.

— Moi pas, rétorqua-t-il, énervé. J'aurais passé ma vie à essayer de t'émouvoir, mais je n'y serais jamais arrivé. Tu m'aurais détruit, lentement mais sûrement, comme tu détruis ton mari. Il y a en toi quelque chose de terrible, Valentine…

— Tais-toi ! s'écria-t-elle.

Elle se leva et se mit à arpenter le salon.

— Tu me prêtes un pouvoir que je n'ai pas. Je ne suis qu'une femme comme les autres, avec des envies, des désirs, des faiblesses… Nous sommes tous à nous démener avec nos misérables petites vies. Mais qu'est-ce que tu imagines, Alexandre ? On dirait que tu places chacun sur un piédestal et que tu donnes des majuscules aux sentiments : l'Amour, la Passion, la Fidélité, l'Honneur… Ah ! (Elle eut un éclat de rire ironique.) Je n'ai jamais cru à ces belles valeurs dont on nous rebat les oreilles. Le ver est dans le fruit, tu l'ignorais ? Le monde est fait de gens cupides, intéressés et égoïstes. Personne n'a jamais été aimé pour son âme. Soyons sincères, pour une fois. Nous cherchons tous l'argent, le pouvoir, la jouissance… Mais personne n'a le courage de le reconnaître. Je n'aime pas mon mari, mais je suis satisfaite de notre vie et je ne sais pas si je pourrais me passer de lui. Quant à toi, j'admets que tu m'as été indispensable pendant un certain temps. Je ne t'oublierai pas. Notre histoire fait partie de moi. Mais je ne veux pas vivre avec toi. Nous n'avons rien en commun et cela n'a rien à voir avec l'argent ou la situation sociale. Tu pourrais être dix fois plus riche qu'André, je ne resterais pas avec toi.

Elle reprit son souffle. Elle aurait tant voulu lui faire comprendre !

— Tu es beaucoup trop bon pour moi, Alexandre, continua-t-elle d'une voix plus douce. Comment te dire ? Il n'y a pas de part d'ombre en toi. D'une certaine façon, André est mort dans les tranchées de Verdun. Même quand il rit aux éclats, une partie de lui-même a irrémédiablement disparu. C'est quelqu'un qui ne sera jamais pleinement heureux – je me demande même s'il l'a jamais été. Il m'a fallu des années pour le comprendre, et peut-être ne l'aurais-je jamais compris si je ne t'avais pas rencontré, si je n'avais pas trouvé en toi cet optimisme, cette sorte d'innocence… Je n'aime pas André, mais j'ai appris à déchiffrer ses silences. C'est déjà beaucoup. C'est peut-être même l'essentiel.

Elle s'interrompit et le dévisagea. Elle avait parlé sous le coup de l'émotion, essayant de lui expliquer ce qu'elle ressentait confusément, or elle venait de s'apercevoir qu'elle tenait à André davantage qu'elle ne l'avait cru et qu'elle se serait sentie perdue sans lui.

Alexandre ne la quittait pas des yeux. Il était à la fois irrité qu'elle le prît pour un naïf et troublé de devoir admettre que ce mari, qu'il avait toujours méprisé pour avoir une épouse infidèle, fût aussi important pour elle. Il réalisa soudain qu'une femme pouvait tromper un homme sans le trahir.

— Dans ce cas, il ne me reste plus qu'à partir, répondit-il. Cet après-midi, j'ai donné ma démission chez Fonteroy. Je vais peut-être quitter Paris, je ne sais pas encore. De toute façon, il paraît qu'il n'y a aucune chance d'obtenir un visa pour l'Amérique à cause de la crise.

Il s'approcha de la porte. Valentine s'était immobilisée, fragile et droite, les bras le long du corps. Elle le fixait d'un regard fiévreux. Il s'arrêta à sa hauteur, leva la main pour lui effleurer la joue ainsi qu'elle avait effleuré la sienne, deux ans auparavant, dans sa voiture au pied de chez lui, mais à l'époque le geste de Valentine avait été celui du désir irrésistible, de cette folle espérance qui est l'un des mensonges du désir, et il avait succombé aux doigts froids sur sa peau. Cette fois, sa main resta suspendue à quelques centimètres du visage aimé.

Il respira son parfum, perçut la chaleur de ce corps dont il avait caressé le moindre repli, savouré les moiteurs, qu'il avait célébré, exhorté, soumis, jusqu'à l'amener à la jouissance, qu'il avait marqué de son empreinte – ne l'avait-elle pas admis ? – à défaut d'en avoir ému le cœur. Il devait se contenter d'avoir réussi là où le mari avait échoué. Il ne put s'empêcher d'éprouver une satisfaction purement masculine, mêlée à un sentiment de solitude si absolue, si féroce, qu'il en eut le souffle coupé.

Elle ne cilla pas, ses yeux vert d'eau fouillant les siens. Il laissa retomber sa main.

Dans l'entrée, il saisit son manteau et sa casquette posés sur une banquette, batailla avec la porte, se rua dans l'escalier, dévala les marches deux par deux. Puis, une fois dehors, il se mit à courir.

*Leipzig, 1933*

— Pourquoi je ne peux pas faire comme les autres ? se lamentait Peter en implorant ses parents du regard. Ils y appartiennent tous. Avec Haderer, je suis le seul à ne pas avoir adhéré. J'ai l'air de quoi ?

Sa voix se brisa sur le dernier mot. Depuis quelques semaines, il s'était mis à muer et Eva tressaillait chaque fois qu'elle entendait percer l'homme sous le timbre cristallin de son enfant.

Ils déjeunaient à l'Auerbachs Keller, dans la salle chaleureuse décorée de boiseries, avec ses tables pimpantes, ses fresques patinées et son gros tonneau à vin. D'habitude, Eva aimait cet endroit où elle avait dîné pour la première fois avec Karl et ses amis pendant la guerre, mais, aujourd'hui, elle trouvait l'ambiance oppressante.

Depuis qu'Hitler avait été nommé chancelier du Reich par Hindenburg, le 30 janvier, elle avait l'impression qu'un étau se resserrait lentement autour du pays. Dans les quotidiens et à la radio, les propos violents contre les socialistes et les Juifs se multipliaient. Le *Leipziger Volkszeitung*, journal qu'elle avait l'habitude de feuilleter en prenant un café chez Hannes après ses cours au conservatoire, avait été interdit. Les gens s'épiaient et parlaient à mots couverts. On craignait que les téléphones ne soient sur écoute. Il y avait de quoi devenir paranoïaque.

Elle jeta un coup d'œil à deux femmes raides comme la justice sous leurs chapeaux noirs désuets. Les maris pontifiaient en vidant leurs bières, évoquant le procès des incendiaires du Reichstag qui se déroulerait en ville à l'automne, à la Haute Cour de justice. *Ceux-là, ils ont sûrement boycotté les magasins juifs le mois dernier*, songea-t-elle, irritée.

La serveuse lui apporta son verre de vin rouge. En le prenant, elle s'aperçut que sa main tremblait. *Quel ennui ! Il me faudra un temps fou pour me concentrer avant le concert de ce soir*, s'agaça-t-elle. Son exaspération grandit à la pensée que le chef d'orchestre et plusieurs musiciens du *Gewandhaus* avaient été renvoyés, et les œuvres de Mendelssohn, Stravinski et Mahler rayées des programmes. On venait de clôturer un festival de deux mois consacré à Wagner. *Je déteste Wagner*, se dit-elle encore, les lèvres pincées.

Les yeux baissés sur sa limonade, Peter affichait cette moue boudeuse qu'il affectionnait quand on le contrariait. Sa courte mèche blonde, pourtant lissée avec application devant le miroir, s'était rebellée et lui avait glissé sur le front. De sa poche dépassait son livre préféré, *Der Hitlerjunge Quex*, qu'il avait emprunté à la bibliothèque de l'école au grand dam de sa mère, qui le préférait passionné par Karl May et les aventures de Winnetou et d'Old Shatterhand. Eva s'irritait de le découvrir capricieux. *Il mériterait une fessée*, songea-t-elle, *mais on m'arrêterait probablement pour avoir levé la main sur l'avenir de l'Allemagne !*

Elle croisa le regard de Karl. Il affichait une indifférence polie, mais elle savait qu'il était tourmenté, ne sachant pas comment empêcher Peter d'entrer dans la Jeunesse hitlérienne. Non seulement le lui interdire créerait des difficultés pour l'enfant qui, à bientôt quatorze ans, devenait un jeune homme, mais la famille entière risquait d'attirer l'attention. Or, Karl savait qu'on le tenait déjà à l'œil.

Tout avait commencé en mars, quand des SA avaient fait irruption dans ses bureaux, comme dans la plupart de ceux des maisons d'édition du Reich.

Le claquement des bottes avait résonné sur le large escalier en bois et la porte s'était ouverte avec fracas, faisant sursauter la réceptionniste. Aboyant des ordres, les cinq hommes avaient renversé les piles de livres, ouvert les tiroirs, feuilleté les dossiers, brandi les contrats avec des écrivains juifs… L'un d'eux avait sorti de sa poche une affiche destinée aux universités et l'avait agitée sous le nez de Karl qui, avec une lenteur délibérée, avait chaussé ses lunettes, avant de lire à haute voix : « Quand le Juif écrit en allemand, il ment. Les livres juifs en langue allemande doivent être signalés comme étant des traductions de l'hébreu. »

C'étaient des manœuvres d'intimidation, orchestrées de main de maître, à l'instar de leurs mises en scène lors des réunions publiques, avec les flambeaux, les chants patriotiques et les exhortations fanatiques.

Alors que les secrétaires s'étaient réfugiées dans un coin, serrant leurs cardigans autour de leurs épaules, Karl avait assisté, impuissant, au saccage avec le sentiment d'être traité comme un criminel et, pour la première fois de sa vie, il avait ressenti de la haine.

Sanglé dans sa chemise brune dotée d'une seule épaulette au côté droit, la poitrine bombée sous le baudrier, l'homme s'était tourné vers l'un des directeurs littéraires : « Jakob Klausner, c'est vous ? » Le jeune directeur avait tressailli comme s'il venait de recevoir une décharge électrique. « Non, c'est lui ! » s'était-il écrié en indiquant son collègue à l'autre bout de la pièce. Et Karl avait compris qu'il en serait désormais ainsi : les lâches montreraient les plus faibles du doigt, jusqu'au jour où ils deviendraient eux-mêmes les accusés, et ainsi de suite, jusqu'à la fin.

L'homme s'était adressé à Karl : « Votre employé, c'est un Juif, vous savez. » « Sa mère est aryenne », avait-il répondu posément. « Il suffit de vingt-cinq pour cent de sang juif pour être considéré comme *artfremd*. » « Pardonnez-moi, s'était excusé Karl, mais je suis un littéraire. J'ai toujours été fâché avec les chiffres. »

Un silence de mort s'était abattu dans la pièce. Le nazi s'était approché de lui. Le cœur battant, Karl s'était retrouvé nez à nez avec l'écusson tressé d'or cousu sur la casquette plate. Le *Sturmbannführer* avait planté ses yeux pâles dans les siens. « Je n'aime pas votre mauvais esprit, Krüger. Encore un mot, un seul, et je vous embarque ! » Lentement, il avait déchiré les contrats qu'il tenait à la main avant de les lui jeter à la figure. Puis il avait rappelé ses hommes et ils étaient repartis, laissant derrière eux des portes battantes, des armoires éventrées et des visages blêmes.

L'une des secrétaires s'était évanouie, s'affalant avec une grâce charmante. Karl avait épousseté les fragments de papier accrochés à son veston. « Klausner, soyez gentil de vous occuper de Fräulein Rosa. Elle a toujours eu les nerfs fragiles. »

Karl but une gorgée de bière fraîche. Quelques jours plus tôt, en revenant du théâtre avec Eva, il avait assisté à une scène dont la portée symbolique l'avait marqué à tout jamais. Des fanatiques en chemises brunes et des étudiants revêtus des costumes bariolés de leurs corporations brandissaient des flambeaux et criaient les noms d'auteurs honnis... Heinrich Mann, Sigmund Freud, Erich Maria Remarque... avant de jeter leurs écrits dans les flammes d'un bûcher, soulevant des gerbes d'étincelles. Petit-fils et fils d'éditeurs, né dans la ville où le premier livre avait été imprimé quelque trente-cinq années après l'invention de Gutenberg, Karl avait été si bouleversé par l'autodafé qu'Eva avait dû le retenir par le bras alors qu'il s'apprêtait à protester. Il n'avait pas fermé l'œil de la nuit.

Le lendemain avait eu lieu la réunion annuelle des éditeurs et imprimeurs. Le ministre de la Propagande, Joseph Goebbels, s'était approché du pupitre, dissimulant avec habileté la claudication que lui infligeait son pied bot, et Karl, incrédule, l'avait écouté justifier la destruction des livres subversifs.

— Il faudra le laisser faire, murmura-t-il à Eva.

— Je sais, répondit-elle, abattue.

— Alors, c'est vrai ? s'exclama Peter, le visage enjoué. Je peux m'inscrire, comme mes camarades ? Il paraît qu'ils font des randonnées et des camps en plein air...

Eva se pencha en avant et lui saisit les doigts qu'elle serra à les broyer. L'enfant esquissa une grimace de douleur.

— Écoute, Peter, tu es mon fils unique et je t'aime plus que tout au monde. À ta naissance, j'ai ressenti le bonheur le plus intense de mon existence. Pour ton père et toi, je traverserais les feux de l'enfer, mais écoute-moi bien, car je ne le répéterai pas : si jamais tu as le malheur de trahir, ne serait-ce qu'une seule fois, les valeurs que nous t'avons inculquées, au premier rang desquelles il y a la tolérance et l'humanité, alors tu ne seras plus mon fils, et je ne serai plus ta mère. Est-ce que je me suis fait comprendre ?

Le jeune Peter resta tétanisé. D'un seul coup, il ne reconnaissait plus cette femme intense au regard presque cruel. Où était passée la maman affectueuse qui le soignait quand il était malade, se réjouissait de ses succès et le consolait de ses échecs ? Il découvrit avec effroi que sa mère existait en dehors de lui, par elle-même, qu'elle pouvait donc le juger et peut-être le trouver faillible.

Elle lui comprimait si fort les doigts qu'il avait mal, mais curieusement, il ne s'était jamais senti aussi lucide. S'il pouvait la décevoir, il pouvait aussi la rendre fière de lui. Il s'agissait donc d'un combat, comme dans la cour de récréation quand cette brute de Fischer lui tapait dessus. Désormais, l'amour de sa mère ne lui serait plus jamais acquis, il devrait se battre pour le mériter. La révélation eut en lui le même effet qu'un coup de tonnerre, ébranlant ses convictions enfantines et lui laissant entrevoir toute la misère et la grandeur d'être un homme.

— Je vois que tu as compris, chuchota Eva, libérant ses doigts et lui tapotant la main. Mais au fond, je n'en doutais pas.

Et elle sourit, son premier sourire sincère depuis des mois.

Après le déjeuner, ils firent une promenade. Karl donnait le bras à Eva. Peter marchait à deux pas derrière eux, plongé dans ses pensées. Ils débouchèrent sur la vaste Augustusplatz, dominée par les imposants bâtiments du théâtre et de l'Opéra. Un tramway ralentit dans un claquement de roues et lâcha une grappe de passagers.

— Tu as peut-être été un peu sévère avec lui, grommela Karl.

— J'ai été sincère, protesta-t-elle. Peter subit une influence que je n'aime pas. Les organisations de jeunesse acceptables sont dissoutes les unes après les autres. À la dernière réunion de parents d'élèves, certains ont fait le salut hitlérien. Tu aurais dû voir ma tête et celle de son professeur d'histoire ! Je suis désolée, mais je ne sais pas dissimuler mes sentiments.

— En attendant la chute de ce gouvernement, il faudra pourtant essayer. Heureusement, on commence à protester dans le pays... Regarde notre maire. Goerdeler a organisé des gardes de nuit à la mairie pour empêcher qu'on y hisse le drapeau nazi.

— Tu as toujours été un optimiste, Karl, mais cette fois, je crains que tu aies tort.

Elle leva la tête vers les cariatides et les colonnes solennelles de l'université.

— Quand je pense qu'ils ont créé une commission pour la nationaliser, l'une des plus anciennes d'Allemagne ! Ils verrouillent tout : les journaux, les opposants, l'éducation... Tiens, voilà ce qui nous attend, lança-t-elle, en montrant un enfant en culottes courtes qui galopait derrière un ballon marqué d'une croix gammée.

— L'Angleterre et la France ne laisseront pas faire.

— Et que veux-tu qu'elles fassent ? ironisa Eva. La guerre ? On ne s'est pas encore remis de la dernière. Et puis, ils sont trop contents d'avoir une Allemagne forte et antibolchevique.

— Le communisme ne vaut pas mieux, je te l'ai déjà dit. Ce sont deux systèmes totalitaires qui nient la liberté de l'esprit et de l'individu.

Eva resta un instant silencieuse.

— Je ne comprends pas que des peuples puissent être aussi aveugles.

— Ils ne le sont pas, conclut Karl d'un air sombre. Ils sont avides et lâches, c'est bien pis.

Les six cents places de la petite salle du *Gewandhaus* se remplissaient peu à peu en un bruissement de murmures et de robes longues. Karl comptait les hommes en uniforme brun qui détonnaient parmi les habits noirs. Deux femmes passèrent devant lui en plaisantant. Épinglées à leurs corsages brillaient des croix gammées en pierres précieuses. *Pourvu qu'Eva ne le remarque pas !* songea-t-il, inquiet.

Elle avait mis toute la fin d'après-midi pour se calmer après leur déjeuner avec Peter. L'enfant s'était retiré dans sa chambre dès leur retour à la maison. Avant de partir pour le concert, Eva était passée l'embrasser. Karl avait redouté une nouvelle altercation, mais elle était revenue souriante au salon, et il s'était senti rasséréné. Peter rejoindrait les rangs de la Jeunesse hitlérienne, mais il resterait fidèle à ses parents, du moins c'était ce qu'avait affirmé sa mère. Karl l'espérait de tout cœur, mais il redoutait la pression qui serait exercée sur le jeune garçon. Comment résister, à un âge aussi fragile, lorsqu'on vous explique que vous êtes un seigneur ? Il faudrait que Peter fît preuve d'une extraordinaire grandeur d'âme pour ne pas se laisser embrigader, et Karl, un peu honteux, doutait que son fils fût aussi intelligent.

Le baryton qu'Eva accompagnerait au piano lors de la première partie du récital le salua d'un mouvement de tête. Il avait le même air empressé que le jeune Klausner. Karl se demanda ce qu'il adviendrait de son directeur littéraire qui lui avait annoncé le matin même qu'il émigrait en Palestine.

« Vous êtes sûr de vous, Klausner ? s'était inquiété Karl. Vous ne connaissez personne là-bas. De quoi allez-vous vivre ? » Le visage empourpré, le jeune homme arpentait le bureau de son patron. « Je trouverai bien, monsieur. Je n'ai pas le choix. Ma femme a perdu son emploi d'institutrice. Si cela continue, nous ne pourrons plus gagner d'argent et comment ferons-nous pour nourrir nos deux enfants ? » « Mais enfin, Klausner, je n'ai aucune intention de vous renvoyer ! »

avait protesté Karl. Le jeune homme avait esquissé un sourire crispé. « Veuillez excuser mon impertinence, monsieur, mais il viendra un moment où vous n'aurez plus rien à dire. » Karl avait blêmi, parce que, à vingt-huit ans, ce brillant diplômé de littérature comparée était doué d'une intelligence percutante, et il l'avait toujours écouté avec beaucoup d'attention. Klausner avait retiré ses lunettes et pincé l'arête rougie de son nez. « Mes parents refusent de nous accompagner. Mon père a été décoré de la croix de fer, comme Adolf Hitler. Drôle d'ironie du sort, non ? Il pense que sa médaille va le protéger et répète qu'il se sent profondément allemand, qu'on ne s'en prendra pas à des Juifs allemands comme lui, que tout cela concerne les Juifs de l'Est. » Il avait essuyé ses lunettes avec un mouchoir. « Il est naïf et orgueilleux, mais avec un peu de chance, ma mère parviendra à lui faire entendre raison et ils nous rejoindront. Si Dieu le veut… » Karl s'était levé pour lui serrer la main, puis, en se rappelant leur premier entretien, quand Klausner s'était présenté pour un emploi de correcteur, bafouillant de nervosité, il l'avait empoigné aux épaules et serré contre lui. Comment survivrait ce jeune homme tourmenté, qui n'était à l'aise que parmi les livres et les manuscrits, dans un pays en devenir où tout restait à inventer ?

— Herr Krüger ? s'enquit une voix douce derrière lui.

Il reconnut Liselotte Hahn, une jeune fille à qui Eva donnait des cours de piano depuis dix ans. Admirant la fine silhouette dans sa robe longue en soie jaune, il la complimenta d'un sourire :

— Vous êtes ravissante, Liselotte. Vous êtes devenue une vraie… une vraie…

— Jeune fille ? fit-elle en riant, dévoilant une charmante fossette dans sa joue gauche. Adieu les nattes ! Il était temps. Je n'ai pas envie de rester vieille fille.

— Cela me semble bien improbable. Êtes-vous seule ?

— Non, mes parents m'ont accompagnée, mais je les ai perdus de vue. Ils réapparaîtront bien assez tôt, ajouta-t-elle, espiègle.

Son père était un pelletier influent. Karl l'avait rencontré trois ans plus tôt, lorsqu'il avait accompagné André Fonteroy à l'Exposition de la chasse. D'une parfaite élégance, longiligne et distingué, Rudolf Hahn avait une passion pour la littérature et Karl avait passé plusieurs soirées à examiner les premières éditions de sa bibliothèque. Il avait envers lui une dette de reconnaissance toute particulière car Hahn avait aidé au financement d'un hôpital moderne, la première clinique israélite de Saxe, où un chirurgien avait sauvé Peter d'une dangereuse appendicite.

— Les voilà qui approchent, chuchota Liselotte en apercevant ses parents. Je vais vite me promener encore un peu.

Rudolf Hahn s'était marié sur le tard avec une femme beaucoup plus jeune et il couvait leurs deux enfants, mais comment lui en vouloir ? Eva éprouvait le même attachement viscéral pour leur fils. Elle l'avait étonné en sermonnant aussi rudement le pauvre Peter. Karl ne s'était pas attendu à ce qu'elle se montrât si virulente, mais elle semblait faire son deuil de l'enfant et attendre, avec tendresse mais lucidité, l'émergence du jeune homme.

Une heure plus tard, la grâce mélancolique des lieder de Schubert envoûtait les spectateurs. Le baryton était un interprète réputé, l'un des plus éminents musiciens d'Allemagne, et le jeu d'Eva, parfaitement maîtrisé, limpide mais d'une rare intensité, donnait toute son émotion à la sobriété musicale du *Voyage d'hiver*.

Assis au deuxième rang, Karl n'arrivait pourtant pas à se détendre, tant il sentait peser sur sa nuque le silence vigilant qui emplissait la salle de concert telle une houle menaçante.

De plus en plus oppressé, il eut bientôt l'impression de suffoquer. Des gouttes de sueur lui perlèrent au front. Il les tamponna avec son mouchoir. Il n'allait tout de même pas succomber à un accès de panique ! Ces dernières années, ils s'étaient espacés jusqu'à ne plus être qu'un mauvais souvenir.

Il se trouvait trop près de la scène pour quitter son fauteuil. En dérangeant ses voisins, il risquait de troubler les deux virtuoses. Alors, pour endurer la solitude et la détresse qui émanaient de cette musique trop humaine, il fixa son regard sur sa femme, puisant chez elle, comme depuis le premier jour de leur rencontre, la sérénité et la force qu'il avait égarées, par une nuit de pluie et de fer, quelque part dans la boue visqueuse des tranchées de la Somme.

À ces spectateurs avides, Eva offrait une part d'elle-même si précieuse, si intime qu'il éprouva une bouffée de jalousie. Dans sa longue robe en dentelle noire, les deux broches en diamants épinglées de part et d'autre de son sage décolleté, elle portait son âme à fleur de peau, et il sembla à Karl qu'elle n'avait jamais été plus belle.

Les rênes claquèrent sur les croupes des petits chevaux énergiques qui avançaient d'un trot saccadé. Sur le chemin forestier, les sabots et les roues de la carriole soulevaient des nuages de poussière blanche.

Grigori Ilitch déboucha sa gourde, avala une gorgée et l'offrit à Sergueï. Glissant les rênes dans une main, celui-ci porta le goulot à ses lèvres. L'alcool de champignons lui brûla l'arrière-gorge. Le garçon de quatorze ans réprima une grimace et essuya la sueur qui lui coulait dans les yeux.

Ils étaient en route depuis l'aube. Désormais, le soleil tapait sans merci sur sa tête nue. Grigori, lui, refusait de retirer son bonnet de fourrure qu'il gardait légèrement incliné vers l'arrière. Les roues tressautaient dans les ornières. Depuis une heure, Grigori se plaignait d'avoir mal au dos.

— On est bientôt arrivés, lui dit Sergueï pour le réconforter.

— Tu parles ! Y serait temps ! ronchonna son compagnon. Ton père a eu une sacrée veine que j'accepte de le remplacer.

— Tu sais bien qu'il a trop mal à la jambe pour supporter un long voyage.

— Dis plutôt qu'il préfère partir à la pêche avec l'Ancien.

Grigori croisa les bras en marmonnant dans sa barbe. Sergueï sourit. Il savait que Grigori Ilitch se serait fait hacher menu pour son ami. Entre eux, c'était à la vie, à la mort. *Comme Maroussia et moi*, songea-t-il. Puis il se renfrogna à la pensée que, depuis le début de l'été, il n'éprouvait plus pour Maroussia cette amitié simple et sans détour qu'il connaissait depuis toujours. Quand il la voyait se promener pieds nus dans sa robe légère, les cheveux roux dénoués sur les épaules, il était saisi d'un trouble qui lui donnait envie de prendre ses jambes à son cou. Et si elle le taquinait, il sentait le rouge lui monter au front. Il se détournait, furieux, persuadé que son malaise était évident aux yeux de tous, ce qui l'exaspérait et le rendait morose.

Grigori lui demanda de ralentir. Ils risquaient de rater le sentier qui bifurquait vers la gauche. Sergueï obéit et regarda les chevaux agiter la tête pour chasser les nuées de mouches qui s'étaient abattues sur leurs oreilles et leurs encolures sitôt le vent de la course tombé.

Grigori lâcha un crachat.

— Un peu plus loin et ça ira.

Sergueï s'arrêta dans une clairière. Les cèdres dégageaient un parfum résineux. On n'entendait que le cliquetis des harnais et le froissement des feuilles dans les branches. Pas un oiseau ne chantait. Il sauta à terre.

— C'est parfait comme endroit, tu ne penses pas ? dit-il en regardant autour de lui.

Il se pencha pour cueillir des myrtilles qu'il enfourna dans sa bouche. Grigori descendit plus lentement. Il haussa les épaules.

— De toute façon, il faudra bien qu'elles s'y habituent avant l'hiver. Dépêchons-nous, j'en ai assez de les trimbaler depuis une semaine. Elles ne font que manger et faire des saletés.

Le délégué de l'élevage, au museau aussi pointu que celui de ses bêtes, leur avait donné une liste de recommandations à suivre avant de libérer les précieux carnassiers dans la nature. Il fallait surtout ne pas les effrayer et les nourrir plusieurs fois par jour. Les deux trappeurs commençaient à trouver le temps long. Ils étaient pressés de rentrer à la maison.

À Ivanovo, les journées étaient bien remplies et l'on avait besoin d'eux. Sergueï savait que sa mère se levait tous les matins à l'aube pour ramasser les champignons, les oignons sauvages, les orties, les myrtilles ou le cassis. Comme d'habitude, Maroussia devait être la première à grimper aux arbres pour secouer les pommes de cèdre dont on recueillait les précieuses graines. Il fallait aussi surveiller les récoltes de chanvre et de seigle, ainsi que celles des carottes et des navets. Certains des potagers étaient dissimulés loin du hameau, aussi marchait-on une bonne heure pour les trouver. Rien n'était laissé au hasard car de ce travail estival dépendrait la survie de la communauté pendant les longs mois d'hiver.

Depuis que les bolcheviques avaient imposé une réglementation des prix, les trappeurs n'arrivaient plus à vivre de la vente de leurs fourrures. Les peaux devaient désormais être livrées au chef du kolkhoze d'Ivdiel. Les prix ayant été divisés par deux, ils ne pouvaient plus acheter toutes les marchandises désirées. Débrouillards, ils avaient appris à exploiter les ressources les plus infimes de la taïga. Les réserves d'outils et de graines que l'Ancien avait eu la sagesse d'organiser dix ans auparavant étaient leur secret le mieux gardé. Combien de paysans avaient été fusillés pour avoir dissimulé quelques malheureux épis de blé afin d'essayer de nourrir leur famille ?

Sergueï replia la couverture en toile et empoigna la première cage. À l'intérieur, deux petits yeux noirs enfouis dans un pelage brun foncé l'observaient d'un air méfiant.

— N'aie pas peur, mon grand, tu vas retrouver la liberté, murmura-t-il.

— Tu leur parles, maintenant ! s'esclaffa Grigori, une cage dans chaque main.

— Je voudrais bien t'y voir ! rétorqua Sergueï en déposant la sienne au pied d'un arbre. Quand on a passé une vie bien tranquille, nourri et logé dans une ferme d'élevage, et qu'on se retrouve du jour au lendemain relâché en pleine nature... Je ne serais pas étonné qu'elles se fassent dévorer dans le quart d'heure qui suit.

— Impossible, mon cher, c'est interdit par le Gosplan, ironisa Grigori. N'oublie pas que nous tenons là l'« or noir » de ce pays. La reine des fourrures était en voie d'extinction. Ces zibelines sont désormais sommées de se reproduire. Quand je pense que mes ancêtres payaient leurs impôts au tsar avec ces jolies bêtes.

Il agita une main devant son visage pour chasser les moucherons.

— Foutu pays ! marmonna-t-il. Il n'est supportable qu'en hiver.

— Tu dis ça chaque été, Grigori Ilitch.

— Et j'ai raison ! Je ne supporte pas ces journées étouffantes où l'on est dévoré par des bestioles diaboliques et à la merci du moindre incendie qui dévaste tout sur son passage.

Il sortit de sa poche un peu de tabac qu'il roula en boule et fourra dans sa bouche.

— Je suis même obligé de chiquer, conclut-il d'un air bourru.

— Bon, on les relâche ? demanda Sergueï, qui commençait à s'impatienter.

— À tes ordres !

Ils ouvrirent les huit cages les unes après les autres. L'espace de quelques secondes, il n'y eut pas un mouvement, puis les couples de zibelines pointèrent leurs nez frémissants en dehors du grillage, humèrent les odeurs de la taïga et filèrent telles des flèches vers les fourrés.

— Voilà une bonne chose de faite, déclara Sergueï, satisfait, en empilant les cages vides dans la carriole. Pourvu qu'elles se reproduisent !

— Je l'espère pour nous, s'exclama Grigori qui se soulageait contre un arbre. Si ces messieurs ne sont pas contents du résultat, ils seraient capables de nous dénoncer à la Guépéou en nous accusant de sabotage.

— Ils ne pourraient pas nous déporter bien loin, puisqu'on est déjà sur place, plaisanta Sergueï.

L'air sombre, Grigori reboutonna son pantalon, puis se hissa sur la banquette à côté de son jeune ami.

— Détrompe-toi, petit. Ils ont le bras long et la Sibérie est vaste. Moi qui laisse souvent traîner mes oreilles, je peux te dire qu'il y a des enfers dont tu ne soupçonnes même pas l'existence.

Les chevaux s'ébranlèrent au sifflement de Sergueï.

Le jeune garçon était songeur. À Ivdiel, où ils avaient pris les zibelines, ils avaient croisé des déportés qui marchaient en colonne, tête basse, l'échine courbée, au milieu de la chaussée. Quelques gardes les emmenaient vers un camp situé à une vingtaine de kilomètres en dehors de la ville.

— Tu as vu ces gens l'autre jour, dit Sergueï.

— Ouais. Paraît que c'étaient des Tsiganes de Moscou à qui l'on avait refusé le passeport intérieur. Pas de passeport, pas le droit de rester en ville. C'est une bonne façon de purger les nobles cités des indésirables. Tu sais, je crois que ton père a raison de ne plus bouger de chez lui : dans ce pays, mieux vaut se faire oublier. Nous, on a de la chance. On habite si loin qu'on nous fiche la paix. Le secrétaire local du Parti se contente de circuler de village en village, sans se donner la peine de rendre visite à tous les hameaux. À mon avis, on n'est même pas indiqué sur sa carte. De toute façon, dès que tombent les premières neiges, ils ne pourraient pas nous trouver même s'ils le voulaient.

Il secoua la tête d'un air amusé.

— Allez, petit, on rentre à la maison. On n'est plus qu'à trois jours de chez nous. Moi, je suis comme les chevaux, je sens déjà l'écurie !

Trois mois plus tard, après un automne bref et flamboyant, pied de nez de la nature avant la première tempête de neige, l'hiver avait repris ses droits.

Sergueï achevait de creuser dans la glace une fosse verticale de huit pieds de profondeur. Il s'apprêtait à fixer une planche mobile avec l'appât destiné à attirer l'animal et à le faire basculer dans la fosse.

— Ta planche est trop basse, Sergueï, constata son père. Il faut la placer au tiers ou au quart supérieur du piège, sinon l'animal se méfiera.

Sergueï suivit le conseil. Quand il leva les yeux pour quérir l'approbation de son père, Ivan Mikhaïlovitch acquiesça avec un sourire.

Le garçon se releva, inspirant l'air sec et glacé par la bouche. Sans un mot, son père posa une main sur son avant-bras. Sergueï se figea. Les sens en alerte, les deux trappeurs ne bougèrent plus. Transformés en statues de gel, leurs visages encadrés par leurs fourrures de loup où s'accrochaient des éclats de givre, ils pouvaient rester ainsi aux aguets pendant de longues minutes.

Ivan Mikhaïlovitch tourna légèrement la tête. Avec les années, ses yeux bleus s'étaient délavés jusqu'à devenir presque gris, comme si leur teinte s'était diluée dans la blancheur de la neige. Ils reflétaient la couleur du ciel pâle de la fin d'après-midi. Des glaçons incrustaient ses sourcils et sa barbe. D'un imperceptible mouvement du menton, il indiqua à son fils l'endroit où se trouvait l'intrus. Le jeune garçon suivit son regard. À première vue, il ne discerna rien.

Rien qu'un paysage hivernal immaculé : les branches des arbres courbées sous les paquets de neige, une colline en pente douce, les irrégularités du terrain aplanies sous des mètres de glace.

Comme le lui avait appris son père, il se concentra sur le moindre frémissement, la moindre fausse note qui pouvait trahir la proie venue en quête de nourriture. Il avait déjà repéré les traces d'un renard qui était passé quelques heures plus tôt.

Dans ces instants-là, ce n'était plus le cœur qui parlait, mais l'instinct primitif du chasseur. L'intelligence et l'acuité de l'homme rejoignaient celles de l'animal. Or la proie n'est pas toujours celle qu'on pense. Son père flairait-il un loup dans les parages, peut-être tapi derrière eux, silencieux et patient, attentif, prêt à bondir ?

Lors des veillées, Grigori Ilitch ne manquait jamais de raconter sa rencontre avec un tigre. À chaque fois embellie, l'histoire prenait des proportions fantastiques qui laissaient penser que Grigori affabulait, d'autant que les tigres se trouvaient à des milliers de kilomètres, mais, depuis son enfance, Sergueï restait marqué par cette confrontation entre l'homme et le félin.

Parcouru d'un frisson, il s'efforça de garder son calme. Il ne parvenait pas encore à dominer entièrement sa peur. Les trappeurs se moquaient de lui, prétendant qu'une trop grande imagination était à redouter chez un homme des bois. Il lui arrivait de lâcher un coup de fusil intempestif, de se réveiller en sursaut d'un cauchemar où il était attaqué par un ours. Il savait que le premier mari de sa mère était mort ainsi. On avait retrouvé le corps déchiqueté au bord de la rivière. « C'est la loi du plus fort, dans la nature, disait Grigori d'un air fataliste. Comme entre les hommes. »

Sergueï entendait le sang bourdonner à ses oreilles. Impossible de se concentrer. Il avait envie de tirer dans tous les sens, de hurler pour rompre ce silence oppressant.

Le regard tranquille de son père se posa sur son visage. Ses lèvres gercées articulèrent : « Respire… »

Le jeune garçon ne s'était pas rendu compte qu'il retenait son souffle. Honteux, il se dit que cette frayeur terrible pouvait être dominée, qu'il devait seulement la soumettre, la ramener à sa juste taille, telle une boule de neige qu'on roule entre ses doigts jusqu'à la rendre parfaitement lisse et la faire tenir dans le creux de la main.

Le regard planté dans celui de son père, il batailla avec sa peur, jetant dans la lutte ses hantises d'enfant, ses craintes et sa détermination de jeune homme. Talonnée, harcelée, l'angoisse relâcha peu à peu le corps qu'elle avait pris en otage. Dans son sillage, elle laissait une étrange sérénité, une incomparable douceur. Son cœur ralentit. Les muscles de sa nuque et de ses doigts se détendirent.

Sur sa droite, dans l'angle de sa vision qu'il croyait mort, il vit bouger une ombre.

— C'est un lynx, murmura-t-il, presque entièrement blanc, d'une grande valeur. Mais je veux le laisser vivre.

— Pourquoi ? souffla son père.

— Parce qu'il m'a appris à maîtriser ma peur.

Ivan Mikhaïlovitch scruta son visage. Comme son fils changeait ! Désormais, ils étaient aussi grands l'un que l'autre. Sous la chapka, les yeux sombres de Sergueï, légèrement effilés, l'observaient avec confiance. Il détailla les joues plates, le menton qui commençait à s'affirmer.

— Je respecte ton choix, Sérioja.

Et avec une infinie tendresse, il serra son fils contre lui, non plus comme un enfant, mais comme un homme.

Alexandre ajusta la cape sur le mannequin Stockman et recula d'un pas pour l'examiner. Le cuir délicat de l'hermine lui avait demandé une grande attention, mais il était satisfait du travail en chevron. Çà et là, les queues noires venaient moucheter la parure blanche.

La fatigue l'envahit d'un seul coup. Les doigts engourdis, il se frotta les yeux puis, avec la circonspection d'un vieillard, il s'assit sur le tabouret et regarda sa montre : trois heures du matin. Il avait des crampes dans les mains et la sensation douloureuse que les clous dont il se servait pour tendre les peaux lui transperçaient les reins, mais son dernier manteau pour l'Exposition était terminé. Il avait tout misé sur le lendemain : ses maigres économies, le prêt des Établissements Goldmann et ses derniers espoirs.

— Si je ne la décroche pas, je me pends ! grogna-t-il.

Cette médaille d'or, il la lui fallait à tout prix.

Son regard s'attarda sur la photo fixée au mur au-dessus de la surjeteuse : « L'éblouissante Mme André Fonteroy à son arrivée au bal », disait la légende. Le papier journal avait jauni, mais Valentine demeurait étourdissante, son port de tête impérieux souligné par le col en renard.

Quand il avait vu la photo dans les pages mondaines, il avait froissé le journal avec rage, avant de le repêcher une heure plus tard dans la corbeille à papier et de le lisser soigneusement avec le tranchant de la main. Valentine, il la garderait sous les yeux. Il ne voulait pas oublier comme elle l'avait fait souffrir et il se jurait de créer un jour un manteau aussi magnifique que celui dessiné par Augustin Fonteroy pour sa belle-fille.

Il alluma une cigarette qu'il fuma près de la fenêtre ouverte. Pas un bruit ne venait troubler le profond silence.

Dans quelques heures, en cette journée de juin 1937, il abattrait sa dernière carte. Le manteau de renard, la cape d'hermine, le boléro en chinchilla et la jaquette d'astrakan au col de vison seraient présentés à l'Exposition internationale des arts et techniques, au public et au jury de la classe 57, celle consacrée à la fourrure dans le vaste Pavillon de l'Élégance. Si sa carrière ne prenait pas là un nouvel envol, il avait décidé de tout abandonner. Rarement il s'était senti aussi démuni.

Après son départ de la Maison Fonteroy, six ans plus tôt, il avait transformé l'une des deux petites pièces de son appartement en atelier, y installant une planche sur deux tréteaux, un mannequin et une surjeteuse achetée à crédit. Mais la fierté d'avoir donné sa démission s'était vite émoussée et elle ne l'avait pas nourri. Il avait vivoté comme façonnier, travaillant à domicile les peaux que lui fournissaient les fourreurs, respectant les modèles qu'ils lui commandaient, avant de leur rapporter des manteaux qui n'attendaient plus que les finitions.

Contraint et forcé, il s'était tourné vers ses compatriotes grecs, qu'il avait pourtant évités depuis son arrivée à Paris. Ils avaient eu l'indulgence de ne poser aucune question indiscrète à ce fils prodigue. Mais il fuyait les regards compatissants de leurs épouses aux doigts de fée qui cousaient les doublures, surveillaient les devoirs des enfants installés au coin d'une table et lui trouvaient le teint hâve et la mine fébrile. Quand on l'invitait à déjeuner un dimanche, il déclinait l'offre, effrayé par ces atmosphères familiales trop chaleureuses. Il ne lui restait plus que sa solitude, et Alexandre s'y accrochait avec l'orgueil du désemparé.

Comme les journées d'hiver lui avaient semblé longues ! Il travaillait seul dix heures par jour, mouillait les peaux, les dressait sur l'établi selon le patronage, les clouait avec sa pince d'un mouvement vif du poignet. Courbé sur sa surjeteuse, il rentrait avec une pince le poil dru des astrakans, puis cousait les bandes de peau avec une précision d'horloger. Son regard s'arrêtait parfois sur la petite plaque en métal : « Excelsior. New York, NY ». Il songeait alors, non sans une ironie amère, que c'était sa machine qui le rapprochait le plus de son rêve d'enfance.

Il avait surtout redouté les terribles moments où aucun paquet de peaux ne pendait à la stèle de son atelier. Ces jours-là, les quatre murs nus se refermaient sur lui comme pour l'étouffer. L'estomac dans les talons, il aurait tout donné pour faire sauter le plomb de l'épaisse ficelle qui retenait les dizaines de peaux de lapins ou de castors, les déployer sur la table et commencer son travail minutieux.

Valentine avait raison : quitter une place de salarié en pleine tourmente alors que les faillites se succédaient avait été de l'inconscience. Mais dans les pires moments de doute, il s'était rassuré en songeant qu'une crise économique ne pouvait pas durer indéfiniment.

Dès la reprise des affaires, il s'était présenté à la maison de pelleteries Goldmann, qui avait accepté de lui faire une condition et de lui avancer des peaux. Puis un détaillant de ses amis lui avait proposé de mettre le manteau en vente.

Chez les diamantaires et les fourreurs, la parole donnée était sacrée. L'enfreindre entraînait la mort professionnelle. Il suffisait d'une recommandation pour qu'on vous donne votre chance, comme d'une faute pour que les portes se referment sans pitié.

Non sans excitation, Alexandre avait rapporté chez lui le paquet de lapins. C'était la première fois qu'il s'apprêtait à façonner un manteau à son idée. Après avoir posé son précieux fardeau sur la table, il avait pris une profonde inspiration. Dès qu'il aurait coupé la ficelle, il ne pourrait plus les rendre à Goldmann. Manteau réussi ou non, vendu ou non, les peaux seraient dues. Une petite voix perfide avait susurré : « Il est encore temps de renoncer. Rends-leur ! La ficelle est intacte. Tu ne leur devras rien. »

Il avait aiguisé son couteau de fourreur sur la pierre, repensant à sa traversée des montagnes de Macédoine avec Basile le muletier. Le jour de son départ de Kastoriá, un baluchon sur l'épaule, il n'avait emporté que ce petit couteau à lame métallique, calé au fond de la poche dans un vieil étui en cuir. Son grand-père le lui avait offert pour ses douze ans, quand il avait commencé à travailler, et il y tenait comme à la prunelle de ses yeux.

« Tu n'arriveras jamais à rien ! Tu n'en fais toujours qu'à ta tête ! » La voix furieuse de son père avait déchiré sa rêverie. Alexandre avait tranché la ficelle d'un coup sec.

Le manteau s'était vendu en deux jours. Il avait remboursé les Établissements Goldmann et il était revenu chez lui, le pas léger, des astrakans d'un noir intense sous le bras.

C'était Max Goldmann qui lui avait donné l'idée de participer à l'Exposition. Un jour qu'il passait chez le pelletier, il l'avait entendu discuter avec enthousiasme du décor féerique qui se préparait au Pavillon de l'Élégance. Le temps de rentrer chez lui, Alexandre n'avait plus qu'une ambition : concourir pour la médaille d'or du jury.

Il en avait perdu le sommeil, se levant parfois au milieu de la nuit pour sortir arpenter les rues. Les idées de modèles se bousculaient dans sa tête, si bien qu'il avait eu du mal à trouver une cohérence dans les croquis qu'il ébauchait.

Par une fraîche soirée de mars, sous un ciel enfin dégagé, ses pas l'avaient porté jusqu'à la colline de Chaillot. Alors que l'Exposition devait ouvrir deux mois plus tard, il avait été étonné de découvrir un vaste chantier où de tristes palissades se dressaient dans la boue. Aux bardeaux pourris et aux plates-bandes détrempées, on discernait encore les traces des inondations de février.

Tapant du pied pour se réchauffer, il avait songé, un rien goguenard, que les pavillons des provinces françaises étaient aussi en retard que lui. Seule une grande ombre se dressait au-dessus de cet océan de ruines, sa charpente illuminée par les éclairs fantomatiques des chalumeaux.

« Regardez-moi ça », avait grommelé quelqu'un derrière lui. Une casquette enfoncée jusqu'aux yeux, un mégot collé aux lèvres, le vieil homme avait indiqué du menton le pavillon allemand. « Paraît que c'est l'architecte d'Hitler qui l'a dessiné. Y bossent dessus jour et nuit, même les dimanches. Avec les camarades, on a bien essayé de les en empêcher, mais les fascistes, c'est des vraies têtes de mule. Si ça continue, le jour de l'inauguration, y aura qu'eux et notre bonne vieille tour Eiffel qui seront prêts. » Et il avait lâché un sourire railleur.

Le lendemain, Alexandre avait été trouver Max Goldmann. Le pelletier l'avait écouté avec attention, puis il avait décroché son téléphone. Deux jours plus tard, Alexandre s'était présenté devant le bureau de sélection, anxieux en découvrant que l'un des trois membres qui allaient examiner sa requête était André Fonteroy.

Plus tard, il avait appris par Goldmann que c'était la voix d'André Fonteroy qui avait été décisive. Grâce à son ancien patron, il avait obtenu le droit de participer à un stand collectif.

S'il décrochait cette médaille d'or, une nouvelle clientèle ne manquerait pas de se présenter à son atelier. Il serait obligé de déménager dans des locaux plus spacieux et d'engager des employés. Il avait aussi l'intention de renouer avec Kastoriá. La main-d'œuvre y était qualifiée et bon marché. Il leur enverrait les chutes de peaux afin qu'ils lui confectionnent des « nappes » de skunks, de renard ou de loutre, avec lesquelles il réaliserait des manteaux moins onéreux.

L'idée de retourner dans sa ville natale l'angoissait. Une lettre récente lui avait appris le décès de son père. En parcourant l'écriture appliquée de sa mère, il avait été partagé entre une certaine irritation et une tristesse insidieuse. Pourquoi son père s'était-il montré si intransigeant ? Pourquoi avait-il provoqué cette rupture inutile ?

Leurs relations avaient toujours été délicates. Le patriarche avait reporté ses espérances sur le jeune Alexandre, qui avait vacillé sous leur poids. C'était comme si le dernier fils de la famille avait hérité de toutes les qualités, mais aussi des défauts de ses aînés. L'ombre de ses deux frères avait plané sur son enfance et il en avait voulu à son père de ne pas avoir compris qu'il était un fils à part entière. La destinée qu'on avait voulu lui imposer l'avait pris à la gorge. Ils s'étaient quittés sur des mots de colère et la vie ne leur avait pas laissé le temps de se réconcilier.

Désireux d'accomplir un geste pour marquer son trépas, Alexandre s'était rendu rue Laferrière, à la chapelle orthodoxe de Saint-Constantin. Dans les petites pièces à moulures parfumées à l'encens, les icônes auréolées d'or émergeaient de la pénombre. Il avait allumé un mince cierge jaune devant la Vierge à l'Enfant, s'était prosterné en se signant, mais aucune prière ne lui était venue à l'esprit. Il avait compris qu'il n'avait toujours pas pardonné à son père. Les liens qui les unissaient demeuraient des liens d'amertume ; il ne suffisait pas de mourir pour se faire aimer.

Désormais, ses deux frères aînés étant morts, il était devenu le chef de famille, mais il ne rentrerait pas couvert de gloire comme il l'avait espéré le jour de son départ. Rien ne s'était déroulé comme prévu. Au lieu d'être un fourreur avec pignon sur rue à New York, marié et père de famille, il habitait un deux pièces parisien obscur, travaillait pour survivre et une femme improbable continuait à hanter ses cauchemars.

Après sa rupture avec Valentine, il avait fréquenté quelques filles qui lui avaient apporté du plaisir, parfois du réconfort, mais aucune n'avait engagé son cœur. Valentine Fonteroy lui avait dérobé le secret indispensable pour construire une relation durable. Était-ce l'espoir ou la confiance ? Parfois, lors d'une promenade sur les bords de la Marne, quand il se tournait vers le joli visage qui l'accompagnait, il s'efforçait de se rappeler le prénom de la jeune personne et il s'en voulait de se sentir aussi désabusé.

Les allées serpentaient dans un décor d'une blancheur aérienne, rythmé par les sculptures pleines de fantaisie de Robert Couturier. Parmi cette forêt féerique, les fourrures savamment éclairées s'offraient aux regards des visiteurs telles des apparitions.

Camille avançait lentement dans les travées. Elle avait perdu sa mère de vue, mais préférait flâner à sa guise. Elle la retrouverait au stand de la Maison Fonteroy où sa marraine s'était surpassée pour présenter au mieux leurs créations.

Au détour d'une allée, elle tomba en arrêt devant le minutieux travail de marqueterie d'une cape d'hermine. Frustrée de ne pouvoir l'étudier de plus près, elle n'hésita qu'un instant avant de s'approcher du mannequin en cire. Fascinée, elle s'agenouilla pour examiner le revers de l'ourlet.

— Bonjour, mademoiselle, dit une voix grave.

Elle se releva d'un bond et repoussa ses cheveux indisciplinés, à peine retenus par un ruban.

— Pardonnez-moi, je ne voulais pas... Mais la finition est remarquable...

Les yeux bleus la dévisageaient en riant. Elle sentit ses joues s'enflammer.

— Et ce boléro de chinchilla, le peau sur peau vertical... C'est en avance sur la mode d'aujourd'hui...

Alexandre était intrigué. La jeune fille détaillait son travail avec le regard d'une experte et ses doigts fins palpaient les vêtements à la recherche d'une imperfection. Elle semblait avoir oublié sa présence. Il nota avec amusement que, contrairement à la plupart des femmes qui caressaient toujours une fourrure dans le sens du poil, elle n'hésitait pas à y enfouir les doigts.

— C'était une bonne idée de galonner pour rendre le poil moins épais et affiner la taille... Et l'arête est particulièrement peu marquée... Ce sont des renards des Établissements Goldmann, n'est-ce pas ? Cette saison, ils ont un gonflant exceptionnel.

— C'est vous qui êtes exceptionnelle, mademoiselle. Je n'avais jamais rencontré quelqu'un d'aussi jeune et d'aussi avisé. D'autant moins une…

Il s'interrompit, confus.

— Une fille, vous voulez dire ? précisa-t-elle, le regard pétillant. Mais je suis une passionnée depuis toujours ! Parfois, je me dis que c'est comme une fièvre dans le sang. Sauf que l'on n'en guérit pas.

— Je suis très flatté que vous appréciiez mon travail, ajouta-t-il en lui tendant la main. Permettez-moi de me présenter, Alexandre Manokis.

Les yeux de la jeune fille s'arrondirent de surprise.

— Je ne vous avais pas reconnu, monsieur Manokis. Et vous non plus, mais il est vrai que j'ai grandi… Camille Fonteroy. Vous vous souvenez de moi ?

— Mon Dieu, mademoiselle… Les années ont passé depuis que je vous ai tirée de votre sommeil de princesse.

Alexandre remarqua qu'elle se tenait tour à tour droite ou les épaules un peu voûtées, comme prête à se replier sur elle-même. Elle avait encore la fragilité de l'adolescence, cette incertitude du corps. Il se rappela qu'il fallait du courage à cet âge-là pour redresser le torse.

Camille était fine, plutôt grande. Elle avait le regard clair de Valentine, une bouche gourmande qui promettait un naturel passionné. Les traits de son visage, en revanche, étaient moins délicats. Un front bombé, déterminé, et un nez un peu trop grand mais qui lui donnait du caractère. Il ne décelait pas chez Camille l'irrévérence de sa mère. La jeune fille semblait attentive, sur ses gardes. *Toi, tu es malheureuse*, se surprit-il à penser, *mais tu ne l'avouerais pour rien au monde.*

— Viendrez-vous nous voir ? demanda-t-elle. Nous sommes à la deuxième allée, sur la droite.

— Je ne sais pas… Je ne peux pas m'absenter…, bafouilla-t-il.

— Dans ce cas, c'est moi qui reviendrai. À bientôt.

Et avec un signe de la main, elle s'immergea de nouveau dans le flot des visiteurs.

Valentine vit Camille se faufiler jusqu'à son père. Elle s'aperçut qu'elles s'étaient perdues de vue depuis leur entrée au Pavillon. Irritée, elle fronça les sourcils. À quinze ans, sa fille maîtrisait admirablement l'art de la désorienter.

Camille parlait en agitant les mains de manière peu féminine, mais André et Max Goldmann éclatèrent de rire. *Qu'est-ce qu'elle peut bien leur raconter ?* se demanda Valentine, toujours étonnée de voir les autres plaisanter avec Camille. Lorsqu'elles étaient ensemble, sa fille semblait toujours en proie à une sourde querelle. Il n'y avait rien d'explicite, mais une tension sous-jacente, une mauvaise humeur qui exaspérait Valentine parce qu'elle ne la comprenait pas.

Une main vint lui frôler la hanche. Instinctivement, elle caressa la tête de son fils qui se pressa contre elle.

— On va se promener, maman ? se lamenta Maxence.

— Je peux l'emmener faire un tour, madame, proposa aussitôt la gouvernante.

— Laissez, Jeanne, dit Valentine. Moi aussi, j'ai envie de me dégourdir les jambes.

Elle s'éclipsa sans que son mari ou sa fille s'en aperçoivent.

Tenant la main de Maxence pour ne pas l'égarer dans la foule, elle partit à la recherche de la sortie. C'était criminel de s'enfermer par un aussi bel après-midi ! Elle ne jeta pas un regard aux fourrures exposées, agacée qu'on y attachât autant d'importance.

L'engouement de Camille pour le métier de son père ne cessait de la surprendre. Dès qu'elle avait un instant de libre, sa fille filait boulevard des Capucines. Elle avait refusé de prendre des cours de piano qui l'auraient retenue à la maison les samedis après-midi. Elle ne semblait heureuse qu'entourée de vilaines peaux où la malheureuse bête se devinait encore avec son museau et ses pattes. C'était aussi absurde que ces vieilles rombières qui s'obstinaient à draper des renards autour de leurs épaules, la tête de l'animal ostensiblement posée sur leur poitrine bombée. Selon Valentine, une fourrure ne devenait tolérable que si l'on oubliait qu'elle provenait d'un animal vivant.

Dès qu'elle se trouva nez à nez avec lui, elle serra si fort la main de Maxence qu'il protesta en gigotant. *J'aurais dû deviner qu'il serait là*, se reprocha-t-elle.

Alexandre baissa les yeux vers l'enfant. Il découvrit une drôle de frimousse, des cheveux noirs bouclés et un regard d'un bleu perçant qui le fixait d'un air furieux.

— Nous étions sur le point de partir, bredouilla Valentine.

— C'est l'une de vos fâcheuses habitudes, madame, fit-il, narquois, choisissant de la vouvoyer devant l'enfant.

Elle voulut tourner les talons, mais il la retint par le bras.

— Lâchez-moi..., souffla-t-elle, outrée.

Il avait perdu son air moqueur et la dévorait des yeux.

— Comment ça va ? murmura-t-il.

— Bien, très bien, merci.

Elle hésita une seconde, une seconde de trop, fascinée par son visage, se rappelant la passion qu'elle avait éprouvée pour cet homme et sa peur quand la maîtrise de leur liaison lui avait échappé. À l'époque, en l'obligeant à reconnaître qu'elle était insatisfaite de sa vie, Alexandre avait réussi à la mettre en danger.

Quelque temps après la naissance de Maxence, elle avait pris un autre amant pour se convaincre qu'Alexandre n'avait été qu'un homme parmi d'autres. Ils avaient fait l'amour une seule fois, dans une chambre d'hôtel, et Valentine avait simulé son plaisir pour en finir au plus vite. Dans la salle de bains, elle s'était regardée dans le miroir et elle s'était trouvée laide. Elle avait repensé à Alexandre, à ce vertige de bonheur mêlé de crainte qu'elle avait toujours ressenti après l'amour, et elle avait compris qu'elle n'avait pas été amoureuse d'un corps, mais bien de l'homme même.

— Maman, tu viens ? s'impatienta le petit.

Alexandre baissa une nouvelle fois les yeux sur lui. Il se sentait étrangement fasciné. Il n'avait pas l'expérience des enfants, il n'était pas doué pour le jeu des similitudes familiales, mais en contemplant le petit garçon dans son costume marin, il avait le sentiment de le connaître depuis toujours.

— Pourquoi me l'avoir caché ? murmura-t-il, troublé, sans bien comprendre ce qui le poussait à lui poser cette question.

Mais lorsque Valentine blêmit, il comprit qu'il avait deviné juste.

— Je ne comprends pas ce que vous voulez dire… Je suis désolée, je dois m'en aller…

— Il est de moi, n'est-ce pas ? persista-t-il à mi-voix.

— Vous êtes fou. Je ne vous permets pas…

Ils discutaient à voix basse, mais, en dépit du brouhaha, ils se comprenaient parfaitement.

— Je veux la vérité. J'y ai droit.

Le visage de Valentine se figea et deux lignes sévères lui encadrèrent la bouche.

— Tu n'as aucun droit sur moi, aucun, est-ce clair ? siffla-t-elle entre ses dents serrées.

Puis elle lui tourna le dos et entraîna son fils.

*Leur* fils, Alexandre en était persuadé. Mais comment obliger Valentine à reconnaître la vérité ? Il était surpris d'éprouver une telle émotion à l'idée que ce petit garçon était le sien. Il observa la nuque fragile qui émergeait du col blanc de marin et il eut envie de courir le rejoindre. Quand il les perdit de vue dans la foule, il se sentit floué, privé de quelque chose qu'il n'avait pourtant jamais possédé.

Le cœur au bord des lèvres, les jambes tremblantes, Valentine se fraya un chemin jusqu'à la sortie en jouant des coudes. Dehors, l'éclat du soleil l'éblouit. Maxence l'entraîna vers une attraction de fête foraine.

Comment Alexandre avait-il deviné ? Maxence lui ressemblait, mais pas à ce point. Elle donna une pièce au jeune homme qui s'occupait du manège, aida son fils à grimper sur le dos d'un cheval en bois et lui recommanda de bien s'accrocher.

Le carrousel démarra au son d'une musique guillerette. Et si Alexandre cherchait à la revoir ? S'il insistait pour savoir ? *Quoi qu'il arrive, je ne dirai rien !* se jura-t-elle.

Les cris et les bouches ouvertes des enfants enivrés de vitesse se mirent à tournoyer de plus en plus vite. Elle chercha Maxence des yeux, mais il avait disparu. Son fils tournait sur ce manège devenu fou et elle n'arrivait pas à le retrouver. Elle sentit une panique absurde la gagner. Un nuage de poussière la fit tousser et elle fut obligée de se détourner.

Aussitôt, son regard fut happé par les deux colosses qui se faisaient face, deux monstres d'arrogance qui semblaient se défier. Au sommet du Pavillon russe, un homme et une femme aux muscles saillants luttaient contre un vent imaginaire et lançaient vers le ciel une faucille et un marteau comme on brandirait des armes. Face à eux, l'aigle massif à croix gammée les toisait d'un air impassible, mais, au pied du vertigineux bâtiment allemand, les statues d'Arno Breker affichaient la même puissance triomphante des corps exaltés. Avec le sentiment d'être écrasée par la démesure des statues, par une Allemagne gorgée du sang de ses ennemis tombés en 14, Valentine recula d'un pas. La chanson aigrelette du manège lui perça les tympans. Elle porta ses mains à ses oreilles.

— Maman... maman..., appelait une petite voix inquiète.

On tirait sur sa robe. Lentement, elle ouvrit les yeux.

— Tu es malade, maman ?

— Mais non, mon chéri. J'ai eu un étourdissement, c'est tout. Tu as aimé ton tour de manège ? Tant mieux. Nous allons retrouver ton père et lui dire que nous rentrons à la maison.

— Déjà ? Mais il y a des jeux de l'autre côté du pont.

— Pas de caprices, Maxence, je t'en prie, s'énerva-t-elle.

— Mais maman, tu m'avais promis...

Le déjeuner de Pierre Venailles venait seulement de se terminer. Il avait été invité par un marchand d'art au restaurant berlinois Horcher, au dernier étage du Pavillon allemand.

Kurt Mülheim, joufflu et débonnaire, l'insigne du parti à la boutonnière, avait admiré la vue plongeante sur l'esplanade du Trocadéro. Dans leur monument de ciment et d'acier, les organisateurs nazis n'avaient présenté que le meilleur, afin de prouver au monde l'efficacité, la puissance et la perfection du Reich. Pierre Venailles n'avait rien trouvé à redire. Le repas avait été exquis et les propositions de son hôte fort intéressantes.

« Le Reich veut se débarrasser d'œuvres qu'il juge indignes, avait déclaré Mülheim.Vous êtes un collectionneur réputé. Je pense avoir quelques tableaux susceptibles de vous intéresser. » « Ils proviennent des musées allemands ? » s'était enquis Pierre. « En grande partie », avait répliqué Mülheim d'un air compassé. « Et ces ventes sont légales ? » « Absolument. Les plus hautes instances de l'État les encouragent. »

Pierre savait que Mülheim comptait parmi ses clients des membres du gouvernement national-socialiste. On racontait qu'Adolf Hitler, ce peintre raté, avait une prédilection pour les anciens maîtres et l'art allemand du XIX<sup>e</sup> siècle. L'appétit artistique de ces militaristes effrénés ne manquait pas d'amuser Pierre.

« C'est pourtant curieux de rejeter ainsi tout un pan de la culture allemande », avait-il ajouté. « Le Führer désire que l'art soit accessible au plus grand nombre. L'un des désavantages de l'art moderne, c'est qu'il est le plus souvent indéchiffrable. » « Seulement pour ceux qui ne se donnent pas la peine de réfléchir. » Mülheim avait paru vexé. « Nous comptons aussi chez nous des amateurs. J'en connais même au Parti. Mais en ce moment, ils se montrent un peu plus... discrets. » Pierre avait esquissé un sourire entendu, guère étonné que Kurt Mülheim gardât plusieurs fers au feu, avant de le convier à déjeuner le lendemain chez lui. Aussitôt, une lueur de convoitise s'était allumée dans les petits yeux noirs du marchand.

Un cigare à la main, Pierre s'apprêtait à rejoindre Odile au Pavillon de l'Élégance quand il avisa Valentine, le buste incliné vers son fils visiblement contrarié.

— Voyons, il ne faut pas décevoir votre charmant garçon. Il est au bord des larmes. Laissez-moi lui offrir encore un tour de manège.

Elle semblait de mauvaise humeur, mais elle le surprit en lui décochant un grand sourire.

— Bonjour, Pierre. Qu'est-ce que vous venez faire ici ?

— J'avais un rendez-vous au Pavillon allemand.

— Quelle drôle d'idée ! Et pourquoi donc ?

— Les nazis n'aiment pas l'art moderne. Moi, en revanche, je le collectionne. Nous avons donc des intérêts communs. Deux tours pour le garçon, ajouta-t-il en payant.

Avec un cri de joie, Maxence se hissa sur le dos d'un cheval pommelé.

— Ils maudissent l'art dégénéré et vident leurs musées des tableaux honnis, ironisa Valentine. N'ayez pas l'air aussi étonné, mon cher. Je lis les journaux, vous savez. Je suis au courant de ce qui se trame de l'autre côté du Rhin. Et cela ne me surprend guère. Les Allemands sont barbares. Ils ont déjà brûlé les livres, ils ne manqueront pas de brûler les tableaux, et probablement finiront-ils par brûler les gens qui leur déplaisent.

— Vous exagérez un peu, non ?

— Il est vrai que ceux-là ne valent guère mieux, fit-elle en indiquant le Pavillon soviétique. Aux procès de Moscou, ils ont joliment fait le ménage. Ce n'est pas pour eux que je m'inquiète, mais pour nous. Ils s'affrontent déjà en Espagne. Mettez deux chiens féroces l'un en face de l'autre, ils finissent toujours par se dévorer. Hitler veut la guerre. Il faut être aveugle pour ne pas le comprendre.

Pierre la dévisagea avec étonnement. C'était la première fois qu'il lui découvrait ce sérieux. Pour quelqu'un qui se plaisait à ne parler que de futilités, Valentine démontrait une perspicacité rare. Mais il n'aurait pas dû être dupe de son insouciance. Une femme du monde qui avait posé nue à vingt et un ans pour une artiste révoltée comme Ludmila Tikonov ne pouvait pas être une femme comme les autres.

La Mal-Aimée l'avait intrigué dès leur première rencontre. Pour une raison inconnue, la vertueuse mariée au chignon piqué de fleurs d'oranger l'avait agacé, mais dès qu'il avait égratigné l'image trop lisse de jeune fille gâtée, il avait découvert un esprit rebelle.

Elle ne l'aimait pas et sans doute cette antipathie le poussait-elle à la narguer à chacune de leurs rencontres. Il se surprit à le regretter. Était-ce une manière inconsciente de la tenir à distance ? Valentine serait-elle la seule personne à qui il aurait pu parler à cœur ouvert ?

Sur son visage où s'esquissaient les premières rides aux coins des yeux, il décelait une gravité nouvelle depuis la disparition de son père. Il savait que sa maison natale en Bourgogne avait été vendue pour rembourser les dettes. Elle avait dû en souffrir. Mais la mort de vos parents vous laisse-t-elle jamais indemne ? Elle vous force toujours à trouver de nouveaux repères, à vous réinventer.

Lui-même avait dû s'y résoudre, à l'âge pourtant précoce de dix ans, lorsqu'il était entré dans la chambre obscure aux volets tirés. En avançant à tâtons, il avait heurté un objet bizarre qui s'était mis à se balancer. Au cri qu'il avait poussé, sa mère était arrivée en courant. Elle avait appuyé sur l'interrupteur, avant de gémir.

Cette lancinante mélopée de douleur et d'incompréhension, Pierre n'avait jamais pu l'oublier. Voilà des années que sa mère était enterrée dans un cimetière de banlieue, séparée de son mari qui n'avait pas eu droit à une sépulture chrétienne car on n'enterrait pas les suicidés avec les honnêtes gens, mais les plaintes inhumaines résonnaient encore à ses oreilles.

Il avait grimpé sur un escabeau et scié la corde attachée à une solive. Le poids l'avait fait basculer vers l'arrière. Il était retombé sur le ventre de son père avec un sanglot effrayé et le cadavre avait gémi comme s'il lui avait fait mal. Puis il l'avait traîné jusqu'au lit, hissé sur le matelas. Où avait-il puisé la force physique pour déplacer ce corps inanimé ? Il se le demandait encore. Pour rendre à son père un semblant de dignité, il avait croisé les mains froides sur la poitrine. Mais rien ne pouvait oblitérer le visage déformé, l'appendice grotesque de la langue boursouflée. Assis sur ses talons, les yeux secs, le jeune garçon n'avait plus bougé jusqu'à l'arrivée du médecin, répétant la litanie de toute une vie : « Je te vengerai, papa, je te le jure. »

Le cœur serré, Pierre songea que les Fonteroy n'avaient pas encore payé leur dette pour avoir renvoyé ce modeste comptable, l'accusant d'une faute qu'il n'avait pas commise, sans même se donner la peine de vérifier ses dires. Jeté à la rue du jour au lendemain, l'homme n'avait pas retrouvé d'emploi. Que valait sa parole contre celle de l'éminent Augustin Fonteroy ?

Les mois s'étaient succédé. La famille avait déménagé plusieurs fois, semant derrière elle meubles et bibelots, mais, hélas, pas les souvenirs. Le petit Pierre aurait bien voulu se défaire de cette mémoire encombrante. Il aurait préféré tout oublier, la blouse grise qu'il enfilait à son école de garçons rue Caulaincourt, les escaliers de Montmartre dévalés à toute allure, les gâteaux de la pâtisserie rapportés le dimanche au bout de leur ficelle, le parfum de violette de sa mère, les sommes paisibles de son père, le pince-nez de travers. Alors qu'il essayait de s'habituer à sa nouvelle existence, les doux souvenirs qui venaient le harceler lui avaient appris, à ses dépens, que la mémoire est sélective.

Et puis, un jour, son père en avait eu assez des mains gercées de sa femme devenue blanchisseuse et du regard fixe de ce fils qui, sans s'en rendre compte, observait et jugeait l'incapacité de son père à les nourrir, les vêtir et les protéger.

Il avait choisi d'en finir. Pierre ne lui en avait jamais voulu, mais, de ce jour, il n'avait plus redouté la mort. Au front, pendant la guerre, il l'avait même courtisée. Son courage, qui n'était que de la désinvolture, lui avait valu des médailles et des citations, ainsi que l'admiration de ses supérieurs. Au fond de lui-même, il les avait d'autant plus méprisés.

Devant le cadavre de son père, il avait perdu le goût de la peur. Seule la vie, plus tard, devait lui apprendre qu'un homme qui ignore la peur n'est plus tout à fait homme.

Tandis que Maxence revenait en bondissant vers eux, Valentine remarqua brusquement que Pierre était devenu étrangement blême et silencieux. Sa main droite tremblait. Il lâcha le cigare à peine entamé. Prise au dépourvu, elle proposa qu'ils aillent rejoindre André et Odile. Sans un mot, Pierre lui offrit son bras, qu'elle n'osa pas refuser.

Dans le grand salon des Venailles aux baies vitrées ouvertes sur le Champ-de-Mars, Kurt Mülheim contemplait les tableaux accrochés sur les murs blancs, tel un visiteur dans un musée. Les mains dans le dos, il oscillait sur ses talons devant les triangles rouges et bruns d'un Kandinsky.

Odile l'observait avec une moue narquoise, insensible à son charme obséquieux. Il était de ces marchands d'art – et Pierre en invitait souvent à la maison – qui parlent aux femmes comme à leurs clients, distillant des flatteries tout en gardant à l'esprit le montant de leur compte en banque et les étapes de leur ascension sociale.

Ces hommes-là avaient hanté son enfance. Combien de fois étaient-ils venus chez ses parents jauger le mobilier d'un air dédaigneux, après que son père eut encore perdu aux courses ? Ils n'étaient jamais repartis les mains vides. Après leurs visites, son père parlait encore plus fort, comme si ses éclats de voix pouvaient masquer les espaces vides sur les murs et lutter contre les regards accusateurs de sa femme.

Quand elle avait épousé Pierre, par une ironie du sort, ces hommes étaient revenus dans sa vie. Bien qu'ils ne fussent plus hautains mais admiratifs, elle ne se sentait pas à l'aise avec eux et s'intéressait le moins possible à leurs tractations avec son mari. Pierre possédait des toiles à la banque qu'elle n'avait même jamais vues. Heureusement, il ne lui tenait pas rigueur de son indifférence.

— Vous prendrez bien un café, monsieur Mülheim ? demanda-t-elle en se levant.

Ses talons claquèrent sur les dalles en ardoise.

— Avec plaisir, madame. Je suis en admiration devant la qualité de votre collection. Ce n'est pas mon époque de prédilection, mais je connais une ou deux personnes qui seraient très émues de découvrir vos tableaux.

— Ce ne sont pas les miens, mais ceux de mon mari, précisa-t-elle.

— Voyons, Odile, je n'accroche rien qui te déplaise, protesta Pierre.

— Il ne manquerait plus que ça, chéri.

— J'apprécie en particulier cette panthère de Ludmila Tikonov, dit Mülheim. L'un de mes clients à Berlin est un fervent admirateur de son œuvre. Il la suit depuis ses débuts et s'intéresse surtout à ses portraits de femmes. Auriez-vous d'autres toiles ?

— Tu en as une à la banque, n'est-ce pas, Pierre ? fit Odile, qui commençait à s'impatienter.

Elle avait rendez-vous avec Camille pour aller au cinéma. Alors qu'elle jetait un coup d'œil discret à sa montre, elle croisa le regard glacial de son mari.

— Est-ce que j'ai dit une bêtise ? bredouilla-t-elle, décontenancée.

Kurt Mülheim dressa l'oreille.

— Pas du tout, répliqua Pierre d'un ton sec. Mais le portrait que je possède n'est pas l'un des meilleurs de Tikonov. Vous prendrez bien un cigare avec votre café, mon cher ? ajouta-t-il.

La conversation avait dévié, mais Pierre ne doutait pas que Mülheim gardait à l'esprit sa trop vive réaction. Comment croire qu'un collectionneur aussi avisé que lui eût en sa possession une toile médiocre ? D'autant que Ludmila Tikonov était connue pour sélectionner son œuvre de manière impitoyable. Sa galerie prétendait qu'elle détruisait plus qu'elle ne produisait. Irrité, Pierre songea qu'Odile avait perdu une belle occasion de se taire. Avec son instinct de prédateur, le marchand ne manquerait pas de se servir tôt ou tard de cette anecdote.

Une fin d'après-midi, André et Camille sortirent de la Maison Fonteroy et remontèrent le boulevard des Capucines en direction de l'Opéra. Ils avaient rendez-vous au Café de la Paix avec Karl et Peter Krüger, venus voir l'Exposition internationale.

Quand André avait demandé à Valentine de les recevoir à dîner, elle avait refusé, sous prétexte qu'elle partait pour Montvallon. Il n'avait pas insisté. Elle avait fait ses valises, embarqué Maxence dans la voiture et quitté la capitale pour l'été. Camille avait obtenu de rester jusqu'à la fin du mois de juillet à Paris.

Dès le départ de Valentine, l'appartement avait pris un air de vacances. Le plus souvent, Camille partait avec son père le matin au bureau où elle passait une bonne partie de la journée.

Ce jour-là, André écoutait sa fille lui raconter sa visite avec Daniel Worms chez un apprêteur des faubourgs de Paris. Elle retroussa le nez comme si elle respirait encore les odeurs nauséabondes du chlore et du tannin.

— J'ai tout fait pour qu'ils me livrent la composition de leur huile. En vain !

Son père sourit.

— Tu sais bien que chaque apprêteur en conserve jalousement le secret. Je me souviens qu'en 14 ton grand-père pestait parce qu'il devait se passer d'un apprêteur de Leipzig qui n'avait pas son égal pour lustrer les martres. Il m'a déclaré avec son ton péremptoire : « Les chimistes français valent bien les chimistes allemands. Nous trouverons de meilleures formules ! » Mais pourquoi diable t'intéresses-tu à une chose pareille ? Tu n'es ni chimiste ni tanneur, que je sache ?

— Par curiosité, dit-elle avec un léger mouvement d'épaules.

Elle réfléchit un moment.

— Tu sais, papa… Je regrette de ne pas avoir mieux connu grand père. J'avais toujours peur de me faire gronder en allant le voir, mais même s'il n'était pas commode, il a laissé un vide.

André songea que sa fille venait d'exprimer exactement ce qu'il ressentait depuis la disparition de son père, dix ans plus tôt. Lui aussi aurait aimé mieux le connaître.

Augustin Fonteroy n'avait pas été un vieillard aimable. Il s'était retiré à Montvallon quelques mois seulement après la passation de pouvoirs et cette retraite volontaire l'avait aigri. Seule Valentine avait parfois réussi à le faire rire. Puis, un jour, il avait été retrouvé face contre terre tel un vieux chêne abattu, dans la chambre de son fils renié, celui dont il refusait de prononcer le nom, l'accusant d'être un déserteur, un traître à la famille, mais auprès de qui il était néanmoins venu rendre son dernier souffle.

Au grand étonnement de chacun, la chambre de Léon était impeccable. Pas un grain de poussière sur les meubles. Les cadres en argent avaient retrouvé leur brillant d'avant-guerre. La petite pendule sur le manteau de la cheminée avait été remontée. « C'est m'sieur Augustin qui a dû tout nettoyer lui-même, mais je me demande bien quand il a trouvé le temps », avait chuchoté Manon. « La nuit, bien sûr », avait murmuré Valentine, d'un ton de voix si étrange qu'André l'avait dévisagée. « Pauvre m'sieur Augustin, avait ajouté Manon, serrant son mouchoir entre ses doigts. C'est qu'il devait tout de même lui manquer, m'sieur Léon. Heureusement qu'ils sont réunis maintenant auprès du bon Dieu. »

André s'était senti curieusement trahi. Toute sa vie, il s'était comporté en homme de devoir. Il avait travaillé aux côtés de son père, puis repris les rênes de la Maison Fonteroy sans jamais se plaindre. Léon, lui, n'en avait fait qu'à sa tête. Visiblement, l'égoïsme de l'aventurier l'emporterait toujours sur le dévouement du consciencieux.

Au Café de la Paix, Karl était attablé à l'un des guéridons, son canotier posé sur la chaise à côté de lui. Les deux amis se serrèrent la main chaleureusement.

— Je te présente ma fille Camille, dit fièrement André, amusé de voir qu'elle semblait intimidée par l'homme au crâne dégarni et au complet prince-de-galles.

— Bonjour, mademoiselle, la salua Karl en s'inclinant.

— Et où est passé ton fils ?

— Il est parti acheter un journal... Tiens, le voilà qui arrive.

André vit s'approcher un jeune homme blond au visage franc et au sourire avenant.

— Mon Dieu, mais vous êtes devenu un homme ! s'exclama-t-il, car Peter le dominait d'une tête. Quand je pense qu'à notre dernière rencontre nous avons été au zoo.

— Et mangé des glaces, ajouta Peter en riant. Je m'en souviens très bien. Vous avez été d'une patience remarquable. Je crois vous avoir infligé plusieurs fois la maison des serpents.

Camille n'arrivait pas à détacher les yeux de Peter Krüger, tout en n'osant pas le dévisager trop longtemps de peur d'être indiscrète. À son grand agacement elle sentit ses joues s'empourprer, et elle envia soudain à sa mère ce masque impénétrable qui ne trahissait jamais ses émotions. Bien qu'elle souffrît parfois de cette indifférence, Camille réalisa que celle-ci pouvait se révéler une arme utile en certaines circonstances.

Lorsqu'on les présenta, elle parvint à regarder le jeune homme sans baisser les yeux et elle eut l'impression d'avoir remporté une bataille sur elle-même. Non sans fierté, elle nota qu'il la contemplait avec sérieux. Elle n'était donc pas une quantité négligeable.

Ils se décidèrent pour des demis et une menthe à l'eau pour Camille. Le garçon en bretelles, harassé, vint prendre leur commande. Voyant Karl et Peter étonnés par ce service désinvolte, André leur expliqua qu'un conflit syndical à propos de la semaine de quarante heures agitait l'hôtellerie. Les patrons d'hôtels, de restaurants et de cafés criaient au scandale, les cégétistes poussaient à la grève.

— Ce n'est pas chez nous que cela arriverait, soupira Karl. La situation est de plus en plus préoccupante.

— Je suis aussi inquiet que toi, avoua André. Lors de mon dernier séjour à Leipzig, j'ai remarqué qu'une centaine de maisons de fourreurs avaient disparu ou changé de mains. En me promenant sur le Brühl, j'ai eu l'impression que le quartier était mort. Mes confrères m'ont dit que c'était à cause des lois d'aryanisation. Et votre maire a démissionné, n'est-ce pas ? D'après Eva, c'était pourtant un homme remarquable.

— Certains hommes courageux essayent d'endiguer le raz de marée, mais leurs efforts sont dérisoires. Carl Goerdeler a démissionné l'hiver dernier parce que les nazis avaient profité de l'un de ses voyages pour déboulonner la statue de Mendelssohn. Pour lui, ce fut la goutte d'eau qui a fait déborder le vase. Que veux-tu ? fit-il d'un air désabusé. On sent ici ou là des frémissements d'opposition, mais la majeure partie du peuple semble hypnotisée. On leur a jeté les Juifs en pâture, maintenant on les terrorise en agitant la menace du bolchevisme. Eva aide ceux qui veulent partir avec leurs paperasseries, mais ils ne peuvent emporter que peu d'argent, pas de quoi s'installer confortablement à l'étranger.

Le garçon leur apporta la commande, avant de repartir en courant.

— C'est difficile aussi pour Peter, murmura Karl à la faveur d'un aparté. Il est embrigadé dans la *Hitlerjugend*, mais il est troublé parce que sa mère lui a inculqué une haute idée de la liberté et de l'indépendance d'esprit. Crois-moi, ce Baldur von Schirach sait faire rêver les jeunes gens ! Tu devrais les voir défiler en chemises brunes et culottes noires au son des tambours, des athlètes formés pour devenir des héros. Leurs chefs glorifient la mort, exaltent l'enthousiasme et le sacrifice. À leurs yeux, la jeunesse est un métal précieux qui ne vaut rien s'il n'est pas travaillé.

— Qu'envisage Peter pour son avenir ?

— Il n'a pas le choix. À dix-huit ans, il entamera deux ans de service militaire et, puisqu'il ne veut pas croupir comme simple soldat, il va devancer l'appel pour devenir officier. En attendant, il devra accomplir son *Arbeitsdienst*. Pendant six mois, il va construire des autoroutes ou assécher des marais, précisa Karl avec une lueur ironique dans l'œil. La plupart des jeunes gens adorent cette solidarité, du fils d'ouvrier ou de paysan à l'étudiant et au bourgeois. Eva est furieuse. Elle trouve qu'il a passé l'âge de jouer au boy-scout. Mais hélas, c'est plus pervers que cela…

Soudain, ils entendirent des cris. Quelques silhouettes passèrent en courant derrière les vitres, puis les portes s'ouvrirent avec fracas et plusieurs hommes entrèrent en trombe.

— Tout le monde dehors ! hurla un meneur, un foulard rouge autour du cou.

Armés de siphons, les agitateurs se mirent à asperger les clients, à soulever les guéridons et à les lancer contre les miroirs. Tandis que les garçons ripostaient avec ce qui leur tombait sous la main, les clients s'éparpillaient en criant.

Camille vit Peter basculer sur le côté et se jeter sur elle pour la protéger. Elle se retrouva allongée sur la banquette, la tête coincée contre sa poitrine.

— Attention aux éclats de verre ! cria-t-il.

De fait, un miroir vola en morceaux au-dessus d'eux. Une femme poussa un hurlement hystérique.

Camille ne voyait rien de ce qui se passait autour d'elle. Elle respirait l'odeur de Peter et sa chemise blanche lui collait aux lèvres. Écrasée par le poids du jeune homme, elle retenait son souffle en pensant qu'elle ne s'était jamais sentie aussi bien.

Dehors, des cars de police s'immobilisèrent dans des crissements de roues. Les agents encerclèrent le café et intervinrent à coups de matraque pour disperser les assaillants. Certains s'enfuirent vers la bouche de métro, d'autres, moins chanceux, furent embarqués dans les fourgons.

— Ça va ? Vous n'êtes pas blessée ? s'inquiéta Peter.

Elle sentait son souffle sur la joue. Sa cravate avait glissé. Elle scruta son visage. Un éclat brillait dans ses cheveux. Elle retira avec précaution le tesson de verre des mèches blondes et, parce qu'il aurait été criminel de laisser passer une occasion pareille, elle l'embrassa sur les lèvres.

*Qu'est-ce qui m'arrive ?* songea-t-elle aussitôt, effarée par son audace. *Il va me prendre pour une folle !*

— Merci, marmonna-t-elle, les joues en feu.

Les yeux ronds, il la dévisagea d'un air étonné. Puis il lui décocha un large sourire.

— Ce fut un plaisir, mademoiselle. Mais c'est à charge de revanche.

Il se releva et lui tendit la main pour qu'elle s'assît à son tour.

Camille contempla le spectacle désolé des tables renversées, des assiettes et des verres brisés. Assis sur une marche, un garçon pressait un chiffon imbibé de sang sur sa tempe. Un agent de police prenait des dépositions. Une Américaine continuait à pousser des glapissements, tandis que son mari essayait en vain de la calmer.

Son père et Karl Krüger, les cheveux en bataille, lui demandèrent si elle n'avait rien. Elle les rassura. Elle se sentait hébétée, non pas à cause de la violence des grévistes, mais parce qu'elle venait de franchir un cap décisif : elle avait osé embrasser un garçon et il n'avait pas semblé dégoûté.

Soulevée par une vague d'allégresse, elle comprit qu'un jour cette période frustrante et confuse de son existence prendrait fin. D'ennemi, son corps deviendrait un allié. Le monde ne se résumerait plus à ses parents, à ce père résigné et secret, ni à cette mère qui esquivait avec la même habileté ses élans de tendresse et ses accès de colère, se dérobant si bien à elle qu'en son for intérieur Camille l'appelait parfois Valentine plutôt que maman. Alors, enfin, elle serait libre d'être elle-même.

Radieuse, la jeune fille épousseta les éclats de verre accrochés à sa jupe. Des morceaux de miroir crissèrent sous ses pieds, tandis qu'ils quittaient le Café de la Paix afin de poursuivre ailleurs leur conversation interrompue.

Dans la rue, la main de Peter se glissa sous son coude.

À plat ventre, aussi immobile qu'une souche d'arbre, Sergueï regardait les prisonniers au crâne rasé couper du bois, sous les regards indifférents de leurs gardiens armés d'un fusil en bandoulière.

Le bruit régulier des haches fendant les troncs avait attiré son attention alors qu'il traversait la forêt. Il s'était approché à pas de loup, avant de parcourir les derniers mètres en rampant dans les broussailles.

Certains détenus étaient torse nu, une ficelle retenait leurs pantalons rapiécés sur leurs hanches. Ils étaient maigres, si maigres que Sergueï pouvait compter leurs côtes. D'autres empilaient les bûches dans des charrettes. Les matricules peints en noir se détachaient sur le dos et la poitrine de leurs vestes difformes.

C'était l'un de ces « camps volants » qui s'établissaient parfois au printemps avant de disparaître quelques semaines plus tard, laissant derrière eux une trouée dans la forêt, des palissades inutiles, et des fils de fer barbelés contre lesquels pestait Grigori, car des animaux pouvaient s'y blesser.

Sergueï revenait d'Ivdiel, où un intermède désagréable avec le responsable régional du Parti l'avait mis de mauvaise humeur.

L'homme aux sourcils broussailleux lui avait flanqué un livre sous les yeux, pointant les colonnes de chiffres d'un doigt crasseux. Il s'était déclaré insatisfait du nombre de peaux déposées quelques semaines plus tôt. « Faudra faire mieux la prochaine fois. J'parie que vous passez une bonne partie de l'hiver à vous tourner les pouces, bien au chaud dans vos isbas. » Sergueï avait eu une pensée pour sa mère, qui lui avait recommandé de toujours tenir sa langue et de ne jamais répondre à ces petits fonctionnaires, gonflés de certitudes comme des baudruches. Mieux valait ravaler sa fierté et repartir tranquillement chez soi que de se retrouver à croupir dans une cellule pour un bon mot. Mais à dix-huit ans, le jeune homme avait du mal à se maîtriser.

Il avait joué au benêt, hochant la tête. « Oui, camarade secrétaire, on fera mieux l'hiver prochain. » « Et tâchez de me ramener des zibelines. Cela fait plusieurs années que je n'en vois plus sur les listes. » Sergueï n'avait pas cillé. C'était probablement une mauvaise idée de rappeler à cet incompétent que la chasse à la zibeline était interdite, puisqu'on essayait justement de repeupler la région. L'homme l'avait renvoyé avec un geste méprisant de la main : « Débarrasse-moi le plancher, j'ai mieux à faire que de m'occuper de crétins comme toi ! »

Il avait acheté plusieurs journaux qu'il avait soigneusement rangés dans sa besace après avoir jeté un coup d'œil aux titres. Staline continuait à décapiter l'Armée rouge. La *Pravda* claironnait que le maréchal Toukhatchevski, l'un des militaires les plus doués du pays, avait été condamné à mort pour trahison et espionnage.

Préoccupé par sa rencontre avec le responsable du Parti, il avait repris le chemin de la forêt, donnant raison au vieux Grigori Ilitch : vivement l'hiver, qu'ils aient la paix !

Sergueï se replia, évitant un églantier dont les épines auraient pu s'accrocher à ses vêtements. Les fourrés se refermèrent derrière lui. Lorsqu'il se sentit en sécurité, il se redressa et repartit d'un bon pas en direction de la rivière.

À son arrivée, son chien lui fit une fête comme s'il ne l'avait pas vu depuis des jours. Sergueï dégagea la barque qu'il avait dissimulée sous des branchages. Le *laïki* ne se fit pas prier pour y sauter. Il se coucha à sa place favorite à la proue, le museau entre les pattes, ses longues oreilles mobiles pointées vers l'avant. Le jeune homme grimpa à son tour dans l'*ossinowki*, posa sa carabine à ses pieds et saisit les petites rames courtes.

Deux heures plus tard, il avançait encore à bonne allure. La barque effilée fendait en silence les flots paresseux. Les bouleaux argentés défilaient de part et d'autre.

Il ne pensait à rien, heureux de sentir l'air frais sur son visage, le vent dans ses cheveux. À chaque retour d'Ivdiel, il retrouvait cette sensation de plénitude. Pourtant, depuis quelques mois, sa curiosité pour le monde extérieur commençait à se préciser. Maroussia y contribuait en lui vantant les mérites de la grande ville où elle avait été rendre visite à des cousins. Au début, cet enthousiasme l'avait heurté. Les habitants du hameau, ses parents, lui-même ne suffisaient-ils donc pas à son bonheur ? En quoi un cinéma pouvait-il être si extraordinaire ? « C'est vivant, tu comprends, Sérioja ? Ici, il n'y a rien à faire ! » s'était-elle exclamée, les larmes aux yeux. Et il avait compris qu'elle ne laisserait aucun répit à ses parents jusqu'à ce qu'ils lui accordent la permission de quitter Ivanovo.

Or l'impatience de Maroussia l'obligeait à s'interroger sur sa propre vie. La jeune fille jetait un voile sur l'existence qui l'avait pourtant contenté jusqu'à maintenant, et il se sentait un peu honteux de ne pas partager ses envies de changement.

Il commença à avoir faim. Dès qu'il aperçut une parcelle de rive sablonneuse entre des roseaux, il y dirigea l'embarcation. Le chien s'ébroua avec des jappements joyeux et partit fureter sous les arbres.

Sergueï ramassa des brindilles, alluma un feu et y jeta une poignée de mousse pour que la fumée éloigne quelque peu les moustiques. Puis, dans la lumière poudrée d'or de la fin d'après-midi, il s'assit au bord de la rivière et apprêta sa canne à pêche.

L'Ancien scrutait ses amis venus lui demander conseil. Anna Feodorovna avait sa tête des mauvais jours, le regard noir, les lèvres pincées. Imperturbable, Ivan Mikhaïlovitch fixait un point invisible dans le lointain, mais l'Ancien devinait à son corps rigide que le trappeur était tourmenté.

La décision à prendre était délicate. Ils partageaient tous trois ce secret depuis tant d'années. Ivan essayait de convaincre sa femme de révéler la vérité sur ses origines à leur fils. Anna, elle, n'en démordait pas : c'était faire courir un risque inutile à Sergueï.

Ils demandaient donc à l'Ancien de trancher. Quelle que soit sa décision, elle serait respectée. Or Anna avait un avantage sur son époux : l'Ancien et elle partageaient les mêmes racines.

Il avait connu ses parents, établis dans une bourgade non loin d'Ivdiel, où l'officier cosaque avait été assigné à résidence après plusieurs années de travaux forcés. Lorsque Anna s'était mariée, l'Ancien avait accepté qu'elle s'installe avec son mari dans le hameau. Elle avait pleuré sur son épaule, quelques années plus tard, quand on lui avait ramené le corps déchiqueté de son époux pour l'enterrer. Et il avait forcé la main du destin en lui confiant cet étranger ramassé en piteux état dans un train dévasté par des pillards.

L'Ancien devinait que, avec l'égoïsme naturel d'une mère, Anna craignait de voir Sergueï quitter sa terre natale pour partir à la recherche de sa famille paternelle. L'appel de l'inconnu serait trop fort pour que le jeune homme y résistât. Or Anna avait déjà décidé que Sergueï épouserait Maroussia et qu'ils lui donneraient – plaise à Dieu ! – plusieurs petits-enfants à choyer. Inconsciemment, elle redoutait surtout que son fils, en découvrant un monde si différent, n'ait plus de place dans son cœur pour sa mère. Elle avait conservé sa fine silhouette, mais des cheveux blancs éclairaient sa chevelure sombre. Anna Feodorovna voulait vieillir en paix.

Ivan, de son côté, avait des scrupules. Par fidélité à Anna, il avait accepté de taire la vérité, mais lui aussi se fatiguait plus vite qu'autrefois et sa jambe le faisait souffrir. Sergueï veillait désormais sur les pièges les plus éloignés. L'âge venant, Ivan Mikhaïlovitch retrouvait des pudeurs d'homme occidental.

*C'est au petit que je dois penser*, se dit l'Ancien. *Anna et Ivan ont fait leur vie. Sergueï, lui, tient son avenir entre ses mains.*

Il songea à sa petite-fille Maroussia, à ses cheveux de lumière. Ce serait une belle union, leurs enfants seraient sains. Mais l'Ancien devinait que Maroussia voyait un frère en Sergueï. D'ailleurs, ses parents ne savaient plus que faire de la jeune fille. Elle parlait d'aller vivre à Perm chez son oncle et sa tante et prétendait étouffer d'ennui dans leur isba coupée du monde. Avec l'ardeur de la jeunesse, elle ne doutait pas qu'elle obtiendrait des autorités le droit de déménager. Elle se rêvait pionnière de la Komsomol, son fichu rouge sur les épaules, défilant au pas avec ses cousines en chantant à tue-tête la gloire du camarade Staline, Guide Génial, Maître Aimé et Chef Infaillible. Son grand-père ne pouvait pas lui en vouloir. C'était une question de tempérament.

L'Ancien se leva et boitilla jusqu'à la fenêtre. Les premiers flocons de l'hiver dansaient dans le crépuscule. Bientôt, ils seraient à nouveau isolés. Les récoltes avaient été satisfaisantes, les tonneaux de nourriture remplis et scellés.

Il alluma les deux lampes à pétrole et la douce lumière se mit à jouer sur les rondeurs du samovar en cuivre.

— Je donne raison à Anna Feodorovna, dit-il, et le visage d'Ivan tressaillit. Pour le moment, ajouta-t-il en levant une main. Si Sergueï apprend que tu es français, que tu as de la famille là-bas, que vous lui avez menti pendant toutes ces années…

— Ce n'était pas un mensonge ! protesta Anna.

— Laisse-moi terminer, je te prie, Anna, ordonna-t-il sèchement. Il voudra probablement partir à la découverte d'une famille et d'un monde dont il ignore tout pour l'instant. Or la situation n'est pas favorable, tu le sais comme moi, Ivan Mikhaïlovitch, soupira-t-il. Ils s'en prennent maintenant à tous ceux qui ont une quelconque relation avec l'étranger. N'importe qui peut être accusé d'espionnage. Aux dernières nouvelles, les vagues d'arrestations se succèdent. Il paraît que les commissaires du peuple locaux sont encore plus sanguinaires que Nikolaï Iejov. On fusille et on déporte à tour de bras. S'ils continuent à ce rythme, même la Sibérie n'y suffira plus ! Et tu voudrais prendre le risque de le lancer à travers le pays ?

— Qu'est-ce qui vous fait dire qu'il aura envie de s'en aller ? se défendit Ivan.

— Pourquoi ton fils serait-il différent de toi ? insista Anna d'un air désolé. Tu m'as dit qu'à son âge tu avais des fourmis dans les jambes et que tu ne pensais qu'à partir. Même s'il semble heureux à Ivanovo pour le moment, la curiosité va le ronger comme une gangrène.

— Si jamais les autorités apprennent que tu ne t'appelles pas Ivan Mikhaïlovitch Volkov, que tu utilises de faux papiers et que tu es français…, renchérit l'Ancien, laissant sa phrase un instant en suspens, avant d'ajouter d'un ton ferme : Au mieux, ta femme et ton fils finiraient dans un camp. Toi, tu serais fusillé sur-le-champ. L'occasion serait trop belle pour liquider un espion infiltré dans le pays depuis des années.

— Mais c'est absurde ! s'écria Ivan, en se levant pour arpenter la pièce. Je n'ai jamais rien fait de mal. De quoi pourraient-ils m'accuser ?

Anna et le vieil homme échangèrent un regard. Après vingt ans passés en Union soviétique, Ivan refusait encore d'admettre qu'on ne s'y intéressait pas à la réalité des actes. Il conservait des notions d'humanité et de justice individuelle qui les faisaient toujours sourire, mais avec une pointe d'envie, lorsqu'il leur parlait de démocratie ou de droits de l'homme. Ne savait-il donc pas que l'homme était de loin la matière la plus quelconque de la nature ?

— Il fallait partir plus tôt, Ivan Mikhaïlovitch, dit l'Ancien à mi-voix. Désormais, il est trop tard.

Ivan serra les poings d'un air désespéré.

— Ce n'est pas pour moi, mais pour Sergueï, implora-t-il. Il doit avoir la liberté de choisir.

L'Ancien sortit sa courte pipe de sa poche et la coinça entre ses dents. Son visage tanné aux rides profondes comme des plaies était soucieux.

Anna resta un long moment silencieuse, bouleversée par la détresse de son mari. Puis elle se leva et s'approcha de lui.

— Puisque tu le désires, Léon Fonteroy, souffla-t-elle. Qu'il en soit ainsi…

Ivan s'aperçut qu'il tremblait de la tête aux pieds. Il enlaça Anna. Tandis qu'il la serrait à l'étouffer, lui revinrent en mémoire ses longs mois de souffrance, la dévotion de cette femme qui lui avait sauvé la vie, la naissance de Tania, les éclats de rire de sa petite fille.

Il repensa à Anna, sérieuse et patiente, transmettant ses connaissances à leur fils, lui apprenant à lire, l'incitant à réfléchir, à aiguiser son intelligence. Une institutrice d'Ivdiel lui avait fourni les livres. Parfois, il s'était senti humble devant la détermination de son épouse qui tenait à ce que son fils fût un homme éduqué. Ce qui lui avait semblé si évident dans sa jeunesse, les livres et les connaissances à portée de main, prenait dans la taïga une signification essentielle. « Ce n'est pas parce que nous habitons loin des hommes que nous ne transmettons pas le savoir », lui avait dit sa femme. C'était là une question d'orgueil que partageaient les descendants de ceux qui avaient été exilés, à une époque ou à une autre, dans ces contrées où l'on était censé perdre non seulement sa vie et sa dignité, mais aussi son âme. De quel droit lui eût-il infligé la sanction de faire partir Sergueï ? Il sentit sa résolution se déliter, comme si elle avait été insidieusement rognée par ces hivers interminables, terribles mais envoûtants, comme si les derniers vestiges de sa volonté de citadin occidental se dissolvaient dans un univers où le temps ni l'espace ne se mesurent à l'échelle des hommes ordinaires.

Ivan prit le visage de sa femme entre ses mains, se perdit un instant dans le regard sombre voilé de larmes.

— C'est toi qui lui as donné la vie, Anna. C'est toi qui lui diras la vérité, si tu juges que c'est bien pour lui. Et quant au reste, mon amour, *nitchevo*…

Écrasée sous la canicule, la campagne se recueillait dans l'attente d'une brise du soir. À l'horizon, les brumes de chaleur rendaient les collines incertaines. Seules les abeilles affairées butinaient les roses et les massifs d'hortensias.

Dans le salon, allongée sur un sofa, Camille souleva sa lourde natte avec l'espoir d'apporter un peu de fraîcheur à sa nuque. Aurait-elle la force d'aller se baigner dans la rivière ? Les yeux mi-clos, elle épia Valentine qui feuilletait le *Vogue* de ce mois d'août, assise dans un fauteuil, les pieds nus posés sur la table basse.

Depuis quelques jours, la jeune fille se sentait presque apaisée. Elle n'avait jamais goûté une pareille complicité avec sa mère. Depuis leur arrivée à Montvallon, elles étaient parties plusieurs fois se promener à Chalon au volant du cabriolet. Sur les routes sinueuses, au fil des vignes et des bois, elles avaient ri, de tout et de rien, heureuses de sentir le vent sur leurs visages, la chaleur sur leurs bras nus, et Camille avait savouré ces instants où sa mère lui appartenait enfin.

Lors d'une de ces escapades, elles avaient garé la Citroën au pied de la cathédrale et elles avaient flâné sur les quais ensoleillés de la Saône. Sa mère lui avait offert un petit tableau de la campagne bourguignonne que l'antiquaire avait soigneusement enveloppé dans du papier brun. Quelques rues plus loin, elles étaient entrées dans un salon de thé où elles avaient commandé du massepain et des sorbets au cassis.

L'air grave, sa mère avait retiré ses gants en regardant les moulures en stuc et les miroirs biseautés. « Mon frère m'amenait ici autrefois », avait-elle murmuré, et, voyant l'étonnement de sa fille, elle s'était mise à lui parler d'Édouard.

C'était la première fois qu'elle lui faisait des confidences et Camille avait été troublée de découvrir chez elle ce qui ressemblait à un véritable chagrin. Elle avait essayé de l'imaginer à son âge, craignant pour la vie d'un frère aîné visiblement adoré qui combattait au front.

« J'aurais bien voulu le connaître », avait-elle chuchoté. Sa mère l'avait longuement dévisagée et Camille, qui avait toujours l'impression que son regard ne faisait que glisser sur elle, avait retenu son souffle. Puis, visiblement émue, Valentine lui avait souri, fragile et douce, avant d'ajouter : « Il t'aurait beaucoup aimée, j'en suis sûre. » Le cœur serré, la jeune fille s'était demandé si, en tombant au Chemin des Dames, cet oncle Édouard n'avait pas aussi emporté la tendresse de sa mère.

Camille poussa un profond soupir.

— Qu'est-ce qu'il y a ? demanda sa mère.

— Je m'ennuie.

— C'est de ton âge.

— Et toi, tu ne t'ennuies pas ?

— Souvent. Mais avec les années, on apprend à y attacher moins d'importance.

— Je ne comprends pas comment les adultes peuvent s'ennuyer, alors qu'ils sont libres de faire ce qu'ils veulent, s'agaça Camille en s'éventant avec une feuille de dessin de Maxence. Toi, tu peux sortir danser le soir, partir en voyage, faire le tour du monde si ça te chante !

— Et que ferais-je de vous si je partais pour un tour du monde ?

— Tu nous emmènerais, bien sûr !

— Ah, mais ce ne serait pas pareil.

— Pourquoi ? s'offusqua Camille. On te dérangerait ?

— Tu parlais de liberté. Est-on vraiment libre dès qu'on doit penser à quelqu'un d'autre ? Nous ne choisirions pas forcément les mêmes destinations. Il y aurait des disputes. Nous serions obligés de trouver des compromis.

— Quelle importance puisque nous nous aimons ?

— Mais ce ne serait pas la vraie liberté.

— Alors d'après toi, pour être libre, il ne faudrait dépendre de personne, mais ça, c'est impossible, asséna Camille d'un ton péremptoire.

Le regard de Valentine, songeur, se perdit dans le vague.

Camille était vexée. À sa manière, sa mère lui avait fait comprendre qu'elle s'ennuyait en famille et la jeune fille trouvait cet aveu détestable. Valentine aurait dû être une femme comblée. Comment pouvait-elle considérer son mari et ses enfants comme des entraves ? Et si, un jour, sa mère décidait qu'elle ne voulait plus se sentir prisonnière ? Si elle décidait de partir ?

Elle eut subitement une envie folle de se précipiter vers elle et de la serrer à l'étouffer. Elle se contenta de la dévorer des yeux. Le corps alangui dans le fauteuil, les courts cheveux noirs, les joues pâles, la bouche rêveuse, les bras fins, les genoux qu'on devinait sous la robe légère, les pieds nus et leurs ongles roses. Elle voulait l'embrasser, la mordre… Alors qu'elle avait été si sereine quelques minutes auparavant, elle retrouvait ce sentiment troublant, plein de ferveur et de hargne, que lui inspirait toujours sa mère, sentiment qui l'effrayait et l'empêchait parfois de dormir.

*Tu ne m'as jamais serrée dans tes bras*, songea-t-elle, furieuse.

Valentine avait parfois mimé le geste, bien sûr, mais Camille avait toujours eu l'impression qu'il s'agissait d'une ébauche. Sa mère ne s'abandonnait pas à l'étreinte, elle restait roide et maladroite, impatiente d'en finir. La jeune fille comprit qu'elle ne s'était jamais sentie en confiance avec elle. C'était comme si elle n'était pas assurée de son amour, comme si elle redoutait confusément qu'un beau matin, lorsqu'elle ouvrirait les yeux, sa mère n'ait disparu.

Un moteur de voiture ronronna dans l'allée qui menait à la maison. Étonnées, Valentine et Camille levèrent la tête. Elles n'attendaient personne. En ce dimanche après-midi, les domestiques avaient congé, André était monté faire une sieste et Maxence devait jouer dans sa chambre.

Les roues crissèrent sur le gravier, avant de s'arrêter devant le perron. Valentine se leva et se dirigea vers le vestibule.

— Maman, tes chaussures ! s'exclama Camille, horrifiée à l'idée que sa mère ouvrît la porte pieds nus.

— C'est fou ce que tu peux être conventionnelle, soupira Valentine en revenant enfiler ses sandales.

Camille se renfrogna. Sa mère avait un don pour les réflexions exaspérantes. C'était pourtant la moindre des choses que d'être chaussée pour accueillir Dieu sait qui !

On appuyait avec insistance sur la sonnette. Valentine ouvrit.

Aussitôt, le jeune homme qui se tenait sur le seuil retira son feutre.

Ses cheveux blonds étaient soigneusement peignés vers l'arrière. Le pantalon beige, le veston de sport étaient froissés, mais il ne semblait pas souffrir de la chaleur. Derrière lui, une jeune fille brune en tailleur gris aidait un petit garçon à descendre d'un taxi. En voyant Valentine et Camille, elle se figea, serrant la main de l'enfant.

Valentine n'avait jamais vu quelqu'un d'aussi effrayé.

— Peter ! s'écria Camille en se faufilant derrière sa mère.

— *Guten Tag*, Camille, fit-il avec un sourire. Madame Fonteroy, je présume ? ajouta-t-il en français.

— Vous présumez juste, monsieur, répliqua froidement Valentine avec le pressentiment, étrange et désagréable, que sa vie était sur le point de basculer. À qui ai-je l'honneur ?

— C'est Peter Krüger, lança Camille, tout excitée.

Lorsque Peter inclina la tête en claquant légèrement des talons, Valentine se crispa.

— Pardon d'arriver à l'improviste, madame, mais votre concierge à Paris nous a dit que vous étiez à la campagne. Heureusement, j'ai pu trouver l'adresse à la poste. Nous avons pris le premier train aujourd'hui. Oh, je dois vous régler, monsieur, s'interrompit-il en fouillant dans sa poche avant de tendre un billet au chauffeur de taxi.

Valentine était abasourdie. Camille s'approcha de la jeune fille aux traits tirés.

— Bonjour, je m'appelle Camille. Et vous ?

— Liselotte Hahn, murmura-t-elle. Et voici mon frère, Heinrich.

Elle parlait un français hésitant mais correct.

Le petit garçon se colla contre sa sœur. Avec un sourire, Camille s'accroupit à sa hauteur.

— *Guten Tag, Heinrich*, dit-elle. *Mein kleiner Bruder ist ungefähr so alt wie du.*

— Camille ! appela sèchement sa mère. Je te prie de parler français.

— Je voulais seulement le rassurer, protesta-t-elle. Je lui ai dit que Maxence avait environ son âge.

— Puis-je connaître la raison de cette visite, monsieur ? demanda Valentine.

Peter semblait embarrassé.

— Est-ce que je pourrais vous expliquer à l'intérieur, madame ?

Valentine n'avait qu'une envie : lui dire de repartir avec son taxi, mais comment le congédier sans prévenir André ? Elle était outrée par l'impudence de ce jeune homme. Débarquer ainsi sans prévenir ! C'était d'une rare impolitesse.

— Puisque vous me mettez devant le fait accompli, répliqua-t-elle, agacée.

— Maman ! s'écria Camille. Je crois qu'elle se sent mal !

Et elle ouvrit les bras au moment où Liselotte Hahn perdait connaissance.

Quelques heures plus tard, debout à la fenêtre, Valentine regardait les traînées de nuages qui s'étiraient dans le ciel. Des pinsons s'agitaient dans les frondaisons. Elle songea aux grappes de raisin qui mûrissaient sur les vignes. Il n'y aurait pas d'orage ce soir.

Elle se retourna et contempla Liselotte qui buvait un verre de mercurey à petites gorgées. Son frère, muet comme une carpe, était assis à côté d'elle, les mains posées sur ses genoux. Maxence l'observait d'un air fasciné. *Il est enchanté de voir débarquer un compagnon de jeu à l'improviste*, songea Valentine. Son fils lui avait déjà demandé s'ils pouvaient dormir dans la même chambre.

Peter se tenait près de la cheminée. Des cernes s'étaient creusés sous ses yeux. Il fumait une cigarette et semblait fatigué. André lui posa une main réconfortante sur l'épaule.

— Je vous déposerai au train de Paris demain matin. N'ayez crainte, vous aurez tout le temps pour prendre le train de nuit à la gare de l'Est.

— Les chemins de fer français ont la réputation d'être les plus ponctuels d'Europe, fit Peter en esquissant un sourire. Je m'inquiète seulement parce que j'ai obtenu une permission exceptionnelle et qu'on attendait mon retour ce soir à la caserne. En amenant Liselotte et Heinrich jusqu'ici, j'ai perdu une journée, mais je ne pouvais pas les laisser se débrouiller seuls.

La porte s'ouvrit à la volée.

— Les chambres sont prêtes, annonça Camille, rayonnante. Si vous voulez, je peux vous les montrer.

— Suivez le guide, plaisanta André. Vous avez tout le temps de vous rafraîchir, Liselotte. Le dîner sera servi dans une heure.

La petite troupe emboîta le pas à Camille.

André s'approcha de sa femme.

— Je suis désolé que leur présence te contrarie, mais je connais bien Rudolf Hahn. Il a dû se sentir acculé par les dernières mesures du gouvernement et il a voulu faire sortir d'Allemagne ses deux enfants sans plus attendre. Peter nous a expliqué que leur départ a été précipité. Si on m'avait prévenu de leur arrivée, je les aurais attendus à Paris et…

— Qu'est-ce que tu aurais pu faire, André ? Nous sommes au mois d'août. Tu n'aurais trouvé personne à Paris pour les accueillir. (Le regard perdu au loin, elle resta un instant silencieuse.) Les malheureux… Tu te rends compte, les nazis exigent maintenant des cartes d'identification pour les Juifs… Ils interdisent aux médecins d'exercer… Toutes ces brimades, depuis des années… Je l'avais lu dans les journaux, mais je n'avais pas imaginé… Ces pauvres enfants, ils sont terrorisés.

Elle se tourna lentement vers son mari. Son visage était pâle, ses yeux fiévreux.

— Il a bien fait de les amener ici. Chez nous, ils seront en sécurité.

Elle repensa à cette journée, quelque vingt ans auparavant, quand elle avait appris que son frère était tombé lors d'une offensive au Chemin des Dames. À l'époque, on n'avait pas su trouver les mots pour apaiser sa détresse. Trop de soldats étaient morts pour qu'on s'intéressât au désarroi d'une jeune fille en particulier. Des familles entières avaient été décimées, parfois le père et plusieurs fils, mais si la douleur était partagée, elle n'en était pas pour autant atténuée.

Pendant des semaines, Valentine avait perdu l'appétit. La vie avait pris un goût de cendres, elle était devenue grise. Elle avait pourtant continué à se rendre au chevet des blessés à l'hôpital militaire. Certains se taisaient, heureux de la sentir près d'eux, d'autres, en revanche, voulaient parler, encore et toujours, et elle avait écouté leurs angoisses avec une surprenante patience.

Lors de ses nuits sans sommeil, les yeux brûlés de fatigue, elle avait repensé à ces longues litanies avec le sentiment de mieux comprendre les souffrances de son frère. Son ressentiment s'était transformé en une haine farouche, excessive et passionnelle. Elle en avait voulu aux Allemands d'avoir tué Édouard, mais surtout de lui avoir infligé cette peur infâme et dégradante dont parlaient les soldats, une angoisse de la mort qu'ils avouaient à mi-voix, honteux, parce qu'on leur avait appris qu'un homme attend la mort debout, mais qu'ils n'en avaient pas toujours la force.

Lentement, André ouvrit les bras et l'attira à lui. Elle se laissa faire, appuya la joue sur son épaule et ferma les yeux. Il respira le parfum de ses cheveux, posa une main sur sa nuque et sentit les bras de sa femme lui enlacer la taille.

Ce soir, pour la première fois, Valentine accueillait des Allemands sous son toit. Il devinait qu'elle se sentait épuisée et vulnérable. L'amertume qui la protégeait telle une armure depuis tant d'années commençait à se fissurer. Il aurait voulu lui dire qu'il comprenait, qu'il l'aimait, mais il resta silencieux, comme depuis le premier jour de leur mariage.

Des frissons la parcoururent. Il la serra un peu plus fort. D'autres se seraient moqués de ce désarroi, songea-t-il. Après tout, qu'y avait-il de si extraordinaire ? Elle se contentait d'accueillir deux jeunes israélites chassés de leur pays, mais justement, aux yeux de Valentine, leur religion n'avait guère d'importance. Liselotte et Heinrich Hahn étaient avant tout des Allemands, de même que Peter Krüger, et c'était comme si elle venait de parcourir un long, très long voyage.

Camille se retournait dans tous les sens sans trouver le sommeil. Exaspérée, elle rejeta le drap et alluma sa lampe de chevet. Minuit passé ! Pas un souffle d'air n'entrait par la fenêtre ouverte. Elle n'avait pas été se baigner dans la rivière. L'arrivée de Peter et de ses réfugiés avait bouleversé l'après-midi.

Elle replia ses jambes sous la longue chemise de nuit en coton blanc et enserra ses genoux. Il était encore plus séduisant que dans son souvenir. En un an, ses épaules étaient devenues celles d'un homme, les traits de son visage s'étaient précisés, lui conférant une expression plus grave. C'est sûrement d'avoir manié la pelle pendant six mois, songea-t-elle avec une grimace amusée.

Lors du dîner, il leur avait raconté, non sans une certaine dérision, son service du travail obligatoire, les journées de neuf heures passées à charrier des pierres et à pousser des brouettes pour construire un tronçon de route à la gloire de l'Allemagne.

« Vous êtes tout de même entré dans l'armée », avait déclaré Valentine d'un ton accusateur, prononçant ses premières paroles du dîner. « Hélas, madame, je n'ai pas le choix, avait-il répliqué. Mais je n'appartiens pas au parti national-socialiste et au moins, dans la Wehrmacht, je ne serai pas obligé de faire le salut hitlérien. » « Mais vous prêterez serment au Führer, il me semble ? » avait-elle conclu, le foudroyant du regard.

Liselotte et le petit Heinrich étaient restés impassibles, les yeux baissés sur leurs assiettes. Camille avait eu pitié de la jeune fille désemparée.

Elle s'imagina à sa place, expédiée en Allemagne avec un Maxence bougon chez des étrangers méfiants. On racontait que des gens devaient tout abandonner, leur maison, leur famille, leurs amis, leur travail… Elle eut un frisson d'horreur.

Décidément, elle n'arriverait jamais à s'endormir. Elle sauta de son lit, arracha sa chemise de nuit et saisit sa robe en coton bleu foncé, semée de petites fleurs. C'était sa préférée, celle des vacances, et elle continuait à la porter bien qu'elle fût trop courte et trop étroite autour de la poitrine. Sa mère avait essayé de la jeter plusieurs fois, mais Camille tenait bon.

Elle prit une serviette, ses sandales et ouvrit doucement la porte. Sur l'escalier, elle sauta la troisième marche qui couinait et, quelques minutes plus tard, elle filait le long du sentier qui traversait le verger et menait à la rivière.

Une lune généreuse éclairait la campagne, dévoilant des ombres mystérieuses au pied des arbres et des bosquets. Camille était une habituée des bains de minuit. « Tu es une fille de l'hiver », se plaisait à dire son père quand elle se plaignait que la chaleur lui donnait mal au cœur.

La rivière n'était pas très profonde en cette période de l'année. La lune dessinait des éclats argentés sur les eaux paresseuses. Elle posa sa serviette sur une pierre plate. Flûte, elle avait oublié son maillot de bain ! Elle hésita une seconde, puis déboutonna sa robe qui glissa sur le sable caillouteux de la rive.

La fraîcheur de l'eau lui arracha une grimace mais elle plongea. Elle fit quelques mouvements de crawl pour se réchauffer, puis se laissa flotter, les bras en croix, regardant les étoiles épinglées sur le ciel de velours noir.

Dix minutes plus tard, parcourue de frissons, elle décida de rentrer. Au moment de sortir de l'eau, elle aperçut une silhouette debout sur la rive. Son cœur fit un bond dans sa poitrine. La personne leva le bras. Elle reconnut Peter, torse nu, son pantalon roulé sur les chevilles.

— Qu'est-ce que vous faites là ? grommela-t-elle.

— J'avais visiblement la même intention que vous, s'amusa-t-il en agitant une serviette de bain.

— Je vois… Dans ce cas, vous n'avez qu'à aller un peu plus loin. Ici, c'est mon coin.

— Ah, je comprends, c'est une propriété privée…

— Pas du tout, s'agaça-t-elle, mais l'eau est froide et j'aimerais sortir.

— Qu'est-ce qui vous en empêche ?

Elle sentit ses joues s'enflammer.

— Je... j'ai oublié mon maillot de bain.

— Mon Dieu, quelle honte ! plaisanta-t-il. Je vous promets de fermer les yeux.

— C'est juré ?

— Sur mon honneur de futur officier de la Wehrmacht.

Avec un geste théâtral, il se cacha les yeux.

— Ma mère vous dirait qu'un soldat allemand n'a pas d'honneur, rétorqua Camille d'un air méfiant.

Elle sortit de l'eau, les bras croisés sur la poitrine.

— Goujat, c'est ma serviette que vous tenez, donnez-la-moi !

— Et en échange, qu'est-ce que j'aurai ?

— Mais rien du tout, pour qui vous prenez-vous ?

Elle ramassa sa robe, se dépêcha de l'enfiler, mais le coton se rebellait contre la peau mouillée.

— Voilà, je n'en ai plus besoin, dit-elle en lui jetant la serviette qu'il attrapa d'un mouvement du poignet. Vous pouvez la garder pour vous.

Elle essora ses longs cheveux, puis les peigna avec ses doigts pour en retirer les feuilles et brindilles.

— Qu'est-ce qu'il y a ? lança-t-elle, nerveuse. Pourquoi me regardez-vous comme ça ?

— Je repensais à notre première rencontre l'année dernière. Vous avez changé.

Elle le contempla, le cœur battant, étudiant chaque détail de son visage.

— Vous aussi.

Sa robe collait à son corps humide et elle s'aperçut qu'elle l'avait boutonnée de travers.

— Je crois que je devrais rentrer..., murmura-t-elle, un peu perdue.

— Vous êtes sûre ?

Elle n'était sûre de rien. Depuis leur rencontre arrosée d'éclats de verre sur une banquette du Café de la Paix, pas un jour ne s'était écoulé sans qu'elle pense à ce garçon. Or il n'était plus un garçon mais un jeune homme, et elle devinait qu'elle exerçait sur lui une fascination étrange, ce qui la flattait.

Camille ne se reconnaissait plus. Elle qui prenait toujours ses décisions sans hésiter, voilà qu'elle ne savait pas si elle devait rester ou partir. Confusément, elle avait envie d'en savoir davantage, mais elle n'osait pas laisser parler son instinct de peur d'être ridicule.

Elle appréciait qu'il restât immobile, sans la bousculer, comme s'il l'écoutait réfléchir. Il lui sembla que c'était là une marque de respect. D'après ses camarades de classe, il y avait deux sortes de garçons, ceux qui se croyaient tout permis et ceux qui n'osaient pas faire le premier pas, ce qui était presque plus exaspérant. Pourtant, Peter ne ressemblait pas à ce qu'on avait pu lui raconter. Il était déjà un homme, sans le rouge aux joues qui formait des plaques d'eczéma sur les visages de certains malheureux, ni la peau moite ou les gestes malhabiles. Il avait des mouvements précis, assurés, un visage sculpté et un regard à vous donner le vertige. *C'est peut-être parce qu'il est allemand*, songea-t-elle.

Quand il avança d'un pas et l'attira à lui avec précaution, comme s'il redoutait qu'elle ne prît la fuite, elle regarda sa bouche s'abaisser vers ses lèvres et elle eut une pensée fugitive pour sa mère, consciente qu'elle commettait là un double crime, celui de franchir la frontière invisible qui sépare l'ingénue de la femme, mais surtout d'éprouver une attirance irrésistible pour un ennemi juré.

Elle reposait contre lui, à moitié nue, sa robe enroulée autour de ses cuisses, et elle lui caressait le torse.

Elle l'avait laissé déboutonner sa robe sans aucune gêne. Quand les doigts de Peter avaient effleuré sa poitrine, son cœur s'était mis à battre plus vite. Au début, elle n'avait pas osé le toucher, lui laissant l'initiative, mais quand il s'était agenouillé, qu'il avait embrassé ses seins avec une étrange déférence, elle avait ressenti une émotion si violente, si singulière, qu'elle avait enfoui ses doigts dans ses cheveux et pressé sa tête contre elle.

La robe avait glissé de ses épaules, elle était restée accrochée à hauteur de ses hanches, trop petite, trop serrée, recelant dans ses plis les étés enfuis d'autrefois qui lui semblaient désormais si loin, comme si les longs après-midi en barque sur la rivière, les courses dans les prés, les batailles dans les foins, les vendanges radieuses ou inquiètes, au gré des caprices du ciel, n'avaient eu qu'un seul aboutissement possible, cette nuit d'août chaude et parfumée et le corps de ce jeune homme.

Il lui semblait qu'elle l'avait choisi, que ce devait être lui et non un autre, lui le premier. Elle l'avait choisi parce qu'il lui semblait différent, qu'elle admirait la vigueur qui émanait de son corps. Elle repensa aux nuits solitaires où elle avait essayé d'imaginer ce qui se révélait désormais à elle, mais aucun film, aucun roman ne lui avait laissé soupçonner qu'un homme pût allier ainsi la force et la douceur.

— Je suis désolé, Camille. Je n'aurais jamais dû...

Elle posa un doigt sur ses lèvres.

— Ne gâche pas tout, je t'en prie. Moi, je ne regrette rien. Pas un seul instant.

— Tu es si sereine, alors que j'ai tellement honte, continua-t-il, ébranlé. Je ne sais pas ce qui m'a pris. J'ai repéré la rivière en arrivant tout à l'heure, je suis venu me baigner. Et puis, tu étais là.

— Si j'avais résisté, tu m'aurais laissée partir, non ?

— Bien sûr ! s'offusqua-t-il.

— Alors, pourquoi s'en faire ? Nous n'avons rien fait de mal. Nous nous sommes plu, nous nous sommes aimés. C'est bien comme ça.

— Mais tu n'as que seize ans, Camille ! Je suis l'invité de ton père... C'est comme si je l'avais trahi... Il faut qu'on se marie. C'est la seule solution pour tout arranger. Oui, c'est ça, on va se marier...

Elle écouta la panique étrangler sa voix. La naïveté de Peter l'exaspéra. Qu'est-ce qui lui prenait d'un seul coup ? Elle qui l'avait trouvé si maître de lui, voilà qu'il s'affolait d'une manière absurde.

Elle s'emporta :

— Arrête, Peter ! On ne va tout de même pas parler mariage ! Pourquoi pas d'enfants aussi ?

— Et si tu tombais enceinte ?

— En voilà des idées ! De toute façon, on ne tombe pas enceinte la première fois. Du moins, je ne crois pas, hésita-t-elle, troublée. Oh, et puis ne sois pas si pessimiste !

— Mais je croyais que c'était ce que voulaient toutes les filles.

— Évidemment, mais je me vois mal annoncer à mes parents au petit déjeuner que je vais me marier. Ma mère ne me laisse même pas aller au cinéma toute seule. Mon Dieu ! Si elle apprend que toi et moi... Je n'en verrai jamais la fin.

— Tu ne t'entends pas avec elle, n'est-ce pas ?

Camille roula sur le dos et posa la tête sur l'épaule de Peter. À nouveau, elle regarda les étoiles.

— Je ne sais pas. Nous sommes si différentes... Et en même temps, j'ai peur de lui ressembler. Parfois, je me demande si nous serions amies, si nous n'étions pas mère et fille. Mais c'est idiot de dire ça. Une mère ne doit pas être une amie, c'est une mère, point final, or c'est bien ce qui m'agace, je crois que ma mère est plus douée pour l'amitié. Du moins en ce qui me concerne. Avec Maxence, c'est différent.

— Et ton père, qu'est-ce qu'il dirait s'il apprenait que nous... ?

— Le pauvre serait mortifié, et comme pour rien au monde je ne lui ferais de la peine, je t'interdis de leur dire, tu m'entends !

Soudain, elle se redressa et se rhabilla avec des gestes fébriles.

— Ce qui s'est passé ce soir m'appartient autant qu'à toi et je veux que ça reste entre nous jusqu'à ce que... jusqu'à ce que...

— Quoi ?

— Mais je n'en sais rien, moi ! lança-t-elle, furieuse, en se relevant d'un bond. Jusqu'à ce qu'on se revoie. Tu pourrais revenir passer des vacances. (Elle le regarda, appuyé sur ses coudes, le visage levé vers elle.) Ou alors je viendrai te voir à Leipzig avec papa. Il m'a promis qu'il m'emmènerait à une foire. Tu ne trouves pas que c'est une bonne idée ?

Elle lui décocha un sourire lumineux.

Peter repensa aux paroles de son propre père, lors de la dernière foire de printemps, quelques mois auparavant. « Le marché intérieur est en plein essor, avait déclaré Karl, soucieux. Il y a un raz de marée de visiteurs allemands, mais les étrangers nous délaissent à cause des élucubrations de Herr Goebbels. C'est inquiétant pour l'avenir. »

Un frisson d'appréhension glaça Peter. Il eut soudain la certitude qu'il ne reverrait jamais Camille, mais qu'il emporterait toujours avec lui le souvenir de cette jeune Française debout devant lui, les poings sur les hanches, si jolie et insouciante, si féminine dans sa robe de petite fille, les lèvres gonflées de ses baisers.

Sa mélancolie se dissipa et il ne put s'empêcher de lui rendre son sourire, sans s'apercevoir qu'ils se souriaient tels deux enfants capricieux.

Traversé d'envies confuses, il avait l'impression de ne pas avoir mangé depuis un siècle et il aurait donné tout l'or du monde pour une cigarette. Il réalisa qu'il avait enfreint l'une des règles tacites qui avaient codifié son existence au sein de la Jeunesse hitlérienne, celle qui empêchait les jeunes gens de connaître l'amour avant vingt et un ans, l'âge légal pour se marier, car toute leur vie, même la plus intime, devait être dévouée au Führer et à la grandeur du Reich.

Il comprenait désormais pourquoi les relations charnelles des adolescents étaient suspectes aux yeux des maîtres nazis, pourquoi ils réglementaient chaque seconde de leur temps libre afin de leur éviter les tentations. Qu'y avait-il, en effet, de plus exaltant que ce qu'il venait de découvrir avec Camille ? Quoi qu'il arrivât dorénavant, il lui serait toujours reconnaissant d'avoir su faire de lui un homme. Et avant tout un homme libre.

Peter se releva à son tour. Ivre de bonheur, il la saisit par la taille et la fit tournoyer. Les mains sur ses épaules, la tête en arrière, Camille éclata de rire.

Ils s'embrassèrent une dernière fois, tels des affamés, leurs visages se cognant l'un contre l'autre, leurs gestes soudain maladroits alors qu'ils avaient été si souples et fluides, et ils rirent encore, émerveillés. Ils étaient les maîtres du monde, l'avenir leur appartenait et la vie était merveilleuse.

— Tu vois, c'est pas difficile, dit Maxence en montrant à Heinrich comment accrocher le ver de terre à l'hameçon. Tu veux essayer ?

Il lui tendit la canne à pêche, mais Heinrich secoua la tête.

— Je préfère vous... regarder, répondit-il dans son français hésitant.

— Te regarder, le corrigea Maxence. C'est seulement les vieux qu'on vouvoie.

Il s'installa à côté de Heinrich sur l'herbe, coinça sa canne à pêche entre ses jambes, et sortit de sa poche un morceau de chocolat enveloppé dans du papier d'argent. Sans dire un mot, il le coupa en deux et en donna une moitié à son compagnon.

Ils le croquèrent en silence, regardant l'hameçon dériver sur la rivière. Des libellules dansaient sur les eaux vert et bleu. Entre les arbres, ils apercevaient des chevaux qui broutaient dans un pré, leurs queues paresseuses chassant les mouches avec la régularité d'un métronome.

Maxence se sentait intimidé par le jeune Allemand. Heinrich lui semblait tellement plus sage que ses amis de classe, obéissant comme s'il craignait toujours de commettre une faute. Lorsqu'ils avaient terminé leur pique-nique, Heinrich avait soigneusement ramassé les papiers gras et les bouteilles de limonade et les avait rangés dans le sac à dos.

Sa mère lui avait expliqué que le petit garçon était traumatisé par son départ précipité d'Allemagne, que ses parents lui manquaient et qu'il ne comprenait pas ce qui lui arrivait. Maxence ne comprenait pas non plus comment on pouvait être séparé de sa mère contre son gré.

Il lui donna un coup de coude.

— T'inquiète pas, marmonna-t-il, la bouche pleine de chocolat. Je suis sûr que tout va s'arranger. Tu pourras bientôt rentrer chez toi. Tu n'as qu'à te dire que tu passes des vacances chez nous. Comme ça, c'est pas trop terrible, hein ?

Heinrich tourna vers lui son petit visage lunaire. À son tour, il sortit de sa poche une friandise.

— Non, c'est pas si terrible, dit-il avec un sourire fragile. *Es ist schön hier...*

— *Schön*, ça veut dire joli, n'est-ce pas ? fit Maxence en fronçant les sourcils. Ma gouvernante me parle souvent en allemand, mais ça m'embête parce que je n'y comprends rien. Je sais ! s'exclama-t-il. Tu vas m'apprendre quelques phrases, comme ça mon père sera content. Tu veux bien ?

Heinrich hocha la tête d'un air sérieux.

Camille sentait le rouge lui monter aux joues. Elle détestait ces confrontations avec ses parents, mais elle avait pris sa décision et elle n'en démordrait pas. Le plus grand obstacle serait sa mère. Depuis sa petite enfance, elle lui avait toujours arraché de haute lutte le droit de faire quelque chose qui lui déplaisait. Camille avait appris très jeune l'art de la conciliation. Elle savait renoncer à des points secondaires pour préserver son objectif.

Valentine eut un regard exaspéré pour son mari qui présidait la table de la salle à manger.

— Tu ne peux tout de même pas envisager une seconde que ta fille devienne une apprentie ! s'exclama-t-elle. Tu veux en faire une ouvrière !

— Mais non, maman, s'emporta Camille, excédée. Je veux seulement entrer à l'École professionnelle de la fourrure. En quatre ans, j'apprendrai les connaissances indispensables à tout fourreur. Je ne peux pas me contenter de regarder Daniel Worms par-dessus son épaule. Je dois suivre des cours avec des professeurs spécialisés.

— C'est absurde ! Tu as reçu une bonne éducation. Si tu le désires, tu pourras te présenter au bachot et, ensuite, tu trouveras un mari, tu fonderas une famille et tu élèveras tes enfants.

— Jolie perspective d'avenir, grommela Camille. Beaucoup de

femmes travaillent de nos jours, maman. Marraine s'occupe bien de la décoration de nos vitrines.

— Odile est un cas particulier. Son mari tolère ce passe-temps. J'en connais beaucoup qui le verraient d'un mauvais œil. (Surprise, Camille crut déceler une pointe d'envie dans la voix de sa mère.) Mais comment peux-tu comprendre ? conclut Valentine. Tu n'es encore qu'une enfant.

D'une main tremblante, Camille plia sa serviette et la posa à côté de son assiette. Elle avait perdu l'appétit. Elle se retenait de crier : « Je suis une femme, moi aussi ! J'ai fait l'amour et, qui plus est, avec l'un de ces Allemands que tu détestes ! »

Elle se mordit la lèvre. Comme elle aurait voulu voir la réaction de sa mère ! Parfois, elle ressentait l'envie brûlante de lui faire mal. En devenant femme, elle les avait mises sur un pied d'égalité et elle savait bien que sa mère ne l'apprécierait pas. Mais clamer la vérité était impossible. Elle aurait eu honte de blesser son père et il ne fallait pas que ces moments d'amour avec Peter fussent réduits à une sale petite vengeance, à une manière mesquine d'en remontrer à sa mère.

— André, veux-tu s'il te plaît donner ton opinion ? persista Valentine. Et expliquer à ta fille que cette idée est parfaitement saugrenue.

André les avait écoutées toutes les deux. Elles n'arrivaient pas à s'entendre, mais comme elles se ressemblaient... Obstinées, farouches, insaisissables. Les hommes qui tomberaient amoureux de Camille auraient du fil à retordre. Mais contrairement à Valentine, leur fille avait une passion, une vraie, et André pensait qu'il fallait la laisser s'épanouir parce qu'on ne pouvait pas prévoir ce qui vous arrivait dans la vie. Quoi que l'avenir réservât à Camille, peut-être des hommes lâches et des amours malheureuses, elle aurait toujours la fourrure. Et puis, la situation internationale ne présageait rien de bon. Non sans amertume, André redoutait une nouvelle guerre. La « der des der », comme on l'avait si naïvement baptisée, avait bouleversé la société tout entière. Pourquoi en serait-il autrement si jamais, par malheur, la folie des hommes les entraînait à nouveau vers le désastre ? Le jour venu, Camille serait peut-être heureuse de posséder un savoir-faire. Il ne doutait pas qu'avec son talent inné elle y excellerait.

Il craignait seulement que sa fille n'eût plus tard des difficultés à faire admettre à son mari sa passion pour son travail. Les hommes ne voyaient pas toujours l'indépendance d'une femme d'un très bon œil. Et puis, qu'en penserait Maxence, lorsqu'il serait en âge de travailler ?

C'était lui l'héritier qui prendrait la place de son père à la tête de la Maison.

Il croisa le regard tourmenté de Camille. Il partageait avec elle une complicité qu'il n'avait jamais éprouvée avec sa femme. En elle, il puisait l'affection et la tendresse qu'il avait cherchées en vain chez Valentine, avec qui il avait conclu une sorte d'armistice tacite. Elle le tolérait dans sa vie et il était bien obligé de s'en contenter. Déjà, à l'époque de leurs noces, il ne s'était guère fait d'illusions et, au fil des années, il s'était résigné à aimer pour deux.

— André ! Vas-tu parler à la fin ! s'impatienta Valentine.

— Il n'y aurait aucune honte à ce que Camille étudie à l'École. Les cours sont sérieux. Elle ne sera jamais ouvrière ni même contremaître fourreur, mais si elle veut travailler pour la Maison Fonteroy, il faut qu'elle connaisse le métier. Il est vrai qu'elle sera un cas à part. Les jeunes filles ne suivent pas les cours pour devenir coupeuse, mais je connais le directeur. Il fera une exception pour Camille.

— Mais qu'en penseront nos amis ? s'indigna Valentine.

— C'est une démarche originale pour une Fonteroy, je te l'accorde, mais je n'y vois aucun mal. Je te propose un compromis, Camille. Tu vas entrer comme apprentie chez nous et tu suivras les cours à l'école une journée par semaine rue des Tournelles. Le moment venu, tu iras terminer ton apprentissage chez l'un de mes confrères.

— Je vois que vous êtes du même avis, comme d'habitude, déclara Valentine, irritée de voir la satisfaction éclairer le visage de sa fille. Oh, et puis après tout, agissez comme bon vous semble ! De toute façon, Camille n'en fait toujours qu'à sa tête.

Elle se leva, furieuse, et quitta la pièce.

Camille s'aperçut que Liselotte se terrait sur sa chaise, tremblante, comme si elle voulait disparaître sous la table.

— Je suis désolée, s'excusa-t-elle en posant la main sur celle de la jeune fille pour la réconforter. C'est souvent un peu dramatique avec maman, mais ce n'est rien. Dans quelques heures, il n'y paraîtra plus. Et moi, j'ai obtenu ce que je voulais.

André se versa un verre de vin.

— La vie n'est jamais tranquille avec toi, ma chérie. Quelquefois, je me demande si tu fais exprès d'exaspérer ta mère.

Camille ouvrit de grands yeux :

— Comment peux-tu penser une chose pareille, papa ? J'ai vraiment envie d'apprendre le métier. Tu sais que je suis sincère.

— Je n'en doute pas. Je t'observe depuis que tu es toute petite. Tu as hérité de la passion familiale. Le seul problème, c'est que tu es une fille.

— Nous ne sommes plus au Moyen Âge, papa, s'offusqua Camille. Je te rappelle que depuis quelques siècles les femmes disposent même d'une âme !

André éclata de rire.

— Et vous, Liselotte, qu'est-ce que vous aimeriez faire plus tard ? demanda-t-il.

La jeune Allemande hésita.

— Tout ce que j'avais imaginé me semble impossible désormais. J'espérais devenir pianiste, comme Mme Krüger. J'ai commencé à prendre des cours avec elle à l'âge de six ans. C'est une femme merveilleuse… et elle me disait que j'avais des aptitudes. (Son regard, qui s'était brièvement illuminé, s'assombrit à nouveau.) Mais aujourd'hui, je ne sais pas. Je dois attendre que mes parents nous retrouvent. Ils veulent que nous partions pour l'Angleterre. Peut-être pourrai-je entrer au conservatoire à Londres.

— Tu devrais t'inscrire à Paris en attendant, dit Camille d'un ton décidé. Tes parents ne vont sûrement pas tarder, mais pourquoi perdre du temps ? À moins que tu ne veuilles prendre des cours privés.

— C'est que… je n'ai pas d'argent pour les payer, bredouilla Liselotte. Vous avez déjà la bonté de nous héberger, Heinrich et moi. Je voudrais tellement vous rendre cette gentillesse…

— Allons, Liselotte, vous êtes nos invités, interrompit André. Camille a raison. Vous devez reprendre vos cours de piano. Ils vous aideront à vous changer les idées. Je vais voir ce que je peux faire. Si le conservatoire ne peut pas vous accepter, nous vous trouverons un professeur privé. Pourquoi pas cette brave dame dont Camille n'a pas voulu entendre parler à l'époque ? la taquina-t-il.

Camille fit une grimace amusée.

Les deux jeunes filles se levèrent à leur tour. Camille avait prévu d'emmener tout le monde aux vendanges. Elle comptait sur la bonne humeur des vignerons pour rendre le sourire au petit Heinrich et permettre à Liselotte, le temps d'un après-midi de fête, d'oublier ses angoisses.

# DEUXIÈME PARTIE

Camille n'arrivait pas à se concentrer. Un léger tremblement agitait ses doigts. Pourtant, dans l'atelier de l'École professionnelle de la fourrure, rue des Tournelles, avec ses longues tables de travail en chêne sombre placées face aux fenêtres, tout semblait comme d'habitude, excepté les visages graves des jeunes gens qui l'entouraient. Un garçon se racla la gorge d'un air nerveux.

Le professeur de technologie, son maître préféré, regardait par la haute fenêtre le ciel bleu de septembre qui rayonnait au-delà des façades grises et lépreuses des immeubles. Il y eut un coup bref frappé à la porte et le directeur de l'école, les joues empourprées et l'œil brillant derrière ses lunettes rondes, entra dans la pièce.

— Messieurs, fit-il d'une voix étranglée, et mademoiselle, ajouta-t-il pour Camille, comme vous le savez, hier après-midi, à dix-sept heures, la France a déclaré la guerre à l'Allemagne. Une nouvelle épreuve frappe notre pays, mais nous serons dignes de nos vaillants soldats qui ne manqueront pas de défendre notre belle patrie. Plusieurs de nos professeurs ont déjà été mobilisés, d'autres suivront. L'école sera fermée jusqu'à nouvel ordre. Nous vous écrirons pour vous donner la date de la reprise des cours. Il ne me reste qu'un mot à ajouter, conclut-il en bombant le torse : Vive la France !

— Vive la France ! cria la classe d'une seule voix.

Seule Camille n'ouvrit pas la bouche. Et tandis que les élèves rangeaient leurs affaires en discutant à voix basse, elle demeura paralysée au milieu de l'agitation qui s'était brusquement emparée de la salle.

Bientôt, il ne resta qu'elle dans l'atelier. Le professeur regardait toujours par la fenêtre, il n'avait pas bougé d'un pouce.

— Camille ! appela une voix pressante. Camille !

Elle se retourna. À la porte, Sabine lui fit un signe de la main. La jeune fille suivait les cours de doubleuse.

— Dépêche-toi, qu'est-ce que tu attends ?

Camille déboutonna sa blouse, attrapa son sac et fit un pas vers le professeur.

— Monsieur ? s'inquiéta-t-elle.

Elle se ravisa : peut-être voulait-il qu'on le laisse tranquille. Elle glissa vers Sabine qui lui saisit le bras et l'entraîna dans l'escalier.

— C'est fou, tu ne trouves pas ? s'écria Sabine, les yeux remplis d'excitation et d'effroi. De toute façon, c'était inévitable. Quand on a su qu'ils avaient attaqué la Pologne…

La porte de l'école claqua derrière elles. Camille entendit le portier tirer le verrou et avisa quelques élèves qui bavardaient dans la rue en fumant des cigarettes, comme s'ils ne voulaient pas gâcher une seconde de cette liberté troublante mais inespérée. Les deux jeunes filles partirent en direction de la rue Saint-Antoine.

Sabine n'arrêtait pas de parler, mais Camille ne l'écoutait pas. Elle pensait à Peter. Désormais, les Allemands n'étaient plus seulement un peuple que sa mère détestait par principe – alors que son père entretenait avec eux des relations de travail et d'amitié –, ils étaient devenus l'Ennemi. En chair et en os.

— Je les hais…, lâcha-t-elle, les dents serrées.

— Moi aussi ! renchérit Sabine. Mais tu vas voir, ces sales Boches ne passeront jamais la ligne Maginot.

— Ce ne sont pas les Allemands que je déteste, mais les nazis. C'est eux qui ont poussé à la guerre.

— C'est la même chose, voyons. Ah, voilà mon bus… Je te laisse, Camille. À bientôt !

Sabine sauta sur la plate-forme de l'autobus qui ralentissait.

*Je ferais mieux de garder mes réflexions pour moi*, se dit Camille. Comment pouvait-elle espérer faire comprendre à Sabine que tous les Allemands n'étaient pas à mettre dans le même panier ? Même sa mère refusait de se laisser convaincre. Elle songea aux parents de Liselotte et de Heinrich, qui n'avaient pas réussi à rejoindre leurs enfants.

L'année précédente, à l'automne 1938, trois mois après l'arrivée inopinée des jeunes Hahn à Montvallon, André avait reçu une lettre de Karl Krüger où son ami s'indignait du drame qui s'était déroulé pendant la nuit du 9 au 10 novembre.

En représailles pour l'assassinat par un jeune Juif d'Ernst von Rath, un diplomate allemand en poste à Paris, les synagogues de Leipzig et des autres villes allemandes avaient été incendiées. Sur l'Augustusplatz, les flammes et une épaisse fumée noire avaient surgi des fenêtres du grand magasin de modes Bamberger et Herz, mais les pompiers n'étaient pas intervenus. Fracassées, les vitrines de centaines de commerces juifs s'étaient répandues en une pluie de verre sur les trottoirs. Sur les murs, on avait badigeonné à la peinture jaune des inscriptions haineuses et des étoiles de David. Certains des habitants avaient été regroupés de force dans le ruisseau du Parc zoologique où la foule avait été invitée par les SA à les conspuer. Les jours suivants, des centaines de Juifs avaient été arrêtés, dont le père de Liselotte et de Heinrich.

En dépit des supplications de son mari, la jeune Mme Hahn avait refusé de le quitter pour rejoindre ses enfants. Les sachant en sécurité, elle avait déclaré qu'elle ne partirait qu'avec Rudolf. Mais le pelletier, prenant à cœur son rôle de président d'une association d'entraide, avait trop tardé. On l'avait interné au camp de Buchenwald.

*... Désormais, les Juifs sont soumis à des mesures restrictives de plus en plus draconiennes,* écrivait Karl dans sa longue lettre. *Ils ne peuvent plus circuler librement en ville. On leur confisque leurs biens et ils doivent payer une contribution financière au régime.*

*L'autre jour, Eva a été convoquée à la Gestapo. On l'a mise en garde : les amis aryens des Juifs seront punis à la mesure de leur crime. Heureusement, Eva n'a pas répliqué et on l'a laissée rentrer à la maison. Elle espère que Rudolf sera bientôt relâché en raison de son âge. Sa femme partage cet espoir. Juste avant ce pogrom de malheur, ils venaient de recevoir leur permis de sortie du territoire et d'entrée en Angleterre.*

*Crois-tu, cher André, que tu pourrais garder les enfants en les attendant ? Tu peux aussi les envoyer à Londres, chez leur oncle, si tu le juges préférable. Au vu des circonstances, le gouvernement britannique n'exige pas de visas d'entrée pour les enfants.*

*En espérant avoir l'occasion de vous recevoir bientôt à Leipzig, Camille et toi, comme prévu, je présente à ton épouse mes plus respectueux hommages et te prie de me croire ton plus fidèle ami. Karl.*

Camille n'avait pas été avec son père à Leipzig. Non seulement Valentine s'y était formellement opposée, mais André avait renoncé lui-même à son voyage, préférant accompagner Liselotte et Heinrich à Londres.

Un camion chargé de sacs de sable dépassa la jeune fille dans un grondement sourd. Tirée de sa rêverie, elle s'étonna du calme qui régnait dans les rues. L'air résigné, les passants avançaient d'un pas pressé, plongés dans des pensées moroses. Des hommes aux cheveux blancs arboraient des médailles sur leur poitrine. Les femmes avaient les paupières lourdes, comme marquées par la première alerte qui les avait réveillées vers quatre heures du matin, dans ces heures grises d'une nuit qui n'en finissait pas, alors que tout le monde se sentait encore sous le choc d'une déclaration de guerre que beaucoup prédisaient pourtant depuis des semaines.

Camille croisa un homme à la mine affairée qui portait un brassard jaune vif. Depuis quelques jours, on expliquait à la TSF qu'il s'agissait des volontaires de la défense passive.

Un petit crieur de journaux, coiffé d'une casquette à carreaux, surgit d'une ruelle et faillit la renverser :

— Berlin bientôt sous les bombes ! Les Allemands ont peur ! hurla-t-il d'une voix de stentor qui détonnait avec sa silhouette malingre.

Brusquement, elle eut les larmes aux yeux de colère et de dépit. Elle serra les poings. De quel droit venait-on ainsi gâcher sa vie ? Elle entamait sa deuxième année d'apprentissage. Elle avait tout planifié, tout prévu : quatre années d'études, l'obtention de son certificat d'aptitude professionnelle et l'entrée officielle à la Maison Fonteroy. Et voilà que ces fichus militaires venaient tout chambouler ! Ah, les hommes et leurs maudites convoitises de guerriers ! Et puis, il y avait cette peur insidieuse qui la hantait et lui faisait honte.

Elle fouilla sa poche à la recherche d'un mouchoir. N'en trouvant pas, elle s'essuya le nez sur sa manche et s'engouffra dans une bouche de métro.

Vingt minutes plus tard, elle revenait à l'air libre près de l'Opéra. Le trajet avait été plus rapide que d'habitude, plusieurs stations ayant été fermées. Elle n'avait pas envie de rentrer à la maison où sa mère déclarait à qui voulait l'entendre qu'elle l'avait bien dit, qu'il aurait fallu mater les Allemands dès qu'ils avaient réoccupé la zone démilitarisée du Rhin, qu'on ne pouvait pas faire confiance à l'abject Herr

Hitler, que Daladier et Chamberlain avaient été irresponsables en signant les accords de Munich...

Mais c'était surtout l'état d'esprit de son père qui préoccupait Camille. Profondément marqué par la guerre de 14, André n'arrivait pas à concevoir que, vingt-cinq ans plus tard, l'horreur pût recommencer.

Au cours des dernières semaines, alors que les nuages menaçants se précisaient, elle avait souvent vu le visage de son père se crisper en lisant les journaux. Et parfois, les yeux perdus dans le vague, il secouait la tête d'un air accablé. Elle s'était rassurée à la pensée qu'il était trop vieux pour être mobilisé, mais, depuis la déclaration de guerre, elle craignait sa réaction.

Lorsqu'elle arriva devant les hautes portes vitrées de la Maison Fonteroy, le portier galonné lui tint un battant sans la reconnaître. Ce n'était pas Maurice, avec son sourire qui dévoilait ses dents de travers, mais un homme plus âgé aux cheveux blancs. *Mon Dieu*, songea-t-elle, *on va bientôt se retrouver entre femmes, enfants et vieillards !*

Sous les lustres étincelants, quelques rares clientes venues pour des essayages discutaient à voix basse. N'ayant pas la patience d'attendre l'ascenseur, Camille gravit les marches de l'escalier deux par deux.

Au fond du long corridor tapissé de rouge, orné des tableaux d'ancêtres alignés au cordeau telles des sentinelles, se dressait la porte en chêne foncé du bureau de son père. Celle de sa secrétaire, d'habitude toujours ouverte, était close. Un silence inquiétant régnait au premier étage.

— Papa ! appela-t-elle, le cœur serré par une peur inexplicable.

Elle se mit à courir, sa tresse battant dans son dos. Sans même frapper, elle ouvrit la porte avec fracas.

Son père leva la tête d'un air surpris. Assis dans les fauteuils, Daniel Worms, le chef d'atelier, et Philippe Haguenau, l'un des administrateurs, se tournèrent pour la regarder.

— Pardon..., bafouilla-t-elle, sentant ses joues s'enflammer. Je suis désolée... Je croyais qu'il n'y avait personne...

— Entre, Camille, dit son père. Je suppose que tu reviens de l'école.

— Oui. Le directeur nous a dit de rentrer chez nous. Il ne sait pas encore quand reprendront les cours.

Elle referma la porte. Elle avait chaud et elle mourait de soif. Son père lui fit signe de prendre un verre d'eau et de s'asseoir.

— Bien, revenons-en à la protection du magasin, poursuivit-il.

Nous aurons besoin de panneaux de bois et de banderoles de papier pour protéger les vitrines. Quand le couvre-feu sera décrété, il faudra aussi prévoir d'obscurcir les fenêtres.

— Nous avons reçu une commande de l'hôtel Ritz, déclara Daniel Worms, en consultant le carnet ouvert sur ses genoux. Ils veulent vingt couvertures doublées pour leur abri. Je crois savoir qu'ils se sont aussi adressés à la maison Hermès pour des sacs de couchage.

Philippe Haguenau passa la main sur son crâne dégarni. Camille appréciait peu sa mine suffisante et sa bouche aux lèvres ourlées, luisantes comme l'intérieur d'un coquillage.

— Vous verrez, lança-t-il sur un ton ironique. L'élégance française ne se démentira pas, même sous les bombes allemandes.

— Paris ne sera pas bombardé, rétorqua Daniel Worms d'un air scandalisé. Nos soldats ne sont pas démunis comme ces malheureux Polonais. Ils sauront repousser l'envahisseur.

Haguenau eut une moue dubitative et aussitôt, afin d'éviter une altercation entre les deux hommes, André leva une main dans un geste d'apaisement.

— Espérons-le, Worms. J'ai téléphoné au ministère pour leur proposer des canadiennes fourrées pour nos soldats. Ils vont nous envoyer une liste de leurs besoins.

— Et la collection ? s'inquiéta Daniel Worms. Celle que nous avons montrée à la presse le mois dernier risque de ne plus convenir.

— Les Américaines et les Sud-Américaines ne devraient pas varier dans leurs commandes. Mais les Françaises, c'est certain, auront d'autres préoccupations. Quoi qu'il arrive, il faudra s'adapter. Nous n'avions pas fermé en 14, nous ne fermerons pas aujourd'hui. Notre responsabilité envers les mécaniciennes et les employés non mobilisés est trop importante, conclut André avec autorité.

Le verre d'eau serré entre ses mains, Camille se sentit rassurée. Elle avait redouté que son père ne choisisse de mettre la clé sous la porte dans l'attente de jours meilleurs. D'imaginer le grand immeuble du boulevard des Capucines abandonné comme un navire échoué lui faisait horreur.

Daniel Worms et Philippe Haguenau quittèrent le bureau. En présence de ses employés, André avait affiché une mine résolue, mais dès que la porte se referma derrière eux, ses épaules s'affaissèrent.

Camille contourna l'imposant meuble en acajou et bronze doré recouvert de paperasseries, d'esquisses de modélistes, de crayons de couleur et de feutres noirs. Du coin de l'œil, elle aperçut l'ébauche d'un manteau à capuchon.

Elle se percha sur l'accoudoir du fauteuil et entoura d'un bras les épaules de son père. Les mots lui manquaient. Elle avait envie de le rassurer, de lui promettre que tout irait bien, qu'elle serait toujours là pour le soutenir, mais elle ne voulait pas passer pour une prétentieuse. À dix-sept ans, elle se sentait sûre d'elle et de ses capacités, mais elle savait qu'aux yeux de ses parents elle restait une enfant sans expérience. Et pourtant, elle avait la certitude que ce n'était pas l'âge qui comptait devant les épreuves de la vie, mais le tempérament. Elle connaissait des adultes, comme Odile Venailles, qui restaient d'éternels enfants, de même qu'elle connaissait des garçons de dix ans, tel le petit Heinrich Hahn, qui portaient déjà au fond de leurs prunelles toute la vieillesse du monde.

— Il manque des poches, murmura-t-elle soudain en regardant le dessin. Les femmes auront besoin de grandes poches pour y ranger leurs affaires. Je ne sais pas pourquoi, mais on a toujours besoin de poches quand les choses vont mal.

Elle se pencha en avant, prit un crayon et corrigea le dessin.

— Tu vois, comme ça c'est mieux, ajouta-t-elle d'une voix hésitante, craignant soudain d'avoir été trop audacieuse.

Au même moment, elle sentit les épaules de son père se détendre.

— En attendant que tes cours reprennent, je pense que ce serait une bonne chose que tu viennes travailler avec moi.

Il souriait, mais elle hocha la tête d'un air grave.

— J'ai peur, papa, murmura-t-elle.

Aussitôt, le visage d'André reprit cette teinte cireuse qu'elle redoutait tant.

— Je suis désolé, Camille. Nous avons pourtant tout fait pour empêcher que cela ne recommence…

— Mais ce sera différent cette fois, n'est-ce pas ? Tout est plus rapide de nos jours. On ne va tout de même pas subir quatre ans de guerre comme dans ta jeunesse !

Sa voix prit un ton aigu qui lui déplut. Agacée, elle se leva et s'assit dans le fauteuil en cuir olive qu'avait occupé Worms. Les avant-bras posés sur les papiers, André la considérait d'un air las.

— Que veux-tu que je te dise ? Que l'armée française est supérieure à la Wehrmacht ? Qu'on va leur infliger une raclée et régler tout cela gentiment autour d'une table, en personnes civilisées ? Mon seul espoir était que la menace des Russes fasse réfléchir Hitler. Les communistes et les nazis ont réussi à s'entendre. Depuis qu'ils ont signé ce pacte de non-agression, tout est possible.

Son regard se perdit dans le vague.

— C'est le bruit qui est le plus insupportable... Les sifflements et les miaulements incessants... Et puis le souffle des obus qui te soulève, te plaque contre le sol et te rend sourd... Le sang et la puanteur des cadavres... Et la promiscuité. Ces corps qui prennent tellement de place, qu'il faut sans cesse nourrir, réchauffer, soigner... On ne peut plus penser à autre chose...

L'angoisse creusa des lignes verticales autour de sa bouche. Sa voix cassée butait sur les mots comme s'il avait du mal à respirer.

— Il y avait une main devant moi, à quelques mètres. Un tronçon de bras fiché dans le sol. Une main grise, terreuse. Elle a fini par m'obséder... Je ne voyais plus qu'elle, le matin, le soir. Même sous les fusées éclairantes, elle était toujours là et je ne pouvais m'empêcher de penser au pauvre bougre qui avait dû être déchiqueté et dont il ne restait plus que ce morceau de chair. Alors, un jour, j'ai pris mon fusil et je m'en suis débarrassé. Un seul coup. Personne ne m'en a voulu. On avait tous nos petites exaspérations. Comme ces piqûres de punaises qui te démangent jusqu'à te rendre fou...

Camille agrippait les bras du fauteuil. La souffrance de son père lui soulevait le cœur. C'était la première fois qu'il lui laissait entrevoir les démons qui le hantaient et elle se sentait à la fois flattée de sa confiance et tourmentée de n'être plus à ses yeux une enfant mais une jeune femme.

Elle prit une profonde inspiration. Puisqu'il la traitait en adulte responsable, elle pouvait lui confier l'inquiétude qui la taraudait depuis plusieurs jours.

— C'est un sujet un peu délicat..., commença-t-elle, anxieuse. Mais à toi, papa, je peux en parler. (Elle hésita une seconde.) Je m'inquiète pour Peter, lança-t-elle d'un air de défi.

André sembla s'arracher à une transe. Il poussa un long soupir.

— Il est dans l'infanterie, il me semble.

— Dans les blindés, le corrigea-t-elle. Un char, c'est moins risqué, non ?

André leva la tête pour mieux la détailler. Des mèches de cheveux échappées de sa natte voletaient autour de son front et de ses joues. Ses yeux verts lui mangeaient le visage. Elle avait porté une main à ses lèvres et arrachait d'un air méthodique les petites peaux autour de ses ongles. *Seigneur, elle est amoureuse...*, songea-t-il, effrayé. D'un seul coup, sa petite fille lui apparut sous un autre jour. Quel avenir attendait Camille, perchée sur le bord du fauteuil, les jambes croisées, le visage fermé ? Il ne voulait pas qu'elle souffre. À cet instant, il aurait tout donné pour la protéger à la fois de la guerre et de tout le mal qui pouvait lui arriver.

— Les blindés…, reprit-il. Il paraît qu'ils sont redoutables, en effet. Mais je croyais que Peter était encore à l'École de guerre. Il est si jeune…

— Il a dix-neuf ans. Il est aspirant.

— Écoute, Camille, reprit-il d'un ton plus décidé en redressant le buste. J'espère de tout cœur qu'il ne lui arrivera rien. Mais quoi qu'il en soit, ton amitié pour lui doit demeurer secrète. Peter est un officier allemand et les Allemands sont nos ennemis. Nous sommes en guerre. Désormais, Peter appartient à un autre monde. Est-ce que tu m'as compris ?

Penché au-dessus de son bureau, il scrutait le visage livide de sa fille où passaient le désarroi et le chagrin. Ils s'observèrent un long moment en silence.

Camille n'osait pas parler. Elle craignait d'éclater en sanglots, ce qui ne correspondait pas à l'image de la jeune fille assurée dont elle s'était flattée quelques minutes auparavant.

Sa lèvre inférieure se mit à trembler. Puis, lentement mais avec détermination, elle hocha la tête. La France était en guerre, l'Allemand était l'ennemi. C'était ainsi.

— Dépêchons-nous, monsieur Manokis, s'impatienta la cliente. Je dois rentrer chez moi terminer mes valises. Je ne veux pas rester une minute de plus dans cette ville maintenant que les Allemands vont arriver !

Écoutant la voix stridente qui portait du salon d'essayage jusque dans l'atelier, Alexandre croisa le regard de sa mécanicienne qui examinait les vestes de breitschwanz que deux clientes venaient d'apporter pour des réparations. Sarah leva les yeux au ciel.

— Elle est bien défaitiste, grommela la jeune femme. La guerre a été déclarée il y a quinze jours et elle voit déjà l'ennemi à Paris.

Alexandre esquissa un sourire. Il contourna la table de travail où était dessiné un patronage à la craie et retira du mannequin en bois le manteau en martre de Mme de Clermont.

En juillet, alors qu'elle était venue choisir les peaux, il lui avait demandé de les signer. Elle n'en avait pas compris la vraie raison, pensant qu'il voulait la flatter. À vrai dire, Alexandre se méfiait comme de la peste de ces clientes arrogantes et capricieuses. Deux ans plus tôt, l'une d'elles avait prétendu que son manteau n'avait pas été fabriqué avec les peaux d'origine car elle aurait choisi une teinte moins soutenue. Alexandre, qui venait de s'établir, s'était trouvé bien embarrassé et il n'avait pas osé insister. Il avait dû créer un autre vêtement et le premier lui était resté une saison entière sur les bras. Depuis, il prenait ses précautions : en cas de réclamation, il pouvait défaire la doublure et la percaline, et prouver à la cliente lunatique que les peaux employées étaient bien celles pour lesquelles elle avait donné son accord.

Alexandre vérifia la longueur des manches, de l'ourlet et le tombé du manteau. Comme Mme de Clermont était une femme à la carnation mate et à la silhouette anguleuse, il avait dessiné des lignes appuyées, choisi des manches étroites et une encolure sévère pour souligner son air dramatique.

Sourcils froncés, elle virevolta devant le miroir en pied, puis se déclara satisfaite.

— Je voudrais aussi vous commander quelque chose pour le soir, ajouta-t-elle. Pour la Riviera. Vous pourrez me l'envoyer à Nice, n'est-ce pas ?

— Certainement, madame. Que pensez-vous d'une étole en loutre d'Hudson ?

Elle fit la moue.

— Vous n'auriez pas quelque chose de plus insolite ?

Alexandre réfléchit.

— L'astrakan n'est certes pas original, mais il se prête désormais à des teintures étonnantes… Je verrais bien sur vous une sorte de boléro à manches longues.

— Quelle bonne idée ! lança-t-elle d'un air excité. J'ai une nouvelle robe en velours de soie cerise avec des broderies de paillettes autour du décolleté. Ce serait idéal.

— Je vais vous dessiner un croquis, madame. Je vous l'enverrai à Nice et vous me direz ce que vous en pensez.

— Parfait, mais comment allons-nous faire pour la couleur ?

— Le couturier pourrait peut-être m'envoyer un échantillon du tissu ?

— Parfait. Vous avez toujours la solution, monsieur Manokis.

Nous en avons fini pour aujourd'hui, n'est-ce pas ? Je file... J'ai encore tant de choses à faire avant de prendre mon wagon-lit.

Elle saisit son masque à gaz, qu'elle portait dans un étui en tissu beige assorti à son tailleur. Il lui ouvrit la porte et s'inclina. Sur le palier, elle se retourna.

— Et vous, vous ne partez pas ? fit-elle, soudain curieuse.

— Je ne pense pas, madame. Je ne peux pas laisser mon atelier et mes deux ouvrières dépendent de moi.

— Vous avez peut-être raison. Il n'arrivera probablement rien. Si les choses s'arrangent, je pourrai toujours remonter à Paris. Je vous tiendrai au courant. Au revoir, monsieur Manokis.

— Au revoir, madame.

Il la regarda descendre l'escalier, puis traverser la cour pavée de l'immeuble et disparaître sous la voûte qui menait à la rue de Trévise. Avant de rentrer dans l'atelier, il passa la manche de sa blouse blanche sur l'enseigne en cuivre qui indiquait en lettres anglaises : « Alexandre Manokis, chambre maître, fourrures ».

Il décida de s'accorder quelques instants de répit avant de retourner travailler. Une porte discrète reliait le salon d'essayage à son appartement. Il se rendit dans la cuisine où il alluma le gaz. Sur l'étagère, il attrapa la cafetière en étain, y ajouta des grains de café moulus et l'équivalent d'une petite tasse d'eau qu'il fit bouillir au-dessus des flammes en écoutant le gargouillis réconfortant. Puis, à la dernière seconde, il y jeta un filet d'eau et se versa le café. Il n'en proposerait pas à Sarah. La jeune Polonaise avait goûté au café grec, mais elle trouvait son arôme trop puissant.

Quelques minutes plus tard, il retourna à l'atelier où Sarah plaisantait avec Odette, la deuxième ouvrière, qui revenait d'avoir livré une étole de chinchilla avenue Bosquet. Alexandre était particulièrement heureux de cette vente. Elle tombait à pic et lui permettait d'envisager les prochains mois avec une certaine sérénité.

Quand il avait appris la déclaration de guerre à la TSF, sa première réaction avait été le soulagement. Au moins, maintenant, on était fixé ! Fini l'attente insupportable. L'ennemi était désigné. Désormais, il ne restait plus qu'à l'affronter et à le battre.

Son regard tomba sur la vieille photo de Valentine accrochée au mur. Allait-elle rester à Paris ou se réfugier en province, comme Mme de Clermont ? Beaucoup d'enfants avaient déjà été évacués à la fin d'août. Le petit Maxence devait avoir environ dix ans. Valentine l'emmènerait-elle dans leur propriété de Montvallon ? Ce serait probablement plus sage.

La surjeteuse de Sarah se mit à ronronner. Pour dompter le poil rigide de l'astrakan, la jeune Polonaise mouillait les doigts de sa main gauche, ce qui lui permettait de gagner du temps en évitant d'utiliser une pince. La première fois qu'il l'avait vue employer cette technique, Alexandre s'était montré très intéressé et il lui avait fait découvrir celle des Grecs qui, eux, pour accélérer le mouvement en cousant des bandes de peau à poil long, soufflaient sur les jarres.

Odette tourna le bouton du poste. Une voix précise débitait des conseils à la population, rappelant de bien occulter les lumières la nuit et de se procurer des masques à gaz. Malgré la présence des deux jeunes femmes, Alexandre trouvait la pièce étrangement vide. Son coupeur avait été mobilisé le 27 août. Il avait tenu à accompagner le jeune homme à la gare de l'Est. Ils avaient pris une bière sur le zinc dans un bistrot en face de la gare, entourés d'hommes aux mines abattues, résignés mais râleurs, une petite valise posée à leurs pieds, leur feuille de route soigneusement pliée dans leur portefeuille.

*Deux ans...*, se dit Alexandre, avec une pointe d'amertume. Deux ans de travail acharné, depuis sa récompense à l'Exposition internationale, pour fidéliser une clientèle, obtenir des mentions flatteuses dans les magazines et la reconnaissance de ses pairs. Des actrices à la mode et des jeunes femmes de la haute société délaissaient les avenues bourgeoises pour s'aventurer parmi les ruelles animées du IX$^{e}$ arrondissement et découvrir les créations d'Alexandre Manokis. La guerre allait-elle réduire tous ses efforts à néant ?

Il comptait aussi parmi ses clientes des commerçantes et des secrétaires. Ces dernières étaient intéressées par les prix abordables de ses pelisses de petit-gris ou les manteaux d'astrakan qu'il travaillait à partir des nappes importées de Kastoriá. Maintenant qu'il avait remboursé ses dettes, il commençait à dégager des bénéfices. La saison se présentait bien, il avait même songé à engager un apprenti, et voilà que tout allait s'arrêter.

L'incertitude lui donnait le sentiment d'être à la dérive. Que devait-il faire ? S'engager dans un bataillon d'étrangers, attendre des directives du gouvernement, continuer à travailler pour assurer la subsistance de ses deux employées ? Mais aurait-il encore des commandes ? Les femmes achetaient-elles des fourrures en temps de guerre ?

Il se ressaisit : les pensées moroses ne servaient à rien. En fin d'après-midi, il irait faire un tour à la Chambre syndicale. On lui donnerait sûrement des informations.

Il décrocha son téléphone et appela les Établissements Goldmann.

— Bonjour, c'est Alexandre Manokis. Ah, c'est vous, Delambre. Il me faudrait une quinzaine d'astrakans pour un boléro, mais d'une couleur un peu particulière, une sorte de vieux rose... Bien entendu, je vous enverrai un échantillon et je passerai dès que vous les aurez reçus. Le délai sera plus long que d'habitude ? Oui, je comprends... Pas d'importance, ma cliente vient de partir pour Nice. (Il sourit.) Oui, moi aussi, je vous verrai à la réunion de la Chambre syndicale ce soir. À tout à l'heure. Au revoir.

Au fil des mois, Alexandre s'installa dans l'étrange routine qui s'était emparée de Paris. L'absence des hommes mobilisés renforçait les soucis quotidiens. La guerre était déclarée, mais on ne voyait rien venir. La Pologne capitula en trois semaines, les Soviétiques attaquèrent la Finlande par surprise, mais les combats relatés dans les journaux semblaient bien lointains, presque irréels. Dans les magasins et les restaurants, les clients se plaignaient des restrictions alimentaires qui paraissaient inutiles. Et lorsque Alexandre prenait un verre dans son café favori au coin de la rue Richer, il écoutait ses camarades de comptoir se moquer des Allemands ou le bistrotier claironner qu'Hitler était malade et qu'il allait démissionner.

Puis, tel un coup de tonnerre, la situation bascula.

Camille n'en pouvait plus. Depuis le début de l'après-midi, elle ne tenait pas en place. Par la fenêtre ouverte, le soleil de juillet pénétrait à flots dans la pièce. Il n'y avait pas un souffle d'air.

Elle termina de compter les bobines de fil, nota le chiffre sur le carnet et le referma d'un claquement sec. Sa tête bourdonnait. Elle passa la main sur son front moite. Toute la journée, elle avait dressé des inventaires fastidieux, commençant par les aiguilles pour les surjeteuses et les machines à coudre, puis comptant les rouleaux de percaline, cette toile transparente aux couleurs variées, en coton ou en soie, qu'on cousait à petits points sur la fourrure pour éviter que celle-ci ne se déforme. Après les doublures aux initiales de la Maison, elle était passée aux rouleaux de padou, ces étroits petits rubans qui servaient au montage des manches, des poignets et des cols. Qui aurait pensé qu'il y avait autant d'armoires et de tiroirs dans cette maison ! Elle aurait préféré aider Daniel Worms et ses ouvriers à comptabiliser le stock des pelleteries, mais le chef d'atelier l'avait consignée aux fournitures, pour sa plus grande exaspération.

Elle décida de voler une demi-heure sur sa journée de travail. S'il l'apprenait, son père ne serait pas content, mais tant pis ! Quand il l'avait engagée comme apprentie, il lui avait précisé qu'il attendait d'elle une ponctualité et un sérieux exemplaires. Il n'y aurait pas de faveurs pour la fille du patron. Camille respectait cette rigueur, mais toute règle se devait d'être enfreinte de temps à autre, non ? Sans compter que les journées d'été, allongées depuis que les Allemands avaient avancé d'une heure les pendules pour mettre la France à l'heure de Berlin, incitaient à la flânerie plutôt qu'au travail.

Après s'être passé le visage à l'eau fraîche, elle gagna le rez-de-chaussée par un escalier dérobé. Dans le grand hall, un officier allemand, botté de noir, la casquette sous le bras, discutait avec Madame Geneviève, la première vendeuse, qui, ses lunettes perchées sur le nez, les lèvres pincées, donnait l'impression d'avoir avalé des citrons.

Depuis leur entrée triomphale dans la capitale, les troupes d'occupation dévalisaient les magasins : bas de soie, lingerie, robes, parfums, bijoux, chaussures, fourrures... Rien ne leur semblait trop beau pour être envoyé à leurs fiancées et à leurs épouses de l'autre côté du Rhin. Les ventes de Fonteroy étaient montées en flèche, mais André n'en tirait aucune satisfaction. « Avec leur mark outrageusement surévalué à vingt francs, c'est de l'escroquerie ! » tempêtait-il. Par ailleurs, il était soucieux car certaines pelleteries commençaient à manquer.

Camille fronça les sourcils. Décidément, elle ne s'y ferait jamais. La défaite lui laissait un goût amer dans la bouche. Le pire, c'était de surprendre les conversations des soldats qui pensaient ne pas être compris. Quand ils tenaient des propos moqueurs ou désobligeants, elle se mordait les lèvres jusqu'au sang pour ne pas répliquer d'un ton cinglant.

Elle se faufila jusqu'à la porte afin d'éviter l'officier. Dehors, elle se mit à marcher en direction de la Madeleine, gardant les yeux baissés pour ne pas voir le drapeau rouge frappé du svastika noir qui pendait tristement au fronton de l'hôtel en face de la Maison Fonteroy. Ils avaient envahi Paris et flottaient sur le palais Bourbon, la tour Eiffel, les bâtiments officiels, les palaces, partout où le regard était appelé à s'arrêter. Camille avait le sentiment qu'on lui avait volé sa ville. Les panneaux indicateurs en lettres gothiques plantés aux carrefours lui faisaient honte. Comme la plupart des Parisiens, elle avait adopté un regard fuyant : il glissait sur les oriflammes ennemies et sur ces soldats en vert-de-gris qui parcouraient les esplanades et les longues avenues silencieuses, appareil photo en bandoulière, admirant la capitale conquise et tout étourdie par une guerre éclair de six semaines qui, après les longs mois de tranquillité trompeuse, l'avait livrée aux Allemands tel un fruit mûr.

Quant à sa mère, l'idée de voir les Allemands défiler en vainqueurs sur les Champs-Élysées lui avait été insupportable. Valentine était pourtant restée en ville après la déclaration de guerre, persuadée que l'armée française saurait contenir les agresseurs, que les braves

Polonais avaient été héroïques mais ineptes. Hélas, quelques mois plus tard, en apprenant l'invasion des Pays-Bas, de la Belgique et du Luxembourg, elle avait dû se rendre à l'évidence : rien ne semblait pouvoir arrêter le rouleau compresseur des Boches.

À la mi-mai, Valentine avait donc décidé de rejoindre Montvallon. « Je veux que tu viennes avec moi », avait-elle ordonné en faisant les valises. « Je ne peux pas laisser papa tout seul, avait répliqué Camille d'un ton obstiné. Il ne le dira jamais, mais il a besoin de l'une d'entre nous, et puisque tu t'en vas... » Elle avait laissé sa phrase en suspens. Valentine s'était redressée, repoussant de la main une mèche de cheveux de son front : « Tu insinues que j'abandonne ton père, mais je dois d'abord m'inquiéter de Maxence. C'est un enfant. Il doit être mis en sûreté. » « Comme moi je ne suis plus une enfant, je resterai avec papa », avait déclaré Camille. Sa mère l'avait observée d'un drôle d'air. « Parfois, je me demande si tu l'as jamais été », avait-elle marmonné avant de boucler sa dernière valise.

Dès son arrivée à Montvallon, Valentine avait réussi à appeler Paris. Camille, qui attendait des nouvelles depuis trois jours, s'était ruée sur le téléphone.

Elle avait à peine reconnu la voix de sa mère. D'un ton rauque, presque haletant, Valentine avait raconté le périple effarant, les routes bondées qui charriaient un fleuve tumultueux de voitures et de carrioles où surnageaient des baluchons à carreaux, des femmes et des nouveau-nés, des matelas, des casseroles, des vieillards perplexes, des valises sanglées de cuir, des soldats hagards, des cageots de poules, des bicyclettes et des cartons à chapeaux, en un fouillis indescriptible, à la fois poignant et pathétique.

Puis, encore vibrante d'effroi, sa mère avait décrit les attaques de Stuka qui piquaient avec des hurlements stridents sur les colonnes désemparées, mitraillant les malheureux contraints à l'exode. « J'ai vu un vieil homme, les cheveux tout blancs, au milieu de la chaussée, qui visait les carlingues avec sa vieille carabine. » Était-ce un sanglot ? Camille avait pressé l'écouteur contre son oreille. « Mais toi, tu n'as rien, maman ? » Jamais sa mère imperturbable ne lui avait semblé aussi bouleversée et la jeune fille en avait été profondément troublée. « Je veux que tu fasses très attention, tu m'entends, ma chérie ? Je ne pensais pas que ce serait aussi terrible. » Alors, Camille avait fermé les yeux, la bouche sèche, parce qu'elle découvrait chez cette mère angoissée un élan de tendresse inattendu.

Quand la ligne de démarcation s'était abattue entre elles tel un couperet, Camille avait eu l'impression que la barrière invisible qui l'avait toujours séparée de sa mère était soudain devenue une frontière tangible. Désormais, il était impossible de communiquer librement. Lettres et télégrammes n'étaient plus autorisés, le téléphone était coupé. Pour voir sa mère, il lui faudrait se rendre rue du Colisée et obtenir un *Ausweis* des services allemands. On les délivrait au compte-gouttes et pour des motifs jugés « graves » par les autorités. Or, ce qui semblait un cas de force majeure pour un Français ne l'était pas nécessairement aux yeux d'un Allemand, d'où une mésentente perpétuelle.

Maintenant qu'elle ne pouvait plus joindre Valentine, Camille se découvrait une foule de choses à lui raconter. Le soir, sur de vieux cahiers d'écolier de Maxence, elle lui écrivait de longues lettres avec une facilité déconcertante. Ne pouvant pas les envoyer, elle les rangeait soigneusement dans un tiroir, et sa mère, devenue inaccessible par la faute des occupants, lui semblait merveilleusement proche.

Alors qu'elle était plongée dans ses pensées, elle buta contre quelqu'un au milieu du trottoir.

— Camille ?

Elle s'arrêta net. Ses oreilles se mirent à bourdonner et elle sentit le sang refluer de son visage.

— Mon Dieu, Peter..., bredouilla-t-elle. Mais qu'est-ce que tu fais là ?

Tout en posant la question, elle se rendit compte de son absurdité.

— C'est mon jour de permission. Ma compagnie est stationnée au sud de Paris. Je suis venu te voir.

Pétrifiée, elle le dévorait des yeux, partagée entre la joie de le voir sain et sauf, de retrouver son sourire, la douceur rêveuse de son regard bleu, et le trouble odieux de le découvrir en uniforme, un calot incliné sur l'œil.

Ils ne s'étaient pas revus depuis deux ans. À l'époque, elle avait été conquise par sa vigueur, mais aujourd'hui, ce corps bien découplé la rendait nerveuse. Peter était trop grand, trop imposant. Elle avait l'impression qu'il prenait toute la largeur du trottoir et elle ne put s'empêcher de reculer d'un pas.

— Est-ce qu'on pourrait s'asseoir quelque part ? demanda-t-il, un peu gêné.

— Écoute, je... je ne sais pas.

Elle jeta un regard effaré autour d'elle, mais les passants les croisaient sans leur prêter attention. Son cœur battait la chamade, elle avait les mains moites.

— Je suis désolé, Camille, s'excusa-t-il, retirant son calot pour passer une main dans ses cheveux courts. Je me rends compte que la situation est délicate. Je ne veux pas te créer d'ennuis. Il vaut peut-être mieux que je m'en aille… Je suis heureux de t'avoir revue.

Il se détourna d'un air attristé.

— Attends ! s'écria-t-elle, le retenant par le bras, mais dès que sa main toucha le drap de l'uniforme, elle la retira aussi vivement que si elle s'était brûlée. Allons prendre le thé aux Trois Quartiers, s'empressa-t-elle d'ajouter.

Et elle repartit d'un pas décidé, obligeant Peter à se dépêcher pour rester à sa hauteur. *Qu'est-ce que je vais lui raconter ?* se demanda-t-elle, angoissée. *Et si jamais quelqu'un nous voyait ensemble ?*

De temps à autre, elle lui jetait un coup d'œil de biais. Il regardait droit devant lui en mordillant l'intérieur de sa joue d'un air anxieux. *J'ai fait l'amour avec lui*, se dit-elle encore, déconcertée, car leurs gestes de tendresse, leurs rires au bord de la rivière, se perdaient dans un passé lointain, presque imaginaire.

Dans le salon de thé, ils s'attablèrent à un guéridon à moitié dissimulé derrière une plante verte.

— Pourquoi es-tu venu en uniforme ? grommela-t-elle.

— On n'a pas le choix.

— C'est pour en imposer aux vaincus, n'est-ce pas ? lâcha-t-elle, ironique.

— Ce n'est pas moi qui ai déclaré la guerre, Camille, fit-il d'un air triste.

Elle se sentit mesquine, haussa les épaules avec un mouvement d'excuse.

Une serveuse en tablier de dentelle blanche vint prendre leur commande. Comme Camille semblait distraite, Peter demanda des limonades et deux parts de tarte aux fraises. Tassée sur sa chaise, mal à l'aise, la jeune fille était persuadée que tout le monde avait les yeux braqués sur elle.

— Comment vont tes parents ? s'enquit-il.

— Bien. Ma mère est à Montvallon avec Maxence. Mon père est resté à Paris, bien sûr.

— Tu as des nouvelles de Liselotte et de Heinrich ?

Elle se rappela que c'était grâce à lui que les jeunes Hahn avaient pu quitter Leipzig. Se sentant un peu rassérénée, elle cessa de se tortiller sur sa chaise.

— Ils habitent chez leur tante à Londres. Aux dernières nouvelles, ils vont bien. Et toi, que sais-tu de leurs parents ?

— Leur père est toujours enfermé dans un camp de concentration. Mme Hahn habite le ghetto. C'est... difficile.

Le regard de Peter se perdit dans le vide. Il se rappela la dernière lettre qu'il avait reçue de sa mère. Eva lui racontait que la Wehrmacht avait exposé sur l'Augustusplatz le butin des armes de guerre prises aux Français. Par ailleurs, elle faisait de la résistance passive au gouvernement en refusant de se produire en concert et n'acceptait que de donner des cours privés à domicile. Une décision qui avait provoqué des froncements de sourcils au sein de la direction du *Gewandhaus*.

— Peter... ?

Il se ressaisit et contempla Camille. La jeune fille avait blêmi.

— Pardonne-moi, j'étais distrait.

— Pourquoi as-tu une tête de mort sur ton col ? souffla-t-elle, ouvrant de grands yeux.

— C'est l'insigne des blindés, expliqua-t-il, un peu surpris. Un vieux symbole qui remonte à un régiment d'élite de hussards de l'armée prussienne. Pourquoi ?

— C'est... sinistre, déclara-t-elle, alors que la serveuse déposait les pâtisseries devant eux.

— Ce n'est qu'un symbole comme un autre. Une façon de montrer notre courage et notre mépris de la mort. Malheureusement, les SS l'ont adopté eux aussi. Mais ces types-là, ils n'ont rien à voir avec nous, tu peux me croire, ajouta-t-il à voix basse et pressante.

— Vous appartenez tous à la même armée, s'agaça-t-elle. Et le moins qu'on puisse dire, c'est que vous ne faites pas de quartier.

Le dédain de Camille l'irrita. Il n'aimait pas se sentir sur le banc des accusés.

— La guerre n'a jamais été une partie de plaisir. Tu trouves que les paroles de votre *Marseillaise* sont tellement moins sanguinaires ?

La critique lui valut un regard noir.

— Je te rappelle que c'est vous les agresseurs.

Ne pouvant pas lui donner tort, il courba légèrement les épaules.

— Excuse-moi. Je ne voulais pas être désagréable. Toute cette situation est si bizarre.

Il jeta un coup d'œil autour de lui. La plupart des clientes étaient des dames d'un certain âge qui évitaient soigneusement de croiser son regard. À une table près de la fenêtre d'où l'on apercevait les hautes colonnes de l'église de la Madeleine, un fantassin plaisantait avec une jeune femme en uniforme gris. Ils bavardaient d'un air détendu, comme s'ils avaient été à Berlin, Hambourg ou Leipzig, avec pour seul souci d'organiser leur soirée d'été. Un instant, Peter se rappela la consigne de son supérieur : « éviter le contact avec la population ». Mais il se fichait de désobéir aux ordres. Le désir de revoir Camille l'avait emporté sur tout le reste. Et pourtant, alors qu'il s'était tant réjoui, il se sentait embarrassé.

Jambes nues, vêtue d'une robe imprimée à pois qui laissait deviner la naissance de ses seins au détour d'un geste, une chaînette en or au cou, la jeune fille était encore plus éclatante que dans son souvenir. Il eut envie de lui dire qu'elle était belle et qu'il n'avait rien oublié de la nuit au bord de la rivière. À l'époque, il avait eu la certitude qu'il ne la reverrait pas, or il s'apercevait que, d'une certaine façon, il avait eu raison. L'insouciance, l'enthousiasme, l'espoir s'étaient envolés. Ils se trouvaient à nouveau l'un en face de l'autre, mais ils n'étaient plus les mêmes.

Son cœur se serra, parce qu'il était trop sensible pour ne pas remarquer le malaise de Camille et qu'il ne pouvait pas y remédier. Cet uniforme, il ne l'avait pas désiré. Il n'avait pas rêvé d'entrer en conquérant dans Paris, contrairement à beaucoup de ses camarades, éblouis par les succès militaires de leurs divisions blindées. Il ne voulait pas être invincible. Il avait vingt ans, il voulait embrasser les lèvres gourmandes de la jeune fille assise en face de lui, respirer le parfum de son corps et l'entendre rire.

— Moi, je fais la différence entre les gens comme tes parents et toi, et les autres, poursuivit-elle à voix basse. Mais ce n'est pas le cas de tout le monde.

— Ta mère…

— Ma mère a décrété qu'elle resterait en province tant qu'il y aurait un soldat allemand sur le pavé parisien. Quand elle a entendu le maréchal Pétain proclamer l'armistice, elle en a été littéralement malade.

— Et toi, Camille, ajouta-t-il soudain à mi-voix. Comment vas-tu ?

Il la dévisageait d'un air si attentif, plein de sollicitude, que Camille en fut touchée. Elle se rappela le dîner à Montvallon, lorsqu'il les avait fait rire en se moquant des tâches qu'on lui imposait pendant ses six mois d'*Arbeitsdienst*. Elle repensa à sa tendresse, à sa douceur quand ils avaient fait l'amour. Il avait été généreux, attentionné. Il avait eu peur pour elle. À voir son visage expressif, tendu vers elle comme en un élan de désir, elle devina que lui non plus n'avait rien oublié.

— J'apprends un métier que j'aime. Je suis heureuse.

— Tu penses quelquefois à moi ?

— Ça m'arrive, fit-elle avec une moue coquette. Mais les choses sont différentes maintenant. Tu comprends, n'est-ce pas ? ajouta-t-elle, soudain oppressée parce qu'elle n'arrivait pas à réconcilier ce jeune militaire avec l'image qu'elle avait gardée de Peter.

Il hocha la tête, l'air abattu.

Ils finirent leurs pâtisseries en silence. Pour Camille, la tarte aux fraises avait un goût de cendres. À l'avenir, elle ne pourrait plus jamais en manger sans repenser à ces quelques minutes de silence si pesantes, si pénibles. Elle songea qu'elle aurait préféré ne pas revoir Peter plutôt que de le découvrir dans cet uniforme noir, avec ces boutons astiqués et ces odieux insignes sur le col.

Quand la serveuse s'approcha avec l'addition, Camille crut lire du mépris dans son regard. Un frisson la parcourut. Elle souffrait de ne pas pouvoir se justifier et lui expliquer que Peter était différent des autres Allemands qui arpentaient la ville.

Ils se retrouvèrent dans la rue, désemparés. Une brise s'était levée, apportant un peu de fraîcheur à la fin de journée. Autour d'eux, les gens quittaient leur travail et se dépêchaient de rentrer chez eux.

Camille ne voulut pas prendre le métro. L'idée de se retrouver pressée contre tous ces corps échauffés lui donnait mal au cœur. Elle aurait aimé que Peter s'en aille de lui-même, qu'il abrège cette rencontre qui la rendait irritable et malheureuse. Mais il se tenait là, les bras ballants, et elle n'eut pas le cœur de le renvoyer parce qu'il était venu la voir et qu'elle savait bien, au fond, qu'il était innocent dans cette histoire.

— Viens, on va marcher un peu. Nous pouvons remonter les Champs-Élysées à partir de la Concorde.

Ils se promenèrent à l'ombre des arbres, suivant les chemins qui serpentaient entre les pelouses du jardin. Le soleil adouci jouait parmi les feuillages. Quelques jardiniers bêchaient dans les potagers.

Peter lui parla de ses parents, de leur mépris pour les nazis, de sa mère qu'il fallait souvent calmer parce qu'elle avait tendance à dire tout haut ce qu'il aurait mieux valu garder pour soi. À entendre la tendresse dans sa voix, Camille se sentit touchée.

— Mais puisque le régime ne leur convenait pas, pourquoi ne sont-ils pas partis ?

— Tu crois que c'est facile d'abandonner tout ce qu'on possède ? rétorqua-t-il, un rien agacé. Mon père est l'héritier d'une maison d'édition qui a plus d'un siècle d'existence. Il a des responsabilités, des employés. Tous mes ancêtres paternels sont enterrés à Leipzig. Ma mère s'y est établie après son mariage, alors qu'elle était plutôt nomade dans l'âme. Ils y ont leur appartement, leurs habitudes, leurs amis... On ne renonce pas à son passé en claquant des doigts. Toi, tu quitterais Paris comme ça, avec deux valises et à peine de quoi recommencer une vie ailleurs ? Tu ne comprends donc pas ce que représente une ville qu'on aime, des racines, une patrie ?...

Il était brusquement devenu si furieux qu'il en tremblait. Cette agressivité inattendue surprit Camille et la piqua au vif.

— La patrie, la patrie ! Vous n'avez que ce mot à la bouche, vous autres Allemands ! Il vous aura bien empoisonné, votre fameux *Vaterland* ! Tes parents auraient mieux fait de partir, et toi avec eux. Parfois, il vaut mieux tout sacrifier pour sauver son honneur.

Peter s'arrêta net.

— De quel droit oses-tu dire une chose pareille, Camille ? souffla-t-il. Je ne te pensais pas aussi intraitable.

Elle réalisa qu'elle l'avait insulté.

— Pardonne-moi, fit-elle de mauvaise grâce. Je suis peut-être naïve.

— Bah, notre génération ne restera pas naïve très longtemps, ironisa-t-il.

Peter se sentit brusquement épuisé. Cette rencontre avec Camille n'avait fait que lui révéler tout ce qui n'allait pas dans sa vie. Aux yeux du monde entier, l'aspirant Peter Krüger était le glorieux conquérant de cette capitale aux faux airs de provinciale assoupie, pavoisée de croix gammées, avec ses volets fermés, son couvre-feu, ses rues silencieuses et ses panneaux indicateurs en allemand, or lui ressentait à cet instant précis toute la détresse et la rage confuse du vaincu.

Il n'en pouvait plus des regards accusateurs de Camille. Il songea qu'il avait eu tort de chercher à la revoir, et il en conçut un chagrin qui l'étonna par sa virulence.

— Ne m'en veux pas, Camille, mais je dois te laisser..., s'excusa-t-il, fébrile. Tu pourras rentrer seule, n'est-ce pas ?

Elle sembla surprise, presque vexée.

— Évidemment, je suis chez moi ici ! lança-t-elle, agacée.

— Justement, c'est bien là le problème, n'est-ce pas ?

Il la dévisagea une dernière fois, le regard brûlant, avant de tourner les talons et de s'éloigner presque en courant.

Le cœur battant, Camille fit un pas dans sa direction comme pour le retenir, mais, cette fois, elle n'insista pas.

Elle resta là, interdite, à le suivre des yeux jusqu'à ce qu'il eût disparu, et elle eut l'impression fugitive que c'était une partie de son innocence et de sa jeunesse qui s'en allait avec lui.

André s'aperçut que son haleine créait de petites bouffées blanches. Ce phénomène, naturel en plein air, lui sembla parfaitement incongru dans son bureau silencieux du boulevard des Capucines.

Il repoussa la couverture qui reposait sur ses genoux et se leva, engoncé dans sa pelisse, pour aller attiser le poêle qu'il avait fait installer. Il lui restait quelques précieux morceaux de charbon, mais la température de la pièce était encore tout juste supportable pour ne pas les entamer.

Il regarda par la fenêtre. Il avait neigé pendant la nuit. Un ciel gris pesait tel un couvercle plombé sur les toits voilés d'une couche de givre. Dans la cour, les pas de la concierge de l'immeuble voisin se détachaient sur la pellicule blanche qui recouvrait les pavés.

Il espérait que Camille ne prendrait pas froid en faisant la queue chez le boucher. La viande devenait rare, coupons d'alimentation ou non, mais elle avait insisté pour tenter sa chance comme la plupart des ménagères. Marthe, leur vieille cuisinière, souffrait de rhumatismes et ne pouvait pas rester debout trop longtemps. Il avait vu partir Camille, un bonnet enfoncé jusqu'aux yeux, affublée d'un pantalon de ski, d'épaisses chaussures et de gants fourrés. Il s'inquiétait car il lui trouvait mauvaise mine. Il l'emmenait parfois déjeuner dans des restaurants qui proposaient à leur clientèle d'habitués des plats roboratifs, et des colis leur parvenaient deux fois par mois, expédiés par une famille normande dont le fils avait été apprenti chez Fonteroy, mais elle avait néanmoins encore maigri.

La veille, ils avaient définitivement abandonné la salle à manger, vaincus par le froid, alors qu'ils avaient maintenu cette habitude parce qu'à chaque renoncement, aussi infime fût-il, les occupants remportaient encore une victoire. Ainsi, ils se raccrochaient à des rituels insignifiants qui prenaient à leurs yeux une importance considérable.

Ils s'étaient réfugiés avec leurs assiettes de soupe aux haricots dans la chambre de Maxence. Depuis les premiers froids, cette pièce était devenue leur refuge. Ils y avaient installé deux fauteuils confortables de part et d'autre du radiateur électrique, des couvertures de vigogne, ainsi que le poste de TSF. Tous les soirs, à huit heures et quart, ils écoutaient les émissions françaises diffusées par la BBC sous le regard opaque du vieux cheval à bascule poussé dans un coin.

André s'inquiétait aussi parce qu'il trouvait Camille abattue. Il se demandait si Valentine lui manquait. Devait-il essayer d'obtenir un sauf-conduit et expédier sa fille en zone libre ? Il aurait bien voulu avoir l'avis de sa femme, mais leur correspondance était réduite au minimum depuis l'instauration des cartes interzones. Camille en envoyait régulièrement à sa mère, barrant les phrases déjà libellées qui ne correspondaient pas à leur situation. Valentine, en revanche, s'était débrouillée pour leur faire comprendre qu'elle ne s'abaisserait pas à utiliser ces odieux imprimés roses ou jaunes qui lui donnaient l'impression d'être analphabète. Soit elle écrivait librement, soit elle n'écrivait pas du tout. C'était donc Maxence qui, une fois tous les quinze jours, signait la carte en donnant quelques nouvelles, toujours bonnes d'ailleurs.

Lorsqu'il pensait à sa femme qu'il n'avait pas vue depuis le printemps précédent, André se sentait abandonné. Qu'elle fût en sécurité avec Maxence en zone libre le soulageait, bien sûr, mais il rêvait d'elle toutes les nuits. Jamais ils n'avaient été séparés aussi longtemps et il se rendait compte à quel point elle lui manquait. Une partie de lui n'existait qu'à travers Valentine. Il était fasciné par sa détermination et ses humeurs, pourtant imprévisibles et irritantes, qui lui rappelaient parfois son frère Léon.

Dans sa jeunesse, André avait grandi à l'ombre de son frère cadet. La fougue de Léon, qui jouait toujours les premiers rôles, lui avait permis de rester en retrait. Il en avait été heureux. Timide, parfois maladroit, il s'était senti plus à l'aise dans une relative discrétion. D'une certaine manière, l'ardeur de son jeune frère l'avait protégé en lui permettant d'être lui-même.

Aux yeux de tous, André avait été des deux le garçon sage, réservé. Celui sur qui l'on pouvait compter. On ne lui demandait pas autre chose puisque Léon était là pour monopoliser l'attention lors des conseils d'administration, éblouir les filles et capter les regards. André n'en avait jamais conçu la moindre jalousie. Au contraire, il lui en aurait été presque reconnaissant. Puis, quand Léon avait disparu, il avait eu l'impression de se retrouver en première ligne, comme si on lui retirait un bouclier. En tombant amoureux de Valentine, il avait inconsciemment choisi quelqu'un qui lui offrait ce même rempart de beauté et d'éclat derrière lequel il pouvait s'abriter.

Jamais il n'aurait osé le lui avouer, mais il était ému de la voir vieillir doucement. Il guettait les ridules qui s'étoilaient aux coins de ses yeux. Son corps reflétait peu à peu l'empreinte des années et des enfants qu'elle avait portés. Quand il la prenait dans ses bras, il puisait un certain réconfort dans cette douceur nouvelle.

André fit un effort pour chasser Valentine de son esprit et se concentrer à nouveau sur son travail.

Après la signature de l'armistice, les Allemands avaient pris en main les structures économiques et commerciales du pays. Un comité d'organisation avait été mis en place, car les stocks de pelleteries françaises – notamment les peaux de lapins – intéressaient au plus haut point les autorités allemandes. Pour la première fois de sa vie professionnelle, André se voyait contraint de répondre à des exigences qui ne dépendaient pas de lui. Ainsi, une partie des vêtements de la Maison Fonteroy était confisquée et disparaissait en direction du Reich.

On frappa à la porte du bureau. André sourit en voyant Max Goldmann s'encadrer dans l'embrasure.

— Max ! Quel bon vent t'amène ? demanda-t-il en se levant.

Son ami était particulièrement élégant, vêtu d'un complet sombre croisé, un manteau en cachemire beige au col châle de vison posé sur les épaules. À la main, il tenait des gants en pécari et un chapeau de feutre. Ses épais cheveux blonds étaient soigneusement peignés en arrière. Il devait avoir marché d'un pas vif car ses pommettes étaient roses, mais il ne souriait pas.

Max sortit un papier de sa poche et le posa sous les yeux d'André, l'aplatissant de la main en un geste péremptoire. C'était sa carte d'identité, barrée d'un large tampon agressif à l'encre rouge : « Juif ».

— Mon Dieu, murmura André en se rasseyant lentement, tandis qu'un courant glacé lui figeait le sang dans les veines.

Au mois d'octobre, une ordonnance allemande avait exigé le recensement des Juifs dans les commissariats. Daniel Worms avait prévenu son patron qu'il serait absent la matinée du 19, journée consacrée aux dernières lettres de l'alphabet. En croisant son chef d'atelier le lendemain, André lui avait trouvé le visage marqué. Worms lui avait raconté qu'il avait fait la queue pendant une heure et que le fonctionnaire français avait été d'une efficacité à la fois redoutable et humiliante en inscrivant sur le registre son nom et ceux de sa femme, de sa belle-fille et de son fils, prisonnier dans un stalag en Allemagne.

André observa son ami. Le visage grave, le regard lointain, Max restait debout, presque au garde-à-vous. Il semblait avoir du mal à déglutir.

D'un mouvement décidé, André se leva, ouvrit un placard et en retira une bouteille de cognac. Il leur versa deux verres qu'ils vidèrent d'une lampée, puis il les remplit à nouveau.

En dépit du froid qui régnait dans la pièce, Max laissa glisser le manteau de ses épaules et, lorsqu'il s'assit dans un fauteuil, André se sentit curieusement soulagé. La raideur extrême de son ami, témoignant de sa colère et de sa souffrance, avait été douloureuse à contempler.

— Ils ont nommé un administrateur provisoire à la tête des Établissements Goldmann, déclara enfin Max d'une voix étranglée. Mon pauvre grand-père doit se retourner dans sa tombe ! Lui qui avait quitté la Pologne et réussi à créer une entreprise prospère parce qu'il était intelligent et travailleur ! Un exemple pour ses pairs, disait-on... Il aimait raconter que nos ancêtres étaient des négociants qui transportaient les pelleteries des comptoirs de Riga ou de Novgorod jusqu'à Leipzig. À travers les siècles, ils ont survécu aux pogroms et aux persécutions. Il avait choisi de s'établir au pays des droits de l'homme pour mettre ses descendants à l'abri de ces injustices.

Ses épaules s'affaissèrent légèrement. Il passa une main fiévreuse dans ses cheveux. Une ride lui marquait le front entre les sourcils.

— La maison doit être aryanisée, tu comprends. Il faut trouver des gens bien sous tous rapports aux yeux de nos nouveaux maîtres. Des propriétaires qui ne soient pas membres d'une race impure, souillée, criminelle, responsable des malheurs de la patrie...

— Arrête, Max, je t'en supplie, implora André.

Max inspira profondément.

— Le propriétaire juif peut proposer le nom d'un acquéreur aryen qui soit prêt à payer un prix raisonnable. J'aimerais que tu sois cet Aryen, André.

André resta médusé. Max alluma une cigarette qu'il fuma par petites bouffées nerveuses.

— Écoute, mon vieux, reprit-il. Je vis un cauchemar depuis des mois. Au début, j'ai pensé qu'il y aurait des exceptions. Quand j'ai dû accrocher la pancarte « entreprise juive » à la porte de mon établissement, j'ai mentionné mes décorations pour que ces salauds n'oublient pas que j'avais risqué ma vie pour la France lors de la dernière guerre. J'ai versé mon sang pour ce pays ! On m'a fermement prié de retirer ces précisions sans importance. Aujourd'hui, je n'ai plus le choix, mais je préférerais que ce soit un ami de confiance qui veille sur mon entreprise plutôt qu'un inconnu qui risquerait de tout dilapider.

Avait-il financièrement les moyens d'absorber les Établissements Goldmann ? se demandait André, préoccupé. Son offre devrait être jugée recevable par l'administrateur. D'autres confrères seraient certainement intéressés. Dans tous les secteurs d'activité, certains profitaient sans scrupules de ces aubaines inespérées. Beaucoup d'entreprises profitables étaient devenues des proies accessibles pour des acquéreurs dont la principale qualité était d'être « aryens ».

— Évidemment, Max, si je peux te rendre service… mais je tiens à ce que les choses soient claires entre nous. C'est un changement de propriétaire provisoire, dû à des circonstances exceptionnelles. Le jour venu, les Établissements Goldmann seront restitués à leur propriétaire légitime.

Un sourire triste éclaira le visage de Max.

— Il faudra d'abord les battre, ces maudits fridolins.

— Ce ne sera pas la première fois, mon vieux.

Max hocha la tête d'un air sceptique.

— Tu ne penses pas que ce serait une bonne idée d'envoyer Judith et vos garçons retrouver Valentine ? ajouta André. Comme tu le sais, Montvallon est en zone libre. Ce serait peut-être mieux pour la santé des enfants.

Les deux petits garçons de Max étaient un peu plus jeunes que Maxence, et le cadet souffrait d'une faiblesse pulmonaire.

Le visage tendu, Max se redressa.

— Je n'ose croire que les choses puissent empirer par ici. Ma mère s'est réfugiée chez une cousine à Nice. Mon beau-père, en revanche, est un vieil homme souffrant et Judith ne voudra jamais quitter Paris sans ses parents.

— Tu devrais peut-être lui en parler, insista André. Nous connaissons tous les deux des familles juives qui sont parties avant même la déclaration de guerre. À Leipzig, ces dernières années, j'ai vu les conséquences de l'antisémitisme nazi. Je ne crois pas que le pauvre Rudolf Hahn ait encore été libéré du camp de Buchenwald.

Max se leva et enfila ses gants.

— Je sais, mais cela ne peut pas nous arriver à nous. Nous sommes français. Jamais Pétain ne permettrait une honte pareille. Et puis, n'oublie pas que j'ai une carte de combattant. Allons, je t'invite à déjeuner, conclut-il d'un air faussement enjoué. Il faut bien fêter ça, non ? Ce n'est pas tous les jours que je vends l'affaire familiale.

André ressentit un vague malaise en repensant à sa dernière visite à Leipzig, en 1938. Vidé d'une bonne partie de ses habitants, le Brühl lui avait semblé désert. Il regretta de ne pas posséder la détermination de Valentine, qui aurait sûrement convaincu Max de quitter Paris sans plus tarder, avec Judith et les enfants. Mais lui n'osa pas insister. Max était un adulte responsable et pour rien au monde il n'aurait fait courir le moindre risque à sa famille.

Au rez-de-chaussée, des officiers allemands faisaient leurs emplettes de Noël. André salua une comédienne qu'il connaissait depuis longtemps. Elle examinait des vestons d'intérieur doublés de guanaco de couleur fauve. Autrefois, il avait toujours pris un grand plaisir à passer dans son magasin pour accueillir les clientes. Or, depuis que la maison était envahie de doryphores, il traversait la pièce d'un pas pressé, comme s'il n'avait pas une minute à perdre. Aujourd'hui, il se sentait d'autant plus embarrassé que Max semblait bouillir d'une colère rentrée qui menaçait d'exploser à tout instant.

Il fut soulagé de se retrouver à l'air frais sans avoir été interpellé par l'une ou l'autre des vendeuses, qui avaient la fâcheuse habitude de s'adresser à lui quand un client n'arrivait pas à se faire comprendre. André leur avait pourtant dit qu'il ne tenait pas à pratiquer la langue de Goethe en ces circonstances, mais les jeunes filles soucieuses lui jetaient des regards éplorés auxquels il se sentait obligé de répondre.

Les deux amis remontèrent le col de leur manteau, ajustèrent leur chapeau et partirent d'un bon pas en direction de l'Opéra.

On tambourinait à la porte. Encore tout ensommeillé, Alexandre regarda l'heure : cinq heures et demie du matin ! Qu'est-ce qu'on pouvait bien lui vouloir ? Il se leva en pestant, enfila sa robe de chambre, ne trouva pas ses pantoufles et se dirigea pieds nus vers la porte d'entrée.

— Ils vont réveiller toute la maison, grommela-t-il en bataillant avec le verrou.

Lorsqu'il ouvrit la porte, la lumière vive de la cage d'escalier le fit cligner des yeux. Il s'aperçut qu'il n'y avait personne sur son palier, mais qu'on frappait au troisième. Surpris, il sortit et se pencha à la rampe pour mieux voir. Deux agents de police martelaient la porte en bois de ses voisins.

— Ouvrez, police ! appela l'un d'eux d'une voix autoritaire.

Alexandre entendit qu'on leur obéissait.

— Liberman, Joseph ?

L'homme interpellé acquiesça.

— Veuillez nous suivre.

Quelques minutes plus tard, Alexandre vit descendre Joseph Liberman, le visage blême, encadré par les deux policiers en képi et pèlerine. Les trois hommes le frôlèrent. Il avait souvent échangé quelques mots avec le tailleur et il fut choqué de voir cet homme, à la mine d'ordinaire soignée, les joues bleuies par une barbe matinale et les cheveux emmêlés. On ne lui avait même pas laissé le temps de lacer correctement ses chaussures. Il trébucha sur la dernière marche et dut s'accroupir dans l'entrée pour renouer son lacet.

La scène s'était déroulée si vite qu'Alexandre se demanda s'il n'avait pas rêvé. Il rentra chez lui, se précipita à la fenêtre de sa chambre qui donnait sur la rue et ouvrit les volets. En cette matinée du 20 août 1941, l'aube blafarde éclairait à peine les façades sombres. À sa stupéfaction, il vit sortir d'autres hommes des immeubles. On les faisait monter dans un autobus garé au bout de la rue que barraient des agents français. Coiffés de leurs casques ronds, des soldats allemands patientaient sur le trottoir.

Songeant soudain à Mme Liberman et à sa petite fille, Alexandre se rua de nouveau vers l'escalier et grimpa les marches deux par deux pour les réconforter.

— Ils emmènent les Juifs étrangers, comme au mois de mai, hoqueta Esther Liberman, le visage bouffi de larmes, serrant sa robe de chambre sur la poitrine. Ils ont dit qu'ils l'emmenaient à Drancy. Vous savez où c'est, monsieur Manokis ?

Désolé, Alexandre secoua la tête. Elle se mit à pleurer de plus belle. Collée à sa mère, la petite fille avait glissé un pouce dans sa bouche.

— Écoutez, je vais préparer quelque chose de chaud à boire, proposa Alexandre. Il me reste un fond de vrai café. Ne bougez surtout pas, je reviens tout de suite…

*Bougre d'imbécile !* se dit-il en descendant chez lui. *Où voudrais-tu qu'elle aille, la malheureuse !*

Fébrile, il enfila une paire de chaussures, fouilla les placards et trouva les précieux grains noirs dans le pot en céramique.

Une heure plus tard, il quittait la jeune femme qui avait repris quelques couleurs et retournait chez lui.

Au début du printemps, plusieurs milliers de Juifs étrangers avaient été convoqués par un « billet vert » de la préfecture de police. Ils avaient été regroupés dans des camps situés dans le Loiret, mais c'était la première fois qu'Alexandre se trouvait confronté à la réalité cruelle et sordide d'une rafle.

Des policiers français, encadrés par des soldats des troupes d'occupation, venaient surprendre les gens à l'aube, avec brutalité, alors qu'ils n'avaient commis aucun crime ni délit. Il n'arrivait pas à oublier le visage décomposé d'Esther Liberman ni le regard éperdu de sa petite fille, et il repensa à ses nombreux confrères soumis depuis le mois d'octobre dernier aux mesures antijuives.

Partout dans le quartier, les pancartes de couleur jaune « *Jüdisches*

*Geschäft – Entreprise juive* » avaient fleuri telles des mauvaises herbes dès le début de l'Occupation. On discutait des ordonnances allemandes dans les cages d'escalier, les bistrots, sur le seuil des commerces. Et pourtant, bien qu'une sourde menace serrât les cœurs, la confiance en l'État français l'emportait.

Un peu plus tard dans la matinée, Alexandre mâchonnait un quignon de pain grisâtre, prenant soin de n'en perdre aucune miette, et feuilletait *Le Matin* d'un œil distrait car les articles censurés n'avaient guère d'intérêt. Quand la sonnette retentit, il sursauta comme s'il avait commis une faute.

En ouvrant, il découvrit Sarah, sa mécanicienne, accompagnée d'un jeune homme maigre qui se mordillait les lèvres.

— Pardon de vous déranger, monsieur, dit la jeune fille d'un air anxieux. Mais est-ce que je pourrais vous parler un moment ?

— Bien entendu, entrez, je vous en prie.

Il referma la porte et les précéda dans l'atelier.

— Je vous présente mon frère Simon, monsieur. Je voulais vous demander s'il pouvait dormir chez vous ce soir. (Ses yeux se voilèrent de larmes.) On a très peur, vous savez... Ils ont arrêté mon père ce matin, mais Simon, par miracle, avait passé la nuit chez des amis parce qu'il avait raté le dernier métro. Ma mère et moi, on est certaines qu'ils vont revenir le chercher parce qu'il était sur leur liste. On ne sait pas vers qui se tourner, alors j'ai pensé à vous...

Sarah semblait au bord de l'évanouissement. Elle travaillait pour lui depuis deux ans. Elle était spontanément venue se présenter quand il avait emménagé rue de Trévise. Son oncle était fourreur, mais la famille avait du mal à joindre les deux bouts. En prenant un emploi à l'extérieur, elle pouvait assurer un salaire pendant une bonne partie de l'année. Alexandre avait été conquis par son entrain. D'humeur joyeuse, la jeune fille possédait des doigts de fée et ne rechignait jamais au travail.

Lorsque la plupart de ses clientes avaient abandonné la capitale, Alexandre avait redouté le pire, mais il avait eu la surprise de découvrir une clientèle nouvelle, moins distinguée et plus tapageuse, pour qui l'argent ne posait aucun problème. La première fois que l'une de ces femmes aux cheveux décolorés et aux lèvres fardées avait sorti de son sac une liasse de billets et l'avait posée devant lui sans sourciller, il s'était demandé comment réagir. Devait-il les compter devant elle, comme à la banque ? ou la prier de bien vouloir le faire pour lui ? Les semaines suivantes, son carnet de commandes n'avait pas désempli. Il n'avait guère à sa disposition que des peaux de lapins à cause du rationnement et il devait faire preuve d'imagination pour dessiner des manteaux qui ne se ressemblent pas tous. Il croisait les doigts pour ne pas se retrouver trop souvent confronté à des clients qui lui apportaient des pelleteries fines visiblement obtenues au marché noir, ce qui lui procurait immanquablement un sentiment de malaise.

— Vous êtes évidemment le bienvenu, Simon, dit-il en souriant. Aussi longtemps que vous le voudrez.

— Merci, monsieur ! s'exclama Sarah.

— Merci beaucoup, monsieur, renchérit son frère, tandis qu'un pâle sourire flottait sur son visage soulagé.

Alexandre s'assit sur un tabouret.

— Vous vouliez me demander autre chose, Sarah ? ajouta-t-il gentiment.

La jeune fille rougit et jeta un coup d'œil à son frère, qui l'encouragea d'un hochement de tête.

— C'est que... Je ne voudrais pas paraître impertinente, mais ma mère et moi, on aimerait faire passer Simon en zone *nono*... Le problème, c'est qu'on ne connaît personne de l'autre côté et qu'on n'a pas beaucoup d'argent... Je me demandais si vous connaissiez quelqu'un qui pourrait l'héberger quelque temps...

— Je voudrais aller en Espagne, monsieur, précisa le jeune homme, les yeux brillants. De là-bas, on peut aller en Angleterre. Je veux rejoindre ceux qui se battent avec de Gaulle contre les Allemands.

— Quel âge avez-vous, Simon ? demanda Alexandre.

— Dix-neuf ans, monsieur.

— Tu viens d'avoir dix-huit ans, le corrigea sa sœur.

— Et alors ? lança-t-il, agacé. C'est assez grand pour lutter contre les Boches...

— Et te faire trouer la peau...

Le frère et la sœur se dévisagèrent d'un air furieux. Alexandre comprit qu'il s'agissait là d'une vieille querelle.

— Allons, ne vous chamaillez pas, dit-il d'une voix apaisante. Vous êtes courageux, Simon, mais le problème, c'est que je ne connais personne...

Un peu perdu, il regarda autour de lui en se creusant la cervelle. Il savait que la ligne de démarcation offrait plusieurs possibilités de passage. Dans le quartier, on parlait à mi-voix de passeurs, d'intermédiaires, de familles qui accueillaient les réfugiés... Il repensa soudain au vieux Basile, le muletier de Kastoriá, qui l'avait guidé à travers les montagnes de Macédoine jusqu'à Thessalonique. Tous ceux qui avaient un jour quitté leur pays par des chemins détournés devaient partager la même angoisse, la même incertitude, et ces bouffées d'allégresse qui succédaient à l'abattement le plus profond.

Mais Alexandre n'avait pas d'amis, ni même de connaissances susceptibles d'aider le jeune Simon... C'est alors que son regard tomba sur une vieille coupure de journal écornée, épinglée au-dessus de la surjeteuse.

— Attendez un moment, murmura-t-il en se levant.

Il s'approcha de la photo qui faisait tellement partie du décor qu'il ne la remarquait même plus. Piqueté de taches brunes, le papier avait jauni.

— Je connais quelqu'un qui possède une maison en zone libre. Du moins, je crois que sa maison est du bon côté. Peut-être bien qu'elle pourrait nous aider...

Brusquement, son visage s'éclaira. On aurait dit qu'un coup de vent venait de s'engouffrer dans la pièce, balayant l'angoisse et l'appréhension qui imprégnaient l'appartement depuis la rafle du matin. Il prit son feutre accroché à une patère et l'enfonça sur sa tête.

— Simon, vous allez rester ici et ne pas en bouger. Sarah, faites-lui faire le tour du propriétaire, il pourra dormir sur le canapé dans mon salon. N'ouvrez à personne en mon absence. De toute façon, c'est la morte-saison en ce moment. On ne devrait pas venir vous déranger. Je reviendrai tout à l'heure.

Il quitta l'appartement, le pas alerte, un sourire aux lèvres.

— Qui est-ce ? demanda Simon, curieux, en se penchant pour étudier la photo épinglée au mur.

Sarah retira son petit chapeau noir orné d'un ruban cerise et le posa sur la table.

— C'est Mme Fonteroy. M. Manokis a travaillé plusieurs années pour la Maison Fonteroy avant de se mettre à son compte. Il a dit qu'il gardait la photo pour s'inspirer du manteau. Il est célèbre dans la profession, on l'appelle « la Valentine ». Mais si tu veux mon avis, je crois plutôt qu'il en a pincé pour elle autrefois. Il faut dire que c'est une belle femme... Allez, viens, je vais te montrer où tu vas dormir.

Une heure plus tard, Alexandre s'arrêtait devant l'une des vitrines de la Maison Fonteroy. Trois malheureux mannequins en bois drapés de papier étaient disposés en arc de cercle, levant les bras comme s'ils dansaient une ronde absurde. Visiblement, Odile Venailles ne veillait plus sur les vitrines.

Des années auparavant, derrière cette même glace, il avait regardé Valentine quitter le magasin et monter dans sa voiture. Seigneur, ce qu'elle était belle ! songea-t-il, irrité de se sentir troublé. Il croyait pourtant s'être guéri de Valentine Fonteroy. Un bref instant, il en voulut à Sarah de l'obliger à renouer avec des souvenirs qu'il avait soigneusement enterrés depuis des années.

Lorsqu'il avait quitté la jeune fille et son frère, il avait l'intention de se rendre avenue de Messine, mais, en chemin, il avait perdu courage. Pour qui se prenait-il ? Pouvait-il sonner à la porte de Valentine et lui demander de but en blanc d'héberger à Montvallon un jeune Juif polonais inconnu ? Au mieux, elle lui rirait au nez. Au pire, il la mettrait en danger. De quel droit pouvait-il lui demander ce service ?

Perdu dans ses pensées, il était descendu du métro à la station Opéra, se demandant s'il ne ferait pas mieux de retourner dans son quartier. Dans son café de prédilection, à l'angle de la rue Richer et de celle du Faubourg-Poissonnière, quelqu'un pourrait sûrement le renseigner.

La journée était belle. Les jupes légères des femmes qui circulaient à bicyclette dévoilaient leurs cuisses. Coiffées de toques à voilette ou de chapeaux insolites aux fleurs en tissu, les passantes faisaient claquer leurs hautes semelles en bois sur les trottoirs avec des démarches d'oiseaux malhabiles. Attablés aux terrasses, les soldats en vert-de-gris ne perdaient rien du spectacle. Comme attiré par un aimant, Alexandre s'était bientôt retrouvé devant l'immeuble de la Maison Fonteroy.

Les mains dans le dos, il regarda d'un air sévère les portes vitrées, se demandant s'il oserait déranger son ancien patron. André Fonteroy lui avait toujours paru être un honnête homme. On racontait qu'il avait refusé plusieurs fois d'être nommé administrateur provisoire de maisons de fourrure juives qui devaient être aryanisées, qu'il avait seulement acheté les Établissements Goldmann, mais connaissant l'amitié qui liait André Fonteroy à Max Goldmann, Alexandre se doutait qu'il jouait habilement le rôle d'un homme de paille.

Un vélo-taxi s'arrêta devant la porte. Une femme longiligne, vêtue d'une robe seyante, un chapeau à plumes perché sur ses boucles platine, en descendit et pénétra dans le magasin. Alexandre lui emboîta le pas.

Aussitôt, une jeune vendeuse s'approcha de lui.

— Puis-je vous aider, monsieur ? demanda-t-elle poliment.

— Je désirerais voir Mlle Camille Fonteroy.

— Certainement, monsieur. Qui dois-je annoncer, je vous prie ?

— Alexandre Manokis. Nous nous connaissons.

— Veuillez patienter un moment, monsieur.

Elle se détourna avec un sourire.

Alexandre se dit que c'était son jour de chance. Qu'est-ce qui l'avait poussé à demander Camille ? Peut-être le vague souvenir d'une enfant trop grave pour son âge qui admirait l'une de ses créations avec le savoir-faire d'un expert. Puisque Valentine lui semblait inaccessible et André Fonteroy incertain, il ne lui restait plus que la jeune Camille.

Il ne la reconnut pas tout de suite. La jeune fille s'approcha de lui d'un pas décidé. Elle portait une robe d'été bleu marine, le col et les manches courtes bordés de piqué blanc. Elle était grande, mince, mais sa natte d'écolière et ses joues rondes gardaient un souvenir d'enfance. Le regard clair, lui, n'avait pas changé. Il était toujours aussi intelligent, scrutateur et empreint d'une étrange solitude.

— Monsieur Manokis ? Je suis heureuse de vous revoir. Comment allez-vous ?

— Mademoiselle Camille..., bafouilla-t-il. Je suis désolé de vous déranger.

— Mais pas du tout. Montons au premier, si vous le voulez bien. Nous y serons plus tranquilles.

Avec un geste affectueux, elle lui prit le bras et l'entraîna vers l'escalier.

Dans une petite pièce déserte au premier, elle lui offrit quelque chose à boire. Il accepta volontiers un verre d'eau et s'assit sur une chaise, tandis que Camille, repoussant des boîtes remplies d'épingles, de fils disparates et de morceaux de padou récupérés sur de vieux manteaux appelés à être transformés, se perchait sur le bord du bureau.

— Je pense que vous êtes comme nous, plaisanta-t-elle en suivant son regard. On en est réduits à courir derrière ces « bouts de ficelle qui ne servent à rien » que conservent les grands-mères avisées.

— Malheureusement, de nos jours, ils servent toujours à quelque chose. Je ne vais pas y aller par quatre chemins, mademoiselle, ajouta-t-il en baissant la voix. J'ai un service à demander à madame votre mère, mais je n'ai pas osé la déranger chez vous.

— Ma mère n'est plus à Paris. Elle habite la Bourgogne, en zone libre.

Alexandre sourit, l'air soulagé.

— Il me semblait bien que votre maison était du bon côté. Il se trouve que… comment dire ? L'une de mes ouvrières aimerait faire passer la ligne à son jeune frère. Le problème, c'est qu'il aurait besoin d'un point de chute. Ma requête risque de vous paraître incongrue, mais je me demandais si votre mère…

Les bras croisés, Camille avait froncé les sourcils.

— J'espère que vous réalisez ce que vous me demandez, monsieur, dit-elle d'un ton sec.

Alexandre bondit sur ses pieds, le rouge au front.

— Pardonnez-moi, mademoiselle. Je ne voulais en aucun cas vous mettre dans l'embarras. Si vous le permettez, je vais…

— Asseyez-vous, ordonna-t-elle.

Elle se leva pour aller fermer la porte et s'y adossa un instant, comme pour y puiser des forces. Alexandre eut l'impression de revoir le geste de sa mère autrefois. Valentine avait eu une expression semblable, à la fois soucieuse et irritée, lors de ce funeste après-midi avenue de Messine, quand elle lui avait annoncé que tout était fini entre eux.

— Nous nous connaissons à peine, monsieur. Qu'est-ce qui me prouve votre bonne foi ?

*Rien*, songea-t-il, *excepté que j'ai follement aimé votre mère et que je pense être le père de votre frère Maxence…*

— Hélas, rien, mademoiselle, déclara-t-il en ouvrant les mains dans un geste d'impuissance. Je pourrais être un délateur, un mouchard de la Gestapo. Je n'ai aucune preuve du contraire. Il vaut peut-être vraiment mieux que je m'en aille.

Elle resta silencieuse, la tête légèrement inclinée sur le côté. Puis elle sembla décider qu'il était digne de confiance.

— J'aimerais rencontrer la personne concernée.

— C'est-à-dire… Il est chez moi, à l'atelier… Il a peur de sortir à cause de la rafle de ce matin.

— Alors, je vais aller chez vous. Cela faisait longtemps que j'avais envie de découvrir le fameux atelier Manokis, dont on a parlé dans la *Revue de la fourrure*.

Il ne put s'empêcher de se sentir flatté.

— Quand voulez-vous venir ?

— Mais… tout de suite, dit-elle en attrapant un sac écossais et des gants en tissu blanc.

Un peu abasourdi, Alexandre se retrouva avec Camille dans la rue. Ils passèrent devant la vitrine qu'il avait contemplée en arrivant.

— Décidément, ça ne rend pas du tout…, grommela-t-elle.

— Pardonnez-moi ?

— Les bras des mannequins. Je les ai levés comme s'ils faisaient le V de la victoire, mais on dirait plutôt qu'on les menace avec une arme.

Alexandre éclata de rire.

Valentine patientait près de la fenêtre, à l'abri d'un rideau du salon. Elle écoutait les oiseaux piailler dans les frondaisons. En cette fin de journée de septembre, le vent agitait les branches des arbres, qui lâchaient des poignées de feuilles. C'était une soirée paisible. L'été n'avait pas encore rendu les armes, il se laissait deviner parmi les clochettes jaunes des clématites ou le rose lilas des colchiques. Un peu plus loin, le pourpre des asters éclatait contre le vert sombre de la haie. Pourtant, tous les soins du jardinier se portaient désormais sur le potager. Les mauvaises herbes se glissaient parmi les massifs de fleurs, la pelouse avait besoin d'être tondue.

En entendant Maxence courir dans le corridor au premier, elle frissonna. Lorsqu'elle se sentait seule ou désemparée, et qu'elle songeait à son fils, elle ressentait toujours une angoisse diffuse. Sur les routes effarantes de l'exode, en traversant un village bombardé, elle avait regardé les ruines fumantes des maisons et elle avait eu un haut-le-cœur. Elle s'était demandé si elle parviendrait à sauver son enfant, à le protéger jusqu'à ce qu'il devînt adulte et qu'il fût capable de veiller sur lui-même. Ce jour-là, le chemin qui lui restait à parcourir lui avait paru interminable.

À dix ans, Maxence venait encore se blottir dans ses bras, réclamer des caresses, des baisers, une main attentive dans ses cheveux. Camille n'avait jamais eu ces élans de tendresse. Petite fille, elle avait toujours regardé sa mère comme si elle la jugeait. Son fils, en revanche, lui donnait le sentiment qu'elle était indispensable. En cela il ressemblait à André, et parfois Valentine se demandait si elle serait digne des espérances de son mari et de son enfant. Il lui semblait que sa fille, comme souvent les femmes, était plus perspicace.

Quand Michel Onbraye était venu lui rendre visite deux jours auparavant, ils s'étaient promenés dans le jardin. Il lui avait expliqué, sans détour, qu'on l'avait contacté de Paris. Acceptait-elle d'héberger un jeune Juif polonais qui n'avait pas de point de chute en zone libre ? Aussitôt, elle avait songé à Liselotte et Heinrich Hahn. Avant la déclaration de guerre, elle les avait crus sains et saufs en Angleterre, mais à présent, quand elle écoutait évoquer à la BBC les bombardements de la capitale anglaise, elle croisait les doigts en priant qu'ils fussent en sécurité.

Réfléchissant à la proposition d'Onbraye, elle était restée un moment silencieuse avec l'impression curieuse que tous ses sens s'aiguisaient. Un chien s'était mis à aboyer. Elle avait respiré le parfum entêtant des dernières roses, de la terre humide et des feuilles qui se décomposaient. Le souffle d'Onbraye lui avait paru plus bruyant. Elle avait perçu son anxiété, l'impatience qu'il essayait de dissimuler. En ces temps perfides, des liens inattendus naissaient entre des êtres qui auraient dû se croiser sans jamais se rencontrer.

Ainsi, le destin s'offre à vous par hasard, avait-elle pensé, étonnée. Parce qu'on vous demande un service et qu'on choisit d'y répondre, par paresse, par gêne de refuser, peut-être parfois même par conviction.

Elle avait eu le pressentiment de jouer son avenir sur sa réponse. D'emblée, elle avait su qu'elle ne pourrait pas se contenter de recueillir un étranger de passage. Il y en aurait d'autres, bien sûr. La maison était idéalement située, à la sortie d'un village. Par le fond du jardin, on accédait à un bois. Sur la droite, de l'autre côté de la petite route, les pieds de vigne s'alignaient sagement à flanc de coteau.

Elle avait grandi non loin de là, à une dizaine de kilomètres à vol d'oiseau. Elle connaissait les chemins et les vallons de la région, les fermiers et les vignerons, et quelques gardes champêtres. Certains des anciens se souvenaient d'elle enfant, et c'était un des liens les plus forts qui pussent vous attacher à un endroit, qu'on y fût né ou non.

Jeune fille, elle s'était pourtant enfuie loin des souvenirs pesants. Plus tard, la maison de son enfance avait été vendue pour payer les dettes de son père. Puis, après la mort de son beau-père, André avait insisté pour qu'elle se sente vraiment chez elle à Montvallon. Elle avait alors fait retirer les rideaux verts défraîchis du salon et les meubles en acajou foncé. Quand le portrait de la dame en bleu avait été accroché au-dessus de la cheminée, dans une pièce qui sentait encore la peinture, elle avait eu l'impression d'être délestée d'un poids, comme si la maison aux douces pierres blondes, la demeure féerique de ses rêveries de petite fille, lui ouvrait enfin les bras.

Alors qu'Onbraye attendait sa réponse, s'essuyant le cou avec un foulard à carreaux, elle avait pensé à son frère, à ce deuil qu'elle portait depuis si longtemps. Elle était bien plus âgée qu'Édouard ne l'avait été le jour de sa mort. De cadette, elle était devenue l'aînée. Et pourtant, elle serait à jamais la petite sœur de ce grand garçon à mèche blonde, à qui elle n'avait jamais dit « je t'aime » parce que ces mots-là étaient réservés aux amoureux.

L'air embêté, Onbraye s'était raclé la gorge, roulant ses épaules serrées dans un veston trop étroit. Il avait eu la malchance de voir la ligne de démarcation passer au beau milieu de ses champs. « Il y a pire, avait-il plaisanté un jour, quand Valentine était venue lui acheter du beurre et des œufs à la ferme. Je connais un village qui a son cimetière de l'autre côté de la ligne. Imaginez les paperasseries avec les fridolins pour les enterrements ! » Ils avaient ri de bon cœur.

Onbraye était une figure connue et respectée. Elle l'avait rencontré avant la guerre à la Foire à la sauvagine de Chalon, l'une des rares fois où elle avait accepté d'y accompagner André, car elle ne supportait pas les puissantes senteurs animales que dégageaient les peaux de renards, civettes, blaireaux et autres lapins, alignées sur les étalages, raides comme du carton.

« C'est que… comme vous avez déjà recueilli des réfugiés…, avait bredouillé Onbraye, prenant son long silence pour un refus. On a pensé que peut-être… C'est le Grec qui vous l'envoie, avait-il conclu comme s'il abattait sa dernière carte. » « Le Grec ? » avait-elle murmuré, abasourdie, se demandant si Onbraye avait perdu la tête.

Puis elle avait souri, de ce sourire énigmatique qui captivait les hommes. Onbraye avait retenu son souffle. Mme Fonteroy l'impressionnait. Elle lui donnait envie de triturer sa casquette, alors qu'il était un républicain bon teint et que les gens de la haute, d'habitude, il n'en avait rien à faire. Il repensa à ce qu'en avait dit sa femme : « C'est une dame, voilà tout ! Et une vraie dame, de nos jours, ça ne court pas les rues. »

« Il sera évidemment le bienvenu, avait murmuré Valentine. Quand pensez-vous me l'amener ? »

Et voilà qu'elle attendait l'arrivée du jeune réfugié.

Le Grec, pensa-t-elle, esquissant un sourire. Qui aurait pensé qu'Alexandre Manokis ferait à nouveau irruption dans sa vie sous de pareils auspices ? Onbraye n'avait pas su répondre à ses interrogations. Il n'en savait pas plus.

Pourquoi Alexandre avait-il pensé à elle ? C'était comme s'il lui tendait la main à travers les années. Comme s'il lui disait : « Je te pardonne. » Curieusement émue, elle sursauta en entendant le crissement des roues de vélos sur le gravier.

Elle sortit par la porte-fenêtre. Onbraye appuya sa bicyclette contre le mur de la maison. Derrière lui, un jeune homme maigre, une sacoche en bandoulière, la contempla d'un air anxieux.

— Venez prendre un verre avec nous, Onbraye, ordonna-t-elle. Vous l'avez bien mérité. Et vous, jeune homme, soyez le bienvenu à Montvallon.

Dans un *staccato* enlevé, Camille clouait une peau de lapin sur la table de travail. Elle était de très mauvaise humeur. Qu'on ne s'avise surtout pas de lui faire la moindre réflexion ce matin !

Pour la première fois de sa vie, elle s'était disputée avec son père. Quand elle avait appris qu'il avait reçu une commande de la *Wehrmacht Beschaffungsamt* pour confectionner des gilets de lapin destinés aux troupes allemandes, elle avait croisé les bras d'un air de défi : « C'est hors de question, papa. Nous ne pouvons pas fournir les troupes ennemies. »

D'un air irrité, André l'avait toisée par-dessus ses lunettes en demi-lune. « Tu plaisantes, Camille ? »

« Pas du tout. Nous devons refuser cette commande. C'est une question de principe. »

« Nous ne pouvons pas refuser. Il ne s'agit pas d'une aimable sollicitation d'un client, avait-il déclaré en agitant la feuille de papier, mais d'un ordre. Par ailleurs, ce travail nous garantit de garder des ouvriers juifs parmi nous. Tu sais bien que les Allemands font des exceptions pour les fourreurs et ne les déportent pas. Il m'arrive de bénir les hivers russes ! Les Allemands ont besoin d'équipement pour leurs soldats sur le front de l'Est, ils s'adressent à une main-d'œuvre qualifiée, notamment à celle des pays occupés, point final. »

« Mais c'est honteux ! C'est… c'est de la collaboration ! Et si on avait une usine d'armements, tu ferais fabriquer des bombes pour nos ennemis ? »

Furieux, son père avait abattu son poing sur la table. « Ça suffit, Camille ! Je n'ai pas à recevoir de leçons de dignité de ma fille. Tu es beaucoup trop naïve. Refuser une commande allemande, c'est mettre en péril la Maison tout entière, c'est risquer la place de certains de nos ouvriers et attirer l'attention de Paul Hollender, de Roger Binet et de Dieu sait qui encore ! »

« On va nous mettre dans le même panier que certains de nos concurrents qui n'ont aucun scrupule à collaborer. On entend des choses affreuses, tu le sais aussi bien que moi. Si jamais maman l'apprend, elle ne t'adressera plus la parole. »

La colère avait déformé les traits de son père, ses lèvres s'étaient étirées en une ligne blanche. « Sors de mon bureau, Camille, et tout de suite ! Quand tu te seras calmée, tu viendras t'excuser pour ton impertinence. »

Elle avait enfoncé les mains dans les poches de sa blouse blanche et tourné les talons, mais elle n'avait pas osé claquer la porte.

Au cinquième, elle avait donné un coup de pied rageur dans les peaux de lapins accrochées à un portant. Les autres employés l'avaient dévisagée d'un air étonné.

« Mademoiselle Camille, je ne sais pas ce qui vous a contrarié, mais vous avez plusieurs peaux à dresser avant la fin de la matinée », avait déclaré d'une voix froide Daniel Worms, qui venait d'entrer dans l'atelier.

Elle avait levé les yeux sur l'homme aux cheveux blancs qu'elle considérait comme un oncle bienveillant, elle avait regardé l'étoile jaune à six pointes qu'il portait depuis le 7 juin, soigneusement cousue du côté gauche de sa poitrine, à la hauteur du cœur, et elle avait eu envie de fondre en larmes.

Mordant sa lèvre inférieure, elle avait empoigné les peaux. En tout cas, elle ne se donnerait pas du mal pour réussir le travail ! Elle choisirait exprès les lapins de mauvaise qualité. Comme ça, le gilet s'abîmerait plus vite et un sale Boche crèverait de froid !

Elle avait passé les doigts dans les poils pour en évaluer l'épaisseur et le volume, puis, avec une brosse humide, elle avait mouillé la première peau et commencé à la clouer sur la table. Bientôt, le mouvement machinal qui exigeait de tendre la peau et la clouer en un même geste l'absorba tout entière.

— Mademoiselle Camille, appela une voix de la porte. On vous demande au téléphone.

— Aïe ! s'exclama-t-elle quand la pince s'abattit sur son pouce.

Décidément, ce n'était pas son jour de chance, pensa-t-elle en suçant le doigt meurtri qui n'allait pas manquer de doubler de volume.

Elle descendit l'escalier, ses semelles en bois claquant sur les marches. Dans un bureau au troisième, elle prit l'écouteur.

— Camille Fonteroy. Qui est à l'appareil ?

— C'est Mme Voisin, la concierge de M. et Mme Goldmann, dit une voix essoufflée. Il faut venir tout de suite, mademoiselle, je vous en prie... La police les a emmenés tout à l'heure avec le petit Maurice. L'agent est passé me donner les clés en me disant de vérifier que le gaz et l'électricité étaient coupés... Vous vous rendez compte... Des policiers bien français... Seigneur, si c'est pas une misère... Mme Goldmann a eu dix minutes pour préparer sa valise. Mon Dieu, et elle qui est si discrète... Quand ils sont partis, je suis montée... Allô, mademoiselle, vous m'entendez ?

Choquée, Camille n'avait pas encore dit un mot. Jamais elle n'aurait pensé qu'il pût arriver quelque chose à Max et à Judith.

— Mais oui, madame Voisin, je vous écoute.

— Je vous disais que je suis montée chez eux. Et j'ai trouvé le petit Samuel dans le placard à balais de la cuisine. C'est parce qu'il pleurait que je l'ai entendu. C'est un miracle, vous savez... J'ai eu un mal de chien à le faire descendre dans la loge. Il s'est réfugié derrière un fauteuil et voilà deux heures qu'il ne bouge plus et qu'il fait une drôle de tête. Je vous en prie, mademoiselle, venez vite, je ne sais plus quoi faire...

— Je viens tout de suite, madame Voisin. Surtout ne faites rien. J'arrive !

Dans sa précipitation, Camille arracha un bouton de sa blouse en la retirant. Elle la jeta sur un fauteuil et remonta prendre son sac.

— Mon Dieu, mon Dieu..., murmurait-elle comme une litanie.

Elle redescendit au premier, traversa au pas de charge le corridor rouge jusqu'au bureau de son père, frappa et entra sans attendre de réponse.

Son père était au téléphone. Il la regarda d'un air furieux en agitant la main comme pour la faire taire. Elle avança jusqu'au bureau, prit un papier et un crayon. « Ils ont arrêté Max et Judith. La concierge a trouvé Samuel. Je vais le chercher. »

Son père essayait de mener une conversation qui semblait visiblement importante tout en lisant ce que gribouillait sa fille. Elle le vit blêmir à son tour. Il lui fit signe de se dépêcher.

— Oui, *Herr Obersturmbannführer*, acquiesça-t-il d'une voix aimable.

Cette fois-ci, hors d'elle, Camille prit soin de claquer la porte en quittant le bureau.

Camille avait des fourmis dans le bras droit, mais Samuel venait enfin de s'endormir et elle craignait de le réveiller en bougeant. Elle écoutait la respiration régulière du petit garçon de cinq ans, regardait ses longs cils noirs ombrer ses joues. Son front était encore chaud, ses boucles blondes collaient à sa peau moite. Après avoir essayé de le forcer à prendre quelques cuillerées de purée de légumes, elle avait abandonné quand il avait rendu son dîner sur son pyjama.

Quand elle l'avait trouvé, caché derrière le fauteuil de Mme Voisin, il l'avait contemplée de ses yeux sombres comme s'il ne la connaissait pas.

« Samuel, c'est moi, Camille, avait-elle murmuré. Tu te souviens de moi, n'est-ce pas ? Je suis une amie de tes parents. On a fait une promenade avec ta maman il y a quelques mois aux Tuileries, tu te souviens ? »

*Tu dois te souvenir*, avait-elle pensé en regardant l'enfant terrifié, recroquevillé comme un animal blessé. *C'était un dimanche. Il faisait beau. J'avais convaincu ta maman d'aller se promener avec moi. Je ne voulais pas qu'elle ait honte de l'étoile qu'elle portait sur sa poitrine. Ton frère Maurice nous a accompagnés. À neuf ans, lui aussi avait droit à son étoile. Ta maman avait peur, mais comme personne ne s'est montré désagréable, elle a repris confiance. Toi, mon chéri, tu as demandé pourquoi tu n'en avais pas. Tu n'étais pas content. Tu nous as fait un drôle de caprice. Alors ta maman t'a répondu que tu l'aurais pour ton anniversaire, pour tes six ans. Drôle de cadeau, si seulement tu savais...*

Elle s'était agenouillée, elle avait pris la petite main brûlante dans la sienne, et elle s'était mise à parler doucement. Les minutes lui avaient semblé interminables. Terrée avec Samuel derrière le fauteuil en tapisserie avec son appui-tête au crochet, coincée contre le buffet, elle avait eu la gorge nouée par l'odeur de soupe aux choux et de vieille femme qui régnait dans la loge. Deux lapins les observaient à travers le grillage de leur clapier. Son cœur avait battu à tout rompre. Elle était persuadée que les gendarmes allaient revenir d'un moment à l'autre, qu'ils allaient se rendre compte qu'ils avaient oublié un

Goldmann. Pourquoi étaient-ils venus arrêter Max et Judith ? Avaient-ils été dénoncés ? Et par qui ? Pour quelle raison ? Comment avaient-ils réussi à cacher Samuel ? Par quel miracle ?

Mais en voyant le regard terrifié du petit garçon, en sentant sa peau sèche et chaude sous ses doigts, un bref instant, Camille s'était demandé si Judith avait pris la bonne décision en ne l'emmenant pas.

Puis l'enfant avait retiré son pouce de sa bouche.

« Maman m'a dit de ne pas faire de bruit et de ne pas bouger. Quand est-ce qu'elle va revenir ? »

Soulagée de l'entendre réagir, Camille avait souri. « Sûrement bientôt. On l'a emmenée pour vérifier ses papiers. Mais en attendant le retour de tes parents, j'aimerais que tu viennes chez moi. »

Samuel avait secoué la tête, l'air renfrogné. « Je ne peux pas. Maman m'a interdit. Et puis, ils ne sauront pas où me trouver si je m'en vais. »

« Mme Voisin leur dira, n'est-ce pas, madame ? » La concierge avait opiné de la tête. « Tu vois, tu n'as pas à t'inquiéter. De toute façon, tes parents sont de grands amis des miens. Chez moi, j'ai même des photos d'eux. Je te les montrerai. Tu veux bien m'accompagner, maintenant ? »

Elle avait passé la journée à tenter de le distraire avec les jouets de Maxence. Son père était rentré en fin d'après-midi et lui avait appris que les Goldmann avaient été emmenés à Drancy. Il avait promis de s'y rendre le lendemain pour essayer d'avoir des renseignements.

Voyant que l'enfant avait glissé dans un sommeil profond, Camille se leva avec précaution du fauteuil. Elle le déposa dans le lit de Maxence et le borda. Puis elle lui caressa le front en fredonnant une comptine de son enfance dont elle se souvenait encore.

Elle devina une présence derrière son épaule. Son père semblait éreinté. Le chagrin creusait de nouvelles lignes sur son visage.

André se sentait coupable. Il aurait dû convaincre Max de quitter la zone occupée. Pourquoi diable son ami n'avait-il pas pris les devants ? Mais le père de Judith était mourant et elle avait refusé d'envisager le départ, persuadée qu'il ne leur arriverait rien. Max partageait son avis. Lorsque André s'en était inquiété, il avait martelé que Judith était née en France, de parents autrichiens naturalisés français depuis 1927, et que lui était né français.

André avait pensé que Max serait épargné non seulement en tant qu'ancien combattant mais grâce à son métier ; or, depuis que les Établissements Goldmann avaient été rachetés, Max n'appartenait plus officiellement à la corporation. André éprouvait le sentiment odieux d'avoir volé à son ami une chance d'échapper aux mailles du filet. Il se ressaisit : balivernes ! D'une manière ou d'une autre, Max aurait été obligé de se séparer de son entreprise. Par ailleurs, il n'était pas ouvrier fourreur, il n'avait jamais confectionné un vêtement de sa vie, et les Allemands ne lui auraient pas délivré l'*Ausweis* qu'ils accordaient aux ouvriers dont ils avaient besoin. En revanche, Max n'avait pas son pareil pour choisir et revendre les pelleteries fines. Quelquefois, le flair de son ami lui rappelait ce vieux pelletier de Leipzig quasi aveugle qui réussissait au toucher à trier les peaux par couleur. Mais quoi qu'il en soit, jamais André n'aurait imaginé une seconde qu'on arrêterait Judith et ses enfants !

Camille se redressa. Ils laissèrent la porte ouverte et retournèrent au salon. Accablés, ils s'assirent l'un en face de l'autre. Il sembla à Camille que leur dispute du matin s'était cristallisée en une petite boule dure qui lui comprimait le cœur. Comment son père pouvait-il accepter de traiter avec des monstres qui arrachaient des victimes innocentes à leurs lits, et les regroupaient dans des camps d'internement avant de les déporter, depuis plusieurs mois déjà, vers une destination inconnue dans l'un de ces pays de l'Est qui formaient une nébuleuse mystérieuse et d'autant plus menaçante ?

— Il faut faire passer le petit en zone libre, dit André d'un ton monocorde. Il n'est pas en sécurité ici.

— Il ne pourra pas faire le voyage tout seul. Il est trop petit. Aucun passeur n'acceptera de s'occuper d'un enfant de cinq ans. Le mieux, c'est que je l'accompagne.

— Mais pour aller où ? demanda André, désemparé.

— Retrouver maman, bien sûr. Ce ne sera pas le premier réfugié qu'elle accueillera.

— Pardon ?

Il tourna la tête si brusquement que ses lunettes lui glissèrent sur le nez. Il semblait abasourdi.

— Parfois, quand des personnes passent la ligne, elles s'arrêtent quelque temps à Montvallon, expliqua-t-elle, un peu gênée.

— Depuis quand ? fit André qui tombait des nues.

— Depuis plus d'un an. Depuis la rafle d'août de l'année dernière.

Une crampe saisit soudain André au ventre. Mon Dieu, Valentine se rendait-elle compte des risques qu'elle courait ? Un frisson glacé lui parcourut l'échine.

— Personne ne m'en a parlé. Qui est à l'origine de cette histoire ?

Camille se demanda soudain si elle en avait trop dit. Jusqu'à maintenant, elle avait évité d'en parler à son père, comme si elle cherchait à le protéger, à lui épargner des angoisses. Elle savait qu'Alexandre avait réussi à nouer le contact avec sa mère, que le passage du jeune Simon s'était déroulé sans encombre. Elle savait aussi que d'autres fourreurs juifs avaient suivi le même chemin, qu'autour de Chalon-sur-Saône un réseau de franchissement de la ligne de démarcation s'était mis en place, et que ceux qui s'étaient autrefois côtoyés à la Foire à la sauvagine, fourreurs, pelletiers et paysans, se croisaient désormais dans les brouillards des crépuscules, des bois et des vignobles.

Plusieurs fois, des ouvriers de la Maison Fonteroy étaient venus lui demander son aide, pour eux ou leur famille. Elle les avait emmenés chez Alexandre. De là, ils avaient suivi un cheminement dont elle ignorait les détails, mais dont elle savait que l'un des maillons était sa mère.

Elle ne doutait pas de son père, mais c'était une époque où parler était devenu dangereux, où toute personne nouvelle mise au courant constituait un risque potentiel. Elle regretta de ne pas avoir su tenir sa langue, de ne pas avoir inventé une histoire concernant Samuel, mais il aurait été trop risqué de laisser l'enfant chez la brave Mme Voisin, et elle se refusait à mentir effrontément à son père.

— C'est un concours de circonstances. Parce que la maison est en zone libre.

— Qui en a été l'instigateur ? insista André. Ce n'est tout de même pas ta mère ?

— Non. Alexandre Manokis est venu me voir un jour. Il voulait demander à maman si le frère de sa mécanicienne pouvait passer quelque temps chez nous avant d'essayer de rejoindre l'Espagne. Il savait qu'on avait une maison près de Chalon. Les choses se sont enchaînées…

André se leva et se mit à arpenter la pièce. Il ne comprenait rien. Valentine, Manokis… Pourquoi ? Comment ? Qu'est-ce qui avait poussé le Grec à lui demander son aide ? D'où se connaissaient-ils ? C'était absurde !

— Et toi, qu'est-ce que tu fais au juste, Camille ?

— Pas grand-chose. J'indique le nom d'Alexandre à ceux qui me le demandent. Je ne risque pas d'être arrêtée par la Gestapo, ne t'inquiète pas ! plaisanta-t-elle.

— J'aurais tout de même apprécié qu'on me demande mon avis !

Je vais aller lui dire deux mots, à Manokis. Autrefois, je lui ai mis le pied à l'étrier, et il me remercie en entraînant ma femme et ma fille dans des aventures qui mettent leur vie en danger ! Est-ce qu'il t'est jamais arrivé de lire les affiches qui sont placardées dans toute la ville ? Et qui précisent que toute personne venant en aide aux ennemis des forces d'occupation sera passée par les armes ? N'as-tu jamais regardé les noms des otages fusillés ?

Camille haussa les épaules.

— On n'a pas le choix, papa. Nous ne pouvons pas refuser d'aider des gens dans la détresse. La plupart d'entre eux sont des confrères ou des amis. Regarde Max et Judith… S'ils t'avaient écouté, ils seraient à l'abri maintenant.

André passa une main sur son visage. Il chercha avant tout à se rassurer. Il avait confiance en Valentine : elle ne se laisserait jamais prendre par les Boches. Et la crainte céda la place à l'admiration.

— Ta mère, au moins, est en zone libre. Mais toi, je ne veux pas que tu prennes de risques… Je te l'interdis, tu m'entends ? S'il t'arrivait quelque chose…

— Il ne m'arrivera rien, papa. N'en parlons plus, je t'en prie. (Elle regarda sa montre et se leva.) Il est l'heure d'écouter Londres. À cause de leur fichu brouillage, on va probablement réveiller le petit Samuel, mais tant pis.

Alexandre acheva de rédiger le papier : « Je soussigné, Manokis Alexandre, chambre maître fourreur, certifie que M. Lévy Henri, demeurant au 38, rue d'Hauteville, à Paris, travaille pour moi à une production destinée aux autorités allemandes. » Il le signa puis le tendit à l'homme qui se tenait debout devant lui.

— Pourvu qu'il n'y ait jamais de contrôle, plaisanta-t-il. Vous êtes mon trente-deuxième ouvrier. Bientôt, je vais rivaliser avec la Maison Fonteroy.

Un pâle sourire éclaira le visage hâve d'Henri Lévy. Il plia soigneusement le papier et le rangea dans son portefeuille avec sa carte d'identité, sa carte d'alimentation, son livret militaire, sa fiche de démobilisation… Le vieux cuir craquelé était gonflé de paperasseries.

Dans la petite pièce, six personnes travaillaient au coude à coude. C'était la première fois qu'Henri Lévy, dentiste de profession, voyait un atelier de fourreur.

Une femme était penchée sur ce qui ressemblait à une machine à coudre. Deux autres ne levaient pas les yeux de curieux appareils aux formes rondes, enfilant des bandes de peau entre deux disques et s'arrêtant régulièrement pour rentrer les poils avec une pince. Sur les étagères s'alignaient de vieilles boîtes en carton sur lesquelles était griffonné : « morceaux d'astrakan bouclé », « têtes pattes d'astrakan », « chat lynx ». Un jeune garçon peignait soigneusement une épaisse fourrure noire à la recherche d'imperfections. Enfin, un homme posait un patronage de papier sur un assemblage de peaux cloué sur la table de travail, tandis qu'une jeune fille brune retirait avec soin des petits morceaux de tissu de l'intérieur d'une vieille veste mitée. Quand elle leva la tête et lui sourit, il eut encore la présence d'esprit de la trouver jolie.

— Asseyez-vous donc, lui proposa Alexandre. Je dois continuer à travailler mais vous pouvez rester un moment, si vous le désirez.

Henri Lévy s'installa sur une petite chaise dorée dans la pièce voisine. Sans doute était-ce devant ce miroir en pied que les clientes essayaient leurs manteaux. Il posa sa casquette sur ses genoux. La veille, sa cousine germaine et ses jumeaux de sept ans avaient été arrêtés lors d'une rafle. Son cousin, lui, était interné au camp de Compiègne depuis des mois. Quand il était arrivé chez eux, il avait trouvé les scellés de la police sur leur porte. Il s'était appuyé contre le mur du corridor au papier peint défraîchi et il avait lâché un sanglot. De jour en jour, il sentait le nœud coulant se resserrer autour de sa gorge.

Le pire, c'était l'attente. Ces journées interminables où l'on traînait sans rien faire, fuyant les frisés et le moindre képi de gendarme. Banni tel un lépreux des cafés, des cinémas et des musées, il ne pouvait même pas s'y réfugier pour se réchauffer ou passer le temps. Heureusement, ce mois de novembre 1942 était moins rigoureux que l'hiver précédent. Voilà des semaines qu'il ne dormait jamais deux soirs d'affilée au même endroit. Il se nourrissait de temps à autre à la cantine de la rue Béranger ou de la rue Richer. C'était là qu'il avait entendu parler d'Alexandre Manokis.

Dans une vie antérieure, il avait eu des patients fidèles à l'hôpital et une fiancée. Il avait fait des projets de mariage, choisi le prénom de ses enfants, rêvé de devenir propriétaire de son petit appartement. Désormais, à trente ans, sa vie se résumait à un combat quotidien contre la faim, le froid et le désespoir. Il ferma les yeux. Autrefois, il avait eu le sommeil difficile, mais il avait appris à se reposer dans les endroits les plus invraisemblables. Or ce petit salon au rideau de velours rouge élimé qui calfeutrait la fenêtre, avec ses gravures de mode accrochées aux murs, lui semblait un havre de paix. Bercé par le ronronnement des machines et des voix qui lui parvenait de l'atelier, il inclina lentement la tête sur sa poitrine.

Alexandre regarda par l'embrasure de la porte pour s'assurer que l'inconnu était encore là. Il se tut en voyant qu'il dormait à poings fermés. Il lui aurait volontiers offert de passer la nuit dans l'atelier, mais il attendait ce soir-là un visiteur de passage. La jeune femme agent de liaison dont il ne connaissait que le prénom devait le lui amener vers huit heures. Alexandre ne pouvait pas prendre le risque d'avoir quelqu'un d'autre chez lui. *Je lui demanderai s'il veut revenir la semaine prochaine*, se dit-il.

Depuis peu, il commençait à se sentir oppressé. Ce qui n'avait été qu'un coup de main accordé au frère de Sarah avait pris une ampleur qui lui donnait parfois le vertige. La rumeur selon laquelle il connaissait une ligne de passeurs avait rapidement gagné des candidats au départ et des amis d'amis étaient venus sonner à sa porte. Leurs visages étaient toujours différents, anguleux, chiffonnés, poupins ou distingués, avec des pommettes saillantes, des fronts hauts ou des bouches tenaces, mais tous avaient le même regard fiévreux et tourmenté. C'était ce regard qui hantait les rêves d'Alexandre.

Dans ses cauchemars, il se voyait sur une plage paisible au bord de la mer, sous l'un des ciels cristallins de son enfance. La brise lui apportait les parfums de bruyère et de fleurs sauvages des collines de Macédoine. Puis une brume indécise se levait à l'horizon, tandis que l'eau transparente se retirait sous ses pieds comme si l'océan prenait une inspiration. Une vague immense se formait et déferlait vers lui à la vitesse d'un cheval au galop, une muraille grise, haute comme plusieurs immeubles, d'une redoutable puissance. Cloué sur place, Alexandre la regardait arriver, obscurcir le ciel, menacer de l'engloutir, mais il restait paralysé, seul et impuissant, incapable de bouger ou de crier. Puis, alors que la crête d'écume allait s'abattre sur lui, il se réveillait en sursaut, le cœur battant, et ne fermait plus l'œil de la nuit.

L'homme de Londres ressemblait à tout le monde, c'est-à-dire à personne. Des cheveux châtains, des yeux clairs aux paupières rougies, un menton un peu lourd : un visage avenant, une silhouette imprécise. Il portait un complet foncé, une chemise bleue, une cravate à motifs discrets. Il serra chaleureusement la main d'Alexandre quand celui-ci lui ouvrit la porte.

L'appartement de la rue de Trévise servait de relais et de boîte à lettres. C'était la deuxième fois qu'Alexandre hébergeait un officier des services français du général de Gaulle et il se sentait toujours aussi emprunté. Des questions lui brûlaient les lèvres : les troupes alliées allaient-elles débarquer bientôt en Afrique du Nord ? Que se passait-il vraiment en Union soviétique ? Les Russes continuaient-ils à résister ? Une pointe de colère sourde l'effleura : *Combien de temps les Alliés pensent-ils que nous allons encore pouvoir tenir ?*

Mais Alexandre ne posa aucune question, sa discrétion tenant autant de la politesse que de la certitude de n'obtenir que des réponses évasives. Il feignit aussi d'ignorer la petite valise rangée derrière les patrons de papier et qui contenait probablement un émetteur sous le linge de rechange. Ils se bornèrent donc à des considérations générales sur le temps et la pénurie alimentaire. À sa demande, l'homme qui prétendait s'appeler Francis lui parla volontiers de l'Angleterre. Pour Alexandre, c'était toujours une source de réconfort. Dans son esprit, ce pays libre de l'autre côté de la Manche avait pris une dimension presque surnaturelle.

Puis vint le moment d'allumer le poste dans l'atelier. Alexandre ferma la porte qui donnait sur l'entrée et le salon d'essayage. L'atelier n'était pas chauffé. La journée, la chaleur des corps suffisait à les réchauffer, même si les filles enfilaient des mitaines pour travailler. Emmitouflé dans son manteau, une écharpe autour du cou, l'homme s'installa sur un tabouret et lui offrit une cigarette avec un sourire.

Le brouillage allemand émit ses crissements et ses sifflements irritants, puis la voix chaude et rassurante s'insinua dans le silence : « Ici Londres, vous allez entendre notre cinquième bulletin d'information en langue française. »

*Stalingrad, 1942*

Sergueï émergea d'un sommeil lourd et poisseux. Il ouvrit lentement les yeux et humecta ses lèvres sèches. Depuis des semaines, elles avaient un goût de poussière, mais il avait fini par s'y habituer. Couché à même le sol sur une couverture rugueuse, il avait l'impression de peser une tonne. Son corps tout entier protesta alors qu'il essayait de s'arracher à cette torpeur minérale.

Allongé à côté de lui, l'une de ses mains enveloppée dans un pansement crasseux, Volodia ressemblait à un gisant. La poussière s'était incrustée dans les rides de son visage et même sa moustache noire avait viré au gris.

Sergueï se redressa sur un coude. Aussitôt, une douleur lui traversa l'épaule. Il étouffa un grognement pour ne pas réveiller ses cinq compagnons, puis se moqua intérieurement de ses réticences de jeune fille : ce n'était pas un malheureux gémissement qui dérangerait des hommes si épuisés que seules les salves tonitruantes des *katiouchas,* les lance-roquettes situés sur la rive occidentale de la Volga, auraient pu les tirer de leur engourdissement.

Il tendit l'oreille. Au loin, des grondements sourds résonnaient par intermittence tels des coups de tonnerre, mais les murs et le plancher de l'abri ne tremblaient pas. Au-dessus de leurs têtes, les « musiciens » du général Paulus se tenaient tranquilles pour le moment. Chaque combattant avait sa bête noire et Sergueï haïssait par-dessus tout ces Stuka qui piquaient vers le sol dans un hurlement de sirènes infernal à vous glacer le sang. Les bombardiers lui donnaient un sentiment détestable d'impuissance.

Quand il les avait vus pour la première fois, à l'aube d'une journée de septembre, fondre sur la flottille d'embarcations hétéroclites qui tentait de faire traverser la Volga aux deux mille hommes de la 284e division sibérienne du lieutenant-colonel Batyouk, il avait pensé à des aigles. Des rapaces d'apocalypse, de fer et de feu, avec des yeux rouges et des ailes tatouées d'une croix blanche.

Il se leva avec une grimace et enjamba Volodia. L'ampoule électrique diffusait une clarté laiteuse. Dans la partie gauche de l'abri, une marmite était posée sur un réchaud. Il souleva le couvercle et se pencha pour renifler. Une vague odeur de pommes de terre lui chatouilla les narines. Avec la louche, il se servit une gamelle de liquide où flottaient des filaments de viande indéfinissables. Il se rappela avoir vu un cheval aux flancs dépecés à quelques mètres de leur abri. Il approcha un cageot de la planche de bois posée sur des parpaings, sortit de sa poche son dernier morceau de saucisson et s'attabla.

Avant de descendre prendre ses quelques heures de repos, il avait levé le nez vers le ciel d'acier. Depuis le matin, un brouillard givrant recouvrait les ruines fantomatiques de Stalingrad. Il avait flairé l'arrivée imminente de l'hiver, du véritable hiver russe, et il s'était réjoui.

Depuis plusieurs semaines, la Volga charriait des morceaux de glace qui rendaient encore plus périlleuse la navigation des bateaux. Le ravitaillement commençait à s'en ressentir. Le mois d'octobre avait été doux, avec des pluies perfides qui s'insinuaient sous les cols et transformaient la terre en boue glissante, ce qui rendait les déplacements hasardeux. Chez lui, en Sibérie, voilà des semaines que la neige avait repris ses droits. Lorsque l'hiver s'installerait enfin, gelant la Volga qui était toujours le dernier fleuve russe à se laisser prendre par les glaces, l'approvisionnement en vivres et en munitions reprendrait son rythme.

Insipide et fade, la soupe réussit néanmoins à le réchauffer. Il se demanda si ses compagnons allaient se réveiller d'eux-mêmes ou s'il serait obligé de jouer au maître d'école, ce qui lui attirait toujours une volée de reproches avant que les hommes eussent repris leurs esprits.

*Ils dorment comme des gamins*, pensa-t-il en observant leurs paumes de main relâchées et leurs joues détendues. Qu'était-il advenu d'Andreï, ce petit orphelin de cinq ans avec une fossette au menton, qui avait été leur mascotte pendant quelques jours avant d'être évacué vers l'arrière ? Avait-il survécu à la traversée du fleuve ? Que deviendraient tous ces enfants dont les parents gisaient sous les amas de ruines, parmi les souterrains, les égouts, les caves et les bunkers de la ville ravagée ?

Volodia s'ébroua comme un sanglier et se leva à son tour. D'un pas pesant, il alla s'affaler devant la table, sur la seule chaise qui tenait encore debout. Il commença à défaire son pansement. Sergueï détourna les yeux. Les chairs brûlées de Volodia n'avaient rien de très appétissant.

— Ça va mieux ?

— On fera aller, bougonna le charpentier de l'Oural. C'est ma petite femme qu'il me faudrait, elle a toujours eu la main habile pour soigner.

— Tu devrais aller voir le toubib.

— Et puis quoi encore ! Risquer ma peau bêtement pour arriver jusqu'à l'infirmerie ? Et si jamais ce con, il lui prenait l'envie de m'envoyer vers l'arrière ? La Volga en ce moment, très peu pour moi ! Tant que ça pue pas, c'est qu'il y a pas de gangrène, alors...

Avec un sourire satisfait qui dévoilait sa dentition gâtée, il sortit un sachet de poudre blanche de sa poche, le déchira d'un coup de dent, en saupoudra la plaie, puis entreprit de refaire son pansement.

Sergueï repoussa la gamelle vide, rangea soigneusement sa cuillère dans sa botte et allongea les jambes. Il lui restait assez de *makhorka* pour se rouler très précisément trois cigarettes et il se demanda s'il allait s'offrir le luxe d'en griller une maintenant. Le tabac commençait à se faire désirer et, plutôt que de renoncer à une cigarette, Sergueï préférait encore se passer de sa ration quotidienne de cent grammes de vodka, pour le plus grand bonheur de ses compères. Le tabac était la seule chose qui lui faisait oublier un tant soit peu le goût de la poussière.

Il y eut un bruit de bottes sur les marches affaissées qui menaient à l'abri.

— Ça commence à geler ferme, camarades ! annonça d'un air réjoui un jeune homme maigre, ficelé dans une vareuse trop grande pour lui.

Victor posa sa mitraillette sur une caisse de munitions et se frotta les mains comme s'il avait dit une bonne blague, dévorant Sergueï des yeux, avec ce regard passionné et vorace que Sergueï trouvait toujours dérangeant. Il avait dû pourtant s'y résigner, comme les autres tireurs d'élite de la division Batyouk, dont on vantait les exploits dans les confins les plus reculés de l'Union soviétique.

Dix jours après son arrivée, quand Sergueï avait abattu sa quarantième victime, il avait reçu la médaille « Pour la Bravoure ». Puis, un mois plus tard, il avait été décoré de l'ordre du Drapeau rouge et sa photo avait fait la une des journaux. Le jeune Victor rêvait d'imiter son héros mais, en dépit des leçons de tir que Sergueï lui avait prodiguées lors de leurs rares moments de répit, l'ouvrier mécanicien était meilleur observateur que tireur.

— Alors, qu'est-ce qu'ils nous préparent, les Fritz ? grommela Volodia, qui n'arrivait pas à s'entendre avec Victor.

L'optimisme du jeune homme, reflété par sa bouille ronde posée telle une tête d'épingle sur le corps efflanqué, irritait aussi Sergueï, mais il faisait preuve d'indulgence. Il admirait ce tempérament joyeux qui résistait aux assauts répétés des hommes de la VIe armée de la Wehrmacht. Mais Victor n'avait découvert l'enfer que depuis une dizaine de jours. Rares étaient ceux qui, comme Volodia et lui, arpentaient les décombres de Stalingrad depuis bientôt deux mois.

Des soixante hommes qui avaient formé leur groupe de choc initial, ils n'étaient plus que huit. Les premiers étaient tombés sitôt débarqués sur la rive droite du fleuve, aveuglés par l'épaisse fumée grasse qui s'élevait des barils de pétrole enflammés, fauchés par les tirs de mortiers de l'infanterie allemande postée à une centaine de mètres de la Volga.

Les renforts ne s'étaient pas fait attendre, mais la plupart des soldats avaient été victimes des bombardements de la Luftwaffe, déchiquetés par les grenades et les rafales de mitrailleuses, écrasés dans un bunker par les chenilles d'un panzer, brûlés au lance-flammes, abattus dans les étages d'immeubles où l'on luttait pied à pied, pour une pièce, un pan de mur ou une cage d'escalier. Les cadavres pourrissaient sur place, on n'avait pas le temps de les enterrer. Recouverts de poussière et de gravats, ils finissaient par se confondre avec les pierres de la ville. Sans parler de ceux qu'on n'évoquait pas, ces soldats que les commissaires politiques avaient froidement abattus d'une balle de pistolet lorsqu'ils avaient essayé de s'enfuir, saisis par la panique. Regarder l'enfer dans les yeux n'était pas donné à tout le monde... Mais Staline avait décrété que les soldats soviétiques ne reculeraient plus d'un seul pas, et d'autant moins ceux qui combattaient dans l'ancienne Tsaritsyne, rebaptisée en son honneur après la victoire qu'il avait remportée dans la région en 1920 contre les généraux de l'Armée blanche.

Lorsqu'il était fatigué, Sergueï n'arrivait plus à discerner les lieux les uns des autres. À son arrivée, il se rappelait s'être terré dans les tranchées de la colline du kourgane de Mamaï, hébété par le feu nourri des artilleurs allemands perchés au-dessus d'eux dans les châteaux d'eau. Puis il avait lutté parmi les décombres des fonderies de l'usine d'Octobre rouge, avant de passer trois jours, seul et sans ravitaillement pour ne pas risquer d'indiquer sa position, à guetter un officier allemand réfugié avec ses hommes derrière sa batterie de mortiers et ses sacs de sable. Jamais les militaires soviétiques ne parlaient de « replis », mais combien de fois Sergueï n'avait-il pas abandonné un immeuble pour ensuite le retrouver, quelques jours plus tard, les murs écroulés sur de nouveaux cadavres !

Une estafette du camarade général Tchouïkov venait parfois le chercher pour lui désigner un objectif précis ou lui demander d'aider à déloger un peloton, car la peur qu'inspiraient les tireurs d'élite suffisait souvent à entraîner la débandade des adversaires dès qu'un de leurs supérieurs était touché. La plupart du temps, il choisissait lui-même l'endroit idéal pour se cacher, sous des plaques de tôle ou derrière un amas de ferraille rouillée, sa joue calée contre la crosse lisse de son fusil à lunette. Alors, s'accoutumant peu à peu à sa cachette, il s'appropriait les cratères, les amas de briques et de barres de fer enchevêtrées qui jonchaient les alentours, et il patientait, attendant de voir émerger le casque d'un Fritz, de préférence celui d'un officier.

Dans ces moments-là, les minutes s'égrenaient, interminables. Pour passer le temps, il essayait d'imaginer la ville telle que des camarades la lui avaient décrite, avec ses immeubles de pierre qui toisaient les petites maisons en bois de guingois, les embarcadères où accostaient les péniches, les bâtiments blancs des ouvriers, les vastes usines en béton renommées dans toute l'Union soviétique, les tramways et les échoppes, les kiosques et les jardins où les filles aimaient pique-niquer en été.

Un jour, dans un appartement soufflé par une bombe, il avait découvert un foulard rouge de jeune pionnier. Il l'avait épousseté, pensant à Maroussia, à son rêve d'être une citadine comme ses cousines, à sa fascination pour la vie trépidante des métropoles. Sergueï n'avait pas l'habitude des grandes villes et l'image que lui en donnait Stalingrad était une vision tout droit sortie de l'enfer.

Il fallait des nerfs d'acier pour subir sans broncher les détonations, écouter les grincements des chenilles des Panzer qui s'approchaient, sentir le sol trembler sous son ventre et le plâtre d'un plafond fissuré se répandre sur ses épaules, mais dans une autre vie, lointaine et précieuse, à l'ombre des grands arbres de la taïga, Sergueï avait appris la patience du chasseur. Désormais, parmi les ruines fumantes, dans cet univers fantasmagorique de poussière jaune et blanc, avec ses cadavres d'hommes et de chevaux, ses pierres et ses poutrelles de bois, ses hampes de canons et ses cheminées squelettiques qui se découpaient sur le ciel blanc, il retrouvait ses habitudes. Et lorsque sa cible apparaissait enfin dans son viseur, c'est avec une infinie douceur et sans trembler qu'il pressait la détente.

Le jeune Victor retira son bonnet de fourrure, se gratta la tête et se pencha pour ajuster une bande molletière avant de se redresser aussitôt. Sergueï s'amusait de voir les tressaillements qui parcouraient le corps du garçon dès qu'il avait un moment de détente. Ses mains et son visage étaient agités de tics nerveux. Pourtant, après avoir rejoint avec des grâces d'équilibriste le sommet des immeubles les plus élevés, l'insaisissable Victor se figeait comme une pierre, imitant son idole Volkov. Il restait immobile pendant des heures, camouflé dans les décombres, un mégot éteint au coin des lèvres, à étudier les mouvements de troupes allemandes afin d'en informer l'artillerie massée sur la rive gauche de la Volga.

Volodia s'était mis à grignoter des graines de tournesol.

— Assieds-toi, bon sang ! lâcha-t-il. Tu me donnes le tournis.

Victor lui obéit.

— Avec ton pansement, on te prendrait presque pour le camarade Tchouïkov ! ricana-t-il.

Volodia lui jeta un regard noir.

— Contrairement à notre bien-aimé général Vassili Ivanovitch, je ne souffre pas d'eczéma purulent mais de brûlures, espèce de blanc-bec ! Il s'enveloppe les doigts parce que ça le démange, mais moi, ça me démangerait plutôt de te tordre le cou !

Derrière eux, les corps allongés se redressaient tour à tour. Les hommes se levaient en grommelant. Ils avaient des visages durs, les yeux congestionnés, les traits creusés de fatigue. Sergueï savait qu'il leur ressemblait et que sa mère aurait été horrifiée si elle avait vu le teint grisâtre de son fils adoré.

Quand il lui avait écrit un mois auparavant, il avait hésité de longues minutes devant la feuille de papier. Non seulement il ne trouvait pas les mots pour décrire ses émotions, mais il ne pouvait pas lui parler librement car les services politiques censuraient avec une redoutable efficacité les lettres des soldats de l'Armée rouge. Il avait eu l'impression d'écrire avec son instituteur penché au-dessus de l'épaule. Déjà, à l'école, cette sensation suffisait à le paralyser.

*Ma chère petite maman, je vais bien. Je pense souvent à vous tous. Mes camarades et moi, nous nous battons de notre mieux pour être dignes de la Mère Patrie. Dis à papa que je n'oublie pas de respirer... il comprendra ! Dis à Grigori que mon camarade Volodia me fait souvent penser à lui. Ils sont aussi obstinés l'un que l'autre. Je te serre sur mon cœur, petite maman adorée. Sergueï.*

Comme les enveloppes manquaient, il avait soigneusement plié le papier en triangle, avant de le donner au soldat chargé ce jour-là du ramassage du courrier. La dernière lettre reçue de sa mère, il la gardait dans son portefeuille. Il la relisait de temps à autre, parce qu'elle lui rappelait les odeurs familières de l'isba, la tendresse maternelle, le sourire mystérieux de son père et la blancheur immaculée de la neige de son pays.

Il fut tiré de sa rêverie par le grincement de la porte rouillée.

— Tiens, on a de la visite, grommela Volodia en se grattant le ventre, là où les poux infestaient les plis de sa vareuse.

Le jeune soldat rata la dernière marche, se tordit la cheville et se retrouva sur le derrière. Devant son air ahuri, les hommes éclatèrent de rire. Hilares, les larmes aux yeux, ils se tapaient sur les cuisses. La tête en arrière, Sergueï riait à gorge déployée.

L'estafette se releva, les joues empourprées, et s'épousseta.

— J'ai un ordre pour le lieutenant Volkov de la part du camarade général Tchouïkov, lança-t-il, vexé, en se plantant devant Sergueï.

Sergueï prit le papier qu'il lui tendait.

— Donnez-lui un coup à boire ! fit-il.

Les autres obéirent sans ronchonner. Même si le niveau de la bouteille de vodka était surveillé de près, personne ne refusait une rasade à un agent de liaison. De même que les réparateurs des lignes téléphoniques, les Allemands les tiraient comme des lapins et ils risquaient leur vie à chaque mission.

En lui tendant sa récompense, Volodia donna une claque amicale sur le dos du garçon, qui s'était faufilé entre les tirs de mortiers et de mitrailleuses depuis le poste de commandement installé derrière l'usine d'Octobre rouge. Il avait des joues creuses, un nez de gamin retroussé, et Sergueï devina qu'il n'avait probablement jamais encore manié un rasoir.

L'ordre était codé mais simple : ses hommes et lui devaient rejoindre les abords des tranchées de la colline du kourgane. Depuis une semaine, plusieurs de leurs camarades y menaient un combat acharné pour défendre leurs positions. Une autre feuille, déchirée d'un carnet, y était jointe : « Meilleur souvenir au camarade lieutenant Volkov. Nous vaincrons ! » La signature était presque illisible mais Sergueï reconnut le paraphe de Nikita Sergueïevitch Khrouchtchev.

Leur rencontre avait été parfaitement fortuite. Ce jour-là, tenue en respect par des mitrailleurs allemands, sa retraite coupée par des chars si proches que Sergueï discernait presque le visage de l'ennemi à travers les étroites meurtrières, la poignée d'hommes avait été en fâcheuse posture. L'un d'entre eux avait commencé à paniquer et le commissaire politique, l'envoyé personnel de Staline sur le front de Stalingrad, avait été obligé de le menacer avec son revolver.

Allongé sur le dos, Sergueï avait sorti un morceau de journal de sa poche, y avait roulé du tabac et allumé sa cigarette. Surpris par sa tranquillité, les hommes l'avaient dévisagé sans rien dire. De toute façon, le vacarme assourdissant les empêchait de se comprendre sans hurler. Après avoir tiré quelques bouffées, Sergueï leur avait fait signe de rester calmes.

Il avait rampé sur une dizaine de mètres avant de se redresser à l'abri d'un pan de mur. Puis, se fiant à son instinct, il avait pris son élan et franchi le trou béant qui avait été naguère la cage d'escalier d'une école. Arrivé de l'autre côté, il avait dégagé le cadavre du soldat installé derrière la mitrailleuse et pris sa place. Entre-temps, les Allemands, qui croyaient en avoir fini avec cette fenêtre-là, s'étaient avancés dans la ruelle et Sergueï les avait arrosés, permettant ainsi à ses camarades de se dégager du cul-de-sac.

Dans la soirée, alors que Sergueï se reposait dans un bunker, Khrouchtchev était venu le saluer. Ils s'étaient assis à l'écart. Le commissaire lui avait demandé d'où il venait, s'il était marié, s'il avait des enfants. En apprenant qu'il n'était pas inscrit au Parti, Khrouchtchev avait arqué les sourcils. « Je m'en charge ! » avait-il grogné, l'air sombre. Sergueï avait deviné le fond de sa pensée : on n'avertissait pas toujours les familles des soldats tués s'ils n'appartenaient pas au Parti. C'était une façon de garantir que le terrible chagrin d'ignorer le destin d'un proche leur serait évité.

Ils avaient ensuite évoqué des souvenirs de pêche, comparant leurs meilleures prises, avant de trinquer à la victoire de la Grande Guerre Patriotique. L'homme ne le lui avait pas dit expressément, mais Sergueï avait compris qu'il lui était reconnaissant, car il considérait probablement qu'il lui avait sauvé la vie.

Depuis cette rencontre inopinée au mois de septembre, Sergueï recevait de temps à autre un message d'amitié. Khrouchtchev l'avait décoré quelques jours auparavant, lui remettant par la même occasion sa carte de membre du Parti communiste, ornée de sa photo en tenue de militaire.

Sergueï relut une dernière fois l'ordre de Tchouïkov avant d'approcher le billet de la flamme du réchaud.

Ses hommes le regardaient, attendant de savoir où ils allaient passer les longues heures à venir. En observant leurs visages graves mais confiants, il éprouva une nouvelle fois ce sentiment accablant de responsabilité. Parfois, la tête lui en tournait.

Cela ne faisait même pas un an qu'il avait quitté le hameau perdu d'Ivanovo pour se porter volontaire. Grigori avait tenu à l'accompagner jusqu'à Ivdiel, où il avait pris le train pour Perm, se tassant dans les wagons avec les appelés qui braillaient des chansons à tue-tête avant de s'écrouler comme des masses sur leurs baluchons. Dans les gares, le convoi s'immobilisait dans un grincement de roues et les cheminots accrochaient parfois un wagon supplémentaire de vivres ou de munitions destinés au front.

À Perm, on l'avait équipé d'un uniforme et on l'avait expédié vers Krasnoufimsk. En chemin, il avait été étonné de découvrir des usines flambant neuves qui fabriquaient jour et nuit du matériel de guerre. C'était comme si le pays tout entier s'était ébranlé pour contrer l'agresseur fasciste. Femmes, enfants, vieillards, tous travaillaient sans relâche, dans la mesure de leurs moyens, pour aider la Mère Patrie.

Après quelques jours de formation, ayant ravi ses supérieurs par ses talents de tireur, il avait entamé le long périple de plus de mille kilomètres, à pied, en train et sur les bancs de camions américains, qui l'avait amené un beau matin sur les rives de la Volga.

Il s'était retrouvé sous les ordres du colonel Batyouk, un homme mince aux cheveux noirs, tenace et intrépide, que Sergueï avait un soir porté sur son dos jusqu'à son abri, parce qu'il souffrait d'une maladie vasculaire qui l'empêchait parfois de marcher, ce qu'il dissimulait de son mieux à ses soldats.

Et voilà qu'à vingt-quatre ans, décoré plusieurs fois, en contemplant ces hommes qui étaient prêts à le suivre au-delà de l'enfer, Sergueï se demandait ce qu'ils pouvaient bien lui trouver, à lui qui n'était après tout qu'un modeste trappeur de Sibérie.

Comme toujours avant de repartir à l'assaut, il vérifia méticuleusement sa tenue. Il reboutonna sa vareuse, boucla son ceinturon, dépoussiéra son calot. Les premières fois, Volodia s'était moqué de lui, mais Sergueï avait conservé ses manies de chasseur. Rien n'était laissé au hasard lorsqu'on sortait affronter des températures inhumaines. Les proies n'étaient peut-être pas les mêmes, mais il avait besoin de ce rituel, et ses camarades le regardaient se préparer, tirant un étrange réconfort de ses gestes familiers, comme s'il s'agissait d'une cérémonie mystérieuse qui pouvait les protéger.

Il lissa ses cheveux en arrière et ajusta son calot sur la tête. Tout en expliquant aux hommes ce qui les attendait, il remplit sa sacoche de grenades, enfouit dans une poche l'une des barres de chocolat que le jeune soldat avait apportées du quartier général, et ramassa son fusil de précision qu'il avait graissé avant de se coucher.

Il attendit patiemment que ses hommes fussent prêts, regarda sa montre une dernière fois. Depuis quelques minutes, il éprouvait ce serrement de cœur particulier, ce mystérieux sentiment d'expectative et de certitude, cette sérénité profonde qu'il ressentait toujours avant d'être confronté à une bête sauvage qu'il traquait depuis des jours. C'était instinctif, et il aurait été incapable de leur expliquer pourquoi, mais il avait le pressentiment que la journée à venir serait décisive.

À la montre du lieutenant Sergueï Ivanovitch Volkov, il était exactement une heure cinq du matin, le 19 novembre 1942.

Ivan Mikhaïlovitch se réveilla en sursaut. Il ouvrit les yeux dans le noir. Il n'entendait pas un bruit, excepté le murmure du samovar et le souffle régulier de sa femme.

Il se glissa péniblement hors du lit et s'emmitoufla dans sa pelisse d'intérieur. Il regretta qu'ils fussent en hiver. Tout à coup, l'isba lui semblait affreusement confinée. Il avait envie de sortir, de regarder le ciel, de sentir le cœur battant de la taïga qui l'entourait sur des centaines de kilomètres à la ronde, mais il n'avait pas l'énergie de s'habiller et de déblayer la neige qui avait dû s'accumuler depuis la veille autour de la maison.

Résigné, il alluma une bougie et se prépara un thé avec l'eau chaude du samovar. Il s'adossa au poêle, étendit sa jambe qui le lançait un peu plus que d'habitude.

Qu'est-ce qui avait bien pu le tirer du sommeil ? Anna lui avait pourtant préparé une tisane qui lui permettait de s'endormir les soirs où son corps le faisait trop souffrir. Avec le temps, les migraines qui avaient empoisonné son existence les premières années après son accident s'étaient miraculeusement espacées jusqu'à n'être plus qu'un mauvais souvenir, mais les anciennes blessures avaient une fâcheuse tendance à se réveiller.

Anna grogna et se retourna sur le côté. Il décelait à peine sa silhouette sous les couvertures de fourrure, mais, comme toujours, un pied chaussé de laine rouge s'était aventuré à l'air libre. « Sinon, je me sens prisonnière », avait-elle déclaré, quand il le lui avait fait remarquer. Il sourit dans la pénombre. Anna Feodorovna avait toujours réponse à tout, et même après plus de vingt-cinq ans de mariage, elle parvenait encore à le surprendre.

Il savoura à petites gorgées le thé puissant. Il avait eu du mal à s'habituer au goût âcre qu'il laissait dans la gorge, mais comme tant d'autres choses, il avait fini par l'apprécier. Désormais, il ne pourrait plus s'en passer.

La maison couina doucement. Le bois soupirait sous le poids de la neige et la morsure du gel. Ivan songea que c'était tout de même admirable que des hommes puissent vivre heureux dans un monde aussi inhospitalier. Le secret, c'était peut-être le respect qu'ils éprouvaient pour cette nature qui les tolérait. Il y avait peu de règles, mais elles étaient intangibles et indispensables à la survie. Elles fixaient les limites à ne pas franchir et la liberté n'en avait que plus de saveur.

Il ne regrettait pas d'avoir épousé cette femme qui lui avait sauvé la vie, ni d'être resté sur cette terre où était enseveli son premier enfant. À l'époque, il avait mûrement réfléchi, saisi d'angoisse, se demandant si ce n'était pas une forme perverse de suicide, que de choisir de vivre dans cet univers qui lui était si profondément étranger. Quand il avait pris sa décision, il avait l'âge de son fils aujourd'hui. *J'étais un gamin*, songea-t-il, la gorge nouée.

Il avait été confronté à lui-même pour la première fois dans les immensités du Canada. Lors de ces nuits silencieuses, de ces premières journées de traque et d'attente, seul avec son guide, Léon Fonteroy avait appris à réfléchir. Il avait pensé à son enfance, aux privilèges de sa naissance, à l'amour de sa mère, à l'admiration qu'il suscitait chez les autres parce qu'il savait parler et jeter de la poudre aux yeux, dissimulant l'inquiétude qui le minait. Sa voie avait été tracée, et, pourtant, il s'était rebellé, comme un enfant justement, se débattant avec ses contradictions, toujours prêt à plaisanter et à rire, à éblouir les jeunes filles, à séduire les femmes, mais déjà en quête d'autre chose.

C'était entre ces quatre murs de bois, dans cette même isba, en étudiant les gestes d'une lenteur et d'une perfection émouvantes de la jeune veuve, qu'il avait réalisé qu'il risquait de devenir l'adulte né de cet enfant charmeur et hypocrite, enjôleur et troublé. Le destin l'avait placé devant un dilemme. Il pouvait choisir d'être un autre Léon Fonteroy, dépouillé de ses masques et de ses artifices. Or cet homme-là ne pouvait exister que dans un monde différent de celui de sa naissance, avec des repères d'une autre échelle, où son identité même n'aurait plus d'importance, où seule compterait sa valeur humaine.

Prétendre que son choix n'avait pas été grave, douloureux et violent serait mentir. Renoncer à une facette de sa personnalité, à une certaine existence, c'était un risque que seuls les plus courageux osaient prendre... Si la nature mise à nu se révélait indigne ou méprisable, que vous restait-il ?

L'homme assis dans l'isba ensevelie sous la neige enserra le verre de thé entre ses longs doigts fins. Sergueï en avait hérité. « Des mains d'artiste », s'était émerveillée Anna lorsqu'il était enfant. Le petit garçon, mortifié, était sorti les enfouir dans la terre comme si, en les salissant, il avait pu obtenir des mains d'homme, épaisses et calleuses, fortes et noueuses, semblables à celles de l'Ancien ou de Grigori Ilitch.

Désormais, son fils était loin, à des milliers de kilomètres. Il se battait pour défendre une ville appelée Stalingrad qu'il aurait eu du mal à trouver sur une carte quelques mois auparavant.

Lorsque Léon Fonteroy était arrivé en Russie, elle portait un autre nom, mais si les villes avaient été débaptisées, les hommes étaient demeurés les mêmes. Il y avait encore des seigneurs et des soumis, des maîtres et des valets. On avait bouleversé les règles du jeu, mais les cartes étaient restées identiques.

Quand Adolf Hitler avait lancé ses troupes à l'assaut de l'Union soviétique le 22 juin 1941, il n'avait pas soupçonné que les Russes se battraient avec une telle ténacité, jusqu'à leur dernier souffle. Napoléon non plus ne l'avait pas soupçonné, songea Ivan Mikhaïlovitch, mais il y avait chez les peuples de cet immense empire comme un goût d'infini.

S'adressant à la population, le camarade Staline avait retrouvé le ton de ses prédécesseurs, de ces tsars honnis que les bolcheviques avaient massacrés, de ces hommes d'Église qui avaient dû fuir sous la révolution. « Frères et sœurs ! » s'était-il exclamé, tandis qu'Anna priait devant ses icônes et que leur fils se préparait à partir défendre sa patrie.

Ivan tourna légèrement la tête vers la petite veilleuse rouge qui brillait, sereine, dans un angle de la pièce.

*« De violents combats se poursuivent dans les faubourgs de Stalingrad... Les hitlériens attaquent les héroïques défenseurs de la ville... Les affrontements sont devenus des combats au corps à corps... »* C'était l'un des derniers bulletins du *Sovinformburo*.

Ivan n'avait jamais connu la guerre. Il ne pouvait pas imaginer le tonnerre des mortiers, les rafales des pistolets-mitrailleurs, le crépitement des obus. Il ne connaissait que les sons de la taïga, les blocs de glace sur les fleuves qui se heurtent avec fracas lors de la débâcle, les branches qui éclatent sous le gel, le craquement du cuir des raquettes, le bruit souple d'un paquet de neige glissant d'une branche de sapin, le battement d'ailes d'un colvert prenant son envol, le gémissement d'un animal souffrant. Mais à cet instant précis, alors que l'aube approchait, l'homme avait sur les lèvres un goût de poussière et dans les oreilles le hurlement des sirènes des Stuka.

— Seigneur, protégez mon fils, murmura-t-il. S'il vous faut l'un de nous, que ce soit moi... Ma vie, en échange de la sienne...

Une pastèque… Les pépins noirs, la chair rouge et juteuse, la sève fade et sucrée, doucereuse comme un remords, qui coule le long du menton… Il se la représentait avec ferveur comme s'il pouvait la faire naître de sa rêverie par la seule force de l'imagination.

Peter se souvenait de s'être gavé de melon et de pastèque, par un après-midi d'été, quelque part dans la steppe écrasée de chaleur, sous un ciel démesuré chauffé à blanc. Ils étaient descendus du tank, le conducteur, le radio, le tireur et lui, ils avaient essuyé leurs visages où la sueur traçait des rigoles, telles des traînées de larmes, dans la poussière jaunâtre incrustée dans les pores. Ils avaient toussé, craché pour libérer leurs poumons.

Le petit verger abandonné leur avait paru miraculeux. Ils s'étaient gorgés de fruits, allongés à l'ombre d'un arbre, bercés par la stridulation des grillons. La colonne de blindés était immobilisée par manque de carburant. Ils avaient avancé trop rapidement, laissant loin derrière eux – beaucoup trop loin –, dans les nuages de poussière soulevés par les chenilles, les camions de ravitaillement et les malheureux fantassins qui grognaient sous leur lourd paquetage et le soleil de plomb. Les véhicules tombaient souvent en panne, mais les tankistes avaient néanmoins le sentiment d'embrocher la Russie sur la lame de leurs épées, tandis qu'au-dessus de leurs têtes les avions revenaient de leurs raids et les saluaient d'un mouvement d'ailes.

Ils avaient connu des jours glorieux, une percée vertigineuse… Et puis, la belle machine s'était enrayée, au coup par coup. On aurait dit une malédiction, un pays devenu peu à peu trop vaste, avec des plaines, des champs et encore des plaines, à perte de vue. La steppe, c'était comme la mer, la ligne de l'horizon se confondait avec le ciel et plus on croyait s'en approcher, plus elle vous fuyait. En dépit des Soviétiques qui battaient en retraite et des centaines de milliers de prisonniers, en dépit des succès de Smolensk ou de Kiev, ces maudits soldats insaisissables revenaient sans cesse les harceler et les entraîner toujours plus loin. L'empire des Ivans semblait illimité. Certains soldats parlaient à mi-voix d'une sorte d'envoûtement.

L'automne venu, les pluies avaient transformé les routes et les chemins de terre en des océans de boue où les blindés s'enlisaient. La glaise aspirait les bottes dans un bruit de succion. Pestant contre la *raspoutitsa*, Peter avait fini par souhaiter l'arrivée de la neige, afin que toute cette terre, dont on ne savait plus que faire, se solidifiât.

Par la suite, pendant l'hiver 1941, il avait souvent regretté ce souhait naïf. Par moins vingt-cinq degrés, les moteurs gelaient, les armes s'enrayaient. Il fallait parfois uriner sur les mitrailleuses pour dégeler les canons. Mais l'ennemi, lui, semblait puiser des forces dans le froid épouvantable et les vents qui entaillaient la peau telles des lames de rasoir.

Des bataillons de skieurs venus de Sibérie, invisibles parmi les champs de neige grâce à leurs combinaisons blanches, se lançaient à l'attaque. Seules la chance et la ruse permettaient de sauver sa peau. Autour de Peter, les hommes tombaient les uns après les autres. On leur avait pourtant répété que ces Slaves bolcheviques étaient une race inférieure. Leur résistance finissait par devenir vexante, pis, humiliante.

Peter avait été blessé par un éclat d'obus à la cuisse. Soigné à l'arrière dans un hôpital de campagne, il avait évité par miracle la putréfaction de ses gelures aux pieds grâce au dévouement d'un infirmier.

Le jeune homme poussa un long soupir. Les mains croisées derrière la nuque, il était allongé dans un bunker. Il lui restait une heure de repos. Il n'essayait même pas de dormir. Depuis qu'il combattait dans les faubourgs de Stalingrad, il avait pris la nuit en horreur. Les Russes devenaient alors de vrais diables, ne respectant ni la tranquillité ni le sommeil de leurs adversaires. Comme ses camarades, Peter tendait l'oreille dès le crépuscule, redoutant le cliquetis particulier de leurs avions qui s'interrompait toujours quelques instants, laissant planer un silence d'autant plus angoissant, avant que n'explosent les bombes.

Il revenait d'une permission de vingt jours qui lui semblait déjà infiniment lointaine. Il n'avait éprouvé aucun plaisir à retrouver Leipzig. Alors qu'il tressautait dans un tramway, il s'était senti étranger à sa ville natale. Il lui avait été impossible d'oublier le front. Désormais, il portait la guerre en lui. Bien qu'il eût été décoré pour bravoure de la croix de fer de deuxième classe, et qu'on lui eût attribué la « médaille de l'hiver », distribuée comme lot de consolation à ceux qui avaient enduré les mois cruels de l'hiver 1941, il n'éprouvait plus qu'un sentiment de lassitude et de dégoût.

Pourtant, lorsque sa division avait été retirée de France pour se rendre sur le front de l'Est, contrairement à tous ses camarades, Peter avait ressenti un soulagement intense. Il ne supportait plus de rester dans le pays de Camille en sachant qu'il ne pourrait ni la voir ni lui parler. Une barrière infranchissable avait été érigée entre eux. Il s'était raccroché à l'espoir qu'une fois la guerre terminée ils pourraient se retrouver, mais ce rêve s'était brisé lorsqu'il avait découvert la réalité de la guerre à l'Est.

Au fond de lui-même, il partageait l'opinion de son père : la fin était inévitable, mais elle serait terrible, et rien ne serait jamais plus pareil. Karl en avait discuté avec lui à demi-mot, dans le salon calfeutré de la Katharinenstrasse, les rideaux soigneusement tirés pour respecter le couvre-feu, tandis qu'Eva essayait de leur concocter un repas digne de ce nom pour fêter sa permission. La bouteille de mousseux, en revanche, était fraîche. Il avait suffi de la laisser une heure sur le balcon.

Peter avait trouvé ses parents amaigris et tendus. Sa mère flottait dans ses vêtements, son père était devenu un vieux monsieur aux cheveux gris. Après le repas auquel il avait essayé de faire honneur, même si la soupe sans consistance n'avait aucun goût, il avait demandé à sa mère de lui jouer un nocturne de Chopin.

Elle jouait depuis dix minutes quand on avait frappé à la porte. Ses parents s'étaient aussitôt figés, échangeant un regard affolé. Peter s'en était ému : il avait oublié ce sentiment d'oppression et de peur avec lequel ils vivaient depuis des années. On se méfiait de tout le monde, de la concierge, de la voisine, du passant inconnu qui traînait trop longtemps devant la porte cochère. On craignait les dénonciations de personnes prêtes à tout pour obtenir une faveur de la police. Et une fois dénoncé, coupable ou non, la machine infernale se mettait en route.

Furieux, il s'était levé d'un bond. Il avait regretté d'avoir retiré son uniforme d'officier de la Wehrmacht dès son arrivée à la maison. Il avait ouvert la porte d'un geste brusque, bombant le torse. Qu'ils viennent donc les embêter, lui et ses parents, ces misérables vauriens de la Gestapo ou ces SS fanatiques qu'il avait vus à l'œuvre dans les villages de Pologne ou d'Ukraine !

Il avait découvert une jeune femme brune, fluette et indécise, qui serrait un châle de laine rouge autour de ses épaules.

Pris au dépourvu, Peter était resté interloqué.

« Pardonnez-moi de vous déranger, mais j'ai entendu le piano. Cela fait si longtemps que Mme Krüger n'a pas joué… Est-ce que cela vous ennuierait beaucoup si je venais écouter, moi aussi ? »

Peter l'avait dévisagée comme si elle parlait une langue inconnue. Elle avait un cou délicat, un nez fin, des sourcils épilés qui soulignaient un regard sombre comme la nuit.

« C'est la belle-fille de notre voisine d'au-dessous, avait expliqué sa mère. Entrez, madame, vous êtes la bienvenue. »

La jeune femme s'était faufilée vers le salon. Quand elle l'avait frôlé, Peter avait cru respirer un parfum de fleurs.

« Son mari a été tué il y a six mois, avait murmuré Eva. C'est une danseuse du corps de ballet. Elle est venue habiter chez ses beaux-parents parce qu'elle ne supportait plus d'être seule. »

Peter avait lentement refermé la porte d'entrée.

Elle s'appelait Rosmarie et elle avait vingt ans. Ils avaient fait l'amour le lendemain soir, et tous les jours jusqu'à son départ, sans rien se promettre, car les promesses étaient un luxe qui n'existait plus depuis longtemps dans l'Allemagne du III^e^ Reich.

— Ils vont nous laisser crever, déclara soudain une voix rauque à côté de lui. Alors qu'il faudrait se tirer d'ici pendant qu'on en a encore les moyens.

Peter comprit que Hans, un caporal originaire de Dresde, venait de se réveiller d'humeur maussade. Peter rejeta sa couverture. Il valait mieux éloigner Hans des autres dormeurs. Ses doléances ne devaient pas tomber dans l'oreille de quelque délateur qui serait trop content de faire remonter le « défaitisme » du jeune caporal jusqu'à leurs supérieurs, ce qui risquait d'entraîner une condamnation à mort.

Hans suivit son ami dans un réduit où le plafond bas les empêchait de se tenir debout. Peter posa la lampe à pétrole par terre. Ils s'assirent sur des caisses en bois et allumèrent des cigarettes.

— J'ai raison, tu sais, reprit Hans. On ne nous laissera jamais repartir d'ici vivants. Ni les Ivans, ni les nôtres.

— Tu es toujours de mauvaise humeur quand tu te réveilles, fit Peter, essayant de l'apaiser. Tout à l'heure, tu te sentiras mieux.

La flamme vacillante posée à même le sol dessinait des lueurs spectrales sur les murs de brique et de rondins colmatés par des sacs de sable. Hans esquissa un sourire douloureux. Ses doigts noirs de cambouis tremblaient légèrement et une barbe de plusieurs jours rongeait son visage hagard.

— Tu te souviens, Peter, quand on a aperçu la Volga la première fois. On était debout dans les tourelles. Devant nous, il y avait ce fleuve mythique. Et derrière lui, les steppes du Kazakhstan. Ce jour-là, j'ai pensé que le Führer était un génie. J'ai cru que mon cœur allait éclater de fierté. On allait vraiment conquérir le monde. On était invincibles.

— Beaucoup de nos camarades avaient pourtant déjà été tués. On n'avait pas réussi à prendre Moscou.

— Je sais… mais moi, j'étais pris par un vertige de puissance. Rien ne me semblait impossible.

Peter hocha la tête. Il avait ressenti la même exaltation quand il avait franchi la frontière soviétique. Il lui avait semblé qu'enfin le combat était juste : ils allaient délivrer les peuples opprimés par le joug judéo-bolchevique. Les doutes étaient venus plus tard.

— Ils vont nous sacrifier, mon vieux, reprit Hans de sa voix cassée. On va crever comme des rats dans cette ville qui résiste encore alors qu'elle n'est plus qu'un amas de ruines…

Il marqua une pause, baissa la tête sur son pistolet automatique qu'il caressa d'un air songeur. La saleté et la sueur avaient plaqué ses cheveux blonds contre son crâne en des mèches ternes et irrégulières. On voyait les boursouflures cramoisies d'une plaie sur sa nuque.

*On est tous si différents*, songea Peter, *mais qui d'entre nous pourra se targuer de ne jamais avoir eu peur ?*

— Tu te rends compte, si jamais ils arrivent chez nous, ce qu'ils vont infliger à nos villes, à nos femmes, à nos enfants…

— Ta gueule, Hans ! s'emporta Peter. Tu n'as pas le droit de penser comme ça. Je veux vivre, moi ! Nous gagnerons cette guerre…

Hans lâcha un éclat de rire brutal et cynique.

— Bien essayé, vieux, mais tu sais que j'ai raison. Ils nous ont tous trahis. Le Führer qui avait promis de nous sortir de ce merdier et Dieu qui nous a abandonnés.

Peter aspira la dernière bouffée de sa cigarette, chassa un pou de son pantalon et l'écrasa soigneusement avec le mégot. Il éprouvait le même pessimisme que Hans, mais, contrairement à son ami, il n'osait pas encore le formuler ouvertement.

— On a pourtant gagné un peu de terrain cette dernière semaine, grommela-t-il.

Le 11 novembre, la VI^e^ armée avait lancé une nouvelle offensive. Les Allemands avaient à nouveau atteint la Volga entre Octobre rouge et l'usine Barricades. Ils avaient ainsi coupé en deux la 62^e^ armée soviétique.

— Tu parles d'une percée ! ironisa Hans.

Peter haussa les épaules. L'humeur sombre de son ami commençait à déteindre sur lui. Agacé, il se leva, marcha plié en deux jusqu'à l'ouverture qui donnait dans la salle de repos. Il ramassa les divers vêtements qui composaient sa tenue. L'ensemble n'était guère réglementaire mais, depuis l'hiver précédent, Peter avait appris qu'il ne fallait reculer devant rien pour se protéger du froid russe. Comme les autres, il était devenu un détrousseur de cadavres.

Il enfila la veste fourrée qui avait appartenu à un combattant soviétique, les gants et le passe-montagne d'un soldat tombé la veille, et boutonna son épais manteau.

Il avait faim et les réflexions défaitistes de Hans l'irritaient. Il ne voulait pas réfléchir à cette guerre. Il ne s'intéressait qu'à la tactique journalière de l'officier en première ligne. Il ne pouvait pas s'attarder sur certaines horreurs qu'il avait vues ni sur les rumeurs qui circulaient parmi les officiers, où il était question de massacres des populations juives, de civils, femmes et enfants, abattus dans des fosses communes, du comportement sanguinaire de ces chacals des *Einsatzgruppen*. Il s'en était ouvert à son chef de bataillon. Les traits figés, le major l'avait écouté, une main pianotant sur la carte dépliée sur la table. « Vous êtes un officier de la Wehrmacht, vous devez accomplir votre devoir, point final. Les agissements des commandants de la Waffen-SS ne sont pas de notre ressort. » Congédié, Peter avait claqué des talons.

De tout cela, il n'avait pas pu discuter avec ses parents. Peut-être avait-il craint de voir se refléter dans les yeux de sa mère cette honte secrète et amère qu'il ressentait au plus profond de son âme.

Il se rappela soudain avec quel enthousiasme il avait exigé de ses parents d'entrer dans la *Hitlerjugend*. Sa mère avait toujours opposé un rempart moral aux leçons que les instructeurs leur assénaient. Et elle avait su se faire écouter, comme toujours, se dit-il avec un sourire. Il regretta soudain de ne pas avoir songé à l'en remercier.

Il gravit la dizaine de marches qui menaient à ciel ouvert. Tête basse pour éviter le tir d'un tireur d'élite soviétique, il rejoignit un emplacement sécurisé derrière un mur qui se dressait encore comme par miracle.

Il neigeait. Une bise mordante s'engouffrait entre les monceaux de pierres. On entendait les sifflements de quelques fusées éclairantes, le crépitement sporadique d'une mitrailleuse. Les dernières cheminées d'usine n'avaient pas résisté aux assauts de la Luftwaffe la semaine précédente. Les façades aux lucarnes béantes des immeubles encore debout surgissaient dans le brouillard. Alors que l'aube se levait, il respira l'odeur de bois brûlé, de soufre et de relents métalliques qui flottait sur la ville depuis des semaines. Au moins en hiver, et c'était une maigre consolation, les cadavres n'empestaient pas.

Il enfouit les mains dans ses poches et tapa du pied pour se réchauffer. Il était impatient de recevoir les ordres pour la journée. D'expérience, il savait que ces moments de nostalgie et d'angoisse disparaissaient dans le feu de l'action. Chaque cible atteinte ravivait l'enthousiasme. Le pire ennemi du soldat, c'était l'attente. Au front, il ne fallait ni trop réfléchir ni trop patienter.

À l'instant où il regardait sa montre – il était cinq heures vingt, heure allemande, en ce 19 novembre – un tonnerre effroyable explosa autour de lui. Les orgues de Staline, ces terrifiants lance-roquettes postés au bord du fleuve, s'étaient remis à chanter.

Sous ses pieds, la terre trembla tandis que le ciel s'éclairait presque comme en plein jour : toute l'artillerie russe semblait être entrée en action en même temps.

Les oreilles bourdonnantes, le cœur battant, Peter se mit à courir vers les blindés parmi les lueurs vertes et blanches. Il discernait vaguement les mécaniciens qui s'affairaient autour de lui. Brusquement, Hans se dressa à côté de lui.

— C'est la contre-offensive ! hurla-t-il en lui empoignant le bras.

— T'es dingue ? De quoi tu parles ?

— On est piégés !

Tandis que l'apocalypse se déchaînait autour de lui, Peter resta cloué sur place par la terreur qu'il découvrait dans les prunelles bleues de son camarade. À cet instant précis, le visage déformé par l'effroi, Hans ressemblait à tous les garçons que Peter avait rencontrés depuis trois ans, depuis que la guerre n'était plus un simulacre qu'on étudiait dans les salles de cours et sur les terrains de manœuvres des écoles d'officiers. Il avait connu des soldats intrépides, des héros et des inconscients, des hommes devenus fous sous les barrages d'artillerie qui appelaient leur mère en sanglotant, et quelques-uns qui avaient désiré la mort parce que la guerre leur offrait un moyen respectable de quitter un monde où ils ne s'étaient jamais sentis chez eux.

Brusquement, il serra Hans contre lui de toutes ses forces. Il crut entendre un sanglot dans la gorge de son ami.

Un agent de liaison se précipita vers Peter et lui tendit une feuille de mission. Peter repartit en courant vers le premier Panzer qui quittait son abri.

Il n'eut pas le temps de l'atteindre. Un monstre de blindé soviétique T-34 venait d'apparaître à l'angle de la rue et son puissant canon de 76 semblait le viser directement. Peter comprit tout de suite : c'était fini. Jamais ils n'auraient le temps de manœuvrer et leurs canons ne pouvaient pas lutter contre le blindage redoutable du char russe.

Alors que le souffle de l'explosion le projetait en l'air et que son corps était déchiqueté par les balles des mitrailleuses, sa dernière pensée lucide fut pour une jeune fille française, les poings sur les hanches, une robe trop courte dévoilant ses longues jambes, qui lui souriait d'un air tendre et taquin au bord d'une rivière par une chaude nuit d'été.

L'attente se prolongeait. Le train était arrêté en gare de Chalon depuis plus d'une demi-heure. Valentine était assise près de la fenêtre dans un compartiment qu'elle partageait avec deux hommes plongés dans leur journal. Elle regardait par la vitre la longue queue des personnes qui présentaient à un officier allemand leur carte d'identité validée pour 1943. Elle avait été l'une des premières à s'asseoir à sa place.

Quatre mois plus tôt, le 11 novembre, les Allemands avaient pénétré en zone libre, sous prétexte de repousser une tentative de débarquement anglo-américaine sur les côtes de Provence. Et depuis le 1er mars, la ligne de démarcation s'était « assouplie », ce qui permit au courrier et aux voyageurs de circuler librement. Elle esquissa un sourire amer. On ne parlerait de liberté que lorsque le dernier Boche aurait quitté le sol français. Heureusement, le vent commençait enfin à tourner ! Avec ses centaines de milliers de morts tombés dans les environs de Stalingrad, la triomphante Wehrmacht avait essuyé en Russie son premier véritable revers : l'Allemagne avait décrété trois jours de deuil national. Dorénavant, Valentine était persuadée que la victoire n'était plus qu'une question de temps, mais, hélas, la patience n'avait jamais été son fort.

Quelques jours plus tôt, Onbraye était venu la trouver à Montvallon. Il avait des papiers chiffrés à faire remonter à Paris. Il retournait sa casquette entre ses mains d'un air embarrassé et Valentine avait compris qu'il n'osait pas lui demander ce service. Elle n'avait pas hésité : bien sûr qu'elle irait à Paris ! Il lui avait expliqué qu'elle devait passer à L'Arrivée, un bistrot situé en face de la gare. Elle avait cousu les papiers à l'intérieur de sa doublure.

Après avoir obtenu une fiche d'admission pour l'un des trains, non sans mal car l'affluence aux guichets était extrême, elle avait confié Maxence aux bons soins de la cuisinière qui veillerait à ce qu'il se rende à l'école tous les jours.

Depuis la rentrée scolaire, son fils de douze ans avait une fâcheuse tendance à privilégier une éducation en plein air, de préférence avec un camarade qui partageait son goût immodéré pour la construction de cabanes dans les arbres. Il s'était découvert une passion pour la nature. Il passait des heures dans la forêt à la recherche d'oiseaux blessés à soigner et pressait des feuilles dans un herbier. Lorsqu'elle le sermonnait pour son inattention en classe, Maxence ouvrait de grands yeux bleus innocents, son visage se fermait comme une huître, et elle s'irritait de perdre peu à peu son emprise sur lui.

Il y eut un claquement de portières, un ordre bref lancé par le chef de gare, et le train quitta lentement Chalon-sur-Saône. Valentine sentit son pouls s'accélérer. On ne l'attendait pas à Paris. Elle n'avait prévenu personne de son arrivée. Elle avait l'impression d'être une bouteille lancée à la mer.

Quelques heures plus tard, après un voyage ponctué d'inexplicables haltes en rase campagne, le train arriva à destination.

Une foule se pressait dans le hall de la gare, où la verrière badigeonnée de bleu laissait filtrer une lumière d'aquarium. Des hommes se bousculaient, des femmes harassées remorquaient des enfants en larmes. De jeunes porteurs amaigris guettaient le client, s'élançant telle une nuée de moineaux lorsqu'ils apercevaient un voyageur chargé de bagages. Par grappes de deux ou trois, des soldats allemands observaient cette agitation d'un air indifférent.

Mais au bout du quai, trois hommes en imperméable scrutaient les passagers. Onbraye avait prévenu Valentine : on les appelait des « physionomistes ». Ces sbires de la Gestapo et de la police française étaient recrutés pour leur mémoire visuelle. Ils avaient en tête toutes les photos de patriotes. C'était pourquoi Onbraye était venu lui demander son aide. Son visage était inconnu ; on ne devrait pas lui causer d'ennuis.

Les nerfs à fleur de peau, regardant droit devant elle, Valentine passa entre les hommes, la main crispée sur la poignée de sa petite valise. Tout le monde devait entendre les papiers crisser dans sa doublure ! Mais elle gagna sans encombre l'extérieur de la gare, où elle s'arrêta pour reprendre son souffle.

Le ciel était gris. Il venait de pleuvoir. Les trottoirs luisaient, des bicyclettes zigzaguaient entre les flaques d'eau. Il lui sembla que la ville avait changé. Avec ses mornes façades fissurées, elle avait l'allure d'une vieille femme résignée.

Apercevant les vitres embuées de L'Arrivée, Valentine traversa la rue. Dans la salle enfumée, des hommes en casquette buvaient un coup au comptoir. Un couple chuchotait, penché l'un vers l'autre au-dessus d'une petite table. Elle suivit les instructions d'Onbraye, s'approcha du patron qui essuyait un verre.

— Le temps est maussade à Dijon, dit-elle.

Le regard sombre du vieil homme se fit plus perçant. Il hocha la tête.

— C'est pas mieux par ici, bougonna-t-il.

Elle descendit aux toilettes. Les relents d'une canalisation bouchée empestaient le sous-sol. Elle sortit le pli de sa doublure, le glissa entre les feuilles d'un *Petit Parisien* qui traînait sous le lavabo. Quand elle se dévisagea dans le miroir, elle vit une femme pâle, un pli nerveux aux lèvres. Elle se força à sourire.

Lorsqu'elle se retrouva de nouveau sur le trottoir, sa tension nerveuse s'apaisa, cédant la place à l'abattement. Épuisée, elle n'avait pas la force de rentrer tout de suite avenue de Messine pour y affronter André et Camille. Il lui faudrait expliquer, raconter, donner des nouvelles de Montvallon. Elle avait envie de parler d'autre chose, de n'importe quoi, mais surtout pas de la guerre, ni des Boches ou des solutions à trouver pour cacher les jeunes gens qui voulaient échapper au Service du travail obligatoire.

Elle monta dans un vélo-taxi à capote jaune et donna l'adresse d'Odile Venailles. Avec un peu de chance, sa meilleure amie serait à la maison. Elle était soudain prise d'une envie folle de la revoir et de l'entendre lui raconter des frivolités avec gourmandise.

Odile lui avait manqué. Elle avait reçu d'elle quelques cartes interzones qui ne lui avaient évidemment rien appris. Treize lignes, déjà à moitié imprimées, ne suffisaient pas à combler l'absence d'une amie. Au début de son exil volontaire, alors qu'elle menait une existence quasi monacale à Montvallon, Valentine s'était parfois sentie frustrée de savoir Odile à Paris. Que devenait-elle ? Piquait-elle toujours ses colères ? Agacée de voir les soldats ennemis dans les restaurants ou aux terrasses des cafés, se privait-elle de le leur faire comprendre ?

C'est le cœur un peu plus léger qu'elle descendit du taxi au pied de l'immeuble du Champ-de-Mars.

Valentine scrutait son amie en se demandant en quoi elle avait changé. Roulés sur la nuque, ses cheveux roux étaient toujours aussi flamboyants, même si une teinture devait y être pour quelque chose. Odile avait accueilli la revenante avec un cri de joie, la serrant dans ses bras à l'étouffer, avant de l'entraîner vers le salon.

En y pénétrant, Valentine avait ressenti un curieux malaise. Rien n'avait changé, ni la collection de tableaux de Pierre ni les fauteuils en chêne sablé, mais la lumière des lampadaires rebondissait brutalement sur les chaises aux armatures d'acier et les montants métalliques des paravents.

Était-ce la fébrilité de son amie qui l'avait alertée ? Odile bougeait avec des gestes saccadés, comme si sa peau s'écorchait sur des éclats de verre, et son visage avait pris des traits anguleux.

Elle sortit une bouteille de cognac, tendit un verre à Valentine, puis elle porta aussitôt le sien à ses lèvres.

— À nos retrouvailles, ma chérie ! lança-t-elle avec un sourire fugace. Je n'arrive pas à croire que tu sois bien là, en chair et en os. Tu m'avais dit que tu ne reviendrais à Paris que le jour où le dernier Allemand aurait reçu un coup de pied aux fesses.

— C'est à peine croyable, mais je n'ai pas vu André depuis un an. Il est venu passer quelques jours à Montvallon au printemps dernier.

— Ton cher époux te manquerait-il ? ironisa Odile.

Valentine s'étonna d'un tel sarcasme de sa part. Odile vida le verre d'une lampée et se pencha pour se resservir. La bouteille cliqueta sur le rebord du verre.

— Je les vois de temps à autre, André et Camille. Nous sommes allés plusieurs fois au théâtre. Ma filleule embellit de jour en jour. Il faudrait seulement qu'elle coupe ses cheveux, mais elle s'y refuse.

Butée comme un âne, la petite, mais j'aime bien les filles de caractère. C'est essentiel pour une femme, tu ne trouves pas ?

Valentine la regarda s'approcher du canapé. Elle fit une drôle de pirouette avant de s'asseoir.

— Comment va Pierre ?

Odile poussa un long soupir et renversa la tête sur le dossier de satin violine. Elle resta un long moment silencieuse et Valentine crut discerner dans le corps alangui de son amie comme une sorte de renoncement.

— Pierre... Je n'ai jamais réussi à lui donner d'enfant, tu sais. Peut-être que les choses auraient été différentes. J'ai essayé, pourtant. J'ai vu toutes sortes de professeurs très sérieux : « Un peu de patience, madame. La nature a ses raisons que la raison ignore... », singea-t-elle avec une mimique moqueuse. Quelquefois, je l'avoue, il m'est même arrivé de te jalouser.

Elle avait redressé la tête et dévisageait Valentine d'un air perçant.

— Tu peux toujours adopter, répliqua Valentine, agacée. Ce ne sont pas les orphelins qui manquent en ce moment.

— Un petit Juif, c'est ça ? (Odile eut un éclat de rire désabusé.) J'aimerais voir la tête de Pierre si je lui ramenais un petit « étoilé ». Tu crois qu'il le présenterait à ses amis dans leurs uniformes rutilants, avec leurs belles bottes cirées et leurs manières de premiers de la classe ?

Valentine tressaillit. À son tour, elle prit une gorgée de cognac. Elle l'avala trop vite et se mit à tousser. Puis elle ouvrit la boîte à cigarettes posée sur la table basse.

— Je peux ?

— Prends ce que tu veux, fit Odile avec un mouvement désinvolte du poignet. Tu peux aussi choisir du vin ou de la nourriture à la cuisine. On ne manque jamais de rien ici.

Le regard de Valentine se durcit.

— Et cela ne te gêne pas ? lança-t-elle d'un ton acerbe.

Odile haussa les épaules.

— Tu ne peux pas comprendre. Tu habites bien au chaud dans ta campagne.

Curieusement, Valentine ne se donna pas la peine de protester. Elle était désorientée par cet appartement trop lumineux et son amie devenue inaccessible. L'allumette craqua dans le silence. Dehors, il s'était remis à pleuvoir. Les gouttes ruisselaient sur les vitres. Au-delà du balcon, le crépuscule tombait mais on devinait les arbres squelettiques. Pas une branche ne traînait par terre. Les passants les ramassaient en cachette pour se chauffer, de même qu'ils détachaient des morceaux d'écorce.

Odile s'était perdue dans ses pensées. Elle n'avait pas eu besoin d'en dire davantage. Pierre Venailles allait très bien. Probablement encore mieux qu'avant la guerre. Valentine se sentit glacée. Elle n'avait jamais aimé cet homme, mais elle lui avait accordé des circonstances atténuantes parce qu'il avait épousé sa meilleure amie. Désormais, il ne lui inspirait plus que du mépris, et Odile de la pitié.

Dans la salle à manger, par la porte entrebâillée, elle vit deux maîtres d'hôtel en gilet rayé s'affairer pour dresser la table. On entendait tinter les verres et les assiettes. Ils discutaient à voix basse.

— Je crois qu'il est temps que je rentre, dit-elle en se levant.

Son amie se dressa à son tour. Elles se tenaient très près l'une de l'autre. Valentine remarqua qu'Odile avait les traits bouffis. Un soupçon de rouge carmin débordait de ses lèvres. Son visage semblait légèrement brouillé, comme si elle le découvrait à travers une vitre humide, et elle regretta de ne pouvoir l'essuyer avec sa main pour en effacer les chagrins et les remords.

— Nous pourrions nous voir après-demain, proposa Odile. Il y a une soirée à l'ambassade d'Allemagne. Si tu veux, Pierre te fera inviter.

— Je ne pense pas que ce soit une bonne idée, murmura Valentine, avec une pensée pour la doublure décousue de son manteau. Vraiment pas.

Dehors, la nuit tombait, les phares d'une voiture solitaire se noyaient dans le brouillard. Quelques timides rayons de lumière s'échappaient d'entre les rideaux de la défense passive. Frissonnante, elle releva le col de son manteau et chercha en vain un taxi des yeux. Résignée, elle se dirigea vers une bouche de métro. Elle fit poinçonner son ticket et se retrouva sur le quai. Autour d'elle, les voyageurs dégageaient des effluves désagréables de vêtements mouillés. Hommes et femmes avaient des mines lasses. Une affiche appelait les ouvriers français à partir pour la relève. Trois soldats allemands, leurs paquetages sur le dos, discutaient sur un ton animé. Décidément, ceux-là, on ne pouvait pas faire un pas sans les croiser !

Valentine se sentait à la dérive. Elle n'avait pas trouvé le réconfort escompté chez Odile. Dans son esprit, son amie symbolisait la gaieté et la fougue. Jamais elle n'aurait imaginé déceler chez elle des fissures aussi profondes. Elle était partagée entre le désarroi et la colère, comme si Odile lui avait joué un mauvais tour. Comment avait-elle pu se laisser entraîner dans l'autre camp ? Quelle influence Pierre avait-il exercée sur sa femme ? Pourquoi Odile n'avait-elle pas réagi ? Bouleversée, Valentine réprima un haut-le-cœur.

*Je ne peux pas rentrer chez moi*, se dit-elle, *pas tout de suite*. Mais alors, chez qui se réfugier ? Son regard s'attarda sur un plan de Paris. Les notations en allemand la firent frémir. D'un doigt, elle suivit la ligne de métro qui pouvait la mener jusque dans le IXe arrondissement.

Un peu plus tard, elle levait la tête vers la façade noircie mais élégante de l'immeuble de la rue de Trévise. C'était la première fois qu'elle venait chez Alexandre. Elle n'était même pas certaine qu'il habitât encore là. Avant la guerre, elle avait lu un article de presse à son sujet et l'adresse s'était imprimée à son insu dans son esprit.

Elle traversa la rue silencieuse. Le quartier était désert, soupçonneux, avec des boutiques aux devantures fermées, des fenêtres opaques aux regards aveugles et des ombres qui rasaient les murs. Sur une façade, une main anonyme avait griffonné « Stalingrad ».

Elle sonna. La concierge avait un nez pointu, des sourcils sévères. Elle lui indiqua le premier étage d'un air méfiant. Exténuée, un peu anxieuse, Valentine gravit l'escalier en bois comme un automate. Sa petite valise pesait une tonne. Les jambes en coton, elle réalisa qu'elle n'avait rien mangé depuis la veille au soir. Avant de partir pour la gare, elle n'avait pu avaler qu'une demi-tasse du breuvage de grains d'orge grillés qui leur tenait lieu de café.

Le temps de se ressaisir, elle appuya le front contre la porte. Une plaque en cuivre terne indiquait : « Alexandre Manokis, chambre maître, fourrures ». Que venait-elle faire là ? Que lui dire ? Il allait la prendre pour une folle. D'ailleurs, elle devait ressembler à une forcenée après sa journée épuisante. Elle ajusta son turban de velours noir, épousseta son manteau, regrettant de ne pas avoir un miroir à portée de la main.

Derrière la porte en bois, elle entendit des pas. C'était absurde ! Elle ferait mieux de rentrer chez elle. Alors qu'elle faisait demi-tour, on tira le verrou. La porte s'entrouvrit, laissant échapper un rai de lumière qui éclaira le palier. Elle lui tournait le dos. *Il ne me reconnaîtra pas*, songea-t-elle, le cœur battant, s'apprêtant à descendre l'escalier.

— Valentine ?

Elle s'immobilisa au son de sa voix grave, les épaules nouées, le cou raide.

— Valentine ? C'est toi ?

Une main lui saisit le bras comme pour l'empêcher de s'enfuir et elle pivota lentement vers lui. Il portait un manteau. Visiblement, il s'apprêtait à sortir. Elle eut l'impression qu'il s'était étoffé. Ses épaules lui paraissaient plus larges que dans son souvenir. Ses traits étaient plus marqués et quelques cheveux gris parsemaient ses mèches noires, lui donnant un air distingué. Les yeux bleu foncé qui la scrutaient était ceux de Maxence, mais le regard autrefois si lumineux semblait tourmenté.

Il l'observa d'un air tendu, avant de murmurer :

— Qu'est-ce que tu fais là ?

— Je ne sais pas, répondit-elle, sincère. Peut-être voulais-je revoir « le Grec » ?

Et elle lui décocha un sourire moqueur.

Sans un mot, Alexandre l'attira dans l'appartement et referma la porte. D'un mouvement d'épaules, il se défit de son imperméable. Puis il lui retira son turban, ses gants, son manteau humide imprégné des odeurs de brume. Il lui baisait les joues, les lèvres. Elle voulut protester, posa les mains sur sa poitrine. Mais il était trop déterminé, trop passionné, comme enivré par le grain de sa peau, ses cheveux lisses, le creux de son cou, ses oreilles, ses poignets. Il avait des gestes à la fois doux et énergiques. Valentine était troublée par cette ferveur, cette désespérance, flattée d'être désirée à ce point. Comment se dérober à cette vague qui déferlait, à la nudité des sentiments qu'elle découvrait sur son visage ? Comment repousser ces longues mains magnifiques qu'elle avait trouvées si sensuelles autrefois ? À cet instant-là, il n'y avait plus de place entre eux pour la pudeur ni pour les convenances. Elle était revenue à Paris sans prévenir son mari ni sa fille, elle s'abandonnait à un amant qu'elle n'avait pas revu depuis des années, mais elle n'éprouvait aucun sentiment de honte. Alexandre avait besoin d'elle comme elle avait besoin de lui. Ils se quitteraient dans une heure ou deux, peut-être même le lendemain matin, quelle importance, puisqu'ils se quitteraient de toute façon, mais, quoi qu'il arrive, ils resteraient toujours liés par cette ardeur irrésistible qui les avait attirés l'un vers l'autre à leur premier regard.

La chambre était froide. Alexandre contemplait le plafond. La tête de Valentine reposait sur son épaule. Il lui enserrait la taille d'un bras. Pas un bruit ne venait troubler le silence profond, ni craquement d'une latte de parquet, ni pétarade de voiture, ni sifflement d'un chauffage. On se serait cru dans une tombe.

Lorsqu'il l'avait découverte sur le palier, qu'il avait scruté son visage amaigri aux cernes bleutés, il avait compris qu'il n'avait jamais cessé d'attendre son retour. Il avait éprouvé une bouffée de joie si intense qu'elle en avait été presque douloureuse.

— Merci pour le jeune Simon, dit-il soudain.

— J'espère que son voyage s'est poursuivi sans encombre, soupira-t-elle. Je vois partir les gens après une nuit ou quelques jours, mais je sais rarement ce qu'ils deviennent. Une fois, un aviateur anglais a fait passer un message de Londres. J'ai été heureuse comme si j'avais reçu un cadeau.

Le bras d'Alexandre l'enserra un peu plus fort.

— C'est de plus en plus dangereux, Valentine. Il faudrait peut-être que tu arrêtes. Surtout maintenant que les Allemands occupent tout le pays.

— C'est impossible. On a besoin de nous.

Il poussa un soupir.

— Je sais, mais quelquefois…

— Quelquefois, on a l'impression qu'on ne pourra plus continuer, que toute cette détresse nous mine comme une gangrène. On se demande si un jour on sera à nouveau insouciants. Le plus difficile, reprit-elle après un moment de silence, c'est le regard des enfants. J'ai le petit Samuel Goldmann à la maison, tu sais, le fils cadet de Max et de Judith. C'est André qui me l'a amené l'année dernière avec de faux papiers. Il vient d'avoir six ans. Il a dû apprendre un nouveau prénom, une nouvelle identité. C'est un enfant qui passe son temps à attendre le retour de ses parents. Il ne dit rien. Il peut rester une heure sans bouger. Lorsqu'il joue, il se fige parfois comme s'il avait commis une faute. J'ai l'impression qu'il se sent coupable de s'amuser alors que son frère et ses parents ont disparu. À la rentrée, je redoutais même de l'inscrire à l'école du village, de peur que les autres enfants ne soient trop brusques envers lui, mais André a pensé que ce serait mieux, et, de toute façon, Maxence veille sur lui…

Elle s'interrompit brusquement. Alexandre s'était raidi.

— Comment va-t-il ? demanda-t-il d'un air faussement détaché.

Valentine se demanda si elle devait nier, comme autrefois, quand

Alexandre avait deviné qu'il était le père de l'enfant. Mais depuis qu'elle avait découvert les sentiers obscurs de cette guerre interminable, elle avait changé. Désormais, cette réticence lui semblait manquer de dignité. Alexandre avait le droit de savoir que son fils était un garçon intelligent, turbulent et affectueux. Au nom de quoi lui eût-elle caché qu'elle aimait Maxence avec une force qui parfois l'effrayait ?

— Il va bien. C'est un enfant merveilleux. Tu serais fier de lui.

Son corps s'était figé contre le sien. Elle ne l'entendait plus respirer.

— Écoute, peut-être que plus tard, quand la guerre sera finie, on pourra trouver un moyen pour que vous vous connaissiez... Sans dire la vérité, mais enfin, tu vois...

Agacée de s'entendre bafouiller, elle se tut. D'un geste vif, Alexandre alluma la lampe de chevet, se leva et ramassa ses vêtements qu'il avait jetés à terre.

— Il est bientôt neuf heures. Je vais te ramener chez toi. Dépêche-toi, je dois être rentré avant le couvre-feu, ordonna-t-il d'une voix cassante.

Valentine lui obéit en frissonnant. Avec des doigts malhabiles, elle enfila ses bas de laine, sa blouse et son tailleur. Dans la cuisine, elle passa son visage à l'eau froide. Elle se sentait laide et fatiguée.

Quand elle rejoignit Alexandre dans l'atelier, il fumait une cigarette. Épinglée au mur, une photo découpée dans un journal attira son attention. Elle s'en approcha. C'était à la sortie d'un bal, elle portait « la Valentine ». Émue, elle l'effleura d'un doigt. Depuis, une décennie s'était écoulée. Un siècle. *Ce que j'étais jeune !* pensa-t-elle, presque admirative.

Dans le métro, ils parlèrent peu. Valentine songea qu'elle devait ressembler à ces femmes au visage chiffonné qui l'entouraient. Et brusquement, en imaginant Odile qui buvait du champagne et flirtait avec les officiers allemands invités par son mari, elle eut un sursaut de colère. Elle avait eu tort de rester aussi longtemps éloignée de Paris. Elle avait perdu ses repères. Avait-elle choisi la facilité en s'exilant à Montvallon ? N'était-il pas beaucoup plus risqué de danser avec le diable plutôt que de le fuir ?

Au pied de l'immeuble de l'avenue de Messine, Alexandre lui remit sa valise. Ils se séparèrent sans un mot. Il hocha la tête d'un air soucieux, tourna les talons et descendit la rue, les mains dans les poches, le col de son manteau relevé.

André essayait d'écouter son chef d'atelier, mais il avait l'impression que Daniel Worms parlait une langue étrangère.

Tassé dans le fauteuil, le chef d'atelier avait le teint cireux, le regard égaré. Un tic nerveux agitait sa paupière droite. Trois jours plus tôt, il avait été arrêté et interné à Drancy, avant d'en être libéré avec d'autres fourreurs dont les Allemands considéraient le travail comme indispensable. Il avait été horrifié par les conditions d'enfermement, les chambres surpeuplées, la saleté, la misère et la faim qui régnaient dans ce camp entouré de barbelés et surveillé par des gendarmes français.

Et puis il y avait les déportations, qui suivaient le rythme implacable d'un départ par semaine depuis le mois de février, mille personnes par convoi qui partaient vers une destination inconnue, dépouillées des quelques biens qu'elles avaient pu emporter, de leurs bijoux, de leur argent et surtout de leur dignité, les hommes tondus, les enfants avec une étiquette autour du cou.

— Je ne comprends pas pourquoi ils emmènent les petits et les vieillards, murmura Worms. (Il parlait si bas qu'André se pencha vers lui pour l'entendre.) Comment des malades, des femmes âgées comme ma pauvre épouse ou des enfants pourraient-ils travailler dans les camps ? Je ne comprends vraiment pas, monsieur André. Le premier convoi est parti à peu près à cette époque, il y a un an, fin mars. Mais personne n'a jamais eu de nouvelles... Tous ces gens qu'on envoie vers l'est...

Il y eut un long silence. André avait la gorge nouée. On entendit une porte claquer dans le corridor.

— N'avez-vous vraiment aucune nouvelle de votre femme ?

Les traits de Worms se creusèrent davantage. Il passa une main fébrile dans ses rares cheveux blancs.

— Hélas, non, monsieur. J'ai appris qu'elle a été déportée il y a un mois avec ma belle-fille. J'espère qu'Esther veillera bien sur elle... Et mon fils qui est prisonnier en Allemagne. S'il l'apprend, ça le tuera...

Son visage ravagé par l'angoisse rappela à André ceux des soldats qu'il avait connus dans les tranchées de Verdun ; cependant, cette fois, la guerre n'était plus une guerre d'hommes, mais une bataille obscure et malfaisante où l'on s'acharnait contre des femmes et des enfants.

— J'ai aussi réussi à savoir ce qui est arrivé à M. et Mme Goldmann.

— Alors ? s'écria André, reprenant soudain espoir.

— Ils ont été déportés eux aussi. Ils sont partis dans le même convoi. Il paraît que M. Goldmann n'avait pas été inscrit sur la liste ce jour-là, mais qu'il est allé au service des effectifs et qu'il a exigé de partir avec sa femme et son fils. Il a fait tout un esclandre. Il ne voulait pas les laisser seuls.

— Seigneur Dieu, chuchota André, bouleversé.

La sonnerie du téléphone les fit tressaillir. André décrocha, écouta attentivement, puis reposa doucement l'écouteur comme s'il craignait de le briser.

— C'était mon épouse, dit-il d'une voix atone. Alexandre Manokis a été arrêté par la Gestapo.

Eva Krüger poussa la porte de son appartement, aussi essoufflée que si elle avait couru. Ses forces diminuaient de jour en jour. Dans l'entrée, elle posa son sac à provisions vide, retira son chapeau, mais conserva ses gants fourrés, son manteau et son écharpe de laine. Elle entra dans le salon qui ne servait plus, car la pièce était glaciale en dépit de la garniture de feutre que Karl avait clouée autour des fenêtres, et s'assit dans l'obscurité.

Depuis que, le 3 février, aux résonances emphatiques du second mouvement de la *Cinquième Symphonie* de Beethoven, les hommes de Goebbels avaient annoncé à la radio la défaite de Stalingrad, Eva mourait à petit feu.

*« Le commandement suprême de la Wehrmacht annonce que la bataille de Stalingrad a pris fin... Le sacrifice de la VI^e^ armée n'a pas été vain... Ses hommes sont morts pour que l'Allemagne puisse vivre. »* Le Führer avait décrété un deuil national en l'honneur des glorieux combattants du feld-maréchal Paulus.

Ils n'avaient plus aucune nouvelle de Peter depuis novembre. Karl ne savait que faire pour la consoler. Par moments, elle croyait perdre la tête. Elle ne dormait plus que par bribes, se réveillait en sursaut, de plus en plus désorientée au fur et à mesure que la nuit avançait. Le médecin lui avait prescrit des calmants, mais son mauvais sommeil n'en devenait que plus opaque et oppressant. Elle avait l'impression que son corps était embourbé dans la glaise. Sa langue doublait de volume. Parfois, elle n'arrivait même plus à articuler.

Pourtant, elle se traînait tous les jours jusqu'à l'usine où elle triait les boulons destinés aux obus de mortiers. Mères de famille, professeurs, artistes, vieillards : tous étaient réquisitionnés pour travailler dans la trentaine d'usines d'armements basées autour de la ville. On y avait aussi amené des travailleurs forcés de l'étranger. Au début, comme elle parlait l'italien et le français, elle avait réussi à échanger quelques mots avec eux dans leur langue maternelle. L'étonnement, puis l'étincelle heureuse dans leur regard, lui avaient mis du baume au cœur, mais, depuis février, elle fuyait toute relation et ne levait plus les yeux de ses mains noircies par la poussière et la saleté. Dans la rue, elle détournait la tête quand elle croisait une colonne de prisonniers de guerre qui retournaient à leurs baraquements. Les Russes avaient l'air le plus mal en point. Affamés, ils se jetaient sur les poubelles pour les fouiller. Elle se refermait sur son désespoir et personne, même pas Karl, ne parvenait plus à l'émouvoir.

Pour écouter les émissions étrangères, ils étouffaient le poste de radio sous des coussins afin que les voisins n'entendent rien : une dénonciation entraînait aussitôt la déportation. La BBC parlait de quatre-vingt-onze mille prisonniers à Stalingrad et de plus de cent quarante mille morts du côté allemand. Quelques dizaines de milliers seulement avaient pu être évacués du chaudron infernal avant la prise de la ville par les Soviétiques.

Eva écoutait aussi les communiqués de la *Wehrmacht Bericht*. Quand elle captait les messages des prisonniers diffusés sur les ondes de Radio-Moscou, bouleversée par les voix tourmentées de ces jeunes gens qu'on emmenait à marche forcée vers la Sibérie, elle se demandait si ce n'était pas égoïste de souhaiter que Peter fût prisonnier plutôt que mort.

La clé de Karl tourna dans la serrure. Elle l'entendit poser ses affaires dans l'entrée.

— J'ai trouvé du vrai thé, chérie, appela-t-il d'une voix enjouée. Celui que tu aimes, n'est-ce pas incroyable ?

Il se rendit à la cuisine, puis dans leur chambre à coucher. Elle savait qu'il la cherchait. Elle ferma les yeux de lassitude. L'amour de Karl l'étouffait. Elle ne supportait plus son regard inquiet ni sa sollicitude accablante. Autrefois, alors qu'elle s'enfonçait dans un désespoir similaire où le simple fait de vivre lui semblait insurmontable, il lui avait sauvé la vie. Il avait su trouver les mots pour l'aider à reprendre pied. Mais aujourd'hui, tout avait changé. Elle attendait que le haut commandement de l'armée de terre communique les autres noms des soldats tombés à Stalingrad, puis, quand elle serait certaine de ne jamais revoir son fils, elle s'en irait à son tour.

— Qu'est-ce que tu fais dans le noir ? demanda Karl en la trouvant enfin.

Il alluma une lampe. Parmi les housses blanches qui recouvraient les meubles, elle semblait perdue dans le grand fauteuil. Quand elle le fixa de ses yeux vides, il sentit l'angoisse familière lui étreindre le cœur. Il affrontait les humeurs dépressives d'Eva depuis leur mariage. Lors de ses fausses couches, pendant les répétitions d'un concert, il avait toujours été présent, convaincu que beaucoup d'artistes dissimulaient des âmes fissurées de douleurs et de colères muettes. La souffrance d'Eva l'avait ému, avant de lui faire mal.

Désormais, il ne se sentait plus la force de la soutenir, de puiser en lui l'énergie pour la rattacher à la vie. Il était à bout, lui aussi, choqué par la frénésie avec laquelle l'Allemagne se précipitait dans un gouffre, poussée par les aboiements d'un forcené. Le monde était devenu fou, personne ne semblait en mesure d'arrêter la machine infernale et la détresse d'Eva était devenue trop pesante. D'un seul coup, il eut honte de ne pas être à la hauteur de l'amour qu'il éprouvait pour cette femme maigre et pâle dans son manteau élimé. S'il faisait un effort, il l'entendrait encore jouer du Chopin, la vivacité et le bonheur éclairant son doux visage.

Alors, pour la première fois de sa vie, Karl déposa les armes, vaincu par la lutte quotidienne pour maintenir sa maison d'édition, payer ses employés, trouver de la nourriture, réconforter Eva, prier pour que leur fils ait survécu par un miracle auquel il ne croyait plus. Bientôt, à son tour, il serait appelé sous les drapeaux, puis les classes d'âge encore plus anciennes. Quand les forces vives de la patrie auraient été décimées, on forgerait les soldats parmi les vieillards, les éclopés et les enfants. Jusqu'au jour où il n'y aurait plus personne pour tendre le bras et crier *« Heil Hitler ! »*.

Sans un mot, il éteignit la lampe et tira la porte derrière lui, laissant Eva seule.

Alors qu'il traversait l'entrée pour se rendre à la cuisine, il s'arrêta et tendit l'oreille. Sur la pointe des pieds, il s'approcha de la porte. C'était bien des sanglots qu'il avait cru percevoir. Surpris, il ouvrit.

La jeune ballerine qui habitait au premier avec ses beaux-parents le contempla d'un air apeuré. Elle tenait une petite valise noire à la main et de l'autre serrait son écharpe autour de sa tête.

— Doux Jésus, Rosmarie, qu'est-ce qui vous a mise dans un état pareil ? Entrez vous asseoir. Vous êtes sur le point de vous évanouir.

Il l'aida à s'asseoir sur une chaise dans l'entrée.

— Dites-moi, qu'est-ce qui s'est passé ?

— Je suis désolée de vous déranger, monsieur Krüger, dit-elle en sanglotant. Mes beaux-parents viennent de me mettre à la porte et je ne sais pas où aller…

— C'est aberrant, voyons. Pourquoi ont-ils fait une chose pareille ?

Lentement, elle baissa les yeux et porta une main à son ventre. Karl suivit son regard. Quand elle déboutonna le manteau, il vit qu'elle était enceinte. Pourtant, elle était maigre comme un clou et son ventre pas bien gros. Elle avait dû réussir à le dissimuler jusqu'à maintenant. Il imagina la réaction des beaux-parents en découvrant que leur belle-fille s'était donné du bon temps, alors que leur fils était tombé en héros au front. Curieusement, par les temps qui couraient, certaines personnes perdaient tout sens de la compassion. Les femmes allemandes se devaient d'être stoïques, les épouses fidèles et les mères admirables. Qu'une jeune mariée de vingt ans s'abandonne dans les bras d'un homme de passage choquait presque davantage qu'en temps de paix.

— Pardon… pardon…, répétait Rosmarie, hagarde.

— Vous pouvez rester chez nous. Je suis sûr que ma femme vous laissera habiter la chambre de notre fils.

C'est alors qu'il sentit Eva s'approcher. Il retint son souffle, n'osa pas se retourner. D'une certaine façon, il craignait sa réaction. Eva glissa vers Rosmarie, s'agenouilla lentement devant elle et lui prit les mains.

— C'est l'enfant de Peter, n'est-ce pas, Rosmarie ?

La jeune femme s'arrêta de pleurer. Une lueur d'effroi brilla dans son regard, comme si elle craignait d'être punie, et elle hocha la tête.

Karl les regardait l'une et l'autre. La dernière permission de Peter remontait au mois d'octobre. Les jeunes gens s'étaient appréciés, ils étaient sortis dîner plusieurs fois. Il avait été content pour Peter qu'il fût en aussi charmante compagnie pendant ses quelques jours de répit.

Eva se releva avec peine. Quand elle vacilla de fatigue, Karl la retint par le bras. Puis elle se pencha vers Rosmarie et lui déposa un baiser sur le front.

Valentine marchait de long en large dans le salon de la banque Fourcroy réservé aux visiteurs. La secrétaire lui avait pourtant dit que M. le directeur était absent, mais elle avait insisté pour l'attendre. Au téléphone, Odile lui avait assuré que Pierre était parti pour son bureau à l'heure habituelle et qu'elle ne l'attendait pas à la maison avant le soir. Valentine était certaine qu'il passerait à la banque.

*Je le traquerai jusqu'à ce que je le trouve !* se jura-t-elle. *Quitte à devoir aller le chercher chez ces Boches avec qui il aime tant fricoter !*

L'arrestation d'Alexandre l'avait terrifiée. Quelques heures auparavant, une jeune femme était venue la voir avenue de Messine. Sarah Eisner travaillait pour lui comme mécanicienne. Ce matin-là, à son arrivée à l'atelier, la concierge lui avait appris que des hommes de la Gestapo étaient venus à l'aube chercher M. Manokis. La concierge l'avait vu partir, les menottes aux poignets, encadré par des hommes en long manteau de cuir, qui l'avaient poussé sans ménagement dans une Citroën noire garée devant la porte.

Alors que la panique lui serrait la gorge, Valentine avait fait asseoir la jeune femme apeurée. En lui versant un verre de rhum, elle avait cherché des mots pour la rassurer. Tout cela n'était sûrement qu'une erreur. Une simple vérification d'identité. Le regard grave, teinté d'ironie, lui avait fait détourner les yeux. Sarah n'était pas dupe, elle non plus : toutes deux craignaient le pire.

Sarah lui avait raconté que des agents de police avaient fouillé l'appartement de fond en comble. On aurait dit qu'une tornade avait dévasté les petites pièces. Dieu soit loué, n'ayant rien trouvé de compromettant, ni tracts, ni faux papiers, ni poste émetteur, ils n'avaient pas posé les scellés.

Valentine avait raccompagné Sarah dans l'entrée. Sur le seuil, la jeune femme s'était retournée d'un air inquiet.

— Et vous, madame ?

Valentine avait réprimé un frisson. Il ne fallait pas y penser. Surtout pas ! L'ennemi flairait l'odeur de la peur avec la même acuité qu'un animal.

Sitôt Sarah repartie, Valentine avait songé à Pierre Venailles. Il était le seul qui pût l'aider. N'avait-il pas ses entrées chez l'occupant ? Même André lui en avait parlé à demi-mot, quand elle lui avait raconté sa conversation avec Odile. Venailles connaissait sûrement quelqu'un qui pourrait faire libérer Alexandre. Il était hors de question de l'abandonner entre les mains des tortionnaires.

Seigneur Dieu, Alexandre avait-il été dénoncé ? Les Allemands savaient-ils qu'il était la cheville ouvrière d'une ligne de passeurs ? Qu'il hébergeait des opérateurs radio, des agents de Londres ? En pensant aux rumeurs effrayantes qui circulaient sur ce qui se passait à la Gestapo, dans leurs locaux du boulevard Lannes ou de l'avenue Foch, elle n'avait plus hésité une seconde.

Une porte s'ouvrit sur la droite. Valentine sursauta.

— Bonjour, Valentine, la salua Pierre Venailles d'un air aimable. On m'a dit que vous m'attendiez depuis plus d'une heure. Vous m'en voyez flatté…

Elle n'avait pas de temps à perdre.

— Bonjour, Pierre. Je suis venue vous demander une faveur.

— Vraiment ? Mais nous ne nous sommes pas vus depuis des années. Parlez-moi d'abord un peu de vous, chère amie. Comment allez-vous ?

Il s'approcha d'elle pour lui baiser la main, qu'elle lui abandonna avec réticence. Puis il s'assit dans un fauteuil et croisa les jambes. Il n'avait pas changé, se dit-elle, irritée. Il avait toujours le même charme vénéneux, un regard gris sans reflets, les cheveux poivre et sel peignés en arrière. Sa chemise blanche tranchait sur le complet sombre à larges revers et des boutons de manchette en or se laissaient deviner à ses poignets.

— Je vais très bien. J'habite Montvallon avec mon fils. Paris n'est pas un endroit très indiqué pour élever des enfants en ce moment.

— Je ne vois pas pourquoi. La ville est plutôt paisible.

— Cessons de plaisanter, vous voulez bien ? Un ancien collaborateur de mon mari a été arrêté ce matin par la Gestapo. C'est sûrement un malentendu. J'aimerais que vous me donniez le nom de quelqu'un qui puisse le faire libérer.

Venailles ne la quittait pas des yeux. Elle soutint son regard moqueur.

— Vous êtes toujours aussi surprenante, Valentine. En quoi cet homme vous concerne-t-il ? Un ancien collaborateur d'André, dites-vous. Un fourreur qui ne travaille même plus pour l'illustre Maison Fonteroy ? Tout cela est bien étrange, non ?

— Manokis est un homme très talentueux. J'admire son travail. Odile a été sa cliente avant la guerre, ainsi que beaucoup de ces femmes du monde ou actrices de renom que vous aimez fréquenter. On ne peut pas laisser arrêter injustement un homme aussi doué.

— Ah ! Une femme élégante qui s'inquiète pour ses fournisseurs, ironisa-t-il. Mais feriez-vous des infidélités au boulevard des Capucines ? Auriez-vous peur de manquer d'une étole maintenant que vous avez retrouvé la capitale ? La marchandise se fait rare, vous savez. Sauf au marché noir. On trouve tout ce que l'on veut comme pelleteries si l'on sait à qui s'adresser. Odile vous expliquera où vous procurer votre carte d'acheteur couture-création…

— Contrairement à vous, je n'ai nullement l'intention de participer à des festivités tant que mon pays est entre les mains d'un vieillard sénile et à la botte d'une horde de barbares !

Valentine se tut brusquement. Elle était furieuse que Pierre Venailles la traitât comme une tête de linotte, mais elle craignait d'avoir été trop loin. Que pouvait-elle inventer pour lui faire comprendre qu'il fallait absolument aider Alexandre ? Elle n'allait tout de même pas lui avouer qu'il était son amant ! Mais tout valait mieux que de lui laisser croire qu'Alexandre appartenait à la résistance.

— Vous ne dites plus rien, Valentine ? Je vous connaissais plus bavarde autrefois.

— Et moi, je vous ai connu moins odieux, Pierre… Au nom de notre amitié, je vous demande de m'aider.

Elle s'en voulut d'entendre sa voix trembler.

Il plissa les yeux, la détailla de la tête aux pieds avec une lueur de convoitise dans le regard.

— Et que me donnerez-vous en échange ?

Comme elle suffoquait d'indignation, il éclata de rire.

— Allons, ce n'était qu'une plaisanterie ! Je ne m'abaisserais pas à vous faire un chantage d'aussi mauvais goût. Donnez-moi le nom de votre protégé et je vais voir ce que je peux faire. Mais la Gestapo a ses propres lois. Je ne peux rien vous promettre.

Il inscrivit le nom d'Alexandre dans un calepin, lui souhaita une bonne journée, et elle dut s'en aller sans aucune certitude, plus anxieuse encore qu'à son arrivée.

Pierre Venailles resta seul après le départ de Valentine. Dans son manteau bleu nuit au col de renard, avec le turban assorti en velours sombre piqué d'une plume, elle s'était tenue très droite et, comme chaque fois, il avait été frappé par sa beauté. Rien ne semblait pouvoir altérer la pureté de ce visage ciselé, la taille marquée, les longues jambes. Pourtant, elle avait les traits tendus, les lèvres crispées par l'inquiétude, et il n'avait pas retrouvé le dédain d'autrefois dans les yeux qui n'arrivaient pas à dissimuler leur désarroi. *Elle est devenue plus humaine*, songea-t-il, un rien surpris.

Ainsi, l'intouchable Valentine Fonteroy s'était encanaillée... L'homme en question était sans aucun doute son amant. Il en aurait mis sa main au feu. Qu'en penserait son mari s'il l'apprenait ? Ce malheureux époux transi d'amour pour une femme qui l'avait toujours dominé. Si Valentine avait été à lui, Pierre n'aurait pas supporté de lui vouer une adoration muette comme André. Elle éveillait chez lui des désirs âpres et tenaces.

Autrefois, il l'avait convoitée en pensant qu'il voulait surtout la ravir à son mari, qu'il méprisait pour sa faiblesse. Il avait songé que ce serait une manière de se venger de ces Fonteroy qui avaient causé le suicide de son père. Il s'était complu à imaginer la colère, la stupeur et la douleur d'André apprenant que sa femme le trompait avec le fils d'un malheureux comptable, un nouveau riche méprisable. Mais Odile était venue bouleverser ses projets. Avec son rire de gorge, son éclat, sa générosité, elle avait balayé les sombres pensées qui avaient empoisonné jusqu'alors son existence. Malgré lui, il s'était attaché à cette femme aux boucles rousses vaporeuses qui lui rappelait les héroïnes énigmatiques des peintures de Gustav Klimt.

Puis, un jour, il avait appris la mort du vieil Augustin Fonteroy. La nouvelle lui avait laissé un goût amer dans la bouche car il avait failli au serment qu'il s'était fait devant le cadavre de son père. Mais s'il n'avait pas réussi à se venger des Fonteroy, son ascension sociale était une revanche éclatante sur la vie. Sachant qu'il ne se donnerait pas le ridicule de s'en prendre à ce malheureux André qui n'était qu'un enfant à l'époque, il s'était senti à la fois lâche et soulagé, comme si un poids lui tombait des épaules.

Pierre quitta le salon où il avait reçu Valentine et retourna dans son bureau. Il sortit une clé de sa poche et ouvrit une porte qui donnait dans une pièce réservée à sa clientèle la plus privilégiée. Il y avait accroché les trois plus beaux tableaux de sa collection. Au-dessus de la cheminée, à la place d'honneur, il salua, comme chaque matin, l'ensorcelante et sibylline nudité de *La Mal-Aimée*.

Dans un tiroir, il dénicha le dernier numéro de la *Gazette des beaux-arts*. Il feuilleta les pages et trouva l'entrefilet qu'il avait remarqué quelques jours auparavant. Le marchand d'art Kurt Mülheim annonçait qu'il séjournerait au Ritz à partir du 7 mars pour un mois. Venailles décrocha le téléphone et demanda à sa secrétaire d'appeler l'hôtel.

En attendant la communication, il alluma une cigarette et s'adossa au chambranle de la porte entre les deux pièces, le regard rivé sur le corps de la jeune Valentine Fonteroy.

Son téléphone sonna quelques minutes plus tard.

— Comment allez-vous, cher ami ? fit la voix de basse de Mülheim. Êtes-vous toujours content de votre Otto Dix ?

— Ravi, répondit Venailles, en songeant au tableau qu'il avait acheté à Mülheim à un prix défiant toute concurrence.

— J'en suis heureux. Que puis-je faire pour vous ?

— Vous m'avez parlé autrefois d'un de vos clients qui était intéressé par les œuvres de Ludmila Tikonov..., commença Pierre, et il perçut aussitôt le changement d'attitude du marchand. Est-il toujours en poste à Paris ?

Mülheim ne répondit pas tout de suite. Sa jovialité avait cédé la place à une certaine réserve.

— Je crois que oui, avança-t-il prudemment. Pourquoi ?

— Telle que je connais votre mémoire infaillible, vous vous rappelez sûrement une conversation chez moi, il y a quelques années, au sujet de ses portraits.

— Il me semble, en effet.

— J'ai cru comprendre que votre client était un personnage désormais haut placé dans la SS.

— Comment savez-vous de qui il s'agit ? s'enquit Mülheim, méfiant.

Venailles se permit un sourire.

— Vous avez des collègues moins discrets que vous, mon cher. À l'époque, l'artiste n'a jamais caché aux marchands que j'étais le propriétaire de *La Mal-Aimée*. J'ai soufflé le tableau au nez et à la barbe de tout le monde, alors qu'il était très attendu cette année-là au Salon d'Automne. On m'a approché plusieurs fois avant la guerre. Un nom m'a été glissé à l'oreille. Je voulais seulement en avoir confirmation auprès de vous, et savoir si le *Standartenführer* Epping était toujours en poste à Paris et si ses goûts picturaux n'avaient pas varié.

Mülheim toussota.

— Je ne peux pas en discuter au téléphone. Venez donc déjeuner avec moi. Une heure, au Ritz. Cela vous conviendrait-il ?

— Certainement. Je serai heureux de vous revoir. À tout à l'heure.

Pierre Venailles reposa l'écouteur. Il se demandait s'il n'avait pas perdu la raison. Vouloir échanger *La Mal-Aimée* contre la libération d'un inconnu ? C'était de la folie !

Dans le miroir en face de son bureau, il observa son reflet. Une étincelle brillait au fond de ses prunelles. Il la tenait enfin, la farouche Valentine Fonteroy. Elle lui serait redevable. À jamais.

Trois jours plus tard, Valentine se trouvait à nouveau chez les Venailles. Elle était si nerveuse qu'elle n'arrivait pas à maîtriser un léger tremblement de sa main alors qu'elle portait le verre de champagne à ses lèvres.

Autour d'elle, les femmes portaient des robes du soir sombres, incrustées de paillettes, de chez Marcel Rochas ou Schiaparelli. D'une oreille distraite, elle les écoutait parler de l'*Antigone* de Cocteau, des jeux d'ombre et de lumière du décor spectaculaire. Elle ressentit un élan de mépris pour leur gaieté et leur insouciance. Odile lui avait confié que la vie mondaine parisienne n'avait jamais été plus brillante que pendant les deux premières années d'occupation.

Valentine était satisfaite d'avoir choisi une robe longue d'avant-guerre, particulièrement sobre, en crêpe de soie violet. Demi-deuil de circonstance, avait-elle songé en l'enfilant.

Elle avait harcelé Pierre au téléphone sans réussir à en tirer grand-chose, excepté l'ordre de se rendre à ce dîner. Elle avait compris qu'il jouissait du pouvoir qu'il exerçait enfin sur elle.

Quand elle avait demandé à André s'il connaissait quelqu'un qui pût aider Alexandre, il avait secoué la tête d'un air désolé. Gênée de devoir solliciter son aide, fuyant son regard, elle avait esquivé ses questions de son mieux, minimisant son rôle dans le réseau. De son côté, emmitouflée dans des châles, Camille errait dans l'appartement comme un spectre. Sa fille, défaite, venait de réaliser que le danger pouvait se concrétiser à tout moment.

Enfin, elle vit Pierre entrer dans le salon. Il salua ses invités, s'excusa pour son retard, effleura d'un baiser la joue d'Odile. Comme Valentine se tenait à l'écart, il la chercha un instant des yeux. Lorsqu'il s'approcha, elle retint son souffle. Qu'allait-il lui annoncer ? *Mon Dieu, aidez-moi...*, pria-t-elle.

— Je pense que notre petit souci pourra peut-être s'arranger, dit-il.

Aussitôt, la tête lui tourna. Elle ferma les yeux, sentit la main de Venailles lui serrer le bras.

— Vous êtes devenue toute pâle, Valentine. Voulez-vous vous asseoir ?

Elle secoua la tête.

— Non... merci, articula-t-elle avec difficulté. Vous avez trouvé quelqu'un pour le faire libérer ?

— C'est possible. Mais le prix à payer est élevé.

— C'est-à-dire ?

Il prit un verre sur le plateau que lui présentait un maître d'hôtel.

— Dans la vie, chacun possède des relations qui lui rendront, le cas échéant, un ou deux services. Mais il faut prendre garde à ne pas brûler toutes ses cartouches. Il se trouve que j'ai un recours parmi ces messieurs de la SS. Et une seule pièce de monnaie d'échange. Lorsque je l'aurai utilisée, je me retrouverai les mains vides. Or comment savoir si, dans l'avenir, je ne regretterai pas d'avoir gaspillé mes munitions trop tôt ?

Il avait pris un air à la fois attentif et grave. Valentine arrivait à peine à respirer.

— Pourquoi courir ce risque pour un inconnu ? Que pourra-t-il m'apporter en échange ? souffla-t-il.

Le chantage implicite lui redonna de la vigueur.

— Ainsi, pour vous, il n'y aurait jamais de geste gratuit ? rétorqua-t-elle, ne pouvant s'empêcher d'ironiser.

— Je ne crois pas en la bonté de l'espèce humaine. Lorsque nous agissons, nous avons toujours une arrière-pensée. Même ceux qui prétendent faire le bien autour d'eux alors qu'ils ne cherchent qu'à gagner leur paradis. Non, je ne crois pas aux gens désintéressés. Je n'en ai jamais rencontré.

— Moi si. Ces dernières années, j'en ai même croisé beaucoup. Et ils ne cessent de m'émouvoir. C'est peut-être justement le cas de la personne dont nous parlons.

— Ainsi, votre amant est un héros, se moqua-t-il.

Ulcérée, elle le fusilla du regard.

— Je ne vous permets pas…

— Mais si, Valentine, siffla-t-il soudain d'un air méchant. Vous me permettrez tout pour le sauver. Si je vous demandais de passer une nuit avec moi, vous le feriez, n'est-ce pas ? Vous iriez jusque-là, j'en suis certain.

Un frisson glacé la parcourut. Elle voyait qu'il prenait un plaisir fou à l'humilier et à la faire souffrir.

— Mais votre corps, je le connais déjà, poursuivit-il avec un sourire narquois. Je le connais sublimé. Je craindrais d'être déçu par la réalité.

Elle le regarda sans comprendre. Avait-il perdu la tête ?

— Vous aviez vingt et un ans, souvenez-vous… Nous nous sommes rencontrés à Montparnasse. Vous ne m'avez pas dit ce que vous faisiez dans ce quartier si éloigné du vôtre, mais la chance m'a souri et je l'ai découvert.

Elle écarquilla les yeux. Mon Dieu, c'était donc cela ! Il devait posséder la peinture de Ludmila Tikonov. Elle l'avait complètement oubliée. D'un seul coup, elle ressentit un immense soulagement.

— Mon Dieu, Pierre, vous m'avez fait une de ces peurs…

— Cela vous indiffère, n'est-ce pas ? C'est vrai que tant de choses se sont passées depuis. Mais quel culot à l'époque ! Je vous ai admirée pour votre audace.

Elle ne put s'empêcher de sourire. Quelle ironie du sort ! Son portrait, peint par Ludmila Tikonov, devait aujourd'hui servir à faire libérer Alexandre des geôles nazies. C'était à peine croyable.

— Si j'avais su, j'aurais posé pour tous les peintres et les photographes de Montparnasse. Ainsi, vous auriez eu bien plus de munitions à votre disposition.

Elle lui décocha un coup d'œil malicieux. Elle avait retrouvé tout son aplomb. *Décidément, elle est irrésistible*, pensa Pierre, tandis qu'une lueur amusée glissait dans son regard.

— Vous ne l'avez jamais revue, cette toile, n'est-ce pas ?

— Non. Pas depuis l'atelier de Ludmila. Je ne sais pas ce qui m'avait poussée à poser pour elle.

— Vous vous sentiez prisonnière. Vous étiez téméraire, mais pas suffisamment pour vous frotter à la liberté. Il vous fallait un mari, un bel appartement, une situation. Si vous m'aviez suivi, le soir de votre mariage, je vous aurais offert autre chose.

Elle but lentement une gorgée de champagne.

— Parce que vous, vous n'avez ni bel appartement, ni mariage, ni situation, se moqua-t-elle, en indiquant le salon du menton.

— Ah, mais moi, c'est par défaut. Je n'y crois pas. Je n'y ai jamais cru.

— Alors pourquoi vous fatiguez-vous à jouer cette mascarade ? Ayez le courage d'être vous-même.

Il se pencha légèrement vers elle et lui souffla à l'oreille.

— Trop tard. J'ai choisi mon camp.

— Et moi, le mien.

— Dommage. J'ai toujours pensé que, vous et moi, nous aurions pu faire de grandes choses ensemble.

Elle secoua la tête.

— Vous n'êtes pas mon genre, Pierre.

— Pourtant, pour vous, je serais peut-être devenu un héros, moi aussi. Au lieu de quoi…

Le regret que Valentine crut déceler dans le regard gris la déconcerta. Pierre n'aurait dû lui inspirer que du dégoût et elle s'en voulut de s'interroger sur ce qui l'avait poussé à collaborer. Le goût du pouvoir ? L'appât du gain ? Ce n'était pas par lâcheté. En 1914, il avait combattu plus qu'honorablement. *Qu'est-ce qu'il cache ?* se demanda-t-elle, intriguée, mais son attention fut soudain attirée par un invité qui venait de pénétrer dans le salon.

L'homme possédait la blondeur germanique qui incarnait la perfection virile de la race supérieure aux yeux de ses maîtres. En le regardant, Valentine ne put réprimer un frisson. Le visage régulier, le regard bleu, la haute silhouette équilibrée… Bien qu'il fût en civil, on pouvait aisément l'imaginer dans l'uniforme noir des SS. Il s'inclina pour baiser la main d'Odile avec un sourire. Des manières impeccables.

— Ils sont beaux, n'est-ce pas ? susurra Pierre. La séduction du diable. Redoutable, perfide, mais ensorcelante. C'est lui le sauveur de votre protégé, Valentine. Regardez-le bien et soyez aimable. À table, je vous ai placés côte à côte. Il a une passion pour l'œuvre de Ludmila

Tikonov. Je crois qu'ils ont été amants autrefois, avant que le caporal autrichien ne vienne semer la zizanie, à l'époque où nous étions tous jeunes et pleins d'illusions. Il ne lui manque qu'une toile majeure pour sa collection. Il la cherche depuis vingt ans. Et c'est moi qui la possède. Il l'a appris ce matin, en recevant mon invitation à dîner. Voyez comme il accourt...

L'homme regarda autour de lui. Il cherchait visiblement le maître de maison. Odile lui indiqua Pierre à l'autre bout de la pièce.

— Ne lui dites pas que c'est moi, Pierre, je vous en supplie ! chuchota Valentine d'un ton pressant, avec l'impression odieuse que l'homme qui s'avançait vers elle, en devenant le propriétaire du portrait, s'emparerait aussi d'une partie de son âme.

Alexandre se redressa à moitié et se traîna jusqu'à un angle de la cellule. Striée de traînées sombres, la peinture s'écaillait sur les murs. Une lumière crue tombait de l'ampoule accrochée au plafond. Il se recroquevilla de son mieux, protégeant sa main droite fracassée. Lorsqu'ils avaient commencé à lui briser les doigts avec un marteau, il s'était dit qu'il n'y résisterait pas. Déjà, enfant, il était plutôt craintif. La douleur physique, ce n'était pas son fort.

Son œil gauche ne s'ouvrait plus et le sang lui laissait un goût métallique dans la bouche. Il respirait faiblement et un poignard lui lacérait les entrailles dès qu'il essayait de reprendre son souffle. *Ils ont dû me casser plusieurs côtes, les salauds !* pensa-t-il, vaincu d'épuisement.

Ils l'avaient tiré du sommeil à l'aube, embarqué dans une voiture. Le cœur battant à tout rompre, il avait songé qu'il ne connaissait que trois noms compromettants. Celui de Michel Onbraye, le fermier bourguignon qui dirigeait le réseau, celui de Pierrette, le jeune agent de liaison qui lui amenait les hommes de Londres et lui déposait les faux papiers, mais dont il ignorait évidemment l'adresse et le nom de famille. Et celui de Valentine, bien sûr.

L'idée de trahir Valentine lui avait glacé le sang dans les veines. Il savait que certains êtres courageux se suicidaient de peur de livrer leurs camarades. Faudrait-il en arriver là ? Lui en donnerait-on même l'occasion ? Coincé sur la banquette arrière de la voiture noire qui filait à travers les rues désertes de Paris, il avait réalisé que, pour la toute première fois, il envisageait de mourir. Et jamais la vie ne lui avait semblé plus désirable.

À leur arrivée avenue Foch, ils l'avaient emmené dans une pièce borgne et assis d'autorité sur une chaise. Il ne sentait déjà plus ses doigts. Les menottes trop serrées lui avaient coupé la circulation. Dix minutes plus tard, un homme en complet gris clair était venu les rejoindre. Il s'était posté derrière le bureau sur lequel reposait un lourd téléphone noir et l'avait dévisagé avec une expression prévenante. Quand l'homme s'était présenté aussi poliment que s'ils venaient de se rencontrer lors d'une soirée mondaine, Alexandre avait songé qu'il ne tiendrait jamais le coup.

Avec précaution, il appuya l'arrière de sa tête contre le mur. Le moindre mouvement lui coûtait un effort. De douloureuses lancées traversaient son corps à intervalles réguliers.

Il était resté assis sur la chaise pendant des heures. On ne lui avait rien donné à boire ni à manger, mais on l'avait emmené aux toilettes. Quand ils lui avaient brièvement retiré les menottes, ses épaules ankylosées avaient crié grâce. Sa peur panique avait bientôt cédé la place à une sorte de torpeur. L'homme au complet gris était revenu plusieurs fois, toujours aussi affable. Alexandre avait joué à l'innocent, expliquant qu'il y avait erreur sur la personne.

Puis, alors qu'il commençait à perdre la notion du temps, il avait reçu le premier coup de poing qui l'avait jeté à terre. Le sang avait giclé de son nez cassé et sa tête avait violemment heurté le sol. Un coup de pied au ventre lui avait arraché un cri. On l'avait empoigné par les revers de son veston pour le relever.

Au fur et à mesure, il avait découvert que la douleur pouvait s'isoler. Pour résister, il fallait quitter son corps, détacher son esprit de ce morceau de chair qui encaissait les gifles, les coups, les crachats.

Mais quand deux de ses tortionnaires l'avaient retenu par les épaules, tandis qu'un troisième lui fracassait le pouce avec un marteau, il avait reconnu avoir aidé des Juifs à quitter la capitale. En revanche, il ignorait qui fabriquait les fausses pièces d'identité.

Après s'être évanoui une première fois, il avait donné le nom de Pierrette, sachant qu'ils ne pourraient jamais la retrouver, or il s'était aperçu qu'ils en connaissaient déjà bien plus long que lui sur la jeune femme. Avec un plaisir pervers, ils lui avaient appris que Pierrette Langeais avait vingt ans, qu'elle était étudiante en histoire à la Sorbonne et qu'elle habitait avec sa mère rue Martel. Horrifié, Alexandre avait imaginé la jeune fille aux mains de ces mêmes bourreaux, et il avait trouvé la force de taire le nom d'Onbraye et celui de Valentine.

Du moins, pour le moment. Maintenant qu'il savait ce qui l'attendait, il n'était pas certain d'être aussi résolu une deuxième fois.

Dans la pièce voisine, il crut entendre des bruits d'eau et des rires. Puis une voix de femme poussa un hurlement de terreur.

Alexandre ne put retenir un gémissement. Les larmes salées coulèrent de son œil droit et brûlèrent ses lèvres éclatées.

Camille attacha sa bicyclette à une grille dans la cour de la rue de Trévise et se précipita dans l'escalier. Elle appuya plusieurs fois sur la sonnette. Sarah vint lui ouvrir.

— Comment va-t-il ?

— Le docteur vient de passer, murmura la jeune femme. Il n'est pas trop inquiet, mais M. Alexandre ne doit pas bouger pendant plusieurs jours.

— Je vais le voir.

— C'est que…

— Qu'est-ce qui ne va pas ? insista Camille, tout en contournant Sarah pour s'approcher de la chambre.

Elle pensait que l'ouvrière ne voulait pas qu'elle vît Alexandre. Elle savait qu'il avait été torturé, mais elle devait s'assurer de ses propres yeux qu'il était encore en vie.

Depuis l'arrestation d'Alexandre quatre jours plus tôt, une peur terrible l'empêchait de se comporter normalement. Terrée dans sa chambre, elle n'avait pas quitté la maison. Elle s'était maudite pour sa lâcheté. Les monstres de la Gestapo s'en étaient pris à l'un de ses proches. La victime n'était plus un nom inconnu affiché sur une liste d'otages fusillés. Pour la première fois, l'horreur la touchait de près et elle se sentait désemparée.

Elle frappa avant d'entrer. Les rideaux étaient tirés, la chambre plongée dans une semi-obscurité. Une odeur de désinfectant lui piqua les narines. Sur la table de chevet brillait une lampe à l'abat-jour d'opaline. Perchée sur le bord du lit, légèrement penchée en avant, une femme lui tournait le dos.

— Apportez-moi encore un bassinet d'eau, Sarah, demanda-t-elle d'une voix douce. Je crois que la compresse le soulage.

— Maman ! s'exclama Camille.

Valentine se retourna.

— Qu'est-ce que tu viens faire là ? siffla-t-elle, visiblement contrariée.

— Papa m'a dit qu'Alexandre avait été relâché... Je voulais prendre de ses nouvelles...

Camille était troublée. Elle savait que sa mère avait un lien avec Alexandre Manokis, puisqu'il avait cherché à la voir pour lui demander de l'aide, mais elle ne s'était pas attendue à la trouver près de lui, ni à lui découvrir cette expression tourmentée.

— Comment va-t-il ?

Sans rien dire, Valentine se leva et fit un pas de côté.

— Mon Dieu..., murmura Camille.

Le visage était méconnaissable : une plaie lacérée de bleus et de sang coagulé, les yeux à peine visibles, la mâchoire gonflée, les lèvres tuméfiées. Un bandage lui entourait le torse. Sur le drap blanc reposaient les deux mains couvertes de pansements.

Camille porta ses doigts tremblants à ses lèvres. Bouleversée, elle fut secouée de sanglots, mais ses yeux écarquillés restaient secs.

— Soyez gentille de vous occuper de ma fille avant qu'elle ne tourne de l'œil, ordonna Valentine à Sarah qui rapportait une cuvette d'eau tiède.

Puis elle fit tremper un linge et l'appliqua délicatement sur le front d'Alexandre. Sarah entoura d'un bras les épaules de Camille et l'entraîna vers la cuisine.

Camille n'arrivait plus à respirer. Ses oreilles bourdonnaient, des points noirs dansaient devant ses yeux. Voyant qu'elle allait s'évanouir, Sarah prit un patron en papier, le plia pour le transformer en sac et le lui plaqua contre le nez et la bouche.

— Respirez, mademoiselle... Respirez !

Peu à peu, Camille retrouva son souffle. Puis elle éclata en larmes. Sarah la serra dans ses bras.

— Allons, mademoiselle... Ça va aller... C'est l'émotion. Pleurez un bon coup et vous vous sentirez mieux. Il nous est revenu, M. Alexandre. C'est un miracle... Le docteur a promis qu'il se remettrait...

Camille essuya ses yeux avec une serviette qui traînait sur la table. Sarah lui versa un verre d'eau-de-vie.

— Buvez ! C'est le meilleur remède que je connaisse pour les nerfs.

Avec un sourire fragile, Camille lui obéit. L'alcool la fit tousser.

— J'en prendrais bien un verre moi aussi, dit Valentine en venant s'asseoir en face de sa fille.

Elle accepta le verre que lui tendit Sarah et le vida d'un trait. Puis elle fouilla dans la poche de son cardigan de laine et en sortit un briquet et un paquet de cigarettes.

— Que Dieu bénisse Odile ! Au moins, elle n'est jamais à court de cigarettes. Ça va mieux ? demanda-t-elle à sa fille.

Camille hocha la tête. Pourquoi sa mère lui donnait-elle toujours le sentiment d'être une incapable, même lors de situations aussi dramatiques ?

Depuis le retour de Valentine à Paris, elle avait l'impression d'être retombée en enfance. Pourtant, elle avait pensé que leur lutte contre les Allemands les rapprocherait. Elle avait été fière de lui raconter qu'elle aidait des gens à fuir en les envoyant chez Alexandre. Ce n'était peut-être pas grand-chose, d'autres personnes se montraient bien sûr beaucoup plus courageuses, mais alors que son père s'en inquiétait, sa mère semblait trouver son attitude parfaitement normale.

Dans cette cuisine avec son poêle en fonte, les assiettes sales empilées dans l'évier, la petite cafetière en étain cabossée sur une étagère, Camille eut le sentiment de se retrouver face à une étrangère.

Sans poudre ni rouge, les pommettes saillantes, le visage pâle de sa mère était marqué de deux plis qui prolongeaient l'arête du nez. La ligne sévère de ses sourcils épilés soulignait son regard clair. D'une main, elle lissa derrière son oreille une mèche de cheveux noirs qui lui avait glissé sur la joue.

— Nous le ferons partir demain, dit Valentine à voix basse. Le docteur craint qu'il ne se perfore un poumon si on le déplace trop tôt. Mais je n'attendrai pas. Ce serait trop dangereux.

— Mais puisqu'ils l'ont libéré, il ne risque plus rien.

— Ma pauvre enfant, ne me dis pas que tu as confiance en la parole d'un Boche ? ironisa Valentine. Mais il est vrai que tu as eu des sentiments autrefois…

Camille blêmit, le souffle coupé. Elle repensa à tous les instants de sa vie où sa mère l'avait repoussée avec cette même froideur odieuse. Jamais elle n'avait semblé la chérir. Elle le lui avait peut-être dit du bout des lèvres, mais comment Camille aurait-elle pu accorder le moindre crédit à ses paroles, alors qu'elle se heurtait à cette réticence inexplicable ? Les paroles d'amour de sa mère valaient celles de ces Boches que Valentine exécrait.

Le regard fiévreux, plein de hargne et de désarroi, elle repoussa sa chaise qui racla le carrelage.

— Comment peux-tu dirc une chose aussi ignoble ? répliqua-t-elle sans desserrer les dents. Peter est quelqu'un de bien. Il m'a plu, c'est vrai, et je n'en ai pas honte. On s'est même aimés, figure-toi... J'avais seize ans. C'était à Montvallon, l'été où il nous a amené Liselotte et Heinrich, où il a pris le risque de s'attirer des ennuis pour les sortir d'Allemagne. Ce sale Boche, comme tu dis !

Ses joues s'étaient enflammées. Son corps tremblait.

— On a fait l'amour au bord de la rivière, et tu sais ce que j'ai pensé quand il m'a prise dans ses bras ? Maman serait furieuse si elle savait que je me donne à un Allemand... Après, je m'en suis voulu, parce que je ne désirais pas me servir de Peter pour me venger de toi. Lui, j'en suis sûre, était tombé amoureux. Il était sincère. Alors que moi, je cherchais seulement à te punir...

Elle serra les poings.

— ... parce que tu ne m'as jamais aimée.

Sa voix se brisa. Ses yeux brûlaient dans son visage livide. Elle regarda sa mère qui la fixait de ses yeux verts impassibles.

Alors, le cœur au bord des lèvres, Camille fit volte-face et s'enfuit de l'appartement. Ses semelles en bois claquèrent sur l'escalier.

Sarah avait tout entendu. Tremblante, elle referma la porte d'entrée et revint dans la cuisine.

— Madame, est-ce qu'il ne faudrait pas la rejoindre ? Elle faisait une drôle de tête...

Valentine alluma une autre cigarette.

— Elle a l'âge des coups de sang et des états d'âme. Ne vous inquiétez pas, ma petite Sarah, elle s'en remettra et nous trouverons bien un moment pour nous expliquer. En attendant, nous avons des préoccupations beaucoup plus graves. Il faut préparer M. Manokis à quitter Paris. Et je me demande si ce ne serait pas une bonne chose que vous partiez vous aussi. Les Allemands reculent sur le front de l'Est. Les Soviétiques vont gagner, c'est évident. Bientôt, tous les ouvriers fourreurs seront logés à la même enseigne que les autres Juifs. Même ceux qui ont pu éviter les déportations jusqu'à maintenant. Il faut partir, Sarah, comme votre frère Simon. Sans attendre.

Sarah hocha la tête. La détermination de Mme Fonteroy n'admettait aucune réplique. Par ailleurs, elle avait sûrement raison. Les rafles qui se succédaient dans Paris l'effrayaient, ainsi que les rares lettres qu'elle avait reçues de son père alors qu'il était interné à Drancy.

Plusieurs fois, voulant lui déposer un colis avec l'espoir d'apercevoir sa silhouette derrière les barbelés, elle avait rejoint les autres femmes au métro Jaurès pour y prendre un autobus. Les queues étaient longues car seules deux Juives étaient admises par véhicule. Depuis sa déportation en Pologne, la famille n'avait plus reçu de nouvelles. Elle espérait qu'il ne souffrait pas trop, que le travail n'était pas trop pénible.

Avec un soupir, Valentine écrasa soigneusement le mégot dans un cendrier. Elle se frotta les yeux, puis retourna auprès d'Alexandre.

La réaction virulente de Camille l'avait prise au dépourvu. Elle s'en voulait d'avoir laissé échapper cette insinuation stupide, mais elle était encore sous le choc de ce qui était arrivé à Alexandre. L'irruption inattendue de Camille l'avait contrariée. Et lui avait fait peur. Elle ne voulait pas que Camille coure le moindre risque. N'en prenait-elle pas suffisamment pour deux ? La situation devenait de plus en plus dangereuse. Les histoires qu'on lui racontait donnaient froid dans le dos.

*Ai-je donc été une mère aussi indigne ?* se demanda-t-elle, perplexe. Camille avait eu le courage de réagir et de lui dire la vérité en face. Elle avait du caractère, comme disait Odile. *Par certains côtés, elle me ressemble tout de même*, songea Valentine, surprise. Sa fille avait peut-être raison. Elle ne savait pas l'aimer comme Camille l'aurait souhaité, mais elle venait de se rendre compte qu'elle la respectait.

Quelques jours plus tôt, *La Walkyrie* de Richard Wagner avait été jouée au *Neues Theater* sur l'Augustusplatz. C'était prémonitoire, songea Eva, amère. La seule musique digne de sonner le glas d'un Reich qui devait durer mille ans.

Dans la cave, les deux lampes à gaz éclairaient de leurs lumières mornes les visages figés par la terreur. Les cous se tendaient, les têtes s'inclinaient sur le côté, à l'affût des bourdonnements de bombardiers qui arrivaient d'Angleterre.

Chacun avait sa place attribuée. Les premières fois, Eva avait été étonnée de voir les gens imposer leurs habitudes dans cet espace restreint, avec son plafond parcouru de tuyaux d'eau et de chauffage, et ses relents de moisi et de peur.

Si la vieille Frau Schreber ne retrouvait pas son pliant, à droite de l'escalier, près de l'armoire à vin dont il ne restait que le grillage, les bouteilles ayant été vidées depuis longtemps et les lattes de bois utilisées pour se chauffer, elle piquait une crise d'hystérie, accusant les bolcheviques, les Juifs et les francs-maçons de lui avoir volé sa place. Sur le corsage gris taché, la vieille folle arborait encore la barrette en forme de svastika du parti nazi. Eva refusait de lui adresser la parole. « C'est à cause de femmes comme elle que ce pays sera détruit, disait-elle à Rosmarie. Ce sont leurs bulletins de vote dans les urnes qui ont permis à Hitler de prendre le pouvoir ! »

Les premières bombes étaient tombées sur Leipzig en octobre. Le lendemain, Eva et Karl étaient allés voir les ruines encore fumantes de la Marienkirche, la première église de Saxe à avoir été touchée. « Désormais, nous savons à quoi nous attendre », avait-il murmuré en contemplant les gravats.

Cette nuit-là, les hurlements stridents des sirènes les avaient réveillés vers trois heures du matin. Eva et Karl s'étaient levés avec des gestes d'automate. Ils dormaient tout habillés, autant pour être prêts en cas d'alerte aérienne qu'à cause du froid sibérien de ce début de décembre. Ainsi, ils n'eurent plus qu'à enfiler leurs manteaux, leurs lourdes chaussures et prendre la petite valise toujours prête à côté de la porte d'entrée. Rosmarie était sortie de sa chambre, la joue froissée par l'empreinte de la taie d'oreiller, tenant la petite Sonia emmitouflée comme un paquet. Avant de descendre, Eva avait soulevé un pan des rideaux du salon. Au-dessus des toits, les faisceaux des projecteurs balayaient un ciel d'encre.

En silence, ils avaient allumé la lampe de poche et rejoint les habitants qui patientaient devant la porte de la cave. Comme d'habitude, la vieille Schreber s'était installée la première, suivie par les beaux-parents de Rosmarie qui continuaient à lui témoigner une indifférence hostile et à ignorer son bébé. À eux non plus Eva ne parlait plus depuis longtemps.

— Ils arrivent…, murmura une voix indistincte, alors qu'un grondement lointain se faisait entendre.

La petite Sonia se mit à pleurnicher. Rosmarie la berça en fredonnant une comptine.

Adossée au mur, Eva tourna la tête vers Karl. Il avait été le dernier à descendre dans l'abri, après avoir soigneusement refermé la porte derrière lui. À cet instant-là, en observant son visage fatigué, elle éprouva pour lui un puissant élan d'amour. *Merci, mon Dieu, de m'avoir envoyé cet homme infiniment bon !* songea-t-elle, glissant une main dans la sienne.

— Ce sont les usines à l'ouest et à l'est de la ville qu'ils vont viser, déclara une voix d'homme. Nous n'avons à craindre que des bombes isolées.

Rosmarie sembla reprendre espoir.

— Tout ira bien, ma chérie, murmura-t-elle à son bébé en lui effleurant le front avec ses lèvres. Ne crains rien, *Mutti* est là pour te protéger.

Eva contempla le visage apaisé de sa petite-fille, qui venait d'avoir cinq mois. Elle était née le 2 juillet, par une belle journée ensoleillée. Quand la sage-femme la lui avait déposée dans les bras, Eva était restée muette de bonheur. Une profonde sérénité l'avait envahie. Le miracle de la naissance ne lui avait pas échappé. Rosmarie avait eu une fin de grossesse pénible. À bout de forces, elle avait dû rester alitée. Eva et Karl s'étaient démenés pour lui procurer une nourriture un peu meilleure. Ils s'étaient privés d'une partie de leurs maigres rations de viande ou de pommes de terre, se débrouillant pour lui trouver davantage de fruits et de légumes. Parfois, Eva n'avait pu retenir un mouvement d'humeur quand Rosmarie rejetait son repas après quelques bouchées.

La petite lui avait épargné un accouchement difficile. « Elle a des hanches bien étroites », avait pourtant grommelé la sage-femme à son arrivée. Eva avait déjà préparé l'eau bouillante et les linges propres. Angoissée, elle avait redouté que le bébé et la mère ne meurent dans d'atroces souffrances. Ils n'avaient pas pu se procurer de morphine ni de produits anesthésiques. Mais Sonia était venue au monde comme un ange. Même la sage-femme avait déclaré qu'elle avait rarement assisté à une naissance aussi parfaite. En dépit des cernes noirs qui lui mangeaient le visage, Rosmarie leur avait adressé un sourire éclatant.

La première détonation fit trembler le sol en terre battue et arracha à Rosmarie un cri de surprise. Puis l'enfer se déchaîna.

Les explosions se succédaient à un rythme impitoyable. Les murs et le plafond vacillaient sous l'impact des déflagrations. Au fond de la cave, une conduite d'eau explosa. Les hurlements de terreur n'arrivaient pas à couvrir le vacarme effrayant. Eva se trouva projetée sur le sol. La bouche pleine de terre, elle crut entendre quelqu'un crier « Au feu ! ». Quelque chose de lourd la frappa dans le dos, lui coupant le souffle. Sa vue se brouilla. *Je vais mourir*, pensa-t-elle. *Je vais mourir sans avoir vu grandir Sonia.*

— Eva ! Eva !

Elle fit un effort pour se redresser, mais elle était coincée sous un corps qui l'écrasait. Un liquide poisseux lui coulait dans le cou. Prise de panique, elle ne pensait plus qu'à se dégager de ce poids mort qui menaçait de l'étouffer. Elle se débattit en hurlant, réussit à se tourner sur le côté et à repousser le cadavre sanguinolent.

C'était leur voisin du cinquième, un professeur de lettres avec qui elle échangeait toujours quelques mots quand ils se croisaient. Comme il souffrait de claustrophobie, il avait eu la permission de s'asseoir sur les marches qui menaient à la porte de la cave, ce qui lui donnait l'illusion d'être proche de la sortie. En levant les yeux, elle vit un trou béant à la place de la porte. Le souffle d'une bombe avait dû la faire exploser, projetant le malheureux à cinq mètres de là. Elle l'avait reçu de plein fouet sur le dos.

— Rosmarie, où es-tu ? s'écria-t-elle soudain en regardant autour d'elle.

Elle n'y voyait presque rien. L'une des lampes à gaz s'était éteinte et l'autre distribuait une lumière vacillante à quelques mètres d'elle. Des rugissements provenaient de l'extérieur. À travers le soupirail qui donnait sur la rue, elle apercevait des lueurs de brasiers. Des relents âcres la firent tousser.

Il y eut alors une accalmie dans la tempête. Le sol s'arrêta de trembler. Chancelante, Eva se mit à chercher autour d'elle. Elle trébucha sur Rosmarie qui s'était recroquevillée pour former un barrage de son corps autour de Sonia.

— Rosmarie ! Parle-moi ! cria-t-elle en la saisissant aux épaules.

— Je n'ai rien… La petite non plus.

— Dieu soit loué ! Karl ? Karl, où es-tu ?

Autour d'elle, Eva n'entendait que des gémissements et des sanglots. Les gens s'interpellaient avec angoisse. Elle s'empara de la lampe et découvrit Karl, adossé au mur, la tête inclinée sur la poitrine. Elle s'agenouilla, lui releva le menton. Un filet de sang coulait de sa tempe mais il respirait encore.

— Karl, réveille-toi !

— Tenez, j'ai de l'eau dans ma gourde, dit Rosmarie.

Eva trouva un mouchoir dans sa poche, le mouilla et l'appliqua sur le visage de son mari. Après une éternité, il ouvrit les yeux et la contempla d'un air abasourdi.

Une silhouette se dressa dans l'embrasure de la porte. Elle brandit une lampe-tempête et une voix d'homme en émana qui criait :

— Est-ce que vous avez encore de la place ?

— Pour trois ou quatre personnes, répondit Eva.

L'homme se retourna et fit un signe de la main. Une femme se faufila auprès de lui avec deux enfants d'une dizaine d'années. Ils dévalèrent les marches et se réfugièrent dans le coin que leur indiqua Eva. Le blanc des yeux luisait dans leurs visages noirs de suie. Leurs vêtements étaient couverts de cendres.

— Au bout de la rue, les maisons se sont effondrées, expliqua la femme d'une voix rauque. L'Augustusplatz est un champ de ruines. L'université a été touchée de plein fouet. Chez nous, il y avait un début d'incendie. On a préféré prendre le risque de quitter notre abri pour un autre…

— J'ai jamais vu un spectacle pareil, poursuivit l'homme. Avec les flammes, on y voit comme en plein jour. Ça brûle de partout, les maisons s'écroulent les unes après les autres. Ils lâchent des tapis de bombes… Y a des flaques verdâtres et visqueuses sur la chaussée… C'est sûrement du phosphore… (Une quinte de toux lui déchira la poitrine.) Ah, les salauds ! S'en prendre à des villes comme ça…

Consternée, Eva s'aperçut que l'inconnu portait l'uniforme brun des SA. Sa femme, terrorisée, serrait ses deux enfants contre ses genoux. Eva était partagée entre la rage et la panique. Elle tremblait de la tête aux pieds, coincée dans cette cave maudite avec un cadavre, une vieille nazie qui gémissait dans son coin, un membre des SA qui avait dû commettre toutes sortes de persécutions, sa petite-fille de cinq mois qui s'était mise à crier et son mari qui reprenait difficilement ses esprits.

— Mon Dieu, ils reviennent ! s'écria soudain une voix affolée.

Et une nouvelle fois, les vrombissements se firent entendre. Les explosions reprirent, un peu plus éloignées cette fois, mais l'intensité de la destruction ne faisait aucun doute. Leipzig était condamnée. L'heure de la revanche avait sonné.

Eva se cala entre Karl et Rosmarie. Elle saisit le poignet de Karl, posa une main sur le dos de Rosmarie qui s'était courbée pour protéger son enfant, et tourna son visage vers les crépitements et les lueurs enflammées qui leur parvenaient de la rue à travers la fente mal protégée du soupirail.

Elle se demanda s'ils allaient survivre. Comme autrefois, lorsqu'elle se préparait à un concert, elle décida de s'abstraire du monde crépusculaire qui la retenait prisonnière.

Ses pensées s'envolèrent vers sa ville natale qu'elle n'avait pas revue depuis des années, vers les eaux bleues tranquilles de l'Adriatique, les belles façades ocre et roses du *borgo Teresiano*, les quais animés où les familles se promenaient le dimanche après la messe. Les mouettes rieuses filaient dans le ciel. Elle entendait résonner les cornes des bateaux. Autour d'elle, les enfants tournoyaient, grisés par l'air marin et les parfums ensoleillés de Trieste.

*Paris, mai 1946*

Maxence Fonteroy referma soigneusement la porte et cala une chaise sous la poignée. Avec une grimace, il desserra son nœud de cravate. Puis il s'assit sur le rebord de la fenêtre, tira un paquet de Lucky Strike de sa poche et gratta une allumette. La tête en arrière, il aspira une bouffée et regarda le rectangle de ciel bleu au-delà des façades qui donnaient sur la cour intérieure de l'avenue de Messine.

Il avait vécu la fin de la guerre comme une punition. Heureusement, les Boches avaient été vaincus, mais la victoire avait signifié pour lui un arrachement. Il avait dû quitter Montvallon, abandonner les bois, les vignobles, les ruisseaux et les prairies pour les salles de classe d'un lycée parisien, renoncer à la liberté qu'il avait connue pendant cinq longues années – une éternité lorsqu'on n'avait pas encore quinze ans – afin de se plier aux règles d'un monde de bitume dans une capitale sombre et grise. C'était surtout son chien qui lui manquait. Un bâtard qui avait perdu la moitié d'une oreille et qu'il avait trouvé, gémissant de douleur, la patte coincée dans le piège d'un braconnier.

Sitôt posé le pied sur le pavé parisien, il avait ressenti un malaise. Les pièces luxueuses de l'avenue de Messine, avec leurs meubles en bois précieux, leurs moulures et leurs hauts plafonds, lui avaient semblé parfaitement étrangères. Les jouets de sa chambre d'enfant n'appartenaient plus au jeune homme qu'il était devenu. En regardant les livres alignés sur l'étagère au-dessus du lit, en feuilletant les cahiers de dessins, il avait eu le sentiment de violer l'intimité d'un enfant qu'il ne connaissait pas. Avait-il joué sur ce cheval à bascule ? Orchestré des batailles avec ces soldats de plomb de la garde napoléonienne ? Troublé, il avait rangé livres et jouets dans un carton que sa mère avait fait déposer dans un orphelinat.

Quelques éclats de rire lui parvinrent du salon. Sa mère venait d'être décorée pour ses actes de résistance et des amis s'étaient réunis pour la fêter.

Pendant la cérémonie, Maxence avait eu trop chaud dans son complet de laine. Il avait écouté les discours d'une oreille distraite, un œil sur le buffet, l'autre sur son père qui avait le visage froissé et fatigué.

Son père, il ne l'avait pas encore apprivoisé. Il demeurait un inconnu, croisé de temps à autre pendant la guerre, qui lui avait témoigné son affection d'une caresse sur la joue ou d'un regard bienveillant. Un homme lisse, sans aspérités, qu'il n'arrivait pas à saisir.

Sa mère, en revanche, avait toujours été une personnalité à facettes, un caractère rugueux, tout en angles et en arêtes, avec qui il avait l'habitude de se colleter. Valentine avait les humeurs capricieuses des mers froides, avec leurs lumières grises, leurs rayons de soleil fulgurants chassés par des ondées passagères. Curieusement, il la comprenait mieux parce qu'elle était insaisissable. Il se heurtait à ses impatiences, à sa détermination, aux ordres qui claquaient, mais il était certain de retrouver sa tendresse sereine après l'orage.

La fumée de sa cigarette s'enroula dans ses narines et lui brûla l'arrière-gorge. Il repensa à la conversation qu'il avait eue avec l'un des invités. Alexandre Manokis s'était approché de lui pendant la réception et lorsqu'il avait porté un verre de vin blanc à ses lèvres, Maxence avait remarqué un lacis de fines cicatrices blanchâtres sur sa main.

En 1943, Manokis avait passé une dizaine de jours chez eux à Montvallon. Il était arrivé de Paris, un soir, salement amoché par les hommes de la Gestapo. Sa mère lui avait demandé de ne pas faire de bruit en passant devant la chambre de l'inconnu parce qu'il avait besoin de repos. On lui montait ses repas, parfois des pansements et de la teinture d'iode. Plusieurs fois, le médecin du village l'avait ausculté à la tombée de la nuit. Puis Manokis était reparti aussi mystérieusement qu'il était venu, mais Maxence ne s'en était guère étonné. Tout au long de la guerre, il y avait eu des inconnus qui défilaient à la maison. On n'en parlait jamais, ni entre soi ni à l'extérieur.

Personne n'était jamais resté longtemps, excepté Samuel qui s'était appelé Julien jusqu'à la Libération. « Dieu soit loué, on a échappé à une réquisition ! » répétait sa mère.

Manokis ne manquait pas de prestance, avec son visage acéré et ses cheveux poivre et sel. Sous ses sourcils noirs touffus, il avait un regard bleu attentif et intelligent. On devinait chez lui une infinie patience que Maxence avait trouvée apaisante. Il parlait d'une voix profonde, presque envoûtante, et le jeune Samuel lui aussi avait été fasciné par ses anecdotes.

Manokis s'était montré particulièrement attentionné avec Samuel lors de la réception. Il avait écouté le garçonnet comme s'il était le centre du monde. Puis, quand il s'était approché de Maxence, l'adolescent avait été flatté qu'il s'adressât à lui comme à une grande personne, lui demandant le nom de son lycée et ses projets d'avenir. Contrairement aux autres adultes dont les mines empruntées lui donnaient toujours envie de répliquer qu'il allait courir le monde et les filles, et pas nécessairement dans cet ordre, Maxence n'avait pas osé répliquer par une boutade insolente. Il s'était étonné lui-même en répondant :

— Je vais devenir photographe…

À sa consternation, il avait piqué un fard. Pourquoi diable avoir dit une chose pareille ? Mais en lançant cet aveu comme un défi, la certitude d'avoir entrevu sa destinée lui avait coupé le souffle.

Jusqu'à maintenant, son avenir lui avait semblé plutôt nébuleux. Il lui restait encore deux ans de lycée avant de présenter les épreuves du baccalauréat. Il n'était certain que d'une seule chose, bien qu'il n'en eût parlé à personne : pour exister, il avait besoin de la nature, du ciel, de l'espace.

La confidence s'expliquait probablement parce qu'il était encore sous le coup de l'émotion de la veille. Comme souvent après les cours, il était allé se promener à Saint-Germain-des-Prés. C'était le seul endroit de Paris qu'il trouvait tolérable, peut-être parce que les ruelles autour de l'église et les chaises cannées des terrasses du Café de Flore et des Deux Magots lui rappelaient les villages de province. Il y comptait même des amis, tel ce vieux vendeur de violettes en complet trois pièces qui se tenait boulevard Saint-Germain et le hélait d'un tonitruant « Bonjour, mon petit ! ». Les bars aux murs chocolat l'intriguaient. Parfois, une porte s'ouvrait et il entendait éclater le timbre grave de trompettes de jazz. Il imaginait des blondes en pull noir se trémoussant au bras d'écrivains fiévreux dans les caves enfumées. Tels des oiseaux migrateurs qui se regroupent par instinct à des endroits donnés, des essaims de jeunes filles et de jeunes gens sautaient d'une torpédo, s'interpellaient d'un trottoir à l'autre, fixaient des rendez-vous. Fasciné par leur vivacité, trop timide pour se joindre à eux car ils ne daignaient même pas lui accorder un regard, Maxence enviait leur insouciance et rentrait chez lui pour écouter crépiter sur son phonographe les disques américains qu'on s'arrachait dans les magasins.

Ce jour-là, en descendant la rue du Bac, un passant l'avait bousculé et il s'était retrouvé le nez sur la vitrine d'une galerie qui exposait des photos de femmes. Un peu intimidé, il avait poussé la porte et passé une demi-heure à contempler les ombres et les lumières qui éclairaient les corps.

Au fond de la galerie, une petite pièce était réservée à des photos de nus. Il avait été profondément troublé, autant par les sexes féminins, les seins lourds ou menus, les nuques offertes, les chutes de reins, les corsets et les bas résilles qui soulignaient la chair, que par l'impudeur de l'œil de l'artiste.

La jeune fille responsable de la galerie l'avait laissé regarder à son aise. Elle fumait une cigarette, le nez plongé dans un livre dont elle découpait les pages avec un couteau effilé. Il était ressorti dans la rue, sonné. Ainsi, une autre réalité se cachait sous celle qu'il côtoyait tous les jours, une vie secrète, souterraine, d'une rare poésie, qu'il fallait saisir au vol pour en fixer l'empreinte, car sa beauté était infidèle et fugace.

Tout cela, il l'avait maladroitement expliqué à Alexandre Manokis, se demandant pourquoi il livrait ces sentiments si nouveaux à un inconnu, alors qu'il n'avait pas encore eu le temps d'y réfléchir lui-même. Or Manokis ne lui avait pas donné l'impression qu'il racontait n'importe quoi. Il avait posé des questions pertinentes, l'avait encouragé de manière subtile, et peu à peu Maxence s'était détendu, se permettant même un sourire.

Sa mère était venue interrompre leur conversation, entraînant Manokis pour lui présenter l'oncle de Samuel arrivé de New York afin de chercher son neveu. Maxence avait été attristé d'apprendre que Samuel allait les quitter, mais ses parents et son frère aîné avaient été tués à Auschwitz et il était normal que son oncle paternel l'accueille dans sa famille. Avant leur départ de Montvallon, les deux garçons s'étaient entaillé les poignets avec un canif et avaient mêlé leur sang, jurant de rester amis à vie.

Il n'avait pas pu reprendre le fil de sa conversation avec Manokis, mais avant de s'en aller, celui-ci était venu lui dire qu'il serait toujours le bienvenu dans son atelier de fourrure, rue de Trévise. Maxence avait hoché la tête d'un air vague. Il pensait déjà à autre chose. Peu de temps après, il s'était réfugié dans sa chambre.

Il écrasa son mégot sur le rebord de la fenêtre et, d'une pichenette, l'envoya voler dans la cour. Au même moment, on frappa à la porte.

— Maxence ? appela sa mère. J'aimerais que tu viennes dire au revoir.

Avec un soupir, il se redressa, agita un côté de la fenêtre pour créer un appel d'air afin que sa mère ne sente pas l'odeur de cigarette.

— Tu te dépêches ?

— J'arrive ! répondit-il, levant les yeux au ciel.

Un bref instant, il envia Camille qui était partie deux jours auparavant pour la foire de printemps de Leipzig. Ayant eu du mal à obtenir les papiers nécessaires afin de pénétrer en zone d'occupation soviétique, elle avait refusé de remettre son voyage. Maxence se demandait si elle avait trouvé là l'excuse idéale pour se défiler. La guerre était peut-être finie, mais non pas la lutte silencieuse qui opposait sa mère à sa sœur.

Valentine ouvrit la porte de la chambre et dut lever les yeux pour regarder son fils. Elle n'arrivait pas à s'habituer à ce qu'il fût déjà plus grand qu'elle. Il avait presque la taille d'André, mais ne manquerait pas de le dépasser bientôt d'une tête.

Quand elle avait vu Alexandre s'approcher de Maxence, elle avait eu du mal à maîtriser sa nervosité. *Pourquoi ai-je laissé André me convaincre ?* s'était-elle demandé, irritée. Lorsque son mari avait suggéré d'inviter Alexandre pour fêter sa décoration, elle n'avait pas osé refuser. Pendant l'Occupation, le problème lui avait paru insignifiant, mais maintenant que la vie avait repris un cours normal, elle retrouvait ses inquiétudes d'avant-guerre et redoutait qu'André ne s'interroge en les voyant ensemble. Ne remarquerait-il pas la forme similaire de leurs visages, leurs cheveux épais, et surtout ce regard bleu incisif ? Heureusement, André n'y avait pas prêté attention, et elle avait confiance en Alexandre. Il ne trahirait pas leur secret.

Elle devina que son fils avait fumé une cigarette et elle se retint de sourire. Les jardins secrets de vos enfants, à cet âge-là, étaient faciles à déchiffrer. C'était seulement plus tard qu'on ne les comprenait plus et qu'ils devenaient des étrangers. De tout cœur, elle espérait qu'il n'en serait pas ainsi entre son fils et elle. Elle ressentait encore pour

Maxence cet attachement viscéral qui lui avait fait si peur autrefois. C'était la première fois, depuis la mort de son frère, qu'elle se sentait autant attachée à quelqu'un, et pourtant le jour viendrait où elle serait obligée de laisser Maxence s'éloigner, afin de ne pas le perdre. Cette idée venait toujours la transpercer quand elle s'y attendait le moins, comme maintenant, dans le corridor de leur appartement parisien, une médaille épinglée au revers de son tailleur, alors qu'elle venait d'être félicitée et fêtée, et qu'elle aurait dû puiser des forces dans l'admiration des autres au lieu de se sentir soudain si fragile.

Maxence lui emboîta le pas tandis qu'ils retournaient au salon.

Ses cheveux tirés en un chignon sage, vêtue d'un strict tailleur gris à revers noirs, Odile écoutait André d'un air attentif. Valentine ne pouvait pas voir son amie sans songer aux détresses secrètes des uns et des autres. Pendant la guerre, Odile s'était mise à boire, parce qu'elle n'avait pas supporté de voir son mari se lancer dans la collaboration et qu'elle s'était maudite de ne pas avoir la force de le quitter. « Pourquoi suis-je restée avec lui ? avait-elle demandé à Valentine à la Libération, le regard égaré. Par amour ou par paresse ? »

Ceux qui avaient connu cette femme si sûre d'elle, si combative et énergique, auraient pu penser qu'elle serait la première à s'engager dans la Résistance, mais Odile était restée passive, comme tétanisée, contrairement à d'autres femmes, timides et discrètes, qui avaient fait preuve d'un courage hors du commun en affrontant la torture, le peloton d'exécution ou la déportation. Le destin était étrange. Ce n'était pas toujours ceux qu'on croyait prédisposés à l'héroïsme qui se révélaient dans le danger.

Pierre Venailles avait été traduit en justice et condamné à deux ans d'emprisonnement. Valentine avait témoigné à son procès, expliquant qu'il s'était servi de ses relations avec l'occupant pour permettre la libération d'Alexandre Manokis. Odile lui rendait visite chaque semaine en prison. Pour fuir les mauvais souvenirs, elle avait vendu l'appartement du Champ-de-Mars. André lui avait proposé de travailler à nouveau pour la Maison Fonteroy, mais elle ne retrouvait pas son entrain d'autrefois. À l'évidence, un ressort s'était cassé et Valentine ne pouvait s'empêcher d'éprouver pour elle une compassion mêlée d'irritation. Elle n'avait jamais eu de patience envers ceux qui s'apitoyaient sur leur sort.

Elle s'approcha d'André qui conversait avec l'oncle de Samuel. Comme Maxence, elle était attristée du fait que le petit garçon les quitte le lendemain pour l'Amérique, mais c'était mieux pour lui.

S'éloigner de cette Europe où sa famille avait été massacrée lui serait bénéfique. Dans un pays neuf, il pourrait commencer à construire sa vie.

Samuel lui adressa un sourire timide.

— Vous viendrez me voir, promis ? demanda-t-il, un peu inquiet.

— Bien sûr ! J'ai toujours eu envie de découvrir New York.

Sanglé dans son uniforme beige de l'armée américaine, une brochette de décorations sur la poitrine, Julius Goldmann posa une main sur l'épaule de son neveu.

— Vous serez toujours les bienvenus chez nous. Notre maison est la vôtre. À jamais.

Leurs regards se croisèrent. Ils pensaient tous les deux à Max et à Judith. Valentine ne put réprimer un frisson. Maintenant qu'on savait le pire, qu'on avait vu les photos des camps d'extermination, les corps décharnés, les visages hagards des rares survivants de l'enfer, rien ne serait jamais plus pareil. Elle bénissait le Ciel que Camille ait été chercher le petit Samuel ce jour-là, qu'André lui ait fait franchir la ligne de démarcation et qu'elle ait réussi à le garder chez elle, sain et sauf, jusqu'à la Libération. Ce petit garçon sage, avec ses cheveux blonds et le même regard grave que celui du jeune Heinrich Hahn, qui avait survécu, lui, aux bombardements de Londres alors que sa sœur Liselotte, infirmière volontaire, avait été tuée lors du Blitz, était le symbole que la vie devait continuer. Il ne fallait pas s'arrêter, surtout ne jamais rester immobile, comme l'avait fait Odile au creux de la guerre, parce que c'était alors qu'on se perdait.

Valentine se pencha vers Samuel et le serra très fort dans ses bras.

— Maxence et moi, nous viendrons te voir dans un an, pour les grandes vacances, c'est promis.

Soulagé, l'enfant enlaça la taille de Valentine et posa la tête sur sa poitrine.

Debout sur une petite place anonyme de Leipzig, Camille toussait à s'arracher les poumons. La poussière des gravats qu'on déblayait tourbillonnait dans le ciel délavé de la fin d'après-midi. Elle sortit un mouchoir de sa poche et s'essuya les lèvres. Autour d'elle, il n'y avait qu'immeubles ravagés, amoncellements de ruines et poutres calcinées.

Dès son arrivée, quelques heures plus tôt, elle avait été choquée par la dévastation. Elle était descendue à l'Elster, un hôtel situé non loin de la gare principale que son père lui avait décrite sur un ton admiratif, cathédrale aérienne aux halls immenses et aux dizaines de quais, la plus grande d'Europe à sa construction au début du siècle. Désormais, des hommes en casquette s'affairaient pour charger les décombres dans des wagonnets tirés par de petites locomotives à vapeur. Quelques arches se dressaient encore, ne soutenant aucune verrière ni aucun toit. Après l'un des bombardements, on avait dégagé deux cents cadavres sous l'enchevêtrement de poutrelles et de pierres.

Leipzig avait subi treize attaques aériennes. Les bombardiers anglais et américains avaient déversé sur la ville des dizaines de milliers de bombes au phosphore, des tonnes de bombes incendiaires et à fragmentation. De nombreux immeubles avaient été pulvérisés. Le toit du célèbre *Gewandhaus*, où son père avait écouté jouer Eva Krüger, avait été soufflé et une statue pâle se dressait, tel un fantôme, au fond d'une salle écroulée.

En lui remettant le précieux petit catalogue des représentants de la foire, le concierge de l'Elster lui avait expliqué que quatre-vingts pour cent des installations de la foire avaient été détruites. « Mais les gens reviennent », avait-il ajouté en bombant le torse, un sourire flottant sur son visage amaigri. Pour cette première foire de printemps depuis la paix, on attendait des visiteurs de toute l'Allemagne et seize pays étrangers étaient représentés.

En arpentant les rues, Camille avait été impressionnée par le désastre. Quelques rares échafaudages commençaient à enserrer des maisons dans leurs résilles de fer, un certain ordre se décelait dans l'aménagement des ruines, mais la destruction avait quelque chose d'irréel.

Bien que ce fût sa première visite à Leipzig, il lui semblait qu'elle errait parmi les débris de son enfance. Ici, son grand-père Augustin était venu choisir ses peaux sur le Brühl et son père avait participé à des festins mémorables dans l'*Altes Rathaus*, mais c'était avant tout la ville natale de Peter, dont il lui avait parlé avec ferveur quand elle lui avait demandé pourquoi ses parents n'avaient pas fui l'Allemagne nazie.

Elle avait emporté le vieux *Baedeker* de son père, mais le guide de voyage à la reliure rouge ne lui servirait à rien. Certaines rues avaient complètement disparu. En suivant les indications sur les panneaux en bois plantés aux intersections, elle avait réussi à trouver la Katharinenstrasse. Elle avait été soulagée de découvrir l'immeuble des Krüger encore debout, mais, en s'approchant, elle s'était aperçue que l'élégante façade n'était qu'un décor de théâtre. Les étages s'étaient effondrés les uns sur les autres. À une fenêtre du rez-de-chaussée, un rideau déchiré flottait dans la brise.

Elle était repartie, décontenancée. Quelques rues plus loin, elle avait découvert un centre d'accueil et s'était jointe à la file qui patientait devant les deux guichets. On avançait avec une lenteur d'escargot. Chaque personne racontait sa vie au préposé. Des dizaines de milliers de familles étaient éparpillées dans divers campements. Prisonniers de guerre libérés, rescapés des camps de concentration, exilés des territoires de l'Est, toute une population continuait à errer à la recherche des siens dans ce pays découpé par les Alliés. Les visages étaient rongés de fatigue. Elle s'était sentie une intruse parmi cette foule aux regards fuyants. Seuls les enfants la dévisageaient sans pudeur et leur détresse avide l'avait mise mal à l'aise.

Elle aurait dû écouter son père. Quelle décision insensée de venir si peu de temps après la guerre, alors que la ville était occupée par les Soviétiques ! La Maison Fonteroy s'approvisionnerait dorénavant en pelleteries auprès de ses différents postes au Canada, ainsi qu'aux ventes aux enchères de Londres et de New York. La foire de Leipzig mettrait des années à retrouver son entrain d'antan. « Et encore, avec les Soviétiques, il faudra voir... », avait marmonné André, l'air renfrogné. Mais Camille avait insisté pour venir. Pas tant à cause de la foire que pour Peter. Depuis qu'ils s'étaient séparés dans les jardins des Champs-Élysées, elle était restée sans nouvelles. Ils s'étaient quittés fâchés, accablés par une guerre dont ils n'étaient pas responsables. Leur amitié amoureuse n'y avait pas résisté, et Camille se sentait encore fautive de s'être montrée aussi irritable ce jour-là.

Sa détermination l'avait emporté. Son père avait fini par hausser les épaules. À vingt-quatre ans, sa fille était majeure.

Perdue dans ses pensées, Camille avait lentement avancé avec la file, mais alors que son tour était enfin arrivé, le fonctionnaire avait rabattu le clapet du guichet : « On ferme. Revenez demain. » Elle avait protesté, ce qui lui avait valu un regard noir, mais en voyant les autres personnes se détourner d'un air résigné, elle n'avait pas eu la force d'insister. Dehors, la poussière l'avait prise à la gorge.

Sa quinte de toux passée, elle prit une profonde inspiration. Le crépuscule tombait. Des nuages teintés de rose s'étiraient au loin dans le ciel pâle. Autour d'elle, les gens se pressaient de rentrer chez eux. On la dépassait sans lui prêter attention. Quelques coups de pioche isolés résonnaient encore, sans grande conviction.

Elle se remit à marcher, croyant prendre le chemin de l'hôtel. Devant un magasin, des femmes faisaient la queue, un panier sur le bras, serrant dans la main leurs cartes d'alimentation. Dans une rue miraculeusement préservée, un vieillard ferma ses volets avec un claquement définitif.

Un peu plus loin, elle traversa une large avenue et retrouva des façades calcinées. Un feu de bois brûlait au milieu de la chaussée, dégageant une fumée blanchâtre. À travers des ouvertures et des fissures dans les maisons, elle aperçut des lampes à alcool, des réchauds, des enfants en culottes courtes qui semblaient monter la garde.

Le ciel s'assombrissait. Une lumière bleutée s'étendait sur les squelettes des cheminées et des toits effondrés. Les fenêtres béantes ouvraient leurs gueules noires. Des silhouettes indistinctes rasaient les murs. Brusquement, elle sentit une main la pousser violemment dans le dos, tandis que, de l'autre, on lui arrachait son sac. Avec un cri, elle s'affala sur les pavés. Derrière elle, le bruit des pas précipités se noya dans le silence.

Elle se releva, les mains écorchées et ensanglantées, clopina jusqu'à un banc où elle s'assit. Une entaille au genou droit la brûlait. Elle regarda autour d'elle et réalisa qu'elle était complètement perdue.

Épuisée, humiliée et furieuse, elle éclata en sanglots.

— *Fräulein ?* s'enquit une voix, quelques minutes plus tard. *Fräulein bitte...*

Camille ouvrit les yeux et découvrit une paire de bottes militaires couvertes de poussière. Du dos de la main, elle essuya ses larmes. Un soldat soviétique se tenait devant elle, les épaulettes et les boutons de son uniforme luisant dans la semi-obscurité. Il la scrutait d'un air soucieux. Son cœur fit un bond dans sa poitrine.

On lui avait raconté les pires horreurs sur les soldats russes : des violeurs, des soudards sans scrupules. Toutes les femmes y passaient. Sa mère prétendait les comprendre. Non seulement les troupes victorieuses, de tous les temps, s'étaient livrées à des exactions, mais les Russes se vengeaient des atrocités que les soldats allemands avaient commises sur leur territoire. Même son père lui avait dit de s'en méfier.

Elle eut un mouvement de recul, essaya de se relever, mais sa blessure au genou lui arracha un cri de douleur. L'homme recula d'un pas et ouvrit les mains dans un geste d'apaisement.

— *Nicht Angst haben...*, dit-il dans un mauvais allemand.

— Je n'ai pas peur, rétorqua-t-elle en français, le cœur battant, avant de se corriger en allemand : *Ich habe keine Angst.*

Une expression étonnée se peignit sur le visage du soldat.

— Vous êtes française, mademoiselle ? demanda-t-il avec un fort accent.

Elle fut si soulagée d'entendre parler sa langue natale qu'elle se mit à babiller :

— Oui. C'est affreux… On m'a volé mon sac… avec tous mes papiers… Mon Dieu…

La panique lui noua la gorge. Elle se trouvait à la merci d'un militaire soviétique, sans papiers, dans une ville inconnue où elle ne connaissait personne.

— Vous êtes blessée ? ajouta-t-il en regardant ses mains et son genou.

— Ce n'est rien…

— Attendez un moment, je vous prie.

Il se détourna. En quelques enjambées, il traversa la rue et entra dans une maison qui n'avait plus de porte. Il revint quelques instants plus tard, portant avec précaution un bassinet en émail, puis s'assit à côté d'elle sur le banc et trempa un mouchoir dans l'eau.

— Il est... propre, dit-il avec un sourire amusé, content d'avoir trouvé le mot exact.

Elle lui abandonna sa main qu'il essuya délicatement. Les gravillons incrustés dans la chair la firent grimacer.

— Vous... vous parlez très bien le français, fit-elle, intimidée, tandis qu'il s'occupait de son autre main.

— C'est la langue des poètes, oui ? J'ai appris petit garçon, avec mon père. J'aime bien parler le français, mais pas souvent, alors j'ai petit peu oublié.

Elle hocha la tête, déroutée. Il se pencha pour lui tamponner le genou, qui saignait plus abondamment que ses mains.

— Il faudrait alcool et pansement. Où vous habitez ?

— À l'hôtel Elster, près de la gare. Je me suis perdue...

— Il faut tout de suite déclarer vol pour les papiers. Je vais vous accompagner. Est-ce que vous pouvez marcher ?

— Je pense que oui.

Il lui offrit son bras pour l'aider à se relever, puis il partit d'un éclat de rire :

— Vous dansez, mademoiselle ?

Elle sourit à son tour. Il faisait trop sombre pour discerner la couleur exacte de ses cheveux sous la casquette, mais ils lui semblaient être châtain foncé, comme ses yeux où se devinaient de temps à autre des éclats d'ambre. Quand elle se leva, elle s'aperçut qu'il était grand. Avec ses larges épaules et le baudrier qui lui soulignait le torse, il dégageait une impression de puissance. Elle se demanda si c'était dû à l'uniforme.

— Permettez-moi présenter. Sergueï Ivanovitch.

— Camille Fonteroy, murmura-t-elle.

— Enchanté, mademoiselle Fonteroy. Nous allons à la police et ensuite je vous ramène hôtel.

Le lendemain, Camille fut réveillée par quelqu'un qui tambourinait à sa porte. Elle se leva, grimaça en sentant la peau s'étirer sur sa jambe et ses paumes. Elle eut de la peine à tourner la clé dans la serrure.

Le concierge la regarda avec l'air sourcilleux d'un professeur d'école.

— Il est déjà midi, *Fräulein* Fonteroy. On vient de déposer ce message pour vous. Un soldat russe. Il y avait un officier qui attendait dans la voiture.

Il lui tendit une enveloppe. Elle songea qu'il devait la prendre pour une espionne soviétique.

— Merci. Faites monter du café ou du thé. Enfin, ce que vous avez.

— Nous avons le choix, mademoiselle, s'offusqua-t-il.

— Alors, ce sera du café, bien noir.

Et elle lui referma la porte au nez, persuadée que son café serait un ersatz au goût trompeur.

Elle fit couler de l'eau fraîche dans le lavabo et se débarbouilla le visage tant bien que mal avec une serviette. Puis elle tira les rideaux. La belle journée de la veille n'était plus qu'un souvenir. Une petite pluie fine tombait d'un ciel gris. Elle frissonna. La ville serait encore plus désespérante sous le crachin.

Assise sur le lit, elle décacheta l'enveloppe sur laquelle son nom était inscrit d'une belle écriture régulière. Un papier officiel, barré de différents tampons et délivré par les autorités soviétiques, attestait son identité et le vol dont elle avait été victime. Elle déplia la feuille de papier quadrillé qui l'accompagnait. *« Eva Krüger, Peterstrasse 40. Salutations. »* La signature était illisible. Elle esquissa un sourire et repensa à la soirée insolite de la veille.

Après une visite expéditive au commissariat – en la voyant arriver au bras de l'officier soviétique, les policiers avaient tout laissé tomber pour s'occuper d'elle –, Camille avait repris avec Sergueï le chemin de l'hôtel. Les policiers lui avaient même procuré un pansement pour son genou. Elle avait continué à boitiller, mais elle avait refusé d'être raccompagnée en voiture. Était-ce parce qu'elle voulait passer encore un peu de temps avec le Russe ?

Dans une rue qui menait à l'Augustusplatz, il lui avait brusquement demandé si elle avait faim. Elle avait acquiescé. Il lui avait dit d'attendre quelques minutes et s'était engouffré sous une porte cochère. Elle s'était sentie curieusement abandonnée en l'attendant. Puis il était réapparu avec des saucisses chaudes, des pommes de terre sautées, du pain noir et une bouteille de vodka. Elle n'en avait pas cru ses yeux. Il lui avait expliqué que Leipzig était devenu un paradis pour le marché noir, qu'il suffisait de connaître les bonnes adresses.

Depuis qu'ils avaient regagné un quartier plus animé, les passants leur jetaient des regards méfiants.

— Décidément, j'ai la manie de me retrouver avec des militaires indésirables, avait-elle marmonné.

Aussitôt, elle avait craint d'avoir été trop effrontée, mais Sergueï avait souri en lui demandant de s'expliquer. Ils s'étaient assis sur les marches de l'université en ruine. Elle avait pris quelques gorgées de vodka, et elle avait commencé à parler, mêlant la Maison Fonteroy, ses années d'apprentissage, la passion de son métier, les décombres du Brühl, Liselotte et Heinrich Hahn, sa rencontre avec Peter à Paris pendant la guerre, leur querelle, ce besoin impérieux qui la poussait à retrouver les Krüger parce qu'elle ne supportait plus ce sentiment d'inachevé. Par moments, elle avait eu les larmes aux yeux. Elle s'était demandé si c'était l'alcool sur un ventre vide qui lui montait à la tête, mais elle n'avait pas pu se retenir de parler et de parler encore.

Sergueï l'avait écoutée patiemment, lui demandant parfois d'expliquer quand il n'était pas sûr de comprendre. Lorsqu'elle s'était enfin tue, son dîner était froid, et il la contemplait d'un regard impénétrable.

Il avait sorti un paquet de cigarettes de sa vareuse, pendant que Camille se forçait à manger alors qu'elle avait perdu l'appétit. Mais elle avait craint de ne pas réussir à se lever si elle n'avalait rien pour accompagner ses quelques gorgées de vodka.

À son tour, il avait commencé à parler, avec lenteur. Alors que Camille avait été fébrile, sa diction vive et rapide, sa voix à lui était chaude, paresseuse, aux résonances de velours. Il avait cherché ses mots, sans se presser, comme s'ils avaient eu la vie devant eux, prenant plaisir à retrouver cette langue qui surgissait de son enfance. Il évitait d'entrer dans le vif du sujet, se permettant de longues digressions, étirant l'instant, savourant chaque image, chaque parole. Et tandis que la nuit de printemps enveloppait les décombres de la ville des pelletiers, la jeune héritière d'une maison de fourrure parisienne était restée ébahie quand cet inconnu lui avait raconté, un sourire aux lèvres, qu'il était trappeur en Sibérie.

Pensive, Camille plia soigneusement le papier où Sergueï avait noté l'adresse des Krüger. Avait-il eu du mal à la trouver ? Eva Krüger était une concertiste renommée, cela avait dû l'aider dans ses démarches. Mais pourquoi s'était-il donné cette peine ? Elle se sentait curieusement émue, car elle ne lui avait rien demandé. La veille, ils avaient fumé quelques cigarettes, terminé la bouteille de vodka, puis il l'avait raccompagnée à l'hôtel. Elle se souvenait vaguement d'être montée dans sa chambre, de s'être déshabillée puis écroulée sur le lit.

Une heure plus tard, vêtue de son tailleur gris foncé qu'elle avait brossé de son mieux, Camille partit en direction de la Peterstrasse. La pluie avait cessé, la poussière était devenue poisseuse.

Armés de pelles et de truelles, ou même de leurs mains nues, de longues files d'hommes mais aussi de femmes, un fichu noué autour des cheveux, dégageaient les décombres, posaient de nouvelles fondations, bâtissaient.

Dans le *Leipziger Zeitung*, Camille avait lu que le 1er mai, quelques jours plus tôt, deux cent mille personnes s'étaient réunies sur l'Augustusplatz, et ce chœur immense s'était mis à chanter sous la direction d'un professeur de musique aux cheveux blancs qui avait survécu aux camps de concentration. *Où puisent-ils la force de repartir de zéro ?* se demanda-t-elle. Elle songea aux autres villes martyres de la guerre, à Coventry, à Stalingrad… À leur place, elle n'aurait eu qu'une envie, plier bagage et s'enfuir, n'importe où, mais loin de ces monceaux de ruines.

L'immeuble avait dû être imposant avant la guerre. Sous la crasse et la suie, on discernait des cariatides et des balcons ornés. Elle pénétra dans la cage d'escalier. Un panneau indiquait que les Krüger habitaient au deuxième étage.

En arrivant devant la porte, elle prit une profonde inspiration pour se donner du courage, puis elle appuya sur la sonnette. Aussitôt, un enfant se mit à pleurer. Elle sentit qu'on la dévisageait à travers l'œilleton. Elle avait les mains moites et le cœur qui battait. On tira le verrou.

— *Ja ?*

La femme portait un vieux cardigan d'homme aux poches déformées, un chemisier blanc et une jupe droite qui lui arrivait à mi-mollet. Ses cheveux gris étaient retenus par un bandeau. Elle avait un visage aimable, les joues tombantes mais le regard expressif.

— Madame Eva Krüger ? Je suis Camille Fonteroy, la fille d'André.

Eva écarquilla les yeux, abasourdie.

— Seigneur Dieu, murmura-t-elle en français. Entrez donc, mademoiselle, je vous en prie.

Camille pénétra dans le petit vestibule sombre. Eva referma la porte d'entrée et la précéda dans un salon qui donnait sur la rue. Par la fenêtre ouverte, on entendait les craquements d'une maison qu'on démolissait.

Elle songea que ce n'était pas là que Peter avait grandi. Il n'y avait rien de lui parmi les meubles érodés de cette pièce sans âme. Elle jeta un coup d'œil sur le buffet où s'empilaient des assiettes et des partitions de musique, et chercha en vain le piano à queue dont lui avait parlé son père.

Eva la fit asseoir, avant de sortir une bouteille de schnaps et deux verres.

— Pour les grandes occasions, dit-elle avec un sourire. Comment va votre père ?

— Bien, je vous remercie. Il m'a chargée de vous dire beaucoup de choses.

— Ce cher André... La dernière fois que nous nous sommes vus, c'était dans une autre vie...

Curieusement, son ton n'était pas accablé ni résigné, mais teinté d'ironie. Camille s'était attendue à trouver une femme effondrée, à l'image de la ville, or, en dépit du visage dépourvu de tout maquillage et des vêtements informes, Eva Krüger dégageait une vitalité étonnante.

— Pardonnez-moi, poursuivit-elle, mais je voulais savoir si vous aviez des nouvelles de Peter.

Alors, le visage d'Eva se crispa de douleur. Un spasme lui parcourut le corps. On aurait dit que l'étincelle s'était éteinte d'un seul coup, telle la flamme d'une bougie soufflée par un courant d'air.

— Je suis désolée, s'excusa Camille, la gorge nouée, et elle serra un peu plus fort le petit verre à facettes.

Dehors, des voix gutturales criaient des ordres. Eva se leva pour aller fermer la fenêtre et resta figée près du rideau.

— Il est tombé à Stalingrad, reprit-elle d'une voix altérée, les poings enfoncés dans les poches du cardigan. Je me répète qu'il n'a pas été fait prisonnier, qu'on ne l'a pas emmené dans un camp en Sibérie... Je me répète qu'on lui a épargné le pire, qu'il n'a pas souffert de la faim ni du froid pendant les derniers mois du combat, quand la Wehrmacht a été prise au piège par les Russes. Je me répète qu'il a eu une vie heureuse... Du moins, je le crois. Je me répète sans cesse tout cela, pour penser à lui et non à moi, à ce que j'ai perdu avec lui...

Elle revint vers la table, vida son verre d'un trait et le remplit à nouveau. Camille hocha la tête sans parler. Elle croyait la comprendre. Si cette femme s'attardait sur ce qu'elle éprouvait depuis la mort de son fils, elle n'y survivrait pas. Elle pensa à sa propre mère. Comment réagirait Valentine si on lui annonçait la mort de Maxence ? Quels dieux maudirait-elle ?

La tristesse donnait à Eva une couleur de cendre. C'était la première fois que Camille voyait une telle souffrance creuser le visage d'une femme. Brusquement, Eva n'avait plus d'âge. Les épaules courbées vers l'avant, les doigts tremblants, son corps perclus de douleur se recroquevillait sur lui-même. C'était à la fois bouleversant et terrifiant. Comment vit-elle avec ce châtiment tous les jours ? se demanda Camille, effarée.

À son tour, la jeune femme se sentit vidée de ses forces. Elle avait obtenu la réponse qu'elle était venue chercher : Peter était mort. Confusément, elle l'avait deviné, mais elle avait voulu croire à l'impossible. Pourquoi avait-elle tant espéré le revoir ? Pourquoi avait-elle traversé l'Europe en ruine pour venir à sa rencontre ? Ce n'était pas par amour. Même à l'époque, elle avait compris d'instinct qu'elle n'était pas amoureuse de lui, mais d'un élan, d'une force qui l'avait révélée à elle-même. Et si c'était par égoïsme ? Peter avait brièvement illuminé une partie de sa vie. Lui seul avait réussi à combler, un soir d'été, l'année de ses seize ans, cette solitude douce-amère qui ne la quittait jamais. Il avait été comme le dépositaire d'un bonheur insaisissable et elle avait espéré retrouver cette impression fugace, peut-être pour se rassurer. Mais elle avait aussi voulu lui demander pardon de l'avoir blessé, lui toucher la main ou la joue, ne fût-ce qu'un instant, et sentir la chaleur de sa peau sous ses doigts.

Dans le salon d'Eva, témoin de la douleur muette de cette femme, elle s'aperçut, un peu honteuse, qu'en voulant le revoir, tout en sachant qu'elle le quitterait à nouveau, elle se serait encore servie de lui.

Dehors, des crissements longs soupiraient comme des chênes qu'on abat. Le corps engourdi, elle sentit naître une pression derrière son front. Elle ferma les yeux et se massa les tempes. Elle avait l'impression d'avoir voyagé pendant des semaines, des mois, pour atteindre cette ville surréaliste où des façades trompeuses dissimulaient des trous béants, et où des morceaux de papier effilochés, portant le nom souvent illisible de familles dispersées, flottaient en plein vent à un battant de porte ou de fenêtre.

Elle tressaillit quand la voix perçante de l'enfant, qui s'était assagie, s'éleva à nouveau d'une pièce voisine. Le visage d'Eva reprit des couleurs. La vie se ralluma dans le regard éteint et le corps se déplia.

— Veuillez m'excuser un instant. C'est ma petite-fille. C'est l'heure de son déjeuner et ils ne vont pas tarder à couper le gaz.

Elle quitta la pièce en laissant la porte ouverte.

Camille resta un instant tétanisée. Peter était fils unique… Elle se leva et suivit la voix d'Eva qui demandait, sur un ton qui se voulait sévère, à une enfant de se tenir tranquille.

La cuisine donnait sur une arrière-cour. À une table en bois placée contre le mur, une petite fille brune d'environ deux ans chantonnait en frappant avec sa cuillère sur la table. Quand elle aperçut Camille, elle se tut, fixant l'intruse de ses grands yeux sombres.

— Entrez, Camille. Vous permettez que je vous appelle Camille ? dit Eva qui réchauffait une soupe sur la cuisinière. Voici Sonia, la fille de Peter… (Elle se tourna vers Camille, la casserole dans une main.) Oh, mais vous êtes toute pâle ! Asseyez-vous…

Avec des gestes d'automate, Camille tira une chaise. La petite fille aux couettes brun foncé ne la quittait pas des yeux. Elle avait un nez retroussé, des lèvres ourlées, une peau très blanche et le regard sans concession des enfants de cette ville. Elle scruta Camille avec méfiance, puis, comme si elle avait brusquement décidé que l'inconnue lui convenait, elle lui décocha un sourire taquin. Alors, Camille comprit pourquoi Eva Krüger était encore de ce monde. Le sourire radieux qui illuminait le visage poupin était celui de son père. Elle avait hérité de Peter cette joie fulgurante, solaire, irrésistible.

Camille sentit la chaleur revenir dans son corps. Elle se pencha au-dessus de la table, tendit une main vers l'enfant, curieusement intimidée, comme si elle craignait de la faire fuir, et lui effleura les doigts :

— *Guten Tag*, Sonia… Je m'appelle Camille. J'étais une amie de ton papa…

Adossé à un mur, Sergueï surveillait la porte d'entrée de l'hôtel Elster. La journée avait été maussade. Une petite pluie fine rebondissait sur l'asphalte et gargouillait dans le caniveau. Il avait remonté le col de son manteau militaire et grillait tranquillement une cigarette.

Depuis qu'il avait déposé le mot pour Camille Fonteroy, le matin même, lui indiquant l'adresse de cette famille qu'elle recherchait, il n'avait pas cessé de penser à la jeune Française. Aucune des filles qu'il connaissait ne lui ressemblait. Il y avait quelque chose d'indéfinissable en elle qui l'avait captivé alors qu'il essayait de nettoyer ses plaies. Il l'avait sentie terrifiée, mais elle avait dominé sa peur, avant de le suivre dans cette étrange errance à travers la ville.

Plus tard, sur les marches de l'université, il avait dû se concentrer sur ses paroles pour être certain de bien la comprendre, et parfois, quand il avait perdu le fil de la conversation, il s'était contenté d'observer l'épaisse chevelure indisciplinée ramenée en un chignon hasardeux, le visage expressif aux lèvres sensuelles, le corps serré dans un austère tailleur gris qui n'arrivait pas à lui donner l'allure d'une dame.

Il avait cherché ce qui l'intriguait chez elle. Une liberté de ton peut-être, une forme d'ardeur. Et ce regard sincère, d'une clarté lumineuse, qui le détaillait avec franchise, lui donnant l'illusion de boire à une source d'eau fraîche.

Depuis la fin de la guerre, il avait le sentiment d'étouffer peu à peu. Autour de lui, il n'y avait que méfiance et soupçon : celui des Allemands envers les Soviétiques qui occupaient une partie de leur pays, et celui, autrement plus pernicieux, des Russes entre eux qui maintenaient les habitudes de suspicion que leur imposait le régime communiste.

Sergueï était un homme solitaire qui n'aimait pas se mettre en avant et ses supérieurs avaient confiance en lui. Protégé par son statut de héros de l'Union soviétique, il pouvait se contenter d'observer. On le traitait avec considération, mais il pesait ses mots, même avec ses camarades. Parfois, des soldats lui demandaient de leur parler de Stalingrad. Il n'osait pas les décevoir, alors qu'il aurait préféré oublier, ne pas ressasser cette gloire héroïque teintée de sang. Le jeune Sibérien savait que la disgrâce, telle la foudre, frappait sans prévenir et le plus souvent de manière aveugle.

Pour la première fois depuis qu'il avait quitté Ivanovo, excepté peut-être avec Volodia, il avait osé parler à cœur ouvert. Il avait été surpris d'éprouver le besoin impérieux de partager avec cette inconnue les souvenirs de son pays et de son enfance. Et puis, il y avait eu ce lien inattendu, qui les avait fait rire tous les deux, à la pensée que les peaux d'hermine ou de petit-gris, soigneusement préparées par Sergueï et expédiées par la *Sojuzpushnina* à la foire de Leipzig, avaient pu être choisies par le père de Camille, puis livrées dans les ateliers de la Maison Fonteroy, boulevard des Capucines, à Paris.

Le hasard faisait parfois bien les choses. Mais à la réflexion, était-ce si étonnant qu'ils se retrouvent dans cette ville qui avait été le carrefour incontournable de leur métier ?

À son arrivée, au début de juillet, il était allé se promener sur le Brühl. Dans le quartier des fourreurs, seuls une dizaine de bâtiments restaient encore debout. Les négociants juifs avaient disparu, certains avaient pu émigrer, les autres... *Les autres...*, avait songé Sergueï. On racontait qu'un seul Juif du Brühl était revenu après la guerre. Un seul.

Il tira une dernière bouffée et écrasa le mégot sous son talon. Enfouissant les mains dans ses poches, il traversa la rue.

Il avait besoin de la revoir, de parler encore cette langue qui sommeillait en lui et qu'il n'avait jamais oubliée. Il repensa aux cours de français que lui donnait son père, les nuits d'hiver, alors que ronronnait le samovar et que sa mère brodait des fleurs sur une blouse. Une langue magique, secrète, qu'il n'avait partagée qu'avec lui, une langue qui les avait rendus complices. Il n'avait jamais eu la curiosité de lui demander où il l'avait apprise. Les parents savent toujours tout, c'est bien connu. Son père parlait le français, sa mère le langage des plantes. Il les avait appris tous les deux.

Devant la porte vitrée de l'hôtel, il hésita un instant. Que lui dire ? Où l'emmener ? Il n'avait pas envie que des camarades le croisent avec une étrangère.

Au même moment, un groupe de visiteurs poussa la porte. Depuis le début de la foire, Allemands et étrangers affluaient par milliers. Sergueï fut reconnaissant à la foule d'anonymes. Il lui serait plus facile de s'y noyer.

Il retira sa casquette et passa une main dans ses cheveux. Il s'aperçut qu'il était un peu fébrile. Il ignorait si Camille Fonteroy accepterait de le revoir et il se rendait compte qu'il y tenait beaucoup, que c'était même indispensable.

Le concierge le regarda d'un air impassible, comme figé en un garde-à-vous intérieur. Sergueï lui demanda si Mlle Fonteroy était dans sa chambre et l'homme lui indiqua la salle à manger.

Sergueï se dirigea vers la porte qui donnait dans une pièce lugubre, éclairée par des appliques où il manquait une ampoule sur deux. Il n'était que six heures et demie. Elle était la seule cliente, assise à une petite table ronde sur la droite. Elle étudiait le menu qu'un garçon venait visiblement de lui apporter. On devinait à sa moue qu'elle n'était guère emballée.

Comme si elle avait senti qu'on l'observait, elle leva brusquement la tête. En le reconnaissant, elle sembla à la fois contrariée et inquiète, mais pas vraiment surprise. Puis elle plia consciencieusement sa serviette, la posa à côté de son assiette et se leva.

Il patienta le temps qu'elle monte chercher son manteau. Le concierge lui prêta un parapluie. Dans la rue, ils marchèrent sans échanger un mot. Sous la calotte en feutre noir qui lui enserrait la tête, Camille ne souriait pas. Sergueï avait gardé les mains dans ses poches.

Ils croisèrent quelques ouvriers qui rentraient de la mine, le visage frotté à l'eau froide pour essayer d'en retirer les traces du lignite brun foncé qui s'incrustait dans les pores de la peau.

Ils n'avaient aucun but précis de promenade et ils se connaissaient à peine, mais il n'y avait aucune hésitation ni maladresse dans leur démarche. Ils ne ressemblaient pas à ceux qui marchent côte à côte et se heurtent par moments, à ceux qui bougent à contretemps parce que leurs corps s'ignorent. Ils avançaient d'un même pas, un peu rapide parce que la température baissait, mais serein. Ils traversaient les rues, laissaient passer un tramway, longeaient des palissades, évitaient les trous dans la chaussée, sans jamais se bousculer, s'effleurant parfois, avec la caresse d'un bras, d'une épaule.

— Merci pour l'adresse, dit-elle enfin.

— Vous avez trouvé ?

— Oui. Si l'on veut.

À l'angle de deux rues, une rafale de vent les prit par surprise. Le parapluie se retourna d'un seul coup. Un roulement de tonnerre gronda au loin et une averse de pluie d'orage s'abattit brusquement. Sergueï prit la main de Camille et ils se mirent à courir.

Ils se réfugièrent, trempés, sous le porche d'un immeuble aux fenêtres condamnées. Elle fit une grimace en sentant les gouttes lui dégouliner dans le cou. Des trombes d'eau s'abattaient sur les trottoirs et rebondissaient contre les murs. L'atmosphère saturée d'humidité dégageait des bouffées de vapeur. Sur la petite place où se dressait une fontaine, les branches du peuplier se courbaient sous la force de la tempête. Un éclair zébra le ciel.

Comme lorsqu'elle était enfant, Camille se mit à compter les secondes pour savoir à combien de kilomètres se trouvait l'orage.

Le tonnerre éclata au moment où Sergueï lui disait quelque chose. Elle sursauta et essaya en vain de lire sur ses lèvres.

— Pardon ?

Le crépitement de la pluie était assourdissant. Il se pencha vers elle, comme pour lui murmurer les mots à l'oreille, et ses lèvres lui frôlèrent la joue. Elle leva les yeux vers lui. Il la scrutait d'un air intense. Elle le devinait attentif, sur ses gardes. Qu'attendait-il ? Qu'espérait-il ?

À son tour, elle détailla chaque ligne de son visage à la lumière jaune et blanc du crépuscule. Le front dégagé, les yeux légèrement effilés, le nez droit, les lèvres généreuses. Il avait retiré sa ridicule casquette trop large, la pluie avait plaqué ses épais cheveux sur son crâne, ses joues étaient mouillées.

Jamais Camille n'avait été aussi consciente de son propre corps qu'en cet instant-là. Son cœur battait si fort qu'elle avait du mal à respirer. Il lui semblait que le sang d'une autre, entêtant et capiteux, coulait dans ses veines. Ses cuisses, ses reins, ses bras, sa nuque, ses lèvres, ne lui appartenaient plus. Ses seins se tendaient sous son chemisier et elle brûlait d'envie de sentir les mains de cet homme sur sa poitrine, la texture douce et moite de ses lèvres sur sa peau. Elle avait besoin de cette étreinte, de cette morsure, là, maintenant, avant qu'il ne fût trop tard, avant qu'elle ne se mette à réfléchir.

Il posa une main sur la nuque de Camille, sur le chignon mouillé, trouva les épingles, les retira. Quand il vit que les cheveux enfin libérés lui arrivaient au milieu du dos, il esquissa un sourire. Puis il y enfouit ses doigts qui restèrent prisonniers des boucles capricieuses. De l'autre bras, il lui enlaça la taille, l'attira à lui.

Elle saisit son visage entre ses mains, dessina avec ses pouces le contour de ses lèvres, l'arête de son nez, la ligne de sa mâchoire, tel un sculpteur ou un aveugle. C'était une manière de prendre possession, de le marquer de son empreinte, à moins qu'elle ne cherchât déjà à l'imprimer sur le bout de ses doigts.

Brusquement, elle eut peur. Non pas de lui, elle n'avait jamais eu peur de lui, excepté lors des premières secondes de leur rencontre. Non, elle savait qu'elle ne risquait rien avec Sergueï. Elle redoutait en revanche cette exigence du désir. C'était d'elle-même qu'elle avait peur, de cette colère secrète et foudroyante qui enflammait ses sens et lui donnait le vertige.

Plus tard, dans une chambre chez l'une de ces logeuses de Leipzig qui, depuis des générations, louaient lors des foires une pièce aux visiteurs de passage, avec son papier peint défraîchi, son lit à barreaux de cuivre et ses draps rêches imprégnés des odeurs d'un savon jaune et rance, ils s'aimèrent, passionnés, éblouis, presque incrédules, la fenêtre entrouverte sur un jardin à l'abandon d'où montaient, dans le silence de la nuit apaisée, des rumeurs d'oiseaux impatients et des parfums de terre humide.

# TROISIÈME PARTIE

*Paris, 1953*

Camille regarda sa montre. Presque dix heures et demie ! *Si elle ne se dépêche pas, tant pis, j'entre sans elle*, se dit la jeune femme, impatiente. Son regard balaya l'avenue Montaigne, écrasée par le soleil caniculaire de juillet, dans l'espoir d'apercevoir la chevelure flamboyante de sa marraine, mais Odile Venailles n'était pas connue pour sa ponctualité.

Aucun souffle de brise n'agitait les feuillages verts des marronniers. Les retardaires se hâtaient sous le dais de toile beige marqué au nom de Christian Dior. Le défilé de la collection automne-hiver n'allait pas tarder à débuter. Une agitation fébrile s'était emparée des clientes et des amis de M. Dior. Quel style allait encore lancer le créateur génial qui, cette saison, avait baptisé sa ligne « Vivante » ? Les journalistes de mode affûtaient leurs crayons et leurs critiques. Une nouvelle fois, tel un chef d'orchestre imposant la mesure, la haute couture parisienne déciderait de la silhouette féminine qui sillonnerait bientôt le monde.

— Camille !

La jeune femme se retourna et vit sa marraine descendre d'un taxi.

— Pardonne-moi, s'exclama Odile, essoufflée, en l'embrassant sur les deux joues. Vite, vite… Allons nous asseoir. Au pire, on se serrera sur l'escalier.

Le portier en gants blancs leur ouvrit la porte. Elles se frayèrent un chemin parmi les femmes aux sourcils appuyés sous leurs tambourins de paille ; les élégantes piaillaient à qui mieux mieux. Camille reconnut la blonde Hélène Lazareff, maître incontesté du magazine *Elle*, ainsi que l'incontournable Carmel Snow de *Harper's Bazaar* qui, au détour d'une phrase, avait baptisé « new-look » le style révolutionnaire lancé par Dior quelques années plus tôt.

Bientôt, le bourdonnement de la ruche s'apaisa et, dans un silence religieux, l'aboyeuse commença à égrener les noms des modèles, suivis de leurs numéros en français et en anglais. Les mannequins, émergeant d'entre deux rideaux de satin gris tels des papillons de leur chrysalide, défilaient entre une haie d'honneur de genoux.

Assise près de la rampe sur les marches de l'escalier – elle avait été séparée de sa marraine qu'on avait placée de l'autre côté de la pièce –, Camille ne perdait rien du spectacle.

— Il a raccourci, souffla une voix masculine à son oreille. Des jupes à quarante centimètres du sol. Un bonheur pour nous, les hommes. J'admire son audace.

Elle quitta des yeux la silhouette altière et exotique d'Alla qui tournoyait sous le crépitement des applaudissements et se trouva épinglée par le regard vert moqueur de son voisin. Des cheveux bruns peignés vers l'arrière dégageaient un front haut, un nez affirmé. Il avait l'accent américain et la mâchoire volontaire des acteurs de Hollywood. Elle se demanda comment elle avait pu être assez distraite pour s'asseoir à côté de lui sans lui prêter attention.

— Ne serait-ce pas plutôt son pouvoir que vous admirez ? Qu'il allonge ou qu'il raccourcisse, les femmes lui obéissent les yeux fermés.

— Vous ne me ferez pas croire que vous êtes de ces femmes qui obéissent aveuglément à un homme, mademoiselle Fonteroy. Fût-il un couturier de génie.

— Nous nous connaissons ? s'étonna-t-elle, persuadée qu'elle n'aurait jamais oublié cet homme.

— New York, il y a un an. À la vente de la Hudson's Bay.

Elle fouilla sa mémoire, en vain.

Lors d'une vente aux enchères de peaux, elle était toujours concentrée et soucieuse. Une lourde responsabilité pesait sur ses épaules, puisqu'il fallait anticiper la mode de l'hiver suivant. Les sommes engagées étaient énormes et une erreur d'appréciation, un mauvais choix pouvaient entraîner d'importantes pertes financières. Lors des différentes ventes de la puissante Compagnie de la baie d'Hudson, elle croisait les plus influents pelletiers de la planète, qui maniaient des centaines de milliers de dollars. Ils enchérissaient sur des lots qu'ils rapportaient dans leurs pays respectifs où les fourreurs confectionneurs venaient ensuite s'approvisionner.

Au début du siècle, la Maison Fonteroy était l'une des rares à jouer à la fois le rôle de pelletier et de fourreur, mais, depuis quelques années, sa propre ligne de postes établis au Canada sous l'impulsion de Léon Fonteroy avait été abandonnée et le rayon des pelleteries boulevard des Capucines fermé. Camille avait été contrariée quand le conseil d'administration avait entériné cette décision. Elle les avait trouvés trop timorés, mais son père avait suivi les injonctions de l'administrateur Philippe Haguenau, qui, chiffres à l'appui, avait démontré que les relais de poste devenaient de plus en plus difficiles à gérer. Désormais, il valait mieux acheter lors des ventes ou auprès des pelletiers, et se concentrer sur la confection des fourrures. André s'était incliné.

— Veuillez m'excuser, dit Camille, mais je ne me souviens pas de vous…

— Chut ! siffla une voix derrière eux.

L'homme leva les yeux au ciel avec une grimace exaspérée, tel un écolier pris en faute, et Camille se retint pour ne pas éclater de rire. Ils admirèrent sagement la suite du défilé et elle tomba sous le charme d'une robe grise à manches courtes, gansée de ruban noir, au boutonnage qui s'étirait du décolleté à l'ourlet. D'une allure stricte, presque sévère, elle révélait d'autant mieux la personnalité pétillante du jeune mannequin aux cheveux bruns.

Camille songea que cette toute jeune fille serait idéale pour incarner l'esprit moderne qu'elle voulait insuffler à leur propre collection. *Je dois absolument lui demander de poser pour la campagne de publicité*, se dit-elle. Aussitôt, des images de manteaux lui traversèrent l'esprit. Elle ne détaillait plus les robes du soir vaporeuses qui défilaient sous ses yeux, mais s'imprégnait des couleurs – les roses, les mauves, un rouge cramoisi qui éclatait soudain tel un feu d'artifice. Il fallait que les femmes puissent harmoniser leurs tenues, que la fourrure devienne moins sérieuse, moins sophistiquée, en un mot plus audacieuse. Mais comment convaincre son père ?

Une main lui tapota l'épaule.

— Si vous n'applaudissez pas, vous allez vous faire des ennemis, dit son voisin.

Tirée de sa rêverie, Camille s'aperçut que le défilé venait de se terminer. Des acclamations frénétiques saluaient l'adolescente brune auréolée d'un nuage de tulle et de satin blanc.

— Savez-vous comment s'appelle ce mannequin ? demanda-t-elle. Je ne l'avais jamais vu.

— Victoire, je crois. C'est M. Dior qui vient de la découvrir.

Camille sortit un papier et un crayon de son sac pour y griffonner le prénom de la jeune fille.

— Il me la faut absolument, marmonna-t-elle, alors que l'assistance se levait, repoussant sans ménagement les chaises dorées et les fauteuils à médaillon.

Le pied ankylosé, Camille s'appuya à la rampe pour ne pas tomber. Bousculé par la cohue, l'homme se retrouva plaqué contre elle. Il était plutôt grand, avec un corps solide, de larges épaules. Elle respira la senteur boisée de son eau de Cologne au vétiver.

— Et moi, je dois absolument vous inviter à déjeuner, dit-il d'un ton amusé.

— Mais enfin, monsieur, je ne sais même pas comment vous vous appelez ! protesta-t-elle, ne sachant pas si elle était flattée ou agacée par cet empressement.

— Victor Brook, fit-il, la main sur le cœur.

Camille écarquilla les yeux.

— *Le* Victor Brook... ? Je vous croyais plus âgé.

— Merci du compliment, s'amusa-t-il, puis, profitant de sa surprise, il lui prit le bras.

— Venez, maintenant.

— Attendez, je dois retrouver ma marraine. Nous sommes venues ensemble.

Il s'arrêta au pied de l'escalier, l'air impatient.

— Où est-elle ?

Camille la chercha des yeux. Sous les boiseries grises, devant l'un des miroirs, Odile riait en bavardant avec Jean Cocteau.

— Là-bas... La femme rousse en tailleur bleu marine.

— Elle n'a pas l'air abandonnée, alors que moi, malheureux Américain que je suis, je le serais certainement sans vous. Allons, venez maintenant.

Prise au dépourvu, Camille eut juste le temps d'esquisser un mouvement de main en direction de sa marraine avant de se laisser entraîner.

Elle était intriguée. Voilà qu'elle rencontrait enfin cet homme mystérieux ! Chez les fourreurs, le nom de Victor Brook courait sur toutes les lèvres. Après avoir débarqué sur les plages de Normandie avec les troupes américaines, le pelletier revenu aux affaires s'illustrait par des « coups » qui laissaient la profession incrédule. On parlait de poker menteur, d'audace et de flair. Son dernier exploit remontait à quelques mois. Des accords commerciaux entre les Soviétiques et les Américains ayant été dénoncés, un train entier de pelleteries de Sibérie, destinées à la vente à New York, s'était retrouvé immobilisé dans une petite gare américaine. Les Russes avaient eu le choix entre rapatrier le train, ce qui leur était difficile, ou vendre sur place. Comme les peaux s'abîmaient dans les wagons non frigorifiés, Victor Brook, qui avait eu vent de l'affaire, s'était précipité. Il était le seul pelletier assez fortuné pour acheter le contenu de la trentaine de wagons à un dollar la peau alors que chacune n'en valait pas moins de trente-cinq. Depuis, celles-ci reposaient dans les frigorifiques de sa maison de pelleteries, et il ne manquerait pas de les revendre au moment le plus opportun.

Dehors, une file de voitures avec chauffeurs patientait dans l'avenue. L'Américain la fit monter dans une Hotchkiss noire et demanda qu'on les conduise chez Lipp.

Tandis que la voiture traversait la Seine et empruntait le boulevard Saint-Germain, Camille observa à la dérobée son compagnon. Séduisant et charismatique, Victor Brook avait la nuque assurée des Américains qui avaient gagné la guerre et ne doutaient pas un instant de leur supériorité morale et économique. À la Libération, ils avaient conquis le cœur des Européens avec leurs bas nylon, leur chewing-gum et leurs jazzmen. Quelques années plus tard, on continuait à les admirer non sans une pointe d'envie.

— Que me vaut l'honneur de ce kidnapping ?

— Votre beauté.

Camille leva les yeux au ciel. À trente et un ans, elle n'était plus une gamine et ce genre de flatterie ne la faisait plus rougir depuis longtemps.

— C'est un peu sommaire, non ?

— Pourquoi mentir ? Préférez-vous que j'évoque votre intelligence, dont je ne doute pas puisque je sais comment vous menez la firme avec votre père. Ou que je fasse semblant d'être fasciné par la Maison Fonteroy, qui rivalise avec ma boutique sur la 7e Avenue ? Je préfère être franc, Camille, vous permettez que je vous appelle Camille, n'est-ce pas ? Je vous trouve belle et j'ai envie de vous connaître.

Elle ne put s'empêcher de sourire. Comment résister à un bel homme qui ne vous quitte pas des yeux en vous lançant des compliments ? Elle décida d'en profiter, le temps de ce déjeuner impromptu, et effleura le cuir fauve qui recouvrait les sièges de la voiture, contente d'avoir choisi ce matin-là l'une de ses robes préférées, en soie jaune ceinturée de noir, qui lui donnait bonne mine et soulignait sa taille fine.

Sous les carreaux de faïence fleurie et les miroirs biseautés de la brasserie Lipp, Victor Brook lui parla de lui-même avec cette désarmante sincérité d'outre-Atlantique. Camille apprit que sa famille était originaire d'Arménie et qu'un de ses ancêtres, débarqué en Amérique dans la deuxième moitié du XVIIIe siècle, avait fait fortune dans le commerce des pelleteries. C'était l'époque où l'on pouvait acheter aux Indiens des peaux de loutres, de castors et de visons en échange de couteaux et de quelques casseroles, puis les revendre dix fois plus cher. Un fusil valait dix peaux de castors, une couverture huit et une hache trois.

— C'était dangereux, raconta Victor sur un ton enjoué. On disait à l'époque que les pelletiers et les missionnaires allaient là où aucun homme blanc n'avait encore jamais été.

D'une nature entreprenante et résolue, son ancêtre avait affrété des navires rapides pour expédier ses peaux vers la Chine et l'Extrême-Orient, puis, en 1830, devenu millionnaire, le nom de famille américanisé, il avait commencé à acheter des terrains à New York afin d'y construire des immeubles.

— Mais par fidélité aux racines de la fortune familiale, à chaque génération, l'un des héritiers reprend le flambeau du commerce des peaux, et cette fois, c'est tombé sur moi, conclut Victor en faisant signe au garçon de leur apporter une deuxième bouteille de lafite-rothschild. Et maintenant, parlez-moi un peu de vous, Camille. Les Fonteroy ont aussi une belle histoire, d'après ce qu'on m'a raconté.

Un peu plus tard, assise à son bureau, Camille retournait entre ses doigts d'un air songeur la carte de visite gravée. Victor repartait le soir même pour l'Amérique, mais, en la déposant boulevard des Capucines, il lui avait fait promettre qu'ils se reverraient. « Maintenant que nous sommes amis, c'est inévitable, n'est-ce pas, Camille ? »

Elle se sentait un peu étourdie par le bordeaux et l'énergie de cet homme. Avec un soupir, elle glissa la carte dans l'épais annuaire Winckelmann des pelletiers et fourreurs. En l'écoutant, elle avait eu l'impression de retrouver cette vitalité qui la frappait chaque fois qu'elle se rendait à New York. Victor Brook ressemblait à sa ville natale, il en avait hérité les bourrasques au goût d'embruns et la lumière qui rebondissait entre les façades de verre des immeubles. Pourtant, en repensant à son visage franc et rieur, à cette assurance quelque peu irritante, elle se rappela que ses yeux s'étaient assombris lorsqu'il lui avait parlé de la guerre, des jeunes gens tombés autour de lui alors qu'ils luttaient pour avancer vers les falaises normandes entre les mines et les rafales de mitraillettes. « Ce jour-là, je me suis promis de savourer chaque instant de ma vie si je m'en tirais », avait-il conclu, avant de lui décocher un autre de ses sourires. Et elle ne put s'empêcher de se demander s'il y avait aussi chez lui des fêlures, semblables à ces pans d'ombre qui s'abattent tels des couperets dans les gorges creusées entre les gratte-ciel.

Valentine tira les rideaux pour que la luminosité de cette matinée de septembre ne blesse pas les yeux fatigués d'André. Ainsi, c'était cela la mort, la lumière qui vous obsède mais devient douloureuse.

Elle revint vers le lit et se pencha légèrement en avant. Le souffle était régulier. Il avait dû s'endormir après la piqûre du médecin pour soulager ses douleurs. Mourir, c'était aussi cette absurdité de rechercher le sommeil pour y puiser des forces, alors qu'il aurait fallu rester éveillé, étirer les heures et les minutes, les forcer à se prolonger, à vous obéir.

Le corps épuisé, elle aurait eu le temps de demander à la cuisinière de lui préparer un thé, de le boire tranquillement, de grignoter une biscotte et feuilleter un journal, mais elle préféra s'asseoir dans le fauteuil où elle avait passé la nuit à veiller celui qui allait bientôt la quitter. Elle n'avait jamais su lui dire qu'elle l'aimait et elle n'osait pas imaginer ce qu'elle deviendrait quand il ne serait plus.

Camille se dévisagea dans le miroir. Elle avait les traits tirés et des cernes ombraient ses joues. D'une main nerveuse, elle effleura son visage avec la houppette de son poudrier, se pinça les joues et colora ses lèvres. Dépitée, elle constata que les pigments vermillon ne servaient qu'à souligner son teint livide.

Dans quelques minutes, elle allait affronter le conseil d'administration, annoncer à ces messieurs la nouvelle qui se chuchotait dans les couloirs de la Maison depuis des semaines, mais qu'il fallait désormais rendre officielle : André Fonteroy se mourait.

Elle s'examina de profil d'un œil critique. La basque de son tailleur beige épousait ses hanches. Elle vérifia que ses bas n'étaient pas filés. Un simple rang de perles lui enserrait le cou et elle portait, au revers de sa veste, le trèfle à quatre feuilles d'émeraudes et au cœur en diamant de chez Van Cleef que son père lui avait offert pour ses trente ans.

« J'aurais préféré que ce soit ton époux qui t'offre des bijoux, plutôt que ton vieux père », lui avait-il murmuré à l'oreille. Elle avait su qu'il se désespérait de la savoir célibataire. « Mieux vaut un père qu'on aime qu'un mari importun ! » avait-elle répliqué, mais il n'avait pas été dupe de la boutade. Elle était restée confondue devant son chagrin. Il ne comprenait pas pourquoi elle continuait à repousser des prétendants avec désinvolture, lassitude ou empressement, selon son degré d'exaspération. La gorge nouée, elle songea qu'il était trop tard désormais, qu'elle ne pourrait plus lui expliquer.

D'ailleurs, qu'aurait-il pensé de cette liaison avec un homme qu'elle ne voyait que de temps à autre ? Quand elle avait quitté Leipzig, jamais elle n'avait pensé revoir Sergueï. Elle avait porté dans son cœur cette secrète blessure pendant deux ans. Aucun des hommes qui s'intéressaient à elle n'avait eu l'intensité captivante du jeune lieutenant sibérien égaré dans une Allemagne en ruine. Les uns lui avaient semblé conventionnels, avec des exigences contraignantes de mariage et de progéniture, les autres trop fantasques, leur goût des plaisirs capricieux et futile, dépourvu de la gravité mystérieuse du Russe.

Puis un jour, par une matinée de janvier, elle se trouvait à Leningrad pour assister à la première vente de fourrures russes depuis la guerre. Sous les plafonds patinés d'un ancien palais impérial et le portrait d'un Staline hiératique, elle admirait le poil soyeux d'un lynx blanc moucheté de noir et s'émerveillait de la souplesse incomparable de ce cuir qui pouvait passer à travers une alliance. Une main s'était posée sur la sienne. Irritée, car elle avait rarement l'occasion d'apprécier une pelleterie aussi splendide, elle avait levé la tête, pensant qu'on voulait lui reprendre les peaux qu'elle destinait déjà dans son esprit à une actrice américaine, épouse d'un millionnaire. Sous sa blouse blanche, Sergueï ne portait plus l'uniforme militaire. Elle avait éprouvé une bouffée d'un bonheur si profond et inattendu qu'elle en avait eu le souffle coupé, mais il avait broyé ses doigts sous les siens comme pour la prévenir. Elle était restée interloquée par le regard sévère qui lui ordonnait de se taire. En Union soviétique, personne n'était libre de ses paroles ou de ses gestes, même pas l'un des éminents jeunes cadres de la *Sojuzpushnina*.

Sergueï avait alors développé des trésors d'ingéniosité pour parvenir à la voir seule, profitant de la morsure du froid et de la nuit complice qui recouvrait dès le début de l'après-midi les quais tranquilles de la Neva, les coupoles et les ponts, les chevaux de bronze et les atlantes aux façades des palais. La rencontre était compliquée, risquée, car aucun contact avec des étrangers n'était permis aux Soviétiques. Et pourtant, avec son talent de chasseur qui lui permettait de se fondre si parfaitement dans un décor, Sergueï avait réussi l'impossible, à savoir tromper l'interprète chargée de surveiller la jeune Française. Il avait entraîné Camille chez des amis fidèles qui habitaient l'un de ces appartements communautaires où s'entassaient plusieurs familles.

Camille avait trouvé le jeu de piste singulier mais excitant. Même lorsque Sergueï lui avait parlé du danger qu'ils couraient à vouloir déjouer la vigilance des hommes du ministère de l'Intérieur, elle n'avait pas eu vraiment peur. Il lui semblait que leur amour, né parmi les décombres de la guerre, n'était pas destiné à s'épanouir dans la sérénité.

Ce soir-là, chacune de leurs caresses n'en avait été que plus inspirée. Dans le salon au plafond bas délaissé par la *babouchka* et les enfants, où un poêle antique crachotait une chaleur étouffante, ils s'étaient aimés sur le divan qui servait de lit, leurs peaux moites se frôlant dans des bruissements de velours, tandis que les guipures de givre s'incrustaient sur les vitres.

Elle avait été un peu honteuse de se donner ainsi à son amant chez des inconnus. Son comportement lui avait semblé manquer de pudeur, mais comment résister ? Un peu plus tard, autour de la table, le genou de Sergueï pressé contre le sien, elle avait partagé le chou rouge à la vinaigrette, le potage au gruau et le pain noir. Personne n'avait semblé la mépriser. Dans les regards des femmes brillait une étincelle de nostalgie romantique, dans ceux des hommes une joie non dissimulée. Elle avait été conquise par la spontanéité et la générosité enjouée de ses hôtes.

Le lendemain, entourée des représentants des sovkhozes, des courtiers, des experts et des pelletiers, elle enchérissait pour acheter des martres, des renards roux flamboyant du Kamtchatka, des karakuls shiraz d'un gris lumineux qui lui rappelait les ciels de neige. Dans la salle de la vente aux enchères, devinant la présence de Sergueï qui se tenait en retrait, elle se sentait heureuse.

Ils étaient convenus de se retrouver deux mois plus tard à la foire de Leipzig où ils pouvaient tous deux se rendre officiellement. En ce début de mars, le brouillard était si dense que seuls les tramways circulaient. Ils en avaient profité pour se promener main dans la main par les rues fantomatiques où le halo des réverbères se diluait dans l'épais voile cotonneux, se disant en riant qu'ils étaient bénis des dieux car personne ne pouvait les surveiller dans cette purée de pois.

Les mois et les années avaient passé. Fuyant les contraintes d'un rideau de fer qui partageait l'Europe et emprisonnait Leipzig derrière une frontière de miradors et de barbelés, les fourreurs avaient abandonné le Brühl pour la Niddastrasse de Francfort, mais Sergueï et Camille avaient trouvé le moyen de rester fidèles à la ville de leur rencontre. De manière paradoxale, pour le Russe et la Française, en dépit des téléphones sur écoute et des hommes en imperméable qui rôdaient derrière les étrangers, la sévère République démocratique allemande avait le goût acide d'une insolite liberté.

Mais entre deux retrouvailles, les jours s'étiraient, interminables. Écrire ou se téléphoner était exclu. Parfois, seule chez elle, dans son appartement de la rue Cambon, à deux pas de la Maison Fonteroy, les fenêtres ouvertes sur les rumeurs assourdies qui montaient des artères parisiennes, Camille devenait la proie d'une fièvre douloureuse. Il n'y avait aucune certitude dans leur amour, aucune de ces assurances trompeuses dont jouissaient les couples qu'elle voyait autour d'elle. Entre Sergueï et elle, il n'y avait qu'une parole tacite, donnée et acceptée. Ils vivaient un amour improbable, parmi les silences et les orages d'une Europe déchirée.

Comment son père aurait-il pu admettre cette passion insensée qui ne menait nulle part ? Et Valentine ? Sa mère aurait été horrifiée. À moins qu'elle n'eût été envieuse…

Une dernière fois, Camille inspecta sa tenue comme si elle montait au front. Elle se sentait résolue mais anxieuse. Quand la nouvelle serait officielle, les regards des cinq administrateurs se modifieraient imperceptiblement. Elle croyait déjà percevoir leur méfiance. Par déférence, ils cacheraient bien leur jeu, surtout l'odieux Philippe Haguenau, mais leurs incertitudes seraient presque palpables.

Elle serra les poings. Elle pouvait se permettre d'avoir l'air exsangue mais pas désespérée. Pourtant, depuis que le docteur

Fourroux avait secoué la tête d'un air affligé après avoir examiné son père, elle avait perpétuellement froid. D'un geste sec, elle referma son sac à main.

En longeant le couloir du deuxième étage, elle passa devant une porte ouverte.

— Je ne sais pas, disait au téléphone une voix d'homme à la tonalité rocailleuse. Le patron est au plus mal.

Jean Duteil avait remplacé Daniel Worms lorsque celui-ci avait pris sa retraite. Le nouveau chef d'atelier était un Vosgien aux manières décidées, au regard franc sous des sourcils noirs, fils d'un éleveur de renards qui avait quitté son village natal non loin de Balveurches pour devenir fourreur dans la capitale. Entré comme apprenti chez Fonteroy, il avait gravi avec détermination les différents échelons, s'imposant par son talent et sa rigueur. C'était Camille qui avait poussé son père à le nommer à la place de Worms. André avait hésité, car Duteil lui avait semblé encore un peu jeune, mais Camille avait insisté. « Il faut aller de l'avant, papa. Nous n'avons pas de temps à perdre. Il faut nous entourer de gens audacieux qui comprennent notre époque. Sinon, on va se faire souffler toutes les clientes par des hommes comme Christian Dior et ses compères ! »

Son père avait cédé, davantage par faiblesse que par conviction. André était fatigué et désorienté. Il ne trouvait pas ses repères dans l'effervescence de l'après-guerre. Quand Camille lui parlait parfums et accessoires, défilés et publicité, elle voyait bien que son esprit vagabondait.

Lorsque ses amis pelletiers, réfugiés avant la guerre à Londres ou à New York, revenaient le voir, André n'en ressentait que plus cruellement l'absence de son meilleur ami. Le destin tragique de Max Goldmann avait provoqué chez lui un profond désarroi. Il s'en voulait de ne pas avoir su le convaincre de s'enfuir à temps. Cette idée avait fini par devenir une obsession. Quand il en parlait avec Camille, elle essayait de le rassurer, mais elle savait qu'au-delà de l'assassinat de Max et de Judith par les nazis, son père avait le sentiment d'avoir vécu, pour la deuxième fois de sa vie, la fin d'une époque. Or, cette fois-ci, il n'avait pas trouvé en lui les ressources pour s'adapter à l'air du temps.

Impuissante, Camille avait regardé ce père qu'elle aimait d'un amour entier et violent décliner dans une mélancolie qui l'effrayait et l'exaspérait à la fois. « Tu ne portes pas les péchés du monde sur tes épaules, papa ! » s'écriait-elle parfois, désespérée. Mais que pouvait-elle contre cette agonie de l'esprit ? Il lui avait confié que le traumatisme des tranchées revenait le hanter dans ses cauchemars. « C'est étrange, tu ne trouves pas. Pourquoi est-ce que je ne rêve toujours que de l'autre guerre ? » Elle avait compris que le trouble d'André remontait à ses années de jeunesse, loin, trop loin pour que sa fille pût y poser une main apaisante. Une seule personne aurait peut-être pu le sauver de cette redoutable inertie, et Camille avait presque jalousé sa mère de détenir ce pouvoir. Mais Valentine n'avait pas su trouver les mots. *Les a-t-elle même cherchés ?* songea Camille, furieuse.

Elle s'était adossée au mur comme pour reprendre son souffle. Duteil sortit au même instant dans le couloir.

— Oh, mademoiselle… Je ne vous avais pas vue. Comment va le patron ce matin ?

Elle n'arriva pas à articuler un mot.

— Je suis désolé, mademoiselle, soupira Duteil, courbant un peu ses larges épaules. Monsieur votre père est quelqu'un de très bien. Vraiment.

— Merci, dit-elle d'une voix rauque.

Elle regarda sa montre.

— J'ai réuni le conseil d'administration. Je vais leur annoncer que mon père est mourant. Puis je vais rentrer avenue de Messine et attendre.

Elle se tut pour ne pas claquer des dents. Au fond du couloir s'élevèrent les voix joyeuses des mécaniciennes qui montaient au dernier étage pour commencer leur journée. Elle fut reconnaissante à Duteil de rester silencieux, partageant sa peine sans chercher à la tempérer par des paroles futiles.

Enfin, elle prit son courage à deux mains et s'arracha du mur. Un peu inquiète, elle se tourna vers lui.

— À votre avis, Duteil, est-ce que ça va ?

Le visage grave, il la détailla de la tête aux pieds.

— Tout ira bien, mademoiselle Camille. J'en suis persuadé.

Elle esquissa un sourire, puis tourna les talons et descendit au premier étage.

Elle parcourut lentement le corridor des ancêtres. Lorsque son père ne serait plus, son portrait trouverait aussi sa place dans cette longue galerie tapissée de rouge. Pour se donner du courage, elle regarda son grand-père Augustin. Elle se souvenait d'un homme intransigeant, mais chez qui elle avait deviné, même toute petite fille, une tendresse blessée. S'était-il jamais remis de la disparition de son fils cadet, celui dont on disait qu'il était le plus doué, le plus audacieux ? À la droite d'Augustin, le visage malicieux de Léon Fonteroy la contemplait d'un air fixe sous sa mèche blonde. Chaque famille avait son mystère et celui de Léon n'avait jamais été résolu. Il avait fallu attendre la mort d'Augustin pour que le portrait du fils honni fût enfin accroché dans le long couloir. André y avait tenu. De même qu'il avait fait ouvrir la chambre condamnée de Léon à Montvallon, cette pièce qui avait tant intrigué Camille, petite fille, lorsqu'elle y passait ses vacances.

Son père lui avait parfois parlé de ce frère aventurier qui avait bravé l'hiver du Grand Nord canadien pour aller à la rencontre des coureurs des bois et des Inuit. Décelant dans sa voix une pointe d'envie et de nostalgie, elle avait compris que Léon avait hérité de cet appétit de vie qui manquait tant à André. Il avait été la référence, le soutien, l'épaule dont son père aurait eu besoin pour se permettre d'être plus insouciant. Lorsque Léon avait disparu en 1914, le sol s'était dérobé sous les pieds de son frère aîné.

Son père avait dû faire preuve d'une rare volonté pour porter à lui seul la responsabilité de la Maison. Et aujourd'hui, il avait épuisé toutes ses forces. Il mourait trop tôt, parce qu'il n'avait jamais eu le temps de se demander ce qu'il aurait vraiment espéré de la vie. André Fonteroy s'était sacrifié par devoir à la Maison Fonteroy. Il n'avait eu personne pour partager le fardeau. Son bonheur, il avait cru le saisir avec Valentine, qui était la seule à faire encore briller ses yeux quand il l'observait à la dérobée. Ses enfants, il les aimait profondément, surtout sa fille, mais elle ne pouvait pas combler ce manque. Léon aurait été le seul à pouvoir le rassurer, à lui permettre de souffler. D'une certaine façon, songea Camille, en prenant la fuite, Léon l'avait trahi.

Au bout du corridor, les deux poignées en bronze de la porte fermée du bureau de son père luisaient doucement. Elle détourna les yeux et pénétra dans la pièce réservée aux conseils d'administration. Les cinq hommes se levèrent. Elle prit sa place habituelle, à la droite du fauteuil en cuir patiné de son père, qui resta vide. Le lustre de cristal étincelait dans le soleil qui pénétrait à flots par la fenêtre.

Elle leur fit signe de s'asseoir. Pour une fois, aucun des administrateurs n'avait apporté de dossier. Leurs mains croisées reposaient sur la table en acajou. Sur le chambranle de la cheminée, la pendule sonna neuf heures.

— Messieurs, commença-t-elle, priant pour que sa voix ne la

trahisse pas. Notre réunion sera particulièrement courte, mais j'ai tenu à vous annoncer de vive voix ce que vous savez déjà. Mon père est au plus mal. Les médecins n'ont plus guère d'espoir. En attendant, nous allons nous contenter d'expédier les affaires courantes.

Philippe Haguenau, avec son crâne dégarni et ses lèvres fines, resta impassible derrière ses lunettes cerclées d'écaille. Imperceptiblement, Camille se raidit. Pour une raison inconnue, elle n'avait jamais aimé cet homme. Elle avait demandé à son père de s'en séparer, mais André avait refusé. « On ne peut pas céder à des inimitiés sans fondements quand il s'agit d'un collaborateur de valeur, Camille. Le sentimentalisme n'a pas sa place en affaires. » Elle songea qu'il n'y avait pas de sentimentalisme de sa part en ce qui concernait Philippe Haguenau, mais une antipathie fondée sur la méfiance. Il était le genre d'homme à se réjouir du malheur de son voisin, et à en profiter, comme il n'avait pas manqué de le faire pendant la guerre, mais d'une manière si habile que personne n'avait jamais rien pu lui reprocher. *Il est exactement le genre d'homme à avoir eu son bon petit Juif*, songea-t-elle. *Bien pratique pour se dédouaner le moment venu, alors qu'en même temps on a racheté des ateliers de manière peu scrupuleuse.*

L'administrateur le plus âgé, Maurice Andrieu, se racla la gorge.

— Croyez bien que nous sommes désolés, mademoiselle. C'est un moment difficile pour toute la Maison Fonteroy.

Il y eut des murmures d'assentiment.

— N'y a-t-il vraiment aucun espoir ? ajouta Haguenau.

— Hélas, non. Ce n'est plus qu'une question de temps.

— Monsieur votre père laissera un grand vide parmi nous. Heureusement, votre frère viendra sûrement bientôt nous rejoindre. La relève est assurée. La Maison Fonteroy continuera comme par le passé.

En voyant les cinq hommes opiner de la tête, un frémissement parcourut Camille de la tête aux pieds. C'était bien ce qu'elle avait redouté : ils attendaient en Maxence l'homme providentiel. Avec leurs esprits étriqués, imprégnés des principes que ses ancêtres avaient imposés à cette maison telles les Tables de la Loi, ils n'envisageaient pas de laisser une femme prendre la barre de ce navire, d'autant moins qu'il y avait un héritier mâle !

Quand Camille avait réalisé, quelques années auparavant, que son jeune frère, qu'elle considérait encore comme un enfant, pouvait devenir un rival, elle avait passé des nuits blanches. Elle aimait bien Maxence, son esprit taquin, son impertinence, mais jamais elle n'avait imaginé qu'il pût s'immiscer dans cette complicité professionnelle qu'elle partageait avec son père. Maxence, c'était les batailles de polochons, les cabanes dans les arbres, le furet apprivoisé qu'il cachait sous son manteau, mais surtout le domaine réservé de Valentine.

L'adolescent n'avait jamais montré le moindre intérêt pour le boulevard des Capucines. La seule fois où Camille l'avait vu dans les ateliers, alors qu'elle examinait avec Duteil des renards argentés destinés à des boléros, il avait arqué un sourcil avec une moue ironique : « Pauvres bêtes ! » avait-il lancé, suscitant l'étonnement général.

À l'âge de Maxence, elle travaillait déjà depuis cinq ans. Dès qu'elle avait eu fini son apprentissage, elle avait intégré la Maison Fonteroy. À l'époque, son père lui avait trouvé un petit bureau, à peine plus grand qu'un placard, à côté de celui de Daniel Worms.

Elle se souvenait encore du paletot de chinchilla aux manches chauve-souris qu'elle avait réalisé pour une cliente brésilienne. Après un mois de délicates coutures à la main, redoutant de déchirer les peaux fragiles, elle avait attendu, le cœur battant, que Worms l'examine avec attention. Dans l'atelier, on aurait entendu voler une mouche. Puis un sourire avait éclairé le visage rond du chef d'atelier sous son halo de cheveux blancs. « Votre grand-père ne m'aurait pas contredit, mademoiselle Camille. Vous êtes, sans aucun doute, une fine lame. » Des applaudissements spontanés avaient crépité autour d'elle tel un feu d'artifice. Elle avait eu les larmes aux yeux. Dans son métier, il s'agissait du plus beau des compliments, et, parce qu'elle était une femme, il était inestimable.

Maxence ne comprenait rien à tout cela. Parfois, quand il se moquait d'elle, de son opiniâtreté et de ses inquiétudes, de la fierté qu'elle ressentait le matin en franchissant les hautes portes du boulevard des Capucines, elle s'emportait, l'accusant d'être un fainéant, un incapable. Que faisait-il, lui ? Inscrit à l'université où il ne mettait jamais les pieds, il traînait dans les rues de Paris à toute heure du jour et de la nuit, son appareil photo et ses deux objectifs à bagues chromées en bandoulière, comme un malheureux romanichel. « Ah, mais je suis un saltimbanque de l'image », répliquait-il, avant de lui lancer un coussin à la tête.

Lorsqu'elle avait quitté la rue de Messine pour emménager dans un petit appartement au troisième étage de la rue Cambon, il s'était approprié sa chambre de jeune fille, dont il avait condamné la fenêtre pour la transformer en chambre noire. Il y passait des heures à réaliser des planches-contacts et à découper des pellicules. « Ça sent drôlement mauvais ! » avait-elle dit un jour, en reniflant les relents chimiques qui lui piquaient le nez. « Moins que tes bêtes mortes ! » avait-il rétorqué.

Quelques semaines auparavant, redoutant l'avenir, elle s'était confiée à son père. Maxence rejetait le métier de sa famille. Rien ne l'excitait ni ne l'enthousiasmait. Il ne cachait pas une certaine répugnance pour les pelleteries ni son désintérêt pour les créations. Avec son pantalon en toile et sa veste en velours râpé, il se moquait des élégances parisiennes. Camille pressentait qu'il était en quête d'autre chose, mais que cherchait-il avec ce regard fiévreux ?

« Il déteste ce métier, papa ! Il ne travaillera jamais avec nous. Est-ce que tu ne peux pas l'accepter une fois pour toutes ? » Le visage d'André s'était affaissé, son regard avait vacillé, et elle avait été heurtée de lui découvrir ce chagrin. Ne comptait-elle pas à ses yeux ? C'était elle, l'héritière, elle, la passionnée ! « Pourtant, son père est fourreur lui aussi. Il devrait avoir le métier dans le sang », avait-il murmuré, les yeux perdus dans le vague.

Camille était restée tétanisée. Quel était le sens de cette étrange remarque ? Son cœur s'était mis à battre si fort qu'elle n'entendait plus rien. Brusquement, comme s'il réalisait qu'il n'aurait jamais dû se trahir, André s'était levé, les pommettes rouges, prétextant qu'il devait monter voir Duteil. Cette gêne subite avait confirmé les soupçons de Camille. N'osant pas l'interroger sur un sujet aussi délicat, les bras ballants, elle s'était contentée de le suivre des yeux alors qu'il s'enfuyait du bureau. Depuis, sa remarque ne cessait de la hanter.

Son frère Maxence, le fils d'un autre ? Depuis quand son père le savait-il ? Comment avait-il deviné ? D'un seul coup, les griefs de l'enfance avaient pris des proportions immenses dans son souvenir. Pourquoi André s'était-il toujours montré aussi tolérant envers lui ? L'affection que portait son père au jeune homme lui semblait injuste. Maxence n'avait droit à rien et il n'avait besoin de rien, puisqu'il possédait déjà tout l'amour et toute la tendresse de Valentine.

Qui sa mère avait-elle pris comme amant ? Elle s'était mise à scruter Valentine avec une méfiance encore plus grande, à chercher dans les traits de Maxence à qui il pouvait ressembler.

Mais quelques semaines plus tard, son père avait eu une attaque cardiaque et, depuis, tout cela lui semblait dérisoire.

Elle devinait que Maxence ne siégerait jamais autour de cette table ovale. Tôt ou tard, lorsque son père les aurait quittés, les administrateurs seraient bien obligés d'accepter le fait qu'elle était leur seul patron.

Elle posa les mains à plat sur la table.

— À chaque jour suffit sa peine, messieurs, conclut-elle d'un ton ferme. Veuillez m'excuser, mais je dois rentrer chez moi pour veiller mon père.

Ils se levèrent. En quittant le bureau, Camille perçut le poids de leurs regards.

Lorsque Sergueï Ivanovitch Volkov arriva devant la Maison Fonteroy, boulevard des Capucines, il trouva porte close. Un large bandeau de crêpe noir barrait l'entrée de haut en bas. Un carton blanc bordé de noir avait été fixé par une cordelette à hauteur des yeux : « Du fait de la disparition de M. André Fonteroy, la Maison Fonteroy sera fermée cet après-midi à partir de trois heures pour les obsèques. »

Il se pencha vers la vitre, une main ombrant ses yeux, et regarda à l'intérieur. Dans le grand hall d'entrée, les lustres étaient allumés, mais la pièce était déserte, comme suspendue dans le temps. Vendeuses, employés, tous devaient être à l'enterrement.

— Si vous voulez y aller, c'est à deux pas, à la Madeleine.

Sergueï se retourna. Une femme replète en tablier blanc se tenait à côté d'une charrette remplie de bouquets de fleurs. Elle le dévisageait, les poings sur les hanches, avec cette franche curiosité et cette impertinence parisiennes qui ne cessaient de le surprendre depuis son arrivée le matin même.

— Vous êtes pas d'ici, vous ! fit-elle d'un air goguenard.

— À quoi le voyez-vous, madame ? s'enquit-il, amusé.

Elle se tapota le nez.

— Le flair, mon brave monsieur. Ça fait trente ans que j'arpente ce quartier avec mes fleurs et j'ai toujours su reconnaître les étrangers. Mais vous avez pas la dégaine d'un Américain, ajouta-t-elle en fronçant les sourcils, et Sergueï eut le sentiment incongru mais désagréable que son élégance vestimentaire laissait à désirer. D'où c'est que vous venez ?

— D'Union soviétique.

— Mazette ! s'exclama-t-elle, les yeux ronds. V'là un bout de temps que j'avais pas croisé un Russe. Bon, allez, j'ai pas que ça à faire.

Elle empoigna les bras de la charrette.

— Attendez, madame. Vous avez dit que l'enterrement était à la Madeleine. C'est par où ?

— Un peu plus loin, sur votre droite. La grande église avec les colonnes.

— Combien pour ces fleurs blanches ? demanda-t-il en cherchant de la monnaie dans sa poche.

— Si c'est pour aller voir monsieur André, je vous le donne de bon cœur. Lui, il m'achetait toujours des fleurs quand j'le croisais.

Elle lui fourra le bouquet dans la main. Sergueï la remercia et partit à grandes enjambées dans la direction qu'elle lui avait indiquée.

Nerveux, il marchait droit devant lui, heurtant parfois d'une épaule un flâneur distrait. Les Parisiens rouspétaient, Sergueï murmurait un mot d'excuse. Il se sentait étourdi par la vivacité de cette ville qu'il découvrait pour la première fois, et l'image de Camille s'imposait dans son esprit comme un refuge qu'il devait trouver au plus vite.

Ce voyage impromptu l'avait dérouté. Quinze jours auparavant, il avait été convoqué dans le bureau de son directeur. Comme à son habitude, Kostia Pétrovitch Doubrovine tirait sur sa pipe, le front bas ourlé de soucis, le nez saillant dans un visage ténébreux. Le poil dru et noir, le corps trapu semblaient vouloir résister aux aléas d'une vie qui pouvait s'interrompre à tout moment. En Union soviétique, personne n'était jamais à l'abri d'une dénonciation. Le plus souvent, sur la foi d'accusations infondées, un jugement expéditif vous condamnait à un voyage en wagon à bestiaux et à quelques décennies de camp dans l'une des parties les moins hospitalières de la Sibérie.

Un soir, après avoir trop bu, Doubrovine s'était confié à son collaborateur préféré : « Tu sais quoi, Sergueï Ivanovitch, tous ces "petits peuples du Nord", les Bouriates du Baïkal, les Iakoutes de Sibérie orientale, ou encore les Khantys et les Mansis qui élevaient tranquillement leurs rennes et vénéraient leurs ours, payaient autrefois au tsar leur tribut en zibelines. Les colonisateurs russes gardaient en otage leurs fils et leurs chamanes pour bien s'assurer d'être payés. Aujourd'hui, c'est tout le peuple russe qui est devenu otage, et l'*iasak* versé au petit père des peuples est un impôt de larmes et de sang. » Sergueï l'avait écouté en silence. Pour bien moins que cela on vous condamnait à une mort probable dans les mines de charbon du Kazakhstan, à moins de vous expédier dans l'enfer de la Kolyma où, selon le dicton, « l'hiver dure douze mois, et tout le reste, c'est l'été ».

Ce jour-là, tassé sur son fauteuil derrière le bureau recouvert de feutrine verte, Doubrovine lui avait fait signe de s'asseoir.

« Tu pars pour Paris, camarade Volkov, avait-il lancé à brûle-pourpoint, une lueur amusée dans son regard sombre. Staline est mort mais les affaires continuent. Notre Guide suprême tant regretté avait promis l'an dernier un cadeau de bargouzines à l'impératrice d'Iran, poursuivit-il sur un ton ironique. L'or noir de l'un contre l'or noir de l'autre. Nos plus belles zibelines pour une concession pétrolière. Ainsi va l'avenir... Tu es chargé de remettre ce cadeau en mains propres à la maison parisienne choisie par les Iraniens pour exécuter le manteau.

— Moi ? Mais pourquoi ? »

Après avoir rallumé sa pipe, Doubrovine lui avait expliqué qu'il aurait dû accomplir le voyage lui-même, mais qu'il ne pouvait pas s'éloigner pour le moment. Une âpre compétition s'était développée entre lui et son principal rival pour la suprématie de l'Union de la fourrure. Doubrovine avait des relations, il savait qu'il allait emporter le morceau, mais il ne voulait pas prendre le risque d'être poignardé dans le dos.

« Par ailleurs, je déteste prendre l'avion. Et puis, je n'aurai aucune difficulté à demander que tu me remplaces puisque tu es un protégé de notre camarade Khrouchtchev, n'est-ce pas ?

— Pas vraiment », se méfia Sergueï, sachant qu'il valait mieux éviter de se faire coller une étiquette car toute connivence avec un homme politique pouvait se retourner un jour ou l'autre contre vous.

« Je reconnais bien là ta prudence, Sergueï Ivanovitch, mais crois-en mon expérience, ton ami le nouveau secrétaire du Parti occupe un poste clé. Désormais, il contrôle les comités régionaux, le cœur même du comité central. Le gouvernement a dénoncé les abus des années précédentes, dissous le secrétariat particulier de Staline, ordonné une amnistie... De toute façon, ils n'ont pas le choix : la situation économique est si dramatique qu'ils sont obligés de prendre des mesures. »

Sergueï avait hoché la tête, un peu surpris, mais il avait confiance en Doubrovine. Ses deux fils étaient tombés à Leningrad en défendant la ville contre les troupes hitlériennes, sa femme et sa fille y étaient mortes de faim. Aux yeux de Doubrovine, Sergueï était le symbole de la victoire remportée sur l'oppresseur nazi et il en avait fait son fils spirituel. La plupart des combattants héroïques du front étaient drapés dans une reconnaissance quasi religieuse. Une fois par an, par fidélité, Sergueï rendait visite au général Tchouïkov dans sa datcha aux environs de Moscou. Il se sentait davantage protégé par la bienveillance du commandant en chef des forces russes de l'intérieur que par l'amitié d'un politicien comme Nikita Khrouchtchev.

Pourtant, Sergueï avait redouté ce voyage dans un pays capitaliste ennemi. Un déplacement en Occident vous marquait au fer rouge. Le sésame n'était accordé qu'à de rares privilégiés et l'on ne se déplaçait jamais seul mais en groupe où était toujours infiltré un informateur. Devinant son trouble, Doubrovine avait souri : « Dis-toi que rien n'a changé depuis la Grande Catherine, avait-il plaisanté. En 1785, elle ne permettait qu'à la noblesse de voyager à l'étranger. Te voilà donc aristocrate, Sergueï Ivanovitch. » Mais une fois son passeport et son visa en poche, l'espoir de voir Camille avait balayé toutes les appréhensions.

Il déboucha sur une vaste place dominée par une église imposante aux colonnades antiques. Visiblement, la cérémonie venait de se terminer. Six hommes en noir émergeaient de l'église, le cercueil sur les épaules. Deux prêtres en chasubles brodées se tenaient de part et d'autre des portes ouvertes. On entendait résonner les accords de l'orgue.

Des grappes de jeunes femmes, les yeux rougis, se serraient les unes contre les autres telles des volées de moineaux, des mouchoirs froissés entre les doigts. Quelques hommes à la mine sérieuse, la casquette à la main, se tenaient derrière elles. Au pied des marches attendait le corbillard. On sortait des couronnes de fleurs ornées de bandeaux violets aux lettres d'or. Derrière les grilles, les passants s'arrêtaient. Les hommes retiraient leurs feutres, les femmes se signaient.

Une femme en grand deuil apparut derrière le cercueil. Sous le voile noir, on ne décelait pas son visage. À sa gauche, un jeune homme élancé aux cheveux noirs et au regard bleu distant lui donnait le bras, mais elle ne s'y appuyait pas.

Puis Sergueï l'aperçut. Elle portait une mantille de dentelle noire, mais son visage était nu, offert aux regards, splendide et vulnérable. Elle s'arrêta en haut de l'escalier, un peu à l'écart, et suivit des yeux le cercueil de son père qui glissait lentement le long de ces marches sans fin.

*Elle est affamée*, songea-t-il, le cœur serré. *Affamée d'amour et de tendresse.* Et il eut le désir d'apaiser cette soif inassouvie qu'on lisait sur les traits figés de la jeune femme.

Au même moment, comme par instinct, le regard de Camille quitta le cercueil de son père et croisa celui de Sergueï. Elle blêmit un peu plus. Inquiet, il s'élança sur l'escalier, gravit les marches deux par deux, s'approcha d'elle et lui saisit le bras. Elle vacilla légèrement, le dévora du regard.

— Qu'est-ce que tu fais là ? murmura-t-elle.

— Je voulais te faire une surprise. Je suis désolé... Je ne savais pas... Tiens, c'est pour toi. Enfin, pour ton père.

Elle prit le bouquet rond de pensées blanches. Il l'avait serré si fort que les tiges étaient froissées.

— Je... je n'en reviens pas que tu sois là...

— Moi non plus. On m'a envoyé à la place de quelqu'un d'autre. C'est fou, non ? Je suis arrivé ce matin...

Il s'interrompit brusquement, comprenant qu'il parlait à tort et à travers. Elle ne l'écoutait pas, mais elle ne le quittait pas des yeux. Il devina à la crispation douloureuse de son corps qu'elle luttait pour ne pas s'enfuir. Il admira sa dignité. Il fut saisi par l'envie folle de la prendre par la main et de l'emmener à l'autre bout du monde, par les sentiers perdus qui menaient à son village. Aucun chagrin ne pouvait résister à la puissance envoûtante de son pays natal, à ses ciels infinis, à ce continent où la légende racontait que Dieu, les mains pleines d'or et de pierres précieuses, avait eu si froid qu'il avait desserré les poings.

Il s'aperçut soudain qu'on les dévisageait avec curiosité. Les regards des hommes et des femmes sortis de l'église le mirent mal à l'aise. Il avait reçu le monde occidental telle une gifle en pleine figure. L'abondance des journaux dans les kiosques, la foule d'articles sur les étagères des magasins, la sérénité orgueilleuse des citadins... Ce parfum de liberté lui donnait le tournis, or toute société possédait ses rituels. On était toujours prisonnier de quelque chose et, à ce moment précis, Camille se devait de respecter les us et coutumes de la bourgeoisie parisienne.

— Demain, Camille, murmura-t-il en russe. Je viendrai te voir demain soir, à neuf heures, chez toi.

Puis, la tête basse, il dévala les marches.

Une heure plus tard, Camille se tenait dans le salon de l'avenue de Messine. Autour d'elle, une vingtaine de personnes arboraient des visages graves et des sourires embarrassés, attentifs à la tristesse des autres comme pour y mesurer l'intensité de leur propre chagrin. Celui de Camille était insondable. Elle avait pourtant cru s'être préparée de son mieux à la disparition de son père, mais maintenant qu'il n'était plus, elle se sentait partir lentement à la dérive.

Debout près de la fenêtre, elle essayait en vain de se concentrer sur ce que lui disait sa marraine. Odile parlait avec son emportement habituel, mais Camille voyait remuer ses lèvres rouges sans comprendre une seule parole. Un peu plus loin, Pierre Venailles promenait sur l'assistance son regard caustique. Son séjour en prison ne semblait pas l'avoir affecté outre mesure. Il montrait un appétit de vie qui laissait entendre que sa fortune retrouverait bientôt des couleurs. Camille préférait l'éviter. Elle ne lui pardonnait pas son comportement pendant la guerre, mais, d'une certaine façon, elle lui enviait son détachement et sa dérision. Parfois, si l'on prenait la vie de haut, elle devenait plus supportable.

Elle fut soulagée lorsque sa marraine lui déposa un baiser sur la joue avant de s'éloigner. Puis, un peu désemparée, elle chercha sa mère des yeux.

Il se penchait légèrement vers Valentine, à la fois soucieux et vigilant. Le corps de sa mère, d'habitude si droit et rigide, s'inclinait imperceptiblement vers le sien. Ils se parlaient à mi-voix. Il était vêtu d'un élégant complet foncé à veston croisé. Au revers, la rosette de la Légion d'honneur, à son bras, le brassard noir de deuil. Ses longues mains intelligentes tenaient une cigarette et une fine à l'eau. C'est alors que Camille eut la certitude qu'Alexandre Manokis était le père de son frère.

D'un seul coup, tout s'expliquait, et notamment pourquoi, pendant la guerre, quand elle était allée prendre des nouvelles d'Alexandre rue de Trévise, elle avait trouvé sa mère à son chevet. Attentive et tourmentée. En la voyant, Valentine avait réagi avec colère et, sur le moment, Camille n'avait pas compris. Ainsi, sa mère avait tiré Alexandre des griffes de la Gestapo, elle l'avait sauvé et soigné non pas par idéalisme ou amitié, mais avec la détermination d'une femme amoureuse.

*Et papa le savait*, pensa Camille, *mais quand a-t-il deviné* ? *En a-t-il souffert ? Comment ose-t-elle inviter son amant à la maison alors que papa vient de mourir ?*

Sa rancœur la rendait injuste. Manokis était devenu une figure incontournable de la fourrure parisienne. Chacun savait qu'il avait fait ses premières armes à la Maison Fonteroy lors de son arrivée à Paris et qu'André lui avait donné l'occasion de remporter la médaille d'or à l'Exposition de 1937. Une distinction qui avait lancé sa carrière. Chacun savait aussi que Valentine lui avait sauvé la vie pendant la guerre. On se serait étonné de son absence.

Au fond du salon, Maxence discutait avec Odile. Son visage s'était animé, il parlait avec les mains. Probablement de photographie, comme d'habitude. Camille les détailla, le père et le fils. Maintenant qu'elle savait, la filiation sautait aux yeux. Elle éprouva un mouvement d'humeur. Elle aimait bien Alexandre Manokis. Elle le trouvait sympathique et admirait son talent, mais de l'imaginer avec sa mère... Dorénavant, elle ne pourrait plus le contempler de la même manière. Pleine d'amertume, elle songea que sa mère venait de lui gâcher une amitié.

Des points noirs dansèrent devant ses yeux. Brusquement, elle eut l'impression d'étouffer. Elle se faufila parmi les amis qui cherchèrent en vain à la retenir pour lui présenter leurs condoléances. Dans l'entrée, elle prit son sac et ses gants et s'enfuit de l'appartement. Seuls sa jupe étroite et ses talons aiguilles l'empêchèrent de courir.

Pierre Venailles avait observé le départ précipité de Camille. La jeune femme était visiblement bouleversée par la mort de son père. Les joues creuses, le teint pâle, elle avait des gestes fébriles, effleurant sans cesse d'une main nerveuse une broche au revers de son tailleur. Ses yeux clairs qui ressemblaient tant à ceux de sa mère étaient chargés d'orages.

Quant à lui, il cachait une émotion trouble. Curieusement, la mort d'André l'avait touché et il s'en voulait de cette faiblesse. Il se tourna pour regarder Valentine et esquissa un sourire ironique. Il eût fallu qu'il fût mort lui aussi pour ne plus ressentir cet émoi chaque fois qu'il la voyait.

Ciselée dans son tailleur noir, elle ressemblait à une ombre chinoise et elle s'était profilée sur sa vie avec la même précision.

Il repensa au jour où elle était venue lui demander de sauver son amant. Son instinct avait fait merveille. Elle connaissait ses relations avec les Allemands, mais elle ne savait rien de *La Mal-Aimée*. Pourtant, elle l'avait forcé à voler au secours d'un homme qu'il aurait dû laisser croupir dans les geôles de la Gestapo pour avoir réussi là où il avait échoué. Il se demandait encore ce qui l'avait poussé à se montrer magnanime. Elle n'avait rien promis en échange. C'était probablement sa plus grande force. Valentine Fonteroy était de ces femmes dont on reste prisonnier parce qu'elles ne donnent jamais rien d'elles-mêmes.

— Je tenais à vous dire merci, fit une voix profonde derrière lui.

Pierre sursauta. Un homme le contemplait d'un air grave.

— Pardon ?

L'inconnu lui tendit la main.

— Manokis. Il y a quelques années, vous m'avez tiré d'un très mauvais pas. Je n'ai jamais eu l'occasion de vous remercier.

En lui serrant la main, Pierre s'aperçut qu'en effet il n'avait jamais rencontré Alexandre Manokis. *Comme c'est curieux*, songea-t-il, *j'avais pourtant l'impression de le connaître*. Désormais, l'amant de Valentine avait un visage. C'était irritant, car maintenant qu'il était de chair et de sang, Manokis en devenait banal.

— Ce n'était rien, je vous en prie, fit-il, agacé.

— Pour vous peut-être. Pour moi…

Alexandre eut un sourire qui n'arriva pas jusqu'à ses yeux. Puis il se détourna sans ajouter un mot. Pierre le regarda quitter le salon.

Elle n'eut rien besoin de dire, il respira son parfum et devina que Valentine se tenait derrière son épaule.

— Je me demande ce qu'elle est devenue, dit-il à mi-voix.

— Qui ? demanda Valentine.

— *La Mal-Aimée*. Est-elle accrochée dans un salon de Hambourg, de Francfort ou de Munich ? Offerte en pâture aux regards bovins de quelques buveurs de bière…

— Je vous ai connu moins méprisant avec ces malheureux Allemands.

— Je croyais que les Boches étaient vos ennemis mortels. Autrefois, leur seule pensée inspirait chez vous la révolte et la haine.

Elle réfléchit un instant.

— Je ne les aime toujours pas, mais je ne les hais plus. Depuis qu'ils ont perdu leur âme, ils me font pitié… C'est pire.

— Ainsi, vous ne voyez plus la vie en noir et blanc. Les méchants d'un côté, les bons de l'autre. Seriez-vous devenue sage, Valentine ?

— Non, Pierre, je suis devenue veuve.

Un homme s'approcha d'elle pour lui présenter ses condoléances, aussitôt suivi d'une femme en robe sombre, une voilette sur les yeux. Valentine fut irrésistiblement entraînée vers l'autre bout de la pièce. *Elle l'a donc aimé*, songea Pierre. *Elle a aimé André, qui l'eût cru ?*

Le lendemain, la lecture du testament eut lieu chez le notaire en fin de matinée. Camille alla ensuite déjeuner avenue de Messine. Maxence s'était excusé. Visiblement, il préférait éviter un repas avec sa mère et sa sœur. L'atmosphère était tendue. Camille avait sa tête des mauvais jours.

Par-delà la tombe, son père lui avait joué un drôle de tour. Selon le testament, ses deux enfants héritaient de la Maison à parts égales, mais Camille en assurerait la direction jusqu'à ce que Maxence eût choisi son avenir. Elle n'avait pas pu s'empêcher d'éprouver un sentiment de trahison en écoutant le ton monocorde du notaire. Pourquoi son père ne lui avait-il pas accordé les parts de la société dont il pouvait disposer librement, lui laissant ainsi les mains libres pour diriger l'entreprise comme elle l'entendait ? Ne lui faisait-il pas confiance ? Il voulait une égalité scrupuleuse entre ses deux enfants. C'était injuste. Non seulement Maxence ne s'intéressait pas à la Maison, mais il n'était même pas son fils. Ah, mais il porte le nom Fonteroy ! lui susurrait une petite voix perfide.

Pendant le déjeuner, les deux femmes parlèrent de choses et d'autres, avec ce ton un peu crispé et faussement enjoué qu'elles employaient depuis que Camille était devenue adulte. Secrètement, Valentine avait espéré qu'avec le temps leur relation deviendrait plus sereine, mais les malentendus d'autrefois continuaient à distiller un poison subtil.

— Qui est cet homme qui est venu te parler après la messe ? demanda soudain Valentine en passant au salon.

La veille, lorsqu'elle était arrivée au bas des marches avec Maxence, elle s'était étonnée de ne pas trouver Camille à ses côtés. En se retournant, elle l'avait vue en haut de l'escalier, un bouquet de fleurs blanches à la main, parlant avec un homme qui lui serrait le bras d'un air intense. Elle avait eu le temps d'être frappée par la haute silhouette qui dominait Camille d'une tête, avant qu'il ne disparaisse dans la foule.

Camille regarda sa mère verser le café dans les tasses en porcelaine. Petite fille, elle en avait cassé deux en renversant un plateau. La voix exaspérée de son père résonna à ses oreilles : « Camille, je t'avais demandé de ne pas courir dans le salon ! » Il lui sembla qu'elle respirait à nouveau le parfum des lilas qui embaumaient la pièce ce jour-là. Depuis sa disparition, le moindre objet, la moindre sonorité faisaient ressurgir du fond de sa mémoire des souvenirs inédits. C'était épuisant d'être ainsi à la merci de ses émotions. Elle ne s'était jamais sentie aussi transparente.

— Camille ! reprit sa mère sur un ton un peu irrité. Cet homme, qui était-ce ?

— Je l'ai rencontré à Leipzig après la guerre, puis je l'ai revu lors de mon premier voyage à Leningrad. C'est un responsable de la *Sojuzpushnina*, leur Union de la fourrure. Adolescent, il était trappeur en Sibérie. Il a fait une guerre exceptionnelle à Stalingrad. En Russie, c'est un héros.

— Un Soviétique, s'étonna Valentine, un rien méprisante. Probablement un espion puisqu'il voyage en Occident.

Staline était mort en mars, six mois plus tôt, mais elle ne se faisait guère d'illusions sur la volonté du régime communiste d'accorder aux peuples le droit à disposer d'eux-mêmes. D'après ce qu'elle lisait dans les journaux, avec son culte de la personnalité et ses drapeaux rouge sang frappés de la faucille et du marteau, brandis par une foule docile et enthousiaste, l'Union soviétique avait des relents de III^e^ Reich.

— Nous ne parlons pas de politique, maman.

— Et comment s'appelle cet illustre inconnu ? reprit-elle en tendant une tasse à sa fille.

Camille y ajouta un sucre.

— Sergueï Ivanovitch Volkov.

Alertée par le ton de sa voix, Valentine la scruta d'un air attentif. Camille était devenue étrangement calme. Tout son corps se concentrait sur la cuillère qui tournait dans la petite tasse en porcelaine avec un cliquetis irritant. Elle avait baissé les yeux.

Valentine observa les lèvres rouges, les paupières délicatement fardées sous l'aile sombre des sourcils, les cheveux retenus sur la nuque par un nœud de satin. *Quand est-elle devenue une femme ?* se demanda-t-elle, interloquée. Elles portaient toutes deux des tailleurs noirs aux longues jupes fuselées, des perles autour du cou, un sautoir pour Valentine, un ras-de-cou baroque pour Camille. *On dirait deux corbeaux assis sur un fil de fer*, songea-t-elle, et elle réprima un fou rire nerveux.

— Tu sembles bien le connaître. En quelle langue vous parlez-vous ?

— Le plus souvent en français, parfois en russe.

— Tu as appris le russe ?

— Oui. Je prends des cours. Mais Sergueï se débrouille très bien dans notre langue.

Comment un jeune Soviétique pouvait-il parler le français ? s'étonna Valentine. Elle aurait compris s'il s'était agi d'un rejeton d'une famille patricienne qui aurait échappé par miracle aux purges et à l'exil, mais un Sibérien ? Ce continent au-delà de l'Oural évoquait chez elle les bribes confuses d'un Transsibérien mythique, de villes telles Omsk et Tomsk aux consonances ombrageuses, et d'un Michel Strogoff à qui l'on avait brûlé les yeux en représailles.

Elle se rappela vaguement qu'un représentant de la Maison y avait été pendu par les bolcheviques pendant la révolution.

Et puis, il y avait Léon, bien sûr, qui avait disparu là-bas, si loin qu'on n'avait jamais pu partir à sa recherche. C'était étrange qu'un inconnu venu de Russie surgisse soudain sur le parvis de la Madeleine alors que le notaire avait justement évoqué son beau-frère le matin même, en lisant le testament d'André. « En l'absence de mon frère Léon, disparu en Russie avant la Grande Guerre, et dont la Maison Fonteroy n'a jamais cessé de regretter la disparition prématurée, je lègue à mes deux enfants, à parts égales, l'entreprise familiale... » Elle songea qu'il y avait quelque chose de l'Atlantide dans cette Sibérie lointaine et elle doutait qu'il pût en sortir quelque chose de bien.

— À voir la manière dont tu le dévorais des yeux, on pouvait se poser des questions sur votre relation. Tu ferais mieux de te trouver un mari et d'avoir des enfants, Camille. Le temps a la fâcheuse manie d'accélérer avec les années. Tu n'es plus si jeune, tu sais.

Camille se raidit, saisie d'un élan de colère. C'était une lutte incessante avec sa mère, depuis toujours. Enfant, elle avait dû se battre pour capter son attention, jeune fille, pour obtenir le droit de faire son apprentissage, et enfin, adulte, pour devenir le bras droit de son père. Sa mère trouvait toujours à redire. Rien chez sa fille n'avait jamais trouvé grâce à ses yeux.

— Pourquoi est-ce toujours si compliqué avec toi, maman ?

— Que veux-tu dire ?

— Jamais tu n'as cherché à comprendre ce que je ressentais. Tu me tiens à l'écart depuis mon enfance, comme si j'étais une étrangère qui aurait débarqué dans ta vie par un hasard malheureux. Une étrangère plutôt encombrante. En ce qui me concerne, tu n'as jamais rien compris à rien. Et tu ne t'es jamais donné la peine d'essayer.

Sa mère la dévisagea, les sourcils arqués, une expression distante sur son visage parfait. Camille frissonna, prenant conscience que sa mère l'avait toujours glacée.

— Tu exagères. Comme toujours. Je ne pense pas que...

— Papa non plus, tu ne l'as jamais vraiment aimé, n'est-ce pas ? Alors qu'il t'adulait. Il était trop gentil, trop faible. Un homme conquis d'avance, une proie facile.

Choquée par le ton accusateur, Valentine lui jeta un regard appuyé.

— Je t'en prie, Camille. Je ne suis pas une mante religieuse. Je ne mange pas les hommes.

— Vraiment ? Et le père de Maxence ?

Sa mère blêmit.

— De quoi parles-tu ? demanda-t-elle d'une voix soudain voilée, en reposant lentement sa tasse.

— Maxence n'est pas un Fonteroy, n'est-ce pas ?

Les yeux pâles ne cillèrent pas. C'est à peine si le menton se releva, si les narines palpitèrent.

— Tu as perdu la tête, ma pauvre enfant.

Camille lâcha un rire amer. Elle se leva d'un bond et s'approcha de la fenêtre entrebâillée. Un coup de vent emporta quelques feuilles jaunies des marronniers. Le soleil lui réchauffa le visage, mais elle se sentait toujours aussi gelée.

— Il est le fils d'Alexandre Manokis, n'est-ce pas ? J'aurais dû le deviner à l'époque, pendant la guerre, mais j'étais trop jeune, trop aveugle. Je me demande si tu ne m'as jamais aimée parce que je suis la fille de mon père et non pas l'enfant de ton adultère...

— Camille, je t'interdis !

Elle fit volte-face, prête à l'affrontement. Sa mère s'était levée. Elle se dressait, le corps tendu, toute raide dans son tailleur noir.

— Ne t'inquiète pas, maman, se moqua-t-elle, prenant un malin plaisir à lui infliger ce trouble. C'est une chose assez courante dans les bonnes familles. L'enfant illégitime, adultérin... Plutôt banal, non ? Même papa le savait. Dieu sait comment, d'ailleurs... J'espère au moins que tu as pris du bon temps.

En deux enjambées, Valentine fut près d'elle. La gifle claqua. Camille sentit une boucle d'oreille se détacher. Ses yeux revinrent lentement chercher ceux de sa mère. Elle ne lui fit pas le plaisir de porter la main à sa joue enflammée.

— Je vais oublier cette conversation, Camille, siffla Valentine à mi-voix. Je vais la mettre sur le compte de l'émotion de ces derniers jours. J'avais remarqué chez le notaire que la décision de ton père de vous laisser la Maison à parts égales, à toi et à ton frère, t'a agacée. La jalousie se lisait sur ton visage. Tu te crois investie d'une mission en ce qui concerne la Maison Fonteroy. Tu possèdes l'intransigeance et le zèle des passionnés, mais méfie-toi, Camille, et c'est moi, ta mère, qui te donne ce conseil : toute passion est dangereuse. On s'y perd. On perd les autres aussi.

Camille resta immobile. Un frémissement nerveux lui parcourait le corps. Elle eut la pensée fugitive et absurde que si elle tendait la main vers sa mère, si elle la touchait, Valentine éclaterait en mille morceaux, comme un miroir trop fragile.

Hébétée, elle se baissa lentement et chercha sa boucle d'oreille. Pour la première fois de sa vie, elle se demanda si elle ne ferait pas mieux de tout abandonner. Elle se sentait tellement misérable, presque honteuse, à tâtonner ainsi à genoux aux pieds de sa mère. Sa vue se brouilla. Elle refoula ses larmes. Jamais elle ne lui ferait le plaisir de pleurer ! Elle trouva l'anneau parmi les plis du rideau. Le ressort était cassé. Lorsqu'elle se releva, sa mère était partie.

*Il faut que je sorte d'ici*, songea-t-elle. Elle avait le cœur chaviré, un goût amer dans la bouche. Elle prit son étole noire posée sur une chaise. Puis elle quitta le salon, traversa le vestibule et referma la porte de l'appartement derrière elle.

Dans la bibliothèque voisine du salon dont la porte était restée entrouverte, adossé au mur tel un voleur pris au piège, Maxence serrait les poings.

En fin de journée, alors que le crépuscule creusait des ombres dans les rues, Valentine émergea de l'abattement dans lequel elle était plongée depuis sa querelle avec Camille.

Elle se leva du fauteuil avec précaution, comme si un geste trop vif eût pu la blesser, et alluma une lampe dans sa chambre. L'appartement était tranquille. Les domestiques avaient pris leur demi-journée de congé. Le silence dense, dépourvu de grincement de porte ou de talons martelant le parquet, rappelait ces sommeils paralysants dont on s'extirpe avec le plus grand mal. Ces sommeils qui sont un avant-goût de la mort.

Depuis la disparition d'André, elle se sentait engourdie. Ses gestes étaient lents, mécaniques. La nuit, elle restait allongée sur le côté, les poings serrés comme pour se protéger. Elle ne s'assoupissait qu'à l'aube et des rêves confus venaient alors la tourmenter. Son corps se refusait obstinément à pleurer et elle attendait les larmes comme la terre assoiffée espère la pluie, avec humilité.

La violence de Camille l'avait choquée. Jamais elle n'aurait pensé voir une pareille aversion dénaturer le visage de sa fille. Ce caractère entier était pourtant son plus grand défaut. Lorsqu'une émotion l'emportait, elle s'y jetait à corps perdu. Quelqu'un de plus timoré prenait le temps de réfléchir, discernait des nuances, des subtilités qui échappaient parfois à la jeune femme. Mais elle était sauvée par son intuition, ce flair presque animal qui lui évitait de trop se tromper. C'était peut-être la seule chose qu'elle eût héritée de sa mère.

Leur entente n'avait jamais été facile. Entre elles, il n'y avait pas eu de complicité innée, de ces tendresses naturelles qui vous sont accordées comme un cadeau. Elles avaient toujours marché à contretemps. Autrefois, Valentine s'était agacée que Camille fût toujours en attente d'affection. Cette exigence d'amour l'étouffait, elle avait su d'emblée qu'elle n'aurait pas la force d'y répondre. Le regard de sa fille, lourd de reproches silencieux, lui avait donné le sentiment pénible qu'elle lui faisait défaut. Elle avait souvent dû détourner les yeux et elle s'en était irritée. Pourtant, elle n'avait pas cherché à comprendre pourquoi elle la fuyait. À l'époque, si quelqu'un lui en avait fait la remarque, elle aurait ri. De toute façon, les enfants n'étaient pas tellement importants, non ? Ils existaient. On leur avait donné la vie. À eux de se débrouiller avec.

Avait-elle été trop jeune pour répondre à l'avidité de sa fille ? Trop égoïste ou trop fragile ? Elle n'avait pas voulu faire l'effort de l'écouter, elle n'avait pas su comment s'y prendre. Plus tard, quand elle avait commencé à l'admirer pour la détermination qu'elle mettait à défendre ses choix, elle n'avait pas su trouver les mots et Camille, de son côté, avait été trop occupée à devenir adulte.

André, lui, avait tout de suite trouvé la clé de Camille. Il avait accepté les élans de la petite fille, les colères de l'adolescente. De temps à autre, elle les avait surpris, le père et la fille, assis au bord de la rivière à Montvallon ou dans le salon parisien, Camille déchaussée et pelotonnée sur le canapé, passant l'après-midi à discuter après un déjeuner dominical. Réfugiée dans sa chambre, elle avait écouté le murmure de leurs voix, parfois un éclat de rire, et elle avait découvert que sa fille pouvait être mélodieuse et sereine, apaisée et émouvante. André avait eu la patience de l'aimer et sa fille l'avait récompensé en lui dévoilant une douceur touchante, telle une grâce, que sa mère lui avait secrètement enviée car elle-même en était dépourvue.

Camille souffrait de la mort de son père, mais elle se trompait en croyant qu'elle, sa mère, n'éprouvait rien.

La nuit, Valentine avait l'impression que ses os allaient saillir de son corps, déchirer la peau de ses coudes et de ses genoux. Elle s'examinait parfois dans le miroir, étonnée de ne pas trouver de plaies béantes. Elle réalisait trop tard combien André avait compté dans sa vie. La vigilance généreuse et protectrice, le regard tranquille, le corps qui s'était arrondi avec l'âge. Depuis qu'il n'était plus, elle était la proie d'un étrange vertige, comme si, en s'évanouissant d'un seul coup, cet amour sans failles lui faisait perdre l'équilibre.

Elle qui avait toujours avancé dans la vie lestée de certitudes se découvrait désormais indécise et funambule. Son chagrin était une blessure à vif. Et voilà que Camille avait lancé cette accusation terrible : André aurait su que Maxence n'était pas son fils. Comment était-ce possible ? Pourquoi n'avait-il rien dit, rien laissé deviner ? Alors qu'elle s'était toujours crue insensible au repentir, la culpabilité lui mordait le cœur. Effrayée à l'idée de la souffrance qu'il avait dû ressentir, elle laissa échapper un gémissement.

D'un seul coup, elle envia à Camille sa détresse, car la douleur de sa fille était pure, dépourvue de remords, et donc appelée à s'apaiser un jour. La jeune femme avait pris le temps de dire à son père qu'elle l'aimait et André, au fil des années, avait eu le courage de l'écouter.

Peut-être était-ce cela qui lui avait fait défaut à elle ? Cette témérité d'accepter l'amour de l'autre. Lorsqu'on consent à être le dépositaire d'un amour, il faut aussi recueillir tout un monceau d'incertitudes, de chagrins et de tourments, et s'en montrer digne. Cette responsabilité, elle n'en avait pas voulu. Elle avait refusé de recevoir l'amour d'André, par crainte de le décevoir, par manque de confiance en elle. Pour laisser les autres vous aimer, ne fallait-il pas d'abord s'aimer soi-même ?

Les dernières heures, elle avait tenu la main de son mari dans la sienne, sentant la chaleur de la vie sourdre sous la peau parsemée de taches brunes. Puis, quand André s'en était allé, sans bruit, avec cette pudeur et cette discrétion qui étaient les siennes, Valentine avait lentement incliné le front sur sa main, sachant qu'elle avait manqué de courage, un courage qui n'était ni physique ni intellectuel, mais le simple courage de l'âme.

Elle ouvrit la porte sur le corridor et s'avança vers la chambre de Maxence. Le silence était si désespérant qu'elle avait besoin de parler à quelqu'un pour s'assurer qu'elle était encore en vie. Elle frappa à la porte. Pas de réponse.

Saisie par une angoisse irraisonnée, elle tourna la poignée et alluma la lumière. La chambre était parfaitement rangée. Les livres empilés sur la table de travail, les disques posés par terre à côté du phonographe fermé, quelques vêtements pliés sur une chaise. Elle respira l'odeur de son fils, un mélange d'eau de Cologne, de tabac et du parfum ambré de sa peau. Son cœur se serra. Elle avança de quelques pas. Inquiète. Irrésolue. Sur la table de chevet, une enveloppe blanche était posée contre le pied de lampe, de manière ostentatoire et dramatique.

— Mon Dieu..., murmura-t-elle.

Elle s'assit sur le bord du lit. D'une main fébrile, elle déchira l'enveloppe qui lui était destinée, déplia la feuille de papier blanc.

*Maman, je pars pour New York.* Paris-Match *m'y a envoyé en reportage. Je n'ai pas voulu t'en parler de vive voix, parce que je ne voulais pas voir ton visage quand tu apprendrais la nouvelle. Pardonne ma lâcheté, mais je dois partir. Je sais que le moment est mal choisi, mais je ne peux pas faire autrement. Je te donnerai de mes nouvelles. Quoi qu'il arrive, tu as Camille. Elle est plus forte que nous deux réunis. Maxence.*

Elle laissa glisser le mot entre ses doigts.

Lors des cérémonies du 14 Juillet, quelques mois plus tôt, des échauffourées avaient provoqué la mort de sept personnes. Par hasard, alors qu'il déambulait comme à son habitude dans la ville, Maxence s'était trouvé sur les lieux. Sitôt ses photos développées, il s'était rendu à *Match*, à deux pas des Champs-Élysées. Roger Thérond, le rédacteur en chef, avait trouvé le reportage excellent.

Ainsi, elle touchait le fond. Maxence était parti. Comment lui en vouloir ? À vingt et un ans, il avait fait son choix. Camille serait soulagée. Son frère prenait ses distances avec la Maison Fonteroy. Un rire nerveux s'étrangla dans sa gorge. Seigneur, elle qui se fichait éperdument de cette maison de fourrures, qu'elle aurait aimé qu'il en fût passionné comme sa sœur, qu'il se rende tous les matins boulevard des Capucines, qu'il fût toujours là, à portée de ses yeux !

Une lave incandescente courait dans ses veines. Brusquement, le téléphone sonna. Elle se précipita dans l'entrée, manqua de renverser le guéridon où trônait l'appareil en bakélite noire.

— Allô, oui ?

— Valentine ? C'est moi, Alexandre. Je voulais prendre de tes nouvelles.

Camille n'alluma pas la lumière. Autour d'elle régnait un silence opaque. La puissance sereine de l'immense bâtiment du boulevard des Capucines traversait les étages, le plancher, remontait le long de ses jambes, emplissait son corps d'un pouls lent et régulier qui battait à ses tempes.

Cette maison, elle la connaissait par cœur. De la chambre froide du sous-sol à la salle d'expédition, de la pièce des archives aux ateliers où les coupeurs préparaient les peaux, des salons avec leurs lustres à pampilles de cristal au corridor austère de ses ancêtres, elle aurait pu s'y déplacer les yeux fermés.

Par les hautes fenêtres, un croissant de lune éclairait les tables de travail. Les surjeteuses projetaient leurs ombres rondes et rassurantes le long du mur. Les tabourets étaient alignés au cordeau. On avait soigneusement rangé les étoles commandées par des clientes pour la Toussaint. Un drap sombre recouvrait les peaux clouées sur les tables pour les protéger des rayons lunaires, aussi redoutables que ceux du soleil.

La Maison Fonteroy était devenue son refuge depuis le jour où elle s'était endormie, épuisée, dans la petite pièce située sur sa droite, sur un manteau de zibeline et des couvertures de guanaco. Ce jour-là, elle avait parcouru les corridors et les escaliers, se faufilant comme une ombre à travers les bureaux et les salons. Elle s'était perdue mais elle n'avait pas eu peur, pas un seul instant.

Depuis toujours elle aimait cette quête des plus belles fourrures, la légère inquiétude qui lui venait lorsqu'elle se trouvait confrontée à une quarantaine de peaux à la fois si semblables et si différentes, la joie intense qui naissait au fur et à mesure qu'elle les accordait grâce à son savoir-faire, et qu'elle tirait une harmonie du désordre initial de couleurs et de textures, tel un musicien qui compose avec les instruments pour donner vie à sa symphonie. Elle veillait toujours à ne rien gaspiller ni à abîmer un cuir en laissant échapper sa lame. Elle agissait en silence, avec une certaine révérence, comme si elle rendait grâce à la beauté de la matière vivante. À regret, elle songea que ses nouvelles responsabilités ne lui laisseraient plus guère le temps de façonner elle-même un manteau.

Depuis la mort de son père, elle ressentait une lassitude si profonde qu'elle n'avait qu'une envie, dormir et dormir encore. Elle repensa à tous ces instants où il l'avait encouragée d'un regard, d'un mot, d'un sourire. Elle voyait encore l'étincelle s'allumer dans ses yeux quand elle venait à sa rencontre. Pas une fois elle n'avait douté de son amour et désormais il n'y avait plus personne pour la protéger. Elle ferma les yeux de douleur. Où donc était passé l'élan de la petite fille intrépide ? Elle lui enviait sa curiosité, son pas insouciant, ses certitudes.

Elle avança dans l'atelier, frôla une machine à coudre et des patronages pendus par un crochet à leur portant, buta contre un tabouret sur lequel reposait une pile de papier kraft en équilibre. Elle se sentait lourde et maladroite, comme écrasée par le poids d'une humiliation secrète, celle d'être envahie par des émotions qui l'étrillaient sans merci.

Lentement, elle leva la main et effleura sa joue. Elle se maudissait d'être encore si attachée à sa mère que la moindre remarque pouvait la faire souffrir. Elle aurait aimé se réveiller un matin, libérée de cet amour trop encombrant dont elle ne savait que faire puisque Valentine n'en voulait pas. Elle aurait aimé guérir de sa mère.

*Il serait peut-être temps que tu deviennes enfin adulte*, songea-t-elle.

Derrière elle, des pas montaient l'escalier.

— Mademoiselle Camille, vous êtes là ?

Elle prit une profonde inspiration.

— Oui, Duteil.

La silhouette du chef d'atelier s'encadra dans la porte.

— Je m'inquiétais. Il n'y avait plus de lumière dans votre bureau et le veilleur de nuit m'a dit qu'il ne vous avait pas vue partir.

— J'avais besoin d'être un peu seule.

— Bien sûr.

Elle se tourna vers lui. Les reflets de la lune faisaient miroiter sa blouse blanche.

— Il n'est pas un peu tard pour vous, Duteil ? Pour un peu, vous feriez un beau fantôme.

Il sourit, soulagé de l'entendre plaisanter.

— Je tenais à partir en même temps que vous, mademoiselle Camille. Parfois, on aime être seul quand les autres ne sont pas trop loin.

Elle hocha la tête. En passant près de lui, elle lui pressa le bras.

Dans l'escalier, elle sentit l'étau autour de son cœur se desserrer. Quelque part, une pendule sonnait. Les coups cristallins résonnaient dans les couloirs sombres. La voix acerbe de sa mère résonna à ses oreilles : « Tu n'es plus si jeune, tu sais… » Elle sourit : il était neuf heures et Sergueï l'attendait.

— À demain, Duteil, appela-t-elle en traversant l'entrée à grandes enjambées.

L'un des gardiens de nuit se tenait près de la porte dont on n'avait pas encore fermé la grille.

— Bonne nuit, mademoiselle Camille, fit-il en soulevant sa casquette.

— Bonne nuit, Maurice, répondit-elle, avant de franchir le boulevard parmi les éclats de lumière que projetaient les phares des voitures.

Sergueï quitta la chambre et s'avança pieds nus dans le salon. Derrière lui, allongée sur le lit, Camille dormait.

L'appartement était constitué de plusieurs pièces en enfilade. Le corridor, décoré d'un papier peint à fines rayures, menait à la cuisine qui donnait sur une arrière-cour. Il s'y versa un verre d'eau fraîche, puis revint au salon.

Sur un pan de mur, d'étroites colonnes torsadées rythmaient une bibliothèque qui montait jusqu'au plafond. Un désordre chaleureux régnait dans la pièce. Des dessins de manteaux recouvraient un bureau en métal gainé de cuir, des magazines féminins s'entassaient au pied d'un fauteuil paillé. La lumière tamisée des lampes au socle de bronze se reflétait dans un miroir à cabochons et dans un coin se dressait un étonnant luminaire en fer forgé. Il se sentait curieusement intimidé.

D'un doigt, il caressa le dos d'un coffret en argent martelé qui voisinait avec d'étranges coquillages nacrés. Une douceur tranquille émanait des rideaux céladon et du turquoise pâle d'un tapis persan. Chaque objet, chaque tonalité de couleur était réfléchie. Cette attention au détail le surprenait.

Chez lui, il n'y avait rien de tout cela. À Leningrad, il habitait un logement communautaire où il partageait avec trois familles la cuisine, la salle de bains et les commodités, mais il préférait encore résider à l'étroit au cœur de la ville historique plutôt que de se retrouver seul dans l'un de ces immeubles préfabriqués qui se construisaient dans les banlieues des cités soviétiques. Sa chambre était spartiate et fonctionnelle. Il n'avait pas besoin de grand-chose. Pendant six mois de l'année, il parcourait les différentes républiques de Sibérie, visitait les plus importantes fermes d'élevage de visons ou de zibelines, les centres de triage des fourrures, et rencontrait des trappeurs regroupés en coopératives.

Dans une cabane en rondins perdue au fond des bois, un thé amer lui brûlant la gorge, il discutait pistes, lignes de trappe et chiens de chasse avec ces hommes orgueilleux, obstinés et adroits. À force de sillonner le pays en traîneau ou en chemin de fer, il avait compris qu'une vie ne suffirait pas à en explorer la diversité, mais qu'il traversât la taïga aux aiguilles claires de Iakoutie, l'écrin de montagnes du lac Baïkal ou la toundra battue par les vents arctiques, il se sentait partout chez lui.

Et pourtant, depuis sa rencontre avec Camille, il portait en lui une émotion particulière, semblable à la petite lumière de la veilleuse qui éclairait les icônes de ses parents, et qui le rattachait envers et contre tout à la jeune femme endormie dans la chambre. Loin d'elle, sa vie se teintait d'une mélancolie douce-amère.

Il s'approcha de la fenêtre, écarta un pan du rideau. Quelques voitures passaient dans la rue étroite. Sur la droite, un peu plus bas, des clients sortaient de l'hôtel Ritz. Ils parlaient fort, les hommes tiraient sur leurs cigares en badinant avec les femmes aux chaussures pointues, les cheveux et les ongles laqués, un manteau négligemment jeté sur des épaules dénudées.

Maintenant que son père était mort, Camille allait prendre la direction de la Maison Fonteroy. Il n'en avait vraiment saisi l'importance qu'en découvrant l'édifice imposant du boulevard des Capucines. Elle lui avait parlé de son frère Maxence qui se désintéressait de l'affaire. Le jeune homme semblait avoir d'autres appétits que d'obéir à la tradition familiale.

« Reste avec moi, je t'en prie… Reste ici… » Un peu plus tôt dans la soirée, elle l'avait supplié à mi-voix. L'obscurité de la chambre l'avait empêché de voir son visage, mais il avait senti le corps se raidir entre ses bras et deviné qu'elle redoutait de lui avouer sa faiblesse. Il l'avait aimée avec une infinie patience, comprenant sa fragilité et son désarroi, alors que dans son esprit une foule de possibilités s'offrait soudain à lui.

Pourquoi n'y avait-il pas pensé à son arrivée ? Une fois sur le sol français, pourquoi ne s'était-il pas dit qu'il ne rentrerait pas ? Si les autorités lui avaient permis de sortir d'Union soviétique sans escorte et sans la moindre difficulté, c'était qu'elles ne doutaient pas de son retour. Doubrovine non plus. Son patron le connaissait-il mieux que lui-même ?

Pourtant, il se sentait grisé par le monde occidental et sa liberté capitaliste. Il n'avait pas dormi depuis vingt-quatre heures. Une étrange excitation l'empêchait de rester en place. Il avait quadrillé la ville, des tours dentelées de Notre-Dame à l'armature métallique de la tour Eiffel, des escaliers de Montmartre aux Invalides dont la sobriété et l'élégance l'avaient touché au cœur. Il fallait un supplément d'âme à une patrie pour offrir à ses soldats blessés un bâtiment d'une telle splendeur.

Dans la rue, une voiture décapotable freina dans un crissement de roues. Perchées sur la banquette arrière, des jeunes filles aux cardigans moulés sur des poitrines insolentes riaient à gorge déployée. Le garçon qui conduisait poussa un hurlement avant de redémarrer en trombe.

Sergueï laissa retomber le rideau. Désormais, il ne lui restait plus que quelques heures avant de reprendre son avion pour Moscou. Puis, le lendemain en fin de journée, il était censé monter à bord du Transsibérien.

Il imagina la salle d'attente de la gare Iaroslavski où s'entasseraient ses compatriotes, engoncés dans leurs vêtements disparates, des ballots ficelés à leurs pieds, prêts à déballer pain noir, fromage et portions de poisson froid, échiquiers et jeux de cartes, dès qu'ils seraient assis dans les compartiments. Des komsomols volontaires, ces jeunes gens qui partaient travailler sur les chantiers du communisme, se pousseraient du coude en blaguant, sans parvenir à cacher sous leurs casquettes une certaine crainte méfiante. Il leur fallait du courage pour se mesurer à ce qui les attendait de l'autre côté des monts Oural.

Avant de monter dans le train, par superstition, certains voyageurs marqueraient un instant de silence sur le quai.

Puis, après avoir roulé toute la nuit, le train s'arrêterait en gare de Molotov. Un brin nostalgique, Sergueï se lèverait et se pencherait à la fenêtre. C'était ici qu'il lui arrivait de changer de ligne pour obliquer vers le nord-est et franchir les centaines de kilomètres jusqu'à Ivanovo. Chaque fois qu'il retournait en Sibérie, il avait du mal à contenir son impatience. Quand les vallées et les pentes douces de la Russie occidentale cédaient la place aux dévers escarpés du versant oriental et qu'il pénétrait en Asie, il était saisi d'émotion. Ce jour-là, il regarderait descendre quelques Nénètses, leurs yeux bridés au regard noir indéchiffrable, puis le train s'ébranlerait à nouveau ; un milicien en uniforme gris irait chercher de l'eau chaude dans le samovar au bout du wagon, et Sergueï reprendrait sa place, attendant patiemment que défilent derrière les vitres embuées les cinq mille kilomètres qui séparent Moscou d'Irkoutsk.

Comment pourrait-il renoncer à cette vie-là ? Il n'était pas dupe du système politique. Comme beaucoup de *Sibiriaki*, par nature plutôt insoumis et individualistes, il subissait le communisme, et il n'avait pas oublié l'aspiration de son grand-père maternel à une égalité de droits avec la Russie d'Europe – un idéal patriotique qui en avait conduit beaucoup dans les camps. Perchée tel un géant assoupi sur l'épaule de la Russie occidentale, la Sibérie subissait depuis longtemps la rapacité et la convoitise de ses conquérants. On avait bouclé un continent entier. Le pays du bagne et de l'exil était devenu celui des grands chantiers communistes qui lui arrachaient son pétrole, son or et ses minerais. Ses fleuves se hérissaient de barrages. Pourtant, en dépit des blessures infligées, les terres vierges du continent continuaient à insuffler à ses habitants une foi étrange, presque mystique, en l'avenir, comme si tout était possible, comme si c'était là, et nulle part ailleurs, qu'existait l'essence même de la liberté.

On l'attendait la semaine suivante dans l'immense réserve de Bargouzine, créée au début du siècle pour protéger les plus précieuses zibelines, cette reine incontestée des fourrures, soyeuse et irisée, légère comme un soupir. Sur les milliers d'hectares, des ours bruns, des cerfs, des élans peuplaient les forêts de cèdres et de bouleaux. En ce mois de septembre, les feuilles rondes et rougissantes des trembles se détacheraient sur le ciel pur. À son arrivée, il se rendrait au bord du Baïkal dont il contemplerait, immobile et ensorcelé, les eaux turquoise. À moins que ce jour-là, par l'une de ces tempêtes automnales qui annonçaient l'hiver et la prise des eaux par les glaces, le vent ne soulève les vagues en gerbes d'écume. Mais quelle que soit l'époque de l'année, lorsqu'il retrouvait le lac sacré, les montagnes bleutées en arrière-fond, Sergueï Ivanovitch, silencieux et recueilli, s'arrêtait un instant et rendait grâce à Dieu.

S'il choisissait de rester avec Camille et de se couper à jamais de son pays natal, puisque le régime soviétique interdisait aux hommes d'aller et venir librement, il aurait le sentiment de s'arracher la moitié du cœur. À cet instant précis, l'exil lui parut inconcevable. Il ne se sentait pas la force de vivre avec Camille dans la capitale française où les magasins, les restaurants et les théâtres piquetaient de lumières les façades noires et grises, où les gens se déplaçaient sans crainte de représailles, sans passeport intérieur ni les innombrables laissez-passer qui empoisonnaient la vie des Soviétiques. Mais coupé des siens, de son monde, qu'aurait-il fait de cette liberté ?

— Tu vas repartir, n'est-ce pas ? dit-elle d'une voix douce.

Il se retourna. Elle se tenait dans l'embrasure de la porte. La chemise de nuit échancrée dévoilait la naissance de ses seins. Derrière elle, la lumière de la lampe de chevet éclairait la silhouette de ses jambes à travers la soie ivoire. Les cheveux sombres sur ses épaules, le visage nu, elle semblait résignée.

*C'est peut-être une forme de lâcheté*, pensa Sergueï, écartelé.

— Il le faut, bredouilla-t-il. C'est trop difficile, tu comprends ? Je ne peux pas partir comme ça… Tout abandonner…

Elle esquissa un haussement d'épaules comme pour lui signifier que cela n'avait guère d'importance et qu'elle regrettait d'en avoir parlé. Il vit bien qu'elle était blessée.

— On m'a enseigné tellement de choses quand j'étais enfant… persista-t-il. J'ai appris à apprivoiser le froid et la peur, à vivre avec la nature, à la respecter. C'est comme si l'on m'avait transmis quelque chose de précieux, des secrets et des connaissances, mais dont je ne suis que le dépositaire. Un jour, il faudra que je transmette ce savoir à mon tour. Tel un flambeau, une fidélité… Tourner le dos à tout cela, ce serait renier une partie de moi-même.

Elle alluma une cigarette avec un briquet en malachite. Il songea aux jeunes filles soviétiques qui, elles, ne fumaient pas.

— Tu penses à tes futurs enfants ? fit-elle sans le regarder dans les yeux.

— Je ne sais pas, peut-être…

Pour la première fois, il s'aperçut que Camille ne parlait jamais d'avoir des enfants, contrairement à la plupart des femmes qu'il connaissait. Il se demanda si c'était à cause de lui, par une sorte de pudeur, comme pour conjurer l'avenir.

— Je vois, fit-elle d'un air vague.

— Et toi, viendrais-tu ? Abandonnerais-tu la France si je te le demandais ? ajouta-t-il, un peu irrité de cette désinvolture apparente.

Elle s'assit sur le canapé, replia ses jambes et réfléchit un instant. Puis elle releva le menton.

— La France, je la quitterais demain pour te suivre. La Maison Fonteroy, jamais.

Malgré lui, il se sentit un peu vexé.

— Tu vois, ce n'est pas aussi simple, grommela-t-il.

Pourquoi se sentait-il agacé ? Il avait l'impression d'avoir dévoilé une partie de son âme, mais Camille restait distante, presque étrangère. Il était nerveux, impatient. Peut-être la fatigue. Il regrettait d'être venu la trouver. Leipzig et Leningrad, ces villes blessées, avaient vu naître et grandir leur amour, alors que Paris, avec son humeur capricieuse et impudente, le fragilisait.

Camille détourna les yeux. Elle s'en voulait d'avoir eu la faiblesse de lui demander de rester, mais elle se sentait vulnérable. Elle était hantée par la disparition de son père et la querelle avec sa mère, et un nœud de colère et de ressentiment lui serrait la gorge.

Quelques heures plus tôt, dans le silence du boulevard des Capucines, elle avait pris la décision de s'éloigner de sa mère pour essayer de moins souffrir. *Comme j'aurais aimé partir avec lui...*, songea-t-elle, désolée. Mais comment imaginer un seul instant de se séparer de la Maison Fonteroy ? Pour oublier ses incertitudes, pour exister en toute harmonie avec elle-même, elle avait besoin de la firme fondée par ses aïeux, de l'épaisseur des murs, du ronronnement des surjeteuses, de l'agitation des employés, de cet esprit en quête perpétuelle d'une certaine forme de beauté. Comme Sergueï, elle éprouvait un sentiment de fidélité, mais aussi d'exigence.

Son regard s'arrêta sur les dessins du modéliste qu'elle venait d'engager. René Cardot avait vingt-trois ans, une moustache de mousquetaire, une imagination audacieuse et un caractère de diva. Pour la prochaine collection, il proposait une classique redingote en ragondin d'un beige soutenu, des étoles de vison pour un dîner au restaurant, une jaquette de loutre noire éjarrée garnie de renard, mais aussi d'étonnantes vestes en patchwork. En quête de couleurs et de textures inédites, il avait visité les meilleurs tanneurs et apprêteurs à

Paris, Milan ou New York. Son atelier de création boulevard des Capucines présentait un fouillis artistique de documents, livres d'art, photos et coupons de tissus. Personne, pas même Camille, n'avait le droit d'y pénétrer sans son autorisation.

Elle se leva et s'approcha du bureau.

— Regarde ! lança-t-elle d'une voix enjouée. Voilà ce que vont devenir toutes ces pelleteries que vous me vendez à Leningrad.

Sergueï semblait grave, presque triste. Elle lui tendit les dessins comme une offrande. Ils se dévisagèrent un instant en silence. Puis il répondit à son sourire et ils s'installèrent sur le canapé, serrés l'un contre l'autre.

— À ton avis, quand est-ce que vous proposerez à nouveau des zibelines à la vente ? demanda-t-elle, alors qu'il étudiait les croquis. Quand je pense que ce n'est pas la Maison Fonteroy qui a décroché la commande de l'impératrice d'Iran ! J'en suis malade de jalousie. C'est un monopole en or que vous détenez là. Les prix seront exorbitants.

— Les zibelines sont aussi bien protégées que les secrets de la bombe atomique, s'amusa-t-il. Pour éviter la reproduction dans un autre pays, il est interdit d'exporter des bêtes vivantes. Nous veillons sur nos élevages comme sur la prunelle de nos yeux, mais n'ayez crainte, mademoiselle Fonteroy, nous vous en proposerons bientôt. Et les bargouzines seront à couper le souffle. Il faut du temps et de la patience pour parfaire une telle beauté.

— Comme en amour, Sergueï Ivanovitch, soupira-t-elle. Du temps et de la patience.

Anna Feodorovna, les joues rebondies comme deux pommes, était si heureuse qu'elle n'arrêtait pas de sourire. Elle ne quittait pas son fils des yeux. Au cours de l'année, ses visites étaient si rares !

Elle repensa au premier départ de Sergueï, douze ans auparavant, quand il était parti combattre les troupes nazies en 1941. Ce jour-là, elle avait refusé de pleurer. Sans savoir si elle reverrait son fils vivant, elle avait pourtant tenu à lui laisser un souvenir de dignité. Plus tard, il l'avait remerciée de lui avoir épargné l'épreuve de voir couler les larmes de sa mère. Cette fierté était l'un des traits de caractère d'Anna Feodorovna. Elle avait attendu, stoïque, la fin des longues années de guerre. À chaque retour à Ivanovo du trappeur chargé de passer relever le courrier en ville, elle avait espéré une lettre de Sergueï, tout en craignant de recevoir le redouté *pokhoronka*, l'avis de décès d'un soldat au front.

Désormais, au fur et à mesure que défilaient les années, elle avait de plus en plus de mal à le laisser partir. Elle ne redoutait plus sa mort à lui, mais la sienne. Elle le voyait trop peu pour combler son amour maternel. Si seulement il avait épousé Maroussia et s'était contenté d'une vie tranquille ! Mais Maroussia, elle aussi, avait quitté le hameau. La jeune femme habitait Perm, ou plutôt Molotov puisqu'on avait rebaptisé la ville en honneur du ministre des Affaires étrangères de Staline. Mariée à un ouvrier électricien, elle écrivait de temps à autre à ses parents pour leur donner des nouvelles de leurs deux filles. Avec un soupir résigné, Anna songea que son rêve appartenait bien au passé.

Sergueï était apparu en milieu d'après-midi, comme par miracle. Les isbas étaient si profondément enfouies sous la neige que les visiteurs s'annonçaient par un appel bref dans les bouches de cheminée. Ivan, qui somnolait près du poêle, avait ouvert les yeux, un peu surpris. Anna et lui n'attendaient pourtant personne. En s'interrogeant du regard, ils avaient patienté le temps que l'inconnu parcoure le corridor de neige jusqu'à la porte d'entrée. En voyant son fils, Anna avait poussé un cri de joie.

Il avait posé ses raquettes, retiré sa touloupe serrée à la taille par sa ceinture de soldat et la chapka de renard incrustée de givre, puis il avait longuement serré sa mère dans ses bras. Elle n'avait même pas protesté quand les cristaux de sa barbe, en fondant, lui avaient dégouliné dans le cou.

Adossé au poêle, Sergueï terminait avec un bel appétit son assiette de *chtchi*, la soupe au chou à base de bœuf et de champignons qu'Anna rehaussait avec des condiments dont elle gardait la liste secrète. Il y trempa le dernier morceau de pain de seigle et plissa les yeux de contentement. Il lui avait dit qu'il n'y avait rien de meilleur que de se retrouver attablé chez soi, avec ceux qu'on aimait, autour d'un bon repas.

— Ça t'a plu, Sérioja ? demanda-t-elle en retirant son assiette.

— Tu vois bien, *mamotchka*, je n'ai rien laissé.

D'un geste tendre, elle lui caressa la joue. Il attrapa sa main et y déposa un baiser, ce qui la fit rougir.

— Nous allons enfin connaître tes dernières aventures, dit son père en allumant sa pipe.

Sergueï sourit. Maintenant que ses parents lui avaient laissé le temps de se reposer et de dîner, ils se livreraient à un interrogatoire en règle.

— Es-tu enfin amoureux ? demanda sa mère en posant sur la table une assiette de craquelins.

Ivan poussa un long soupir en levant les yeux au ciel.

— Fiche-lui la paix, Anna Feodorovna ! C'est toujours la première chose que tu veux savoir, alors que ça ne concerne que lui.

— Pas du tout ! protesta-t-elle. J'ai envie de serrer des petits-enfants dans mes bras avant de mourir. S'il avait épousé Maroussia, comme l'Ancien et moi le souhaitions…

— Tu nous enterreras tous, Anna. Tes infusions de racines te feront centenaire… N'écoute pas ta vieille mère, Sergueï, parle-nous plutôt du Baïkal. Comment se portent les bargouzines ?

Sergueï regarda sa mère qui avait croisé les bras avec une moue irritée, mais il voyait bien qu'elle était heurtée. Des mèches grises parsemaient les cheveux sombres tressés en nattes sur sa nuque. La cicatrice d'enfance sur son front avait disparu parmi les rides qui sillonnaient sa peau tannée.

— Ça n'aurait pas marché entre Maroussia et moi, maman, dit-il à mi-voix. Je reconnais qu'elle me troublait quand j'étais plus jeune, mais ce n'était pas de l'amour.

— Qu'est-ce que tu en sais, puisque tu ne t'es jamais attaché à une fille assez longtemps pour le découvrir ? rétorqua-t-elle. Maroussia aurait été parfaite pour toi. Un peu autoritaire, je te l'accorde, mais au moins elle avait du tempérament. Et c'était une fille de chez nous. Elle comprenait notre vie. Je ne veux que ton bonheur, Sérioja, et je n'aime pas te voir toujours solitaire. Ce n'est pas sain.

Une ombre de tristesse glissa dans le regard de Sergueï.

— Je ne suis pas seul… Pas exactement…

— Enfin ! s'exclama Anna. Qui est-elle ? Où l'as-tu rencontrée ?

Avec un soupir, le jeune homme comprit qu'il s'était trahi. Désormais, sa mère le harcèlerait jusqu'à ce qu'il avoue la vérité.

— À Leipzig, après la guerre.

— Mais alors elle n'est même pas russe ! Mon Dieu, ne me dis pas qu'elle est allemande…

— D'abord, laisse-moi sortir mes cadeaux, dit-il en se levant. J'ai une surprise pour vous.

De sa sacoche, il tira quelques cigares qu'il donna à son père, puis il offrit à sa mère une boîte de chocolats et un châle de couleurs vives marchandé au marché d'Irkoutsk. Enfin, il brandit d'un air amusé une bouteille de cognac.

— Rapporté de France, de Paris, poursuivit-il fièrement en sortant trois petits verres à pied de l'armoire.

Il se retourna vers eux, s'attendant à découvrir leurs mines étonnées et réjouies. À sa grande surprise, ils semblaient consternés. Lentement, sa mère s'assit sur le large rebord du poêle. Son père retira sa pipe de sa bouche, avança la main pour effleurer les contours de la bouteille. Ses longs doigts caressèrent l'étiquette. La lumière des deux lampes à pétrole posées sur la table dévoilait les riches nuances du liquide ambré.

— Qu'est-ce qui ne va pas ? demanda Sergueï. Vous faites de drôles de têtes ! Je pensais vous faire plaisir.

— Tu étais à Paris ? reprit Anna.

— C'est incroyable, non ? J'y ai passé deux jours. Kostia Pétrovitch m'avait chargé d'une livraison de zibelines.

Anna avait les yeux rivés sur son mari. Ivan restait imperturbable. D'une main, il se mit à lisser sa barbe. Il avait gardé l'épaisse chevelure de sa jeunesse qui effleurait le col montant de sa chemise, mais la blondeur éclatante s'était effacée, comme le bleu de ses yeux. À soixante-deux ans, les cheveux blancs et le regard gris pâle d'Ivan Mikhaïlovitch avaient pris la teinte des opalescences hivernales et de l'éclat argenté des bouleaux. Il avait conservé sa silhouette mince et élancée, moins charpentée que celle de la plupart de ses amis. Il marchait difficilement. En été, il se déplaçait avec une canne. Pour l'hiver, il s'était confectionné un bâton de ski afin de soulager sa hanche douloureuse.

Sergueï s'empara de la bouteille.

— Je ne sais pas ce qui…

— Parle-nous un peu de cette fille, le coupa sa mère avec un sourire, comme pour faire oublier leur étrange silence.

— Elle est française.

Sa mère écarquilla les yeux.

Troublé, Sergueï versa le cognac. Quelques gouttes se répandirent sur la nappe blanche. D'un geste autoritaire, il leur tendit à chacun un verre.

— Tu vois, papa, ces cours de français que tu me donnais quand j'étais petit, ce n'était pas du temps perdu. Je m'en suis souvenu.

— Comment s'appelle-t-elle ? demanda Anna, essayant visiblement de se reprendre.

Sergueï hésita un court instant. Il avait l'impression curieuse qu'en prononçant le nom de Camille dans cette isba où il était né, elle deviendrait soudain réelle, comme si jusqu'à ce moment leur liaison n'avait été qu'un songe éveillé.

— Camille Fonteroy. Elle n'est pas russe, c'est vrai, mais elle appartient à une dynastie de fourreurs français, alors c'est comme si elle était un peu de la famille, vous ne trouvez pas ?

Anna Feodorovna lâcha son verre qui éclata en mille morceaux sur le plancher en bois.

— Maman ! s'écria Sergueï, exaspéré. Après tout le mal que je me suis donné pour l'apporter jusqu'ici…

Une main sur la bouche, elle retenait son souffle. De plus en plus confus, Sergueï se tourna vers son père, qui leva son verre pour examiner la liqueur avant de la porter à ses lèvres et de l'avaler cul sec comme de la vodka.

— Verse-m'en encore un peu, mon garçon, dit-il. La nuit va être longue.

À moins trente degrés, c'était une matinée d'hiver comme Sergueï les aimait. Il avait refusé de s'installer à Leningrad ou à Moscou, de devenir un bureaucrate et de profiter des conforts matériels qu'auraient pu lui apporter des promotions régulières au sein du Parti, pour vivre des instants comme celui-ci.

Sous le ciel cristallin d'un bleu cassant, les pins se dressaient au garde-à-vous, figés dans leur carapace de glace. Sur sa gauche, à flanc de coteau, une brume de givre montait d'une rivière qui n'était pas encore entièrement prise par les glaces.

Ses larges raquettes s'enfonçaient à chaque pas avec un bruit mou. Par habitude, son œil fouillait les alentours à la recherche d'empreintes, mais aucune trace ne venait rompre la blancheur scintillante. Autour de lui, à perte de vue, la neige effaçait les aspérités du paysage sous de douces ondulations. Pourtant, il cherchait désespérément à retrouver la sérénité que lui inspirait d'habitude l'immensité de ce rêve de glace.

Pendant trente-quatre ans, il avait eu la certitude que ses racines se trouvaient au pied de ces arbres centenaires, sur les bords des ruisseaux et des fleuves, au fil des collines et des territoires pelés par la bise qui s'étendaient vers l'Arctique. Désormais, il n'était plus sûr de rien. Même son nom de famille n'était pas le sien.

Il s'arrêta de marcher, le cœur serré. Il devait dominer sa confusion, empêcher le sang de lui monter au visage et de le faire transpirer. La veille, en quelques mots, son père avait dévoilé l'existence de toute une famille, comme surgie du néant. Camille… sa cousine germaine… la fille de son oncle André à l'enterrement duquel il avait assisté. Une tempête s'était levée dans son esprit. Il avait imaginé le train attaqué par les brigands évadés, le sauvetage du seul survivant, puis le lent apprentissage d'une nouvelle vie.

Il comprenait cette envie de s'enfuir et de se cacher, de se retirer d'un monde qui n'était pas toujours aimable. En cela, le Français Léon Fontcroy avait fait preuve d'un instinct typiquement sibérien.

Mais il n'arrivait pas encore à intégrer le fait qu'il n'était qu'à moitié russe, qu'il descendait d'une longue lignée d'ancêtres français… Il se sentait pris dans cet héritage inattendu comme dans les mailles d'un filet de pêcheur. Ses parents l'avaient trompé, le laissant échafauder des certitudes qui reposaient sur un mensonge. Il ne savait pas s'il était plus ébranlé par leur duplicité ou par le retentissement qu'aurait cette révélation chez la femme qu'il aimait.

Brusquement, un battement d'ailes résonna sur sa droite. Un coup de fusil claqua dans l'air sec. Sergueï vit tomber comme une pierre le corps blanc à queue noire d'une gélinotte. Il regarda son père s'en approcher, la ramasser et la fourrer dans sa besace. Puis Ivan Mikhaïlovitch vint vers lui, d'une démarche lente mais déterminée, son chien bondissant derrière lui d'une trace de raquette à l'autre.

— Bonjour, mon fils. Tu es parti tôt ce matin.

— J'avais besoin de prendre l'air.

Ivan hocha la tête.

— Pourquoi, papa ?

— Je te l'ai déjà dit, Sérioja. Nous voulions te protéger avant tout. Autrefois, quand nous avons hésité à te dire la vérité, la situation politique était dangereuse. Tu pouvais te trahir auprès de tes camarades. Ta mère craignait ta réaction. Elle pensait que tu allais nous quitter et gagner la France. Elle était persuadée que nous ne pouvions pas rivaliser avec l'Occident, que tu ne résisterais pas à l'appel de là-bas, et elle savait qu'une fois parti le système t'empêcherait de revenir. Je reconnais que c'était une décision quelque peu égoïste, mais nous avions peur de te perdre.

Le *laïki* poussa un jappement. Ses drôles de petites oreilles dressées, il partit fureter en direction d'un écureuil qui se réfugia dans un arbre, délogeant au passage des paquets de neige accrochés aux branches qui s'affaissèrent sur le sol.

– Je n'arrive pas à réaliser, poursuivit Sergueï d'une voix étouffée. J'ai l'impression que ma vie a basculé.

— N'exagérons pas, s'énerva son père. Si une vie a basculé, c'est plutôt la mienne. À l'époque, je me suis trouvé à une croisée des chemins et le choix a été douloureux. J'aimais les miens, surtout mon frère André d'ailleurs, ajouta-t-il d'un ton attristé. J'étais son cadet et pourtant j'avais l'impression que je devais le protéger.

— Comment peux-tu dire que tu les aimais ? s'indigna Sergueï. Ils n'ont jamais su si tu étais vivant ou mort. C'est probablement le pire supplice qu'on puisse infliger aux siens.

— Mais j'étais mort, Sergueï, s'étonna son père d'un air sincère. Les séquelles de mes blessures ont été longues à guérir. Il m'a fallu des mois pour retrouver la mémoire, et puis j'ai réalisé que le Léon Fonteroy d'avant l'attaque du train avait disparu. Je ne me reconnaissais plus en lui. Au fond, je crois qu'il ne me plaisait pas tellement. Il était trop orgueilleux et content de lui, trop bavard surtout. Ici, j'ai appris à me taire... Qu'est-ce qui aurait été plus dur pour eux ? De savoir que leur fils, leur frère les reniait et choisissait une autre vie en les abandonnant, avec tout ce qu'ils représentaient, l'argent et la position sociale dont ils étaient si fiers ? Ou de le croire mort et de se dire que sa dernière pensée avait peut-être été pour eux ?

Sergueï se tenait parfaitement immobile.

— Qu'est-ce que je vais lui dire ? souffla-t-il.

— La vérité. Celle que nous t'avons dissimulée pendant toutes ces années. Si elle possède toutes les qualités dont tu nous as parlé, elle comprendra.

— Mais nous sommes cousins, papa, cousins germains.

— Et alors ? Vous n'êtes pas frère et sœur. C'est ta mère qui s'en inquiète, pas moi. Je peux t'assurer que le sang de ta famille maternelle est assez fort pour vous épargner à tous les deux le moindre enfant dégénéré, plaisanta-t-il. Si jamais vous en vouliez... Avez-vous décidé de faire votre vie ensemble ?

— Je ne sais pas, soupira Sergueï. Je ne sais plus rien.

— Accorde-toi un peu de temps, mon garçon. Mais toi aussi, tu vas devoir choisir, entre cette vie...

Ivan Mikhaïlovitch marqua une pause et son regard embrassa le paysage immaculé et silencieux qui les entourait.

— C'est celle que j'ai choisie, murmura-t-il. C'était la seule qui pouvait me permettre d'être moi-même. Je l'ai deviné à l'époque, alors que j'étais plus jeune que toi, et aujourd'hui j'en ai la certitude. Mais toi, ton destin est peut-être auprès d'elle. Il n'y a que toi qui puisses le décider, en ton âme et conscience. Mais quoi qu'il advienne, tu devras renoncer à quelque chose.

Le froid commençait lentement à pénétrer les os du vieil homme. Il fit signe à Sergueï qu'il voulait rentrer et siffla son chien qui avait disparu derrière un bosquet. La boule de poils gris et blancs réapparut aussitôt.

Sur le chemin du retour, Ivan s'arrêta de temps en temps pour examiner un collet invisible à l'œil nu. Sergueï ralentissait le pas, s'accordant à la cadence syncopée de son père.

En le regardant effectuer les gestes éternels du trappeur, soufflant sur la neige pour dévoiler un piège, scrutant des traces et devinant, à l'empreinte des sabots ou des pattes, l'âge, le sexe de l'animal et la direction qu'il avait prise, il essaya d'imaginer le même homme, en costume sombre et cravate de soie, se rendant à heure fixe à son bureau dans l'immense bâtiment du boulevard des Capucines. C'était inconcevable. Il ne restait rien de Léon Fonteroy chez Ivan Mikhaïlovitch Volkov, avec son visage buriné, ses yeux pâles et sa barbe blanche. Un court instant, il détailla son père comme il aurait examiné un étranger, et il comprit, non sans une étrange pointe d'envie, que cet homme avait trouvé sa vérité.

Seules ses mains le trahissaient peut-être encore. Lorsqu'il retirait ses moufles en peau dans la chaleur de l'isba, Léon Fonteroy révélait de longs doigts effilés, qui semblaient trop frêles pour un trappeur et dont les articulations noueuses ne dissimulaient pas la finesse. Des mains d'artiste, se moquait autrefois Grigori Ilitch. Des mains de Parisien, songea Sergueï.

Dans les vastes salles du palais de la fourrure de Leningrad régnait une agitation studieuse. L'odeur rance et musquée des peaux brutes ne gênait pas la centaine d'acheteurs qui se côtoyaient sous les lambris ouvragés des plafonds. Sur certains murs, une tache blanchâtre marquait l'espace vide laissé par un portrait de Staline qu'on avait décroché ; or, même si le regard fixe ne planait plus sur les Soviétiques, un sentiment de crainte mêlée d'admiration pour le disparu continuait à les hanter.

Pour cette vente de janvier, Camille disposait d'un budget moins important que les années précédentes. René Cardot avait décidé de miser sur le vison, et les visons russes étaient d'une qualité inférieure aux canadiens. Cette année, la Maison Fonteroy investirait donc davantage lors des ventes de la Compagnie de la Baie d'Hudson. « Le vison, c'est l'avenir », lui avait répété Cardot, avant d'expliquer que les femmes y voyaient un symbole de luxe accessible et d'ascension sociale. Par ailleurs, le vison se prêtait à des teintures raffinées, ainsi qu'au subtil travail de l'allonge, et Cardot avait proposé à Camille de privilégier les blancs et les beiges délicats.

La jeune femme patientait, attendant qu'une place se libère autour de la table où étaient présentés les petits-gris. Devant elle, deux hommes discutaient en russe de la charte signée un an plus tôt pour sauver le léopard des neiges menacé d'extinction. L'URSS s'était engagée à protéger autant les bêtes qui se trouvaient sur son territoire que celles qui pouvaient s'y aventurer de Chine.

Lorsqu'ils s'éloignèrent, elle prit leur place et commença à étudier les lots pour lesquels elle avait l'intention d'enchérir, griffonnant sur son catalogue la taille des peaux et leur couleur. Cardot voulait les gris clair, ceux qui venaient de la région de l'Ob, mais elle étudia avec autant d'attention les teintes ardoise des rives de l'Ienisseï et les gris sombres de l'Amour. Elle se demandait si son modéliste ne faisait pas une fixation sur certains coloris. « Le blanc, c'est la couleur des riches, déclarait-il. Quand il est sale, ils jettent ! »

— Je dois te parler, murmura une voix en russe à son oreille.

Elle tressaillit en sentant le souffle dans son cou, leva les yeux, heureuse. Elle n'avait pas encore vu Sergueï depuis son arrivée à Leningrad. En découvrant le visage sérieux et le regard tourmenté, elle comprit qu'il s'était passé quelque chose de grave. Son cœur se mit à battre plus vite. Avait-il des ennuis ? des ennuis politiques ? songea-t-elle avec angoisse.

— Qu'est-ce qui ne va pas ? souffla-t-elle.

— Six heures ce soir, à ton hôtel.

Elle voulut le retenir, lui demander des explications pour sa mine préoccupée, mais il la fit taire d'un regard avant de s'éloigner, s'arrêtant de temps à autre pour saluer d'une franche poignée de main tel ou tel courtier ou pelletier.

Lors des enchères, Camille se montra distraite. Elle se retrouva avec un lot de karakuls dont elle ne voulait pas, d'autant que la mode de l'astrakan commençait à passer. Elle obtint en revanche ses petits-gris, en dépit de l'obstination d'un pelletier de Milan, mais elle était obsédée par Sergueï et ce qu'il avait à lui dire.

Alors qu'elle retournait à l'hôtel avec quelques-uns de ses confrères, sous l'œil attentif de leur guide, elle songea que Sergueï serait encore obligé de ruser pour tromper la vigilance de la gardienne d'étage et la faire sortir de l'hôtel. Elle frissonna. Pour la première fois, l'obscurité lui sembla menaçante et elle se sentit oppressée par ces interminables journées d'hiver.

Il neigeait. Depuis des heures, peut-être même des jours. Depuis toujours, songea Camille.

Debout à la fenêtre, elle regardait les flocons qui continuaient à tomber, par dizaines, par milliers, avec une implacable régularité. Les rues étaient désertes, le pont se profilait au-dessus du canal gelé. En quelques minutes, les traces de pas d'un couple de passants avaient disparu. Avait-elle rêvé les deux silhouettes emmitouflées dans de longs manteaux ? Découpées contre la façade d'un immeuble voisin, avec leurs hauts bonnets de fourrure, elles ressemblaient à des marionnettes aux têtes disproportionnées.

« Tu es une fille de l'hiver », lui avait dit son père autrefois. Elle avait toujours aimé la neige, mais celle-ci ne lui avait jamais paru aussi désespérante.

— Parle-moi, je t'en prie, Camille, dit Sergueï.

— Que veux-tu que je te dise ?

— Moi aussi, j'ai été surpris, tu sais.

Elle se retourna enfin, comme à regret, pivotant sur ses talons et embrassant du regard le salon de l'appartement où il l'avait emmenée. « Nous allons chez un ami médecin », avait-il expliqué, l'air vague, alors qu'ils montaient l'escalier. Sur le divan s'empilaient des coussins brodés. Des photographies de famille, une plante verte anémique et une belle tapisserie aux teintes chaudes complétaient le décor. Ils étaient seuls. Leur hôte s'était volatilisé après leur avoir ouvert la porte. Camille ne cesserait jamais d'admirer la convivialité des Soviétiques qu'elle avait rencontrés grâce à Sergueï, ainsi que leur manière de s'éclipser pour rendre service.

Assis dans un fauteuil, Sergueï semblait abattu. Il tenait un verre de vodka à la main. Elle avait préféré accepter une tasse de thé noir et sucré.

Elle le dévisageait, mais ne le reconnaissait plus. Depuis qu'il lui avait annoncé qu'il était le fils de Léon Fonteroy, elle ne cessait de chercher chez lui des traits de famille qui auraient pu lui échapper. Que savait-elle de son oncle Léon ? Le portrait accroché dans le corridor des ancêtres montrait un jeune homme blond, élancé et nonchalant, au regard moqueur, vêtu d'un complet sombre et d'une chemise blanche à col cassé qui soulignait l'éclat de ses yeux bleus. Curieusement, elle eut la certitude que Léon Fonteroy n'avait enfilé ce costume austère qu'à la demande de l'artiste.

Elle ne décelait aucune ressemblance chez Sergueï. Il était plus solide, ses cheveux châtain foncé. Y avait-il peut-être une similitude dans la forme du menton ou du nez ? « Pourtant, il est ton cousin germain », lui répétait une voix incrédule dans son esprit. Elle avait l'impression de jouer au jeu des différences, un jeu de tromperie qui vous apprenait à vous méfier des apparences. On pouvait être la même personne et pourtant une autre.

« Mais c'est l'homme que tu aimes », répétait la même voix, comme pour l'en persuader. Elle porta une main à sa gorge. Une faille venait de s'ouvrir à ses pieds et Sergueï lui semblait soudain infiniment loin.

— Depuis quand le sais-tu ? demanda-t-elle d'une voix sourde.

— Un mois environ. J'étais chez eux en décembre.

Saisie d'une brusque impatience, elle se mit à marcher de long en large.

— Il faut que j'aille le voir. Je dois lui parler.

— Hélas, je t'emmènerais volontiers, mais la Sibérie est interdite aux étrangers.

— Je croyais qu'on allait lever toutes ces restrictions maintenant que Staline est mort.

— Les choses ne se font pas en un jour, Camille. Une ville comme Irkoutsk serait peut-être accessible…

— Qu'est-ce que tu veux que j'aille faire à Irkoutsk ? s'énerva-t-elle. Tu es sûr que tu ne peux pas m'obtenir les papiers nécessaires ? Je pensais que tu avais tes entrées au Parti. À quoi ça sert d'être un héros si tu ne peux pas en tirer quelques avantages ?

— C'est inutile de le prendre sur ce ton, Camille.

— Mais je dois le voir, tu m'entends ? insista-t-elle, les poings serrés. Je dois lui demander en face pourquoi il a fait une chose pareille, comment il a pu abandonner sa famille sans rien nous dire.

— Au début, ce n'était pas sa faute. Et puis il y a eu la guerre, la révolution…

— Quand on veut, on trouve toujours un moyen. Il était satisfait de la petite vie qu'il s'était faite là-bas, bien tranquille, à l'abri, alors que l'Europe était à feu et à sang et que mon père, lui, se battait dans les tranchées. Un planqué, oui ! Voilà ce qu'il était !

Sergueï se dressa à son tour.

— Comment peux-tu dire une chose pareille ? Tu l'accuses sans même qu'il puisse se défendre.

— Si je pouvais le voir, je le lui dirais en face, ne t'inquiète pas !

Mon père a souffert de cette disparition toute sa vie. Il avait besoin de son frère. Il a porté la Maison à bout de bras à travers toutes ces années, alors qu'il aurait pu souffler un peu si Léon Fonteroy avait daigné assumer ses responsabilités.

— Te voilà donc érigée en juge suprême, détenteur de la seule vérité, ironisa Sergueï. Je t'imaginais plus intuitive, Camille. Mon père a peut-être des torts, c'est vrai, même envers moi, mais rien ne te permet de l'accuser ainsi. C'est le destin qui l'a amené en Sibérie, auprès de ma mère. Il y a fondé une famille, enterré un enfant... Il s'est construit une autre vie, c'est tout.

Camille leva les mains d'un geste exaspéré.

— La vie n'est pas une fatalité qu'il faut subir, Sergueï. Vous autres Russes, on dirait toujours que le ciel vous est tombé sur la tête. Il n'y a pas de Dieu omniscient qui impose un sort à chaque être humain en distribuant des bons et des mauvais points. Nous avons chacun notre destinée en main. À nous d'en faire ce que nous voulons. Ton père a fait un choix en toute conscience. J'ai donc le droit de le critiquer.

— Nous sommes peut-être fatalistes, mais nous ne possédons pas cet orgueil insensé des Occidentaux ! À t'entendre, tout le monde devrait marcher d'un pas assuré, le torse bombé, persuadé d'avoir raison et d'avancer dans la bonne direction. Et gare à celui qui fait un pas de travers ! Mais quelle place laisses-tu à la faiblesse, Camille ?... Quelle place à la souffrance ? Et de quoi as-tu peur pour te montrer si virulente ? ajouta-t-il à mi-voix.

Elle sentit le sang quitter son visage. Sergueï venait de toucher du doigt une vérité douloureuse dont elle ne s'apercevait qu'à l'instant. Oui, elle avait peur... Elle avait peur que Léon Fonteroy ne surgisse de la taïga comme un génie malfaisant, par une nuit de neige aussi inexorable que celle-ci, et qu'il ne vienne réclamer sa part de la Maison Fonteroy, une part légitime puisqu'il en était l'héritier.

Et si ce n'était pour lui, pour son fils.

Elle recula d'un pas. Pourtant, cet homme en colère qui se tenait devant elle, le visage fermé, elle l'aimait, n'est-ce pas ? Pourquoi était-il soudain devenu dangereux ?

Furieuse de se sentir aussi troublée, elle se dit que la mort de son père était encore une blessure à vif et qu'elle ne lui pardonnait pas de l'avoir quittée en déposant les armes. Elle avait besoin d'un coupable et Léon était le coupable idéal.

— Et qu'est-ce que ton père compte faire, maintenant qu'il a ouvert la boîte de Pandore ? se moqua-t-elle, essayant de cacher son désarroi.

Sergueï sembla étonné.

— Mais rien. Qu'est-ce que tu veux qu'il fasse ?

Elle eut un rire amer.

— Tu es bien naïf ! Tu ne vas pas me faire croire qu'il n'espère pas obtenir quelque chose. Il a fait le premier pas. Je te parie que dans quelque temps, au fond de sa cahute, il se dira qu'il a droit à sa part d'héritage. Mais il faudra qu'il vienne la chercher, et toi aussi ! Je ne me laisserai pas faire.

Peu à peu, sur le visage incrédule de Sergueï, l'étonnement fit place au mépris. Et Camille s'aperçut avec horreur qu'elle s'était trompée et que l'idée n'avait même pas effleuré Sergueï. Elle comprit qu'elle avait été trop loin. Beaucoup trop loin.

Un étau se resserra autour de ses tempes. Elle mourait de chaud dans ce salon surchauffé aux doubles fenêtres hermétiquement fermées. Elle aurait tout donné pour ouvrir les *fortochka*, ces petites lucarnes découpées dans l'angle de la vitre, qui laisseraient passer un peu d'air frais.

Partagé entre la colère et la déception que lui causait l'inexplicable réaction de Camille, Sergueï restait tétanisé. Cette conversation, il l'avait retournée mille fois dans sa tête. Il avait craint que Camille ne soit choquée à l'idée qu'ils fussent de la même famille, il avait redouté de la voir pleurer d'émotion, il avait même osé espérer qu'elle se réjouirait. Depuis qu'il s'était habitué à la révélation, il était curieux d'en savoir davantage sur ces personnes dont elle lui avait parlé et qui appartenaient maintenant aussi à sa famille. Valentine et Maxence… Une tante et un cousin germain… Jamais il n'aurait imaginé qu'elle se montrerait aussi agressive, comme s'il cherchait à lui voler quelque chose.

Il se sentit trahi par cette femme qui prétendait l'aimer et qui le connaissait si mal.

— Je crois que nous n'avons plus rien à nous dire. Je vais te ramener à ton hôtel, dit-il d'une voix atone en lui tournant le dos.

Alors qu'il quittait le salon pour aller chercher leurs manteaux, Camille s'aperçut que ses mains tremblaient. Elle aurait voulu lui demander pardon, mais le dédain qu'elle avait lu sur le visage de Sergueï était si terrible, si humiliant, que les mots restaient accrochés dans sa gorge.

Quelques minutes plus tard, ils se retrouvèrent dans une rue déserte et glacée. Les flocons continuaient à voltiger autour d'eux, la neige crissait sous leurs pas.

Camille leva les yeux vers la voûte sombre d'où tombaient ce froid terrible et cette neige sans merci. Puis, alors qu'elle n'avait plus songé à lui depuis des années, qu'elle l'avait enfoui dans un recoin de sa mémoire, elle pensa soudain à Peter. Lui aussi avait affronté l'hiver impitoyable des Russes et il avait dû ressentir, pour d'autres raisons mais avec la même intensité, cette solitude et cette peur qui lui serraient le cœur.

*Paris, 1956*

Le bruit persistant finit par réveiller Camille. Quelqu'un appuyait sans relâche sur la sonnette de l'appartement.

Elle se sentait engourdie par une torpeur langoureuse, tel un fruit gorgé de soleil. Elle se libéra du bras qui reposait comme un poids mort sur sa poitrine et se glissa hors du lit. En se levant, la tête lui tourna.

Elle observa un instant la silhouette massive de Victor Brook. Comme s'il devinait son regard, il se retourna, déplia son corps avec un grondement sourd, et continua à dormir. Il reposait là, un bras rejeté au-dessus de sa tête, son large torse se soulevant à chaque respiration, dans toute sa splendeur d'amant rassasié. Alors qu'elle l'observait, de légers tiraillements se réveillèrent dans son corps. Une odeur capiteuse, tenace, d'humus et de sève, flottait dans la pièce.

La sonnerie retentit à nouveau, péremptoire. Agacée, Camille enjamba les vêtements éparpillés sur le sol et prit un peignoir accroché à une patère dans la salle de bains.

Il n'était que six heures du soir, mais, en ce début de novembre, il faisait déjà nuit. Tout à l'heure, ils retrouveraient les banquettes en velours rouge du Petit Riche, l'un des restaurants parisiens préférés de Victor, puis ils traverseraient la Seine jusqu'à Montparnasse et la piste de danse de l'Éléphant Blanc, mais les huîtres du bistrot, le claquement frais du chablis, les amabilités du maître d'hôtel en habit de la boîte de nuit – « Quel plaisir de revoir Monsieur... » –, les trompettistes et le batteur de l'orchestre, le tintement des glaçons dans les verres de scotch ne seraient que des distractions sans importance, destinées à combler les heures jusqu'au moment où ils reviendraient enfin, au creux de la nuit, vers cette chambre aux rideaux tirés.

Comme d'habitude, il y aurait une impatience fébrile dans leurs gestes, une rudesse dénuée de fausse pudeur, car tous deux pourchassaient la jouissance avec la même détermination, comme si leurs vies en dépendaient et s'ils recherchaient l'oubli sous les morsures et les sourires.

— J'arrive ! grommela-t-elle en tirant le verrou.

Aussitôt, elle resserra d'une main les deux pans de sa robe de chambre.

— Maman, qu'est-ce que tu fais là ? demanda-t-elle, se sentant soudain bêtement coupable, parce qu'elle était échevelée, à moitié nue, et qu'elle venait de faire l'amour avec son amant alors que la journée n'était pas terminée.

— J'ai essayé de te joindre tout l'après-midi, se plaignit Valentine d'un air irrité. Au bureau, ils m'ont dit que tu n'étais pas revenue après le déjeuner et ton téléphone a sonné dans le vide.

Camille se rappela que Victor avait décroché lorsqu'ils étaient rentrés vers quatre heures. Elle lui avait dit en riant qu'elle découvrait enfin les délices de l'école buissonnière.

Mal à l'aise, la jeune femme sentit ses joues s'empourprer. Que faire ? Proposer à sa mère d'entrer ? Mais elle ne la voulait pas chez elle, pas maintenant. Les rares visites de Valentine exigeaient une lente maturation, des fleurs fraîches dans l'entrée, des cendriers vidés, des coussins alignés, une odeur de cire sur les lattes du parquet. De quel droit venait-elle la déranger sans prévenir ?

Elle n'avait pas vu sa mère depuis quatre mois. Elles ne se retrouvaient plus qu'à Noël ou pour leurs anniversaires. Ces jours-là, même Camille n'osait pas se dérober au rituel des fêtes imposées, de crainte d'une rupture trop définitive. Si elles se croisaient au restaurant ou lors d'un défilé de mode, elles se saluaient poliment, sans même faire preuve d'animosité. Et, chaque fois, Camille avait l'impression que quelqu'un lui égratignait le cœur.

— Qu'est-ce que tu veux ? lança Camille sur un ton accusateur.

— Est-ce que je peux entrer, ou es-tu si occupée que je doive prendre racine sur ce palier ?

À contrecœur, Camille fit un pas en arrière. D'un coup d'œil, elle nota l'élégance du renard et devina la griffe d'Alexandre Manokis. Valentine laissa tomber la courte veste sur le dossier d'un fauteuil et retira ses gants d'un geste saccadé. Camille serra sa ceinture autour de sa taille et fit le tour du salon pour allumer les lampes. Elle fut soulagée de voir que la porte qui donnait dans sa chambre était fermée. Victor avait dû se réveiller.

Quand sa mère se retourna pour lui faire face, la jeune femme remarqua qu'elle avait un teint presque translucide. Sous les sourcils appuyés d'un trait de crayon, le regard vert était fébrile.

— Maxence a été arrêté, dit Valentine.

Chaque fois qu'elle entendait parler de son frère, Camille éprouvait un sentiment confus d'irritation, de déception et de jalousie. Elle ne comprenait pas pourquoi elle n'avait pas eu de ses nouvelles depuis la mort de leur père. Pas une lettre ni un coup de fil depuis trois ans. Elle aurait pu aussi bien être morte. Il avait ignoré les lettres qu'elle avait envoyées à New York à une adresse que lui avait donnée sa mère. Elle croyait savoir qu'il venait voir Valentine une fois par an, mais elle n'en était pas certaine. Avec le temps, cela avait fini par lui être indifférent.

À l'époque, sa mère lui avait appris qu'il était parti pour l'Amérique sur un coup de tête. Elle se rappelait avoir été lâchement soulagée : au moins, il lui laissait les mains libres avec la Maison. Il avait travaillé pour *Paris-Match* comme photojournaliste, puis, ne supportant plus les commandes de reportages, « parce qu'il est trop indépendant de nature », avait prétendu Valentine – *disons plutôt indiscipliné*, songeait Camille –, il avait rejoint l'agence Magnum qui s'occupait de ses droits de reproduction tout en le laissant maître de ses négatifs. « Les négatifs, c'est essentiel pour un photographe, tu comprends ? C'est son bien le plus précieux », lui avait expliqué sa mère. Camille avait haussé les épaules.

Peu de temps après sa rupture avec Sergueï, elle avait ouvert un numéro du magazine américain *Life* qui présentait un reportage sur l'Union soviétique de Nikita Khrouchtchev. Le nom de Maxence Fonteroy y était inscrit en caractères gras. Il avait photographié des inconnus aux visages sombres, froissés de fatigue, mais d'autant plus naturels et poignants qu'il les avait saisis dans le décor fastueux du métro de Moscou, avec ses escaliers roulants qui plongeaient vers les entrailles de la terre, ses plafonds à mosaïque, son dédale de couloirs en marbre. Il avait joué avec les contrastes du noir et blanc, la symétrie des colonnades, le réalisme des statues de héros pour saisir, chez un couple d'amoureux ou un vieil ivrogne, la fragilité des êtres. Alors qu'elle avait toujours soupçonné le photographe d'être apparenté au voleur, elle avait compris qu'il pouvait aussi dévoiler un supplément d'âme.

— Arrêté ? reprit-elle. Qu'est-ce qu'il a bien pu faire ?

— Il est à Budapest.

Camille regarda sa mère avec des yeux ronds.

— Tu ne lis jamais les journaux ? lança Valentine, exaspérée. Tu devrais savoir que les Hongrois se sont soulevés contre l'occupation soviétique. Évidemment, l'URSS n'a pas apprécié. Les chars sont entrés dans le pays pour écraser la révolution.

— Je suis parfaitement au courant de ce qui se passe à Budapest depuis le 23 octobre, maman, répliqua Camille, irritée que le moindre propos de sa mère cache toujours une accusation voilée. Je sais que Maxence était sur place pour un reportage. J'ai vu ses photos.

Elle pensa à celles qui montraient le peuple déboulonnant la statue de Staline, au visage d'un enfant couvert de suie, son large sourire dévoilant une dent cassée devant un mur effrité.

— Mais je croyais que les Soviétiques s'étaient retirés de la capitale.

— Eh bien, ils sont revenus. Les chars sont entrés par centaines dans Budapest. Regarde…

Valentine prit *Le Monde* qu'elle avait apporté et le déplia pour lui montrer la une du journal. Le titre éclatait en première page : « L'insurrection hongroise est écrasée ». Une ombre inquiète glissa dans son regard. D'une main nerveuse, elle jouait avec le sautoir en perles fantaisie. Dans le tailleur en tweed qui soulignait sa silhouette fuselée, elle avait soudain l'air terriblement fragile.

— L'un de ses amis journalistes vient de me prévenir. Il aurait été arrêté il y a deux ou trois jours.

— Assieds-toi, dit Camille, hésitant à lui offrir quelque chose à boire par crainte de l'inciter à prolonger sa visite. Qu'est-ce que tu veux qu'il lui arrive ? Il est journaliste et il a un passeport français. Il est protégé.

— Tu as une confiance bien aveugle dans les communistes. Là-bas, personne n'est à l'abri d'une bavure. On peut accuser n'importe qui d'être un espion, surtout un garçon au sang chaud comme ton frère qui n'est pas du genre à se laisser faire. En cela, il te ressemble, vous êtes aussi impulsifs l'un que l'autre. Je suis venue te demander de joindre ton ami russe. Il doit intervenir et le sortir de là.

Camille se figea. C'était impossible ! Comment pouvait-elle envisager de demander à Sergueï d'intervenir en faveur de son cousin germain ? Le secret serait dévoilé. Sa mère l'apprendrait, Maxence aussi... Tout le monde serait mis au courant. Elle entendait déjà les murmures siffler entre les murs de la Maison. Et chacun se demanderait pourquoi elle n'avait rien dit plus tôt.

— Sergueï Volkov n'est pas un militaire, ni un homme politique. Que veux-tu qu'il fasse ? Tu ferais mieux de t'adresser au Quai d'Orsay.

— Dans des situations comme celle-ci, les chemins officiels ne servent à rien. On vous reçoit dans des lambris dorés, on vous étourdit avec des flatteries et une compassion feinte, et rien ne se passe. Les régimes totalitaires doivent être battus à leur propre jeu : il faut être aussi fourbes qu'eux.

La voix de Valentine trembla légèrement.

— Tu ne t'en rends peut-être pas compte, Camille, mais c'est la vie de ton frère qui est en jeu. Il s'est lié d'amitié avec des opposants au régime. Un homme est venu me voir l'autre jour... Je lui ai proposé des vivres et des couvertures. Il m'a demandé comment se procurer des armes... Il faudra peut-être payer pour faire libérer Maxence. C'était déjà comme ça du temps des nazis. Si tu ne veux pas appeler ce Volkov, dis-moi où je peux le joindre et j'irai le trouver moi-même.

Un frisson parcourut le corps de Camille à la pensée de sa mère et de Sergueï, ensemble.

— Non, je m'en occupe... Je te promets... Demain matin, à la première heure...

— Je te remercie. Tiens-moi au courant.

Valentine prit sa veste et la jeta sur ses épaules. Camille la raccompagna dans l'entrée. Leurs joues se frôlèrent en une parodie de baiser. Quand Camille respira la senteur poudrée de sa mère, toute son enfance lui revint en mémoire et, avec elle, son cortège de tristesses muettes. Une femme fidèle à un parfum emportait dans son sillage les souvenirs de sa vie. Aux autres d'y puiser du réconfort, une nostalgie ou une amertume.

Sur le palier, Valentine se retourna une dernière fois. Un bandeau de satin noir retenait sa courte chevelure de jais, dévoilant les anneaux en or à ses oreilles.

— Je compte sur toi, Camille. Ne me laisse pas tomber.

Son regard était déterminé.

La gorge nouée, Camille hocha la tête et referma doucement la porte. Elle ne la décevrait pas. Bien sûr que non. Toute sa vie, elle n'avait eu de cesse de lui plaire.

Restée seule, Camille se sentit brusquement glacée. Elle se réfugia sous la couverture qui ornait le canapé et entoura ses genoux avec ses bras. Cela faisait trois ans qu'elle n'avait plus de nouvelles de Sergueï. Depuis leur dispute, elle n'était pas retournée en Russie. Désormais, c'était Duteil qui faisait le voyage jusqu'à Leningrad pour choisir les peaux. Elle n'était pas retournée à Leipzig non plus. Elle n'avait plus rien à y faire. Ce monde-là appartenait à un chapitre de sa vie qui était clos et dont elle n'était pas sortie indemne.

Parfois, quand elle se contemplait dans un miroir, elle avait l'impression de découvrir une Camille Fonteroy plus cynique et intraitable. Le regard clair était devenu distant, les pommettes, l'arête de son nez plus marquées. En perdant ses illusions de jeune femme amoureuse, elle avait aussi perdu une certaine douceur dans le visage, comme un reste d'enfance.

Elle avait renvoyé Philippe Haguenau, l'administrateur qu'avait apprécié son père, et rabattu son caquet à René Cardot. Le modéliste, après quelques colères et claquements de portes, n'avait consenti à rester que parce qu'elle lui payait un salaire astronomique. Entre Camille et lui régnait une trêve fragile.

Elle décidait de tout, de la couleur des doublures à la forme des boutons, de l'esprit d'une collection au menu proposé aux employés à la cantine. Elle avait vendu des entrepôts pour dégager des liquidités et décidé de créer un parfum, à l'instar d'autres couturiers, choisissant un laboratoire de chimistes parfumeurs de renommée internationale. « Imaginez que c'est l'hiver, avait-elle déclaré au directeur à barbe blanche qui l'avait reçue dans ses bureaux. Une femme est amoureuse, passionnée, curieuse de la vie. Elle aime le luxe, les voyages lointains, l'odeur du cuir, les fourrures, les bijoux. C'est une séductrice… » Le parfumeur l'avait examinée un moment en silence, avec un air paternel qui lui avait rappelé son grand-père. « Mais il ne faudrait pas qu'elle soit trop impérieuse, n'est-ce pas, mademoiselle ? Il faudrait qu'on décèle chez elle un soupçon de fragilité. Afin d'avoir envie de l'aimer. » Quelques semaines plus tard, il lui avait proposé un parfum oriental, aux notes d'ambre et de vanille, que Cardot avait baptisé *L'Insoumise* avant de dessiner une collection de cabans et de manteaux trois-quarts pour des femmes modernes et sportives.

À son retour de Leningrad, trois ans plus tôt, Camille avait été incapable de dire la vérité à sa mère au sujet de Léon. Il aurait fallu évoquer Sergueï, expliquer leur relation, la jeter en pâture. Elle n'avait pas eu la force de parler d'eux. Plus les mois passaient, plus ce silence lui avait pesé, alors, pour oublier, elle s'était laissé étourdir par son travail et l'irruption de Victor Brook dans sa vie.

Lorsqu'elle passait dans le corridor des ancêtres, elle évitait de lever les yeux vers le portrait de son oncle. Elle avait demandé que l'on accroche celui de son père sur le mur qui lui faisait face, au lieu de placer les deux frères côte à côte. Ainsi, pour regarder André, elle tournait le dos à Léon, comme il l'avait fait à l'égard de sa famille plus de quarante ans auparavant.

Victor passa la tête par la porte de la chambre.

— Elle est partie ? chuchota-t-il.

— Oui, répondit-elle sèchement.

Il s'avança dans le salon, un drap de bain noué sur les hanches.

— Rien de grave, j'espère ? fit-il en allumant une cigarette.

— Non.

— Parfait. Je vais prendre mon bain avant que nous sortions dîner.

Il semblait soulagé, comme s'il avait redouté d'avoir à écouter des confidences. Il n'en avait ni le temps ni l'envie. C'était justement cette indifférence qui l'avait attirée chez lui. Un mois après sa rupture avec Sergueï, elle avait reçu à son bureau un bouquet de roses rouges avec une carte de visite : « Je suis de retour à Paris. Dîner, ce soir, chez Lapérouse. »

Ils ne s'aimaient pas. Victor avait d'autres maîtresses, ailleurs. Camille ignorait tout sentiment de jalousie, lassée de cette sensibilité qui l'avait guidée toute sa vie. Grâce à Victor, elle avait découvert qu'un corps à corps pouvait exister par lui-même. Sans attaches ni exigences. Entre eux, il n'y avait pas de mensonge. Ses mains avides l'effleuraient et dissipaient ses angoisses. À son tour, elle inventait des caresses qu'elle n'aurait jamais imaginées avec Sergueï parce que, entre eux, il y avait eu trop de respect, trop d'amour. Avec Victor, elle ne craignait rien. Elle n'avait rien à gagner ni à perdre. Elle se servait de lui, explorait sans honte son corps, découvrait les appétits du sien. Lorsqu'il était à Paris pour quelques jours, parfois une semaine ou deux, elle ne dormait plus que par intermittence. Lorsqu'il repartait, elle n'éprouvait ni soulagement ni regret. Son arrogance l'irritait, sa prodigalité fantasque la distrayait, mais il savait la faire jouir, et elle n'en demandait pas plus.

Valentine descendit l'escalier, s'agrippant d'une main à la rampe. Camille lui avait semblé tellement distante ! Autrefois, soumise au poids d'un amour qu'elle aurait voulu moins dévorant, elle s'était agacée de l'attitude de sa fille. *Je n'étais pas faite pour subir cette dictature des émotions*, pensa-t-elle. Aujourd'hui, alors qu'elle aurait été prête à l'écouter, il n'y avait entre elles qu'une vaste étendue de solitude et d'incompréhension où chaque parole devenait blessante, chaque regard acéré. Leurs attitudes manquaient de naturel, de spontanéité. On aurait eu du mal à trouver chez elles la moindre connivence, comme si chacune jouait un rôle dont elles ne parvenaient plus à se défaire.

Dans la rue, le froid se révéla plus mordant. Les passants se hâtaient à la sortie des bureaux. Elle frissonna et remonta la rue Cambon en direction du boulevard des Capucines.

Devant elle, les lumières de la Maison Fonteroy se reflétaient dans les flaques d'eau du trottoir. Il avait plu en fin de journée. L'asphalte exhalait des relents d'humidité. Deux clientes sortirent du magasin en plaisantant, suivies par un chauffeur, les bras encombrés de paquets. Leur insouciance irrita Valentine, hantée par l'image de Maxence prisonnier de la capitale hongroise bombardée. À la radio, elle avait entendu un journaliste traduire l'appel du président du Conseil, Imre Nagy : « Aujourd'hui à l'aube, les troupes soviétiques ont déclenché une attaque contre Budapest avec l'intention évidente de renverser le gouvernement légal de la démocratie hongroise… J'en avertis le peuple hongrois et l'opinion publique du monde entier… »

Elle ne savait rien de la Hongrie. Elle ne s'y était intéressée qu'en découvrant les premières photos de Maxence publiées dans les journaux à la fin d'octobre. Celle d'un jeune homme arrachant une étoile rouge, d'une foule brûlant des drapeaux soviétiques sur une barricade ou se rassemblant devant un parlement qui ressemblait étrangement à celui des Anglais. Comme toujours, Maxence avait privilégié les photos d'anonymes, des cadrages serrés sur des visages expressifs. Elle ne connaissait rien à leur pays, mais ces regards sombres où brillait un espoir insensé lui avaient semblé familiers. À l'époque, quand les Allemands avaient occupé la France, elle avait éprouvé ce même élan irrésistible pour la liberté.

Maxence était là-bas, quelque part dans cette ville où il y avait déjà eu des centaines de morts. Elle pressa le pas.

À l'angle de la place de l'Opéra, elle poussa la porte du Café de la Paix. Il était assis sur le bord d'un tabouret, comme aux aguets. Dès qu'il la vit, il se leva. Ses yeux bleus étaient cernés et deux rides creusaient ses joues. Il s'approcha d'elle, lui prit le bras et la fit asseoir à l'une des petites tables.

Le garçon en long tablier blanc se dressa aussitôt à côté d'eux.

— Un Martini, extra-dry, dit-elle d'une voix rauque.

— Alors, qu'est-ce qu'elle a dit ? demanda Alexandre.

— Elle a promis d'aider. Elle va appeler son Russe.

— Tu en es certaine ?

— Elle m'a donné sa parole.

Alexandre hocha la tête. Depuis que Valentine l'avait appelé pour lui annoncer que Maxence avait été arrêté dans des circonstances troubles, il était en plein désarroi. L'idée que son fils souffre sans qu'il pût l'aider le rendait fou. De même qu'il devenait fou à la pensée que Maxence risquait de mourir sans qu'ils aient eu le temps de se connaître.

Valentine but son Martini à petites gorgées. Les genoux d'Alexandre étaient pressés contre les siens. Elle avait hésité avant de l'appeler, mais après avoir reçu la nouvelle, elle s'était sentie affreusement seule.

Elle étudia son visage fermé en songeant qu'il était toujours aussi beau. Pourquoi ne s'était-il jamais marié ? Il continuait à vivre rue de Trévise, mais son magasin et ses ateliers avaient désormais pignon sur rue dans le faubourg Saint-Honoré. Elle se rappela le jeune Grec ambitieux qu'elle avait rencontré près de trente ans auparavant. Il avait réussi. Son talent, sa rigueur, son courage en avaient fait un homme. À cinquante-quatre ans, sa stature élégante attirait les regards des femmes. *Et moi, je lui ai donné un fils*, pensa-t-elle.

— André savait, dit-elle soudain.

Il la regarda sans comprendre.

— Pour Maxence. C'est Camille qui me l'a dit.

— Comment a-t-il pu deviner ? s'étonna-t-il, fronçant les sourcils.

Elle haussa une épaule.

— Aucune idée. Il ne m'en a jamais parlé.

— Peut-être que Camille se trompe.

— Je l'espère…

Elle baissa les yeux, avant d'ajouter d'un air songeur :

— Tu sais comment Ludmila Tikonov avait intitulé mon portrait ?

— Non. Tu ne me l'as jamais dit.

— *La Mal-Aimée...* Or il me semble que c'est plutôt moi qui n'ai jamais su aimer les autres.

Il resta silencieux, l'air grave. Inquiète, elle se mordilla la lèvre. Il ne la détromperait pas. Autrefois, elle n'aurait pas accepté le reproche, elle se serait indignée, révoltée, mais aujourd'hui, elle lui sut gré de sa franchise.

Il effleura d'un geste nerveux le journal posé devant lui. Elle voyait qu'il souffrait. Quand elle posa sa main sur la sienne, il lui agrippa les doigts.

— Je t'envie, Valentine..., murmura-t-il. Toi, tu n'as jamais peur.

Elle esquissa un sourire désabusé.

— Moi... J'ai des peurs que vous autres, vous ne pouvez même pas soupçonner.

Un peu plus tard, ils s'en allèrent, abandonnant sur la banquette le journal du soir. Un journaliste avait retranscrit la dernière dépêche de la presse libre hongroise qui était tombée en anglais sur les téléscripteurs occidentaux : « Les Russes sont trop proches... Adieu, les amis... Sauvez nos âmes... »

Dans l'entrée, Sonia Krüger colla son oreille contre la porte fermée du salon. Pas un bruit. Sa grand-mère devait encore s'abandonner à l'une de ses transes étranges qui précédaient toujours un concert. Combien de temps mettrait-elle à émerger ? Elle voulait qu'Eva l'aide à se coiffer.

Elle lissa sa robe bleu marine, émerveillée par la douceur du velours. À treize ans, c'était la première fois qu'elle portait une robe d'adulte, des bas fins et des chaussures à talons. Elle se sentait gauche et intimidée. Elle s'approcha du miroir accroché à côté du portemanteau. Un visage pointu aux pommettes saillantes, mangé par deux immenses yeux sombres, la regarda tristement. On lui reprochait souvent son air mélancolique. Mais qu'y pouvait-elle ? C'était sans doute parce qu'elle souriait peu, gênée par des dents qui se chevauchaient, et à cause des cernes bleutés sous ses yeux. Quand elle était fatiguée, on aurait dit qu'elle avait reçu un coup de poing et, ces derniers temps, elle se sentait tout le temps fatiguée. « C'est parce que tu grandis, disait sa grand-mère. Il faut de l'énergie pour pousser. »

Elle poussait, en effet, telle une liane. D'après son grand-père, elle ressemblait de plus en plus à Rosmarie, la mère qu'elle n'avait pas connue. Avec son corps délié, son cou gracieux, son port de tête altier et ses attaches fines, Sonia était le portrait craché de la danseuse de ballet dont elle conservait précieusement quelques photos dans sa boîte à trésors. Certains soirs, alors que ses grands-parents dormaient depuis longtemps et qu'une angoisse sourde la privait de sommeil, elle sortait la boîte de sa cachette sous le lit et éparpillait la dizaine de photos en éventail sur son édredon. Puis elle les prenait l'une après l'autre par les coins, de crainte de les abîmer, et les étudiait attentivement, comme si la jeune femme brune, dressée sur ses pointes, lui adressait un message secret.

Elle n'avait pas connu ses parents. À l'école, elle n'était pas la seule. La plupart de ses camarades avaient perdu leur père à la guerre, certaines étaient aussi orphelines de mère, mais personne n'en parlait jamais. Le passé devait rester soigneusement enterré, les morts enfouis sous une chape de silence, tandis qu'on se débattait pour survivre. Sonia savait seulement que sa mère avait été mortellement blessée lors d'une échauffourée dans la rue, à l'époque où les troupes russes occupaient Leipzig. « Ta mère était quelqu'un de très bien, ton père aussi », se contentait de dire Eva, le visage pincé. Visiblement, l'évocation lui était pénible. « Il ne faut pas parler de choses tristes. Ils ne seraient pas contents. » Mais Sonia portait ce silence telle une pierre au fond du cœur.

La porte du salon s'ouvrit.

— Tu peux entrer, Sonia. Je sentais ton impatience à travers la porte, plaisanta sa grand-mère en passant la tête par l'ouverture.

Sonia s'empressa de lui obéir.

— Il fait froid mais beau pour un 25 novembre, constata Eva en tirant les rideaux. Tant mieux ! Mes pauvres articulations détestent l'humidité. Décidément, je commence à me faire vieille.

Elle tendit les mains vers le poêle pour les réchauffer. Sonia fronça les sourcils : la tenue de sa grand-mère n'était pas seyante. Le chemisier blanc était neuf, mais le tissu synthétique laissait à désirer ; quant à la jupe noire, elle tombait droit jusqu'au sol, sans grâce ni mouvement. Elle s'en voulut, car elle avait promis à sa grand-mère de lui coudre une robe pour le concert, mais elle avait pris du retard et Eva avait insisté pour qu'elle finisse d'abord la sienne. Le velours avait été plus difficile à travailler que Sonia ne l'avait pensé.

— Tu es ravissante, ma chérie, dit Eva en souriant.

— Tu crois ? s'inquiéta Sonia.

— Absolument. Viens ici, il faut que je te coiffe.

La jeune fille s'approcha de sa grand-mère et lui tourna le dos. Elle la dépassait déjà de quelques centimètres.

— Tu es nerveuse ? demanda Sonia, savourant la caresse des mains douces qui lui tressaient les cheveux.

— Non.

— Pourquoi pas ?

— Voilà plus de trente ans que je participe à des concerts de l'orchestre du *Gewandhaus*. Ce n'est pas leur jubilé des cent soixante-quinze ans qui va m'impressionner. De toute façon, ajouta-t-elle à voix basse, depuis la guerre, on dirait que la peur m'est devenue étrangère. Je crois que c'est un sentiment qui m'a été enlevé une fois pour toutes.

Sonia resta silencieuse, troublée par le ton grave de sa grand-mère. C'était tellement rare qu'elle évoque cette époque dramatique !

— J'aimerais bien que ce soit pareil pour moi, murmura la jeune fille.

Eva la saisit doucement par les épaules et la tourna vers elle. Puis elle enserra son visage entre ses mains.

— Ne dis pas ça, ma petite. La peur est nécessaire pour affronter la vie. Elle rend plus fort. Je n'ai pas peur pour moi, c'est vrai, mais je m'inquiète pour toi. Quand je pense à ton avenir… je crains que tu ne sois pas heureuse. Parfois, tu as l'air tellement… silencieuse.

Sonia observa le visage tant aimé, la peau douce et fanée des joues, les cheveux blancs coupés court, les rides qui marquaient le front. Le regard bleu d'Eva la scrutait. Sa grand-mère représentait tout pour elle : l'amour, la tendresse, la sagesse, le réconfort. C'était dans ses bras qu'elle venait se blottir petite fille après un cauchemar, c'était elle qui l'avait soignée lors de sa pneumonie, alors qu'elle luttait pour respirer et que ses poumons étaient transformés en pelotes d'aiguilles. Elle était restée alitée pendant deux mois. Pour passer le temps, elle avait commencé à coudre des robes pour sa poupée avec des bouts de chiffon. Une fois rétablie, elle avait continué, adaptant pour elle les patrons qu'elle découpait dans les journaux.

— Je t'aime, *Oma*, tu sais, souffla-t-elle.

Un sourire éclaira les traits de la pianiste.

— Je sais, ma chérie. Moi aussi, je t'aime.

Le bruit de la clé dans la serrure de la porte d'entrée leur fit tourner la tête.

— Ah, voilà enfin ton grand-père ! Pour une fois qu'il n'est pas en retard.

Le ton guilleret, comme pour chasser l'émotion, fit sourire Sonia. Karl Krüger était d'une ponctualité d'horloger. Il avait dit qu'il viendrait les chercher à six heures et, pour lui donner raison, la pendule se mit à sonner.

Karl entra dans le salon, un bonnet de fourrure sur la tête, son gros manteau d'hiver élimé serré autour de sa silhouette maigre.

— Vous êtes prêtes, mesdames ? Votre carrosse vous attend.

— J'aimerais bien voir ça, bougonna Eva. Il n'y a plus de carrosses dans cette ville depuis belle lurette.

Le visage de Karl s'affaissa. Lorsque Eva évoquait leurs conditions de vie difficiles, même en plaisantant, il se sentait toujours coupable. Auraient-ils dû fuir Leipzig à l'arrivée des Soviétiques, comme certains de leurs amis médecins ou professeurs qui étaient partis avec les Américains, n'emportant que leurs vêtements sur le dos ? À l'époque, Karl avait hésité et son indécision leur avait été fatale. Il n'avait pas pu envisager de quitter sa ville natale ni la maison d'édition de ses ancêtres pour se lancer dans l'inconnu. Pourtant, une grande partie du quartier des éditeurs était en ruine, des millions de livres partis en fumée, et Eva, pianiste de renom, aurait pu subvenir à leurs besoins. Curieusement, elle n'avait pas demandé à partir. Avait-elle compris qu'il aurait eu le sentiment de déserter ? Et puis, il y avait eu le drame de Rosmarie, qu'ils n'évoquaient jamais parce que Eva ne voulait en aucun cas que Sonia apprenne la vérité.

C'était pendant l'hiver 1946. Il faisait un froid polaire. Le charbon manquait, ils avaient du mal à chauffer l'appartement et les rations d'une maisonnée avec une petite fille de trois ans et deux femmes sans travail étaient extrêmement réduites. Les réserves de pommes de terre, ayant gelé dans les caves, étaient immangeables. Dans les rues, les squelettes sombres des murs calcinés se dressaient parmi les congères.

Ce jour-là, alors que toutes les femmes se dépêchaient de rentrer chez elles avant la tombée de la nuit, redoutant de croiser des soldats russes en maraude, Rosmarie était sortie chercher de la nourriture. Eva était alitée avec une mauvaise grippe, grelottant de fièvre sous les couvertures, et la jeune ballerine n'avait pas osé s'absenter de la journée.

Karl revenait du bureau, fatigué et déprimé. Son filet à provisions était vide. Lorsqu'il était passé chez le boucher pour acheter ses cinquante grammes de viande, on lui avait appris qu'il n'y avait pas eu de livraison. Alors qu'il tournait le coin de la rue, un voisin se précipita vers lui. « Venez vite, Herr Krüger, il est arrivé un malheur ! » Le cœur battant, Karl pensa aussitôt qu'Eva était morte. Il se mit à courir. « Non, non, par ici ! » cria l'homme en le tirant par la manche. Il l'entraîna vers l'un des larges passages qui menaient d'une rue à l'autre.

Rosmarie était allongée par terre, une blessure à la tempe, les lèvres éclatées, la mâchoire tuméfiée. Quelqu'un avait maladroitement ramené les pans de son manteau pour cacher sa poitrine ensanglantée. On avait aussi rabattu sa jupe sur ses cuisses pour essayer de lui rendre un peu de dignité. Elle avait été violée et battue à mort par deux soldats en uniforme de l'Armée rouge. Une vieille dame avait tout vu de sa chambre au premier étage.

Karl s'agenouilla auprès de la jeune femme. Bouleversé par la terreur qu'il lisait dans les pupilles fixes, il avança une main tremblante, osant à peine la toucher, comme s'il craignait de lui faire mal, tant son corps meurtri avait été sauvagement brutalisé.

« Ce sont elles qui payent pour nos crimes… Ma nièce de dix ans… Sa mère aussi… Sous les yeux de mon frère… Il s'est tiré une balle dans la tête… », murmura d'une voix blanche l'homme à ses côtés.

Karl réprima un mouvement de colère. Ces histoires terribles, chacun les connaissait. Les troupes soviétiques se montraient impitoyables. Les officiers russes ne parvenaient pas à contrôler leurs hommes, aveuglés par la haine et la vengeance.

Avec précaution, il glissa ses bras sous le dos et les genoux de Rosmarie, la souleva avec peine. Elle n'était pas bien lourde, mais il était affaibli. « Laissez-moi vous aider », proposa l'homme. « Non ! répliqua Karl. Je vais y arriver tout seul. » Il ne voulait pas que cet homme la touche. Elle avait déjà assez souffert, et puis, il ne savait rien de lui. Dieu seul savait ce qu'il avait fait pendant la guerre.

Sur le chemin du retour, il dut s'arrêter deux fois pour reprendre son souffle. Il déposa Rosmarie sur le divan du salon, la recouvrit d'un drap et redescendit appeler la police.

*C'est après ce drame que j'aurais dû fuir*, songea-t-il en regardant Sonia. *Mais Eva était si malade, et avec la petite, je ne savais pas comment faire…*

À l'époque, l'immeuble de la Katharinenstrasse ayant été détruit, ils avaient emménagé dans un appartement que les autorités leur avaient ensuite confisqué. Désormais, ils habitaient un immeuble sans âme de pierre grise, éloigné du centre ville, mais au moins Sonia avait sa propre chambre.

Sa maison d'édition avait été nationalisée, les presses d'imprimerie confisquées et transportées en Union soviétique. Une fois qu'il eut prouvé n'avoir occupé aucun poste important dans l'administration nazie, Karl s'était vu accorder un emploi de responsable de collection. Il s'était consacré à l'édition de romans policiers et de science-fiction qui trouvaient un large écho auprès d'un public avide de se changer les idées. Seule sa collection de littérature soviétique avait été un échec, au grand dam des responsables russes de la culture.

— Qu'est-ce que tu vas jouer ce soir ? demanda-t-il, aidant Eva à enfiler son manteau, tandis que Sonia ajustait son béret sur sa tête.

— Du Chopin, comme d'habitude, ironisa-t-elle. Ils n'ont pas voulu de ma *Rhapsodie hongroise* de Liszt.

Dès la fin de la guerre, les Soviétiques avaient imposé une censure culturelle. « Bah, on a l'habitude, avait dit Eva à l'époque. Il n'y a que les programmes qui changent. » Les orchestres et les solistes étaient étroitement surveillés. L'administration soviétique exigeait des répertoires « démocratiques ». On conseillait Tchaïkovski, Mendelssohn ou les œuvres du compositeur Chostakovitch, en critiquant le goût du public allemand trop attaché à la musique romantique d'un Schubert ou d'un Mozart. Eva s'était concentrée sur Chopin, qui plaisait à la fois à l'occupant et au public.

Karl éteignit soigneusement les lumières et referma la porte derrière eux. Tandis que les talons de Sonia et d'Eva claquaient sur l'escalier en ciment, une douleur subite le poignarda à la poitrine. Saisi d'un vertige, il ferma les yeux et s'adossa à la porte de l'appartement. Il entendait, en un étrange écho, la voix limpide de sa petite-fille qui racontait une histoire. La main posée sur le cœur, il attendit que l'étau se relâche.

Il fallait absolument qu'il aille voir un médecin, songea-t-il quand la crise fut passée, lui laissant un goût de bile dans la bouche. Ce n'était pas la première fois qu'il ressentait ce genre de crispation douloureuse, mais il refusait de s'y attarder. Après les tranchées de la Somme, il avait passé suffisamment de mois entre les mains des médecins pour les éviter comme la peste.

Il se tamponna le front avec un mouchoir, priant qu'Eva ne remarque rien. Il ne voulait surtout pas la déconcentrer avant le concert. *Je lui en parlerai demain*, se jura-t-il, tandis que la minuterie s'éteignait.

— Tu viens, Karl ? s'impatienta Eva dans le noir. Nous allons être en retard.

Dans la vaste salle, assailli par la lumière trop vive des lustres, Karl cligna des yeux. La foule bruissait en s'installant dans les rangées de fauteuils rouges. Avec des airs de conspirateurs, les musiciens tiraient des plaintes étranges de leurs instruments qu'ils finissaient d'accorder. Les joues roses, le visage animé, Sonia était perchée toute droite sur le rebord de son siège.

— J'ai peur pour *Oma*, murmura-t-elle à son grand-père, assis à côté d'elle. Je ne sais pas comment elle fait… Devant tous ces gens… Et si jamais elle avait un trou de mémoire… Ce serait affreux !

Karl sourit.

— Je connais ta grand-mère depuis bien longtemps, ma chérie, et elle n'a jamais eu un trou de mémoire. Une fois qu'elle est assise à son piano et qu'elle commence à jouer, tout le reste disparaît. Même nous. Il n'y a qu'elle et sa musique. Parfois, j'ai l'impression qu'elle est seule avec les anges.

Rassurée, Sonia feuilleta le programme.

— À ton avis, qu'est-ce qu'elle fait en ce moment ? demanda-t-elle.

— Elle peste parce que le concert va débuter avec un quart d'heure de retard.

Brusquement, Karl empoigna les bras de son fauteuil. Les lumières vacillèrent. Sa chemise fut trempée de sueur.

— *Opa*, qu'est-ce qu'il y a ?

Karl avait l'impression de suffoquer. Des cercles de fer lui comprimaient la poitrine. Il se mordit la lèvre. *Je ne dois pas faire peur à Sonia*, pensa-t-il, alors que les vagues de douleur s'atténuaient quelque peu.

— Ce n'est rien…, dit-il en articulant avec difficulté. Un petit malaise… Je vais sortir prendre l'air deux minutes…

— Je viens avec toi.

— Non… Reste sagement ici… Je ne serai pas long…

Les dents serrées, il eut du mal à se lever. Tous ses muscles tremblaient. Il prit appui sur le dossier du fauteuil placé devant lui. Heureusement qu'il était en bout de rangée ! À la porte, il se retourna pour sourire à Sonia et la rassurer d'un signe de la main. Un voile de silence s'étendit alors sur la salle, puis les applaudissements accueillirent l'entrée d'Eva. Karl la regarda marcher vers le piano à queue d'un pas décidé. *On dirait toujours qu'elle part au combat*, pensa-t-il, avant de refermer doucement la porte pour ne pas déranger.

Le corridor circulaire était désert. Il desserra sa cravate. Il lui fallait seulement un peu d'air et il se sentirait mieux.

Mais la douleur revint, brutale, mauvaise. Ses jambes ne le

portaient plus ; des points noirs dansaient devant ses yeux. Il se laissa glisser le long du mur.

À travers la porte capitonnée, il entendit monter les premières notes du nocturne de Chopin.

Camille se mit à compter lentement jusqu'à dix. Contrairement à son père et à son grand-père, sa patience laissait à désirer quand il s'agissait d'écouter les caprices d'une cliente. *C'est peut-être parce que je suis une femme*, se dit-elle, un sourire figé aux lèvres. *Une bonne claque et tout irait mieux.*

Mrs. Lori Neumann avait une vingtaine d'années, une coiffure bouffante blond platine, une moue boudeuse et un compte en banque extrêmement bien fourni, grâce à son mari qui n'en revenait pas d'avoir convaincu cet oiseau du paradis de convoler en justes noces avec lui.

Poings sur les hanches, elle s'examinait dans les miroirs de l'un des salons d'essayage du boulevard des Capucines. La jeune vendeuse qui s'affairait autour d'elle depuis trois quarts d'heure avait les larmes aux yeux en raccrochant un manteau à son portant.

— *No, no, no !* s'écria Mrs. Neumann en tapant du pied.

Camille haussa imperceptiblement les sourcils et glissa un regard vers Suzanne. La première vendeuse, dépassée par les événements, s'était résignée à venir l'alerter. Sur sa poitrine indignée, ses petites lunettes dorées tressautaient au bout de leur chaîne. Elle s'en voulait d'avoir dérangé la patronne, mais cette cliente perturbait tout le monde et commençait à devenir déplaisante. Parfois, l'apparition de l'autorité suprême suffisait à apaiser les toquades.

— Si Madame veut bien m'expliquer le problème, je pourrai peut-être lui être utile, fit Camille d'une voix doucereuse.

— *It's horrible !* Affreux ! s'écria Lori Neumann avec un fort accent. J'ai l'air... grosse... Vos vendeuses, elles sont idiotes... Elles ne comprennent rien.

D'un mouvement d'épaules, elle se débarrassa d'un paletot de renard qui glissa sur la moquette.

— Laissez, Suzanne ! ordonna froidement Camille à la première vendeuse qui se précipitait.

Elle traversa la pièce et se pencha pour ramasser le manteau. Il y avait deux choses qu'elle n'admettait de personne : qu'on maltraite ses employés et qu'on méprise ses créations.

— Je crains que la Maison Fonteroy ne soit pas digne de vous, madame, déclara-t-elle d'un air sévère. Vous trouverez sans aucun doute une autre maison parisienne plus à même de vous satisfaire. Suzanne, ajouta-t-elle en se tournant vers la première vendeuse qui avait blêmi. Offrez donc à Madame un flacon de notre parfum, puis raccompagnez-la. Je suis sûre qu'elle a un emploi du temps très chargé et nous ne voulons pas lui faire perdre son temps, n'est-ce pas ? Au revoir, madame.

Le manteau sur le bras, Camille quitta le salon.

*Comme si je n'avais que ça à faire...*, fulmina-t-elle en traversant le vaste hall d'entrée. Elle entendait des bribes de conversation. Un homme cherchait une étole pour l'offrir à son épouse ; une jeune femme brune essayait une toque de vison blanc en bavardant avec une amie qui venait de vaporiser *L'Insoumise* sur l'intérieur de son poignet.

— Pour la montagne, nous pouvons proposer à Madame des vestes en castor d'allure sportive, disait une vendeuse.

Les portes d'entrée s'ouvrirent et livrèrent passage à la comtesse de Bornes en tailleur gris, un collet de renard autour du cou, son nez effilé tendu en avant comme la proue d'un navire, suivie de deux femmes de chambre encombrées de housses blanches.

— Ah, mademoiselle Fonteroy, quelle joie de vous voir ! s'exclama-t-elle. Comme je n'arrive jamais à me souvenir des couleurs exactes de mes robes, j'ai décidé que le plus simple serait d'en apporter quelques-unes pour assortir mes tenues.

— Nous aurions pu nous rendre chez vous, madame, dit Camille avec un sourire.

Elle aimait bien Joséphine de Bornes, qui était une femme d'esprit et de goût.

— Bah, maintenant c'est fait. Et puis, je vous amène ma fille. Elle a besoin d'un petit quelque chose pour ses soirées, fit-elle en indiquant une jeune fille blonde, visiblement contrariée, les mains dans les poches de son duffle-coat. Mais c'est très joli, ce que vous tenez là. Il faut absolument que je l'essaye… Allons, allons, ne perdons pas de temps…

— Par ici, madame la comtesse, dit Suzanne qui venait d'apparaître comme par enchantement.

Alors que la petite troupe emboîtait le pas à la première vendeuse, la secrétaire de Camille fondit sur elle.

— Mademoiselle, il y a un coup de fil pour vous, lui chuchota-t-elle à l'oreille avec des airs de conspirateur. De Leningrad. La personne attend…

— Tenez ! s'exclama Camille en lui fourrant le manteau dans les bras avant de s'élancer vers l'escalier, Evelyne sur les talons.

Son cœur battait à tout rompre. Quinze jours plus tôt, elle avait laissé un message sibyllin pour Sergueï à son bureau de la *Sojuzpushnina*. Elle avait prétendu qu'une livraison posait problème et qu'elle tenait absolument à lui parler personnellement. Amadouée parce qu'elle parlait russe, la secrétaire avait promis : elle s'efforcerait de le joindre le plus rapidement possible, mais il était absent de Leningrad pour le moment et elle ignorait la date précise de son retour.

Camille parcourut au pas de charge le corridor des ancêtres et poussa la porte de son bureau. Quand Evelyne lui eut passé la communication, elle lui fit signe de fermer la porte. Elle se concentra sur les précautions que Sergueï lui avait demandé de prendre si jamais ils se parlaient au téléphone alors qu'il se trouvait en Union soviétique : éviter les noms de famille, donner le moins de renseignements possible.

— C'est toi ? demanda-t-elle.

— Oui.

Elle ferma les yeux, parcourue d'un intense soulagement.

— Tu as cherché à me joindre, poursuivit-il. Je ne pense pas qu'il y ait un problème avec les peaux. Qu'est-ce qui ne va pas ?

— Est-ce que tu peux parler ?

— Oui.

— C'est au sujet de mon frère. Il est journaliste. Il a été arrêté à Budapest il y a environ trois semaines lors du soulèvement. On n'arrive pas à avoir de ses nouvelles. On craint un affreux malentendu, tu comprends. Ma mère m'a demandé si tu pouvais nous aider.

— Pourquoi a-t-elle pensé à moi ? Elle est au courant ?

Camille marqua une pause. Nerveuse, elle entortilla le fil du téléphone entre ses doigts. Sergueï lui en voudrait-il ? Se sentirait-il blessé, ou pis, vexé, par son mutisme ?

— Non.

Il y eut un silence au bout du fil. Elle courba la nuque, appuya ses doigts contre sa tempe.

— Tu m'entends ? demanda-t-elle, craignant qu'il ne raccroche.

Elle ferma les yeux, cherchant à entendre son souffle. La ligne grésillait légèrement.

— Je ne vois pas comment je peux vous être utile. Je n'ai rien à faire avec les Hongrois.

— Tu as des relations... Tu connais sûrement quelqu'un qui pourrait se renseigner et faire libérer Maxence. Tu dois nous aider, je t'en prie... Ma mère est en train de devenir folle..., ajouta-t-elle, irritée de devoir l'implorer.

Le silence de Maxence avait fini par l'inquiéter autant que Valentine. Les journaux publiaient des photos d'immeubles bombardés, de blindés enfonçant des barricades. On comptait des centaines de morts, des milliers de blessés. À Paris, une manifestation spontanée de protestation avait défilé devant la Maison Fonteroy en direction de la Madeleine.

— Je t'en prie... Il est ton cousin.

— Je vais voir ce que je peux faire, dit-il d'un ton sec. Mais je ne te promets rien.

— Merci...

Elle se mordit la lèvre. Que lui dire désormais ? Les interrogations se bousculaient dans sa tête. Qu'était-il devenu depuis qu'ils s'étaient quittés ? Continuait-il à vivre entre Leningrad et la Sibérie ? Avait-il changé ? Jamais elle ne s'était sentie aussi indécise.

— Je ne t'ai pas demandé comment tu allais, souffla-t-elle, timide.

— Bien. Et toi ?

— Bien.

*C'est fou ce qu'on peut mentir quand on est adulte*, pensa-t-elle.

— Je te tiendrai au courant si j'ai des nouvelles. Au revoir.

— Sergueï, je...

Mais il avait déjà raccroché.

En reposant lentement l'écouteur, elle s'aperçut qu'elle était restée debout pour lui parler. Elle s'assit dans le fauteuil, vidée de ses forces comme si elle venait de livrer bataille. Un tressaillement nerveux la parcourait de la tête aux pieds. C'était la première fois depuis trois ans qu'elle entendait la voix grave et tranquille de Sergueï et, d'un seul coup, il lui manquait si cruellement qu'elle en avait le souffle coupé.

Sergueï pianotait d'un air nerveux sur la table, le regard fixé sur le gros téléphone qui trônait tel un monstre préhistorique sur la feutrine verte de son bureau. Dès qu'il avait reçu le message de Camille, il avait aussitôt deviné qu'il s'était passé quelque chose de grave, et il s'étonnait encore de sa réaction.

L'angoisse l'avait cueilli à froid, de manière parfaitement inattendue, et s'était muée en un sentiment d'inquiétude et d'impuissance qui, une fois la première émotion passée, le contrariait. N'était-ce pas la preuve évidente qu'il n'avait pas oublié Camille Fonteroy et que la jeune femme qu'il fréquentait depuis dix-huit mois ne comptait guère ?

Un court instant, il dut même faire un effort pour se rappeler ses traits : de courts cheveux noirs, une frange pour dissimuler un front qu'elle trouvait trop bombé, des yeux en amande, des lèvres charnues, rehaussées d'un rouge exagérément foncé parce que les magasins ne proposaient pas de teintes claires. Étudiante en troisième année d'art dramatique, Olga Andreievna aimait Pouchkine, les films muets de Protozanov, les émissions de jazz que diffusait la *Voix de l'Amérique* et les bouchées au chocolat. Elle disait aussi aimer Sergueï Ivanovitch.

Que pouvait-il faire pour aider Maxence Fonteroy ? La répression hongroise était un sujet sensible. La plupart des Soviétiques l'approuvaient, se sentant trahis par leurs frères communistes qui leur devaient tout. Le jeune Français avait dû se permettre des amitiés dangereuses. Mais qui avait le bras assez long pour le tirer d'une prison de Budapest ? C'était une affaire délicate à régler entre autorités compétentes.

Au mois de février, lors du XX^e^ congrès, Nikita Khrouchtchev avait assommé les délégués du Parti communiste d'Union soviétique, réunis à huis clos pour la première fois depuis la mort de Staline, en dénonçant le culte de la personnalité, les fautes et les crimes du Géorgien. Il avait ouvert la boîte de Pandore. Depuis, des révoltes se répondaient en écho, prenant de l'ampleur. Berlin, Varsovie et maintenant Budapest… *C'est comme la débâcle des fleuves au printemps*, songea Sergueï. *La carapace de glace se fissure peu à peu.*

Or il savait mieux que personne quelle mécanique infernale pouvait déclencher la bureaucratie communiste. On parlait d'épais dossiers qui se volatilisaient mystérieusement, tout comme des individus disparaissaient parfois de la face de la terre. Il esquissa un sourire moqueur.

Dans ce beau système où il avait atteint le paradis sur terre, l'homme n'était pourtant que quantité négligeable.

Il se mit à arpenter son vaste bureau du Moskovski Prospect. Il faisait déjà nuit. Par la fenêtre, il voyait briller les phares des voitures qui avançaient sur l'avenue. N'y avait-il pas une certaine ironie du sort à se révéler ainsi à sa famille française ? Comme les Fonteroy lui seraient redevables s'il obtenait la libération de son cousin ! Camille avait dû faire preuve d'humilité pour lui demander son aide. À sa voix, il avait senti sa nervosité. Il ne put s'empêcher d'éprouver une pointe de satisfaction, puis aussitôt un sentiment de tristesse. Chez la jeune femme, il y avait quelque chose d'inviolable, serré comme un poing, une barrière qui la protégeait et l'isolait à la fois.

Il allait devoir faire appel à d'anciens camarades, à des amitiés de clans, graves, intenses et silencieuses. Dans un pays où l'on avait appris depuis des décennies à regarder par-dessus son épaule, où chacun soupçonnait l'autre d'être un indicateur ou un collaborateur secret du KGB, l'amitié était un don précieux, presque une vocation. Mais une fois accordée, elle restait chevillée à l'âme. En ce qui le concernait, certaines de ses complicités, forgées parmi la poussière grise et noire de Stalingrad, lui permettaient toutes les audaces. Jusqu'à aujourd'hui, Sergueï n'avait jamais rien demandé à personne. Pour la première fois, afin d'obtenir des nouvelles d'un jeune Français égaré dans une capitale hongroise en flammes, il irait aussi loin que l'aventure l'exigerait, et si nécessaire jusqu'aux premiers cercles du Kremlin.

L'hiver s'était abattu sur Paris. Un vent froid sifflait dans les rues. Les passants grignotaient des marrons chauds et les enfants levaient les yeux vers le ciel d'acier en espérant la neige.

Maxence avait beaucoup maigri. Depuis son retour en France, un trait rougi marquait ses paupières. Son blue-jean semblait accroché à ses hanches saillantes. Les épaules voûtées comme s'il cherchait à se replier sur lui-même, il toussait de temps à autre et un râle ronflait dans sa poitrine. Il n'arrivait pas à fumer ses Gauloises bleues mais s'obstinait à en tirer quelques bouffées avant de les écraser dans un cendrier.

Il se jeta en arrière dans le fauteuil directorial de sa sœur, croisa les mains derrière sa nuque et regarda autour de lui d'un air sombre. L'austère bibliothèque de notaire regorgeait de livres et de dossiers.

Le bureau était recouvert de papiers divers et de carnets de notes. Des timbales débordaient de crayons de couleur. Jamais il n'aurait pensé que sa sœur fût aussi désordonnée. En face de lui, accrochée à un portant, une housse blanche devait contenir un manteau ou une veste. Les murs étaient étrangement nus, excepté un miroir et un petit tableau à l'huile, éclairé par une lampe en bronze doré, qui représentait un paysage. Il lui sembla reconnaître les collines de Montvallon. Sur le sol, un tapis persan aux motifs fanés montrait des traces d'usure. Dieu, ce qu'il détestait cet endroit !

Lorsqu'il avait fait mine de pousser les portes battantes, avec ses cheveux noirs hirsutes, son air de déterré aux joues ombrées d'une barbe de plusieurs jours et son vieil imperméable kaki de l'armée américaine aux poches déformées, le portier avait voulu l'en empêcher. Il avait dû décliner son identité. Gêné, l'homme l'avait laissé passer. Dans le hall d'entrée, les vendeuses avaient eu des regards de biches apeurées mais il les avait ignorées, montant directement au premier étage.

La secrétaire de Camille avait bredouillé : Mademoiselle se trouvait dans les ateliers, mais elle n'allait pas tarder à descendre. Il avait déclaré vouloir l'attendre dans son bureau. La jeune femme tirée à quatre épingles, ses chaussures assorties à un tailleur strict qui lui étranglait la taille, n'avait pas osé l'en empêcher.

Petit garçon, sa mère l'avait emmené boulevard des Capucines, croyant lui faire plaisir. Il se souvenait encore de l'horreur instinctive que lui avaient inspirée les peaux de bêtes mortes alignées comme autant de cadavres au rayon des pelleteries. Et cette amie de sa mère qui parlait trop haut, trop fort, et qui l'avait serré dans ses bras, si bien qu'il s'était trouvé nez à nez avec la tête d'un renard aux yeux en boules de verre. À cinq ans, il avait l'âge où l'on pouvait encore se révolter physiquement, et il s'était débattu avec une telle vigueur que Valentine avait été obligée de s'excuser.

Plus tard, à Montvallon, il y avait eu ce chevreuil pendu à un crochet, le couteau du garde-chasse qui lui ouvrait le ventre, le jaillissement des tripes suintantes, le giclement du sang que la chienne s'était mise à laper en frétillant. Il n'avait pas eu le temps de s'enfuir. Il avait vomi, là, dans le cellier, sur ses chaussures, les narines remplies des puissants relents de sous-bois et de viande fraîche. Le garde-chasse n'avait rien dit, mais sa moustache s'était hérissée au-dessus de sa lèvre. Son fils, en revanche, ne s'était pas privé de se moquer de lui. Le lendemain, Maxence avait dû user de ses poings dans la cour de recréation pour réparer une réputation de Parisien gravement malmenée.

Il avait toujours refusé de se rendre à la Foire à la sauvagine de Chalon, redoutant de voir les civettes, blaireaux et autres belettes fièrement présentés sur les tréteaux, de même qu'en hiver, allongé sur le sofa du salon, un carnet à croquis sur les genoux, il écoutait résonner au loin les aboiements des chiens, les sonneries des trompes et les coups de fusil, sans éprouver la moindre envie de se joindre aux chasseurs. Après leur passage, lorsqu'il sortait explorer les bois, il enfilait une vieille veste de chasse aux boutons ornés de têtes de renard et de marcassin. La poche dorsale lui avait servi plusieurs fois à ramener un oiseau tombé du nid ou même un furet blessé qu'il avait nourri patiemment avec un mouchoir trempé dans du lait.

Devenu adolescent, il avait découvert une autre chasse. L'œil rivé à son Leica, il s'était mis à traquer l'homme, ses angoisses, ses indécisions et ses joies éphémères.

Il était parti pour la Hongrie au mois de septembre, intrigué par le pays de Brassaï, d'André Kertész et de Robert Capa, en quête de ce qui avait pu inspirer à ses maîtres en photographie ce mélange particulier de poésie et de réalisme, comme si leur regard sur le monde portait une tendresse griffée de nostalgie. Et puis, un soir, dans un café enfumé de Pest rempli d'étudiants bavards et agités, sous des portraits du poète Petöfi, il avait rencontré Erzsi.

Il gardait un souvenir diffus de ses journées de prison. Blessé à l'épaule, hagard, il avait vécu dans une sorte de clair-obscur traversé de douleurs, allongé sur un bat-flanc, la soupe grisâtre qu'essayait en vain de lui faire avaler un compagnon de cellule souillant sa chemise.

Mais il se souvenait parfaitement des barricades qu'il avait aidé à ériger avec des pavés, des briques et des palissades, ainsi que des cadavres qui jonchaient les rues parmi les feuilles de papier journal et les listes de revendications des insurgés emportées par des bourrasques de vent. Il se rappelait l'enthousiasme des étudiants quand ils avaient compris que les soldats du colonel Maleter se battraient à leurs côtés, la mitraillette qu'Erzsi avait portée en bandoulière tel un trophée, alors qu'elle ne savait pas s'en servir, son béret incliné sur ses boucles brunes, son sourire qui lui mangeait le visage. Chez elle, tout avait été trop grand : sa bouche, son nez, ses yeux. Sa fougue, ses certitudes. Pendant quelques jours, après le retrait des Russes, ils avaient été les maîtres du monde. Et lui avec eux.

À tout moment, Erzsi le serrait dans ses bras, impulsive et

amoureuse, lui dévorait le visage de baisers. Il se souvenait de ses lèvres ardentes, de la fraîcheur de sa joue contre la sienne, il se souvenait de la douceur de sa poitrine sous son manteau gris.

Pendant deux jours, la Hongrie avait été indépendante, et Maxence avait photographié la fierté de ses jeunes amis qui brandissaient leurs drapeaux déchirés d'où ils avaient arraché l'étoile rouge. À Paris, les rédactions se disputaient ses reportages.

Le rêve avait pris fin à l'aube du 4 novembre quand les chenilles des chars soviétiques s'étaient mises à labourer les rues et les avions de guerre à raser les toits. Ils avaient résisté de leur mieux, leur rage désespérée à la hauteur de leur espérance déçue, tandis que les obus pleuvaient au hasard pour terroriser la population.

Des fusils contre des chars : le duel était absurde, sans aucun espoir. Il avait pris la main d'Erzsi, ils avaient couru dans les rues défoncées, le long des façades éclatées. Le squelette d'un tramway se consumait au coin d'une avenue ; il flottait dans les airs un parfum de poudre et de bois brûlé.

La balle avait atteint Erzsi en pleine tête, lui arrachant la moitié du visage. Éclaboussé de sang et de cervelle, Maxence avait poussé un hurlement d'horreur. Un ouvrier paniqué lui avait crié des paroles incompréhensibles, cherchant à l'entraîner. Il l'avait repoussé sans ménagement et l'homme avait battu en retraite avec ses camarades. Maxence avait essayé de la soulever, mais son épaule droite refusait d'obéir. Alors, il l'avait saisie sous les bras et il avait commencé à la traîner, sanglotant parce qu'elle avait perdu une chaussure, que ses bas étaient déchirés, que ce corps inerte qu'il avait appris à aimer et qui pesait soudain si lourd était indigne d'elle. Il s'était réfugié sous un porche dont la porte avait été arrachée par le souffle d'une détonation. Il l'avait serrée contre lui, la berçant comme pour l'apaiser, fou de douleur et de rage.

C'était là qu'on l'avait trouvé. On l'avait arraché à Erzsi, roué de coups, puis il avait perdu connaissance. En prison, il était resté amorphe, incapable de s'alimenter ou de réagir. Il y avait eu un interrogatoire dans une pièce confinée aux murs beigeâtres, quelqu'un avait parlé d'espionnage, mais ils avaient bien vu qu'il n'était pas en état de répondre.

Et puis, un jour, on était venu le tirer de sa cellule. On l'avait obligé à prendre une douche, on lui avait donné une chemise propre, fourré dans la main sa casquette et ses papiers, mais surtout, enveloppé dans son écharpe, on lui avait rendu son Leica. Il s'était retrouvé dehors, tremblant de fièvre, dans une aube grise et venteuse qui sentait la neige et la défaite.

Un homme, vêtu d'un épais manteau beige au col relevé, un feutre enfoncé jusqu'aux yeux, l'attendait près d'une voiture. Il avait écrasé un mégot sous son talon avant de s'approcher de lui. « Venez avec moi », avait-il ordonné en français.

Brusquement, Maxence avait émergé de l'étrange léthargie qui s'était emparée de lui depuis la mort d'Erzsi. L'abattement avait cédé la place à la révolte. Il avait reculé d'un pas, serrant son appareil photo contre sa poitrine, le palpant avec des doigts nerveux. « Pourquoi ? Qu'est-ce que vous me voulez ? Je ne vous connais pas. » L'homme avait un visage aux traits réguliers, un regard foncé imperturbable. Il dégageait une impression de puissance et d'autorité contre laquelle Maxence s'était hérissé d'instinct, puis, comme s'il avait deviné sa réticence, l'inconnu avait ajouté : « Vous ne risquez rien avec moi. Je m'appelle Sergueï Ivanovitch et je suis votre cousin germain. Venez, maintenant. »

La porte du bureau de sa sœur s'ouvrit d'un seul coup et Camille fit irruption dans la pièce.

— Maxence ! s'écria-t-elle.

Il la contempla avec curiosité. Où était passée la grande sœur aux boucles folles ? Elle portait la blouse blanche de son métier nouée à la taille, ses cheveux étaient sagement retenus par un ruban de satin, des perles lui pinçaient les oreilles. Une rougeur aux joues atténuait son air sévère et montrait sa confusion. Visiblement, elle ne savait pas si elle devait l'embrasser ou le réprimander parce qu'il était assis dans son fauteuil d'impératrice, les pieds posés sur un coin de son bureau.

D'un geste nonchalant, il les bascula sur le sol, épousseta de la manche le magazine qui lui avait servi de repose-pieds, puis déplia son corps maigre pour se lever.

— Salut, ma vieille, fit-il d'un air détaché.

— Qu'est-ce que tu fais là ? Je veux dire… Quand es-tu arrivé à Paris ? J'ai su que tu avais été libéré il y a quelques jours.

— Je suis rentré ce matin et, comme tu vois, je me suis empressé de venir te rendre visite.

Ses yeux s'assombrirent, ses lèvres se pincèrent. Maxence semblait se moquer d'elle.

— J'en suis ravie, lâcha-t-elle d'un ton sec. D'autant que tu ne m'avais pas donné signe de vie depuis trois ans.

Il hocha la tête, fouilla ses poches à la recherche de son paquet de cigarettes. En dépit de l'air réprobateur, il devinait qu'elle était blessée.

Camille contourna le bureau et reprit possession de son fauteuil. Pour se donner une contenance, elle se mit à déplacer les papiers devant elle. Maxence esquissa un sourire : pour une fois, sa sœur était interloquée.

— Je suis venu te remercier. D'après mon sauveur, ajouta-t-il d'un ton ironique, je te suis redevable.

D'un mouvement maladroit, Camille renversa un porte-crayons. *Flûte*, pensa-t-elle, agacée de ne pas arriver à se maîtriser. Elle fuyait avec obstination le regard de son frère.

— Tu as vu Sergueï ?

— Oui. Il m'attendait à ma sortie de tôle comme un ange gardien. Il m'a emmené dans un hôtel où il m'a fait soigner pendant trois jours jusqu'à ce que je sois capable de revenir tout seul à Paris.

Une quinte de toux le plia en deux. Camille fronça les sourcils, presque embarrassée.

— Visiblement, tu n'es pas encore guéri. Tu as une mine épouvantable.

Il haussa les épaules. Dehors, les lampadaires de la ville venaient de s'allumer. Il songea, avec un pincement au cœur, qu'il allait devoir affronter ce crépuscule, puis la lente immersion dans la nuit. Il songea aux noirs insondables des photos de Brassaï qui aimait arpenter Paris la nuit, aux chats solitaires, aux prostituées patientes, aux grilles d'un jardin fermé. Autrefois, pour lui aussi, la nuit avait été une complice pleine de promesses. Désormais, il éprouvait une angoisse diffuse à l'idée de devoir la traverser. Il s'aperçut qu'il avait laissé sa jeunesse parmi les rêves brisés de Budapest.

— Je suis contente que tu t'en sois sorti, murmura Camille, attendrie.

Elle avait perdu son air arrogant. Son crayon khôl avait légèrement coulé, quelques ridules marquaient de tristesse sa bouche et le coin de ses yeux. *En fait, je ne la connais pas*, songea Maxence. *Les enfants que nous étions sont devenus des étrangers, comme si nous nous étions perdus en chemin.*

— J'ai rencontré une fille là-bas, lâcha-t-il d'une voix rauque. Elle s'appelait Erzsi. Elle avait vingt-deux ans. Elle est morte dans mes bras.

En allumant sa cigarette, sa main tremblait tellement qu'il préféra se détourner. Il ne pouvait pas lui dire qu'Erzsi avait été la première fille qu'il avait vraiment aimée, qu'ils s'étaient reconnus, comme s'ils s'attendaient depuis toujours. Camille se moquerait de lui, elle ne croirait pas à cet élan d'amour fulgurant. Pourtant, Erzsi et lui avaient tout prévu. Maintenant que la Hongrie était libre, ils voyageraient dans le monde entier. « La liberté, disait-elle avec son accent chantant, pour nous, c'est comme l'air, le vent ou l'amour. Sans liberté, on ne peut pas vivre, tu comprends. » Avant de les connaître, ses amis et elle, il n'avait pas compris, pas vraiment, pas avec ses tripes.

Il s'aperçut soudain que des larmes glissaient sur ses joues et sentit un mouvement tout près de lui. Les bras de sa sœur vinrent l'enlacer. Il accepta son étreinte, à la fois honteux et soulagé, reconnaissant qu'elle restât silencieuse.

En serrant contre elle le corps mince de Maxence, Camille fut effrayée de sentir ses côtes sous le col roulé noir. Elle s'en voulait de ne trouver aucun mot pour le réconforter, mais elle avait la gorge nouée. La détresse de Maxence, elle la connaissait. Elle était familière de cet abîme, de ce vertige, de ces dents acérées qui vous lacéraient les entrailles. Elle partageait la douleur de son petit frère avec le sentiment absurde qu'elle l'avait trahi parce qu'elle n'avait pas su l'en préserver.

Il se ressaisit enfin, la repoussa doucement.

— Je suis désolé, souffla-t-il en cherchant un mouchoir. Tout cela manque un peu de dignité, tu ne trouves pas ?

— Vas-tu rester à Paris ou retourner à New York ?

— Je pense que je vais rester ici quelque temps. J'ai besoin de réfléchir. Ces dernières années, il y a beaucoup de choses que j'ai refusé de regarder en face. C'est allé si vite, là-bas, à Budapest. J'ai rencontré quelqu'un qui comptait beaucoup pour moi et puis, un jour, elle n'était plus là. C'est une sensation bizarre. Comme d'être déraciné. Tout ce qui te paraissait important devient dérisoire. Même un cousin germain qui surgit comme par miracle.

— Il t'a tout raconté ?

— Oui. On a eu le temps de se parler. Au début, j'ai eu du mal à le croire. L'aventure de Léon. Les coïncidences, le hasard de votre rencontre à Leipzig après la guerre…

Camille s'entoura de ses bras comme si elle avait froid. Elle se sentait fragile. Cet amour pour Sergueï, elle l'avait porté en secret pendant si longtemps qu'il lui paraissait presque indécent de l'évoquer à voix haute.

— Il t'a parlé de nous ?

Maxence sourit.

— Pas vraiment, c'est un homme plutôt pudique, il me semble. De toute façon, c'était inutile. J'ai compris à ses silences.

Camille baissa les yeux. Il marqua une pause.

— Vous vous êtes aimés, n'est-ce pas ?

Elle n'arrivait plus à respirer. Le corps tendu, elle se concentrait pour chercher son souffle. Depuis qu'elle avait reparlé avec Sergueï pour lui demander son aide, il venait à elle le jour, la nuit, dans ses rêves, lors des moments les plus inattendus, au milieu d'un conseil d'administration, d'une conversation avec Cardot, d'une visite chez un pelletier. Déjà, lors des premiers mois de leur séparation, elle avait fait des efforts pour l'oublier et lui interdire de se glisser par un interstice dans son esprit, mais chaque fois qu'elle voyait une étiquette de la *Sojuzpushnina* ou qu'on lui parlait de la Russie, il revenait avec la force inéluctable des brisants. C'était l'une des raisons pour lesquelles Victor Brook lui était indispensable. Avec aisance et désinvolture, l'Américain incarnait si bien l'instant présent qu'il ne laissait pas de place pour autre chose.

Elle sentait le regard de Maxence la transpercer. Il patientait, sans doute curieux de voir si elle allait oser lui avouer la vérité. Dans leur famille, il y avait comme une impudeur à parler de ses sentiments. Cela ne se faisait pas. On pouvait laisser deviner un attachement ou une affection, mais on se gardait bien de les mentionner.

Elle prit une profonde inspiration et s'obligea à regarder son frère en face.

— Oui, je l'ai aimé. Pendant plusieurs années. Et puis, nous nous sommes quittés.

— Pourquoi ?

*Pourquoi ?* songea Camille. *Parce que notre histoire était impossible. Parce que nous avons chacun une armature qui donne un sens à notre existence, lui, c'est la Sibérie, moi, la Maison.*

— Parce que nous avons manqué de confiance.

*Elle l'aime encore*, songea Maxence, presque étonné, en voyant le visage livide de sa sœur. Mais il était si perturbé par ce qui était arrivé à Budapest qu'il n'avait pas la force d'éprouver pour elle une quelconque compassion.

La tête lui tournait. Il voulait retourner avenue de Messine et s'allonger sur le lit trop étroit de sa chambre de petit garçon, se laisser dorloter par sa mère, reprendre des forces avant de chercher un logement quelque part dans cette ville. Pour l'instant, il ne pouvait pas repartir à New York. L'Amérique lui faisait peur. Il avait besoin de l'Europe comme d'une vieille veste usée et familière, où chaque pli recèle un souvenir, chaque couture une douleur.

Son regard se perdit dans le vague.

— Je crois qu'il est temps que j'aille rencontrer mon père.

Camille se crispa, ses doigts se refermèrent sur un cahier à spirale posé sur le bureau.

— Que veux-tu dire ?

Maxence leva la tête, agacé.

— Ne joue pas l'innocente. Tu sais parfaitement de quoi je veux parler. Le jour où nous sommes allés chez le notaire après la mort de papa, je vous ai entendues parler dans le salon, maman et toi. Tu as été très explicite. Comme à ton habitude.

Camille encaissa le reproche sans ciller, mais un frisson la parcourut de la tête aux pieds. Cette terrible conversation avec sa mère, elle ne l'avait jamais oubliée. Elles s'étaient dit des mots blessants, odieux. Depuis, leur rupture s'éternisait.

Voilà donc pourquoi Maxence s'était enfui ! Il avait dû être choqué par sa virulence, par le mépris avec lequel elle avait évoqué Alexandre et sa liaison avec leur mère. À l'époque, il était trop jeune pour comprendre qu'elle se débattait dans un tourbillon, les émotions à vif, comme lui aujourd'hui. Sa détresse l'avait poussée à réagir avec colère. En quelques semaines, elle avait perdu son père et l'homme qu'elle aimait. Son petit frère aussi lui avait glissé entre les doigts. Tous les hommes autour d'elle s'étaient évanouis.

Et elle avait découvert la solitude la plus tenace, celle qui palpite dans les veines, vous étreint au creux de la nuit même si un amant caresse votre corps, celle qui vous fait suffoquer en plein jour, quand les visages et les sourires vous agressent telles des gifles.

Cette solitude noire et blanche, elle avait appris à la dompter, à la faire battre en retraite. Elle s'était montrée intransigeante envers elle-même. N'avait-elle pas été à bonne école ? À travers les années, sa mère lui avait montré comment être intraitable. Elle s'était forcée à se lever le matin, à remonter la rue jusqu'au boulevard, à traverser la chaussée alors que les voitures fonçaient sur elle. Elle s'était obligée à manger alors que chaque bouchée lui soulevait le cœur. Elle avait résisté par devoir, parce que la Maison Fonteroy était devenue sa seule raison de vivre, et elle en avait tiré une certaine fierté.

Mais aujourd'hui, en regardant Maxence enfiler son imperméable et enrouler une écharpe autour de son cou comme pour étouffer sa propre douleur, elle comprenait que rien n'était gagné.

— Ton père est quelqu'un de bien, dit-elle. C'est un homme droit. Il sera heureux de te connaître enfin.

Un bref instant, avant de la quitter, le regard bleu de Maxence redevint celui d'un enfant, traversé de cette lumière particulière toute d'espoir et d'innocence.

Au fond du magasin, les deux vendeuses bavardaient à mi-voix. Il n'y avait pas eu une seule cliente de l'après-midi. En ce début de mai, les journées s'étiraient, claires et ensoleillées. La douceur printanière du fond de l'air promettait une soirée nonchalante.

Assis à son bureau, Alexandre leva le nez du livre de comptes et retira ses lunettes en demi-lune. Il décida de laisser partir les deux jeunes femmes avec une demi-heure d'avance. Enchantées, elles se dépêchèrent d'enfiler les cardigans de leurs twin-sets et sortirent en riant dans le faubourg Saint-Honoré.

Alexandre erra dans le magasin désert, jetant un regard aux vestes en vison, vérifiant l'alignement des châles en cachemire. Un rayon de soleil rasant dessina un triangle de lumière sur la moquette grise avant de s'évanouir. Les mains dans le dos, il s'approcha de la vitrine pour observer les passants. Un cabriolet avançait à faible allure. Au volant, une jeune femme, un foulard sur les cheveux, faisait du lèche-vitrine. Derrière elle, un taxi exaspéré klaxonna. Imperturbable, elle continua à son train de sénateur. Alexandre ne put s'empêcher de sourire en la suivant des yeux.

C'est à ce moment-là qu'il le remarqua, adossé à l'immeuble de l'autre côté de la rue. Sans raison précise, le cœur d'Alexandre se mit à battre plus vite. Le jeune homme était mince, plutôt grand. Il semblait tendu, agacé, comme s'il attendait quelqu'un qui tardait à venir.

Alexandre le détailla d'un regard avide, les cheveux noirs, les mains enfoncées dans les poches d'un blouson, le pantalon beige, la chemise bleue ouverte au col. C'était lui, sans l'ombre d'un doute.

La première fois qu'il l'avait vu, il n'était qu'un enfant de six ans, en costume marin, pendu à la main de sa mère dans le Pavillon de l'Élégance de l'Exposition internationale. Ce jour-là, lorsqu'il avait baissé les yeux vers le visage poupin, Alexandre avait été convaincu que Maxence Fontcroy était son fils. Plus tard, après la guerre, alors que Maxence n'était encore qu'un tout jeune homme, il lui avait parlé chez Valentine, le cœur serré de ne pas pouvoir lui dire la vérité. Et aujourd'hui, devant cet inconnu aux épaules légèrement voûtées, il éprouvait la même joie mêlée d'angoisse. Maxence était venu. C'était lui qui avait choisi le jour et l'heure, comme pour un duel.

Comment avait-il appris la vérité ? Qui avait trahi le secret ? Valentine continuait à repousser l'échéance. « Ce n'est pas le moment, avait-elle dit lorsque Maxence était revenu de Budapest. Il est trop bouleversé par ce qu'il a vécu là-bas. Laisse-nous encore un peu de temps. » Elle lui avait parlé de la jeune Hongroise abattue d'une balle en pleine tête. Alexandre avait accepté de prendre son mal en patience. Dieu, ce que son fils avait dû souffrir !

Il avait souvent imaginé ce moment, l'espérant et le redoutant à la fois, mais il n'aurait jamais pensé se sentir aussi intimidé. Que devait-il faire ? Traverser la rue et aller à sa rencontre ? Attendre qu'il s'approche de lui-même ? Mais si jamais Maxence changeait d'avis et repartait sans qu'ils aient pu se parler ? Comment pourrait-il le laisser s'en aller ? Serait-il obligé de lui courir après, de le saisir par la manche, de l'implorer ?

Il s'approcha de la porte et se posta sur le seuil du magasin, aux aguets. Leurs regards se croisèrent. Celui de Maxence était sans merci. Alexandre retint son souffle. Les passants glissaient entre eux, les voitures en file indienne avançaient au ralenti, mais Alexandre était rivé à ce fils qu'il avait attendu si longtemps, le fils de Valentine, celle qu'il aimait depuis tant d'années, plus d'un quart de siècle, une éternité.

Puis Maxence sembla prendre une décision. D'un air nonchalant, il traversa la rue, sans vraiment faire attention, posant même la main sur le capot d'une Aronde qui dut freiner pour le laisser passer. Il bougeait avec la grâce de sa mère, mais c'était une grâce toute masculine, pleine de force retenue.

Ils se dévisagèrent en silence, toujours sur leurs gardes. Alexandre décela chez Maxence une certaine méfiance. Il songea qu'il préférait la méfiance à l'hostilité. Mais que dire à un fils qui est devenu un homme loin de vous ?

Il recula de quelques pas. Sans un mot, Maxence le suivit à l'intérieur du magasin. Aussitôt, Alexandre referma la porte et tourna la clé comme s'il craignait qu'il ne lui échappe.

Maxence fit le tour de la grande pièce, examina les moulures au plafond, les miroirs et le lustre à pampilles. Il ne pouvait pas rester en place. Il lui avait fallu six mois pour se décider à venir.

Il était passé des dizaines de fois devant le magasin. Il avait photographié les vitrines, tout comme l'immeuble de la rue de Trévise. À l'abri de son viseur rectangulaire, il avait capturé ce père inconnu dans un cadre défini, un 24 × 36 impitoyable de précision. Il l'avait pris en photo alors qu'Alexandre sortait de chez lui le matin, des traces de sommeil froissant son visage volontaire, à la terrasse d'un café où il lisait son journal, parmi la foule qui s'engouffrait dans le métro en fin de journée.

Chez lui, dans la chambre noire de l'appartement sous les toits qu'il avait déniché près du Luxembourg, il s'était félicité pour ce stratagème, et pourtant il aurait dû se méfier. En tirant les négatifs, il s'était aperçu que sa nervosité l'avait trahi. Certains des clichés étaient mauvais, l'image granuleuse. Des photos de débutant. Lorsqu'elles avaient été prêtes, il s'était versé un scotch. Il ne s'était pas attendu à ressentir une pareille émotion en étudiant la tignasse poivre et sel, le nez puissant, les mains aux fines nervures blanchâtres. Lui qui avait pensé enfermer son père dans des instantanés géométriques pour mieux le dominer avait découvert qu'il restait insaisissable.

Et puis, la veille, il n'avait pas appuyé sur le déclencheur. Il avait tenu son appareil au creux de la main, comme autrefois un oiseau blessé. Il avait regardé sa mère descendre d'un taxi, sonner à la porte cochère de la rue de Trévise. Lorsque la porte s'était refermée derrière elle, il avait tourné les talons avec le sentiment d'être un voleur et un lâche.

*Décidément, ça me poursuit*, songea-t-il en observant les pelisses et les manteaux. Il regrettait qu'Alexandre Manokis, comme André Fonteroy, fût fourreur. C'était un univers qu'il ne comprenait pas, qu'il trouvait inutilement cruel. Pour se parer, la beauté d'une femme n'avait pas besoin de bêtes mortes. Elle se suffisait à elle-même.

— Je vous remercie, dit Alexandre.

Maxence pivota vers lui, agacé de sentir son pouls s'accélérer.

— Pourquoi ? lâcha-t-il, le menton relevé, à la limite de l'insolence.

— Pour avoir eu le courage qui m'a manqué. Pour avoir fait le premier pas.

Alexandre était soulagé. Quoi qu'il arrive, il avait vu son fils et il lui avait parlé. Désormais, plus rien de mal ne pouvait lui arriver.

— Vous prendrez bien un café avec moi ? ajouta-t-il avec un sourire. Un café grec ?

Maxence haussa les épaules, mais Alexandre avait déjà disparu dans une petite pièce à l'arrière du magasin. *C'est vrai*, songea-t-il, étonné. *Je suis à moitié grec.* Et pour se rassurer, au fond de la poche de son blouson, il effleura du bout des doigts les contours familiers de son Leica.

*Paris, 1964*

Camille retourna le vison rasé et l'examina avec attention. *On dirait du daim*, songea-t-elle. Le blouson était léger comme un souffle, travaillé en formes géométriques dans des dégradés de beiges. Avec un large sourire, elle leva les yeux vers René Cardot.

— Vous êtes un génie, Cardot, souffla-t-elle.

Quoiqu'il fût depuis longtemps persuadé de son talent, le modéliste sembla apprécier le compliment et lissa d'un doigt sa fine moustache noire.

— De nos jours, les clientes cherchent de la couleur et de la gaieté, mademoiselle, fit-il en lui indiquant les échantillons de fourrures imprimées vertes, rouges et bleues qui parsemaient son bureau. Elles rejettent les vieux manteaux de leurs grands-mères. Elles n'ont plus besoin d'une fourrure pour avoir chaud ou prouver un statut social. Elles veulent sentir la volupté et provoquer le désir, mais surtout, elles veulent être étonnées. Pour elles, nous devons être des magiciens.

Cardot s'adressait aux meilleurs apprêteurs, recherchait des gammes de couleurs qui évoquaient des symphonies. En quête d'un aspect visuel sans cesse en mouvement, il faisait travailler le poil de manière à permettre un remarquable travail de marqueterie. Son imagination débridée rêvait une fourrure moderne et insouciante. Parfois, le chef d'atelier haussait les sourcils, comme si les extravagances de

Cardot dénaturaient l'essence même des peaux. « C'est de la fourrure ou autre chose ? Un vison n'y retrouverait pas ses petits », marmonnait Duteil. Désormais, sous l'impulsion de Camille, la Maison Fonteroy proposait aussi à ses clientes des vêtements en cuir.

Une jeune femme apporta les trois manteaux en patchwork de loup et de renard qui devaient servir à illustrer une prochaine couverture de magazine. Ils seraient livrés dans la matinée chez le photographe. Camille la regarda les protéger sous des housses de toile ivoire ornées d'un F rouge, puis elle descendit à son bureau.

Evelyne, sa secrétaire, l'y attendait avec le courrier qu'elle venait de dépouiller. Camille lui demanda de lui apporter du café. Une lettre, visiblement personnelle, était encore fermée. À l'intérieur se trouvait une autre enveloppe blanche, sans nom. Intriguée, elle la décacheta et la parcourut rapidement. L'écriture était volontaire, légèrement inclinée.

*Ma chère Camille,*

*Les années passent... Nous ne nous sommes pas revues depuis longtemps et j'espère que vous allez bien.*

*Je me permets de vous écrire pour vous donner des nouvelles de ma petite-fille Sonia. Elle a vingt et un ans et elle a commencé des études de dessin. C'est une jeune fille talentueuse, très douée pour la couture. Elle songe à une carrière dans la mode. Je pense souvent à vous, à l'amitié que vous avez eue pour son père. On a volé la vie de Peter, mais je prie le Ciel qu'il en soit autrement pour sa fille.*

*Avec mes meilleurs sentiments,*

*Eva.*

*Mon Dieu*, songea Camille. *Elle veut que je la fasse sortir d'Allemagne de l'Est !*

Il ne fallait pas être devin pour lire entre les lignes. L'écriture de la lettre était différente de celle de l'enveloppe estampillée à Munich. Eva Krüger avait dû confier la lettre à un ami sûr qui l'avait postée en République fédérale pour éviter la censure. La pianiste n'avait pas osé être trop précise, mais son allusion à Peter rendait son message parfaitement explicite.

Camille n'était pas retournée à Leipzig depuis quatre ans, lorsqu'elle avait assisté à la première vente aux enchères de pelleteries depuis la fin de la guerre. Les ventes de Londres, New York, Montréal ou Leningrad suffisaient aux besoins de la Maison, mais elle avait tenu à faire le voyage par fidélité au passé. Entre les Fonteroy et le Brühl, il y avait comme une vieille histoire d'amour. Elle n'était restée que deux jours, déçue par l'offre des peaux qui provenaient des pays d'Europe de l'Est, et trop émue par ses souvenirs pour voir quiconque en dehors de ses collègues.

Victor avait insisté pour l'accompagner car il voulait découvrir la ville, mais elle l'en avait dissuadé. Elle n'avait pas voulu de lui à Leipzig. L'idée lui avait paru incongrue, presque indécente. Leipzig, c'était Peter, mais aussi la rencontre avec Sergueï après la guerre. C'était une ville où elle avait laissé une partie d'elle-même. Comment un homme tel que Victor, avec son insouciance, ses costumes de chez Cifonelli et son regard ironique, aurait-il pu comprendre ? Ce jour-là, ils s'étaient disputés pour la première fois.

Depuis plusieurs années, elle lisait les articles qui décrivaient le renforcement de la frontière entre les deux Allemagnes, les risques que prenaient les « fuyards de la République » pour rejoindre l'Ouest. Comme beaucoup d'Occidentaux, elle avait été choquée par la construction du mur de Berlin trois ans auparavant. Maxence s'était aussitôt rendu sur place. Il avait photographié des hommes et des femmes qui sautaient par les fenêtres des immeubles, un soldat de l'Est trahissant son uniforme et franchissant les barbelés en un dernier élan désespéré. Et un adolescent qui agonisait au pied du mur, abattu par les militaires pour avoir commis le crime de choisir la liberté.

Songeuse, Camille se versa une tasse de café, y ajouta un sucre. Elle éprouvait un léger vertige, comme si la lettre d'Eva Krüger l'avait obligée à s'arrêter net alors qu'elle était prise dans un tourbillon. D'un seul coup, le passé surgissait de sa mémoire. La fille de Peter… Elle se rappelait une enfant sage avec des cheveux noirs qui l'avait dévisagée d'un air méfiant, assise à une table dans une minuscule cuisine. N'avait-elle pas une mère, une famille pour l'aider ? Pourquoi Eva venait-elle l'importuner ?

Agacée, elle retira ses chaussures qui la pinçaient et se mit à arpenter la pièce. Depuis toujours, elle réfléchissait mieux pieds nus.

Eva voulait donner toutes les chances à sa petite-fille. C'était humain, mais avait-elle envisagé les dangers ? Les Allemands de l'Est qui commettaient le crime de tourner le dos au paradis communiste risquaient leur vie. Les soldats est-allemands, les gardes-frontières avaient ordre de tirer et ils ne s'en privaient pas.

Son irritation céda la place à l'anxiété. Dès qu'elle avait eu fini de lire la lettre, elle avait compris qu'elle serait obligée d'aider Sonia.

Comment se dérober à cet appel au secours ? Elle se sentit prise au piège. À l'époque, Peter était mort sans lui donner le temps de lui parler à cœur ouvert. Elle s'en était toujours voulu, attristée que leur amitié amoureuse eût été gâchée par un malentendu. En aidant sa fille à fuir un pays où elle se sentait prisonnière, elle réglerait enfin cette dette envers lui. Mais comment diable allait-elle s'y prendre ?

Elle s'assit dans son fauteuil, repoussa sa tasse et chercha à mettre de l'ordre dans les papiers éparpillés sur son bureau. C'est alors que son regard tomba sur un dépliant qu'elle avait reçu quelques jours plus tôt. La Foire de printemps de Leipzig, qui ouvrirait ses portes le 28 février, célébrerait le jubilé des huit cents ans de la ville des foires internationales. Or, l'année suivante marquerait aussi le bicentenaire de la fondation de la Maison Fonteroy, une occasion qu'elle avait l'intention de fêter dignement.

*Un défilé...*, pensa-t-elle soudain. *Nous allons présenter un défilé à Leipzig pour rendre hommage à l'ancienne ville des pelletiers et à l'un de ses clients les plus célèbres. Et nous allons en profiter pour faire sortir Sonia.* L'idée était risquée, peut-être impossible, mais c'était une occasion à saisir.

Son cœur s'emballa. Elle ne pourrait pas tout organiser toute seule. Elle avait besoin de quelqu'un de confiance, quelqu'un qui avait une certaine expérience de ces pays derrière le rideau de fer et qui lui devait une fière chandelle.

Elle se pencha pour décrocher son téléphone, vérifia l'heure à sa montre : neuf heures du matin. Maxence serait furieux d'être réveillé à l'aube, mais tant pis pour lui.

Sonia Krüger passa devant la nouvelle façade néoclassique de la poste principale et traversa la Karl-Marx-Platz, ses bottes crissant sur la neige, un carton à dessins serré sous le bras. Autour d'elle, les passants se dépêchaient de rejoindre leurs bureaux et de fuir la bise qui soufflait sur Leipzig en ce début de mars.

Elle marchait vite, elle aussi, comme si elle avait une meute de loups à ses trousses, et elle se demanda si c'était son allure rapide ou la peur qui lui serrait la gorge.

Elle avait la certitude d'être suivie. Emmitouflée dans son manteau, un bonnet de laine sur la tête, avec des moufles et une écharpe remontée jusqu'aux yeux, elle sentait néanmoins la sueur lui perler sur le front. « Ne te retourne pas, lui murmurait une petite voix. S'ils te voient te retourner, ils penseront que tu as quelque chose à cacher. »

Cette suspicion permanente était l'une des contraintes d'un régime politique qu'elle ne supportait plus. On se sentait toujours coupable en RDA, qu'on soit innocent ou qu'on ait une bonne raison, comme elle ce matin-là. N'importe qui pouvait être un indicateur de la Stasi, la marchande de journaux, la gardienne d'immeuble, le facteur, ou même le vieux fonctionnaire ivrogne qui habitait sur leur palier. La police politique n'avait aucun mal à recruter des délateurs qu'on rémunérait pour leurs efforts. Toute personne qui n'obéissait pas aveuglément aux diktats du Parti socialiste unifié et qu'on soupçonnait de comportement déviationniste risquait une dénonciation.

À l'école, entre un cours de russe et un autre de marxisme-léninisme, on lui avait enseigné qu'un jeune « pionnier » digne de ce nom devait surveiller ses parents et les dénoncer si jamais ils succombaient à la tentation d'un complot capitaliste. Un soir, elle s'était mise à sangloter dans son lit, sans bien savoir si c'était parce qu'elle n'avait pas de parents ou parce qu'on lui demandait d'espionner ses grands-parents comme s'ils étaient des traîtres à la patrie. Désemparée, elle avait le sentiment qu'il n'y avait personne en qui avoir confiance. Eva, venue vérifier si elle dormait, l'avait trouvée en larmes. Sa grand-mère l'avait consolée, lui expliquant qu'elle n'avait rien à craindre et que personne ne lui voulait du mal. Le lendemain, elle avait eu une longue conversation avec sa petite-fille, démontant point par point le discours du maître mais lui rappelant qu'il fallait savoir se taire et se méfier des autres.

Une rafale de vent la gifla en pleine figure. Les larmes aux yeux, elle se retourna pour les essuyer avec un mouchoir et en profita pour scruter les alentours. Personne ne semblait s'intéresser à elle. Avec leur ténacité coutumière, les petites Trabant aux vitres embuées crachotaient des fumées noires en se faufilant entre les tramways. Un couple d'étudiants avançait serré l'un contre l'autre, une femme tirait par le bras son petit garçon et un interprète vantait l'acoustique du nouvel Opéra à quelques mélomanes étrangers. Elle aurait dû se sentir rassurée dans cette ville pleine à craquer où l'on comptait davantage de visiteurs que d'habitants. Depuis le début de la foire, il n'y avait plus une chambre de libre, ni à l'hôtel ni chez les logeuses. *Tu es folle, ma pauvre*, se dit-elle, avant de repartir d'un pas plus mesuré, essayant de reprendre son souffle.

Tout avait été minutieusement planifié. Comme prévu, une

délégation de la Maison Fonteroy était installée depuis trois jours à l'hôtel Astoria, l'un des plus importants de la ville, non loin de la gare centrale. Une dizaine de mannequins et une quinzaine d'employés entouraient Camille et Maxence Fonteroy venus fêter le jubilé de la ville des foires et celui de leur maison de fourrures. À trois heures de l'après-midi aurait lieu un prestigieux défilé, puis, dès le lendemain, toute la délégation repartirait pour Paris. Avec plus de dix mille exposants et un nombre de visiteurs estimé à plus d'un demi-million, la ville était en effervescence. C'était l'occasion idéale pour glisser parmi un groupe de Français une jeune femme munie d'un faux passeport au visa falsifié.

Lorsque sa grand-mère avait évoqué pour la première fois l'idée de quitter le pays, un immense espoir avait soulevé le cœur de Sonia, mais elle avait refusé d'emblée. « Je ne peux pas te laisser ! » s'était-elle écriée. Sa grand-mère, patiente et tenace, avait mis des semaines à la convaincre de partir la première. Elle avait promis de la rejoindre. Désormais, elle était trop âgée pour qu'on lui fît du mal et les autorités ne seraient que trop contentes qu'elle s'en aille à son tour.

*Une seule chose peut encore tout perturber*, songea Sonia alors que les flocons recommençaient à tomber : *la neige*. L'aéroport risquait d'être fermé. On n'en avait jamais vu autant en Saxe. Le maire de la ville parlait d'une catastrophe ; la police et l'armée avaient été appelées à la rescousse pour déblayer les rues. Les Leipzigois se démenaient pour permettre aux visiteurs de circuler. *Au moins, s'ils sont occupés à pelleter, ils ne se préoccuperont pas de moi*, se dit encore Sonia.

Elle avait une peur panique d'être arrêtée à la frontière et jetée en prison. La nuit, elle rêvait de chiens policiers, de gardes-frontières qui hurlaient des ordres et la visaient avec leurs mitrailleuses. L'une de ses amies étudiantes avait été condamnée à deux années de prison pour avoir tenté de fuir la République. Mais après avoir longtemps hésité, Sonia avait arrêté sa décision : elle voulait être libre, voyager à sa guise, dessiner selon son inspiration. Elle se sentait frustrée, prisonnière d'un pays terne et gris aux frontières hérissées de miradors, de mines et de barbelés. « Tu tiens cela de moi, disait sa grand-mère avec un brin de nostalgie. Dans ma jeunesse, j'ai voyagé dans l'Europe entière. Je n'avais même pas de maison, j'habitais l'hôtel. » Parfois, Sonia en voulait à Eva de lui avoir ouvert les yeux. Elle aurait été plus sereine si elle avait pu se contenter de la nouvelle société que le régime prétendait construire pour le plus grand bonheur du peuple.

Mais Eva l'avait élevée dans la vérité, même si la vérité pouvait blesser. « Alors pourquoi as-tu cessé de voyager puisque cela te plaisait tant ? » lui avait-elle lancé un jour, agressive. « Parce qu'un jour j'ai rencontré ton grand-père. » Et la vieille dame avait eu un sourire de jeune fille.

Lorsque Sonia arriva rue Brühl, elle avait plus d'une demi-heure de retard. Elle espérait que Maxence Fonteroy ne lui en voudrait pas. Elle ne savait rien de lui, excepté qu'il était reporter-photographe, qu'elle devait lui parler français et qu'il allait lui expliquer comment procéder le lendemain matin.

Elle poussa la porte du *Kaffeehaus*, écarta l'épais rideau qui barrait l'entrée pour retenir les courants d'air et pénétra dans la salle animée. Aussitôt, elle fut enveloppée par une chaleur parfumée aux bonnes odeurs de graines torréfiées et de brioche chaude. Il y avait un monde fou. Toute la ville semblait s'être donné rendez-vous pour se réchauffer. Un peu perdue, elle regarda autour d'elle tout en bataillant pour retirer ses moufles et son écharpe.

— Puis-je vous aider ? murmura une voix grave derrière elle.

Sonia sursauta et pivota sur ses talons. Il avait une tête de plus qu'elle, un visage franc, un regard très bleu et un sourire qui se voulait rassurant. Il portait un col roulé gris et un vieux pantalon en velours côtelé. *Il n'a rien d'intimidant*, songea-t-elle, soulagée. Il lui prit l'encombrant carton à dessins, leur signe de reconnaissance, et la guida vers une table ronde, abritée derrière un portemanteau gonflé de vêtements. Il l'aida à retirer ses affaires, puis s'installa en face d'elle, si bien que personne ne pouvait la voir.

— Qu'est-ce que vous prenez ? demanda-t-il.

— Un café avec de la crème, s'il vous plaît.

Il fit signe à une serveuse en tablier, au visage crispé comme si la journée se terminait alors qu'elle venait de commencer, et commanda dans un allemand hésitant les cafés et des petits pains.

— Je suis désolée d'être en retard, s'excusa Sonia. Mon tram a été bloqué à cause de la neige.

Il l'étudia si longuement qu'elle se sentit mal à l'aise.

— Aucune importance, décréta-t-il avec un large sourire. Je n'ai rien de mieux à faire et, puisque je suis venu à Leipzig pour vous, je vous suis entièrement dévoué.

Il se pencha en avant, comme pour lui faire une confidence, et elle respira une eau de Cologne fraîche, aux accents de jasmin, qui lui sembla merveilleusement incongrue dans cette pièce surchauffée.

— Et vous m'en voyez ravi, croyez-moi, ajouta-t-il à mi-voix.

Elle sentit ses joues s'empourprer.

Maxence regarda la jeune fille baisser les yeux ; elle tenait ses doigts si fermement entrelacés que leurs jointures avaient blanchi. C'était un visage à faire rêver un photographe, avec des angles purs et harmonieux qui appelaient la lumière. Des cils noirs, un nez effilé, une bouche ourlée, la lèvre inférieure légèrement gercée par le froid. Pas un soupçon de maquillage ne venait trahir la pâle beauté des joues plates. Elle portait ses cheveux tirés en arrière, dévoilant un cou fragile.

Il avait envie de la rassurer, de lui dire que tout irait bien, qu'elle serait bientôt en sécurité en France. Les faux papiers provenaient d'un réseau d'aide aux fugitifs, installé à Berlin-Ouest, dont Maxence avait obtenu l'adresse par un ami berlinois journaliste. Ils avaient eu la chance inouïe de profiter de la défection d'une autre jeune femme qui avait renoncé à partir.

— Vous n'avez rien à craindre, murmura-t-il.

Elle leva les yeux. Cette fois, le regard sombre lui coupa le souffle. Il était à la fois ironique, teinté de tristesse et d'anxiété, mais résolu. La première fois qu'il avait été confronté à une volonté aussi forte, c'était chez une jeune Hongroise dont il était tombé amoureux. Pourtant, sans encore connaître Sonia, il devinait qu'Erzsi avait été plus passionnée, plus fervente. Erzsi ignorait le doute et la peur, elle était persuadée que sa cause triompherait, et c'est pourquoi sa mort brutale dans ses bras lui avait semblé presque obscène.

Depuis lors, incapable d'aimer une femme avec la même intensité, il avait choisi ses petites amies parmi des Parisiennes étourdies et futiles qui ne connaissaient de la vie que les chaînes hi-fi et les bottes Courrèges. En écoutant leurs voix haut perchées, il avait parfois l'impression de n'être plus qu'une étendue de terre aride et brûlée.

Il lui avait fallu des mois pour trouver la force de quitter Paris. Puis un jour, sans prévenir, elles étaient revenues sur la pointe des pieds, cette curiosité et cette soif de connaître qui l'entraînaient au bout du monde en quête d'inconnus qu'il pouvait appeler ses frères.

De manière impulsive, Maxence posa une main sur celles de Sonia. Elles étaient gelées. Lentement, il la força à déplier les doigts et se mit à les frotter doucement entre ses paumes. Après un instant d'hésitation, elle le laissa faire.

Camille était assise, songeuse, sur les trois marches qui menaient au podium. Le défilé n'allait pas tarder à débuter. Le petit escalier avait été installé entre des battants de porte qui séparaient le grand salon de l'hôtel Astoria d'une salle à manger que les employés de la Maison Fonteroy avaient transformée en ruche. Un agencement habile de paravents en toile écrue séparait la longue estrade illuminée par des éclairages indirects du désordre de la pièce où s'activaient les essayeuses.

Les mannequins à la peau diaphane et aux lèvres pâles finissaient de se farder les paupières pour se donner un regard charbonneux, accentué par leurs faux cils en poils de martre. Un coiffeur passait de fille en fille avec une bombe à laque, vérifiant la tenue des coupes au carré. René Cardot pestait parce qu'on avait rangé sur le mauvais portant la veste en vison rasé façon velours au col de zibeline.

— Il faut m'écouter, mesdames ! s'écria-t-il, les joues rouges, en levant les mains au ciel. Madame Yvonne, où avez-vous encore disparu ? ajouta-t-il en cherchant la responsable des ateliers qui, à genoux, ajustait les bottes en daim d'une blonde dégingandée qui se plaignait que ce n'était pas sa pointure.

— J'ai filé mon collant ! glapit une autre, en ouvrant de grands yeux affolés.

De l'autre côté des paravents frappés du célèbre F rouge stylisé, Camille entendait le brouhaha des invités. Elle retournait entre ses mains la mascotte de la foire, un drôle de petit bonhomme en bois bleu qui fumait la pipe et tenait une sacoche à la main. Sous son chapeau orné des deux M de la foire, sa bouille en forme de globe terrestre avait un air jovial.

— Tu vas nous porter bonheur, promis ? lui souffla-t-elle.

Quelqu'un se racla la gorge. Se sentant un peu stupide, elle releva la tête. Son frère l'observait d'un air moqueur.

— Alors maintenant, on parle aux objets inanimés ? s'amusa Maxence en s'asseyant à côté d'elle.

— Lui au moins ne dira jamais de bêtises. Comment s'est passée ta matinée ?

— Nous avons été visiter le monument de la bataille des Nations. C'est monstrueusement laid. On dirait une vaste urne funéraire.

— Tu dis ça parce que tu es chauvin et que la bataille de Leipzig a été la première grande défaite militaire de Napoléon.

— Pourtant, il a cru en la victoire jusqu'au bout, alors qu'en 1813 l'armée se remettait à peine de la retraite de Russie. Tu t'imagines, moins de deux cent mille Français contre trois cent mille Prussiens, Autrichiens, Russes et Suédois. Une hécatombe… Toute l'Europe coalisée contre nous…

— Parle-moi plutôt de Sonia, l'interrompit sa sœur, sachant que Maxence gardait de son enfance une fascination pour les guerres napoléoniennes et qu'il pouvait se montrer intarissable. Est-ce que votre rencontre s'est passée comme prévu ?

— Oui, d'ailleurs, on ne s'est pas quittés depuis. Je l'ai même amenée avec moi cet après-midi.

— Tu es fou ! On avait décidé qu'elle ne se joindrait à nous qu'à la dernière minute.

— Et pourquoi donc ? fit-il en haussant les épaules. Autant qu'elle nous connaisse dès maintenant, comme ça, demain, elle se sentira plus à l'aise. Et puis, elle avait envie de voir le défilé.

— Où est-elle ?

— Là-bas, près de la porte.

Camille suivit son regard. Une jeune fille brune, fine et élancée, les cheveux retenus en un chignon strict de danseuse, vêtue d'un pull rouge près du corps, d'une jupe noire et de lourdes bottes en cuir grossier, regardait l'agitation autour d'elle comme si elle n'en revenait pas.

*C'est la fille de Peter*, songea Camille, étonnée d'être aussi émue. *Mon Dieu, comme les années passent… Il avait son âge quand il est mort.*

— Elle est ravissante, murmura-t-elle, troublée.

— N'est-ce pas ?

Alertée par le ton de voix rêveur de son frère, elle se tourna vers lui. Il fixait Sonia d'un air intense.

— Mettez le renard roux tout de suite ! aboya soudain René Cardot.

— C'est encore trop tôt, monsieur, protesta un jeune mannequin avec une moue boudeuse. On étouffe, ici.

— Si vous avez trop chaud, jeune fille, vous n'avez qu'à sortir et ça vous rafraîchira les idées.

Le mannequin enfila le manteau et Cardot recula de quelques pas pour vérifier si la toque prévue était vraiment indispensable.

Le défilé allait commencer dans deux minutes. L'agitation était encore montée d'un cran. Les tables débordaient de maquillage divers, fonds de teint rose et pêche, blush ou fards à paupières nacrés. Les gants, bottes et chaussures s'entassaient au pied des portants. Même s'il s'agissait de présenter des manteaux, Camille et Cardot se montraient toujours pointilleux quant à la cohérence de la tenue. « L'élégance, c'est un ensemble de détails », martelait-il, se donnant même la peine, pour un défilé ou une photo de mode, d'assortir une doublure à une robe.

Camille se leva et risqua un coup d'œil dans la salle. Les affreuses chaises en plastique vert, les seules qu'on ait pu trouver en nombre suffisant, étaient toutes occupées. À l'arrivée des invités, on leur avait distribué des échantillons de *L'Insoumise*.

Camille avait envoyé des cartons d'invitation aux notables de la ville, qui étaient venus accompagnés de leurs épouses, aux responsables du jubilé, à des fourreurs du Brühl, à des représentants étrangers présents à la foire, mais elle avait aussi tenu à inviter des étudiantes anonymes, des coiffeurs, des couturières, par l'intermédiaire de deux organismes d'État... Elle savait que c'était pour eux un moment exceptionnel parce qu'ils avaient rarement l'occasion de voir de près la mode occidentale. Elle avait préféré ne pas inviter Eva pour ne pas attirer l'attention.

Elle se sentait nerveuse. Curieusement, ce défilé lui tenait encore plus à cœur que ceux qu'elle donnait une fois par an boulevard des Capucines. On devinait dans l'assistance une attente presque religieuse. La plupart des femmes avaient des visages trop maquillés, des paupières d'un bleu agressif qui éteignaient leurs regards, des robes maladroitement apprêtées sur des hanches lourdes, des bas épais et des chaussures à brides. Les hommes éclataient dans leurs costumes gris. Mais ils étaient venus et elle ne voulait surtout pas les décevoir.

Grâce au talent de Cardot, à leur nouvelle ligne de vêtements en daim et en cuir, elle avait rajeuni l'image de la Maison Fonteroy qui, deux cents ans après sa fondation, faisait la une des magazines de mode, séduisait les rédactrices américaines ou françaises par le mélange audacieux des textures, des couleurs et des coupes créatives.

*Est-ce que tu serais fier de moi, papa ?* pensa-t-elle, inquiète.

— Je crois qu'il est temps, mademoiselle, lui glissa Mme Yvonne à l'oreille.

Petit bout de femme pétillante, joyeuse et efficace, la responsable des ateliers avait l'accent chantant du sud de la France. Elle ne se laissait jamais impressionner, ni par les sautes d'humeur de Cardot ni par les caprices des mannequins ou les faux papiers d'une jeune Allemande.

Camille ferma les yeux un court instant, serra la mascotte bleue dans sa main, puis revint vers la petite assemblée. On entendit éclater les premières mesures du disque de rock and roll qui ouvrait le défilé, symbole du dynamisme de la vénérable Maison. Le premier mannequin patientait au pied des trois marches dans une minirobe en maille qu'elle portait avec des cuissardes en daim et un blouson doublé de vison rasé.

Camille eut un large sourire.

— Nous avons tous fait de notre mieux. Maintenant, c'est à vous, les filles. Amusez-vous !

Les applaudissements rebondissaient entre les murs. Les mannequins redescendaient en courant du podium, les yeux brillants : elles avaient rarement reçu un accueil aussi chaleureux. Cardot s'agitait toujours autant, incitant une fille à porter sa veste de castor décollée des épaules, veillant à draper correctement l'étole en renard mauve doublée de taffetas assortie à une robe du soir en mousseline.

Soudain, l'une des filles manqua une marche, tomba lourdement en se tordant la cheville et éclata en sanglots. Aussitôt, Maxence et Cardot se précipitèrent pour la relever. La malheureuse ne pouvait plus poser le pied par terre.

— Il faut la porter, déclara Mme Yvonne. Elle a dû se faire une entorse.

Maxence souleva la jeune femme et l'emporta au fond de la pièce où Camille débarrassa un fauteuil pour l'asseoir.

— Seigneur, je n'ai plus personne pour présenter la Valentine ! s'écria Cardot. C'était ma seule brune, toutes les autres sont blondes... Il me faut une brune !

— Mais voyons, Cardot, c'est ridicule, répliqua Camille. N'importe lequel des mannequins fera l'affaire.

Cardot lui jeta un regard noir.

— La Valentine clôt le défilé. C'est un manteau conçu pour votre mère, pour une brune. Sur une blonde, il sera fade.

Agacée, Camille ne voyait pas comment résoudre ce problème qui n'en était pas un. Cardot virevoltait comme une toupie. Soudain, il eut une inspiration. Il s'approcha en trois enjambées de Sonia qui n'avait pas bougé depuis le début du défilé.

— Voilà, c'est exactement la fille qu'il me faut, dit-il en la saisissant par le bras. Elle a une silhouette parfaite. Il suffit de lui laquer les cheveux, à moins qu'on n'ait un peu de brillantine. Antoine, avez-vous par miracle de la brillantine ? Madame Yvonne, habillez-la avec la robe qui était prévue pour Diane. Mettez-lui du rouge à lèvres, tant pis pour les yeux, on n'a pas le temps.

— Mais, monsieur, je ne peux pas..., s'affola Sonia.

— Vous parlez français ! C'est encore mieux. Écoutez-moi, c'est simple comme bonjour. Vous sortez sur le podium, vous marquez une pause, puis vous avancez jusqu'au bout, vous attendez encore un peu, et vous revenez. Jouez avec le public, soyez hautaine. Allons, pressons maintenant... N'ayez pas peur, mademoiselle, le manteau vous portera. C'est une création des années vingt, très célèbre, magnifique. On l'appelle la Valentine.

Camille allait protester lorsque Maxence la retint par le bras.

— Laisse faire. Quel mal peut-il y avoir ?

— Mais elle va attirer l'attention... Quelqu'un pourrait la reconnaître... Ça risque de faire échouer tout ce qu'on a prévu..., siffla-t-elle, furieuse.

— Allons, pas de paranoïa ! Écoute les applaudissements. C'est la fête. Et puis ce n'est pas elle qu'on va regarder, mais la Valentine.

Prise de court, Camille laissa faire. On avait appelé un médecin pour examiner la cheville de Diane qui avait enflé.

Sonia fut happée par une foule de mains. Alors qu'on la déshabillait, elle songea à la lingerie en soie des mannequins et elle eut honte de son soutien-gorge et de sa culotte grisâtres. Mais personne ne sembla y prêter attention. On lui enfila de longs gants blancs, une robe du soir perlée qui lui sembla étonnamment lourde, des escarpins brodés. Une houppette lui effleura le nez et les pommettes. Le nuage de poudre la fit tousser. Quelqu'un dessina ses lèvres et les souligna de rouge. Le coiffeur mit quelques gouttes de brillantine sur ses cheveux pour les plaquer contre son crâne. Une petite femme souriante vaporisa du parfum autour d'elle. Puis on lui apporta le manteau du soir. Des pierreries scintillaient dans les plis de velours sombre éclairés par l'immense col blanc. Cardot lui tint le manteau et elle l'enfila. Un silence se fit autour d'elle. Nerveuse, elle se retourna pour se regarder dans le miroir.

Une inconnue sortie des années vingt, avec des cheveux noirs brillants, un visage pâle aux lèvres rouges auréolé d'un col chatoyant, la contemplait avec de grands yeux sombres.

*À elle, il ne pourra rien arriver de mal*, songea Sonia, admirative, et elle remonta doucement autour de son visage les deux pans de renard blanc.

— C'est ça, c'est tout à fait ça..., murmura Cardot qui, comme tous les autres, était frappé par la métamorphose de la jeune fille.

Maxence s'approcha et prit Sonia par la main pour l'amener jusqu'au pied du petit escalier.

— Vous êtes éblouissante, souffla-t-il. Ce manteau a été dessiné pour le mariage de ma mère. Il vous va à ravir. Ils seront époustouflés.

Sonia gravit les trois marches. De l'autre côté des paravents, on n'entendait plus rien. La musique s'était tue. Puis une voix de femme s'éleva dans le silence attentif.

— Mesdames et messieurs, pour clore le défilé qui célèbre les deux cents ans de sa fondation, la Maison Fonteroy a l'honneur de vous présenter l'une de ses plus belles créations. Un manteau du soir en velours et renard de l'année 1921. *Meine Damen und Herren :* la Valentine.

Sonia glissa entre les paravents et s'arrêta comme le lui avait demandé le petit homme moustachu en blouse blanche. Des flashs crépitèrent. Aveuglée, elle ferma les yeux. Il y eut des exclamations, puis un tonnerre d'applaudissements.

Rassurée, elle se mit à avancer, pas à pas, d'une démarche souple et lente, et elle s'aperçut, drapée dans le superbe manteau de la mère de Maxence Fonteroy, qu'elle ne s'était jamais sentie aussi libre et qu'elle pourrait marcher ainsi jusqu'au bout du monde.

Le lendemain matin, alors que deux des mannequins montaient dans un taxi qui devait les emmener à l'aéroport, Camille cherchait désespérément Maxence des yeux. Il était censé retrouver Sonia dans une rue adjacente et partager une voiture avec elle et Mme Yvonne. La première d'atelier, un sourire quelque peu crispé aux lèvres, essayait de ramener un peu d'ordre dans la troupe, alors que des montagnes de valises et de cartons encombraient le hall de l'hôtel. La cheville bandée, avançant difficilement avec des béquilles mal ajustées, Diane attirait tous les regards, ce qui était une bonne chose.

Avec sa haute toque de renard et une écharpe en cachemire autour du cou, Camille faisait les cent pas devant l'hôtel.

Brusquement, Maxence apparut au coin de la rue. La neige avait saupoudré de blanc sa chapka russe et son épais caban d'hiver.

— Elle n'est pas là, dit-il d'un air anxieux en frottant son nez rougi par le froid.

— Qu'est-ce que tu veux dire ? s'énerva Camille. Elle avait pourtant tout compris hier soir. Pourquoi est-elle en retard ?

— Du calme ! Je n'en sais pas plus que toi.

— Et si elle avait été arrêtée ? Il faut appeler Eva. Tant pis pour le risque.

— Tiens, la voilà, dit-il en regardant par-dessus l'épaule de sa sœur.

Sonia courait et glissait sur les plaques de neige gelée. Échappés de son bonnet, ses cheveux noirs flottaient au vent. Camille et Maxence se portèrent aussitôt à sa rencontre.

— Je ne peux pas venir avec vous, s'exclama la jeune fille, le visage crispé, en essayant de reprendre son souffle. Je suis désolée, mais ma grand-mère a été transportée à l'hôpital dans la nuit. Elle a eu une attaque. Je dois rester auprès d'elle.

— Mais tout est arrangé, Sonia, dit Camille en lui saisissant les mains. Vous avez le passeport et le visa pour la date d'aujourd'hui. Tout a été soigneusement préparé ; on ne peut pas repousser le voyage. Eva ne vous en voudrait pas, j'en suis sûre. On se débrouillera pour avoir de ses nouvelles et veiller à ce qu'elle ne manque de rien. Nous lui ferons parvenir de l'argent. Je pourrai revenir… Maxence peut-être aussi.

Des cernes soulignaient les traits épuisés de la jeune fille. L'arête de son nez, en un relief marqué, jaillissait de son visage. Les paupières gonflées, elle avait les larmes aux yeux.

— C'est impossible. Je ne peux pas la laisser comme ça… Elle a besoin de moi… Je dois rester avec elle, vous comprenez ?

Ses yeux fouillaient tour à tour les visages de Maxence et de Camille, les implorant de comprendre. Maxence ouvrit les bras et serra la jeune fille contre lui.

— Bien sûr que nous comprenons, murmura-t-il d'une voix douce.

Sonia réprima un sanglot.

— Je suis désolée… Après tout le mal que vous vous êtes donné. Mais je ne peux pas l'abandonner à l'hôpital. Je dois la ramener à la maison le plus vite possible et il n'y a personne pour s'occuper d'elle excepté moi.

Camille enfonça les poings dans ses poches et leva les yeux au ciel, refoulant ses larmes. Une grue métallique couverte de neige se balançait en grinçant dans le vent. *Cette ville ne sera-t-elle donc jamais terminée ?* se demanda-t-elle, exaspérée. Depuis le temps qu'elle venait, il y avait toujours des immeubles en construction.

Elle haïssait ce sentiment d'impuissance. Une tension nerveuse courait sous sa peau et son corps tendu comme un arc menaçait de rompre. Le désarroi de Sonia la laissait aussi désarmée que lorsqu'elle cherchait, petite fille, à gagner l'affection de sa mère. Un mur infranchissable l'empêchait d'avancer. Elle pouvait crier, tempêter, le frapper de ses poings, de ses pieds, se jeter contre lui de toutes ses forces, il resterait intact. Si elle était devenue redoutable dans son travail, c'était parce qu'au moins elle avait une chance de gagner.

*Si je pouvais, je les emmènerais toutes les deux, Sonia et Eva*, se dit-elle, furieuse. *C'est ignoble, barbare, de retenir ainsi les gens contre leur gré !*

— Nous trouverons un autre moyen, je te le jure, Sonia, insista Maxence. Nous ne t'oublierons pas, tu as ma parole.

Sonia se laissa une nouvelle fois serrer dans ses bras. Bouleversée par l'inquiétude pour sa grand-mère, par la déception de voir s'envoler tous ses espoirs, elle avait l'impression que son cœur allait éclater. Elle n'était pas idiote. Elle savait que les occasions de fuite ne se représentaient pas aussi facilement. Il faudrait attendre des mois, peut-être des années, pour imaginer un stratagème aussi parfait. Bien sûr, elle pourrait essayer de trouver un passeur fiable, tenter de franchir la frontière cachée dans une voiture ou traverser ces zones truffées de tours de guet et de mitrailleuses automatiques, mais c'était autrement plus dangereux.

Et puis surtout, il y avait Eva, le bruit mat de son corps tombant dans la chambre, son visage terreux, sa respiration saccadée, ses doigts puissants de pianiste soudain si fragiles, ses rides devenues d'un seul coup profondes comme des ravines. Eva, la seule personne qu'elle avait au monde, aux bras toujours ouverts et à l'épaule rassurante, à la voix si tendre, voilée d'amour.

Elle s'arracha à Maxence.

— Je dois m'en aller… Excusez-moi… Et merci, merci pour tout…

Camille la regarda tourner les talons et repartir en courant, dérapant sur une plaque de verglas avec la grâce d'une équilibriste.

— Sonia ! appela-t-elle, le visage blême, avec la sensation affreuse qu'elle était en train de tous les trahir, Eva, Peter et sa fille.

— Nous ne pouvons rien faire pour le moment, dit Maxence en la tirant par le bras. Il faut la laisser, mais je trouverai un moyen pour la sortir d'ici. Je te le promets.

— C'est trop injuste ! s'écria-t-elle, révoltée.

— Je sais, dit-il d'une voix éraillée par la tristesse. À Budapest aussi, c'était injuste.

Depuis qu'elle était rentrée à Paris, Camille se montrait tendue et de mauvaise humeur. Elle n'arrivait pas à oublier Sonia. Et la malheureuse Eva, s'était-elle remise ou n'était-elle plus de ce monde ?

Une colère noire l'enflammait à la moindre contrariété. Les employés glissaient autour d'elle en cherchant à l'éviter. Quand elle entrait dans les ateliers, les mécaniciennes se courbaient sur les surjeteuses en silence, telles des écolières prises en faute. Duteil ne lui parlait que des choses essentielles, même Cardot gardait ses distances en attendant des jours meilleurs.

Un matin, vers onze heures, Evelyne frappa à la porte du bureau. Puis elle s'approcha de la console entre les deux fenêtres, sur laquelle elle posa le bouquet de roses jaunes commandé une fois par semaine chez un fleuriste.

Camille ne leva pas le nez de l'exposé qu'elle rédigeait pour la prochaine réunion de la Chambre syndicale.

— M. Brook aimerait savoir si vous pouvez le recevoir, mademoiselle.

— Victor ? s'étonna Camille en posant son stylo. Je ne savais pas qu'il était à Paris. Faites-le entrer, Evelyne.

Victor s'encadra dans la porte. Il portait un costume en flanelle grise, une chemise à fines rayures et une cravate de soie sombre. Camille se leva pour venir l'embrasser.

— Tu ne m'avais pas prévenue que tu étais à Paris.

Elle lui trouva un air étrange. Son visage était verrouillé, sans même l'ombre d'un sourire. Il l'embrassa sur la joue.

— Qu'est-ce qui ne va pas ? demanda-t-elle.

— Je vais me marier.

Son cœur fit un bond dans sa poitrine. Ne rien lui montrer, surtout pas ! s'ordonna-t-elle alors qu'un nerf se mettait à tressaillir sur sa paupière. La gorge sèche, elle recula derrière son bureau comme pour se mettre à l'abri.

— Toutes mes félicitations ! lança-t-elle d'un air moqueur.

— Je t'en prie, Camille, ne fais pas semblant. J'imagine très bien ce que tu dois ressentir. Mais le moment est venu pour moi de fonder une famille. J'ai déjà perdu assez de temps comme ça. (Il fit une grimace.) Pardonne-moi, ce n'est pas ce que je voulais dire.

Elle eut un geste du poignet comme si cela n'avait pas d'importance.

— Évite de me prêter des sentiments que je ne ressens pas. Je suis seulement un peu surprise. La nouvelle est plutôt inattendue, non ?

— Pas vraiment, fit-il en s'asseyant. J'y pense depuis quelques années, et j'ai toujours su que tu ne voudrais pas de moi, même si je te demandais de m'épouser.

Elle le dévisagea d'un air froid.

— À ton tour d'être sincère, Victor. Notre liaison a été agréable, nous en avons profité tous les deux, mais après réflexion, tu m'as jugée trop vieille pour avoir des enfants. Je parie que l'heureuse élue est une jolie blonde de vingt-deux ans, avec un caractère aimable et un excellent pedigree de la côte Est des États-Unis. (Elle esquissa un sourire en voyant son expression.) C'est exactement l'épouse qu'il te faut. Elle organisera vos réceptions dans votre superbe duplex sur Central Park, t'offrira trois beaux enfants et tu vivras un paradis conjugal jusqu'à ce que tu commences à te lasser. Mais je suis sûre que le moment venu tu trouveras une maîtresse discrète et efficace.

— Ne sois pas méchante, Camille. Cela ne te va pas. On n'aime pas seulement une femme pour les enfants qu'elle vous donnera.

— Pas seulement, mais lorsqu'on parle de fonder une famille, on songe en général à des enfants.

Elle le regarda sortir de sa poche l'étui à cigarettes en or qu'elle lui avait offert. Comme d'habitude, il tapota trois fois sa cigarette sur le couvercle avant de l'allumer. Chez lui, le moindre geste avait une nonchalance distinguée qui l'avait séduite quand ils s'étaient rencontrés. Elle se demanda si les règles pour une liaison qui se défait étaient les mêmes que pour un mariage. Fallait-il récupérer les cadeaux ou les passer par pertes et profits ?

— Le problème, ce n'est pas d'avoir ou non des enfants, mais nous, reprit-il. Tu as été heureuse de notre liaison, dis-tu, mais t'es-tu jamais demandé ce que moi, j'en pensais ? Tu avais besoin d'un amant, mais surtout pas d'un homme encombrant. Tu m'as toujours tenu à l'écart de tes émotions et de tes sentiments. Au début, j'y ai trouvé mon intérêt, c'est vrai. Mais le temps passait et chaque fois que j'essayais de m'approcher de toi, tu t'esquivais. J'ai acheté un appartement à Paris car j'espérais une vie à deux. Tu n'y as jamais passé une nuit entière. Tu n'as pas accepté de m'accompagner en voyage, tu m'as interdit d'aller avec toi à Leipzig. Je n'existais que dans un cadre défini, à Paris et à New York, où tu passes deux fois par an en coup de vent. Je suis désolé, Camille, mais cela ne me suffisait pas.

Elle serrait les bras de son fauteuil sans le quitter des yeux. Elle aurait voulu être impassible mais elle savait que son visage s'était affaissé, la vieillissant d'un seul coup. Elle était choquée d'entendre cet homme, qu'elle avait toujours considéré comme léger, dévoiler soudain des sentiments graves. L'étincelle qui brillait au fond des prunelles de Victor avait disparu. Tassé dans le fauteuil, il semblait plus lourd, comme si la peine l'avait étoffé. Elle avait pensé qu'il s'amusait de la vie et des gens, qu'il ne voulait pas d'attaches ni d'émotions importunes. S'était-elle trompée à ce point ? Dans son esprit, avait-elle chargé Victor de ses propres réticences ? Et si sa désinvolture n'avait été qu'une forme de discrétion ? *En fait, je n'ai pas fait l'effort de le connaître*, comprenait-elle, effarée.

— Tu ne m'as jamais aimé, Camille, poursuivit-il. Ce n'est pas une chose agréable à admettre pour quelqu'un de plutôt orgueilleux, mais ce qui me sauve, c'est que je l'avais compris d'emblée. J'en ai conçu quelques regrets, je l'avoue, mais heureusement je n'ai jamais cherché à obtenir autre chose que ton affection.

— Et ta charmante fiancée, est-ce qu'elle t'aime, elle ?

— Oui.

— Et toi, est-ce que tu l'aimes ?

Il marqua une pause, se pencha pour éteindre son mégot dans le cendrier posé sur le bureau.

— Bien sûr, fit-il.

Elle esquissa un sourire.

— Bien sûr…

Il l'observa longuement avec une expression de curiosité teintée de compassion.

— Je me suis toujours demandé ce que tu fuyais, Camille. Qu'est-ce qui te fait donc peur à ce point pour t'empêcher de vivre ?

Elle se dressa d'un bond. Victor venait de toucher du doigt son secret le plus intime, celui qui nourrissait ses angoisses et ses cauchemars et qui ressemblait à un piège dangereux où elle se débattait depuis toujours. Et voilà qu'un homme qu'elle avait cru frivole et inconstant révélait sa blessure au grand jour, comme on tire d'un mouvement brusque les rideaux d'une chambre obscure.

Imperceptiblement, les lèvres pincées, elle releva le menton et serra les poings.

En regardant cette femme silencieuse qui le fixait d'un regard orageux, Victor Brook comprit qu'il n'obtiendrait pas de réponse. Il songea que parfois, alors qu'il lui faisait l'amour, Camille s'était absentée de son corps. Que pensait-elle ? Où partait-elle ? Il se rappela qu'il ne s'était jamais senti aussi seul qu'en ces instants-là.

Il se leva à son tour. L'éclat du bouquet de roses attira son attention. Dans le vaste bureau masculin aux teintes d'acajou, de vert olive et de cuir patiné, il lui parut presque déplacé.

Il ne serait pas celui à qui Camille Fonteroy dévoilerait sa faiblesse. Une dernière fois, il le regretta.

— Nous nous reverrons sûrement, Camille.

Elle comprit qu'il s'avouait vaincu.

— Tant qu'il y aura les ventes de la Hudson's Bay, ajouta-t-elle d'une voix sourde.

— Me diras-tu bonjour ?

— Seulement si tu offres à ton épouse un manteau de chez Fonteroy à chacun de vos anniversaires de mariage.

Il sourit et l'étincelle s'alluma de nouveau dans ses yeux.

— Je vous reconnais bien là, mademoiselle Fonteroy.

— Je ne t'aurai pas comme mari, mais au moins la Maison te comptera parmi ses clients. Ce n'est déjà pas si mal.

Elle eut une hésitation ; son corps rigide se détendit quelque peu.

— Tu seras heureux, Victor, j'en suis sûre. Tu es né pour le bonheur. C'est ce que j'ai le plus aimé chez toi.

— Le bonheur se gagne aussi, tu sais. Comme le reste.

— Je crois plutôt que c'est une grâce qui est accordée à certains à la naissance, un peu comme la beauté ou l'intelligence. Mais en revanche, j'ai compris qu'il ne faut pas perdre sa vie à le poursuivre s'il s'obstine à vous échapper.

Elle ne voulait surtout pas qu'il la touche. Elle voulait qu'il parte, maintenant, tout de suite, parce qu'elle ignorait combien de temps elle allait encore pouvoir sauver la face.

Sans rien ajouter, Victor hocha la tête, puis il quitta la pièce et referma soigneusement la porte derrière lui.

Camille resta un instant immobile, écoutant le battement régulier de la pendule. Puis elle s'approcha de la bibliothèque pour en retirer un dossier, mais ses jambes ne la portaient plus. Elle s'affaissa lentement sur le tapis et enlaça ses genoux, effrayée parce que son amant venait de la quitter et qu'elle ne ressentait rien, ni regrets ni véritable chagrin.

*Suis-je un monstre ?* se demanda-t-elle, recroquevillée, le front posé sur ses genoux. *Un monstre incapable d'aimer ?*

Alors, dans le silence feutré du bureau, adossée à la vieille bibliothèque remplie de livres, de dessins et de carnets soudain inutiles, Camille écouta monter en elle des profondeurs cette peur obscure et maligne, aux tentacules perfides, la peur d'une toute jeune fille persuadée, puisque sa mère ne l'a jamais aimée, qu'elle n'est digne ni d'être aimée ni d'être mère.

*Ivanovo, mai 1968*

Sergueï s'accouda à la barrière en bois qui clôturait le petit cimetière du hameau. À côté de lui, sagement assis là où son maître le lui avait ordonné, le *laïki* de son père respirait bruyamment, la langue pendante.

Le crépuscule se teintait de la clarté poudrée et mystérieuse des brefs étés sibériens. Parmi les mousses et les fougères des sous-bois, la nature bruissait, sourdait, éclatait sous les écorces crevassées des épicéas, ses montées de sève comme autant de poussées fiévreuses. L'air chaud dégageait un parfum entêtant de résine. Au loin, on entendait les rires d'enfants qui se baignaient dans la rivière. Le chien ne quittait pas des yeux son maître qui se tenait debout, à quelques mètres d'eux, devant la tombe d'Anna Feodorovna.

Les fumées des isbas montaient, sereines et droites, vers le ciel sans nuages. L'animal émit un jappement, s'ébroua, puis se rassit. Sergueï regarda son père remettre lentement son bonnet sur la tête, puis revenir vers lui d'un pas tranquille, s'appuyant sur sa canne.

— Et moi qui étais tellement persuadé qu'elle m'enterrerait, soupira Ivan Mikhaïlovitch.

— Je sais, papa. La vie vous joue parfois de drôles de tours.

— Viens, mon garçon, rentrons. Sinon, on va se faire dévorer par les moustiques.

Ils prirent le chemin de la maison, le chien sur les talons. Dans un enclos, quelques poneys iakoutes fouettaient l'air de leurs longues queues.

— Qu'est-ce que tu vas faire maintenant ? demanda Sergueï, un peu inquiet.

Son père s'arrêta pour le dévisager.

— Je n'ai nullement l'intention de m'en aller, si c'est ce que tu insinues. Comment veux-tu que je m'habitue à autre chose que la vie que j'ai choisie il y a un demi-siècle ? Là-bas, ajouta-t-il en levant sa canne pour indiquer un endroit imaginaire au-delà de la barrière émeraude de cèdres et de sapins, le monde a continué sans moi. Et c'est bien ainsi.

Il reprit sa marche. Sergueï ralentit le pas pour s'adapter à celui de son père. À chacune de ses visites, Ivan se déplaçait encore plus doucement. En bon trappeur, ses gestes avaient toujours été mesurés, mais désormais, il semblait à Sergueï qu'ils n'en finissaient plus. Il devait maîtriser son impatience quand son père prenait un repas ou bourrait sa pipe. La nuit, il tendait l'oreille pour écouter sa respiration sifflante qui s'interrompait par moments. Alors, le cœur de Sergueï se mettait à battre plus vite et il se redressait à moitié, jusqu'à ce qu'il entende à nouveau le souffle irrégulier. *C'est probablement la même chose avec les nouveau-nés*, pensa-t-il. *On est intimidé par tous ceux qui se tiennent sur le seuil de l'autre monde.*

Soudain, à sa grande surprise, l'émotion lui brouilla la vue. Sa mère était morte en février, emportée par une pneumonie. Il l'avait appris en avril et il était venu aussi vite que possible. Voilà des années qu'il vivait loin de ses parents, leur rendant visite une ou deux fois par an, et, pourtant, l'absence de sa mère laissait un vide étrange.

Il songea que son père pouvait disparaître à son tour d'un moment à l'autre et que, ce jour-là aussi, il serait probablement loin. Avait-il eu raison de choisir cette vie de nomade ? Aurait-il mieux fait de revenir après la guerre ? De s'établir dans ce pays qui était sa chair et son sang ? Ce serait peut-être ses enfants qui s'ébattraient maintenant dans les eaux glacées de la rivière ou partiraient à la cueillette des myrtilles et des champignons.

Il se sentait épuisé, comme s'il avait parcouru des centaines de kilomètres. Dans l'isba, il se laissa tomber dans la chaise à bascule de sa mère. Son père retira son bonnet, posa sa canne près de la porte et s'assit sur la banquette le long du mur. Il s'éclaircit la gorge. Avec l'âge, sa voix devenait rocailleuse.

— C'est bien d'être venu, Sérioja. Mais tu es là depuis dix jours et je crois qu'il est temps pour toi de repartir.

— Tu me chasses ? Tu n'es pas content de me voir ? Autrefois, tu te plaignais toujours que je ne restais pas assez longtemps. Je me demande si je ne vais pas passer l'hiver avec vous autres.

Ivan esquissa un sourire.

— Tu seras toujours le bienvenu, mon garçon. Mais ne reste pas pour de mauvaises raisons.

Un peu agacé, Sergueï se leva et sortit la bouteille de vodka du placard. Au fil des ans, les meubles en bois avaient pris une patine satinée. Sur une étagère s'alignaient des timbales en argent ouvragé. Il leur versa deux verres et s'assit à côté de son père, à la place qu'il occupait enfant. Un rayon de soleil rasant se glissa entre les rideaux de dentelle blanche, accrocha le ventre bombé du samovar et anima l'étoffe chatoyante de la couverture de lit. Dans le *joli coin*, le visage serein de la Vierge souriait à l'Enfant.

Dehors, trois garçons regagnaient leurs isbas en plaisantant. Les deux hommes les écoutèrent passer. Ivan vida son verre, puis posa à plat sur la table ses mains rêches et tavelées. Sergueï savait qu'il avait perdu toute sensibilité dans le bout des doigts et que c'était l'une des raisons pour lesquelles il était si lent et méthodique. Avec l'âge, les gestes qui vous avaient semblé évidents exigeaient soudain une grande concentration. C'était une façon pour la vie de vous rappeler à une certaine humilité.

— Tu n'as jamais réussi à l'oublier, n'est-ce pas ? dit soudain Ivan.

Sergueï se renfrogna. Autrefois, c'était toujours sa mère qui l'ennuyait avec ce genre de propos, mais il arrivait à plaisanter et à la taquiner. Maintenant qu'elle n'était plus, il s'en voulait de ne pas lui avoir donné les petits-enfants dont elle avait rêvé.

— Je ne veux pas en parler, grommela-t-il.

— Je ne me suis jamais mêlé de tes affaires, Sergueï. Après t'avoir caché pendant tant d'années mes origines, je ne m'en suis jamais senti le droit. À l'époque, tu aurais pu me tourner le dos et refuser de me revoir. Tu as été un fils généreux. Je t'en remercie.

Gêné, Sergueï se versa un deuxième verre de vodka. Il n'en offrit pas à son père, qui n'en buvait qu'au compte-gouttes. Il crut entendre à nouveau la voix moqueuse du vieux Grigori Ilitch : « On reconnaît bien là ton sang français, Ivan Mikhaïlovitch ! » Et il sourit à son père qui hocha la tête d'un air amusé. Visiblement, ils avaient eu la même pensée.

— Alors, que devient-elle, ma nièce Camille ?

— Je n'en sais rien ! Je suppose qu'elle mène la Maison Fonteroy d'une main de maître. C'est la seule chose qui l'intéresse au monde. Est-ce qu'elle t'a jamais manqué ?

— Qui donc ?

— La Maison Fonteroy. Et tout ce qu'elle entraîne.

Ivan réfléchit.

— Sincèrement, non. Alors que nous étions encore petits, ton oncle André et moi, on nous avait fait comprendre que la Maison était notre héritage sacré. Un peu comme un magnifique costume qui serait encore trop grand pour nous, mais dans lequel nous allions grandir jusqu'au jour où il serait à nos mesures. Au début, j'ai tout fait pour grandir vite afin que le beau costume m'aille bien, mais il continuait à bâiller aux épaules et à tirebouchonner sur mes chevilles. Et puis un jour, le destin est passé par là. C'est probablement ce qui m'a sauvé.

Il fut pris d'une quinte de toux et se frappa la poitrine pour la chasser.

— D'après ce que tu m'as raconté, ton oncle André a bien pris les dimensions du costume, mais celui-ci a fini par l'étouffer. Cela, je le regrette du fond du cœur. Je veux que tu le dises à Camille quand tu la verras.

Sergueï repoussa brutalement la table et se leva.

— Je ne la reverrai pas, papa ! Elle vit à Paris. Moi, je partage ma vie entre Leningrad et la Sibérie. De toute façon, entre Camille et moi, c'est fini depuis longtemps.

Ivan Mikhaïlovitch tapa si fort du plat de la main sur la table que Sergueï sursauta et se retourna. Il vit les pommettes rouges, les yeux pâles qui lançaient des éclairs. Furieux, son père agita un doigt menaçant.

— Voilà des années que tu refuses la vérité, Sergueï. Vous vous êtes disputés à l'époque. Quand tu lui as dit qui tu étais, elle a réagi de manière enfantine. Elle s'est crue menacée. Elle a eu tort, bien sûr, mais lui as-tu jamais donné l'occasion de se racheter ? Je sais… Les voyages en Occident sont compliqués. Mais dans un sens, cela t'a rendu service, n'est-ce pas ? Et si tu avais habité Londres ou Rome, aurais-tu fait un effort pour la revoir ? Je ne le pense pas. Tu aurais été trop fier.

Brusquement, Ivan s'empara de la bouteille et se versa un verre qu'il avala d'un trait.

— Et ces filles qui ont traversé ta vie depuis, que sont-elles devenues ? Tu nous avais parlé d'une comédienne, Tamara, Irina, je ne sais plus... Ta mère lui avait tressé des couronnes pendant des semaines. Elle croyait que tu avais enfin trouvé l'élue de ton cœur.

— Olga Andreievna..., le corrigea Sergueï à mi-voix.

Qu'était-elle devenue ? Il repensa à leur dernière dispute, aux assiettes qu'Olga lui avait si consciencieusement jetées à la figure, comme si elle était l'héroïne de sa propre pièce.

— Oui, c'est ça. Et tu en as croisé d'autres après elle. Mais tes histoires ne duraient pas. Est-ce que tu t'es jamais demandé pourquoi ? Bon sang, Sergueï, quand est-ce que tu prendras ton courage à deux mains et que tu iras regarder en face la femme que tu aimes ?

Ivan s'était à moitié dressé. Il retomba sur la banquette, le souffle court. Sous sa chemise brodée, sa poitrine maigre se soulevait par à-coups.

— Voilà, conclut-il d'une voix enrouée. J'ai dit ce que j'avais à dire. Nous n'en reparlerons plus.

Il passa les doigts dans sa barbe blanche.

— Nous sommes invités à dîner chez nos voisins. Il sera bientôt l'heure. Apporte-moi un peu d'eau, mon miroir et mon peigne. Je dois avoir une tête d'épouvantail.

Sergueï eut un temps d'hésitation. Cela faisait des années qu'il n'avait pas vu son père s'emporter. Ivan Mikhaïlovitch était un homme doux et souriant. Un homme heureux. Petit garçon, Sergueï avait essuyé quelques saines colères lorsque ses bêtises les mettaient en danger, lui et les siens, mais elles étaient passées comme des orages. Pourtant, parce qu'elles étaient rares et que son père avait toujours raison, elles l'avaient imprégné à jamais. Ivan Mikhaïlovitch était désormais usé et ridé comme un vieil arbre de la taïga et lui-même n'était plus un gamin, loin de là, mais la colère de son père le marquait avec la même intensité.

— Allons, je vais finir par prendre racine ! rouspéta Ivan.

Et Sergueï se dépêcha d'obéir. D'un seul coup, il avait une faim de loup.

*Leipzig, 30 mai 1968*

Allongé sur la courtepointe à fleurs, les mains croisées derrière la tête, Maxence contemplait le plafond de sa chambre. Dans le corridor, il entendait les pas traînants de la logeuse qui semblait passer sa vie à se rendre de la cuisine au salon et du salon à la cuisine. La fenêtre était grande ouverte, mais une tenace odeur de soupe au chou imprégnait les murs de l'appartement confiné.

Il avait préféré descendre chez l'habitant. Maintenant que Leipzig était devenue une ville de conférences, les hôtels regorgeaient de médecins, scientifiques ou économistes, affublés de cravates voyantes et de costumes étriqués, aux mines empressées de voyageurs de commerce. Parfois, on croisait aussi un groupe d'athlètes, venus pour une manifestation sportive, les initiales de leur pays blasonnées sur le dos de leurs tenues de sport en acrylique. Au moins, chez sa logeuse, une femme taciturne et sans âge, Maxence avait l'impression de saisir un peu mieux le pouls de la ville.

La brise agita les rideaux à grossières fleurs rouges. À son arrivée la veille, sitôt déposé son sac, il s'était rendu à l'adresse de Sonia Krüger. Il avait découvert un bâtiment d'après-guerre qui ressemblait à une caserne. En dépit du ciel bleu et des quelques jonquilles qui poussaient sur une pelouse mitée, les immeubles en imposaient par leur laideur. À chacun de ses voyages derrière le rideau de fer,

Maxence avait détourné les yeux de ces épais mastodontes d'acier et de ciment qui défiguraient les banlieues des pays de l'Est.

Dans le hall d'entrée, l'enduit beigeâtre s'écaillait par plaques et une boîte à lettres affichait des dizaines de noms, mais pas celui des Krüger. Lorsqu'il lui avait demandé des nouvelles de Sonia et d'Eva, une femme aux cheveux décolorés, un enfant perché sur la hanche, avait haussé les épaules d'un air soupçonneux. Mais elle avait dû avoir pitié de sa mine déconfite, car elle avait griffonné sur un papier l'adresse d'un service administratif qui pourrait le renseigner. Lorsqu'il s'y était présenté, le bureau venait de fermer.

Il balança ses pieds par terre et se leva d'un coup de reins. Bientôt dix heures ; il ferait mieux de se dépêcher, sinon il trouverait une nouvelle fois porte close. Décidément, il n'était pas fait pour les horaires matinaux des gens du Nord.

Il enfila son blouson en daim et glissa son Leica dans sa poche, puis passa chez la logeuse et lui expliqua qu'il ne reviendrait pas de la journée. Dans sa cuisine, en tablier et chaussons, elle préparait le potage aux légumes préféré des Leipzigois, avec des asperges, des morilles et des écrevisses.

Une fois dehors, il étudia son plan et partit en direction de la Karl-Marx-Platz. Un cordon de policiers barrait une rue, l'obligeant à faire un détour. L'air avait un goût pollué plutôt déplaisant, mais il faisait beau et il se sentait optimiste.

Il ne repartirait pas sans avoir trouvé Sonia. Le réseau de passeurs auquel il s'était adressé la première fois ayant été démantelé, il lui avait fallu plusieurs projets avortés et de longs mois, qui s'étaient transformés en années, pour dénicher en Allemagne de l'Ouest une organisation d'aide aux fugitifs assez sérieuse et expérimentée pour le décider à leur faire confiance. Désormais, il suffisait de convaincre Sonia.

En marchant, il songea que Leipzig était une ville à ellipses. Entre deux façades craquelées se dressait soudain un immeuble moderne. Un peu plus loin, une ruelle aux maisons borgnes et affaissées débouchait sur une place où s'avançait, toutes voiles dehors, un bâtiment au plâtre encore frais. Cicatrices d'une guerre que le visiteur n'arrivait pas à oublier, les ruptures étaient parfois brutales ou déconcertantes, et pourtant cette ville possédait une étrange harmonie, celle d'un visage qui n'est ni vraiment beau, ni vraiment disgracieux, mais qui capte le regard pour ne plus le lâcher.

Lorsqu'il déboucha sur la vaste Karl-Marx-Platz, Maxence fut surpris de découvrir une foule silencieuse d'hommes et de femmes aux visages fermés. Aussitôt, il sortit son appareil photo qu'il garda niché au creux de sa main.

Il se faufila entre les rangs serrés, qui s'écartèrent sans bruit avant de se refermer derrière lui. Puis il s'arrêta net. À une dizaine de mètres devant lui s'alignait un nombre imposant de policiers armés et de militaires casqués.

Personne ne le regardait. Tous les visages étaient tournés vers une grande église de style gothique flamboyant, ornée d'une rosace sur sa façade et d'un clocheton qui pointait vers le ciel. Il sortit son plan de sa poche et y jeta un coup d'œil furtif : à côté de l'université se dressait la Paulinerkirche.

Une houle fit osciller la foule qui glissa de quelques mètres en direction des policiers. Une étrange intensité animait ces hommes et ces femmes de tous âges qui ne se parlaient pas, mais qui étaient visiblement venus dans le même dessein et partageaient une émotion presque palpable.

Les foules, chargées d'une pulsion intérieure qui obéissait à des lois mystérieuses et changeantes, rappelaient toujours à Maxence l'océan. Au début de mai, il avait photographié les étudiants parisiens qui chantaient *L'Internationale* en brandissant des drapeaux rouges et gravitaient autour de la Sorbonne tels des papillons de nuit aveuglés par une flamme. Leur enthousiasme l'avait laissé froid. Lui s'était brûlé les ailes à un autre idéal.

Comment aurait-il pu les oublier ? Ils avaient été des centaines de milliers sur la place du Parlement à Budapest, par une journée d'octobre 1956, à protester haut et fort, criant leur hostilité au gouvernement et aux Soviétiques, exigeant la liberté et l'indépendance. Ils avaient été heureux, grisés d'espérance. Jusqu'aux premiers coups de feu, aux premiers cadavres.

Les Leipzigois, eux, se taisaient. Ils ne réclamaient rien. Et pourtant, la ferveur redoutable de leur silence lui donna froid dans le dos. Cette foule avait quelque chose de résolu et d'implacable, semblable à une force qui se rassemble, lentement, patiemment, comme un poing qui se retient, lourd de ressentiment, de péchés et d'expiation.

Soudain, des oiseaux s'envolèrent dans un battement d'ailes d'un arbre planté devant l'église. Mû par un réflexe, Maxence leva son Leica et appuya trois fois sur le déclencheur, saisissant les oiseaux, l'église, l'assistance suspendue.

Son voisin de droite, un jeune homme d'une vingtaine d'années, les cheveux blonds coupés court, les yeux clairs, le foudroya du regard.

— *Journalist... Französisch...*, murmura Maxence, soulagé que les policiers n'aient rien remarqué.

Le visage de l'inconnu se détendit. Il eut un sourire amer.

— Regardez bien la Paulinerkirche, dit-il à mi-voix, et Maxence s'étonna de l'entendre parler français. Regardez-la bien, insista le jeune homme d'un air tendu. Vous allez assister à un acte de destruction barbare. Une église de la fin du XV^e^ siècle où a prêché Martin Luther. L'une des plus belles de notre ville avec des œuvres d'art et des monuments funéraires vieux de sept cents ans. Elle a survécu intacte aux bombardements anglais et américains. Elle ne survivra pas au socialisme réel de la République démocratique allemande.

La rancœur et l'ironie dans sa voix mirent Maxence mal à l'aise. Le jeune homme regarda sa montre.

— Encore quelques secondes. La précision allemande ne se démentira pas aujourd'hui.

Une nouvelle fois, une houle sembla agiter la foule qui paraissait encore plus dense. Il y eut un sanglot de femme étouffé. Un cercle de fer comprimait les tempes de Maxence, mais sa main droite ne tremblait pas.

Puis il tourna légèrement la tête sur la gauche et il la vit. Son profil se découpait avec la même netteté que dans son souvenir. Elle avait coupé ses longs cheveux, qui effleuraient désormais le col de sa veste noire. Elle se tenait figée, presque au garde-à-vous, et se mordillait les lèvres.

— Sonia ! appela-t-il, mais au même instant une déflagration déchira l'air immobile.

Le souffle de l'explosion le secoua de la tête aux pieds. Sa main droite se mit à mitrailler la façade triangulaire de l'église qui s'effondrait avec de sinistres craquements dans un immense nuage de poussière blanc et gris. Des voix furieuses criaient : « Assassins ! Vandales ! » Il chercha Sonia qui avait disparu dans ce brouillard de cendres et de débris.

— Sonia ! hurla-t-il, avant de se mettre à tousser.

Une main lui empoigna le bras.

— Venez avec moi ! Il faut reculer. Ils n'avaient pas prévu un nuage aussi épais. Venez !

Il se débattit avec son voisin qui voulait l'entraîner. Sonia ! Il devait la retrouver. Elle était peut-être blessée... Mais, les poumons déchirés, les yeux larmoyants, il dut céder et se laissa guider par le jeune homme. À un moment, il trébucha et faillit tomber à genoux, mais l'homme le rattrapa d'une main ferme.

Il se retrouva adossé à la porte d'un immeuble, un mouchoir humide sur le nez, reprenant son souffle tant bien que mal.

— Ça va ? demanda l'inconnu, une joue ensanglantée.

Maxence cracha plusieurs fois par terre pour débarrasser sa gorge de la poussière poisseuse. Lorsqu'il put enfin parler, sa voix était enrouée :

— Je dois y retourner... J'ai vu une amie... Il faut absolument que je la retrouve...

— Cela ne servira à rien. La police est en train d'évacuer la place. Il vaut mieux aller l'attendre chez elle.

— Mais je n'ai pas son adresse, je ne sais pas où elle habite...

— Dans ce cas, vous allez venir avec moi. Je travaille à la mairie. On la retrouvera, n'ayez crainte.

Un peu hébété, Maxence se laissa une nouvelle fois entraîner.

— Pourquoi parlez-vous si bien le français ?

Le jeune homme sourit en essuyant sa joue.

— Dans ma famille, nous parlons tous français. Mon ancêtre est venu de Montbéliard. Nous sommes des descendants de huguenots. Je m'appelle Friedrich Durbach. Et vous ?

Le cou rentré dans les épaules, Sonia regardait les ruines fumantes de la Paulinerkirche. Des pompiers veillaient à ce qu'aucun incendie ne s'embrase. Une odeur de débris et de poutres calcinées flottait dans l'air tel un remords.

Une colère sourde la faisait trembler comme si elle avait de la fièvre. *Heureusement que tu n'as pas vu ça, Oma*, songea-t-elle. Le jour d'un concert, Eva aimait se recueillir dans l'ancienne église des Dominicains, elle disait la trouver inspirante.

On avait détruit cette église intacte, l'une des perles de Leipzig, en dépit des protestations de citoyens, d'architectes et de certains hommes politiques. Ils avaient lutté pendant huit ans pour la préserver des délires d'urbanisation du Bureau politique. À la sortie des offices, il y avait eu des manifestations spontanées, Eva avait signé des pétitions. En vain.

La destruction inutile et brutale sonnait le glas dans le cœur de Sonia. Elle avait le sentiment de mourir encore un peu plus.

Sa grand-mère était décédée depuis six mois. Pour s'occuper d'elle à la maison, Sonia avait dû interrompre ses études de dessin. Pendant deux ans et demi, elle avait travaillé à domicile comme couturière. Les clientes ne manquaient pas, mais après la mort d'Eva, elle avait dû déménager et désormais elle ne supportait plus de rester enfermée dans le minuscule appartement qu'elle partageait avec une étudiante au conservatoire. Un grand magasin venait d'ouvrir sur le Brühl et elle y avait trouvé un emploi de vendeuse. Son nouveau travail au *Blechbüchse* débutait lundi. La directrice du rayon des vêtements lui avait fait visiter le magasin : « C'est le plus moderne du pays », avait-elle déclaré aussi fièrement que s'il lui avait appartenu.

— Ça ne sert à rien de rester là, murmura une voix.

Sonia eut l'impression d'être tirée d'un long sommeil. Les cheveux grisonnants, les lèvres fines, une femme hocha tristement la tête.

— C'est fini maintenant. Nous ferions mieux de partir, sinon nous allons nous faire repérer.

Avant de se détourner, elle effleura le bras de Sonia.

— J'ai certainement le double de votre âge, jeune fille. Vous pouvez me croire si je vous dis qu'un jour viendra où nous ne nous laisserons plus faire.

Puis elle s'éloigna d'un pas pressé en direction du *Gewandhaus*.

Un coup de vent chargé d'effluves âcres fit tousser Sonia. Elle avait besoin d'un café pour reprendre ses esprits. Elle se détourna à son tour et décida de retourner au *Kaffeehaus* où elle avait rencontré Maxence Fonteroy pour la première fois. En trois ans, elle avait reçu quelques lettres précieuses mais anodines à cause de la censure. Ainsi, fidèle à sa parole, il ne l'avait pas oubliée.

Comme toujours lorsqu'elle se sentait abattue, elle repensa à cette journée inoubliable, au manteau noir et blanc qui portait un prénom de femme, un songe éveillé dessiné pour un mariage, doux comme une promesse de bonheur.

*« N'ayez pas peur, mademoiselle, le manteau vous portera... »*

Alors, un sourire aux lèvres, Sonia Krüger se redressa et, sous le ciel printanier de Leipzig, la Valentine sur les épaules, elle reprit la marche qu'elle avait entamée sur le podium des Fonteroy, celle qui devait la mener jusqu'au bout du monde.

Alexandre avait quitté les eaux vertes du lac Orestias, le ciel lumineux de Macédoine et les délicates senteurs de cannelle de sa maison natale, pour retrouver un Paris survolté où flottait un étrange sentiment de perplexité aux relents de soufre et de voitures calcinées.

Comme il s'était rendu directement de la Foire de la fourrure de Francfort à Kastoriá, il n'avait pas été présent lors des événements qui enflammaient la capitale depuis un mois. Furieux d'être coincé en Grèce par la paralysie des gares et des aéroports français, il avait appelé le magasin deux fois par jour, donnant finalement l'ordre à son chef d'atelier de fermer boutique. De toute façon, la grève des métros compliquait le déplacement des employés qui habitaient en banlieue et les clientes s'étaient volatilisées. D'après Valentine, les beaux quartiers vivaient la peur au ventre, l'oreille collée au transistor et l'œil rivé sur les nuages gris-bleu qui montaient de temps à autre du Quartier latin.

Valentine, elle, s'en amusait plutôt. « Personne ne sait très bien où l'on va, lui avait-elle dit au téléphone alors qu'il s'inquiétait pour sa sécurité. Mais je dois avouer que c'est assez violent. Les étudiants lancent des pavés, la police matraque et se fait traiter de SS, mais quand on a connu les vrais, comme toi et moi… »

Il avait enfin réussi à rentrer et il marchait rue du faubourg Saint-Honoré, songeant à ses clientes américaines qui avaient préféré éviter les convulsions de la capitale française, ainsi qu'aux dix pour cent d'augmentation de salaire que risquaient de réclamer ses ouvrières dès leur réapparition dans les ateliers.

L'air sombre, il poussa la porte de son voisin qui tenait une galerie d'art. Jean-Pierre Tudieu, un homme raffiné toujours tiré à quatre épingles, avait la mèche de travers et les manches de chemise retroussées.

— Tiens, un revenant ! s'écria-t-il en apercevant Alexandre. Tu as donc réussi à rejoindre le navire en perdition.

Ils se serrèrent la main.

— Non sans mal, avoua Alexandre, surpris par le désordre qui régnait dans la pièce.

Des tableaux empaquetés dans des couvertures étaient alignés contre le mur. Du papier kraft, des cartons et de longues sangles lovées comme autant de serpents jonchaient le sol.

— Tu déménages ?

— C'est une excellente idée ! s'exclama Tudieu d'un air exaspéré. De Gaulle a parlé de « chienlit » et il n'a pas tort. Si la France devient communiste, je m'en irai dans l'heure qui suit, et tu ferais bien de m'imiter.

Alexandre hocha la tête.

— Alors, c'est quoi ce bazar ?

— Avant que ce pays ne se mette à marcher sur la tête, j'avais prévu une exposition de Ludmila Tikonov à partir de samedi. J'ai réussi à réunir les tableaux, mais mes employés ont disparu dans la nature, alors je me retrouve seul pour accrocher tout ça, fit-il avec un large geste du bras. Comment veux-tu que je m'en sorte ?

Épuisé, il s'affala dans un fauteuil et se tamponna le front avec un mouchoir à pois.

— Les cartons d'invitation ont été postés il y a un mois, le vernissage est prévu après-demain. C'est une catastrophe, mon vieux, une catastrophe.

— Tu crois que les gens vont venir ?

— Je l'espère bien ! Ce ne sont pas quelques révolutionnaires qui vont m'empêcher de gagner ma vie. Ils m'ont déjà fait perdre assez d'argent comme ça.

— Je vais t'aider. À nous deux, on y arrivera bien.

— Tu es sûr ? fit Tudieu en reprenant espoir.

— Le magasin est fermé depuis dix jours. Il peut bien le rester encore aujourd'hui. Et puis, tu as eu la gentillesse de garder un œil sur ma boutique pendant mon absence. Je serai heureux de te rendre service.

Son ami se leva d'un bond.

— Tu me sauves la vie ! Bon, commençons par les petits formats. C'est encore ce qu'il y a de plus facile. Est-ce que tu es doué avec un marteau ?

Une heure plus tard, Alexandre était aussi échevelé que son ami, mais la plupart des tableaux étaient accrochés. Il y avait quelques natures mortes et une série de portraits saisissants. Tudieu s'agitait tellement, déplaçant les toiles pour trouver la meilleure présentation, qu'Alexandre n'avait pas le temps de les observer à son aise. Il avait l'impression d'être pris dans un kaléidoscope de verts profonds, de bleus durs et de gris nostalgiques.

— Voilà, il n'en reste plus qu'une à placer, mais c'est la pièce maîtresse, déclara Tudieu, un peu essoufflé, alors qu'Alexandre l'aidait à soulever la toile protégée par une épaisse couverture. C'est une drôle d'histoire, tu sais. À l'époque, en 21, ce tableau devait être présenté au Salon d'Automne, mais il a été acheté juste avant l'exposition. Ensuite, plus de nouvelles : disparu, envolé. On a commencé à dire que c'était le chef-d'œuvre de Tikonov et forcément, comme on ne l'a jamais revu, il est devenu une légende parmi les connaisseurs. Tiens, posons-le ici. Merci.

Il souffla et se frotta le bas du dos.

— Il y a un an, j'ai été appelé pour expertiser l'héritage d'un industriel allemand qui était décédé dans sa propriété sur la Loire et voilà qu'au beau milieu du salon, je tombe nez à nez avec *La Mal-Aimée*. J'ai cru avoir la berlue, mais non, c'était bien elle. Incroyable, non ?

Alexandre s'était baissé pour aider Jean-Pierre à défaire les sangles et les couvertures. En entendant le nom du tableau, il se figea. Tikonov… Mais bien sûr, pourquoi n'avait-il pas réagi tout de suite ? Il venait d'accrocher une dizaine de tableaux de l'une des artistes russes les plus illustres des années trente et quarante. Depuis une vingtaine d'années, elle était passée de mode. Pourtant, en pleine guerre, sans le savoir, cette femme peintre lui avait sauvé la vie.

Brusquement, le passé reflua. Le cœur battant, il recula de quelques pas et s'assit sur une caisse en bois. Il s'aperçut qu'il avait replié ses mains l'une dans l'autre en un geste protecteur. Ses articulations lui faisaient mal. Replongé plus de vingt ans en arrière, il retrouvait le goût du sang sur ses lèvres, croyait sentir à nouveau les coups de matraque sur ses reins et sa nuque, et le marteau lui broyer les doigts.

Puis, alors qu'il pensait avoir atteint la pointe extrême de la douleur, il voyait, horrifié, la fraise de dentiste approcher de sa bouche ouverte pour la transpercer jusqu'à l'os de la mâchoire.

Alexandre n'arrivait plus à respirer, une sueur froide lui dégoulinait dans le dos. Il n'entendait ni ne voyait plus rien, excepté cette toile qui se dévoilait à lui peu à peu, ce tableau qui l'avait sauvé parce qu'un officier nazi avait succombé à sa convoitise de collectionneur, ordonnant la libération d'un obscur résistant.

Valentine était nue. Assise sur une chaise en paille, les cuisses ouvertes, offrant aux regards les veines bleutées qui couraient sous sa peau, le grain translucide de sa gorge, ses lèvres rouges, gonflées de désir. Et ce regard, mon Dieu, ce regard… Le vert d'eau lumineux, d'une arrogance teintée d'incertitude, celle d'une jeune femme qui s'ignore et dont la seule arme est la perfection de son corps.

— Alexandre, ça ne va pas ? Oh ! Tu ne te sens pas bien ?

Il revint lentement à lui. Jean-Pierre le secouait par l'épaule.

— Tiens, je t'ai versé un cognac. Tu es devenu blanc comme un linge. Qu'est-ce qui t'a pris ?

— Combien pour ce tableau ? demanda Alexandre d'une voix sourde.

— *La Mal-Aimée ?* s'étonna Jean-Pierre. Pourquoi, tu veux l'acheter ?

Alexandre vida le verre d'un trait et son visage reprit des couleurs.

— Combien ? insista-t-il plus fermement.

Il se leva, chancela et Jean-Pierre tendit le bras pour le retenir. Mais Alexandre le repoussa, prit son veston posé sur une chaise et fouilla la poche intérieure pour en retirer son chéquier. Puis il s'assit derrière le bureau de son ami, dévissa le capuchon d'un stylo à plume noir et or qui trônait sur du papier à lettres, et lorsque Jean-Pierre, toujours médusé, énonça un chiffre, il se mit à écrire.

— Qu'est-ce que tu fais ?

— Tu le vois bien, j'achète *La Mal-Aimée*.

Il signa et tendit le chèque à son ami qui l'étudia d'un air effaré.

— Comme ça, sur un coup de tête ? Tu ne vas pas le regretter ? C'est tout de même une somme appréciable.

Alexandre esquissa un sourire.

— Peut-être qu'un jour je t'expliquerai. En attendant, j'aimerais que tu retires le portrait de l'exposition. Il n'est plus à vendre et je veux faire une surprise à quelqu'un dès ce soir.

— Décidément, chaque fois qu'on veut l'exposer, *La Mal-Aimée* vous file entre les doigts, grommela Jean-Pierre. Je connais certaines personnes qui seront déçues.

Mais en remballant le tableau, Jean-Pierre Tudieu ne pouvait cacher son contentement. Après un mois de vaches maigres, les affaires reprenaient. C'était bon signe.

Alexandre essaya d'imaginer le visage de Valentine lorsqu'elle découvrirait le tableau. Il l'attendait à dîner chez lui le soir même. Serait-elle abasourdie, troublée, émue ?

Sans aucun doute, ils parleraient du passé, de Pierre Venailles qui était mort depuis plusieurs années, d'Odile qui s'était remariée et qui passait son temps à voyager. Ils parleraient d'André, lui avec respect et elle avec tendresse. Elle aurait un regard songeur, énigmatique, et il la trouverait aussi belle que la première fois, quarante ans auparavant, quand une femme en tailleur gris à poignets d'hermine, un chapeau cloche sur les yeux, était entrée dans sa vie pour ne plus en sortir.

Au même moment, quelques rues plus haut, Valentine scrutait l'immeuble de la rue Cambon où habitait sa fille. Il lui semblait bien que les volets de la chambre de Camille étaient clos.

Elle hésita, agacée de se sentir aussi nerveuse. Voilà dix minutes qu'elle arpentait la rue comme une malheureuse. *C'est absurde, c'est ta fille, tout de même !* se dit-elle, mais à vrai dire, Camille l'avait toujours intimidée. Contrairement à André, elle n'avait jamais su comment réagir à cette volonté, ce caractère entier et absolu, et elle avait détesté le sentiment d'être jugée, redoutant confusément de ne pas être à la hauteur.

Maxence l'avait appelée la veille de l'aéroport. Il partait pour Leipzig ; il s'inquiétait pour Camille. Il n'était pas arrivé à la joindre au bureau d'où elle s'était absentée depuis quatre jours, et chez elle, le téléphone sonnait dans le vide. « Elle ne va pas bien, maman. Je n'ai pas le temps de m'en occuper parce que je pars chercher Sonia, mais si tu pouvais... » Il avait laissé la phrase en suspens, à l'image de la relation qu'elle avait toujours eue avec sa fille.

Cette nuit-là, Valentine n'avait pas réussi à dormir. Elle s'était retournée dans son lit, comme sous l'emprise de l'une de ces fièvres tropicales qui, une fois qu'elles ont pris possession d'un corps, ne le lâchent plus, s'apaisent quelques mois ou quelques années, puis flambent à nouveau et ramènent le malade, où qu'il soit dans le monde, à ses paradis perdus.

Elle avait eu trop chaud, trop froid, elle avait rejeté ses draps, elle s'était blottie sous les couvertures, enfin, vers trois heures du matin, exaspérée, elle s'était levée et avait allumé toutes les lumières du salon.

Depuis des années Camille et elle se croisaient comme deux navires dans la nuit. Il y avait eu des paroles blessantes, des malentendus. Il y avait eu de la jalousie aussi, de la fierté et de l'amour-propre qui l'avait emporté sur l'amour. Parfois, en contemplant la beauté distante de sa fille, son élégance si parfaite, elle avait envie de la prendre par la main et de l'emmener dans une petite pièce obscure pour lui murmurer des mots qu'elle n'avait jamais confiés à personne. Parfois, elle regrettait de ne pas être une inconnue pour Camille, afin de pouvoir venir vers elle en toute innocence.

*Pourquoi ?* s'était demandé Valentine, alors que l'obscurité pressait contre ses tempes. *Pourquoi n'ai-je jamais su lui dire que je l'aimais ?*

Mais au creux de la nuit, la sueur au front, le corps soudain courbatu, elle avait fini par le reconnaître : elle n'avait pas aimé Camille comme une mère était censée aimer sa fille. Elle n'avait pas ressenti l'élan spontané, le sentiment de protection et de tendresse, la force qui vous emporte et vous permet de soulever des montagnes, cette rage d'amour qu'elle éprouvait pour Maxence depuis sa naissance, depuis qu'elle avait ouvert les bras pour recevoir le nouveau-né, qu'elle avait respiré son odeur, caressé le duvet de cheveux noirs sur le crâne fragile.

Dès sa naissance, Camille avait éveillé chez elle des sentiments confus. Un mélange d'appréhension, d'impatience et d'impuissance. Elle n'avait pas compris pourquoi. Et, à vingt-deux ans, elle avait choisi la seule solution qui s'offrait à elle : la fuite.

Elle avait fui le bébé confié à sa gouvernante, cette brave Jeanne Liesbach qui montait la garde devant la nursery, elle avait fui la petite fille au regard clair qui ressemblait trop au sien. Elle avait fui l'adolescente, difficile, intraitable, exigeante… ô combien exigeante ! Elle avait fui la femme si douée et si sûre d'elle.

Mais désormais, dans ce Paris fébrile où résonnait le bruit métallique des pavés qu'on descellait avec des poteaux indicateurs, l'heure était venue de cesser de courir.

Elle se tenait donc au pied de chez sa fille. Il lui avait fallu du courage pour venir, parce que rien n'était jamais facile avec Camille. Or ce n'était pas Valentine Fonteroy qui levait les yeux vers les volets fermés, mais la jeune Valentine Despresle, celle qui cueillait les grappes de raisin lors des vendanges, qui aspergeait son frère aîné avec le tuyau d'arrosage, celle qui rêvait de fêtes dans un jardin imaginaire et qui venait chercher du réconfort auprès du portrait d'une dame en bleu. Celle à qui la vie avait peut-être fait trop de promesses alors qu'elle n'était encore qu'une enfant.

Elle vérifia que son tailleur en lin beige tombait parfaitement sur sa silhouette élancée, lissa ses courts cheveux noirs aux reflets acajou, une teinte choisie avec son coiffeur pour lui adoucir le visage, puis elle traversa la rue pour aller affronter sa fille.

Camille essayait d'étouffer sous l'oreiller le son de la sonnette infernale qui déchirait son silence. Dans la chaleur moite et obscure de sa chambre, les rideaux tirés, elle n'avait plus quitté son lit depuis trois jours, abandonnée à un vertige de faiblesse et de lâcheté qui lui soulevait le cœur mais l'emprisonnait dans ses tenailles.

Et cette sonnette qui insistait ! Elle avait pourtant prévenu Evelyne qu'elle serait absente pendant quelques jours, une intoxication alimentaire, rien de grave, mais elle avait besoin d'un peu de repos, elle qui ne prenait jamais de vacances, qui ne s'absentait de la Maison Fonteroy que pour des voyages d'affaires. Elle avait décroché le téléphone, verrouillé sa porte.

Les images ne cessaient de la hanter : les vitrines brisées, répandues en une pluie de verre sur le trottoir, les insultes écrites sur le mur par des bombes de peinture rouge : « Salauds ! »

Deux mois plus tôt, par une journée de mars, elle se trouvait boulevard des Capucines quand Evelyne était entrée sans frapper dans son bureau, brandissant son transistor. Le journaliste rapportait qu'une centaine de manifestants s'en prenait au siège de l'American Express, situé tout près de la Maison Fonteroy, à l'angle de la rue Auber. Camille était aussitôt descendue dans le hall où elle avait retrouvé Duteil et Cardot, le visage tendu. « Que fait la police ? » s'était écrié Cardot, agitant les mains. Deux jours plus tôt, les bureaux d'autres sociétés américaines du quartier avaient été endommagés par des charges explosives.

On entendait les hurlements des manifestants qui passaient en courant devant la Maison. À droite de la porte d'entrée, une Rolls flambait. Soudain, des jeunes gens en jeans et parkas vertes, les cheveux sur les épaules, se détachèrent de la masse et s'en prirent avec des barres de fer aux vitrines de la Maison. Les vendeuses poussèrent des cris effrayés. Camille leur ordonna de monter dans les étages. Cachés sous des foulards, des lunettes de nageur sur les yeux, des inconnus brisaient les vitres en hurlant. Une jeune fille aux longs cheveux roux surgit dans le hall. Son corps frêle soulevé par un torrent de haine et de colère, elle se planta devant Camille et lui jeta un tract à la figure. « Salope ! » hurla-t-elle avant de s'enfuir. Duteil tira Camille par le bras. « Il faut monter vous aussi, mademoiselle. On ne sait pas ce qu'ils vont faire. Ils ont aussi attaqué Fauchon. » « Pas question ! » cria-t-elle, tremblante de rage.

Et puis, aussi vite qu'il était arrivé, l'orage était passé. Les manifestants s'étaient engouffrés dans les bouches de métro, la police avait débarqué en rangs serrés. Camille était restée pétrifiée dans le hall de la Maison Fonteroy transformé en champ de ruines. De la peinture maculait les présentoirs, des flacons de parfum fracassés avaient éclaboussé les gants et les foulards. Dans les vitrines, les mannequins en bois avaient les têtes arrachées, les manteaux gisaient parmi les pans de verre.

Un sombre pressentiment l'avait saisie de la tête aux pieds. *Ce n'est que le début*, avait-elle pensé, les mains tremblantes. Et elle s'était précipitée aux toilettes où elle avait été prise de nausées.

Puis il y avait eu ce mois de mai interminable, cette incertitude pénible qui planait sur la ville. Jamais depuis qu'elle dirigeait la Maison Fonteroy elle ne s'était sentie aussi désemparée. Le sommeil la fuyait. Elle avait l'impression de se décomposer, de se fissurer peu à peu.

Lorsqu'elle avait appris la veille à la radio qu'on ignorait où se trouvait le général de Gaulle, elle avait éteint le poste et elle s'était recroquevillée sous les couvertures. Le vieil homme avait raison : elle allait l'imiter et disparaître quelque temps. Éreintée, brisée de fatigue, elle n'était plus capable de lutter.

La sonnerie grêle continuait à l'agresser. À contrecœur, elle se traîna hors du lit. La lumière qui entrait à flots dans le salon lui blessa les yeux. Elle marcha en chancelant jusqu'à la porte d'entrée. Elle ne se souvenait plus quand elle avait mangé pour la dernière fois.

— Qui est là ? appela-t-elle d'une voix sourde.

— C'est moi, Camille. Ouvre-moi, s'il te plaît.

Curieusement, au lieu de sentir cette vague de ressentiment et de chagrin qui affleurait chaque fois qu'elle entendait la voix de sa mère,

Camille réprima un sanglot. Elle batailla avec le verrou et ouvrit la porte. En la découvrant, le visage de sa mère prit un air effaré.

— Qu'est-ce que tu veux ? demanda-t-elle d'un ton brusque, soudain consciente de son allure ravagée, de ses cheveux poisseux, du pyjama en soie froissée.

Valentine ne répondit pas. Elle semblait incapable de parler. Puis, d'un geste résolu, elle fit un pas en avant, ouvrit les bras et la serra contre son cœur.

Camille voulut la repousser. *Qu'est-ce qu'elle me veut ?* songea-t-elle, irritée. Elle avait honte et elle devait sentir mauvais. Cette tendresse inattendue la heurtait, bouleversait leur relation, transformait le monde. Mais Valentine continuait à la serrer contre elle, à lui caresser les cheveux. Elle avait des bras solides, puissants, des bras irrésistibles, et Camille, à bout de forces, ferma les yeux et se laissa bercer par sa mère.

Elles étaient assises sur le canapé du salon. Camille avait baissé les stores pour fuir le soleil. Dans la cuisine, Valentine avait préparé du thé et une assiette de biscuits secs. Elle était effrayée par la maigreur de sa fille, ses joues creuses, son regard vide. *J'ai peut-être laissé passer trop de temps*, s'alarma-t-elle. *J'aurais dû venir tout de suite, mais je n'ai pas osé.* Puis elle se corrigea : *J'aurais dû venir il y a des années.*

Les jambes repliées, Camille serrait la tasse de thé fumante entre ses mains. De temps à autre, Valentine voyait un frisson lui parcourir le corps.

— Tu ne peux pas continuer comme ça, murmura Valentine. Tu es épuisée. Tu vas finir par te rendre malade. Maxence m'a dit que tu avais été bouleversée par les incidents.

— C'est gentil à lui de s'inquiéter, mais je ne vois pas de quoi il se mêle. Je ne lui ai rien demandé.

— C'est bien ton problème, tu ne demandes jamais rien à personne. Tu ferais mieux de mettre ta fierté dans ta poche et ton mouchoir par-dessus.

Camille était trop fatiguée pour protester. Elle se méfiait de Valentine. Elle s'en était toujours méfiée parce que sa mère avait été la première à lui apprendre le sens du mot souffrance.

— Combien de temps penses-tu pouvoir vivre ainsi ? reprit Valentine d'une voix plus douce.

Camille se concentra pour poser la tasse de thé sur la table basse sans la renverser.

— Je ne comprends pas où tu veux en venir, maman. Tu ferais peut-être mieux de t'en aller. Je ne me sens pas très bien en ce moment.

— Ne fais pas la même erreur que ton père, Camille. Ne sacrifie pas ta vie à la Maison Fonteroy. Ce qui est arrivé l'autre jour t'a blessée au plus profond de toi-même. C'était comme s'ils t'agressaient toi, mais la Maison Fonteroy n'est qu'une entité matérielle...

— Pas du tout ! Elle a une âme, cette Maison...

— Mais elle ne te serre pas dans ses bras quand tu te sens triste, elle ne te dit pas qu'elle t'aime... Tu lui as tout donné, Camille, et aujourd'hui, tu es seule. Tu l'as voulu ainsi, mais peut-être te rends-tu compte que toi non plus, tu n'es pas assez forte pour te passer des autres. Quand tu as rompu avec Victor Brook, il est venu me voir. Il m'a parlé de vous, de ce qu'il avait espéré. Il m'a expliqué cette barrière infranchissable qu'il y a en toi.

Valentine marqua une pause. Elle avait le cœur qui battait parce qu'elle voyait sa fille se crisper sous ses yeux. Camille repoussa d'un geste nerveux une mèche de cheveux derrière son oreille. Elle avait des mains fébriles, les ongles rongés. Jamais elle n'aurait toléré d'entendre des phrases pareilles si elle n'avait pas été aussi vulnérable et Valentine se sentait presque coupable de profiter de sa faiblesse.

— C'est Sergueï, n'est-ce pas ? ajouta-t-elle à mi-voix. Sergueï Ivanovitch Volkov. Le fils de Léon. Ton cousin.

Camille redressa brusquement la tête. Une veine saillait sur sa tempe.

— Comment le sais-tu ? Qui te l'a dit ?

— Maxence.

— Ah, bien sûr ! lâcha-t-elle d'un ton sarcastique. Entre vous, il y a une telle complicité. Vous vous dites toujours tout.

— Je lui ai longtemps caché qui était son père. Il m'a longtemps caché qu'il le savait. Mais ton frère est plus indulgent que toi.

— Il a toujours trouvé grâce à tes yeux. Moi, jamais !

Valentine souffrait de la voir recroquevillée sur ce canapé avec sa douleur et sa colère. Elle avait tant de choses à lui dire, mais ce n'est pas en quelques instants qu'on peut réparer des années d'incompréhension. Pour l'instant, et pour la première fois de sa vie, elle devait penser à Camille et non à elle.

— Un jour, j'essaierai de t'expliquer. Tout cela remonte si loin.

Probablement à ma propre mère que je n'ai pas connue parce qu'elle est morte à ma naissance.

Troublée, elle fit tourner son alliance autour de son doigt et se força à poursuivre.

— Petite fille, tu étais si différente de ce que j'avais imaginé ! J'étais jeune. Égoïste sûrement. Peut-être malheureuse. J'ai parfois été injuste envers toi, je le reconnais aujourd'hui. Tu étais ma fille et pourtant tu étais une étrangère. Je ne te comprenais pas. Je crois qu'à vrai dire tu me faisais un peu peur… À l'époque, je n'ai pas eu la patience d'apprendre à te connaître. Ce fut mon erreur. Je le regrette.

Camille avait froid. Elle évitait de regarder sa mère parce qu'elle se sentait trop fragile. Elle ne voulait pas l'écouter. Les yeux brûlants, elle avait envie de pleurer, mais elle ne voulait surtout pas lui faire cet honneur. D'ailleurs, avait-elle encore des larmes à verser ? Ce moment douloureux passerait tel un mauvais rêve. Si sa mère s'ouvrait à elle, ce serait trop difficile. Il faudrait tout repenser, admettre qu'elle avait construit sa vie par défaut. Par défaut d'amour.

La voix de Valentine lui parvenait étouffée.

— Il n'est pas trop tard, Camille. Tu dois aller vers lui. Même si c'est pour aller au-devant d'un échec, tu dois prendre le temps et aller vers lui.

*Le temps*, pensa Camille, moqueuse. *Mais je n'ai pas le temps… La Maison a besoin de moi… Je ne peux pas les abandonner…*

— Personne n'est indispensable, insista Valentine, lisant dans ses pensées. Écoute-moi, tu t'es dévouée à cette maison, tu lui as tout donné, ton amour, ton énergie… mais tu existes aussi par toi-même. Ne te prive pas de ce bonheur. Ne t'inflige pas cette solitude. Tu dois retrouver en toi la jeune fille qui était toujours prête à lutter pour ceux qu'elle aimait. Je l'admirais, tu sais, même si à l'époque je n'ai pas su comment le lui dire. Aujourd'hui, tu dois te battre pour elle… Elle mérite d'être heureuse… Je t'en prie, Camille, ne la trahis pas comme moi je l'ai trahie.

*Bon sang, est-ce qu'elle ne cessera donc jamais de me faire mal ?* se dit Camille, les poings serrés.

— Ton père, je n'ai pas trouvé la force de lui dire ce que j'éprouvais pour lui. Il en a souffert, j'en suis sûre. Ce n'est pas tant ton oncle Léon qui lui a fait défaut, mais moi. Je n'ai compris combien j'aimais André que lorsqu'il nous a quittés. Je ne te permettrai pas de faire la même erreur. Crois-moi, Camille, il est temps pour toi d'aller chercher l'homme que tu aimes.

Camille leva les yeux sur Valentine, qui l'observait d'un air attentif. Elle ne lui avait jamais connu cette clarté, cette douceur et, un court instant, elle retint son souffle. Puis, peu à peu, dans le regard calme et lumineux, elle puisa une foi nouvelle. Une sérénité, une confiance en l'avenir. Elle comprit que, pendant toutes ces années, elle avait exigé de sa mère un amour impossible. Entre elles, il y avait d'autres choses, de l'estime, de l'admiration, et une tendresse qu'elle ne faisait que découvrir. Et ce n'était déjà pas si mal. Les frissons s'apaisèrent. Ses mains cessèrent de trembler. Désormais, elle n'était plus une petite fille qui espère tout d'une mère qui se dérobe, mais une femme qui avait traversé les orages et qui venait tout simplement chercher auprès d'une autre la force pour continuer.

— Et s'il a refait sa vie ? demanda-t-elle d'une voix brisée. Il est sûrement trop tard maintenant.

— Nous n'en savons rien, ma chérie, mais c'est un risque que tu dois prendre, ajouta Valentine.

Puis elle sourit.

— Je ne serais pas étonnée qu'il t'ait attendue. Tu n'es pas de ces femmes qu'on peut oublier une fois qu'elles sont entrées dans votre vie.

Le chauffeur arrêta la Citroën noire devant l'entrée de la Maison Fonteroy. Le portier s'empressa de venir ouvrir la portière. Valentine descendit et leva la tête pour regarder la façade. Les vitres étincelaient dans le soleil de juin.

Elle portait un tailleur rouge de chez Chanel, des chaussures pointues à talons hauts et son sautoir de perles fétiche. Elle s'avança d'un pas décidé vers les hautes portes vitrées qui s'ouvrirent pour la laisser passer. Dans le hall, les jeunes vendeuses se figèrent derrière les comptoirs pour regarder passer Mme Fonteroy.

On voulut lui appeler l'ascenseur, mais, d'un signe de sa main gantée, Valentine refusa et gravit l'escalier.

Elle déboucha dans le long corridor des ancêtres et le parcourut lentement. C'était la première fois qu'elle contemplait les aïeux de sa fille et elle trouva que la plupart d'entre eux avaient l'air bien ennuyeux. Son regard s'arrêta sur son beau-père ; Augustin avait les sourcils en bataille et l'air furibond qu'elle lui avait connus, jeune mariée. Face à lui, Léon souriait d'un air espiègle. Il leur avait joué un drôle de tour, à tous ces vieux barbons ! Elle espérait qu'il avait été heureux dans sa vie au bout du monde. *Si j'étais plus jeune, je serais bien allée lui rendre visite*, songea-t-elle, imaginant la consternation d'Alexandre si elle lui avait annoncé qu'elle allait prendre le Transsibérien pour partir à la rencontre de son beau-frère. Maxence avait hérité de son oncle ce côté aventurier. Il avait réussi à sortir

Sonia Krüger d'Allemagne de l'Est et Valentine avait accueilli la jeune fille avenue de Messine.

Puis elle s'arrêta devant André. Il la contemplait de son air doux et patient. Un jour, le portrait de sa fille viendrait à son tour orner les murs tendus de rouge de ce corridor pompeux mais qui ne manquait pas d'allure. Camille serait la première femme à entrer dans la galerie des Fonteroy et Valentine éprouva un brusque élan de fierté.

Une porte s'ouvrit.

— Bonjour, madame, la salua la secrétaire de Camille. Ces messieurs vous attendent.

Valentine lui sourit et pénétra derrière elle dans la grande pièce lambrissée du conseil d'administration. Autour de la table en acajou, elle eut l'impression de voir une marée de costumes sombres, éclairés par des chemises d'une blancheur impeccable. Elle s'approcha du fauteuil qui avait été celui d'André avant de devenir celui de Camille et posa délicatement une main sur le dossier.

Elle les regarda tour à tour. Les administrateurs avaient bien des têtes d'administrateurs. Au fond de la pièce, Duteil, le chef d'atelier, était sérieux comme un pape, alors que René Cardot, le brillant modéliste, semblait plutôt amusé.

— Messieurs, comme vous le savez déjà, ma fille Camille est partie en voyage pour plusieurs mois. En son absence, elle a chargé M. Hermon d'assurer la direction de la Maison.

Un homme aux cheveux gris, avec un front haut et un nez cassé qui lui donnait du caractère, inclina la tête.

— Comme vous le savez aussi, la tradition des Fonteroy veut qu'il y ait toujours un membre de la famille qui veille sur la destinée de la Maison. En attendant son retour, elle m'a donc transmis les pleins pouvoirs et demandé d'assister au conseil d'administration. Mais n'ayez crainte, je n'envisage aucune révolution de palais, conclut-elle avec un sourire.

Les administrateurs lui rendirent son sourire. Hermon lui tint le fauteuil et Valentine s'assit. Elle retira lentement ses gants en songeant à Camille. On racontait que là-haut, à Leningrad, les nuits d'été blanches et silencieuses effaçaient les ombres.

Duteil et Cardot s'éclipsèrent. Alors que les huit hommes en gris s'asseyaient à leur tour, Valentine jeta un regard envieux sur le carré de ciel bleu qu'elle apercevait par la fenêtre. *Mon Dieu*, se dit-elle, un rien narquoise, *moi qui n'ai jamais aimé l'école, me voilà à mon âge à nouveau sur un banc de classe.*

Étouffant un soupir, elle ramena son attention sur les hommes qui l'observaient. Sur le chambranle de la cheminée, la pendule se mit à sonner.

— Messieurs, il est neuf heures, je vous écoute.

## REMERCIEMENTS

Un grand merci à tous ceux qui m'ont guidée dans l'univers de la fourrure, et tout particulièrement à Georges Constant et Frédéric Keskinides pour m'avoir consacré tellement de temps, mais aussi à Paul Bévière, Roger Gercault, Jean-Marc Reiner, Edgard Vermont.

Merci aux historiens et écrivains dont les lectures ont nourri ce roman et, entre autres, à Henri Amouroux, Michel Besnier, Olivier Deslondes, Martina Güldemann, August von Kageneck, Theodor Kröger, Andreï Makine, Victor Revillon, Maguelonne Toussaint-Samat, Dominique Veillon. J'espère avoir fait bon usage de leurs précieuses informations.

Merci à mes parents, à Christine Barbaste pour avoir si bien compris.

Et enfin, du *Pavilhao Chines* au *Duchi d'Aosta*, merci à A.

*Impression réalisée sur CAMERON par*

BUSSIÈRE CAMEDAN IMPRIMERIES

GROUPE CPI

*à Saint-Amand-Montrond (Cher)*
*en juillet 2002*

N° d'édition : 3826/02. – N° d'impression : 023164/1
Dépôt légal : mars 2002.

*Imprimé en France*